ISABEL VOSS

Das Vermächtnis der Heilerin

Über die Autorin:

Isabel Voss interessiert sich für Rätsel der Geschichte, seit sie als Teenager *Ein Tropfen Zeit* von Daphne du Maurier las. Nach dem Studium arbeitete sie zunächst als Journalistin und Übersetzerin, bevor sie ihren ersten Roman schrieb. Voss reist gern und fühlt sich überall in der Welt zuhause, deshalb sind auch ihre Bücher an mehr als einem Schauplatz angesiedelt.

ISABEL VOSS

Das Vermächtnis der Heilerin

HISTORISCHER ROMAN

lübbe

Dieser Titel ist auch als E-Book erschienen.

MIX
Papier aus verantwortungsvollen Quellen
FSC® C014496

Originalausgabe

Textredaktion: Heike Rosbach, Nürnberg
Titelmotive: © shutterstock.com: Groundback Atelier | FooTToo | Jurik Peter | ilolab | angelakatharina
Umschlaggestaltung: Johannes Wiebel | punchdesign, München
Satz: hanseatenSatz-bremen, Bremen
Gesetzt aus der Stempel Garamond
Druck und Verarbeitung: GGP Media GmbH, Pößneck
Printed in Germany
ISBN 978-3-404-18541-2

2 4 5 3

Sie finden uns im Internet unter
luebbe.de
Bitte beachten Sie auch: lesejury.de

Personenverzeichnis

Die wichtigsten historischen Personen

Margrete I. von Dänemark	Königin von Schweden, Begründerin der Kalmarer Union, der Vereinigung der drei Nordreiche Schweden, Norwegen und Dänemark
Albrecht III., Herzog zu Mecklenburg	Herzog von Mecklenburg und König von Schweden bis 1389, größter Feind Margretes
Johann IV., Herzog zu Mecklenburg	Neffe von Albrecht III. zu Mecklenburg, dessen Mitregent und Stellvertreter
Johann Stargard alias Johann II. zu Mecklenburg	Cousin von Albrecht III., unterstützte diesen bei der Durchsetzung seiner Ansprüche auf den schwedischen Thron. Später möglicherweise einer der Anführer der Vitalienbrüder
Henrik Parow	Hauptmann und Heerführer in Margretes Heer, Oberbefehlshaber bei der Schlacht von Falköping

Nils Svarte Skåning	Hauptmann und Heerführer in Margretes Heer
Erik Kettilsson Puke	Hauptmann und Heerführer in Margretes Heer
Birger Lotehus	Kanzler von Königin Margrete

Die wichtigsten fiktiven Personen

Emilia von Hobe	Tochter des Grafen Burkhard von Hobe, wurde an Margretes Hof in Dänemark erzogen
Nikolaus von Brunn	Ritter in den Diensten Albrechts III. zu Mecklenburg, wurde auf der Burg von Burkhard von Hobe ausgebildet
Henricus van der Wee	Wanderheiler
Vico von Brunn	Älterer Bruder von Nikolaus
Constanze von Gnoien	Hofdame an Margretes Hof und Freundin von Emilia
Harald Haraldson	Hauptmann in den Diensten von Königin Margrete
Sergius von Crivitz	Emilias Vetter
Marcellus	Heruntergekommener Kapitän, der sich den Freibeutern anschließt
Tiberius	Abenteuerlustiger Tausendsassa: Arbiter, Wirt, Soldat, Pirat

Prolog

März 1373

Burg Wasdow, Mecklenburg

»Du kriegst mich nicht, du dummer Wicht!«

Noch bevor Emilia zu Ende gesprochen hatte, rannte sie los. Sie hatte einen winzigen Vorsprung, und den auch nur, wenn Nikolaus sich an die Vereinbarung hielt, erst bis zehn zu zählen, bevor er ihr hinterherlief. Außerdem konnte er wahnsinnig schnell bis zehn zählen. Emilia kam immer nur bis fünf, danach verhedderte sie sich, weil sie nicht mehr die Finger der linken Hand zu Hilfe nehmen konnte.

Emilia stürzte die Treppe hinauf ins obere Stockwerk, wo der große Saal und die Kemenaten lagen, hastete einen Korridor entlang, bog um die Ecke und kletterte die schmale Stiege im hinteren Teil der Burg wieder hinunter.

Neben der Tür zur Waffenkammer hing ein Wandteppich mit der Ahnentafel der Familie von Hobe, davor stand eine mächtige Eichentruhe, die so hoch war, dass sie Emilia bis zur Nasenspitze reichte. Atemlos zwängte sie sich dahinter und horchte. Ihr Herz schlug wild.

Im Korridor blieb alles still. Sie hatte Nikolaus abgehängt. Fürs Erste jedenfalls.

Trotzdem blieb Emilia in ihrem Versteck, sie hatte dieses Spiel oft genug gespielt, um zu wissen, dass sie verloren war, wenn er sie fand. Schließlich war Nikolaus schon neun Jahre alt und Knappe in den Diensten ihres Vaters. Und sie war noch nicht einmal vier.

Nikolaus war der Einzige auf Burg Wasdow, der sich hin und wieder dazu herabließ, mit Emilia zu spielen. Die anderen Knappen rümpften nur die Nase, wenn sie fragte, ob sie auch mal eins der Holzschwerter halten dürfe, mit denen sie für den Kampf übten.

Ihre Schwester Brunhild war noch ein sabberndes Kleinkind, Emilia konnte sich nicht vorstellen, dass Brunhild irgendwann einmal zu etwas zu gebrauchen sein würde. Im Augenblick taugte sie jedenfalls zu nichts, im Gegenteil, sie machte alles kaputt, was ihr in die Finger kam. Wenn die Zofe Emilia zeigte, wie man Gewänder für die Holzpuppen nähte, zerrte Brunhild an dem Stoff, bis er riss, oder stopfte sich die Knöpfe in den Mund und kaute darauf herum.

Nein, da spielte Emilia lieber mit Nikolaus, auch wenn er ihr in allem überlegen war und jedes Spiel gewann. Die Zofe hatte jüngst gemeint, Nikolaus gebe sich nur mit ihr ab, um sich bei ihrem Vater einzuschmeicheln. Er wolle Emilia heiraten, nur deshalb sei er nett zu ihr. Aber das war Unsinn. Und zwar nicht nur, weil es ihrem Vater ganz und gar nicht gefallen würde, wenn er erführe, dass der Junge mit Emilia herumtollte, statt seine Aufgaben zu erfüllen.

Nikolaus wäre kein geeigneter Gemahl für sie. Emilia war sich sicher, dass sie eines Tages einen mächtigen Fürsten heiraten würde. Das betonte ihr Vater nämlich jedes Mal, wenn sie keine Lust hatte, all die Dinge zu lernen, die man als Burgherrin können musste. Ein armer Burggraf – erst recht ein mittelloser Ritter ohne eigene Burg – käme für die Tochter des angesehenen Burkhard von Hobe nicht infrage. Nikolaus entstammte einer unbedeutenden Ritterfamilie, und er war noch nicht einmal der Erbe seines Familienbesitzes. Er hatte einen älteren Bruder, der eines Tages die Burg Weitin und die dazugehörigen Ländereien übernehmen würde.

Emilias Vater war zwar auch nur ein einfacher Burggraf, aber er war ein enger Freund von Fürst Albrecht. Er war schon mehrfach mit diesem in die Schlacht gezogen, speiste regelmäßig an dessen Tafel und ging am Hof in Schwerin ein und aus. Nein, Burkhard von Hobe würde seine Tochter niemals einem unbedeutenden zweiten Sohn zur Frau geben.

Emilia fuhr zusammen, als schwere Schritte auf der Stiege ertönten.

»Emilia, ich weiß, wo du steckst!«, rief eine vertraute Stimme.

Emilia steckte die Finger in den Mund und biss zu, um nicht zu schreien.

»Emilia! Ich komme!«

Sie biss noch fester zu, rechnete jeden Augenblick damit, dass er neben die Truhe sprang und sie an den Haaren herauszerrte. Wusste er wirklich, wo sie sich versteckt hatte? Oder war es ein Trick?

Die Schritte verstummten. Hatte Nikolaus den Treppenabsatz erreicht und war stehen geblieben? Oder schlich er sich lautlos über den nackten Steinboden an?

Vor Angst hielt Emilia die Luft an. Am liebsten wäre sie hinter der Truhe hervorgesprungen, nur um das Kribbeln in ihrem Bauch zu beenden.

Ganz dicht lief Nikolaus an ihr vorbei. Sie machte sich bereit, aber nichts geschah, die Schritte wurden leiser.

Da hielt sie es nicht mehr aus. Hastig krabbelte sie hinter der Truhe hervor und sah sich um. Im Gang war es dämmrig, nur eine einzige Fackel steckte neben der Tür zur Waffenkammer in einer Halterung an der Wand. Nikolaus stand nur wenige Schritte entfernt, er hatte ihr den Rücken zugewandt und horchte.

Jetzt drehte er sich langsam um.

Mist! Er hatte sie gehört.

Emilia griff nach dem Türknauf. Obwohl sie wusste, dass

die Kammer immer abgeschlossen war, hoffte sie, die Tür möge aufgehen. Und – oh Wunder! Knarrend schwang sie auf.

»Hab ich dich!« Nikolaus sprang auf sie zu.

Kreischend stürzte Emilia in die Waffenkammer. Es war stockdunkel. Sie streckte die Hände aus, tastete sich blind vorwärts. Ihre Finger stießen gegen etwas Hartes.

Im gleichen Moment ertönte ein schrecklich lautes Poltern.

»Nein!«, rief Nikolaus hinter ihr.

Doch es war schon zu spät. Ein Schatten raste von oben auf sie zu, im gleichen Moment durchzuckte sie ein stechender Schmerz.

Sie schrie.

Nikolaus schrie.

Kurz darauf war die ganze Burg von Schreien erfüllt. Emilias Vater brüllte Befehle, die Zofe heulte und duckte sich unter den Beschimpfungen ihres Herrn, der Hofmeister schnauzte Nikolaus an.

Schließlich begutachtete ihr Vater Emilias Wunde. Eine Lanze war aus der Halterung gekippt und hatte Emilia an der Schulter verletzt. Die Wunde blutete heftig, Emilia glaubte, ein Feuer lodere unter ihrer Haut.

»Wir müssen den Medicus rufen«, sagte der Hofmeister.

»Unsinn«, widersprach der Vater. »Diese studierten Quacksalber verstehen nichts von solchen Verletzungen.« Er ließ den Waffenmeister rufen, einen alten Recken, mit dem er schon viele Male in den Kampf geritten war. Der ließ sich Nadel und Faden reichen und machte sich auf der Stelle ans Werk.

Emilia schrie und jammerte bei jedem Stich. Es fühlte sich an, als würde der Waffenmeister ihr den Rücken mit Pfeilen durchbohren.

In ihre Schreie mischten sich die Schmerzenslaute ihres Gefährten Nikolaus, den der Vater im Hof höchstselbst mit der Rute strafte.

Emilia hatte ihrem Vater unter Tränen versichert, dass sie ganz allein in die Waffenkammer gelaufen und Nikolaus ihr lediglich gefolgt sei, um sie zurück zur Zofe zu bringen. Würde Graf Burkhard je erfahren, was wirklich geschehen war, würde er Nikolaus mit Schimpf und Schande von der Burg jagen und dafür sorgen, dass kein Ritter in Mecklenburg, der etwas auf sich hielt, den Jungen unter seine Fittiche nahm. Nicht einmal der eigene Vater würde ihn zurücknehmen, denn es war allgemein bekannt, dass Graf Sewolt von Brunn ein unnachgiebiger Mann war.

Während der Schmerz allmählich abklang und einem unangenehmen Pochen Platz machte, stellte Emilia sich vor, wie ihre Schmerzensschreie sich auf dem Burghof mit denen von Nikolaus vereinten und wie sie gemeinsam über das Land wanderten bis an die Küste des großen Meeres und dort von den Felsen zurückgeworfen würden. Noch während sie darüber nachdachte, was aus den Schreien würde, wenn sie zu ihnen zurückkehrten, und sie sich fragte, ob sie es wohl spüren würde, wenn sie wieder in ihren Körper hineinsprängen, schlief sie vor Erschöpfung ein und träumte von kleinen roten Schmerzmännchen, die auf wilden Rössern über das Land galoppierten.

Buch I

Fünfzehn Jahre später,
Oktober 1388

Burg Wasdow, Mecklenburg

Emilia hatte sich Sonne und einen strahlend blauen Himmel für ihren großen Tag gewünscht, und am Morgen hatte tatsächlich goldenes Licht wie ein kostbarer Teppich über den Feldern gelegen und die Warbel verheißungsvoll schimmern lassen. Doch nun brauten sich dunkle Wolken am Horizont zusammen.

Vielleicht geduldete sich der Regen ja noch ein paar Stunden. Wenn die Trauungszeremonie vor der Kapelle im Burghof und der Gottesdienst beendet waren und alle Gäste sich für das Festmahl im großen Saal versammelt hatten, mochte der Himmel seine Schleusen öffnen.

Emilia betrachtete das Kleid, das auf ihrem Bett lag, dann die Kammer, in der man sie untergebracht hatte. Noch immer kam ihr auf der Burg ihrer Kindheit alles fremd vor. Zwölf Jahre hatte sie in der Fremde gelebt, wo sie an Margretes Hof in Dänemark erzogen worden war. Ein Friedenspfand war sie gewesen im Streit um den dänischen Thron, ebenso wie ihre Schwester und eine Reihe anderer Töchter mecklenburgischer Adliger, die als Zeichen des guten Willens zur Erziehung an den Hof der dänischen Regentin geschickt worden waren.

Margrete residierte nicht an einem festen Ort. Ständig reiste sie zwischen der Vordingburg, die auf einer der vielen Inseln ihres Reiches lag, der norwegischen Burg Bohus, dem schwedischen Handelsposten Lödöse und vielen weiteren Festungen hin und her. Nicht immer nahm die Regentin ihren ganzen Hofstaat mit, wenn sie reiste, vor allem nicht, wenn geheime Verhandlungen anstanden. Trotzdem war Emilia in den letzten Jahren viel in Margretes Reich herumgekommen, das Norwegen und Dänemark umfasste. Auch auf Schwedens Thron erhob Margrete Anspruch, und seit ihr Sohn, für den sie regierte, im vergangenen Sommer gestorben war, spitzte sich die Lage zu. Krieg lag in der Luft. Nicht der einzige Grund, weshalb Emilia nach Mecklenburg zurückgeholt worden war.

Ihr Vater lag siech, sein Geist hatte sich in den vergangenen Monaten mehr und mehr umwölkt, Burg Wasdow brauchte einen neuen Herrn. Und so hatte Herzog Albrecht beschlossen, Emilia mit ihrem Vetter Sergius zu verheiraten und ihm das Lehen anzuvertrauen.

Bei ihrer Anreise in der vergangenen Woche war Emilia Sergius zum ersten Mal begegnet. Er war ein schneidiger Mann mit einem blassen, schmalen Gesicht, das seine dunkelbraunen Augen deutlich hervortreten ließ. Ein wenig erinnerte er Emilia an Olaf, den Sohn Margretes. Emilia war ihm nur wenige Male begegnet, und seine fast überirdische Blässe hatte sie jedes Mal erschreckt. Er war von Kindesbeinen an kränklich gewesen, und die Leibärzte ließen ihn regelmäßig zur Ader, um sein Blut zu reinigen, eine Prozedur, die seine Haut noch bleicher hatte erscheinen lassen.

Glücklicherweise war Sergius dem verstorbenen Thronfolger nur äußerlich ähnlich, denn er strotzte vor Gesundheit. Gestern beim Turnier, das zur Zerstreuung der aus allen Teilen des Landes angereisten Hochzeitsgäste veranstaltet worden war, hatte er eine gute Figur abgegeben und sogar den Sieg davongetragen. Allerdings hegte Emilia den Verdacht, dass die anderen Ritter ein wenig nachgeholfen hatten, um dem Bräutigam die Ehre zu erweisen.

Emilia öffnete die Truhe, die am Fußende ihres Bettes stand. Auf ihrer Wäsche lag ein Buch. Es war kaum größer als ihre Handfläche und in feinstes Hirschleder gebunden. An Margretes Hof hatte sie nicht nur Nadelarbeit, lesen und schreiben, sondern auch die Kunst der Buchmalerei erlernt, und sie hatte sich als sehr begabt erwiesen. Als sie erfahren hatte, dass sie bald heiraten würde, hatte sie mit der Arbeit an diesem Buch begonnen. Es bestand aus nur wenigen Seiten, auf denen sie in ihrer schönsten Handschrift den Psalm 23 niedergeschrieben hatte, der mit den Worten »Der Herr ist mein Hirte, mir wird nichts fehlen« begann.

Genau so sollte es sein zwischen Sergius und ihr. Bald würde er ihr Herr sein, und ihr würde es an nichts mangeln, und wenn die Zeiten auch schwer sein mochten, Sergius würde sie beschützen, und sie würde ihm ein treues Weib sein und ihm viele gesunde Kinder gebären.

Die Ränder neben dem Text hatte sie mit farbenfrohen Zeichnungen von Ranken, Blüten und Vögeln verziert. Das Buch würde ihr Geschenk an ihren Bräutigam sein.

Es klopfte, und die Zofe trat ein. Es war keine der adligen jungen Frauen, die mit ihr aus Dänemark angereist waren, sondern eine Grafentochter, die Sergius eigens für Emilia in seine Dienste genommen hatte.

»Es wird Zeit, Euch anzukleiden, Herrin«, sagte sie.

»Ja, sicherlich.« Emilia klappte die Truhe zu.

Jetzt, wo die Vermählung unmittelbar bevorstand, wurde sie ein wenig nervös. Wie gern hätte sie Brunhild an ihrer Seite gehabt! Sie hatte immer davon geträumt, dass ihre Schwester ihr eines Tages beim Anziehen des Brautkleides helfen würde. An Margretes Hof hatten sie wie Pech und Schwefel zusammengehalten, hatten sich blind aufeinander verlassen können. Sie hatten sogar eine Geheimsprache erdacht, mit der sie sich verständigen konnten, ohne dass jemand anderes wusste, wovon sie sprachen.

Emilia war sechs gewesen, ihre kleine Schwester sogar erst vier, als man sie von zu Hause fortbrachte. Brunhild hatte tagelang geweint, zumal sie die Mutter erst Wochen zuvor verloren hatten. Die Geheimsprache war aus einem Spiel entstanden, das Emilia mit Brunhild gespielt hatte, um sie abzulenken. Sie hatte den Dingen Fantasienamen gegeben und ihre kleine Schwester raten lassen, was sie meinte. Im Laufe der Jahre war ihre Sprache immer ausgefeilter geworden, und sie hatten ganze Gespräche führen können, ohne dass ein Fremder auch nur ein Wort davon verstand.

Doch dann hatte Brunhild Fieber bekommen und war innerhalb weniger Tage vom Herrn abberufen worden. Sie war nur zehn Jahre alt geworden.

Während die Zofe sie ankleidete und frisierte, wurde Emilia immer unruhiger. Hoffentlich machte sie bei der Zeremonie alles richtig! Hoffentlich stellte sie sich auf dem Brautlager nicht zu dumm an! Und hoffentlich war es nicht so ekelig, wie einige Hofdamen behaupteten! Aber diese Schnattergänse erzählten ja immer die unglaublichsten Geschichten. Sergius würde ihr alles zeigen, er war ein erfahrener Mann, der schon viel von der Welt gesehen hatte.

Endlich war die Zofe fertig. Emilia drehte sich im Kreis, das hellblaue Kleid flatterte, die Silberstickereien schimmerten im Licht, Emilias dunkelbraune Locken flogen um ihren Kopf. Zum letzten Mal durfte sie sie heute offen tragen, in Zukunft würde sie ihre Haare sittsam unter einer Haube verbergen, so wie es der Brauch verlangte. Jeder würde daran erkennen, dass sie verheiratet war.

»Wie sehe ich aus?«, fragte sie, ein wenig schwindelig vom Herumwirbeln.

»Wie die Braut eines Prinzen.« Die Zofe lächelte.

Im Hof hatten sich bereits die Gäste versammelt. Emilias Vater führte sie am Arm, um sie dem Bräutigam zu übergeben, auch wenn Emilia ihn dabei stützen musste und er ganz offenbar nicht begriff, was gerade geschah. Er schlurfte neben ihr her, ohne sie zu kennen, ohne sich zu erinnern, wer sie war. Es brach ihr beinahe das Herz. Burkhard von Hobe war immer ein stolzer, unbeugsamer Mann gewesen, der streng, aber gerecht über sein Lehen geherrscht hatte. Nun war er ein sabbernder Greis, der nicht einmal mehr seine eigene Familie erkannte.

Emilia schluckte die Tränen hinunter und richtete den Blick nach vorn, wo ihr Bräutigam neben dem Priester vor dem mit Blumengirlanden geschmückten Eingang der Burgkapelle stand und ihr entgegenlächelte. An seinem Lächeln hielt sie sich fest, während sie durch das Spalier der jubelnden Hochzeitsgäste schritt.

Als sie neben Sergius trat, ergriff ein Diener den Arm ihres Vaters und führte ihn zur Seite. Emilia sah ihm nach, doch er hielt den Blick gesenkt, murmelte Worte vor sich hin, die er vermutlich nicht einmal selbst verstand.

Rasch wandte Emilia sich ab und sah den Priester an, der den Mund öffnete, jedoch sofort wieder zuklappte, als unter lautem Geschrei ein Reiter auf den Burghof preschte.

»Aufhören! Sofort aufhören!«, brüllte er und glitt aus dem Sattel.

»Was in aller Welt …«, murmelte Sergius und fuhr herum.

Schwer atmend bahnte sich der Reiter einen Weg durch die erstaunte Menge.

»Was fällt Euch ein, hier unangekündigt einzudringen?«, herrschte Sergius ihn an und trat ihm einige Schritte entgegen. »Wo sind die Wachen? Warum ist das Tor nicht verschlossen?«

»Beschuldigt nicht Eure Wachleute, Sergius von Crivitz, sie waren nicht nachlässig. Ich bin mit den Spielleuten eingelassen worden, die eben eingetroffen sind.«

Sergius kniff die Augen zusammen. »Was wollt Ihr?«

»Ich komme mit dringenden Nachrichten. Sie dulden keinen Aufschub.«

»So dringend, dass ich nicht einmal meine Braut zum Weib nehmen kann, bevor Ihr mich unterrichtet?«

»Ich fürchte ja, Herr.« Der Fremde verneigte sich. »Mehr noch, es wäre nicht klug, die Vermählung zu vollziehen, bevor Ihr mich angehört habt.«

Sergius warf Emilia einen Blick zu. Argwohn lag auf seinem Gesicht.

Emilia fühlte sich mit einem Mal unbehaglich. Wollte der Fremde etwa ein Ehehindernis vorbringen? Aber es gab keins! Sie hatte sich nichts zuschulden kommen lassen, sich allzeit anständig und keusch verhalten, wie es sich für eine Hofdame gebührte.

Nein, es musste etwas anderes sein. Es musste mit Albrecht und Margrete zu tun haben. Vielleicht war der Krieg bereits ausgebrochen, vielleicht wurde ihr Bräutigam von seinem Herzog gebraucht.

Das Stimmengewirr unter den Gästen war mehr und mehr angeschwollen. Alle redeten durcheinander, viele musterten voller Misstrauen abwechselnd Emilia und den Boten.

Sergius hob die Hände. »Verehrte Gäste. Bitte verzeiht die Verzögerung. Sicherlich können wir gleich fortfahren. Habt einen kurzen Augenblick Geduld. Meine Diener werden Euch die Wartezeit mit Leckereien versüßen.«

Er klatschte in die Hände. Sofort sprangen Mägde herbei, die Krüge mit Wein sowie Tabletts mit Gebäck und Pasteten herumtrugen. Die Gäste stürzten sich auf die angebotenen Speisen. Auch der Priester langte mit großem Appetit zu.

Niemand dachte daran, der Braut etwas anzubieten. Fröstelnd stand Emilia abseits der anderen und sah Sergius und dem Boten hinterher, wie sie im Palas verschwanden. Als die beiden nicht mehr zu sehen waren, wanderte Emilias Blick nach oben. Die dunklen Wolken, die vorhin noch fern am Horizont gestanden hatten, hingen nun tief über Wasdow. Ein scharfer Wind war aufgekommen.

Plötzlich war Emilia sicher, dass es heute keine Hochzeit geben würde. Etwas Düsteres braute sich über ihr zusammen, und es war mehr als ein Herbstgewitter.

Eines musste Nikolaus von Brunn seinem Gegner lassen: Madruzzo ritt wie der Teufel. Was für ein Heißsporn! Ohne auf Verstärkung zu warten, hatte Madruzzo die Verfolgung aufgenommen. Wahrscheinlich wollte der junge Recke seine Scharte auswetzen. In der Bernsteinschänke am Rostocker Hafen, wo die Koggen lagen, hatte Nikolaus dem Italiener zuvor ein Pergament aus der Ledertasche gestohlen, während dieser mit einer Magd geschäkert hatte. Immerhin war er so geistesgegenwärtig gewesen, dass er Nikolaus auf dem Fuß gefolgt war.

Vorerst hatte Nikolaus ihn in den engen Gassen, die er in- und auswendig kannte, abgehängt, aber es gab nur einen Weg nach Süden aus der Stadt hinaus: das Kuhtor. Das Steintor war geschlossen, und an den anderen Toren bildeten sich lange Schlangen, da die Wachen angehalten waren, jeden gründlich zu kontrollieren. Allerlei Gesindel war unterwegs, Räuber, Diebe und vor allem Spione der Dänen.

Gott sei Dank waren die Wachen am Kuhtor, die gerade mit der Abfertigung eines Handelszuges beschäftigt waren, seit seiner Ankunft nicht ausgewechselt worden. Nikolaus hatte mit ihnen einen Plausch gehalten, als er in die Stadt gekommen war, und ihnen einen kräftigen Schluck aus seinem Weinschlauch gegönnt. Als er im zügigen Trab auf sie zukam, hielten sie einen Wagen auf und winkten ihn durch.

In der letzten Zeit waren die Hansestädte an der Ostsee nervös. Man munkelte, Albrecht III. von Mecklenburg würde bald zum Krieg gegen Margrete von Dänemark rüsten, die ihm den schwedischen Thron streitig machte. Nikolaus wusste, dass das keine Gerüchte waren. Albrecht hatte ihn in seine Pläne eingeweiht.

Und Nikolaus hatte es geschafft, einen besonders heiklen Auftrag von seinem Herrn zu erhalten: Er sollte den *Codex der Macht* suchen, ein Buch, das den kommenden Krieg entscheiden konnte, weil darin, so hieß es, die Formel zur Herstellung von Gold niedergeschrieben war.

Nikolaus scherte sich nicht um Gold und andere Reichtümer, er suchte das Buch aus einem ganz anderen Grund. Doch das hatte er dem Herzog nicht auf die Nase gebunden.

Dafür hatte er schnell gemerkt, dass nicht nur er, sondern eine ganze Reihe Leute hinter dem Buch her waren. Kein Wunder, das Rezept zur Herstellung von Gold würde seinen Besitzer unermesslich reich und mächtig machen.

Wie die meisten anderen hatte Nikolaus keine Ahnung, wie das Buch aussah. Er wusste nur, was darin stehen musste. Nicht nur die Formel für Gold nämlich, sondern auch medizinische Rezepturen, vor allem eine für ein Heilmittel gegen den Schwarzen Tod. Nikolaus würde nicht ruhen, bis er den Codex gefunden hatte, denn er hatte es Eva geschworen.

Das war ihr Vermächtnis, ihr letzter Wunsch gewesen: »Finde das Heilmittel! Erlöse die Menschen von der Geißel dieser Krankheit, damit niemand mehr unter solch schrecklichen Qualen zugrunde gehen muss, wie ich sie erleide.«

Nikolaus löste eine Hand vom Zügel, wischte sich eine Träne aus dem Gesicht und legte die Hand auf sein Herz, wo er in einem Lederbeutel die Haarsträhne verwahrte, die Eva ihm nach der Hochzeitsnacht geschenkt hatte.

Der Schwarze Tod war vor drei Jahren in einigen Städten an der Ostsee kurz aufgeflackert und rasch wieder erloschen. Seit der großen Seuche vor mehr als zwei Jahrzehnten geschah das immer wieder, und jedes Mal verbreitete sich die Angst vor dem massenhaften Sterben schneller als die Krankheit selbst.

Nikolaus und die meisten anderen waren verschont geblieben. Doch wer sich angesteckt hatte, war verloren gewesen, die Krankheit tötete ausnahmslos jeden, den sie befallen hatte. Er hatte zusehen müssen, wie Eva unter unsäglichen Schmerzen dahinschied. Danach war er wochenlang rastlos von einer Schänke zur anderen gewankt, immer auf der Suche nach dem nächsten Becher Wein. Irgendwann war er aus dem Nebel der Verzweiflung aufgewacht und hatte beschlossen, sein Gelübde zu erfüllen.

Anfangs hatte er es für unmöglich gehalten, dass es ein Heilmittel gegen den Schwarzen Tod geben könnte. Er hatte Heiler aus aller Herren Länder befragt, jeder hatte abgewinkt. Sein Beichtvater hatte ihn zurechtgewiesen, es sei gotteslästerlich, etwas heilen zu wollen, das der Herr als Strafe über die Menschen gebracht habe, und er solle sich überlegen, ob Eva nicht eine Ketzerin gewesen sei. Verzweifelt war Nikolaus aus der Kirche gestürzt. Niemand konnte ihm helfen.

Doch dann hatte er von dem *Codex der Macht* gehört.

Nach und nach hatte er die Geschichte des magischen Buches ergründet. Angeblich handelte es sich um die Abschrift eines alten Manuskripts aus dem Morgenland, die vor vielen Jahren von Mönchen in einem italienischen Kloster angefertigt worden war. Von dem Kloster war sie in den Besitz der Adelsfamilie de Luca aus Lasino in Norditalien gekommen, die das Geheimnis über viele Generationen hinweg hütete. Vor einigen Jahren sollte das Buch dann von Mitgliedern der Familie de Luca nach Norden gebracht worden sein, weil der Deutsche Orden es kaufen wollte. Dort war es jedoch nicht angekommen. Verschiedene Leute wollten es seither an etlichen Orten in Mecklenburg und Pommern gesehen haben.

Mehr als zwei Jahre war Nikolaus jeder Spur gefolgt. Ohne Ergebnis. Madruzzos Pergament, das Nikolaus in seiner Satteltasche verwahrte, konnte endlich das Blatt wenden. Wenn nötig, würde er es mit seinem Leben verteidigen. Doch so weit war es noch lange nicht.

Nikolaus preschte über die Landstraße nach Süden. Immer wieder warf er einen Blick über die Schulter, Madruzzo war noch nicht in Sicht. Vielleicht war Nikolaus seinem Verfolger ja entwischt. Oder Madruzzo hatte sich besonnen und organisierte bereits Verstärkung. Als Nikolaus etwa vier Bogenschüsse vom Kuhtor entfernt war, hörte er Gebrüll. Er wandte sich um. Madruzzo. Der Mann hatte eine Stimme so laut wie ein Bär.

Mit einem Tritt in die Seite brachte Nikolaus sein Pferd in gestreckten Galopp. Es preschte los, aber nicht schnell genug. So bald wie möglich würde Nikolaus die Straße verlassen müssen, denn Madruzzos Araberhengst war seinem Wallach haushoch überlegen. Wie kam der Bursche bloß an dieses edle Tier? Er musste einen reichen Auftraggeber haben. Araberhengste kosteten ein Vermögen, doppelt so viel wie ein gutes Schlachtross, für das man etwa zehnmal so viel bezahlen musste wie für Nikolaus' Wallach.

Nikolaus hoffte inständig, dass es nicht der Papst war, der Madruzzo entsandt hatte. Denn das würde bedeuten, dass man alles, was man Madruzzo entwendete, zugleich dem Papst stahl. Herzog Albrecht würde Nikolaus in diesem Fall nicht helfen, falls er gefasst würde. Denn der Papst würde den Herzog auf der Stelle exkommunizieren, wenn er erführe, dass dieser Nikolaus beauftragt hatte, sich an seinem Eigentum zu vergreifen.

Egal, wer der Auftraggeber war, erst einmal musste Nikolaus seinem Verfolger entkommen, um sich in Ruhe über den Inhalt des Pergaments in Kenntnis setzen zu können. Nikolaus hatte bislang nur einen kurzen Blick darauf werfen können. Er wusste, dass es sich um den Grundriss eines Gebäudes handelte, und er hoffte, dass darauf das Versteck des Buches verzeichnet war.

Endlich kam Wald in Sicht. Nikolaus blickte über die Schulter. Madruzzo hatte bereits aufgeholt. Vielleicht fünfhundert Fuß trennte sie noch. Auf der Straße würde Nikolaus Madruzzo nicht entkommen. Sein Pferd hatte schon Schaum an den Flanken und vor dem Maul, während Madruzzos Hengst sich anscheinend gerade erst warmgelaufen hatte. Nikolaus musste versuchen, im Unterholz zu verschwinden.

Sobald er den Waldsaum erreichte, parierte er durch und lenkte den Wallach ins Dickicht. Hier nützte Madruzzo die Geschwindigkeit seines Hengstes nicht, hier war der kräftige Körperbau von Nikolaus' Pferd von Vorteil. Er trieb es voran, hob eine Hand vor das Gesicht, um es vor Ästen und Zweigen zu schützen. Nach wenigen Minuten erreichte er eine lang gezogene Lichtung. Nikolaus gab dem Wallach die Sporen, er sprang los, doch im gleichen Moment knickte er mit einem Bein ein und stürzte. Geistesgegenwärtig rollte Nikolaus sich zur Seite, bevor der schwere Körper auf ihm landete. Rasch begutachtete er den Schaden. Der Wallach war in ein Loch getreten und hatte sich das Bein gebrochen. Sein Todesurteil.

Nikolaus beugte sich hinunter, strich ihm über den Kopf, sagte: »Verzeih mir, mein Guter.« Er nahm sein Messer und schlitzte dem Pferd die Kehle auf.

Ein Schauder überlief das Tier, dann sackte es tot in sich zusammen.

Nikolaus richtete sich auf und zog sein Schwert.

Im selben Moment erschien Madruzzo auf der Lichtung, zögerte nicht und griff an, gab dem Hengst die Sporen, das Schwert wild über dem Kopf schwingend.

Nikolaus hatte nicht viel Zeit, um zu überlegen. Dass Madruzzo ihn gestellt hatte, war zwar unangenehm, hatte aber auch einen Vorteil: Es bot ihm die Gelegenheit, an ein neues Pferd zu kommen, jetzt, wo sein eigenes tot war. Er musste Madruzzo besiegen, ohne das Tier zu verletzen.

Schon galoppierte Madruzzo heran. Nikolaus hielt sein Schwert hoch über den Kopf erhoben. Schwang er es zu früh, war er tot. Schwang er es zu spät, ebenfalls.

Madruzzo holte zum Hieb aus.

Nikolaus sah, dass sein Gegner noch unerfahren war, drehte sich halb um seine Achse und ließ seine Klinge auf Madruzzos krachen. Jetzt kam es darauf an, wer mehr Kraft in den Armen hatte.

Madruzzos Schwert flog in hohem Bogen davon. Diese Frage war geklärt. Aber der Aufprall war Nikolaus durch den ganzen Körper gegangen wie der Schlag eines Schmiedehammers. Er musste sich einen Moment sammeln. Die Zeit nutzte Madruzzo, um vom Pferd zu springen und sein Schwert wieder aufzunehmen.

Nikolaus drang sofort auf ihn ein. Madruzzo war ein guter Reiter, aber im Schwertkampf musste er noch einiges lernen. Nikolaus trieb ihn mit wuchtigen Schlägen immer weiter an den Rand der Lichtung. Schließlich stand Madruzzo mit dem Rücken zu einem Baum. Mit einer letzten Finte schlug Nikolaus ihm das Schwert aus der Hand und setzte ihm die Spitze seiner Klinge an die Kehle.

Madruzzo erstarrte.

Nikolaus schöpfte Atem. Es war nicht mehr als eine Übungseinheit gewesen, aber dennoch war es um Leben und Tod gegangen. Er hatte all seine Kraft und Konzentration einsetzen müssen, um Madruzzo zu besiegen, ohne ihn oder das Pferd zu töten. Denn er brauchte beide lebend. Vorerst. Wenn sich der Bursche schon nicht abschütteln ließ, sollte er ihm wenigstens mit Informationen nützlich sein.

»Am Schwert müsst Ihr noch einiges lernen, werter Signor Madruzzo. Aber reiten könnt Ihr wahrhaft ausgezeichnet. Ich bezeichne mich bei aller Bescheidenheit als guten Reiter. Doch selbst wenn ich ein Pferd hätte, das so schnell ist wie das Eure, wärt Ihr mir überlegen. Respekt.«

»Spart Euch Eure Schmeichelei und tötet mich schnell.« Madruzzos Miene war versteinert, er trug den Trotz eines Grünschnabels zur Schau.

»Bevor ich das tue, bitte ich Euch, mir zu verraten, was das Pergament beinhaltet, das ich mir von Euch ausgeborgt habe. Wegen unserer kleinen Hatz hatte ich leider noch keine Zeit, es mir genauer anzusehen. Ach ja, und Euren Auftraggeber möchte ich ebenfalls wissen.«

»Fahrt zur Hölle, von Brunn, und mit Euch Eure ganze Brut. Der Doge wird Euch vernichten.«

Nikolaus seufzte. Madruzzo war wirklich ein Anfänger. Der Doge also. Venedig. Warum schickte einer der mächtigsten Männer Europas einen Jüngling auf die Suche nach einem solchen Buch? Vielleicht war es gar nicht so bedeutend? Vielleicht war es nur eine Legende?

Mit einer Bewegung, der Madruzzo nicht folgen konnte, schlitzte Nikolaus seinem Widersacher das Wams auf, vom Saum bis zum Hals. »Ihr glaubt nicht, dass ich es ernst meine? Euch einen schnellen Tod zu gewähren wäre die reinste Verschwendung. Wisst Ihr, wie lange es dauert, bis Euch der Herr erlöst, wenn ich Euch den Bauch öffne? Wenn ich es besonders geschickt anstelle, zwei Tage mindestens. Aber vorher würde ich Euch von dem nutzlosen Fleischbrocken zwischen euren Beinen trennen. Ach ja, und wenn Ihr dann elendiglich krepiert seid, werde ich Euch den Kopf abschlagen. Damit ist Euch der Zugang zum Paradies verwehrt.«

Madruzzo wurde bleich. »Das würdet Ihr nicht tun! Das ist –«

Nikolaus verpasste Madruzzo einen kleinen Schnitt oberhalb des Nabels. Madruzzo zuckte zusammen, aber er schrie nicht. Ein wirklich tapferer Mann. Dumm, aber furchtlos. Und damit überaus nützlich. Wie schade, dass er auf der falschen Seite stand.

»Falls das nicht reicht, Euch meine Ernsthaftigkeit zu demonstrieren, kann ich gern bei weniger wichtigen Teilen Eures Körpers weitermachen. Wie wäre es mit dem rechten Ohr?« Nikolaus wartete nicht auf eine Antwort. Er holte mit der Klinge aus.

»Nein!«, schrie Madruzzo entsetzt.

»Was heißt ›Nein‹?«

Madruzzo schwitzte, schluckte, er war bereit.

»Es ist der geheime Plan der Katakomben der Nikolaikirche in Rostock. Was Ihr sucht, befindet sich zwischen den Knochen der Toten. Wo genau, weiß ich nicht.« Madruzzo ließ den Kopf hängen. Gerade war er zum Verräter geworden. Erfuhr der Doge davon, würde Madruzzo als Fischfutter im Canal Grande landen. Falls er es zurück nach Venedig schaffte.

»Grämt Euch nicht, Signor Madruzzo. Ich habe noch niemanden gesehen, der der Folter widerstanden hätte. Und ich werde Euch nicht töten.«

Madruzzo schwieg. In seinen Augen glomm Rachsucht. Er machte Nikolaus für sein Versagen verantwortlich und er würde es ihm vermutlich heimzahlen, sobald sich die Gelegenheit bot. Es war ein Fehler, Madruzzo zu verschonen. Aber Nikolaus tötete keinen Unbewaffneten. Zudem verlieh es der Hatz einen zusätzlichen Reiz zu wissen, dass einem der Verfolger im Nacken saß.

Zu leicht würde Nikolaus es Madruzzo allerdings nicht machen. Er würde ihn an einen Baum binden; Madruzzo würde Stunden brauchen, um sich zu befreien. Bis auf sein Geld würde Nikolaus ihm alles nehmen: Pferd, Schwert und Verpflegung. Bis Madruzzo ihn verfolgen konnte, wäre Nikolaus längst mit seiner Trophäe in Schwerin, hinter den sicheren Mauern der uneinnehmbaren Burg seines Herrn Albrecht.

Madruzzo ließ die Fesselung ohne Gegenwehr über sich ergehen. Er hatte begriffen, dass Nikolaus ihm ein Schlupfloch gelassen hatte und er es nur nutzen konnte, wenn er sich nicht mit ihm anlegte.

Nikolaus schwang sich in den schmalen Sattel, der auf dem Rücken des Hengstes festgezurrt war. Er hatte einige Mühe, das feurige Tier unter seine Kontrolle zu bringen, aber da er sich mit Pferden auskannte, dauerte es nicht lange, bis der Araber ihn als Herrn anerkannte und ohne Gegenwehr parierte.

»Nun, Signor Madruzzo, muss ich mich verabschieden.

Es hat mich gefreut, Eure Bekanntschaft zu machen. Ich wünsche Euch alles Gute und hoffe, dass wir uns nie wiedersehen.«

Henricus van der Wee band den Esel an einen Baum und vergewisserte sich, dass die Plane des Wagens gut verschlossen war, bevor er sich den Menschen näherte, die sich vor dem Tor des Gutshofs versammelt hatten. Fahrende Händler, die auf Geschäfte hofften, Knechte, Mägde und Handwerker, die nach mehr oder weniger dringend benötigten Waren Ausschau hielten oder sich einfach über die Abwechslung freuten. Es wurden Stoffe, Zwirn und Knöpfe feilgeboten, die von den jungen Frauen des Guts kritisch beäugt wurden, zudem Seifen, Bürsten, billige Talglichter, teure Kerzen aus Bienenwachs, medizinische Tränke und verschiedene Wundermittel, inklusive kleiner Fläschchen mit dem Pulver gemahlener Gebeine von Heiligen sowie duftende Gewürze und allerlei farbenfroher Tand aus dem Orient.

Henricus trat zu den zwei Männern, die Heilmittel verkauften, und räusperte sich. »Ich habe gehört, der Herr des Hauses liegt schwer krank darnieder«, sagte er möglichst beiläufig.

Die Männer drehten sich zu ihm um. Der eine war alt, älter als Henricus selbst, der bereits fast sechzig Lenze zählte, aber deutlich dürrer und gebrechlicher. Er trug ein Tablett vor dem Bauch, auf dem Tiegel mit widerlich stinkenden Pasten standen, die er als Wunderrezeptur aus dem Reich der Mongolen anpries. Das Zeug hatte er in der heimischen Küche selbst zusammengebraut, darauf hätte Henricus geschworen. So wie viele fahrende Medizinhändler, die mit der Angst der Menschen vor Krankheit und Tod ihren Lebensunterhalt verdienten.

Der andere Mann war jünger und kräftiger gebaut und hatte die geübten Hände eines tüchtigen Chirurgicus, der schon so manchen Knochen eingerenkt und so manches Körperglied amputiert hatte.

»Wer will das wissen?«, fragte der Chirurgicus.

»Ein Medicus, der weit gereist ist, um seine Heilkünste zu verfeinern.«

Der Chirurgicus lachte. »Ihr könnt gern Euer Glück versuchen, wenn Ihr tollkühn genug seid. Dem Letzten, der an ihm herumgepfuscht hat, hat der feine Herr die Hand abhacken lassen.«

Henricus verzog das Gesicht. »Woran leidet er denn?«

»Fieber schüttelt ihn, seit er sich beim Holzspalten mit der Axt ins Bein fuhr. Es heißt, der Unterschenkel sei geschwollen und inzwischen so dick wie ein Baumstamm.« Der Chirurgicus spuckte auf den Boden. »Da hilft nur die Säge, aber ich rühr den Kerl nicht an. Ohne meine Hände kann ich mich gleich aufhängen.«

Henricus strich sich über den Bart und warf einen Blick durch das geöffnete Hoftor, dann zu seinem Karren. Er brauchte dringend Geld. Aber er hatte keine Lust, die rechte Hand zu verlieren. Andererseits hatte er schon weitaus gefährlichere Situationen überstanden. Auch solche, in denen er lieber gestorben wäre. Ein gotteslästerlicher Gedanke, aber leider nur zu wahr. Er schob den Gedanken weg, er wollte nicht an den Fluch denken, der ihn dazu verdammte zu leben, während andere grauenvoll gestorben waren.

Nachdenklich schlenderte er zu seinem Wagen zurück. Er musste es geschickt anstellen und danach rechtzeitig über alle Berge sein. Nur zur Sicherheit. Entschlossen packte er den Esel am Zaumzeug und führte ihn durch das Tor.

Ein Knecht trat ihm entgegen. »Wohin des Weges, Alter?«

»Ich bringe Heilung für Euren Herrn.«

Der Knecht musterte ihn argwöhnisch. »Ach ja? Und wer seid Ihr?«

»Henricus van der Wee, Heilkundiger und Weissager, der bis in den fernen Orient gereist ist, um die Kunst der Medizin zu studieren.« Das war glatt gelogen, Henricus war nie weiter südlich als in Bremen gewesen. Und dennoch enthielt das Gesagte einen wahren Kern.

»Wartet hier«, wies der Knecht ihn an. Im Laufschritt verschwand er im Gutshaus.

Noch bevor Henricus es sich anders überlegen konnte, kehrte der Knecht zurück. »Folgt mir. Den Karren lasst stehen.« Er winkte einem Burschen, der Henricus den Zügel abnahm.

Henricus fischte seine Tasche unter der Plane hervor, sandte ein stummes Stoßgebet zum Himmel und folgte dem Knecht unter den neugierigen Blicken des Gesindes ins Wohnhaus.

Emilia fühlte sich wie eine Verbrecherin, als sie von den zwei Wachmännern in die Burg eskortiert wurde. Die Bewaffneten handelten auf Sergius' Befehl, der mit finsterer Miene auf der Treppe zum Palas stand und auf sie wartete.

Die Hochzeitsgäste waren verstummt, alle beobachteten sie. Manche warfen ihr mitfühlende Blicke zu, doch die meisten betrachteten sie mit einer Mischung aus Häme und Sensationslust. Kein einziges bekanntes Gesicht machte sie in der Menge aus. Die meisten Anwesenden waren ihr ohnehin fremd. Außer ein paar alten Mägden und Knechten gab es niemanden auf Burg Wasdow, der sie noch aus Kindertagen kannte. Lediglich die Hofdamen, die sie aus Dänemark herbegleitet hatten, waren ihr vertraut, doch sie konnte keine von ihnen unter den Hochzeitsgästen entdecken.

»Folgt mir!«, befahl Sergius, kaum dass sie vor ihm stand.

»Aber was –?«

»Tut einfach, was ich sage.« Seine Stimme klang hart und streng.

Benommen taumelte sie hinter ihrem Bräutigam her die Treppe hinauf. So lange hatte sie auf diesen Tag gewartet, so aufgeregt war sie gewesen, so bang vor dem, was sie erwartete; doch bei allem, was sie sich ausgemalt hatte, war sie nie auf den Gedanken gekommen, dass bereits vor der Vermählung etwas schiefgehen könnte.

Vor ihrer Kemenate blieb Sergius stehen. Eine Wache stand gegenüber der Tür, der Fremde daneben. »Ist das die Kammer, in der Ihr seit Eurer Ankunft genächtigt habt?«

»Ja.« Emilia brachte kaum mehr als ein Flüstern hervor. Sie versuchte, sich zu erinnern, ob es irgendetwas in der Kammer gab, das den Ärger ihres Vetters erklären könnte, aber ihre Gedanken stoben wie Pfeile auf einem Schlachtfeld in verschiedene Richtungen davon, ohne dass sie einen davon festhalten konnte.

Sergius stieß die Tür auf. »Geht vor!«

Sie trat in die Kammer. Alles sah so aus, wie sie es nach dem Ankleiden zurückgelassen hatte. Der Kamm und das Gewand, das sie am Morgen getragen hatte, lagen auf dem Bett. Die Zofe hatte beides noch nicht fortgeräumt, vermutlich, weil sie bei der Hochzeitsfeier nichts verpassen wollte.

Sergius drehte sich zu ihr um. »Dieser Mann …« Er deutete auf den Fremden, der ihnen in den Raum gefolgt war. »… behauptet, dass Emilia von Hobe vor Jahren am dänischen Hof verstorben ist.«

Emilia fasste sich an die Brust. »Das ist nicht wahr.«

»Er hat mit eigenen Augen gesehen, wie sie zu Grabe getragen wurde.« Sergius nickte dem Mann zu. »Ist es nicht so?«

»In der Tat, Herr.«

»Ihr müsst Euch täuschen! Ich bin Emilia von Hobe. Meine Schwester ist gestorben, Brunhild von Hobe. Ihr müsst zugegen gewesen sein, als sie beerdigt wurde.«

»Ich irre mich keineswegs. Mir ist bekannt, dass beide Schwestern verstarben.« Der Fremde sprach mit leicht näselnder Stimme und einem fremd klingenden Akzent.

»Aber wenn es so wäre, hätte man dann nicht meinen Vater unterrichtet? Er müsste doch …« Emilia brach ab. Selbst wenn Burkhard von Hobe vor Jahren einen Brief bekommen hätte, der ihn über den Tod seiner Tochter in Kenntnis setzte, würde er sich heute nicht mehr erinnern. Er schien ja nicht einmal mehr zu wissen, dass er eine Tochter hatte.

»Ihr seid eine dänische Spionin!« Der Fremde sah sie finster an.

»Nein!«, rief Emilia empört. »Das ist eine ungeheuerliche Anschuldigung. Habt Ihr Beweise dafür?«

Sergius trat vor und klappte den Deckel der Truhe auf. Er fischte das Büchlein heraus. Sein Hochzeitsgeschenk. »Und was ist das hier?«

Emilia öffnete den Mund, doch Sergius schnitt ihr mit einer Handbewegung das Wort ab.

Er hielt ihr das Büchlein entgegen wie eine Waffe. »Das ist der Code, mit dem Ihr Eure Nachrichten an diese dänische Möchtegernkönigin verschlüsseln solltet. Eine Schande seid Ihr, eine Verräterin!«

Emilia schluckte. Wie so viele Männer seines Standes konnte Sergius nicht lesen. »Nein, Vetter, Ihr täuscht Euch! Zeigt das Buch dem Priester, er wird bestätigen, dass nichts als ein Psalm darin steht.«

»Ach ja?« Für einen Augenblick wirkte Sergius verunsichert. Doch er hatte sich schnell wieder im Griff. »Wache!«

Der Wachmann, der vor der Tür gewartet hatte, trat ein.

Emilia wich angstvoll zurück.

Sergius deutete auf das Bett. »Holt sie heraus!«

Der Wachmann bückte sich und zog etwas unter dem Bett hervor. Als er zur Seite trat, erkannte Emilia, dass es ein Käfig war, in dem zwei Tauben saßen.

Sergius verschränkte die Arme. »Und was wolltet Ihr mit denen? Soll ich die auch dem Priester zeigen?«

Emilias Knie wurden weich. Brieftauben! Sie hatte keine Ahnung, wie die Tiere unter ihr Bett gekommen waren, und sie war sicher, dass sie sich am Morgen noch nicht dort befunden hatten. Aber das spielte keine Rolle. Sie war verloren.

Im Inneren des Gutshauses roch es nach verbrannten Kräutern. Henricus van der Wee stapfte hinter dem Knecht die Treppe hinauf in eine abgedunkelte Kammer. Als er über die Schwelle trat, wich er entsetzt zurück, so bitter war der Gestank, der ihm entgegenschlug. Fäulnis, Exkremente und der Pestgeruch des nahen Todes hingen derart schwer in der Luft, dass auch das halbe Dutzend Schälchen mit schwelenden Kräutern nicht dagegen ankam.

Henricus straffte die Schultern und trat in die Kammer. Er befahl dem Knecht, die Fensterläden zu öffnen. Er brauchte Licht. Und frische Luft.

Dann wandte er sich dem Mann zu, der in dem Bett lag und leise stöhnte. Der Kranke war kaum älter als dreißig, doch seine Wangen waren totenbleich, die Augen schwarz gerändert, und fiebriger Schweiß glänzte auf seiner Stirn. Er zitterte und stieß unentwegt unflätige Flüche aus.

Ohne sich um den Protest des Mannes zu scheren, schlug

Henricus die Bettdecke zurück. Das rechte Bein war tatsächlich dick wie der Stamm einer Eiche. Bestialischer Gestank stieg aus der notdürftig verbundenen Wunde auf.

»Wie hat man das Bein bisher behandelt?«, fragte Henricus.

»Der Chirurgicus aus Gnoien hat dafür gesorgt, dass es gut eitert, und ihn einige Male zur Ader gelassen«, erwiderte eine helle, klare Stimme von der Tür her.

Henricus blickte auf und entdeckte eine junge Frau mit Haube auf dem Kopf und Säugling auf dem Arm. Offenbar die Gemahlin des Hausherrn.

»Dachte ich mir«, brummte er. »Wann war das?«

»Vergangene Woche. Gestern kam er erneut, doch mein Gemahl hat ihn davongejagt und gedroht, ihm die Hand abzuhacken, wenn er sich ihm noch einmal nähert. Mein Hans sagt, seit der Chirurgicus ihn behandelt hat, geht es ihm schlechter. Er ist im Wahn. Das Fieber.« Sie senkte den Blick.

Henricus betrachtete erst den Patienten, dann die Frau. »Bringt eine Kerze, kochend heißes Wasser und saubere Tücher. Und Wein brauche ich auch.«

»Das könnte dir so passen, du elender Quacksalber, mir die Vorräte wegzusaufen!«, fauchte ihn der Hausherr mit überraschend lauter Stimme an.

»Ich kann auch gehen, Herr, und Euch Eurem Schicksal überlassen.«

»Das wäre meiner Gesundheit vermutlich zuträglicher. Zu viele Idioten haben schon an mir herumgepfuscht.«

Henricus nickte der Frau zu, die eilig verschwand, dann beugte er sich über seine Tasche und holte einen glitzernden Umhang hervor, der mit allerlei geheimnisvollen Symbolen bestickt war, Sternbildern, Halbmonden, Zirkeln sowie verschiedenem Getier.

»Was ist das?«, fragte der Kranke argwöhnisch.

»Das Gewand der Gilde der Heiler von Konstantinopel. Nur Ärzte, die dort studiert haben, dürfen es tragen.«

»Du hast in Konstantinopel studiert, Alter?«

Henricus verneigte sich.

»Das ist doch nur irgendein Hokuspokus!«, stieß der Kranke hervor, doch er schien beeindruckt.

Henricus holte ein reich verziertes Bronzeschälchen aus seiner Tasche und stellte es auf die Truhe neben dem Bett. Er warf einige Kräuter hinein und entzündete sie mit der Kerze, die eine Magd soeben gebracht hatte. Es krachte und zischte, grünlicher Rauch stieg aus der Schale auf. Ein scharfer Geruch verbreitete sich und überdeckte den Gestank im Raum.

Die Magd bekreuzigte sich und eilte davon. Der Mann im Bett grummelte unverständliche Worte vor sich hin.

Henricus machte sich daran, den schmutzigen Verband von der Wunde zu entfernen, ohne auf die Schmerzenslaute zu achten, die der Kranke ausstieß. Er war gerade fertig, als die junge Hausherrin zurückkehrte, eine dampfende Schüssel in der Hand und einen Stapel Leinentücher über dem Arm.

Ängstlich äugte sie in die Schale, in der die Kräuter noch immer qualmten. »Wo soll ich die Schüssel abstellen?«

»Auf dem Stuhl dort, und die Tücher hängt über die Lehne. Und dann nehmt Ihr die alten Verbände und verbrennt sie.«

»Aber ...«

»Wenn Ihr nicht wollt, dass Euer Kind ebenfalls Fieber bekommt, tut Ihr, was ich sage.«

»Wie Ihr meint, Meister.« Sie hob die eitergetränkten Verbände vom Boden auf. »Der Wein kommt sofort.«

»Vergesst nicht, auch noch einen Becher zu bringen. Und lasst ihn unverdünnt!«

Die Frau musterte ihn einen Moment schweigend, dann verschwand sie.

Henricus beugte sich über die Schüssel und wusch sich gründlich die Hände. Dann tauchte er eines der Tücher ins Wasser und wrang es aus.

In dem Moment kehrte die Frau zurück.

»Flößt Eurem Gemahl von dem Wein ein, so viel Ihr könnt«, befahl Henricus.

Die Frau füllte den Becher und hielt ihn ihrem Mann an die Lippen. Der spuckte, keuchte und fluchte, doch den größten Teil des Getränks schluckte er gierig. Der Inhalt eines zweiten Bechers verschwand in seinem Rachen, dann zeigte Henricus der Frau an, dass es genügte.

»Haltet sein Bein fest«, bat er.

Während die Frau den Oberschenkel umklammerte, säuberte Henricus die Wunde mit dem feuchten Tuch, bis der gesamte Eiter verschwunden war. Dabei sang er leise ein Wiegenlied im Dialekt seiner Heimat.

Die Frau beobachtete ihn ängstlich. Sicherlich hielt sie das einfache Lied für eine magische Formel. Das sollte sie auch. Der Umhang, die dampfende Schüssel und der Singsang verfehlten gewöhnlich ihre Wirkung nicht. Und da, wo Henricus' Heilkünste versagten, half manchmal der Glaube an vertriebene Dämonen dem Kranken wieder auf die Beine.

Endlich war die Wunde sauber. Henricus warf das Tuch auf den Boden und zog ein Messer aus dem Gürtel.

»Was habt Ihr vor?«, fragte die Frau erschrocken.

»Der Teufel ist ihm ins Fleisch gefahren«, erklärte Henricus. »Ich muss ihn wegbrennen.«

»Gütiger Himmel!« Die Frau bekreuzigte sich und schlug die Hände vors Gesicht.

»Bein herunterdrücken!«, befahl Henricus streng.

Er hielt die Klinge in die Kerzenflamme. Dann machte er sich daran, die Wundränder sauber abzuschneiden.

Der Mann brüllte wie am Spieß. Die Frau presste sich mit ihrem ganzen Gewicht auf seinen Oberschenkel. Henricus erhob erneut die Stimme, sang sein Wiegenlied und schnitt das tote Gewebe vom Bein seines Patienten. Als er fertig war, griff er nach einem weiteren sauberen Tuch und goss Wein darauf, ohne seinen Gesang zu unterbrechen. Mit dem getränkten Stoff reinigte er die Wunde. Der Kranke stöhnte nur noch leise.

Zum Schluss verband Henricus die Wunde mit einem Stück sauberen Stoff und verknotete die Enden. Er hob die Hände zum Himmel und sagte den Spruch auf, den ihm sein Mentor beigebracht hatte. Er war auf Arabisch und niemand außer Henricus verstand, was er bedeutete: »Lass deine Träume immer deine Ängste überwinden, und lass deine Taten lauter erschallen als jedes Wort.«

Als er geendet hatte, verneigte er sich.

»Der Gehörnte hat seinen Leib verlassen. Nun ist er bereit zur Heilung«, verkündete er mit feierlicher Stimme. »Habt Ihr gesehen, wie ich die Wunde mit Wein gereinigt und frisch verbunden habe?«

»Ja, Meister«, flüsterte die Frau.

»Genau so müsst Ihr es auch machen, zweimal am Tag. Und nehmt immer nur saubere Tücher. Dann geht es Eurem Gemahl bald besser.«

»Und der Leibhaftige ist wirklich fort?«, fragte sie besorgt.

»Auf und davon.« Das hoffte er zumindest.

Die Entzündung im Bein war schon weit fortgeschritten. Der Chirurgicus, der draußen vor dem Tor stand, hatte recht. Um ganz sicherzugehen, hätte man das Bein amputieren müssen. Aber dabei konnte viel schiefgehen, der Patient hätte verbluten können. Und die Folgen hätten sich sofort gezeigt. Zu riskant für Henricus' Geschmack. So immerhin hatte der Hausherr die Aussicht, völlig zu gesunden und weiterhin mit beiden Beinen durchs Leben zu schreiten. Und wenn nicht, wäre Henricus über alle Berge, bevor sich der Zustand des Patienten erneut verschlechterte.

Henricus zog den Umhang aus und packte ihn samt dem Schälchen mit den Kräutern in seine Tasche. Dann wusch er das Messer in der Schüssel, hielt es erneut in die Flamme und schob es zurück in die Scheide an seinem Gürtel.

»Euer Gemahl sollte jetzt ruhen«, erklärte er.

»Ja, Meister.« Die Frau schob die Bettdecke zurecht.

Ihr Gemahl hatte die Augen geschlossen und schien bereits eingenickt zu sein.

»Nun denn.« Henricus schloss die Tasche.

»Wollt Ihr mit uns zu Mittag speisen?«, fragte die Frau. »Ihr habt es Euch redlich verdient.«

Henricus zögerte. Ein warmes Mahl kam ihm sehr gelegen. Bei dem Gedanken an eine heiße Suppe oder gesottenes Fleisch und Gemüse lief ihm das Wasser im Mund zusammen. Aber er wollte nicht riskieren, länger als nötig auf dem Gutshof zu verweilen.

»Habt Dank, gute Frau, doch ich muss weiterziehen. Ich werde in Rostock erwartet, wo ein reicher Kaufmann schwer erkrankt ist und auf meine Dienste wartet.«

»Dann wünsche ich Euch eine gute Reise. Was bin ich Euch schuldig für die Behandlung?«

»Zehn Groschen.« Der Wochenlohn eines einfachen Handwerkers.

Ohne mit der Wimper zu zucken, griff die Frau in den Beutel, der an ihrem Gürtel hing, und zählte die Münzen ab.

Henricus fluchte lautlos. Er hätte ohne Probleme das Doppelte verlangen können. Bei diesen Bauern wusste man nie, woran man war. Manche sahen arm aus und hüteten ein Vermögen, andere lebten auf großem Fuß und nannten nicht einmal den Teller ihr Eigen, von dem sie aßen. Dankend nahm er das Geld entgegen und eilte zurück auf den Hof, wo der Knecht mit seinem Karren wartete.

Während er den Esel durch das Tor führte, pfiff er ein Liedchen vor sich hin. Alles in allem konnte er zufrieden sein. Er hatte mit großer Wahrscheinlichkeit einem Mann das Leben gerettet und dabei noch so gut verdient, dass er eine Woche davon leben konnte, wenn er gut haushielt, sogar zwei. Und Futter für den Esel sprang auch noch davon raus. An Tagen wie diesem war er geneigt zu glauben, der Herr im Himmel halte trotz all der schrecklichen Prüfungen, die er ihm auferlegt hatte, seine schützende Hand über ihn. An anderen jedoch kam es ihm eher so vor, als wolle er mit den gelegentlichen Freuden seine Qualen nur verschlimmern.

Unruhig lief Emilia im Zimmer auf und ab. Der Wachmann, den Sergius bei ihr zurückgelassen hatte, beobachtete sie argwöhnisch. Ihr Bräutigam war mit dem Fremden losgegangen, um Zeugen zu suchen, die bestätigen konnten, dass sie Emilia kannten. Sie hatte darum gebeten, auch den Vater bringen zu lassen. Vielleicht hatte er ja einen hellen Moment und konnte bezeugen, wer sie war.

Sie tastete nach dem Medaillon, das um ihren Hals hing. Wenn man es aufklappte, kam ein winziges Porträt zum Vorschein, das ihre kleine Schwester und sie zeigte. Das Bild war vor vielen Jahren am Hof von Margrete angefertigt worden. Doch auch wenn sie dem Mädchen auf dem Bildnis noch immer ähnelte, war es kein Beweis, dass sie tatsächlich Emilia von Hobe war.

Endlich hörte sie polternde Schritte. Kurz darauf trat Sergius ein, gefolgt von einem alten Knecht, der ihren Vater am Arm führte. Emilia kannte den Alten, doch sie erinnerte sich nicht an seinen Namen.

»Du kennst mich doch«, sprach sie ihn an. »Du hast mich oft aus den Ställen vertrieben, wenn ich heimlich bei den Pferden war. Erinnerst du dich?«

Der alte Knecht blickte verunsichert zwischen ihr, Sergius und ihrem Vater hin und her.

»Nun sprich schon!«, forderte Sergius ihn auf. »Kennst du sie? Ist das Emilia, die Tochter deines Herrn?«

Der Knecht begann zu zittern. »Ich weiß nicht«, stammelte er. »Ich bin nicht mehr der Jüngste, meine Augen sind schwach. Und Emilia war ja noch ein kleines Mädchen, als sie uns verließ.«

»Ha!« Sergius stieß ihn zur Seite.

Emilia stürzte zu ihrem Vater und packte ihn an seinem Surcot. Man hatte ihn für die Hochzeit in festliche Gewänder gesteckt, die er offenbar vor Jahren zum letzten Mal getragen hatte. Der Stoff schlabberte um seinen abgemagerten Körper.

»Vater!«, rief Emilia. »Erkennst du mich? Weißt du, wer ich bin?«

»Agnes? Bist du das?«

Emilia schluchzte auf. Agnes war der Name ihrer verstorbenen Mutter. »Bitte, Vater, du musst mich doch erkennen.«

»Aber das tue ich doch, Agnes.« Er tätschelte ihre Wange. »Wie jung und hübsch du bist.«

Sergius deutete auf den Knecht. »Führ deinen Herrn in seine Kammer.«

Der Knecht gehorchte. Als die beiden fort waren, tauchte der Hofmeister auf, zwei junge Frauen im Schlepptau.

»Das sind zwei der Damen, mit denen sie angereist ist«, sagte er zu Sergius.

Erleichtert atmete Emilia auf. Es waren Mechthild und Constanze. Die beiden kannten sie seit Jahren, sie wussten, wer sie war. Constanze war einige Jahre älter als sie und stammte ebenfalls aus Mecklenburg. Sie war erst mit vierzehn an den dänischen Hof gekommen und hatte alle mit ihren gewandten Umgangsformen und ihrer Schönheit für sich eingenommen. Anfangs hatte Emilia nicht viel mit dem älteren Mädchen anfangen können, aber nach Brunhilds Tod hatte Constanze sie liebevoll getröstet, und sie hatten sich angefreundet.

»Constanze, bitte steht mir bei!«, flehte Emilia die Freundin an. »Hier liegt bestimmt ein schreckliches Missverständnis vor. Ihr müsst mir helfen, es aufzuklären.«

Constanze runzelte die Stirn und wandte sich an Sergius. »Was geht hier vor?«, fragte sie mit scharfer Stimme.

»Wer seid Ihr?«, fragte Sergius ebenso scharf zurück.

»Constanze von Gnoien, Tochter des Grafen von Gnoien.« Sie reckte das Kinn.

»Könnt Ihr bestätigen, dass dies Emilia von Hobe ist? Seid Ihr mit ihr am dänischen Hof erzogen worden?«

Constanzes Augen flackerten. »Ich verstehe nicht ...«

»Beantwortet meine Frage. Könnt Ihr beschwören, dass dies hier die Tochter des Burkhard von Hobe ist?«

»Diese Frau wurde mir am dänischen Hof als Emilia von Hobe vorgestellt. Aber ich kann nicht beschwören, dass sie es wirklich ist.«

Emilia starrte ihre Freundin entsetzt an. Doch diese mied ihren Blick.

Sergius wandte sich an Mechthild. »Was sagt Ihr dazu?«

»Mechthild von Praunheim ist mein Name.« Mechthild knickste eifrig. »Ich kann bestätigen, was Constanze gesagt hat.« Sie senkte den Kopf und studierte ihre Schuhspitzen.

»Das genügt! Verschwindet! Raus hier, alle!« Sergius wedelte mit den Armen.

»Constanze!« Emilia rannte zur Tür, um ihrer Freundin den Weg zu versperren. »Warum tut Ihr mir das an? Ihr wisst doch, wer ich bin!«

Eine derbe Hand packte sie an der Schulter und riss sie zurück. Sie zuckte zusammen. Aber nicht wegen der Grobheit. Ihre Narbe schmerzte! Die Narbe – warum hatte sie nicht gleich daran gedacht?

Sie drehte sich um. Der Wachmann stand so dicht vor ihr, dass sie erschrocken zurückzuckte. Sie wandte sich ihrem Vetter zu.

»Sergius!«, rief sie. »Ihr müsst mich anhören! Ich kann beweisen, wer ich bin!«

Sergius winkte ab. »Ich habe genug von Euren *Beweisen*. Ich werde herausfinden, was hier vorgeht, verlasst Euch drauf. Ich werde sofort einen Boten nach Schwerin schicken. Morgen mache ich mich in aller Frühe höchstselbst auf den Weg dorthin, um mich mit Herzog Albrecht zu beraten.« Er nickte dem Wachmann zu. »Führt sie in den Kerker. Sorgt dafür, dass es ihr an nichts mangelt. Lasst ihr Speis und Trank und eine warme Decke bringen. Und passt gut auf sie auf. Ich möchte nicht, dass ihr ein Leid geschieht, solange wir nicht wissen, welches Spiel hier gespielt wird.«

Emilia fühlte sich wie in einem Albtraum, als sie von zwei Wachmännern in das Kellergeschoss eskortiert wurde. Im Gewölbe brannte eine Fackel, doch in dem Kerker, in den man sie schubste, war es stockdunkel, und es stank nach Fäulnis und Exkrementen.

Als die Tür hinter ihr zugeschlagen wurde und der Schlüssel sich quietschend im Schloss drehte, kam es Emilia vor, als hätte man sie lebendig begraben.

In Windeseile war Nikolaus zurück in der Stadt. Die Wachen am Kuhtor sahen ihn zwar misstrauisch an, aber er grüßte einfach fröhlich, zeigte in den Himmel und sagte, dass es doch schön sei, dass die Sonne so herrlich scheine. Sie hoben verdattert den Blick in den Himmel, und Nikolaus ritt unbehelligt an ihnen vorüber.

Die Nikolaikirche lag nur vierhundert Fuß vom Kuhtor entfernt. Der Chor war hoch gebaut, ein Schwibbogen erlaubte es, die Kirche zu unterqueren. Nikolaus betrachtete das Hauptportal. Hier gingen ständig Leute ein und aus, niemand würde es wagen, ein Pferd zu stehlen. Sollte allerdings Madruzzo wie durch ein Wunder hier auftauchen, würde er sein Pferd sofort erkennen und Alarm schlagen. Dann müsste Nikolaus erklären, woher er den Hengst hatte. Selbst mit Albrechts Vollmachten würde man ihn als Pferdedieb aus der Stadt werfen und das Tier dem rechtmäßigen Besitzer zurückgeben. Dass Madruzzo das Recht an dem Pferd verloren hatte, weil Nikolaus ihn ritterlich besiegt hatte, würde nicht zählen, denn es gab keine Zeugen.

Er stieg ab und führte das Pferd bis an die Stadtmauer. Dort entdecke er eine einsame Nische, in die der Hengst hineinpasste. Er band ihn an, bat Gott, er möge Diebe fernhalten, und zog das Dokument aus der Tasche. Er rollte es auf. Ohne Madruzzos Erklärung hätte er nie herausgefunden, dass dies der Plan der Katakomben der Nikolaikirche war. Zwar erkannte er den Grundriss einer Kirche mit drei Schiffen, aber davon gab es in der Gegend Dutzende. Nikolaus hatte nicht einmal gewusst, dass sich unter dieser Kirche Katakomben verbargen. Er war davon ausgegangen, dass solche unterirdischen Beinhäuser nur in Rom oder Paris existierten.

Er suchte einen Hinweis auf den Eingang in die Unterwelt, fand aber nichts. Stattdessen stand über dem Ostschiff der Kirche ein Satz: »Wer bei Ägidius von Keltow zu Gast ist, der ist bei den Toten zu Gast.«

Nikolaus überlegte. Der Spruch bedeutete ganz offensichtlich, dass Ägidius von Keltow tot war und auf dem Friedhof begraben lag. Aber das allein konnte nicht gemeint sein, es wäre zu banal. Der Friedhof der Wohlhabenden grenzte an das Ostschiff. War dort auch der Eingang zu den Katakomben zu finden?

Nikolaus umrundete die Kirche, betrat den Friedhof, auf dem Grabplatten den Eingang zu den Familiengruften markierten. Doch nirgends konnte er den Namen Ägidius von Keltow entdecken. Also hatte er sich getäuscht und das Rätsel war schwieriger zu lösen, als er gedacht hatte. Missmutig kickte er einen kleinen Stein beiseite, der in einem Gebüsch landete und einen seltsamen Laut von sich gab: als treffe Stein auf Stein.

Nikolaus sah sich um. Er war allein. Rasch schritt er um den Busch. Dahinter kam eine weitere Grabplatte zum Vorschein: die des Ägidius von Keltow.

Mit beiden Händen packte er die Platte. Wenn sie tatsächlich den Eingang zu den Katakomben markierte, müsste er sie ohne Probleme bewegen können. Doch sie rührte sich nicht vom Fleck. Entweder irrte Nikolaus sich, oder der Mechanismus war komplizierter, weil der Erbauer der Katakomben nicht wollte, dass jeder Fremde hinabsteigen konnte.

Nikolaus tastete die Platte ab, doch das Grab gab sein Geheimnis nicht preis. Er suchte weiter. Ägidius' Grab lag nahe der Kirchenmauer, vielleicht fand er dort einen versteckten

Hebel oder einen anderen Eingang. Er erhob sich und betrachtete die Backsteinmauer genau. Tausende Steine. Tausende Möglichkeiten für einen versteckten Mechanismus.

Nikolaus musste sich beeilen. Madruzzo würde nicht ewig an den Baum gefesselt bleiben. Er tastete die Steine ab, doch es waren einfach zu viele. Und sie bildeten ein geometrisches Muster aus Linien und Sternen, das durch verschiedenfarbige Steine entstand. In genau gleichen Abständen waren Eisenklammern eingelassen, um das Gebäude zu festigen. Er suchte nach einem Stein, der nicht in diesem Regelmaß eingemauert war. Schon bald flimmerte es ihm vor Augen. Auch dieser Versuch scheiterte.

Er betrachtete die Grabplatte. »Sprich mit mir, Ägidius«, murmelte er. Sein Blick ging zur Mauer und wieder zur Grabplatte. Und tatsächlich: Ägidius sprach zu ihm. Auf der Platte fand sich dasselbe Muster wie auf der Kirchenwand. Ein Punkt des Musters auf der Grabplatte war hervorgehoben. Es war eine der Eisenklammern. Nikolaus trat zurück an die Kirchenmauer und betrachtete die Klammer von allen Seiten, sie schien unverrückbar fest im Mauerwerk zu stecken.

Er zog seinen Kettenhemdstecher, einen starken dreieckigen Eisendorn, presste die Spitze unter die Klammer und drückte auf den Schaft. Zuerst geschah nichts, dann gab die Klammer plötzlich nach. Ein metallisches Klacken, das aus dem Grab des Ägidius kam, belohnte Nikolaus für seine Mühe. Jetzt ließ sich die Platte leicht beiseiteschieben.

Darunter kamen Stufen zum Vorschein, das Sonnenlicht sickerte jedoch nur wenige Fuß in die Gruft hinein. Nikolaus konnte nicht erkennen, wie weit sich die Katakomben erstreckten, aber üblicherweise konnten sie sich Hunderte Fuß weit ausdehnen.

Nikolaus hob den Kopf zum Himmel, nach wie vor

strahlte die Sonne auf Rostock herab. Er lächelte, zog sein Schwert, stieg die ersten Stufen hinunter. Dann hielt er die blank polierte Klinge in die Sonne und drehte sie so, dass das Licht in den Gang fiel. Der Strahl, den sein Schwert weiterleitete, verlor sich nicht im Dunkel, sondern beleuchtete einen Gang, der an einer ehemals weiß gekälkten Wand endete. Nur ein paar Flecken waren übrig, darunter kam der nackte Fels zum Vorschein. Die Katakombe schien nicht besonders groß zu sein.

Umso besser. Nikolaus stieg die letzten Stufen hinab. In den Mauernischen rechts und links des Ganges lagen fein säuberlich gestapelt Schädel bei Schädeln, Oberschenkelknochen bei Oberschenkelknochen. Alle großen Knochen waren auf diese Weise sortiert, die kleinen wie Wirbel oder Finger lagen dahinter aufgeschüttet.

Nikolaus wartete, bis seine Augen sich an das Halbdunkel gewöhnten. Zögernd drehte er sich im Kreis. Wollte er wirklich die Ruhe der Toten stören? Würde Gott ihm zürnen?

Er seufzte. Hatte er denn eine Wahl? Ihm blieb nur eins: Er würde sorgsam vorgehen und jeden Knochen wieder an seinen Platz legen.

Er begann mit der ersten Nische und stellte fest, dass die Knochen so dicht aufeinandergelegt waren, dass man so gut wie nichts dazwischenstecken konnte. Ein Buch hätte er sofort ausgemacht, es hätte aus den Knochen herausstehen müssen. Vorsichtig spähte er in die winzigen Ritzen, ging von rechts nach links, von unten nach oben vor. Zweimal musste er das Schwert neu ausrichten, damit er genug sehen konnte. Sosehr er sich auch mühte, er konnte nichts finden. Hatte Madruzzo ihn belogen? Zumindest nicht, was den Plan anging. Die Katakomben lagen so, wie es auf dem Pergament eingezeichnet war. Wahrscheinlich war bereits Madruzzo betrogen worden von jemandem, der ihm den wertlosen Plan für viel Geld verkauft hatte.

Obwohl Nikolaus inzwischen mehr als zwei Stunden unter der Erde verbracht hatte und die Zeit allmählich knapp wurde, untersuchte er alles noch einmal. Mit demselben Ergebnis. Nichts. Für einen Moment überkam ihn die Verzweiflung. Madruzzo war sein letzter Hinweis gewesen und gleichzeitig der beste. Jetzt musste er wieder von vorn beginnen.

Albrecht würde er vorerst nicht über den Rückschlag informieren, wahrscheinlich würde der Herzog ihm sonst die weitere Suche untersagen. Es hatte Nikolaus ohnehin seine ganze Überredungskunst gekostet, seinen Herrn zu überzeugen. Und jetzt, wo alle Zeichen auf Krieg deuteten, stand Albrecht wohl noch viel weniger der Sinn danach, Geld für Unternehmungen hinauszuwerfen, deren Erfolg mehr als fragwürdig war.

Nikolaus ging zur Treppe, nahm sein Schwert und verschloss die Gruft. Zuletzt brachte er den Riegel an der Kirchenmauer in seine ursprüngliche Stellung. Wo sollte er weitersuchen? Er hatte die Spur des Buchs von Lasino über Nürnberg und Prag bis nach Rostock verfolgt. Madruzzo war das letzte Glied einer Kette von Hinweisen gewesen.

Es gab andere Gerüchte, die besagten, dass der Codex zuletzt im nordfriesischen Rungholt gewesen und bei der Marcellusflut mitsamt der Stadt vom Meer verschluckt worden sei. Dann wäre er schon vor mehr als zwei Jahrzehnten vernichtet worden. Doch das wollte Nikolaus nicht glauben. Das Buch durfte nicht verloren sein.

Bevor Nikolaus den Friedhof verließ, blickte er aufmerksam in alle Richtungen. Niemand zu sehen. Er steckte das Schwert in die Scheide und lief los.

Als er um die Ecke der Kirche bog, erkannte er seinen Fehler. Madruzzo stand breitbeinig vor ihm. Und er war nicht allein. Drei Mann hatte er aufgeboten, alle hatten ihre Klingen gezückt.

Emilia wusste nicht, wie viele Stunden vergangen waren. Die Dunkelheit nahm ihr jedes Zeitgefühl. Kurz nachdem man sie in den Kerker gebracht hatte, war die Tür noch einmal aufgegangen, ein Knecht hatte ein Tischlein aufgestellt und etwas kaltes Fleisch, Brot und einen Krug verdünnten Wein sowie ein Talglicht darauf abgestellt.

Für das Licht war sie am dankbarsten. Und da es noch immer brannte, war wohl viel weniger Zeit seit ihrer Einkerkerung verstrichen, als es ihr vorkam.

Sie wagte nicht, darüber nachzudenken, was geschehen mochte, wenn sich niemand fand, der bestätigen konnte, wer sie war. Nur ein Gedanke gab ihr Hoffnung: Es musste Menschen geben, die sich an das Unglück in der Waffenkammer erinnerten, die wussten, dass die echte Emilia von Hobe eine auffällige Narbe an der Schulter hatte.

Der Waffenmeister, der die Wunde genäht hatte. Lebte er noch? Die Zofe, die die Wunde täglich frisch verbunden hatte. Nikolaus von Brunn, der dabei gewesen war, als es geschah. Was mochte er wohl gerade machen? Würde er für sie aussagen?

Emilia lehnte sich gegen die kalte, feuchte Steinwand. Bestimmt war das Mauerwerk schmutzig, und sie trug noch immer ihr kostbares Hochzeitsgewand. Doch was spielte das für eine Rolle? Es sah nicht so aus, als würde sie heute noch heiraten. Im Gegenteil, sie konnte froh sein, wenn sie den Tag nicht unter dem Henkersbeil beendete.

Draußen näherten sich Schritte.

Emilia horchte auf. Bisher war alles still gewesen. Vermutlich saßen die Wachleute oben in der Stube, statt sich vor ihrer Tür die Beine in den Bauch zu stehen. Wozu auch? Hier käme sie allein nicht heraus.

Die Schritte verstummten vor der Tür, ein zaghaftes Klopfen ertönte. »Emilia?«

»Constanze!«

»Psst, seid leise, man darf uns nicht hören.«

Enttäuscht ließ Emilia die Schultern hängen. Keine guten Nachrichten also.

Ein Schaben war zu hören, und dann wurde die Kerkertür vorsichtig aufgeschoben. Constanze schlüpfte herein und drückte die Tür hinter sich zu.

»Wie seid Ihr an den Schlüssel gekommen?«, fragte Emilia verwundert.

Constanze lächelte. »Das spielt im Augenblick keine Rolle. Hört mir genau zu. Ich habe einen Plan, wie Ihr hier herauskommt.«

»Ihr meint, Ihr könnt Sergius überzeugen, dass ich die echte Emilia von Hobe bin?«

»Nein. Ich spreche von Eurer Flucht.«

»Aber ich will doch meine Unschuld beweisen, und ich weiß, dass ich es kann. Wenn ich fliehe, wird mir niemand mehr glauben.«

»Natürlich sollt Ihr Eure Unschuld beweisen. Jedoch braucht Ihr Hilfe. Und Zeit.«

»Aber …«

»Vertraut mir, ich weiß, was ich tue.«

»Wie soll ich hier herauskommen? Und wohin soll ich gehen?«

Constanze hob die Hand. »Lasst mich erklären. Wir haben einen Verbündeten, er führt Euch sicher aus der Burg.

Etwa eine Meile von hier steht ein verlassener Heuschober. Versteckt Euch darin. Ich schicke Euch jemanden, der Euch auf die Burg meines Vaters bringt. Dort seid Ihr erst einmal in Sicherheit.«

Emilia musterte Constanze verunsichert. Einerseits verlockte sie nichts mehr, als endlich wieder aus diesem finsteren, stinkenden Loch herauszukommen. Andererseits erschien es ihr unklug, sich Sergius' Anweisungen zu widersetzen. Machte sie damit nicht alles noch schlimmer? Und warum half ihr Constanze, obwohl sie nicht für sie gesprochen hatte?

»Ich habe gehört, dass Euer Vetter den Henker hat rufen lassen«, sagte Constanze mit ernster Stimme. »Nur zur Sicherheit, wie er behauptet. Aber wollt Ihr Euch darauf verlassen?«

Emilia fasste sich an die Kehle, ihr Hals war mit einem Mal ganz eng. Der Henker! Sie hatte keine Wahl. »Was muss ich tun?«

Hastig erklärte Constanze ihr den Plan. Nachdem sie ihr noch einmal eingeschärft hatte, keinesfalls davon abzuweichen, drückte sie Emilias Hände, wünschte ihr Glück und verließ die Zelle. Sie zog die Tür zu, verschloss sie jedoch nicht.

Wie abgesprochen zählte Emilia langsam bis fünfhundert, um ihrer Freundin Zeit zu geben, den Schlüssel wieder an Ort und Stelle zu deponieren und zu den anderen Hofdamen zurückzukehren. Als sie fertig war, horchte sie noch einen Moment in die Stille, dann öffnete sie behutsam die Kerkertür. Der Gang war leer, die Fackel brannte ruhig.

Auf Zehenspitzen schlich Emilia die Treppe hinauf. Der Korridor war in Dämmerlicht getaucht. Aus der Wachstube hörte sie Stimmen und lautes Gelächter. Vorsichtig schlich sie in die entgegengesetzte Richtung. Obwohl Emilia glaubte, als Kind jeden Winkel der Burg erforscht zu haben, wusste sie nur ungefähr, wo sie war. Sie erinnerte sich, dass ihr der Keller mit den Verliesen immer unheimlich gewesen war, vermutlich hatte sie deshalb diesen Teil der Burg gemieden.

Ein leiser Pfiff ließ sie zusammenfahren. Wie aus dem Erdboden gewachsen stand ein Mann in grüner Kleidung vor ihr. Der Wildhüter, genau wie Constanze angekündigt hatte. Er hielt den Finger an die Lippen und deutete auf eine kleine Pforte. Als sie mit dem Mann in den dunklen Gang getreten war, der hinter der Pforte lag, ließ er einen Wandvorhang zurückgleiten, der den Ausgang verbarg.

Finsternis umgab sie, doch der Wildhüter schien den Weg auch im Dunkeln zu kennen. Er packte sie bei der Hand und zog sie hinter sich her. Schon nach wenigen Schritten erfüllte fahles Dämmerlicht den Gang, dann blieben sie vor einer weiteren Tür stehen. Der Mann horchte, bevor er sie öffnete.

Kurz darauf standen sie im hinteren Teil der Stallungen, wo alte Decken, zerrissenes Zaumzeug und jede Menge Seile und Schnüre an der Wand hingen.

Der Aufseher deutete auf einen Handkarren, der mit alten Lumpen, Brettern und Werkzeug gefüllt war.

»Kriecht darunter!« Er hob die Lumpen an. »Wir gehen in den Wald, ein paar Zäune müssen repariert werden.«

Emilia zögerte. Konnte sie dem Mann vertrauen? Unter den Lumpen hatte sie keine Möglichkeit zu sehen, wohin er sie brachte.

Draußen ertönten Schritte und Stimmen.

Emilia wartete nicht länger. Rasch krabbelte sie in das Gefährt. Der Aufseher breitete die Lumpen wieder über ihr aus, legte noch etwas Schweres darüber, vermutlich weitere Bretter, dann setzte sich der Handkarren in Bewegung.

Holpernd ging es über den Burghof. Emilia vernahm Stimmen und Geklapper, das Wiehern von Pferden und das Knallen einer Peitsche. Es klang nach einem gewöhnlichen Werktag. Nichts deutete darauf hin, dass hier vor wenigen Stunden die Vermählung des neuen Hausherrn abgebrochen worden war.

Was mochte mit den Gästen geschehen sein? Waren sie bereits abgereist? Oder vergnügten sie sich im großen Saal, ohne sich um die verschwundene Braut zu scheren? Was hatte Sergius ihnen erzählt? Wussten sie, welchen Vergehens sie bezichtigt wurde?

Allmählich wurde es stiller. Sie hatten den Burghof verlassen und fuhren über die Felder. An der Veränderung des Lichtes vermeinte Emilia zu erkennen, dass sie in den Wald gelangt waren.

Abrupt blieb der Karren stehen. Die Last wurde von ihr heruntergenommen.

»Aussteigen!«, befahl der Wildhüter mit harscher Stimme. »Ab hier geht es zu Fuß weiter.«

Mit steifen Gliedern krabbelte Emilia aus dem Wagen. Während sie sich reckte, sah sie sich um. Sie standen am Waldsaum, nur wenige Schritte von den Weiden und Feldern entfernt, die das Dorf und die Burg Wasdow umgaben. Das Gras und die Dächer glänzten nass im Licht der tief stehenden Sonne. Offenbar war das Unwetter niedergegangen, während sie im Kerker gesessen hatte.

Wehmut überkam Emilia und die plötzliche Gewissheit, dass sie ihre Heimat lange nicht wiedersehen würde.

»Nun macht schon, setzt Euch in Bewegung, wir haben nicht den ganzen Tag Zeit. Es wird bald dunkel.«

Emilia wandte sich ihrem Verbündeten zu. Zum ersten Mal hatte sie Gelegenheit, ihn genauer zu betrachten. Er mochte etwa zehn Jahre älter sein als sie und hatte ein kantiges, pockennarbiges Gesicht. Sie war sicher, dass er in ihrer Kindheit noch nicht auf Wasdow gearbeitet hatte. Warum also half er ihr?

»Wo entlang?«, fragte sie.

Er nickte in Richtung eines schmalen Trampelpfades, der tief ins Unterholz führte. »Ihr geht voran.«

Schweigend liefen sie immer tiefer in den Wald hinein. Zweimal hatte Emilia den Eindruck, dass sie in die Nähe einer Landstraße kamen, doch immer bog der Pfad im letzten Moment ab und führte zurück ins Unterholz. Auf einer Lichtung endete er unvermittelt.

Emilia drehte sich um. »Hier geht es nicht weiter. Sollten wir nicht allmählich …« Sie stockte, starrte ungläubig auf das Messer, das der Mann in der Hand hielt.

»Hier endet deine Reise, Mädchen«, sagte er mit einem breiten Grinsen.

»Nein«, flüsterte Emilia. »Das könnt Ihr nicht tun.«

»Ach wirklich, mein Täubchen? Warum denn nicht?« Er machte einen Schritt nach vorn, packte sie und hielt ihr das Messer an die Kehle.

In Todesangst schrie Emilia auf.

Der Mann lachte rau. »Schrei nur, schrei, so laut du willst. Hier draußen hört dich niemand.«

Madruzzo grinste breit. »Wenn das nicht der Ritter ist, der mich hinterhältig meines Pferdes beraubt hat.«

»Signore! Ich gebe zu, dass ich Euch unterschätzt habe, und bin gleichsam erfreut, dass Ihr ein gelehriger Schüler seid.« Nikolaus zeigte auf die drei Kerle. Es waren keine Ritter, das sah man an ihrer Gewandung. Es waren gewöhnliche Schlagetots, die man für ein paar Münzen in jeder Spelunke auftreiben konnte.

Dennoch waren vier Gegner keine Kleinigkeit. Nikolaus hätte sie vielleicht besiegen können, aber das Risiko, ernsthaft verletzt zu werden, war zu hoch. Außerdem reizte es ihn, Madruzzo eine weitere Lektion zu erteilen.

Madruzzo zeigte auf das Gebüsch. »Was habt Ihr dahinten gemacht? Habt Ihr das Buch gefunden?«

Nikolaus hob bedauernd die Hände. Die Schlagetots zuckten zusammen. Vielleicht genügte es ja, die drei laut anzubrüllen, um sie in die Flucht zu schlagen.

»Ich will ehrlich zu Euch sein: Nichts habe ich gefunden. Und wenn ich etwas gefunden hätte, würde ich es Euch nicht übergeben.«

»Ich glaube Euch kein Wort.« Madruzzo streckte die Hand aus. »Rückt das Buch heraus!«

Nikolaus überlegte fieberhaft. Zwischen ihm und seinen Feinden lagen gute neun Fuß. Bis sie heran waren, konnte er sich umdrehen und fliehen. Mit etwas Glück würde er ihnen im Gewirr der Gassen entkommen.

Aber das genügte nicht. Er musste den Italiener ein für alle Mal loswerden. Er kniete nieder, ließ Madruzzo dabei nicht aus den Augen. Die Erde war trocken und staubig. Es hatte seit einer Weile nicht geregnet, doch dunkle Wolken ballten sich im Süden am Horizont. Bald würde die Sonne verschwinden.

»Nun, da mein Ende naht«, sprach Nikolaus, »will ich meine Sünden beichten und Gott um Vergebung bitten.«

Er senkte den Kopf, nahm zwei Hände voll Dreck, sprang auf und schleuderte ihn Madruzzo entgegen. Der hob eine Hand, um seine Augen zu schützen. Auch seine Kumpane rissen erschrocken die Arme hoch, doch zu spät. Einer der ältesten Tricks überhaupt, und diese Tölpel waren darauf hereingefallen.

Nikolaus rannte los. Madruzzo fluchte und nahm die Verfolgung auf, die drei Schlagetots stolperten hinter ihm her. Durch die Seitenpforte hechtete Nikolaus in die Kirche. Es wurde gerade keine Messe gelesen, alle Altäre waren verwaist, was Nikolaus wie gerufen kam.

Hinter sich hörte er seine Verfolger.

»Jetzt sitzt er in der Falle!«, rief Madruzzo triumphierend.

Nikolaus erreichte den Aufgang zum Glockenturm, nahm drei Stufen auf einmal, bis er oben war. Schwer atmend schaute er sich um und wartete einen Moment, damit seine Feinde aufschließen konnten. Es kam darauf an, dass er den richtigen Moment erwischte. Madruzzo würde glauben, er spränge in den Tod, aber Nikolaus hatte nicht vor, eine Todsünde zu begehen.

Im Kirchturm hingen vier Glocken. Eine davon, die größte, hieß St. Nikolai. Ebenso wie Nikolaus war die Kirche nach dem Schutzheiligen der Schiffer, Fischer und Brauer benannt, und wenn seine Glocke erscholl, wusste jeder in Rostock, was zu tun war.

Nikolaus streifte seine schweren Lederhandschuhe über, die er in der Schlacht unter den Kettenhandschuhen trug. Er stellte sich an die Kante des Glockenstuhls, an dem die Nikolai-Glocke aufgehängt war, löste das Seil, band es mit einem Knoten, den er mit einem Zug öffnen konnte, an eine schmale Strebe.

Madruzzo schob vorsichtig seinen Kopf um die Ecke des Aufgangs, erkannte, dass Nikolaus nicht weiterkonnte. Die Schlagetots drängten hinter ihm auf das schmale Podest.

Madruzzo senkte die Schwertspitze auf den Holzboden.

»Gefangen wie ein Täubchen. Jetzt wäre es an der Zeit, mir das Buch auszuhändigen, meint Ihr nicht?«

Nikolaus drehte sich einmal um sich selbst. »Seht Ihr hier

irgendwo ein Buch? Signor Madruzzo, ich gebe Euch ein letztes Mal die Gelegenheit, von mir abzulassen. Erklärt Eurem Auftraggeber, dem Dogen von Venedig, dass es das Buch nicht gibt. Er wird ein Einsehen haben. Solltet Ihr jedoch darauf bestehen, mich anzugreifen, wird es Euch schlecht ergehen und Ihr werdet Eure Heimat so schnell nicht wiedersehen.«

Madruzzo war sichtlich erbost. »Ihr seid ein eitler Geck, von Brunn. Ihr sollt für Eure unverschämten Worte büßen.«

Er hob sein Schwert und gab seinen Männern ein Zeichen, die in die andere Richtung um den Glockenstuhl herumliefen. Nikolaus war von zwei Seiten eingekreist. Eine hoffnungslose Situation, wäre da nicht die Glocke gewesen. Mit einem Ruck löste Nikolaus das Seil, legte es sich um beide Unterarme und sprang in die Tiefe.

»Für Eva!«, rief er.

Der Ruck des sich straffenden Seils fuhr mit Gewalt durch ihn hindurch, doch schon gab es nach, die Glocke schwang aus, der Klöppel schlug an, der erste Ton dröhnte durch den Kirchturm. Seine Feinde ließen ihre Schwerter fallen und hielten sich die Ohren zu. Nikolaus war bereits so weit unten, dass ihm der Lärm nichts mehr anhaben konnte.

Er ließ das Seil ein Stück durch seine Hände laufen, spürte die Hitze, die durch die Reibung entstand. Ohne die Handschuhe wären seine Handflächen verbrannt, als hätte er sie in die Glut einer Esse gehalten.

Seine Feinde waren vorerst ausgeschaltet, aber diesmal würde er nicht den Fehler machen, sie laufen zu lassen. Madruzzo hatte es so gewollt.

Kaum war Nikolaus auf den kühlen Platten des Bodens angekommen, zog er das Geleitschreiben Albrechts, das ihn als dessen Bevollmächtigten auswies, aus dem Saum seines Wamses. Keinen Moment zu spät.

Gerade als er aus dem Glockenturm ins Kirchenschiff trat, wurde das Eingangsportal aufgerissen und mehrere schwer bewaffnete Stadtwachen drängten herein. Von draußen hörte er schreiende, rennende Menschen und das Klappern von Holz und Werkzeug. Jedes Viertel stellte Bewaffnete für die Verteidigung der Stadt, die jetzt eiligst die Wehrgänge aus Holz anbringen würden, die in Friedenszeiten zerlegt in den Scheunen lagerten, damit sie nicht verfielen. Die Glocke hatte sie herbeigerufen.

»Stehen bleiben, Mann!«, brüllte der vorderste der Wachmänner. Er schien der Hauptmann zu sein.

Nikolaus gehorchte, denn die anderen Männer legten mit Armbrüsten auf ihn an.

»Ich bin im Auftrag Albrechts unterwegs und habe im Glockenturm Spione aus Dänemark gestellt«, erklärte er mit erhobenen Armen. »Hier ist die Vollmacht unseres Herzogs.« Er wedelte mit dem Pergament, ohne die Arme zu senken.

Die Männer kreisten ihn ein, der Hauptmann griff nach dem Dokument. Was für ein Glück, dass der Mann anscheinend des Lesens kundig war und offenbar auch das Siegel erkannte!

»Senkt die Waffen, Männer«, befahl er, verbeugte sich und gab das Pergament zurück. »Verzeiht den Eifer meiner Leute, Nikolaus von Brunn.«

»Ihr habt vollkommen richtig gehandelt. Jetzt geht, nehmt die Männer auf dem Glockenturm fest, und werft sie in den Kerker.«

Der Hauptmann nickte grimmig.

»Ich bin in Eile«, sagte Nikolaus. »Ich muss so bald als möglich nach Schwerin.«

Der Hauptmann zeigte auf einen seiner Männer. »Du

hebst den Alarm auf und geleitest den Herrn von Brunn zum Kröpeliner Tor. Gott schütze Euch auf Euren Wegen.«

»Ich danke Euch, Hauptmann. Gott möge Euch und Euren Männern allzeit gewogen sein.«

Der Wachmann und Nikolaus verließen die Kirche. Madruzzos Araberhengst stand noch genau an derselben Stelle, an der Nikolaus ihn zurückgelassen hatte, obwohl die Menschen wie die Ameisen um ihn herumwimmelten. Der Wachmann griff sich den Erstbesten und teilte ihm mit, dass kein Angriff bevorstünde, dass der Alarm aufgehoben sei und dass er das weitergeben solle.

Nikolaus schwang sich in den Sattel, blickte über die Rostocker Bürger hinweg. Eine Viertelstunde war vergangen, seit er die Glocke geläutet hatte, und bis auf wenige Handgriffe waren die Wehrgänge einsatzbereit. Rostock war eine wehrhafte Stadt.

»Herr von Brunn«, sagte der Wachmann und zeigte auf eine schmale Gasse, die von der Kirche aus nach Westen zum Kröpeliner Tor führte. »Wenn Ihr mir folgen würdet ...«

Nikolaus wandte sich dem Mann zu. »Ich finde den Weg allein, Ihr werdet hier dringender gebraucht. Habt Dank!«

Als er dem Hengst in die Seiten trat, sah er aus den Augenwinkeln eine Gestalt in eine Gasse laufen. Ein heißer Schreck fuhr ihm in die Glieder. Verflucht! Was hatte das zu bedeuten? Was wollte ...

Nikolaus zog an den Zügeln und wendete den Hengst. Doch als er die Gasse erreichte, war der Mann verschwunden.

Mit dem Messer an der Kehle wagte Emilia nicht, sich zu bewegen. »Bitte, verschont mein Leben! Ich kann Euch bezahlen, ich gebe Euch meinen Ring.« Flehend sah Emilia den Wildhüter an.

»Den kann ich mir auch nehmen, wenn du tot bist, Metze. Zusätzlich zu dem Preis, den man mir für deine Beseitigung zahlt.«

Emilia erstarrte. Jemand bezahlte diesen Verbrecher für seine Schandtat! Jemand wollte sie tot sehen! Aber warum?

»Hast du noch etwas zu sagen, bevor ich dich aufschlitze?«

Emilia dachte an den Psalm, den sie für Sergius in das Büchlein geschrieben hatte. *Auch wenn ich wandere im Tal des Todesschattens, fürchte ich kein Unglück.* Eine unerwartete Ruhe überkam sie. Sie war des Todes, niemand konnte ihr helfen, sie war ihrem Mörder ausgeliefert. Sie schloss die Augen, sprach ein stummes Gebet, in das sie auch ihren armen verwirrten Vater einschloss.

Bevor sie starb, wollte sie noch eines wissen. »Sagt mir, wer Euch beauftragt hat, mich zu töten«, bat sie den Wildhüter. »Ich kann es ja nicht mehr verraten, ich nehme das Geheimnis mit ins Grab.«

Noch bevor der Mann etwas erwidern konnte, ertönte ein fröhliches Pfeifen. Knackende Schritte näherten sich durch das Unterholz.

Hoffnung schoss durch Emilias Adern. Sie riss den Mund auf, doch ihr Mörder war schneller. Blitzschnell presste er seine riesige Pranke auf ihre Lippen.

Eine Gestalt trat auf die Lichtung, ein Mann in wallendem weißen Gewand mit ebenso weißem langen Haar und Bart. Er war groß wie ein Baum und wirkte trotz seiner Jahre kräftig und Ehrfurcht gebietend.

Noch immer fröhlich vor sich hin pfeifend, nestelte er an seinen Beinkleidern herum. Dann hielt er abrupt inne und hob den Blick. »Potz Blitz! Wen haben wir denn da?«

»Schert Euch fort, Alter, und kümmert Euch um Eure eigenen Angelegenheiten.«

Der Weißhaarige zog die Brauen hoch. »Euch hat man wohl kein Benehmen beigebracht.« Er betrachtete Emilia. »Ist das Euer Gemahl?«

Verzweifelt riss Emilia die Augen auf und versuchte, durch die schwere Hand auf ihrem Mund um Hilfe zu schreien.

Der Mann runzelte die Stirn. »Jetzt, wo ich mir Euch genauer betrachte, scheint Ihr mir doch nicht Mann und Weib zu sein. Ihr habt wohl Euren Knecht nicht richtig im Griff, meine Dame. Nichts als Ärger hat man mit dem Gesinde.«

»Schert Euch fort!« Der Wildhüter streckte das Messer in Richtung des Mannes aus.

»Hoppla, nicht so hastig!« Der Fremde hob die Hände und wich ein paar Schritte zurück. »Ich habe nicht vor, mich in Eure Angelegenheiten einzumischen.«

»Gut so«, knurrte der Wildhüter. Noch immer hielt er Emilia den Mund zu und presste gleichzeitig ihren Kopf fest gegen seine Brust.

Doch ihre Beine waren frei. So fest sie konnte, trat sie zu.

Der Mann schrie auf und verstärkte den Druck auf ihren Mund.

Hektisch atmete Emilia durch die Nase. Und trat erneut zu, wieder und wieder. Bis der Mann endlich den Griff lockerte.

»Zu Hilfe!«, keuchte Emilia schwer atmend. »Er will mich umbringen! Helft mir!«

Der Wildhüter packte sie erneut und hielt ihr das Messer an die Kehle. »Keinen Schritt näher«, rief er dem Weißhaarigen zu. »Haltet Euch raus, dann geschieht Euch nichts.«

Der Fremde zögerte. Er betrachtete Emilias Kleid, musterte dann den Aufseher von oben bis unten. »Vielleicht lasst Ihr sie besser gehen«, sagte er ruhig.

»Haut ab, oder ich schlitze ihr die Kehle auf.«

»Das solltet Ihr besser bleiben lassen.«

»Ach, wollt Ihr mir drohen, Alter?«

»Lasst die Frau los.«

Der Wildhüter spuckte auf den Boden. »Ich bekomme einen schönen Batzen Geld dafür, dass ich sie wegschaffe. Wenn Ihr mehr bietet, kommen wir vielleicht ins Geschäft.«

Der Alte lachte rau auf. »Ich soll bezahlen für das Weib? Wie käme ich dazu?«

»Sie könnte Euch zu Diensten sein.« Der Wildhüter grinste anzüglich. »Ihr wisst schon, Euch den Lebensabend versüßen. Ich mache Euch einen Sonderpreis, wenn Ihr mir versprecht, sofort mit ihr aus dieser Gegend zu verschwinden. Dann kann ich bei meinem Auftraggeber auch noch abkassieren. Ich brauche nur eine Locke ihrer Haare als Beweis, dass ich meine Arbeit erledigt habe.« Er fuhr mit dem Messer über Emilias Hals. »Hundert Groschen, das ist ein mehr als entgegenkommender Preis, findet Ihr nicht?«

Emilia sah den Alten beschwörend an.

Doch der schüttelte den Kopf. »Das sind ja mehr als sechs Mark Lübisch! Auf jedem Sklavenmarkt gibt es schöne Frauen für weniger als die Hälfte. Danke, kein Bedarf.« Er wandte sich ab. »Lebt wohl, Gott beschütze Euch.« Ohne sich noch einmal umzudrehen, verschwand der Alte im Wald.

Emilia schloss die Augen und machte sich bereit. Das also war das Ende. Noch wenige Augenblicke, dann wäre sie bei ihrer Mutter und ihrer Schwester.

Henricus blieb stehen, sobald er sicher war, außer Sichtweite zu sein. Reglos stand er da, horchte und dachte nach. Die junge Frau war gekleidet gewesen wie eine Edeldame, der Kerl mit dem pockennarbigen Gesicht eher wie ein einfacher Handwerker oder Hausdiener. Vielmehr wie ein Wildhüter, denn er trug einen grünen Surcot und an der Mütze eine Feder. Hatte er die Frau entführt? Stimmte es, dass jemand ihn dafür zahlte, dass er sie umbrachte?

Henricus schüttelte ärgerlich den Kopf. Was ging ihn das an? Er hatte seine eigenen Sorgen. Er machte ein paar zögerliche Schritte zurück zum Weg, wo der Eselskarren auf ihn wartete. Aber der verzweifelte Blick in den Augen der jungen Frau verfolgte ihn.

»Hexenpisse und Teufelsarsch«, stieß er zwischen den Zähnen hervor und machte kehrt.

Gerade noch rechtzeitig, wie es ihm schien, trat er wieder auf die Lichtung. Der Mann hatte die junge Frau auf die Knie gezwungen und stand hinter ihr. Mit einer Hand zog er ihren Kopf an den Haaren zurück, sodass ihr blasser Hals entblößt wurde, mit der anderen setzte er ihr das Messer an die Kehle. Sehr clever. Auf diese Weise würde er sich kaum mit Blut bespritzen. Der Kerl hatte Ahnung. Dies war sicherlich nicht das erste Leben, das er nahm. Allerdings glaubte Henricus, dass er sonst wilden Tieren die Kehle aufschlitzte.

Mit einem Ruck riss Henricus seinen Beutel vom Gürtel. »Fangt!«, rief er.

Der Pockennarbige fuhr herum.

Der Beutel landete neben ihm im Gras.

»Was wollt Ihr noch hier, Alter?«

»Zehn Groschen, mehr ist das Luder nicht wert.«

Der Bursche kniff die Augen zusammen, schob sich das Messer am Griff zwischen die Zähne und hob den Beutel auf, ohne die Frau loszulassen, die am ganzen Leib zitterte.

»Zehn Groschen, sagt Ihr?«, nuschelte er durch den Messergriff.

»Mein erstes und letztes Angebot. Ihr könnt es annehmen oder mit ihr machen, was Ihr wollt.«

Geschickt öffnete der Mann den Beutel mit einer Hand und spähte hinein. Zu gern hätte Henricus sich einen herumliegenden Ast geschnappt und dem Widerling damit eins übergebraten. Doch sein Gegner war jung und muskulös. Und Henricus war kein Kämpfer. Für die Schlachten, die er in seinem Leben geschlagen hatte, waren andere Fertigkeiten vonnöten gewesen.

Der Kerl nahm das Messer aus dem Mund. »Meinetwegen. Sie gehört Euch!« Er riss die Frau an den Haaren auf die Beine, schnitt ihr eine braune Locke ab und stieß sie in Henricus' Richtung.

Sie stolperte, fing sich wieder und blieb verunsichert stehen.

»Na, mach schon!«, rief der Pockennarbige. »Geh zu ihm. Und mach mir keine Schande!« Er lachte grölend. Dann wurde er ernst und wandte sich an Henricus. »Ich verlasse mich darauf, dass Ihr unverzüglich verschwindet und nie wieder hier auftaucht. Sollte ich erfahren, dass Ihr Euch in der Gegend herumtreibt, mach ich Euch beiden den Garaus, verstanden?«

»Ihr hättet es nicht deutlicher ausdrücken können.« Henricus deutete eine Verbeugung an, packte den Arm der Frau und zog sie zu sich. Langsam bewegte er sich rückwärts zurück in den Wald. Um keinen Preis der Welt wollte er dem Widerling den Rücken zukehren, bevor er nicht wenigstens hundert Fuß Abstand von ihm hatte.

Als er sich weit genug entfernt wähnte, drehte er sich um und eilte, die Frau an der Hand, zurück zum Karren.

»Rauf da!«, herrschte er sie an.

»Und was –«

»Macht schon, sputet Euch! Oder wollt Ihr warten, bis der Kerl es sich anders überlegt?«

Die Frau blickte zurück in die Richtung, aus der sie gekommen waren, dann zum Wagen. »Hinter mir liegt der sichere Tod«, sagte sie, »vor mir eine ungewisse Zukunft.«

Henricus deutete eine Verbeugung an. »Das habt Ihr messerscharf erkannt, Fräulein. Und jetzt rauf mit Euch!«

Zu Pferd hatte Nikolaus zwar eine gute Übersicht, kam aber nicht wirklich vorwärts. Unzählige Menschen schleppten Waffen, Körbe mit Steinen, Köcher mit Pfeilen und Fässer mit Wasser, um mögliche Brände zu löschen, und setzten die letzten Bolzen und Haken, damit die Wehrgänge fest am Mauerwerk saßen. Noch hatte sich nicht überall herumgesprochen, dass niemand die Stadt angriff, dass es ein Fehlalarm gewesen war.

Nikolaus stieg ab, nahm den Hengst am Zügel und drängelte sich durch die Menge bis zur nächsten Straßenecke. Nur gut, dass der Mann, den er verfolgte, um einiges größer war als die meisten anderen. Um fast einen Kopf überragte er die Menschen um sich herum.

Allerdings kamen Nikolaus allmählich Zweifel. Hatte er sich getäuscht? Der Mann trug einen Umhang, der Kopf und Körper verhüllte, das Gesicht hatte Nikolaus nur einen Lidschlag lang sehen können. Dennoch musste er Gewissheit haben. Denn wenn er sich nicht täuschte …

Nikolaus bog um die Ecke. Gut hundert Fuß vor sich entdeckte er den Mann. Nikolaus hastete vorwärts, aber ständig kam ihm jemand in die Quere und der Hengst scheute jedes Mal. Er durfte nicht die Geduld verlieren, sonst würde das Pferd in Panik geraten und durchgehen.

Nikolaus sah den Mann um eine weitere Ecke biegen und beschloss, zuerst den Hengst zu beruhigen, der nervös den Kopf hin- und herwarf.

Plötzlich hallte der lang gezogene Ton eines Hornes durch die Gassen. Die Menschen hielten inne und lauschten. Wie einem einzigen Mann entwich der Menge ein Seufzer. Viele stellten die Dinge ab, die sie gerade trugen; manche drehten sich auf dem Absatz um und gingen dahin zurück, wo sie hergekommen waren. Das Horn blies Entwarnung. Die Menge zerstreute sich, nach wenigen Augenblicken konnte Nikolaus wieder aufsteigen. Als er die Ecke erreichte, sah er, dass der Mann, den er verfolgte, ebenfalls angehalten hatte; er stand nur wenige Dutzend Fuß von Nikolaus entfernt vor einem Brunnen. Nikolaus ritt auf ihn zu.

In dem Moment drangen Lärm und lautes Fluchen aus einer Seitengasse. Hufschläge trommelten dumpf auf den gestampften Lehm, und bevor sich Nikolaus versah, schoss ein Gaul aus der Gasse hervor, der vor einen Karren gespannt war.

Der Hengst stieg, nur mit Mühe konnte sich Nikolaus im Sattel halten. Das andere Pferd erschrak ebenfalls und versuchte, einen Haken zu schlagen. Dabei kippte der Wagen und warf das Pferd auf die Seite; wild schlug es mit den Hufen in die Luft.

Nikolaus zog die Zügel an, damit sein Hengst rückwärtsging, und Gott sei Dank gehorchte er.

Ein Mann schrie vor Schmerzen, er war unter den Wagen geraten. Nikolaus sah einen blutigen Knochen, der aus den Beinkleidern des Unglückseligen hervorstand. Das Zugtier schlug weiter mit den Hufen und wieherte verzweifelt. Es war ebenfalls verletzt, blutete stark am Bauch. Das Pferd würde man bald von seinen Leiden erlösen, dem Mann jedoch musste sofort geholfen werden.

Nikolaus fluchte vor sich hin, sprang vom Pferd und band es an. Er zeigte auf einige Männer, die dem Schauspiel gebannt zusahen. »Was glotzt ihr so blöde? Los, macht schon, helft mir, oder muss ich euch Beine machen?«

Die Männer erwachten zum Leben. Einer zog einen Dolch und nahm sich des Pferdes an. Eine nicht ungefährliche Aufgabe. Um ein Haar hätten ihn die Hufe getroffen. Doch er wusste, was er tat, und schnitt dem armen Tier mit einer kräftigen Bewegung die Kehle durch. Blut spritzte, wenig später zuckte das Tier noch ein paar Mal, dann war es tot.

Jetzt konnten sie endlich den Wagen anheben und dem Verletzten helfen. Inzwischen war der Mann in eine gnädige Ohnmacht gefallen. Die Schmerzen mussten übermächtig geworden sein.

»Wo ist der Chirurgicus?«, rief Nikolaus.

Ein feister Händler trat heran. »Der ist außerhalb der Stadt unterwegs. Er wird nicht vor übermorgen wieder hier sein. Aber wir haben einen Bader und einen Medicus. Wo sollen wir ihn hinbringen?«

»Bringt ihn zum Medicus«, befahl Nikolaus. »Der Bader wird ihn schneller umbringen, als seine Verletzungen es täten.«

Die Umstehenden lachten zustimmend. Einige Männer nahmen den Verletzten auf, der leise stöhnte, aber nicht wach wurde. Nikolaus bezweifelte, dass er noch mehr als zwei Tage leben würde. Ein offener Bruch war meistens ein Todesurteil. Das Mark der Knochen vergiftete die Säfte, das Bein würde so schnell brandig werden, dass selbst eine Amputation nicht half.

Nikolaus sprach ein Gebet, stieg in den Sattel, hielt Ausschau. Der Mann, den er verfolgt hatte, war verschwunden.

Anfangs gelang es Emilia nicht, auch nur einen klaren Gedanken zu fassen. Ihr Herz raste, in ihrem Kopf drehte sich alles, als wäre er ein ewig drehender Kreisel, und ihre Glieder zitterten so sehr, dass sie glaubte, es würde nie wieder aufhören.

Sie war froh und dankbar, mit dem Leben davongekommen zu sein. Aber sie wusste auch, dass ihre Probleme noch lange nicht gelöst waren. Ganz im Gegenteil, vielleicht war sie vom Regen in die Traufe geraten. Wer wusste, was der Alte mit ihr vorhatte. Schließlich hatte er für sie bezahlt und schien als Gegenleistung irgendwelche Dienste von ihr zu erwarten. Sie wagte nicht, sich auszumalen, was für Dienste das sein mochten. Eher wollte sie sterben, als sich von dem Alten anfassen zu lassen.

Was sollte sie tun? Sergius hielt sie für eine Spionin. Vor allem jetzt, nachdem sie geflohen war, musste er den Verdacht bestätigt sehen. Und Constanze hatte keine Ahnung, dass der Wildhüter sie betrogen hatte. Emilia hatte keine Wahl: Sie musste zurückkehren nach Wasdow, musste am Treffpunkt auf Constanze warten. Nur mit der Hilfe ihrer Freundin konnte es ihr gelingen zu beweisen, dass sie die war, für die sie sich ausgab, und ihre Verleumder zu entlarven. Der Wildhüter würde ins Verlies geworfen werden, nicht sie.

Aber der Alte würde sie nicht freiwillig gehen lassen. Sollte sie es wagen, ihm Geld zu versprechen, das Doppelte von dem, was er dem Wildhüter gezahlt hatte? Sie könnte Constanze bitten, das Geld zu beschaffen. Zwanzig Groschen waren nicht viel. Nicht für eine Grafentochter. Fragte sich nur, ob der Alte ihr glaubte, wenn sie ihm erzählte, wer sie war. Und ob er bereit war, das Wagnis einzugehen, mit ihr zurückzukehren, auf die Gefahr hin, dass der Wildhüter dort herumlungerte und seine Drohung wahr machte, wenn er sie entdeckte.

Plötzlich blieb der Karren stehen. Der Alte streckte die Hand aus. »Kommt runter!«

Zögernd gehorchte sie. Inzwischen war es fast dunkel, nicht mehr lange, und man würde die Hand nicht mehr vor Augen sehen. Während Emilia vom Wagen krabbelte, schalt sie sich dafür, dass sie so lange überlegt hatte. Jetzt war es zu spät, einen Plan zu schmieden, geschweige denn auszuführen.

Der Mann hielt ihr einen Weinschlauch hin. »Trinkt.«

Sie griff zu, merkte erst, wie durstig sie war, als die Flüssigkeit ihr die Kehle hinunterlief.

»Ich bin Henricus van der Wee«, sagte er Alte, als er den Schlauch zurücknahm. »Verratet Ihr mir Euren Namen?«

»Emilia von Hobe. Allerdings …« Sie verstummte.

»Allerdings was?«

Sie reckte das Kinn. »Ihr müsst mich zurückbringen.«

»Zu diesem Dreckskerl?«

»Nein. Nach Wasdow.«

Der Mann, der sich Henricus nannte, runzelte die Stirn, seine buschigen Augenbrauen schienen zu tanzen. »Burg Wasdow? Seid Ihr verwandt mit Burkhard von Hobe?«

»Er ist mein Vater.«

»Verflucht noch eins! Wie um alles in der Welt seid Ihr an diesen Halunken im Wald geraten?«

Emilia biss sich auf die Lippe. Konnte sie diesem Henricus vertrauen? Er hatte sie gekauft wie eine Sklavin. Zwar hatte er sie bisher nicht angerührt und sich auch sonst in jeder Hinsicht ehrenhaft ihr gegenüber verhalten. Doch das hieß nicht, dass er auf ihrer Seite stand.

Henricus legte den Kopf schief. »Der Kerl hat behauptet, man habe ihm Geld dafür versprochen, dass er Euch umbringt. Ist das wahr?«

»Das geht Euch nichts an«, erwiderte Emilia und versuchte, ihre Stimme befehlsgewohnt klingen zu lassen. »Bringt mich nach Wasdow, und Ihr werdet reich entlohnt werden.«

Henricus schien nicht beeindruckt von ihrem Versuch, wie eine Gräfin zu klingen. »Falls Euer spezieller Freund uns nicht über den Weg läuft.«

»Das wird er nicht.« Emilia wusste nicht, ob das der Wahrheit entsprach, aber sie vertraute darauf, dass sich der Wildhüter so schnell wie möglich wieder auf den Heimweg gemacht hatte, bevor jemand bemerkte, dass er gar keine Zäune reparierte. Außerdem hatte er es bestimmt eilig, seinem Auftraggeber ihre Locke zu präsentieren und den versprochenen Lohn zu empfangen. »Also los, bringt mich nach Wasdow. Ich muss noch in dieser Nacht zurück sein.«

Der Alte schüttelte den Kopf. »Ich glaube nicht, dass Ihr in der Position seid, Forderungen zu stellen. Ihr bleibt so lange bei mir, bis ich weiß, was Euch widerfahren ist. Ich möchte ungern plötzlich ein Messer an der Kehle haben.«

»Dann gehe ich eben allein.« Emilia wandte sich ab und lief in die Richtung, aus der sie gekommen waren.

Eine starke Hand packte sie an der Schulter und hielt sie fest. »Halt, mein Täubchen. Ich habe mein letztes Geld für Euch hergegeben. Glaubt Ihr, ich lasse Euch einfach so davonflattern?«

Ein heißer Schreck fuhr Emilia durch die Glieder. Also doch! Sie verharrte still, der Griff um ihre Schulter lockerte sich. Langsam zählte sie rückwärts, spannte die Muskeln an und rannte los.

Doch sie kam nicht weit. Bereits nach wenigen Schritten wurde sie von hinten zu Boden geworfen. Der Mann, den sie für ihren Retter gehalten hatte, drehte ihr die Arme auf den Rücken, bis sie vor Schmerz aufschrie. Dann zog er sie hoch und führte sie zurück zum Karren. Er fingerte ein Seil unter der Plane hervor und fesselte ihr die Hände auf den Rücken. Das Ende des Seils behielt er in der Hand.

»Vorwärts!«, knurrte er.

Widerwillig setzte sich Emilia in Bewegung. Tränen liefen ihr über die Wangen. Mit jedem Schritt, den sie machte, bewegte sie sich weiter von ihrem alten Leben weg, von ihrer Heimat, ihrer Zukunft als Gemahlin ihres Vetters und Herrin auf Burg Wasdow.

Hätte sie dem Alten ihre Geschichte erzählen sollen? Hätte er ihr dann geholfen? Oder hätte er sie zu Sergius zurückgebracht, um von ihm eine Belohnung zu kassieren?

Schluchzend stolperte Emilia vorwärts. An einem Abzweig ließ Henricus den Karren in einen schmalen Pfad abbiegen und schließlich ganz im Unterholz verschwinden.

Inzwischen war es stockdunkel. Emilia wurde kalt vor Angst. Ihre Beine trugen sie kaum noch. War das der Moment, in dem der Alte die Dienste von ihr verlangen würde, von denen der Wildhüter gesprochen hatte? Würde er über sie herfallen und sie schänden?

Vico von Brunn hielt dem Wächter am Rostocker Steintor den Siegelring vor die Nase. »Wenn du mich nicht sofort einlässt, wirst du dich in deinem eigenen Verlies wiederfinden.«

Der Wächter zögerte. Vico ballte die Hand zur Faust.

»Lass den Mann durch«, sagte ein anderer. »Er sieht zwar aus wie ein Bettler, aber vielleicht ist er ja der Neffe des Herzogs.«

Die Wachen, sechs Mann an der Zahl, lachten.

Das war eine ungeheure Beleidigung, aber Vico war nicht auf einen Händel aus, nicht mit sechs Mann. Er wollte zurück in die Stadt, nichts weiter. Als der Alarm geläutet worden war, hatte er sich einen Weg durch die Menge gebahnt und war tatsächlich durch ein kleines Seitentor nach draußen entwischt. Er hatte sich auf seinen Gaul geschwungen, den er außerhalb der Stadtmauer angebunden hatte, und war schon fast eine Meile von Rostock entfernt gewesen, als er erkannt hatte, dass es ein Fehlalarm gewesen sein musste. Dabei hatte er das Horn gehört, das die Entwarnung meldete, aber nicht gewusst, was es bedeutete.

Vico richtete sich im Sattel auf und ließ sein Pferd durch das Tor traben.

»Schaut euch sein Pferd an! Ein altersschwacher Ackergaul, ein wahrhaft edles Tier für einen edlen Mann«, warf ihm einer der Wächter hinterher.

Vico packte den Knauf seines Schwertes, aber er konnte sich gerade noch beherrschen, dem Schandmaul eine Lektion zu erteilen. Mit hoch erhobenem Kopf ritt er weiter. Diese Hunde würden ihr Lebtag Wachleute bleiben, er jedoch war von Adel, und ihm stand noch Großes bevor, da war er sicher. Vorher aber musste er Geld beschaffen.

Er lenkte sein Pferd durch die Küfergasse zum Hafen. Am Heringstor, so hatte Vico gehört, konnte man in der Schänke Zum Südwind immer Leute finden, die einem Spiel mit den Schelmensteinen nicht abgeneigt waren. Er fasste nach seiner Geldkatze. Sie hing nach wie vor unterm Wams an seinem Gürtel und enthielt alles, was er noch besaß. Vom Erbe seines Vaters war ihm nichts geblieben außer einem Haufen Steine und Morast. Das Land war unfruchtbar, niemand wollte auch nur einen Gulden dafür hinlegen.

Vor der Schänke Zum Südwind stieg Vico vom Pferd und schaute sich um, ob Büttel in der Nähe waren. Toppeln war in Rostock nur in dazu ermächtigten Schänken erlaubt. Die Kontrollen hielten sich in Grenzen, aber wenn man beim Schwarzspielen erwischt wurde, konnte es unangenehm werden. Meist wurden die Spieleinsätze beschlagnahmt, und wenn es ganz übel kam, konnte man aus der Stadt verbannt werden. Wehe man wurde danach wieder innerhalb der Mauern erwischt. Dann konnte es heißen: »Nehmt ihm eine Hand oder am besten gleich den Kopf.«

Die Tür zur Schänke schwang krachend auf. Zuerst flog eine Mütze in die Gasse, hinterher kam wohl der Besitzer der Kopfbedeckung, begleitet von einem saftigen Fluch: »Du Pestbeule! Lass dich nie wieder hier blicken, du Betrüger! Erwischen wir dich noch mal, dann landest du bei den Heringen.«

Der Mann raffte hastig seine Mütze auf und stolperte davon. Vico grinste zufrieden. Hier war er richtig. Er ging auf die Tür zu, in der ein Hüne stand und dem Betrüger die Faust hinterherschüttelte.

»Ich habe gehört, dass man hier Zerstreuung beim Spiel findet.«

Der Hüne musterte ihn, verschränkte die Arme vor der Brust. »Ihr habt gesehen, was mit Leuten passiert, die unehrlich sind. Im Südwind wird mit Erlaubnis der Stadtherren gespielt, also müssen wir darauf achten, dass alles mit rechten Dingen zugeht. Ein Kerl wie der kann uns die Ermächtigung kosten.« Er spuckte an Vico vorbei in die Gasse. »Der kann froh sein, dass ich heute guter Laune bin. Den Nächsten, der versucht, ein krummes Ding zu drehen, salzen wir ein.«

»Da habt Ihr recht, Betrügern gehört ein Denkzettel verpasst«, erwiderte Vico, erleichtert darüber, dass er nur die Mitspieler, aber nicht die Büttel fürchten musste. »Allerdings würde ich kein kostbares Salz an solch gottlose Hunde verschwenden. Ich würde sie einfach ausweiden und den Schweinen zum Fraß vorwerfen.«

Der Hüne grinste. »Eine ausgezeichnete Idee.«

Vico hielt ihm seinen Siegelring hin, der Hüne neigte den Kopf und machte den Weg frei. »Tretet ein, edler Herr, Ihr seid willkommen. Soeben wird ein neues Spiel begonnen, und es fehlt uns ein Mann.«

»Da komme ich gerade rechtzeitig.«

Vico trat ein und gab seine Waffen ab. Die Schänke bestand aus einem Raum, von dem ein Drittel mit einem schmuddeligen Tuch abgetrennt war. Der Hüne schob den Vorhang beiseite und bat Vico hinein. Auf dem Spieltisch, der aus einem Fass und einer ungehobelten Holzplatte bestand, lag ein Brett, auf dem ein Haus abgebildet war. Ein kleiner Kupfertopf stand bereit, um die Einsätze aufzunehmen.

Hier spielte man anscheinend »Glückshaus«. Nicht gerade Vicos Lieblingsspiel, denn nur der Sechserpasch garantierte den Hauptgewinn. Vico spielte am liebsten »Hochamt«, bei dem in jeder Runde der Spieler mit der niedrigsten Zahl ausschied. So addierte sich viel schneller eine große Summe, die Runden waren kürzer. Jeder setzte erneut auf die nächste Runde, wer aufgab, musste eine Strafe zahlen.

Um das Fass herum standen fünf Männer, die offenbar allesamt gut betucht waren. Es war nicht üblich, sich vorzustellen, nur der Hüne nannte seinen Namen. Er stellte sich als Tiberius vor, er war der Arbiter, der darüber wachte, dass niemand betrog, und der sicherstellte, dass die Würfel nicht gezinkt waren. Dafür erhielt er ein Hundertstel des Spieleinsatzes und von der Stadt Kost und Logis.

Die Männer musterten Vico kurz, dann übernahm ein Dicker mit einem roten Surcot das Wort. »Wir spielen Hochamt.«

Doch kein Glückshaus! Vico grinste zufrieden.

»Einsatz pro Runde: ein Groschen«, fuhr der Dicke mit seiner Erklärung fort. »Verdopplung pro Runde. Nach der achten geht es von vorne los mit einem Groschen Einsatz. Pfennige bleiben in der Katze. Die Würfel werden lang geworfen aus der offenen Hand. Wer trickst, verliert seinen Kopf.«

Das waren gute Regeln. Wer aus der offenen Hand die Würfel warf, der vertraute ausschließlich auf sein Glück und versuchte nicht zu betrügen. Wer verlor und nicht mehr mitbieten konnte, erhielt nach der achten Runde eine neue Gelegenheit, wieder ins Spiel zu kommen.

Alle nickten. Ohne ein weiteres Wort warf jeder einen Groschen auf das Brett. Der Dicke reichte Vico die Würfel. Als Neuling musste er vorlegen, aber er durfte auch die Würfel prüfen. Er nahm sie, begutachtete sie von allen Seiten. Eine hervorragende Arbeit. Er konnte keinerlei Unregelmäßigkeiten erkennen. Die Schelmensteine waren aus Elfenbein gefertigt, die Zahlen waren deutlich zu erkennen. Vico zog eine kleine Waage aus dem Wams, wog die beiden Würfel. Sie waren genau gleich schwer. Auch die Kanten waren gleich lang. Beeindruckt nickte Vico Tiberius zu, der mit einem leichten Lächeln das Nicken erwiderte.

Voraussetzung für die Teilnahme an dieser edlen Runde war eine gut gefüllte Geldkatze. Alle durften sich davon überzeugen. Vico band seine vom Gürtel ab und zeigte den Inhalt: sieben Goldgulden, vierunddreißig Mark, achtzehn Groschen und achtundfünfzig Pfennige. Sein gesamtes Vermögen. Vico hatte das Geld immer wieder gezählt, aber es war nicht mehr geworden. Die anderen nickten und zeigten ihren Spieleinsatz, jeder hatte fast vier Mal so viel wie Vico. Umso besser! Je mehr seine Opfer besaßen, desto mehr konnte er gewinnen.

Jetzt konnte es losgehen. Vico spürte ein Kribbeln wie bei der Jagd, wenn das Wild vor ihm auftauchte und er die Sehne des Bogens spannte.

»Bringt mir Glück«, murmelte er, dann warf er die Würfel aus der offenen Hand über das Haus hinweg. Er unterdrückte einen Freudenschrei. Die Fünf und die Sechs. Die zweithöchste Zahl. Keiner der Männer gab einen Laut von sich, einer nach dem anderen würfelte. Niemand konnte Vico überbieten. Alle erhöhten den Einsatz, würfelten schweigend weiter.

Die Schelmensteine klackerten, die Münzen klirrten, Runde für Runde wechselte das Glück, Vico gewann und verlor, und nach einigen Stunden war sein Vermögen auf dreihundertvierzig Groschen zusammengeschmolzen. Immerhin noch genug, um in der nächsten Runde bis zuletzt mitzubieten, anders als der Dicke, der bereits pleite war.

Dreihundertzwanzig Groschen würde Vico fürs Bieten brauchen; damit konnte er eintausendzweihundertundachtzig Groschen gewinnen. Er legte die dreihundertzwanzig Groschen in den Topf, spürte den Schweiß, der ihm den Rücken hinunterlief. Dennoch zögerte er nicht und warf. Schmerzhaft langsam drehten sich die Würfel. Der erste blieb liegen und zeigte eine Fünf. Das war nicht das Beste, aber ein gutes Zeichen. Der zweite blieb einen Moment auf der Kippe, dann fiel er auf die Seite mit der Eins. Oben lag die Sechs. Das ergab die Elf, seine Glückszahl. Und kaum zu überbieten. Damit hatte er heute schon mehrfach gewonnen. Vico sah seinen Gegner an, den letzten Mann, der außer ihm noch im Spiel war. Der kniff die Augen zusammen und warf mit einer schnellen Bewegung. Die Würfel klackten auf den Tisch.

Vico konnte es nicht glauben. Das ging doch nicht mit rechten Dingen zu! Die Zwölf. Sein Gegner leerte den Topf in seine Geldkatze, die aufs Dreifache angeschwollen war.

Vico wurde übel. Er war pleite. Erledigt.

Henricus mischte sich unauffällig unter das Gesinde und die Handwerker und Knechte aus dem Dorf. Eine große Menge hatte sich versammelt, Fackeln wurden verteilt, die Stimmung war angespannt. Irgendetwas war im Busch.

Bevor Henricus aufgebrochen war, hatte er sein auffälliges weißes Gewand gegen ein graues getauscht und sich eine grüne Kappe auf seine schlohweißen Haare gesetzt. Er musste herausfinden, was es mit der jungen Frau auf sich hatte, bevor er entscheiden konnte, wie es weitergehen sollte. Und da sie sich weigerte, mit ihm zu sprechen, war ihm nichts anderes übrig geblieben, als selbst Erkundigungen einzuziehen. Also war er über die Landstraße zurückgelaufen bis zur Burg Wasdow. Er hatte länger gebraucht als bei Tageslicht, trotzdem war die Nacht noch nicht weit vorangeschritten.

Wie zufällig gesellte sich Henricus zu ein paar jungen Burschen, die mit Mistgabeln bewaffnet waren. »Wie bei einer Treibjagd«, murmelte er.

»So was in der Art ist es ja auch«, erwiderte einer.

»Nur dass das Wild, das wir jagen, auf zwei Beinen herumläuft«, ergänzte ein anderer mit vor Aufregung flackernden Augen.

»Eine wahre Schönheit soll sie sein«, fügte der Erste hinzu. »Wenn ich sie zuerst erwische …«

»Lass bloß die Finger von ihr«, ermahnte ihn ein dritter Bursche erschrocken. Er war dürrer als die beiden anderen und wohl auch einige Jahre jünger. Henricus schätzte ihn auf höchstens fünfzehn. »Sonst wirst du am Ende beschuldigt, ihr Komplize zu sein, und neben ihr aufgeknüpft.«

»Man wird sie aufknüpfen?«, fragte Henricus entsetzt. Er hatte keine Ahnung, welche Frau im Auftrag des Herrn von Burg Wasdow gesucht werden sollte, doch er ahnte, dass es dieselbe war, die eine gute halbe Meile von hier entfernt gefesselt in seinem Wagen lag und sich als Tochter des Grafen ausgegeben hatte. »Hat Graf von Hobe das angeordnet?«

»Der alte Hobe ordnet schon lange nichts mehr an.« Der Bursche, der zuerst gesprochen hatte, betrachtete Henricus abschätzend. Offenbar wurde ihm erst jetzt klar, dass er mit einem Fremden sprach. »Der Alte ist völlig von Sinnen, kennt nicht einmal mehr seinen eigenen Namen. Sein Neffe verwaltet das Lehen. Heute sollte er die Tochter des Grafen ehelichen. Doch statt ihrer hat man ihm eine dänische Spionin untergejubelt.«

»Unfassbar.« Allmählich begriff Henricus, um was es ging. »Hat denn niemand den Betrug bemerkt?«

»Emilia wurde in Dänemark erzogen. Sie ging als Mädchen fort und kehrte erst vor zwei Wochen zurück. Die Mutter ist tot, der Vater schwachsinnig …«

»Verstehe.« Henricus rieb sich das Kinn.

»Als ein Bote dem neuen Herrn die Nachricht überbrachte, wer seine Braut in Wahrheit ist, ließ er sie sofort in den Kerker werfen. Aber das Miststück konnte fliehen.«

Henricus kniff die Augen zusammen. »Hatte sie Helfer?«

»Ein Verräter, hier in Wasdow?« Der Bursche starrte ihn finster an.

»Wie sonst hätte sie aus dem Kerker fliehen können?« Henricus ärgerte sich über die Dummheit der Burschen. Die Lümmel konnten noch nicht einmal bis zu ihrer Nasenspitze denken.

»So eine wie die braucht keine Helfer. Die kann jedes Schloss aufbrechen. Sie muss eine Hexe sein, ein Teufelsweib! Hoffentlich erwischen wir sie! Und dann soll sie brennen. Das macht man mit Hexen!«

Unruhe kam unter den Leuten auf, drei Reiter preschten

aus dem inneren Burghof nach draußen, ein Ritter flankiert von zwei Knappen. Sie hielten mitten unter den Leuten an.

Der Ritter hob die Hand. »Volk von Wasdow, treue Untertanen unseres Landesherrn Albrecht, Herzog von Mecklenburg und König von Schweden!«, rief er. »Ihr wisst bereits, dass sich eine Spionin im Auftrag dieser dänischen Natter Margrete, die versucht, unserem König die Krone zu rauben, nicht nur auf Burg Wasdow, sondern gar in mein Ehebett einschleichen wollte, wohl wissend, dass ich, der edle Ritter Sergius von Crivitz, einer der treuesten Diener Albrechts bin. Leider ist uns das Luder durch einen Trick entwischt. Mit ihrer Flucht hat sie ihre Schuld endgültig eingestanden. Wir werden sie einfangen und ihrer gerechten Strafe zuführen!«

Die Menge grölte.

Henricus bewegte sich unauffällig rückwärts, immer tiefer in die Dunkelheit hinein.

»Sucht alles ab!«, fuhr der Ritter fort. »Dreht jeden Stein um, stochert in jedem Loch. Sie ist noch nicht weit. Auf, auf!«

Die Menge setzte sich in Bewegung. Nicht nur die Handwerker und Knechte aus Burg und Dorf, auch ein großer Trupp bewaffneter Reiter, weit mehr als nur die Garde der Burg, viele davon Ritter mit wehenden Wappen an ihren Lanzen.

Erst fragte sich Henricus überrascht, wie dieser Sergius so schnell Verstärkung von anderen Burgen bekommen hatte, doch dann wurde ihm klar, dass es die Hochzeitsgäste sein mussten, die statt Feierlichkeiten und Turnier zu genießen nun auf die Jagd ritten.

Henricus ließ sich mit der Menge bis zum Waldrand spülen. Gerade als er sich absetzen wollte, entdeckte er ein bekanntes Gesicht. Der Pockennarbige führte einen Trupp junger Burschen an, die aussahen wie Stallknechte. Also war er der Wildhüter von Burg Wasdow.

Henricus hatte keine Zeit, darüber nachzudenken, was das zu bedeuten hatte, denn in dem Moment blickte der Kerl in seine Richtung. Ohne zu zögern, sprang Henricus hinter den nächsten Busch und begann zu rennen, so schnell es in der Finsternis möglich war.

Der Mond schien, und das Licht Dutzender Fackeln schimmerte zwischen den Stämmen hindurch, trotzdem bedeutete jeder Schritt Gefahr. Wurzeln konnten sich unauffällig über den Boden schieben, Dornenranken den Weg versperren. Und wenn einer aus dem Suchtrupp ihn rennen sah, meinte er womöglich, die fliehende Spionin entdeckt zu haben, und warf einen Speer nach ihm.

Immerhin hörte er niemanden rufen und auch keine verräterischen Schritte hinter sich. Der Pockennarbige hatte ihn also entweder nicht erkannt, oder er wollte nicht riskieren, dass Henricus eine Gelegenheit bekam, ihn zu verraten.

Da Henricus sich nicht damit aufhielt, in Büschen herumzustochern, ließ er die Suchenden bald hinter sich. Doch groß war sein Vorsprung nicht. Er musste sich sputen. Die Berittenen waren auf die Landstraße geprescht, ohne Zweifel, um in einem größeren Radius nach der Vermissten zu suchen. Henricus blieb nicht viel Zeit. Wenn die Ritter das Versteck fanden, wo er den Wagen zurückgelassen hatte, würden sie ihn und seine neue Schicksalsgefährtin am gleichen Baum aufknüpfen.

Fassungslos sah Vico zu, wie sein Gegner den Gewinn einstrich. Sein letztes Geld! Jetzt besaß er nichts mehr bis auf lumpige zwanzig Groschen und die Kleider, die er auf dem

Leib trug. Verfluchte Drecksstadt, dieses Rostock! Hatte ihm nichts als Unglück gebracht!

Kaum merkte Vico, wie der Dicke aufstand und ein Pergament hervorzog.

»Gewährt mir ein letztes Spiel.« Er zeigte auf das Pergament, seine Stirn glänzte fiebrig. »Das ist die Eignerurkunde meines Schiffes. Es ist ein gutes Schiff, die *Santa Brigitta*, eine Schnigge.« Den Namen sagte der Dicke mit Ehrfurcht, als sei das Schiff ebenso heilig wie die Namensgeberin. »Nicht so groß wie eine Kogge, aber schnell und wendig. Fünfzig Lasten kann sie fassen und dazu dreißig Männer. Ohne Lasten könnt Ihr auch achtzig Männer fahren. Sie kann gegen den Wind segeln, und ich habe gute Karten an Bord. Es soll mein ganzer Einsatz sein für eine letzte Runde.«

Vico betrachtete den Dicken, beneidete ihn darum, dass er etwas besaß, das er einsetzen konnte, um noch einmal sein Glück zu versuchen. Wenn er doch auch noch etwas Derartiges hätte! Eine einzige Runde noch, da war er ganz sicher, und er würde alles zurückgewinnen. Er spürte es in den Knochen, das nächste Spiel würde er gewinnen.

Aber er besaß kein Schiff, und auch kein Land, das er hätte einsetzen können. Er war völlig mittellos, und ihm blieb nur, sich als Söldner zu verdingen.

Vico verbarg sein Gesicht in den Händen und spürte etwas Kaltes an seiner Wange. Der Siegelring! Er war aus massivem Gold, fein gearbeitet und seit Generationen im Besitz der Familie. Vico starrte auf den Ring. Nein, unmöglich. Das konnte er nicht tun.

Andererseits hatte ihm der Ring nur Unglück gebracht. Heute war der Tag, an dem er es wiedergutmachen konnte.

Kurz entschlossen zog er den Ring vom Finger und hielt

ihn hoch. »Mein Siegelring. Er ist wertvoller als alles, was ihr in Euren Katzen tragt. Für die allerletzte Runde.«

Die anderen schauten auf Tiberius. Der nickte.

Die Runde begann, doch schon bald stiegen die anderen aus, im Topf lagen ein paar hundert Groschen, Vicos Ring und die Eignerurkunde.

Der Dicke schwitzte wie ein Schwein, Vico spürte sein Herz in der Brust schlagen. Er nahm die Würfel, schaute sie eindringlich an, stellte sich vor, wie es sein würde, wenn er zwei Sechsen warf. Mit einem Ruck schleuderte er die Schelmensteine über Tisch. Wie Felsbrocken fielen sie. Vico spürte den Boden unter seinen Füßen nicht mehr. Eine Zwei und eine Eins. Die zweitniedrigste Zahl. Alles war verloren.

Dem Dicken fielen fast die Augen aus dem Kopf, er prustete los vor Lachen, nahm die Würfel, warf sie achtlos hin und griff nach dem Topf.

Tiberius' Hand zuckte vor. »Nicht so eilig, werter Herr. Ihr solltet zuerst Euren Wurf begutachten.«

Der Dicke drehte seinen Kopf, wurde blass.

Zwei Einser.

Vico schwankte zwischen Weinen und Lachen. Das Glück hatte ihn nicht im Stich gelassen! Er hatte es gewusst! Zwar hatte er nicht viel Bargeld zurückgewonnen, doch waren immerhin vierhundert Groschen im Topf. Damit konnte er auskommen, bis er das Schiff verkauft hatte. Und dann würde er zurückkehren an den Spieltisch und jeden um den Inhalt seiner Geldkatze erleichtern, der es wagte, sich mit ihm im Spiel zu messen. Denn das Glück war auf seiner Seite.

Der Dicke hechelte wie ein Hund, er war rot angelaufen. Tiberius bog ihm den Arm vom Topf weg. Vico langte nach seinem Gewinn, der Dicke griff mit der anderen Hand unter seinen Surcot. Vico machte zwei Schritte rückwärts, um aus der Reichweite des Dicken zu kommen. Tiberius packte die Hand des Dicken und zog sie unter dem Surcot hervor. Doch der hatte kein Messer in den Fingern, sondern eine Geldkatze.

»Ihr müsst mir noch ein Spiel gewähren. Ich habe noch Geld. Meine Reserve.«

Tiberius nahm den Beutel, schaute hinein. »Zehn Groschen! Was wollt Ihr damit?«

»Alles gegen alles«, quiekte der Dicke. »Ich muss mein Schiff wiederhaben.«

Die Situation wurde allmählich unangenehm. Zeit für Vico, das Weite zu suchen. Er verstaute seinen Gewinn, ließ den Dicken nicht aus den Augen.

»Meine Herren, es war mir eine Ehre«, sagte er und deutete eine Verbeugung an.

»Das könnt Ihr nicht machen«, brüllte der Dicke. »Ihr seid mir eine Revanche schuldig.« Er schaute Hilfe suchend die anderen an, die aber ihre Köpfe senkten.

Tiberius baute sich vor dem Dicken auf und wandte sich an Vico. »Es ist besser, wenn Ihr jetzt geht. Ihr habt rechtmäßig gewonnen und nichts zu befürchten.«

Das ließ sich Vico nicht zweimal sagen. Er nahm an der Tür sein Schwert an sich und trat auf die Gasse. Es war längst dunkel, er musste sich schnellstmöglich ein Quartier für die Nacht suchen. Er tastete nach seinem Gewinn. Das Geld fühlte sich gut an in seinem Beutel, aber es würde nicht ewig reichen. Also musste er schleunigst das Schiff loswerden.

Nikolaus stocherte in seinem Haferbrei, mit dem Ellenbogen stieß er versehentlich seinen Tischnachbarn an, der unwillig grunzte. Die Schänke Zur Ostsee war zum Bersten voll. Ohne seine Vollmachten hätte man ihn höchstwahrscheinlich abgewiesen.

Die Nacht hatte er auf einer Holzbank verbracht, unter einer muffigen Decke, die ihn zwar gewärmt hatte, aber voller Ungeziefer gewesen war. Er hatte von Eva geträumt, von dem Tag, als er sie kennengelernt hatte. Doch bevor er sie hatte berühren können, hatte sie sich in grauen Rauch aufgelöst. Er war wach geworden und hatte sich überall kratzen müssen. An ein Bad war leider nicht zu denken, es sei denn, er konnte mit viel Glück einen Platz im städtischen Badehaus ergattern.

Er klopfte mit dem Löffel auf den Napf. Wie sollte er weiter vorgehen? Er brauchte einen neuen Ansatz für die Suche nach dem Buch. Es war zum Verrücktwerden! So viele Monate Arbeit, und alles umsonst. Eine Spur, die ins Leere geführt hatte. Kurz dachte Nikolaus an den Mann, den er gestern in der Gasse erkannt zu haben glaubte. Inzwischen war er sicher, dass er sich getäuscht hatte.

Er nahm noch zwei Löffel Brei, der gut schmeckte, süß war und sogar einige Apfelstückchen enthielt. Aber er hatte keinen Appetit. Er schob den Napf von sich weg. Sein Blick fiel auf einen abgemagerten Greis, der neben dem Tisch stand und gierig auf den Brei starrte. Nikolaus lächelte und hielt ihm den Napf hin. Der Greis nuschelte ein schnelles »Danke« mit seinem zahnlosen Mund, dann griff er nach dem Napf und verzog sich in die hinterste Ecke, wo er den Brei so gierig in sich hineinschaufelte, als befürchte er, jemand könne ihn ihm wegnehmen.

Der Wirt trat an den Tisch, zeigte auf den alten Mann. »Hat er Euch belästigt, edler Herr? Soll ich ihn rauswerfen? Diese Bettler sind schlimmer als Flöhe.«

Nikolaus hob die Augenbrauen. »Schlimmer noch als die Bettler sind die Geizigen.«

Der Wirt wurde blass. »Natürlich, Herr, verzeiht, ich

dachte nur …« Katzbuckelnd bewegte sich der Wirt zurück zum Tresen.

Einige, die das Gespräch mitbekommen hatten, murmelten zustimmend. Nikolaus verzichtete darauf herauszufinden, ob sie auch dann Großzügigkeit guthießen, wenn sie sie aus dem eigenen Beutel bezahlen mussten.

Er stand auf, packte sein Bündel, verließ die Schänke und ging zu dem Stall, in dem er sein neues Pferd untergestellt hatte. Der Knecht rieb es gerade mit Stroh ab, und er schien seine Sache gut zu machen, denn der Hengst war vollkommen ruhig und schnaubte leise.

Nikolaus drückte dem Knecht einen halben Pfennig in die Hand für Futter und Unterkunft und einen viertel Pfennig für sich selbst. Der Knecht strahlte über das ganze Gesicht. So viel bekam er nicht alle Tage. Geschickt sattelte er den Hengst.

Gerade als Nikolaus aufsitzen wollte, rief eine Stimme aus dem hinteren Teil des Stalls: »Wo zum Teufel bleibst du, du Nichtsnutz? Ich habe nicht ewig Zeit.«

Nikolaus fuhr herum, doch er konnte niemanden sehen.

Der Knecht lächelte gequält und zeigte mit einem Finger nach hinten. »Verzeiht, der edle Herr braucht mich.«

»Geh nur. Ich danke dir für deine Dienste.«

Der Knecht huschte davon. »Ich komme, Herr, ich komme«, rief er ängstlich.

Nikolaus folgte ihm, sah, wie der Knecht hinter einem Verschlag verschwand. Mit raschen Schritten gesellte er sich zu ihm. Er hatte sich nicht getäuscht. Diese Stimme hätte er überall wiedererkannt. Mit dem Rücken zu ihm stand dort der Mann, den er gestern im Gedränge verloren hatte.

»Was für eine Überraschung, Pullum«, sagte Nikolaus.

Der Mann fuhr herum, seine Augen verengten sich. »Was

zum Teufel willst du hier?« Er trat einen Schritt vor und zischte: »Nenn mich nie wieder so! Wenn einer ein Hähnchen ist, dann du.«

Nikolaus lachte. Es war noch immer so einfach wie früher, Vico zu reizen. »Was machst *du* hier, Bruder? Solltest du nicht auf der Burg sein und dort nach dem Rechten sehen? Ich habe Gerüchte gehört. Ist es wahr, dass die Felder brach liegen, dass der Mühlbach nicht mehr angestaut wird und der Müller weitergezogen ist?«

»Und was geht dich das an? Es ist meine Burg und mein Land.«

»Ich bin dort genauso geboren wie du, Vico. Burg Weitin ist mein Zuhause und ich werde nicht zulassen …«

Vico ließ seine Hand vorschnellen und versetzte Nikolaus einen Stoß vor die Brust.

Erschrocken taumelte Nikolaus einige Schritte zurück, zu überrumpelt, um sich dem Stoß entgegenzustellen. Sein eigener Bruder erhob die Hand gegen ihn! Nikolaus' Herz raste, er atmete tief durch, hielt mit der Linken seine Rechte, damit sie nicht nach dem Schwert griff.

Vico spuckte auf den Boden. »Was willst du dagegen machen, kleiner Bruder? Mich totschlagen?«

»Ich könnte dir helfen, wenn du in Schwierigkeiten bist.«

Vico brüllte vor Lachen, der Knecht brachte sich in einer Ecke in Sicherheit.

»Mir kann niemand helfen«, stieß Vico hervor. »Die Burg ist nichts als ein wertloser Steinhaufen. Kein zollpflichtiger Weg führt vorbei, keine Grenze wird durch sie geschützt. Schon immer haben wir kaum genug zu essen gehabt, und von dem wenigen, was wir besaßen, hat Vater auch noch die dummen Bauern im Winter mit durchgefüttert.«

Nikolaus schmerzte es, dass Vico so über ihren Vater

sprach. Sewolt von Brunn hatte sich um seine Leute gekümmert. Das Land war nicht das beste, aber mit Fleiß und Ausdauer konnte man aus allem etwas machen. Doch Vico war schon immer ein Heißsporn gewesen, der alles sofort haben wollte, und zwar möglichst, ohne dafür zu arbeiten, und dem die anderen egal waren. Wie hatte es nur dazu kommen können? Sein Bruder war von denselben Eltern erzogen worden wie er. Er war sogar bevorzugt behandelt worden, weil er der Erstgeborene war. Vater hatte ihn zu einem mächtigen und angesehenen Reichsgrafen zur Ausbildung gegeben, während Nikolaus selbst bei dem eher unbedeutenden Burkhard von Hobe das Ritterhandwerk erlernt hatte.

Nikolaus wollte keinen Streit. Vielleicht konnte er Vico ja davon überzeugen, dass Weitin durchaus zu retten war. »Vico, ich meine es ernst. Ich könnte dir mit Geld unter die Arme greifen …«

Vico verzog den Mund zu einem verächtlichen Grinsen. »Behalt dein Geld, Bruder. Ich brauche es nicht. Weitin ist nichts als eine Last, die mir Vater aufgebürdet hat, weil er mich nie verstanden hat. Dir hat er jeden Wunsch von den Lippen abgelesen. Du durftest mit ihm zu Fürst Albrecht reisen, während ich mich auf der Burg mit dem Gesinde herumschlagen musste. Mir hat er die Hölle auf Erden hinterlassen, dir eine Anstellung bei Hofe.« Er hieb mit dem Zeigefinger auf Nikolaus ein und schrie, dass sich seine Stimme überschlug: »Erzähl du mir also nichts von meinem großartigen Erbe!«

Nikolaus senkte den Kopf. Vico hatte nicht ganz unrecht. Vater hatte ihn als Zweitgeborenen so gut es ging gefördert. Aber er hätte jederzeit mit Vico getauscht. Einmal hatte Nikolaus seinen Bruder darauf angesprochen, ihn gefragt, warum er so wenig an der Verwaltung der Burg interessiert war.

Vico war mit einer Mistgabel auf ihn losgegangen und hätte ihn umgebracht, wäre Vater nicht eingeschritten. Kurz darauf war Nikolaus nach Schwerin gebracht worden, wo er am Hof in die Dienste des Herzogs getreten war.

Nikolaus machte noch einen Versuch. »Ich könnte Albrecht um Hilfe bitten. Vielleicht kann er Burg Weitin mehr Land zusprechen. Oder wir finden eine gute Partie für dich …«

Vico trat gegen den Verschlag. Ein Brett brach. »Albrecht?« Er lachte. »Was weißt du denn schon von Albrecht?«

»Er ist unnachgiebig gegenüber seinen Feinden, aber er vergisst seine Getreuen nicht …«

Vico stürzte sich auf Nikolaus und warf ihn zu Boden. Nikolaus wehrte sich nicht. Sein Bruder packte ihn am Wams. »Dein ach so gütiger Albrecht hat ein Herz aus Stein. Alles hat er mir genommen!«

Nikolaus erstarrte. So weit war es also gekommen. Vico musste es übel getrieben haben.

»Er hat dir das Lehen genommen?«, fragte Nikolaus leise.

Vico drückte Nikolaus in den Staub. »Ja, du Schlaufuchs. Vor zwei Wochen kam die Urkunde. Unterschrieben und gesiegelt von Albrecht III. zu Mecklenburg, dem gütigsten Herrscher unter der Sonne. Immerhin hat er mir den Titel gelassen. Ich bin der große Graf von Weitin, Besitzer von nichts!« Er ohrfeigte Nikolaus.

Der Schmerz in der Wange war nicht der Rede wert. Der Schmerz in Nikolaus' Seele aber war kaum auszuhalten. Kummer überwältigte ihn. Eine Träne stahl sich in sein Auge.

Vico setzte noch eins drauf. »Du hast mir doch nur hinterherspioniert, um dich an meinem Leid zu laben. Du hast Albrecht gegen mich aufgehetzt. Du hast dafür gesorgt, dass ich nichts mehr habe.«

Nikolaus machte eine Drehung mit seiner Hüfte, warf seinen Bruder von sich herunter und sprang auf. Der Kummer war heißem Zorn gewichen. Wie konnte Vico ihn für sein eigenes Versagen verantwortlich machen?

»Nichts dergleichen ist wahr, Vico! Du hast Weitin verspielt, so sieht es aus. Du bist schwach, du bist faul, du bist eine Schande für unsere Familie. Vater würde sich im Grab umdrehen, du Verräter! Und unsere Mutter würde sich wünschen, du wärst nie geboren worden.«

Kaum hatte Nikolaus die Worte ausgesprochen, bereute er sie. Er blickte beschämt zu Boden.

Vico stand wie vom Donner gerührt, zwinkerte zweimal mit den Augen, dann zog er sein Schwert, holte aus und schlug zu. Nikolaus wich nicht aus. Schmerz fuhr in seinen Hals, heißes Blut lief ihm in den Kragen. Doch die Klinge drang nicht tief ein, es war nicht mehr als ein Kratzer.

»Dieses eine Mal will ich Gnade vor Recht ergehen lassen, weil wir vom selben Schoß geboren sind.« Vico flüsterte, doch es klang furchterregender, als hätte er gebrüllt. Er trat zurück und senkte die Klinge, hielt sie jedoch so, dass er jederzeit zum tödlichen Hieb ausholen konnte. »Aber wehe, du kommst mir noch einmal zu nahe. Dann bist du des Todes.«

Als sich die Stadtmauern von Rostock vor ihnen aus dem Morgendunst schälten, wurde Emilia von einer Mischung aus Vorfreude und Angst ergriffen. Seit einer halben Woche reiste sie mit dem Heiler Henricus auf der Landstraße in Richtung Küste, und die ganze Zeit hatte sie sich vorgestellt, dass alles gut werden würde, wenn sie erst die große Stadt erreichten.

In der Nacht, in der er sie gefesselt hatte und fortgestapft war, um herauszufinden, was auf Burg Wasdow im Gange war, hatte sie voller Angst auf seine Rückkehr gewartet. Mal hatte sie sich vorgestellt, dass er mit Sergius, einem Haufen Büttel und dem Henker in ihrem Versteck auftauchen würde, ein anderes Mal, dass er gar nicht zurückkehren und sie gemeinsam mit dem Esel im Wald verhungern würde. Dann wieder hatte sie sich eingebildet, die Schritte von zwei Männern näher kommen zu hören, und geglaubt, Henricus bringe den Wildhüter mit, um die Ware, die nicht seinen Vorstellungen entsprach, zurückzugeben.

Was der Alte ihr erzählte, als er endlich eintraf, überstieg all ihre Befürchtungen. Sie hatte nicht protestiert, als Henricus zur eiligen Weiterreise gedrängt hatte, und am nächsten Morgen, als sie sich endlich eine Rast gönnten, hatte sie ihm ihre Geschichte erzählt. Er hatte schweigend zugehört, bis sie mit den Worten geschlossen hatte, dass sie nach Dänemark müsse. Diese Erkenntnis war ihr während des langen Fußmarsches durch die Nacht gekommen. Am dänischen Hof wusste man, wer sie war. Margrete höchstselbst konnte bestätigen, dass sie Emilia von Hobe war. Und das würde sie auch tun. Zwar sprachen alle vom bevorstehenden Krieg, doch noch glaubte Emilia nicht daran, dass es wirklich dazu kommen würde. Margrete war eine kluge Frau, sie fand fast immer andere Wege, um ihre Ziele zu erreichen.

»Ihr wollt nach Dänemark, ausgerechnet jetzt?«, hatte Henricus mit gerunzelter Stirn gefragt. »Das ist keine gute Idee.«

»Ich muss beweisen, wer ich bin.«

»Die Leute, die Euch für eine Spionin halten, würden sich bestätigt sehen.«

»Das Wagnis muss ich eingehen.«

»Wir werden sehen.« Er hatte nicht weiter über dieses Thema reden wollen, aber immerhin verkündet, dass sie nach

Rostock gehen würden. Dann hatte er hinzugefügt, dass er als Wanderheiler seinen Lebensunterhalt verdiene und sie bei ihm bleiben und ihm helfen müsse, bis er das Geld wieder heraushatte, das er für ihre Rettung ausgegeben hatte. Denn es war fast alles gewesen, was er besaß.

Beim Anblick ihrer vor Schreck geweiteten Augen hatte er rau aufgelacht. »Kleider flicken und Salben kochen ist allemal besser, als im Kerker auf den Henker zu warten. Glaubt es mir.«

Da hatte sie begriffen, dass er nicht vorhatte, sich an ihr zu vergehen, und sie hatte vor Erleichterung aufgeschluchzt.

Die vergangenen drei Tage hatte sie dazu genutzt, ihr Hochzeitskleid so umzuarbeiten, dass es schlichter wirkte und sie beim Gehen nicht allzu stark behinderte. Außerdem hatte sie Henricus dabei geholfen, Kräuter in heißen Talg zu rühren und daraus eine stark riechende Paste zu bereiten, die, so behauptete er zumindest, bei der Wundheilung half.

Sie hatte sich gemerkt, in welchem Verhältnis die Kräuter gemischt werden mussten, und als sie unter den Sachen des Heilers Feder und Tinte entdeckt hatte, war ihr die Idee gekommen, die Tiegel mit einem Namensschild noch kostbarer aussehen zu lassen. Mit sauberer Handschrift schrieb Emilia »Unguentum vulneris« auf kleine Pergamentstreifen, die sie an die Salbentiegel band, und Henricus hatte gesagt, dass er so mindestens einen halben Pfennig mehr dafür verlangen konnte.

Die Arbeit hatte Emilia abgelenkt, und sie war froh gewesen, dem Mann, der ihr das Leben gerettet hatte, etwas zurückgeben zu können. Nun aber war der Tag gekommen, an dem sich ihre Wege trennen würden. Emilia würde Henricus helfen, wenn er auf dem Marktplatz seine Heilkünste anbot, und sobald die zehn Groschen zusammengekommen waren, die sie ihn gekostet hatte, würde ein jeder seiner Wege gehen. Dann musste Emilia eine Möglichkeit finden, nach Dänemark zu gelangen.

Doch zunächst mussten sie es in die Stadt schaffen. Vor dem Stadttor hatte sich bereits eine lange Schlange gebildet. Viele Menschen warteten darauf, eingelassen zu werden. Als Henricus und Emilia an der Reihe waren, stellte der Heiler sich als berühmten Mediziner aus Konstantinopel vor und Emilia als seine Tochter.

Sie hatten verabredet, dass er sie Lia nannte, eine Abkürzung ihres Namens, die ihre Schwester als Kleinkind verwendet hatte, als ihr das Wort »Emilia« zu lang und kompliziert gewesen war. Immer wenn Henricus sie so ansprach, hatte Emilia das Bild der kleinen Brunhild vor Augen, wie sie von der Amme mit Brei gefüttert wurde, Emilia den Löffel hinschob und lautstark »Lia auch« forderte. Brunhild hatte stets darauf bestanden, dass die Schwestern gleich behandelt wurden, sie hatte zeit ihres Lebens einen ausgeprägten Gerechtigkeitssinn besessen und gern geteilt. Umso ungerechter war es Emilia erschienen, dass ausgerechnet Brunhild so früh gestorben war.

Die Wachen am Tor beäugten kritisch die Instrumente, Kräuter und Tinkturen auf dem Karren, bevor sie ihnen aus dem Weg traten. Henricus schien sich auszukennen, denn schon wenige Minuten später rollten sie auf den Marktplatz, wo gerade die ersten Stände geöffnet wurden.

Der Heiler verhandelte mit dem Aufseher und bekam schließlich einen Platz zwischen einer Kräuterfrau und einem Stand mit Seifen zugewiesen. Er summte zufrieden, als er mit Emilia die Körbe mit Salben und Tränken ablud und einen Schemel aufstellte, auf dem Patienten behandelt werden konnten.

»Nun, Tochter«, sagte er aufgeräumt, »dann wollen wir mal sehen, wie es um die Gesundheit der Rostocker bestellt ist.«

Allmählich füllte sich der Marktplatz. Eine Hausfrau kaufte eine der frisch hergestellten Salben mit Etikett zum neuen Preis, und Emilia spürte zu ihrer Überraschung so etwas wie Stolz. So hatte sie bisher nur einmal empfunden, nämlich als sie der Königin anlässlich ihrer Erhebung zur Regentin Dänemarks im vergangenen Sommer ein selbst gemachtes Buch, ähnlich dem, das sie für ihren Bräutigam angefertigt hatte, überreicht und Margrete anerkennend darin geblättert hatte.

Mehr und mehr Menschen strömten herbei. Henricus pries seine Medizin lautstark an und versuchte dabei, den Theriakhändler zu übertönen, der ein paar Buden weiter stand und mit dröhnendem Gebrüll sein Wundermittel feilbot.

Da näherte sich ein grauhaariger Kerl mit dicker Backe. »Habt Ihr auch etwas gegen Zahnweh, Mann?«, nuschelte er.

»Gegen Zahnweh hilft nur die Zange«, verkündete Henricus und deutete auf den Schemel. »Für zwei Pfennige befreie ich Euch von Eurem Leid, für einen weiteren Pfennig bekommt Ihr eine Salbe dazu, damit die Wunde schneller heilt.«

»Und Ihr versteht Euer Handwerk?«

»Ich habe schon dem Kaiser von Konstantinopel seinen schmerzenden Zahn gezogen.« Henricus zog einen bunt gewebten, glitzernden Umhang aus seiner Tasche und warf ihn sich über.

Der Alte kratzte sich am Kopf. Er schien keine Ahnung zu haben, wer der Kaiser von Konstantinopel war, aber er wirkte beeindruckt. »Nun gut.«

»Nehmt Platz.«

Als der Mann saß, bedeutete Henricus Emilia, ihm den Kopf festzuhalten. Dann nahm er eine Zange aus seiner Tasche, goss eine geheimnisvolle Flüssigkeit darüber und sprach dazu Worte in einer Sprache, die Emilia nicht verstand.

Eine neugierige Menge versammelte sich, als Henricus einen merkwürdigen Singsang anstimmte und sich über den geöffneten Mund seines Patienten beugte.

Emilia trat hastig hinter den Alten und griff nach dessen stoppeligen Wangen. Ihr schlug das Herz bis zum Hals. Was sollte sie tun, wenn der Alte plötzlich anfing zu zappeln? Oder nach ihr zu schlagen? Sie war eine schwache Frau, der Patient zwar nicht mehr der Jüngste, aber ein grober Klotz mit dicken Muskeln. Und was würde geschehen, wenn die Behandlung misslang und der Mann nach den Bütteln rief?

Sie hatte keine Zeit, länger darüber nachzudenken, denn Henricus schob dem Kerl bereits die Zange in den Mund. Rasch packte sie zu und sandte ein stummes Gebet gen Himmel.

Mit einem Ruck zog Henricus den Zahn heraus, so schnell, dass weder der Alte noch Emilia wussten, wie ihnen geschah. Der Patient schrie auf, griff sich verwundert an die Wange und setzte ein schiefes Lächeln auf.

»Das ging aber flugs«, murmelte er.

Henricus verneigte sich. »Geübt ist geübt.« Er hielt dem Alten einen Salbentiegel hin. »Spült mit reichlich Wein nach, und schmiert davon drei Mal täglich etwas auf die Wunde, dann ist sie schnell verheilt. Macht drei Pfennige.« Er hielt die Hand auf.

Benommen griff der Alte an seinen Beutel. Er zählte drei Pfennige ab, nahm den Tiegel entgegen und erhob sich ächzend von dem Schemel.

Von da an ging es Schlag auf Schlag. Henricus zog Zähne

und korrigierte mit kleinen Eisenspangen eingewachsene Nägel, richtete Knochen und versorgte eitrige Wunden, die nicht heilen wollten. Bei allem, was er tat, trat er großspurig auf und garnierte die Behandlung mit geheimnisvollen Formeln, Ritualen und fantastischen Geschichten. Und so manches Mal war Emilia nicht sicher, ob er die Menschen tatsächlich heilte oder sie mit seinem Hokuspokus lediglich ihre Schmerzen vergessen ließ.

Es war schon Nachmittag, als eine Frau mit verhülltem Gesicht auftauchte und Henricus ins Ohr flüsterte. Die beiden verabredeten etwas, und die Frau verschwand.

Kurz darauf ließ der Andrang der Menschen nach und an den benachbarten Ständen begannen die Händler, ihre Waren einzupacken.

Henricus berührte Emilia an der Schulter. »Ihr habt das sehr gut gemacht, Tochter«, sagte er mit einem Lächeln.

»Danke«, erwiderte Emilia und fühlte Erschöpfung, aber auch große Zufriedenheit. Henricus hatte so vielen Menschen geholfen, und sie durfte daran teilhaben.

»Traut Ihr Euch zu, die Körbe allein im Karren zu verstauen? Ich muss etwas erledigen.«

»Aber …«

»Eine halbe Stunde, vielleicht ein wenig länger.«

Emilia öffnete den Mund für weitere Fragen, doch Henricus hob die Hand. »Es ist besser, wenn Ihr nichts Näheres wisst.« Er fingerte an seinem Beutel herum und zog ein paar Münzen hervor. »Wenn Ihr fertig seid und ich noch nicht zurück bin, geht in diese Gasse dort. An einem kleinen Brunnen findet Ihr das Gasthaus Zum schwarzen Bären. Dort kennt man mich. Der Knecht wird sich um den Eselskarren kümmern, und die Hausherrin wird Euch etwas Anständiges zu essen vorsetzen. Aber haltet Euch zurück, wenn sie Euch ausfragt. Sie ist das neugierigste Weib von ganz Rostock, und ihr entgeht nichts. Was sie weiß, weiß bald das ganze Land. Ihr seid meine Tochter, alles andere geht sie nichts an.«

Henricus wandte sich ab, bevor Emilia protestieren konnte. Verwirrt blickte sie ihm hinterher. Dann schaute sie auf ihre Hand. Vier Pfennige. Ausreichend für ein anständiges Mahl, aber nicht annähernd genug für eine Passage nach Dänemark. Sie konnte sich also nicht einfach verdrücken. Zumal sie den Esel und die Waren nicht unbeaufsichtigt lassen konnte.

Seufzend machte Emilia sich ans Packen. Während sie die Körbe mit den Salben und Tränken auf dem Karren verstaute, überkam sie die Ahnung, dass sie das nicht zum letzten Mal tat, und zu ihrem großen Erstaunen erschreckte sie das nicht.

Vico warf die Tür der Schänke Zum Auerhahn hinter sich zu. Es war wie verhext. Niemand wollte als Kapitän bei ihm anheuern. Überhebliche Gecken, allesamt.

Genau wie sein Bruder. Drei Tage war es her, dass Nikolaus aus heiterem Himmel aufgetaucht war und ihn beschimpft und beleidigt hatte, und noch immer kochte ihm das Gemüt, wenn er an diesen aufgeblasenen Holzkopf dachte. Und so einer war sein Bruder! Aber er würde es ihm schon zeigen.

Gott hatte ihm ein gutes Schiff geschenkt, und er würde dieses Geschenk zu nutzen wissen.

Zuerst hatte Vico gedacht, dass er den besten Nutzen aus dem unerwarteten Besitz ziehen würde, indem er ihn rasch verkaufte. Doch er hatte keinen Käufer gefunden. Und da war ihm eingefallen, dass man ein Schiff auch zu Geld machen konnte, indem man es segeln ließ. Dann konnte man damit sogar reich werden. Vor allem in diesen unruhigen Zeiten.

Krieg stand vor der Tür, es gab viel übers Meer zu bewegen: Männer, Pferde, Waffen, Lebensmittel.

Unauffällig hatte er sich umgehört, wie man es anstellen musste, um aus einem Schiff möglichst viel herauszuholen, und er hatte einige Antworten bekommen: Das meiste warf der Handel mit Pelzen, Schmuck und gesalzenem Hering ab. Mit Waffen durfte nur handeln, wer von Albrecht eine Vollmacht besaß. Fragte sich, ob Albrecht sich dazu überreden ließ.

Immerhin schien es genug Leute zu geben, die Waren zu verschiffen hatten. Aber vorher brauchte Vico eine Mannschaft und als Allererstes einen Kapitän. Den zu finden, schien jedoch gar nicht so leicht zu sein.

Männer, die zu allem bereit waren, gab es genug. Aber die vier Kapitäne, die er bisher angesprochen hatte, hatten abgewinkt. Die Menge der Waren, die er hätte transportieren können, war viel zu gering, als dass beim Handel genug für sie herausgesprungen wäre. Wenn es eine Kogge wäre, ja dann …

Einer hatte Vico geraten, auf Heringe zu gehen, so wie er stinke, würde er sich mit den Fischen sicherlich gut vertragen. Wenn nicht zwanzig Mann gegen ihn gestanden hätten, wäre der unverschämte Kerl jetzt tot.

Vico verfluchte die Gier und die Dummheit der Menschen. Bald brach die Dunkelheit herein, es wurde Zeit, zu seinem Schiff zurückzukehren. Er musste es bewachen, also verbrachte er die Nächte an Bord.

Er brauchte nur wenige Minuten bis zum Hafen. Sein Schiff lag abseits der Ladeplätze der großen Koggen und Karacken in einer kleinen Einbuchtung, die den Blick auf den großen Kai versperrte. Der Liegeplatz war gut vor schlechtem Wetter geschützt, aber auch vom Treiben am Hafen abgeschnitten. Die Liegegebühr betrug einen Pfennig pro Woche. Auch wenn das nicht viel war, musste er zusehen, dass er in absehbarer Zeit Geld verdiente.

Mit dem letzten Licht kam Vico bei seinem Schiff an. Es würde eine klare Nacht werden, die großen Sterne funkelten schon über dem Meer. Er schaute sich um. Nichts war verändert, alles stand an seinem Platz, die Luke zum Unterdeck war fest verschlossen. Dort hatte er einige Vorräte eingelagert: Wasser, Wein, Getreide und gesalzenen Hering.

Er warf ein bereitliegendes Brett vom Kai auf die Reling, ging an Bord und holte das Brett wieder ein. Bevor er sich unter Deck verzog, streute er getrocknete Bohnenschoten auf die Planken. Unten konnte er sich nur gebückt bewegen. Er aß ein wenig Brot und Fisch, trank einen Becher Wein, nicht mehr, er musste einen klaren Kopf bewahren.

Zuletzt legte er einen Riegel vor die Luke. Auf dem Schiff hatte er eine gute Wolldecke gefunden, die ihn in den kalten Nächten wärmte. Er ließ alle Kleider an, legte sich hin, zog sich die Decke bis ans Kinn und versuchte einzuschlafen. Doch seine Gedanken drehten sich im Kreis. Er hatte ein Schiff, aber keinen Kapitän. Er hatte einen Grafentitel, aber keine Burg und kein Land. Er hatte eine Familie, aber sie war sein Feind. Denn für Vico stand fest, dass Nikolaus für den Verlust des Lehens verantwortlich war. Er war schon als Kind eifersüchtig auf Vico gewesen, deshalb hatte er Albrecht Lügen eingeflüstert.

Immer schneller drehten sich Vicos Gedanken, bis sie plötzlich unterbrochen wurden. Er hatte das trockene Knacken gehört, das die Bohnenschoten von sich gaben, wenn jemand darauf trat.

Schlagartig war er hellwach und griff zum Schwert. Er lauschte. Wer immer auf seinem Schiff herumlungerte, gab sich nicht die Mühe, seine Anwesenheit zu verbergen. Es mussten mindestens zwei Männer sein. Aber wenn es nicht gerade ausgebildete Krieger waren, würde er mit ihnen fertigwerden.

Zwar war Vico hinter der Luke in Sicherheit, doch er konnte nicht wissen, was die beiden Eindringlinge vorhatten. Was, wenn sie Feuer legten?

Vorsichtig schob er den Riegel zur Seite, ging in die Knie und sammelte all seine Kräfte in den Beinen. Drei Mal atmete er tief durch, dann stieß er die Luke auf, streckte die Beine mit aller Macht durch und sprang mit einer Drehung aufs Deck.

Der Schreck fuhr ihm durch alle Glieder. Nicht zwei, sondern vier Männer wandten sich ihm zu.

Das Mondlicht war hell genug, dass er erkennen konnte, dass es keine Ritter waren. Erleichtert stieß er die Luft aus und musterte seine Gegner. Einer, mit einem Brustkorb wie ein Fass, trug einen Knüppel, ein anderer, der aussah wie ein Bauer, einen alten schartigen Spieß. Der Dritte, ein magerer, drahtiger Kerl, fuchtelte mit einem kleinen Messer in seine Richtung. Den Vierten kannte Vico. Es war der Dicke, der das Schiff an ihn verloren hatte.

Langsam kreisten die vier Vico ein. *Bei allen Heiligen!*, dachte er. *Die Idioten werden bald ihrem Herrn gegenüberstehen.*

Die vier gingen zögerlich vor, so hatte Vico Zeit genug, sich einen Plan zurechtzulegen. Er hatte den Mast hinter sich und das Lateinersegel an seiner rechten Seite. Vorsichtig hob er das Schwert bis zur Hüfte, hier war nicht genug Platz, um von oben auf die Feinde einzudreschen. Er verlagerte sein Gewicht auf den rechten Fuß, machte einen Ausfallschritt nach vorne, seine Klinge zischte durch die Luft und erwischte den Keulenträger am Arm. Der schrie auf, ließ seine Waffe fallen und versuchte, die Blutung zu stillen, die Vicos Hieb verursacht hatte. Der Schnitt ging fast bis auf den Oberarmknochen.

Der Mann mit dem Messer sprang auf Vico zu; er war flink, Vico zuckte zusammen, als die Klinge ihn mehrmals hintereinander traf. Sie war scharf und drang mühelos durch sein Wams. Aber der Messerkämpfer hatte ihn nicht ernsthaft verletzt.

Vico ließ sich auf die Seite fallen, seine Klinge schoss hoch und trennte dem Messerstecher drei Finger von der Hand, heulend vor Schmerz und Schreck floh er von Bord.

Der Dicke hatte sich die ganze Zeit kaum bewegt. Worauf wartete er? Vico hatte keine Zeit, sich zu wundern. Schon rückte der Spießträger vor. Die Spitze seiner Waffe war verrostet und verdreckt. Wer sich damit eine Verletzung zuzog, egal wie leicht sie sein mochte, der starb höchstwahrscheinlich an einer Vergiftung der Säfte.

Mit kurzen, harten Schlägen wehrte Vico die Spitze ab. Doch er hatte den Mann unterschätzt, der ihn zurück zum Mast trieb. Dann allerdings gab der Angreifer sich eine Blöße, und Vico kannte keine Gnade. Er unterlief den Speer, rammte dem Mann das Schwert in den Bauch und zog es sogleich wieder heraus. Mit einem Röcheln starb der Spießkämpfer und kippte ins Wasser.

Vico war nass geschwitzt, er spürte das Blut, das aus den Messerstichen heraussickerte, spürte, wie Schwäche ihn zu übermannen drohte. Er wandte sich dem Dicken zu. Der musste hier und jetzt sein Leben aushauchen, sonst würde er für alle Zeit wie eine Schmeißfliege an Vico kleben.

»Stirb, du Hund«, sagte Vico leise.

Der Dicke lächelte und machte einen Schritt zurück. Zu spät bemerkte Vico das Seil, auf dem der Dicke gestanden hatte. Es wirbelte durch die Luft, der Großbaum, an dem das

Segel hing, sauste herunter, und bevor Vico beiseitespringen konnte, fuhr ein so heftiger Schmerz durch seine Schulter, dass es ihm den Atem nahm.

Sein Schwert klirrte auf die Decksplanken, er ging in die Knie, war besiegt. Vico verfluchte Gott und die Welt. Von einem fettleibigen Pfeffersack übertölpelt zu werden war das Schlimmste, was einem Krieger widerfahren konnte.

Der Dicke trat gemächlich näher auf ihn zu und setzte Vico die Klinge auf die Brust. »So schnell kann es gehen, mein Freund. Würdet Ihr Euch mit einem Schiff auskennen, wäre Euch das nicht passiert. Ihr seid es nicht wert, meine *Santa Brigitta* zu besitzen. Und deswegen töte ich Euch jetzt.«

Vico ließ den Kopf hängen und erwartete den tödlichen Schlag. »Herr, vergib mir meine Sünden«, murmelte er.

Da knackte etwas laut und unangenehm. Es klang, als würde eine Rübe platzen. Vico hob den Blick. Hinter dem Dicken stand Tiberius, der Arbiter aus der Schänke Zum Südwind. Langsam und mit ungläubigem Ausdruck in den Augen fiel der Dicke zur Seite.

»Keine Sorge, der kommt bald wieder zu sich«, sagte Tiberius. »Aber er wird sich wünschen, tot zu sein, denn er wird sich verantworten müssen.«

»Wie …« Die Schmerzen in Vicos Schulter brachten ihn zum Schweigen.

»Oh, man hört hie und da so dies und das.« Tiberius beugte sich zu Vico und zog ihn hoch, als wäre er eine Feder. Von der Schulter aus raste der Schmerz durch Vicos ganzen Körper. »Ich bringe Euch in die Schänke und werde jemanden rufen lassen, der nach Euren Wunden sieht. Ihr habt Glück. Gerade ist ein Heiler in der Stadt, dem man wahre Wundertaten nachsagt.«

Henricus entdeckte Emilia an einem Tisch in der hintersten Ecke des Schankraums. Ein Becher Wein stand vor ihr und ein leeres Brett, auf dem ein paar Brotreste lagen. Sie hielt den Blick auf die Tischplatte gerichtet, es war offensichtlich, dass sie sich unwohl fühlte.

Schlagartig begriff Henricus, dass Emilia nie zuvor allein an einem solchen Ort gewesen war. Vermutlich war sie überhaupt noch nie in einem Gasthaus gewesen. Sie war erst in der Burg ihres Vaters und dann am Hof der dänischen Regentin erzogen worden. Das Leben in der Stadt, der Markt mit seinen Buden, die vielen Menschen und Tiere, die durcheinanderliefen, der Lärm und die Gerüche, das alles musste ihr völlig fremd sein.

Rasch durchmaß Henricus den Schankraum und ließ sich ihr gegenüber nieder. Sie zuckte zusammen, blickte erschrocken auf. Dann huschte ein erleichtertes Lächeln über ihr Gesicht.

»Tut mir leid, dass es so lange gedauert hat.«

Sie zuckte mit den Schultern. »Ein paar Kerle haben mich belästigt, aber die Wirtin hat sie vertrieben.«

»Mir war nicht klar, dass Ihr noch nie an einem Ort wie diesem wart«, gab er zu.

»Vergangene Woche hätte ich laut gelacht, wenn jemand behauptet hätte, ich würde in Zukunft Salben kochen und auf dem Markt verkaufen und meine Abende in Schänken zwischen Steinmetzgesellen, Schustern und Tagelöhnern verbringen.«

»Manchmal hält das Leben unangenehme Überraschungen für uns bereit.« Henricus winkte der Wirtin und deutete auf den Weinbecher. Dann betrachtete er seinen Schützling. Er zweifelte nicht an ihrer Geschichte. Sie war Emilia von Hobe, Tochter des Grafen Burkhard von Hobe. Wäre sie eine dänische Spionin, hätte sie sich längst mit ihren Verbündeten in Verbindung gesetzt und die erste Gelegenheit zur Flucht genutzt. Jemand musste sie verleumdet haben, vermutlich um von der wahren Spionin abzulenken, die nun fett auf dem Schoß eines der engsten Vertrauten von Herzog Albrecht saß.

Die Wirtin brachte einen Krug Wein und einen zweiten Becher. Sie wollte Henricus in ein Gespräch verwickeln, doch er scheuchte sie weg. Er musste entscheiden, was mit Emilia geschehen sollte, und es fiel ihm nicht leicht. Sie hatte sich als geschickte Hilfe herausgestellt, und er zweifelte nicht daran, dass sie in ein paar Wochen bereits in der Lage sein würde, kleinere Wehwehchen eigenhändig zu heilen. Und er konnte Hilfe bestens gebrauchen. Seine alten Knochen wurden allmählich müde, und seine Finger waren manchmal steif. In ein paar Jahren spätestens würde er seine Arbeit nicht mehr ausüben können. Er hatte immer gehofft, eines Tages wie ein Baum gefällt zu werden. Aber das Schicksal hatte ihm schon einmal übel mitgespielt, es richtete sich nicht nach seinen Wünschen. Was, wenn er steinalt wurde? Eine junge Frau wie Emilia könnte ihn versorgen.

Andererseits bestand immer die Gefahr, dass jemand sie erkannte. Das war auch für ihn gefährlich. Zudem gehörte sie in ein anderes Leben. Sie war eine Grafentochter, kein Marktweib.

»Meister Henricus!« Jemand zupfte ihn am Ärmel. »Vater!«

Erschrocken sah er auf.

Emilia deutete neben den Tisch, wo ein verwegen aussehender Bursche stand. Das zottelige Haar hing ihm tief in die Stirn, eine krumme Narbe lief über die Wange bis zum Kinn. Seine Hände waren grob und schwielig.

»Was gibt es?«, fragte Henricus harsch.

»Seid Ihr der Heiler?«

»Wer will das wissen?«

»Ich komme von meinem Herrn, Meister Tiberius. In seiner Schänke liegt ein Edelmann, Vico von Brunn, er ist verletzt und braucht dringend Hilfe.«

Henricus registrierte aus den Augenwinkeln, wie Emilia bei der Erwähnung des Namens zusammenzuckte. Er sah sie fragend an, sie schüttelte den Kopf.

Schnell wandte er sich wieder dem zwielichtigen Burschen zu. »Kann der Patient zahlen?«

»Ganz bestimmt, Meister. Er ist ein Graf.«

Seufzend stand Henricus auf. Er war müde, aber er konnte es sich nicht erlauben, ein gutes Geschäft abzulehnen. Erstaunt registrierte er, dass auch Emilia sich erhob. Er wollte abwinken, doch sie wirkte entschlossen.

»Sicherlich braucht Ihr Hilfe, Vater«, sagte sie mit fester Stimme.

Mit einem Schulterzucken willigte er ein.

Der Bursche führte sie durch die Gassen zum Hafen und schließlich zur Hintertür einer Spelunke, in der hauptsächlich Seeleute verkehrten. Es ging eine Stiege hinauf in den ersten Stock. Offenbar hatte man den Verletzten in die Kammer des Wirtes gebracht. Das immerhin bedeutete, dass der Mann wohl tatsächlich kein einfacher Hafenarbeiter war. Also bestand Hoffnung, dass Henricus anständigen Lohn für seine Arbeit bekommen würde.

Ein Mann, der sich als Tiberius vorstellte, erwartete sie vor der Kammertür. Der Verletzte lag auf einem einfachen, aus grobem Holz gezimmerten Bett und stöhnte leise. Henricus hörte, wie Emilia einen leisen Schreckenslaut ausstieß. Er warf ihr einen warnenden Blick zu, dann trat er an das Lager und ließ seinen Blick über den muskulösen Körper des

Mannes wandern. Ein paar Schnitte und Blutergüsse, offenbar von einem Kampf, aber keine schwere Verletzung, soweit er erkennen konnte. Lediglich der linke Arm lag merkwürdig verrenkt da.

»Bist du der Chirurgicus?«, fragte der Verletzte.

»Henricus van der Wee, Medicus aus Konstantinopel, zu Euren Diensten, Herr.« Henricus verneigte sich.

»Mein Arm. Ich kann ihn nicht bewegen.«

Henricus nickte, holte seinen Umhang aus der Tasche und zog ihn an. Den Arm wieder einzukugeln war einfach. Wenn er dem Mann ein paar Münzen aus dem Beutel locken wollte, musste er ein wenig in die Trickkiste greifen. Er holte ein altes, in Leder gebundenes Buch aus der Tasche, schlug es auf und wies Emilia an, es ihm hinzuhalten. Dann murmelte er das Wiegenlied, das schon so oft als magische Formel hatte herhalten müssen.

»Was soll der Unfug?«, kam die Stimme des Verletzten vom Bett her. »Ich brauche einen Arzt, keinen Pfarrer.«

Henricus ließ sich nicht beirren. Er beendete den Singsang, dann nahm er ein silbergewirktes Tuch aus der Tasche und legte es sorgfältig über die Schulter des Mannes. Er hob ihn an, packte zu und ruckte das Gelenk mit einer kräftigen Bewegung wieder an seinen Platz.

Der Mann brüllte vor Schmerz.

Henricus zog das Tuch weg, sagte einen lateinischen Spruch und verneigte sich. »Ihr seid geheilt, Herr.«

Der Mann bewegte vorsichtig den Arm. »Teufel«, murmelte er. »Er ist wie neu.« Er setzte sich im Bett auf.

»Wünscht Ihr, dass ich nach Euren anderen Verletzungen schaue?«, fragte Henricus.

»Nein, nicht nötig, das sind nur Kratzer.«

»Wie Ihr meint.« Henricus verneigte sich. »Ich könnte

Euch eine Salbe anbieten, damit die Schnitte schneller verheilen.«

»Nein«, fuhr der Mann ihn an. »Hast du keine Ohren, Alter? Du bist entlassen.«

Verärgert zog Henricus seinen Umhang aus und verstaute ihn samt Buch und Tuch in seiner Tasche. »Macht fünf Pfennige.«

»Ha!« Der Verletzte lachte auf und schlug sich auf den Schenkel. Er erhob sich vom Bett. »Du bist wohl verrückt geworden, Alter! Fünf Pfennige für ein bisschen Hokuspokus? Sei froh, dass ich dich nicht den Bütteln melde!«

Henricus sah, wie Emilia ängstlich in Richtung Tür zurückwich. Er straffte die Schultern. »Ihr habt meine Hilfe angefordert, ich habe Euch geholfen. Das ist mein Preis.«

»Und wenn ich nicht zahle?« Der Mann stemmte die Hände in die Hüften. »Renkst du mir den Arm wieder aus? Oder vielleicht meinen Arsch?«

»Ihr wollt nicht zahlen?« Henricus runzelte die Stirn. Er hatte schon viel erlebt in all den Jahren, in denen er umherreiste, er war vielen Menschen begegnet, die auf sehr unterschiedliche Weise mit Krankheit und Leid umgingen. Er hatte auch schon oft erlebt, dass jemand den Preis zu drücken versuchte. Aber einer, der gar nicht zahlen wollte, war ihm noch nicht untergekommen.

»Genau, Alter, du hast es erfasst. Du bist unverschämt und anmaßend. Deshalb bezahle ich dich nicht. Mach, dass du rauskommst!«

»Herr, ich …«

»Hast du keine Ohren?« Der Blick des Mannes wanderte von Henricus zu Emilia. »Vielleicht kann deine kleine Hure hier dir erklären, was ich meine.« Er packte Emilia am Kinn.

Sie schrie auf, doch bevor der Kerl ihr noch näher kam,

schob Tiberius Emilia weg. »Es reicht«, sagte er zu Henricus. »Ihr habt den Grafen gehört. Nehmt Eure Sachen und geht. Es ist besser für Euch.«

Henricus packte seine Tasche. »Nun gut, Herr. Dann bleibt Ihr mir etwas schuldig. Ich hoffe, dass Ihr es mir eines Tages zurückzahlt.«

Der Graf spuckte auf den Boden, Tiberius neigte seinen Kopf einen Zehntel Fingerbreit und lächelte entschuldigend.

Kochend vor Wut nahm Henricus Emilia bei der Hand, zog sie in den Flur und dann die Stiege hinunter. Ohne ein Wort zu sagen, eilten sie durch die Gassen zurück zum Schwarzen Bären. Erst als sie wieder in dem hellen Schankraum saßen, fühlte Henricus sich einigermaßen sicher. Doch er spürte, dass die Sache damit noch nicht erledigt war.

Noch immer steckte Emilia das Erlebnis vom Vorabend in den Gliedern wie eine Erkältung. Während sie zum Hafen liefen, wo Henricus mit einem Kapitän verabredet war, hielt sie unwillkürlich nach Vico von Brunn und seinen zwielichtigen Begleitern Ausschau.

Sie war Vico nie zuvor begegnet, trotzdem war es ein merkwürdiges Gefühl gewesen, ihn zu sehen und zu wissen, dass er Nikolaus' Bruder war. Die beiden sahen sich nicht besonders ähnlich. Wenn Emilia sich richtig erinnerte, waren Nikolaus' Gesichtszüge ebenso markant wie die seines älteren Bruders, doch Vico hatte dunkle Augen und Haare, während Nikolaus mittelblond war und seine Augen geheimnisvoll grün schimmerten. Auch im Wesen hätten die beiden nicht unterschiedlicher sein können. Zwar hatte Emilia Nikolaus seit vielen Jahren nicht gesehen, dennoch konnte sie sich nicht vorstellen, dass er das Gebaren seines Bruders billigte, geschweige denn, dass er sich selbst so verhalten hätte.

Vico hatte gegen jede ritterliche Tugend verstoßen, sie beleidigt und ihnen den verdienten Lohn verweigert.

Ein merkwürdiger Zufall war es allemal gewesen, dass sie Vico ausgerechnet jetzt getroffen hatte, wo sie in den vergangenen Tagen immer wieder an Nikolaus gedacht hatte. Fast, als wäre es ein Zeichen. Unwillkürlich fasste Emilia sich an die Schulter und berührte die Stelle, wo die Narbe war. Bärtige Männer schleppten schwere Säcke über eine Planke an Bord einer Kogge. Ein vornehm gekleideter dürrer Herr beaufsichtigte die Arbeit, neben ihm stand ein rothaariger Riese.

Henricus räusperte sich. »Meine Herren.«

Die beiden drehten sich um.

Emilia erkannte am wettergegerbten Gesicht des Rothaarigen, dass er der Kapitän sein musste. Dann war der andere der Kaufmann, dem die Kogge gehörte. Sie ließ den Blick schweifen. Mehr als zwei Dutzend weitere Handelsschiffe lagen vor Anker. Alle wurden entweder entladen, beladen oder geschrubbt. Überall waren Rufe, Poltern und Ächzen zu hören. Die Luft war getränkt vom Geruch nach Salzwasser, Heringen und Leder.

»Ich bin Konrad Gutson, Kapitän der *Santa Eulalia*. Ihr seid der Heiler?«, fragte der Rothaarige.

»So ist es, Kapitän.« Er verneigte sich. »Henricus van der Wee.« Er zeigte auf Emilia. »Das ist meine Tochter Lia.«

»Von einem Weib war nicht die Rede«, brummte der Kaufmann.

»Verzeiht, Herr. Meine Gemahlin verstarb kürzlich, und nun bin ich mit meiner Tochter ganz allein. Sie geht mir zur Hand, denn ich bin nicht mehr der Jüngste.«

»Dann zahlt Ihr aber auch die Passage für zwei.«

»Selbstverständlich.«

»Fünf Groschen für jeden. Zahlbar vor Abreise. Wir stechen morgen bei Sonnenaufgang in See, vorausgesetzt, der Wind steht günstig.«

Emilia erschrak. Zehn Groschen! Hatten sie überhaupt so viel Geld? Gestern auf dem Marktplatz hatten sie einiges eingenommen, doch einen Teil davon hatten sie im Schwarzen Bären für Essen und Nachtlager ausgegeben.

Henricus schien das nicht zu kümmern. Er hielt dem Kapitän die ausgestreckte Hand hin. »Dann sind wir morgen bei Sonnenaufgang hier.«

Gutson schlug ein. »So sind wir einig, und das Geschäft ist gültig.«

Kaum waren sie in einer Gasse verschwunden, wandte Henricus sich ihr zu. »Letzte Gelegenheit, es Euch anders zu überlegen, Emilia von Hobe. Die Überfahrt ist lang und nicht ungefährlich. Und ich kann nicht versprechen, dass es von Stockholm aus nach Dänemark geht. Krieg liegt in der Luft. Es wird nicht leicht für Euch sein, zur Königin zu gelangen.«

»Habe ich denn eine andere Wahl?«

»Ihr könntet bei Albrecht vorsprechen. Vielleicht gibt er Euch die Gelegenheit zu beweisen, wer Ihr seid.«

Wieder berührte Emilia die Narbe. »Aber wahrscheinlicher ist, dass er mich in den Kerker wirft, zumal ich mit meiner Flucht ja angeblich meine Schuld eingestanden habe.«

»Was ist mit dieser Freundin, die Euch helfen wollte?«

»Sie ist eine einfache Grafentochter wie ich. Es ist sehr unwahrscheinlich, dass ihr Wort genug Gewicht hat.«

»Also?«

»Ich muss zur Königin. Aus diesem Grund reise ich mit Euch weiter, Henricus van der Wee. Wenn Ihr Euch mit mir belasten wollt.«

»Ich könnte mir keine angenehmere Belastung vorstellen.« Er lächelte und streckte die Hand aus. »Auf eine sichere Überfahrt. Möge der Herrgott uns gewogen sein und die Wahrheit am Ende siegen.«

Vico hob vorsichtig die Schulter. Er hatte kaum noch Schmerzen. Nachdem er den Quacksalber und seine äußerst hübsche Tochter fortgejagt hatte, hatte er die Nacht durchgeschlafen wie ein Stein. Das Schiff hatten Büttel bewacht, der Dicke wartete im Verlies des Rathauses auf sein Urteil. Wenn er Glück hatte, wurde er nur verbannt und ihm wurde der Verkauf von Waren in den Hansestädten verboten. War das Schicksal ihm nicht gewogen, würde er eine Hand verlieren oder sogar den Kopf. Der Dicke hatte verloren, und das in einer Schänke, die zum Glücksspiel berechtigt war. Das waren Ehrenschulden, und die mussten beglichen werden, daran führte kein Weg vorbei. Wer versuchte, sich seinen Verlust mit Gewalt wiederzuholen, bekam die ganze Härte des Stadtrechts zu spüren.

Tiberius sah ihn mit schräg gelegtem Kopf an. »Ihr wollt schon wieder aufbrechen? Wohin? Was habt Ihr vor?«

Vico war Tiberius dankbar, weil er ihm das Leben gerettet hatte. Aber alles andere ging ihn nichts an. Da er sich den Hünen nicht zum Feind machen wollte, streckte er ihm fünf Pfennige hin. »Ich danke dir, mein Freund. Du bist es wert, dass man dich bezahlt.«

Tiberius steckte die Münzen ein, nickte. »Ich danke Euch, mein Herr. Und lebt wohl.«

Vico drehte sich um und ging los. Aber er wusste nicht so recht, wohin, blieb zögernd stehen. Da hörte er Tiberius' Stimme hinter sich.

»Herr von Brunn, sucht Ihr noch immer einen Kapitän?«

Vico drehte sich um. »Sag nicht, dass du einer bist!«

Tiberius lachte. »Nein, absolut nicht. Aber mir ist da gerade etwas eingefallen.«

»Du kennst jemanden?«

»Kommt mit, dann werde ich ihn Euch vorstellen.«

Tiberius führte Vico weg vom Hafen, hinein in die Gässchen der Stadt. Hier standen die Häuser so eng, dass die Sonne nur den Boden erreichte, wenn sie am höchsten stand. Endlich klopfte Tiberius an eine Tür, die den Eindruck machte, jeden Moment aus den Angeln zu fallen. Nichts geschah. Tiberius klopfte erneut, trat einen Schritt zurück und rief: »He, du alte Landratte, zeig dich. Ich habe hier jemanden, der möchte dich kennenlernen.«

Die Tür wurde aufgerissen. Ein Mann, beinahe so groß und so breit wie Tiberius, stürmte hinaus, in der Hand einen Holzknüppel, zum Schlag erhoben.

Tiberius lachte. »Verschone mich, Marcellus. Ich weiß doch, dass du keine Landratte bist, sondern der beste Kapitän in den Weiten der Ostsee.«

Marcellus hob den Knüppel höher.

»Der Beste auf allen Meeren der Welt«, setzte Tiberius hastig nach.

Marcellus ließ den Knüppel sinken. »Wer ist der Hänfling da?«

»Graf Vico von Brunn. Er sucht einen guten Kapitän.«

»Ein Graf, soso. Was will so einer mit einem Kapitän?«

Vico deutete eine Verbeugung an. »Ich habe ein Schiff, das sich nicht von selbst steuert. Und ich bin zwar schnell mit dem Schwert, aber mit einer Ruderpinne bin ich im besten Fall ungeschickt.«

»Was für ein Schiff?«, fragte Marcellus.

»Eine Schnigge, die dreißig Männer und fünfzig Lasten

fasst. Sie kann gegen den Wind segeln und hat ein Unterdeck.« Vico legte Begeisterung in seine Stimme.

Marcellus schnaubte. »Damit kann man nichts verdienen. Hat man Euch das nicht gesagt?«

Vico ballte die Faust. Was bildete dieser Trottel sich ein, so mit ihm zu reden? Doch noch bevor Vico ihm eine passende Antwort entgegenschleudern konnte, feuert Marcellus die nächsten Fragen ab.

»Ihr seid Graf? Ist das wahr?«

Wortlos hielt Vico ihm seinen Siegelring unter die Nase.

»Habt Ihr Streit mit Herzog Albrecht?«

Vico funkelte ihn an. »Streit? Wie kommt Ihr darauf?« Hatte sich etwa bis hierher herumgesprochen, dass Albrecht ihm das Lehen genommen hatte? Oder hatte gar etwas noch viel Schlimmeres die Runde gemacht? Er musste auf der Hut sein.

Marcellus rieb sich das Kinn. »Was haltet Ihr von den Dänen?«

»Sie sind unsere Feinde!«, rief Vico, ohne zu zögern. »Dieses anmaßende Weib, diese Margrete wird bald von Albrecht in den Staub getreten werden. Was sollen diese Fragen?«

»Immer mit der Ruhe, Graf von Brunn.« Marcellus hörte sich an wie ein Vater, der seinen Sohn zur Ordnung rief.

Vico hätte ihn gern am Kragen gepackt und ihn gelehrt, wie man sich einem Graf gegenüber zu benehmen hatte, doch er hatte das Gefühl, dass es von Nutzen sein könnte, das Spielchen für eine Weile mitzuspielen. Dieser Marcellus schien einen Plan zu haben.

»Da Ihr Albrechts Mann seid, wird er Euch bald zu den Waffen rufen. Aber es gibt noch andere Wege, seinem Land zu dienen. Wie würde es Euch gefallen, Euch an den Dänen schadlos zu halten?«

Vico winkte ab. »Ich soll auf Kaperfahrt gehen? Nein, danke. Ich sterbe lieber auf dem Schlachtfeld als auf dem Rad.«

Marcellus sah Tiberius an. »Der Graf hat noch nichts davon gehört. Er hat wohl zu lange auf seiner Burg gesessen.«

Vico wurde ungeduldig. »Wovon habe ich noch nichts gehört? Rede, Mann!«

Marcellus grinste. »Albrecht stellt allen Piraten Kaperbriefe aus, wenn sie ausschließlich dänische Schiffe aufbringen. Als Adliger könnt Ihr die Urkunde sogar hier in Rostock erhalten. Alles, was Ihr erbeutet, ist Euer: Schiff, Mann und Ladung. Und alle Häfen, die unter Albrechts Herrschaft stehen, gewähren Euch Schutz und den Zugang zum Markt.«

Vico zögerte. Das Angebot war verlockend, aber es barg auch Risiken. Geriet er in die Gewalt der Dänen, würden sie ihm die Hölle auf Erden bereiten. Doch konnte es noch schlimmer werden? Er besaß nichts außer einem Schiff, das niemand segeln wollte. Hatte er denn eine Wahl?

Hohes Risiko, hoher Gewinn! Wie beim Würfelspiel. Das schmeckte nicht schlecht. Vico hielt Marcellus die Hand hin. »Wenn ich es recht sehe, sucht Ihr als Kapitän ein ehrliches Kaperschiff?«

»Zweihundert Mark je Fahrt«, sagte Marcellus.

»Zweihundert Mark«, bestätigte Vico.

Marcellus schlug ein.

Vico durchflutete Hitze. Jetzt war er ein Freibeuter, und er würde der Schrecken der Meere werden.

Nikolaus saß an einem Tisch im Auerhahn und fühlte sich wie nach einer blutigen Schlacht: niedergedrückt, verzweifelt. Die Erinnerung an die Begegnung mit Vico vor vier Tagen schmerzte noch immer, und die Suche nach dem Buch steckte in einer Sackgasse. Er konnte sein Gelübde Eva gegenüber nicht erfüllen.

Hinzu kam der Zeitdruck. Überall redeten die Leute vom bevorstehenden Krieg, es war keine Frage, ob Albrecht zu den Waffen rufen würde, sondern nur, wann.

Daran änderte auch nichts, dass der junge Johann von Mecklenburg, ein Neffe und Mitregent Albrechts, von einem Feldzug abgeraten hatte, weil die Sterne angeblich schlecht standen. Seine Astrologen hätten eine ungünstige Konstellation von Mars und Jupiter entdeckt. Nikolaus glaubte nicht an den Einfluss der Sterne. Er glaubte an den Willen Gottes, an viele Schiffe, scharfe Waffen und todesmutige Männer. Albrecht sah das genauso.

Nikolaus erwartete allerdings nicht, dass der Feldzug vor März des kommenden Jahres beginnen würde. Im Herbst oder im Winter über die Ostsee zu reisen war gefährlich. Stürme brachen ohne Vorwarnung los, Treibeis konnte die Schiffe beschädigen und versenken. In den vergangenen Jahren hatten sich milde und strenge Winter abgewechselt, der letzte Winter war mild gewesen, also mussten sie nun mit einem strengen rechnen.

Nikolaus hatte demnach vielleicht noch zwei oder drei Monate, um nach dem Buch zu suchen. Doch wo sollte er anfangen? Lange überlegte er hin und her. Dann entschied er sich für das Naheliegendste: Madruzzo auszuquetschen. Vielleicht wusste der Spion des Dogen mehr, als er ihm bisher verraten hatte. Mit Sicherheit sogar. Nikolaus durfte den Mann nicht unterschätzen, nur weil er ihm letztlich ins Netz gegangen war. Der Doge nahm mit Sicherheit keine Dummköpfe in seine Dienste.

Die Idee gab Nikolaus neue Energie. Er bezahlte seine Zeche und eilte zu Fuß zum Rathaus, wo Madruzzo im Verlies saß. Er sprach bei Bürgermeister Kröpelin vor, der ihn freundlich im Ratssaal empfing, wo er sich mit einigen Herren versammelt hatte.

»Seid recht herzlich willkommen, Nikolaus von Brunn. Was führt Euch zu uns? Wie können wir Herzog Albrecht zu Diensten sein?«

Kröpelin war ein erfahrener Verhandlungsführer und ein geduldiger Mann, der alle Schliche kannte – und vor allem das Gesetz. In den letzten Jahren hatte er Albrecht geschickt so manches Privileg abgeluchst und Rostock mit Weitblick durch die Untiefen gesteuert, die durch die Feindschaft zwischen Albrecht und Margrete entstanden waren: Rostock stand einerseits unter Albrechts Herrschaft, war jedoch gleichzeitig Hansestadt und sollte daher neutral sein, doch das war für Rostock oft nicht möglich. Zudem lehnte die Hanse jede Form der Freibeuterei ab, selbst wenn sie durch Kaperbriefe legitimiert war. Doch anstatt dass den Piraten in Rostock die Köpfe abgeschlagen wurden, durften sie auf dem Markt ihre gestohlenen Waren verkaufen.

Nikolaus war sich dieser prekären Lage bewusst. »Ich möchte mit Signor Madruzzo sprechen. Es kann sein, dass er Dinge weiß, die für Albrecht von erheblicher Bedeutung sind.«

Kröpelin wechselte einen Blick mit den Ratsherren. »Wenn wir das gewusst hätten …«

»Habt Ihr ihn hinrichten lassen?«, fragte Nikolaus, bemüht, seinen Schreck zu verbergen.

»Oh nein«, sagte Kröpelin. »Wir haben ihn ziehen lassen.«

Nikolaus sprang aus seinem Stuhl. »Wie konntet Ihr? Er ist ein Spion des Dogen von Venedig.«

»Das mag ja sein, werter Graf von Brunn, aber Venedig ist ein wichtiger Handelspartner der Hanse, und wir wollen den

Dogen nicht verstimmen. Madruzzo führte Dokumente mit sich, die glaubhaft versichern, dass er in einer persönlichen Angelegenheit für seinen Herrn unterwegs ist. Und da sahen wir keinen Grund, ihn länger festzuhalten.«

Nikolaus ließ sich in den Stuhl zurückfallen. Das würde ihm eine Lehre sein. Das nächste Mal würde er seine Beute selbst in Gewahrsam nehmen. Rostock war zwar keine Freie Reichsstadt, aber der Rat besaß die volle Gerichtsbarkeit. Er hatte innerhalb seiner Möglichkeiten gehandelt. Und sehr wahrscheinlich würde der Doge die kleine Gefälligkeit mit einer Truhe Silber belohnen. Verflucht! Nicht nur, dass er Madruzzo nicht befragen konnte. Der Venezianer war auf freiem Fuß und würde ihm sicherlich wieder in die Quere kommen. »Wisst Ihr wenigstens, wohin er gereist ist?«

»Aber ja«, sagte Kröpelin, offensichtlich erfreut, Nikolaus zumindest ein bisschen helfen zu können. »Wir haben ihn angewiesen, sofort nach Venedig zurückzukehren, und ihm klargemacht, dass er nicht noch einmal so leicht davonkommt. Er wird sich nicht wieder in Rostock blicken lassen.«

Nikolaus schüttelte den Kopf. Madruzzo würde einen Teufel tun. Das Buch war zu wertvoll, als dass er die Suche aufgeben würde. Und wenn Madruzzo versagte, würde ein anderer kommen und übernehmen.

Nikolaus erhob sich, Kröpelin und die Ratsherren ebenfalls.

»Meine Herren, verehrter Bürgermeister Kröpelin, ich danke Euch für Eure Gastfreundschaft. Ich werde Albrecht berichten, dass Ihr nach Recht und Gesetz gehandelt habt. Ich brauche nicht zu betonen, dass Madruzzo, solltet Ihr seiner erneut habhaft werden, sofort festgesetzt werden muss.

Am besten lasst Ihr ihn unverzüglich nach Schwerin bringen in die herzogliche Burg. Sollte der Doge verärgert sein, soll er dort vorsprechen.«

Die Herren verneigten sich, der Bürgermeister reichte ihm die Hand, Nikolaus schlug ein und verließ den Ratssaal. Ihm blieb nur noch ein Weg: Er musste ganz von vorne beginnen, nach Lasino reisen und die Familie de Luca ausfindig machen, in deren Besitz das Buch gewesen war, bevor es seine Reise nach Norden angetreten hatte. Vielleicht war die Geschichte über den Verkauf an den Deutschen Orden nur ein Gerücht und es war noch immer dort.

Die Alpen im Winter zu überqueren war allerdings zu riskant. Nur wenn er den Weg über Marseille nahm, konnte er es schaffen, vor dem Frühjahr zurück zu sein, und Albrecht nach Schweden begleiten. Nikolaus beschleunigte seine Schritte. Er würde sich sofort nach einer Schiffspassage erkundigen. Am besten begann er beim Wirt der Schänke Zum Südwind. Dort gingen Kapitäne und Seeleute ein und aus.

Die Taverne war voll, aber Nikolaus ergatterte einen freien Platz, winkte den Wirt zu sich. »Guter Mann, ich brauche eine sichere Passage nach Marseille und von da weiter nach Genua.« Er drückte dem Mann einen Groschen in die Hand. »Da ist doch sicher was zu machen, oder?«

Der Wirt nickte.

»Und ich brauche Wein.«

Der Wirt verbeugte sich und verschwand hinter dem Tresen.

Jetzt hieß es warten. Eine Magd brachte verdünnten Wein und Käse, Nikolaus bedankte sich, goss sich seinen Becher voll und leerte ihn in einem Zug. Er lehnte sich zurück, schloss die Augen, dämmerte ein wenig vor sich hin.

Plötzlich war er hellwach. Etwas hatte seine Aufmerksamkeit erregt. Ein Mann am Nebentisch, der wie ein Schauermann aussah, hatte etwas über ein Buch gesagt. Ein Buch, dem man Kräfte nachsagte, die es unmöglich haben konnte.

Nikolaus beobachtete die Männer und sperrte die Ohren auf. Zum Glück hatte der Schauermann eine laute Stimme, sodass er jedes Wort hören konnte.

Sein Nebenmann, der wie ein Kapitän gekleidet war, runzelte argwöhnisch die Stirn. »Ach was, du erzählst doch Unsinn. Ein magisches Buch. Das solltest du besser für dich behalten, sonst landest du noch auf dem Scheiterhaufen. Magie ist eine Todsünde, das solltest du wissen.«

»Ich habe ja nicht gesagt, dass es Teufelswerk ist. Vielleicht stammt es von einem Heiligen. Jedenfalls hat es den Wolgast gesund gemacht. Ich habe es selbst gesehen. Der ist vor Bauchschmerzen fast geplatzt, und der Heiler hat aus seinem Buch vorgelesen, und schon war der Wolgast wieder gesund.«

»Na, den könnte ich auch mal gebrauchen. Ich habe schon alles versucht, aber ich kriege meine Warzen einfach nicht los. Vielleicht hat der Heiler in seinem Buch den richtigen Spruch. Denn darauf kommt es an. Es muss der richtige Spruch sein, und man muss ihn richtig lesen. Sonst gehen die Dinger nie weg.«

»Den richtigen Spruch braucht man auch zum Trinken.«

»Ach ja, vielleicht fällt mir einer ein.« Der Kapitän hob den Becher, runzelte die Stirn.

»In deinem Kopf sind doch nur Hundefürze!«

Die beiden lachten und prosteten einander zu.

Nikolaus war wie erstarrt. Ein Buch mit magischen Sprüchen. Ausgerechnet hier, ausgerechnet jetzt. Es musste das Buch sein, das er suchte. War es möglich, dass es die ganze

Zeit vor seiner Nase gebaumelt und er es nicht gesehen hatte? Konnte er wirklich so viel Glück haben?

Nikolaus setzte eine gequälte Miene auf und gesellte sich zu den beiden. »Meine Herren, vergebt mir. Mein Name ist Nikolaus von Brunn, und ich habe ohne Absicht Euer Gespräch belauscht.«

Der Schauermann lachte. »Bei meiner Stimme ist das keine Kunst, edler Herr. Was ist Euer Begehr?«

»Mich quält seit Langem eine Krankheit, die kein Medicus bisher benennen, geschweige denn heilen konnte. Ihr spracht über einen ganz besonderen Heiler …«

Der Schauermann nickte eifrig. »Ja, Ihr habt richtig gehört. Der Heiler heißt Henricus van der Wee. Wenn ich mich richtig entsinne, wollte er sich auf der *Santa Eulalia* nach Schweden einschiffen. Wenn Ihr Pech habt, ist er schon fort.«

Nikolaus' Herzschlag beschleunigte sich. »Wie sieht Henricus van der Wee aus?«

»Ihr könnt ihn nicht übersehen. Er ist einen Kopf größer als jeder andere, und er hat schlohweißes Haar und einen ebenso weißen Bart.«

Nikolaus bedankte sich, warf noch ein paar Pfennige für das Bier und den Käse auf den Tisch und lief los.

Der Hafen war nicht weit, auf dem Kai verlangsamte Nikolaus seine Schritte. Zwei Dutzend Schiffe waren vertäut, bis auf wenige Ausnahmen Koggen, die unter der Hanseflagge segelten. Nikolaus betrachtete die Namenszüge, hielt nach der *Santa Eulalia* Ausschau. Nichts.

Verzweifelt lief er an der Kaimauer entlang. Konnte es wirklich sein, dass er tagelang mit dem Besitzer des Buches, das er so dringend suchte, in einer Stadt gewesen war, nur um ihn jetzt um wenige Stunden zu verpassen?

Wehmütig blickte Emilia dem Esel hinterher, der neben dem Tuchhändler die Gasse hinuntertrottete. Nur vier Tage hatte sie mit dem Tier auf der Landstraße verbracht, dennoch hatte sie sich irgendwie an den störrischen Kerl gewöhnt.

Henricus hatte den Esel an den Händler verkauft, da sie ihn nicht mit an Bord nehmen konnten. Das hatte ihnen immerhin genug Geld eingebracht, um die Passage zu bezahlen. Den Karren hingegen mussten sie nicht veräußern, denn die Räder ließen sich abnehmen und ins Innere packen. So wurde aus dem Gefährt eine große Reisetruhe, in der fast all ihre Habseligkeiten Platz hatten. Nur die Arzttasche würde Henricus bei sich tragen.

Vorhin hatte er Emilia ein paar Münzen in die Hand gedrückt und sie auf den Markt geschickt, wo sie dicken Lodenstoff, Nadel und Zwirn gekauft hatte. Während der Überfahrt sollte sie sich einen Mantel nähen. Das Tuch, in das sie sich bisher gehüllt hatte, wenn sie draußen unterwegs waren, würde für den eisigen nordischen Winter nicht ausreichen.

Aus dem Stoff hatte Emilia ein Bündel geschnürt, in das sie zudem Henricus' Schreibutensilien gepackt hatte. Vielleicht hatte sie zwischendurch Muße, einige weitere Etiketten zu beschriften, vielleicht konnte sie auch einige von Henricus' Rezepturen niederschreiben. Sie wusste zwar noch nicht, welchem Zweck das dienen sollte, doch ihr Gefühl sagte ihr, dass es eines Tages nützlich sein würde.

Das zerfledderte Buch, das sie für Henricus festgehalten hatte, während er Vico behandelte, enthielt jedenfalls keine medizinischen Texte. Es war mit Gebeten und Psalmen in lateinischer Sprache gefüllt, und Emilia hatte den Verdacht, dass Henricus diese nicht einmal lesen konnte. Er hatte weder in Konstantinopel studiert, noch gehörte er irgendeiner Gilde von Heilern an, so viel stand fest. Dennoch wusste er viel über Medizin und war geschickt darin, das Leid anderer Menschen zu lindern. Eines Tages würde er ihr vielleicht erzählen, wo er das gelernt hatte.

Emilia griff nach ihrem Bündel und folgte Henricus zurück ins Wirtshaus. Inzwischen war es Abend. Sie würden sich früh zur Ruhe begeben. Bei dem Gedanken, die nächsten Nächte an Bord einer Kogge zu verbringen, spürte Emilia einen dicken Klumpen im Magen. Zwar hatte sie, wenn sie mit Margretes Hofstaat gereist war, oft einige Tage an Bord eines Schiffs verbracht. Aber diese Schiffe waren größer und komfortabler, und die Frauen waren in einer Kajüte fernab der Seeleute untergebracht gewesen. Vor der Tür hatten Wachen gestanden und hätten jeden, der ihnen zu nahe gekommen wäre, zum Teufel gejagt.

Als sie den Schankraum betraten, winkte die Wirtin Henricus zu sich. »Dieser Herr dort hat nach Euch gefragt.« Sie nickte mit dem Kopf in Richtung Fenster, wo ein junger Ritter vor einem Becher Wein saß und zu ihnen hinüberschaute.

Emilias Herzschlag setzte aus. Sie kannte diesen Mann. Aber woher?

»Hat er gesagt, was er will?«, fragte Henricus die Wirtin.

»Kein Wort.«

Der Mann erhob sich und kam auf sie zu.

Emilia konnte den Blick nicht von ihm lösen. Die seegrünen Augen, das blonde, ein wenig ungezähmte Haar, das kantige Gesicht, all das war ihr so vertraut und doch zugleich so fremd. Ihre Kehle war trocken, sodass sie kein Wort hervorgebracht hätte, selbst wenn sie gewusst hätte, was sie sagen sollte.

Der Mann sah sie ebenfalls unverwandt an, doch in seinem Blick lag kein Erkennen. Schließlich wandte er sich an Henricus. »Seid Ihr der Heiler, von dem die ganze Stadt spricht?«

»Schon möglich.«

»Mein Name ist Nikolaus von Brunn, ich stehe in den Diensten von Herzog Albrecht.«

Emilia unterdrückte einen Aufschrei. Nikolaus von Brunn!

»Ich bin froh, dass ich Euch gefunden habe, ich habe Euch bereits vergeblich am Hafen gesucht. Man sagte mir, Ihr wolltet die Stadt verlassen.«

Natürlich, jetzt erkannte Emilia ihn, entdeckte im Gesicht des Mannes die Züge des Jungen, der sie durch die Burg gejagt hatte. So viele Jahre waren vergangen, doch in diesem Augenblick fühlten sie sich an wie ein Tag. Sie war wieder in der Waffenkammer, kribbelig vor Aufregung, und suchte fieberhaft nach einem Versteck.

Henricus schien nichts von ihrer Erregung zu merken. »Wir brechen morgen in aller Frühe nach Stockholm auf«, erklärte er seelenruhig.

»Welch Glück, dass ich Euch noch antreffe! Darf ich Euch auf einen Becher Wein einladen? Euch und …« Er warf Emilia einen raschen Blick zu. »Und Eure …«

»Meine Tochter Lia.«

Nikolaus verneigte sich. »Es ist mir eine Ehre.«

Emilia knickste. Ihre Gedanken rasten. Konnte das ein Zufall sein? Oder war er ihretwegen hier? Hatte Herzog Albrecht ihn losgeschickt, um nach ihr zu suchen? Würde nun doch alles gut werden? Eine Weile standen sie so da.

Sag es ihm, sag ihm, wer du bist!, rief eine Stimme in Emilias Kopf. *Nein, tu es nicht,* hielt eine andere Stimme dagegen. *Wenn er sich nicht an dich erinnert, wenn er nur weiß, dass eine Frau, die sich als Emilia von Hobe ausgibt, als Spionin gesucht wird, liefert er dich den Bütteln aus!*

Henricus räusperte sich lautstark.

In dem Augenblick wurde die Tür zum Wirtshaus aufgestoßen. Ein Mann stolperte herein.

»Nikolaus von Brunn?«

Nikolaus drehte sich um. »Ja?«

»Eine dringende Nachricht.« Der Mann kam näher, hielt Nikolaus ein gefaltetes Schreiben hin.

Nikolaus griff danach, erbrach das Siegel und überflog die wenigen Zeilen. Dann sah er den Boten an. »Ihr kommt direkt aus Schwerin?«

»Ja, Herr. Und ich soll dafür sorgen, dass Ihr unverzüglich dorthin aufbrecht.«

»Gebt mir eine halbe Stunde.«

»Meine Anweisungen sind klar und unmissverständlich. Keine Verzögerungen, Herr.«

Emilia sah, wie Nikolaus mit sich kämpfte. Er blickte zu Henricus, dann zu ihr, dann zu dem Boten. Schließlich faltete er das Schreiben zusammen und schob es in sein Wams. »Ich bedaure sehr, dringende Geschäfte rufen mich zurück nach Schwerin.« Er verneigte sich, blickte Emilia ein letztes Mal in die Augen, dann stürmte er mit dem Boten nach draußen.

»Was war denn das?«, fragte Henricus verblüfft.

»Das wüsste ich auch gern«, murmelte Emilia und legte die Hand auf ihr hämmerndes Herz.

Buch II

Oktober 1388

Rostock, Mecklenburg

Es war noch dunkel, als Emilia mit Henricus den Karren durch die Gassen zum Hafen zog. Nur wenige Menschen begegneten ihnen, und obwohl Emilia wusste, dass Nikolaus am Vorabend nach Schwerin aufgebrochen war, erwartete sie an jeder Biegung, ihm gegenüberzustehen.

Die Begegnung nach all den Jahren hatte eine Mischung aus Freude, Angst und Wehmut in ihr wachgerufen und noch etwas anderes, das sie nicht näher zu ergründen wagte. Noch Stunden später, als sie auf dem Lager kein Auge zubekam, hatten ihre Finger gezittert. Und auch wenn sie sich eingeredet hatte, dass es die Furcht vor der Seereise war, wusste sie doch, dass zumindest ein Teil ihrer Aufregung nichts mit der Fahrt ins Unbekannte in der Gesellschaft von grobschlächtigen Seeleuten zu tun hatte, sondern mit Nikolaus von Brunn und seinen eindringlichen grünen Augen.

Endlich erreichten sie den Hafen. Auf den fünf Koggen, die heute gemeinsam in See stechen sollten, herrschte bereits geschäftiges Treiben. Letzte Waren und Proviant wurden an Bord gebracht, die Segel wurden gehisst.

Der Kapitän der *Santa Eulalia* erwartete sie mit in die Hüften gestemmten Händen. »Da sind ja meine Gäste«, donnerte er aufgeräumt.

Er wies zwei seiner Männer an, Henricus dabei zu helfen, die Räder von dem Karren zu montieren und ihn an Bord zu schaffen. Dann wandte er sich an Emilia.

»Ich habe für Euch Platz im Proviantraum geschaffen, eine

kleine Ecke mit ein paar Decken abhängen lassen, damit Ihr Ruhe vor den Männern habt. Sonderlich bequem ist es nicht, aber Ihr seid ja gewohnt, mit wenig auszukommen.« Er blickte zu Henricus, der gerade das letzte Rad vom Karren löste.

»Habt Dank«, erwiderte Emilia. »Ich bin sicher, dass für alles gesorgt ist.«

Ein Räuspern ertönte hinter ihnen. Als Emilia sich umdrehte, entdeckte sie den dürren Kaufmann, dem das Schiff gehörte. Er trug einen schweren Pelzmantel, Handschuhe und eine Mütze aus Samt.

Ungeduldig winkte er zwei Burschen, die eine schwere Kiste an Bord trugen. »Macht schon, ihr faules Gesindel, in die Kapitänskajüte damit!« Er klatschte in die Hände und folgte den Knechten an Bord, ohne Emilia und den Kapitän eines Blickes zu würdigen.

»Reist der Herr mit uns?«, fragte Emilia.

»So ist es. Josephus Havelmann gehört das Schiff, deshalb ist er in der Kapitänskajüte untergebracht.«

»Und Ihr?«

»Macht Euch um mich keine Sorgen.« Kapitän Gutson lachte. »Ich finde schon ein Plätzchen.« Er blickte in den Himmel. »Der Wind steht günstig, wir sollten machen, dass wir fortkommen. Mit etwas Glück schaffen wir es bis zum Abend nach Bornholm.«

Als Emilia hinter dem Kapitän über die schmale Planke an Bord balancierte, spürte sie die Augen der Männer auf sich. Sie musste ihre ganze Willenskraft aufwenden, um nicht umzudrehen und davonzulaufen.

Der Kapitän befahl einem seiner Leute, ihr und Henricus den Weg in den Proviantraum zu zeigen. Er lag unter Deck im Vorschiff, war über eine Leiter von der Kombüse aus zu erreichen. In der Mitte des Proviantraums war eine Luke in den Boden eingelassen, durch die es in das Kabelgatt hinabging, wo Werkzeug, Tauwerk und Segeltuch aufbewahrt wurden. Der Proviantraum war gefüllt mit Fässern und Kisten. Nur die Nische zwischen der Leiter und der Rückwand, die an die Laderäume grenzte, war ausgespart. Hier hingen zwei Decken. Dahinter lagen zwei einfache Strohsäcke. Eine Laterne war an der Wand befestigt, in der ein Talglicht flackerte. Es roch nach Seetang und Tran.

Emilia warf ihr Bündel auf den Boden und ließ sich auf dem Strohsack nieder. Plötzlich brannten Tränen in ihren Augen. Groß war der Unterschied nicht zwischen diesem Ort und dem Kerker von Wasdow. Würde sie ihre Heimat je wiedersehen? Würde sie je wieder als Grafentochter auf einer Burg leben, von einer Zofe versorgt, von Köchen bekocht und von Dienern bewirtet? Oder war das hier nun für allezeit ihr Leben?

Henricus bedankte sich bei dem Burschen, zog die Decke zu und ließ sich neben ihr nieder. »Ich habe auch mal ein anderes Leben geführt.«

»Wirklich?« Überrascht sah Emilia ihn an. Bisher hatte er noch nie über sich gesprochen.

»Ich hatte ein Haus. Und eine Familie.« Er senkte den Blick.

Trotzdem sah Emilia im Licht der Talglampe, dass seine Augen feucht schimmerten. »Was ist geschehen?«

Henricus schüttelte den Kopf. »Nichts, über das Ihr Euch den Kopf zerbrechen solltet.« Abrupt stand er auf. »An Eurer Stelle würde ich die Zeit nutzen, die wir noch im Hafen liegen, und mit dem Nähen des Mantels beginnen. Wer weiß, wie viel Ruhe Ihr noch dafür habt, wenn wir erst auf hoher See sind.« Er schob sich durch den Vorhang, ohne ihr Zeit für eine Erwiderung zu lassen.

Nachdenklich blickte Emilia ihm hinterher. Dann rief sie sich zur Ordnung. Der Winter stand bevor. Und in Schweden war er noch viel rauer und kälter als in Mecklenburg. Es war in der Tat ratsam, sich an die Näharbeit zu machen. Mit etwas Glück hielt die Konzentration auf Nadel und Faden bei dem schummrigen Licht ihre wandernden Gedanken von Nikolaus fern.

Noch bevor die roten Türme der Schweriner Burg in Sicht kamen, konnte Nikolaus am Horizont die Banner von Dutzenden Grafen erkennen, die vor dem Schelftor ihre Zelte aufgeschlagen hatten. Die meisten kannte er persönlich, mit vielen hatte er einen Tjost ausgefochten oder er war mit ihnen in die Schlacht gezogen. Mit den Augen suchte Nikolaus die bunten Fahnen ab, doch er wusste bereits, dass ein Banner fehlte: das des Grafen von Brunn mit dem Wappen der Burg Weitin.

Nikolaus' Magen zog sich schmerzhaft zusammen, als er an Vico dachte. Hoffentlich kreidete Albrecht ihm nicht die Verfehlungen seines Bruders an. Er fragte sich, was der Herzog so dringend von ihm wollte. Und er ärgerte sich, dass er den Alten nicht doch noch nach dem Buch gefragt hatte, bevor er aufgebrochen war. Andererseits war es unklug, bei einer solch heiklen Angelegenheit mit der Tür ins Haus zu fallen. Er hätte vermutlich nichts erfahren. Nun war der Codex, falls er es denn war, auf dem Weg nach Stockholm. Doch immerhin hatte er eine neue Spur, der er folgen konnte. Und die führte nicht nur zu dem Buch.

Bei allen Heiligen! Was war in ihn gefahren? Diese Lia ging ihm nicht mehr aus dem Kopf, und das fühlte sich an, als betröge er seine geliebte Frau. Wie konnte er jemals eine andere Frau begehren? Auch wenn Eva gestorben war und ihm immer wieder gesagt hatte, er solle nach ihrem Tod nicht in Schwermut verfallen, sondern sich eine andere suchen, die seiner Liebe wert sei ... Sicher, Lia war die schönste Frau, die er je gesehen hatte. Ihre ebenmäßigen Gesichtszüge waren engelsgleich, ihre braunen langen Locken hatten geduftet wie eine Frühlingswiese, ihre Stimme hatte seine Seele umschmeichelt und ihr Ruhe gegeben.

»Halt!«, rief Nikolaus. »Du hörst dich ja an wie ein liebestrunkener Troubadour!« Er nahm sein Pferd in den Schritt zurück und tätschelte es zwischen den Ohren. »Damit hast du kein Problem, nicht wahr? Wenn du eine Stute siehst, die rossig ist, dann schaust du, ob sie dich will, ihr vergnügt euch, und das war's. Keine Liebesschwüre, kein Kummer, kein Stand, der von vornherein ausschließt, dass ihr heiratet, was ihr sowieso nicht machen würdet.« Er lachte, obwohl ihm nicht nach Scherzen zumute war.

Wenn er an Eva dachte, an die Nacht, in der sie gestorben war, zogen sich dunkle Wolken der Trauer über ihm zusammen. Aber es war nicht mehr so schlimm wie am Anfang. Der Schmerz hatte seine Schärfe verloren. Er war bereit für einen Neuanfang. Eva hatte recht. Er musste sie loslassen, damit auch ihre Seele Ruhe fand.

»Sei froh, dass du solche Sorgen nicht hast.« Nikolaus klopfte dem Hengst auf den Hals, der mit einem Kopfschütteln antwortete. »Bei allen Heiligen! Ich führe Gespräche mit meinem Pferd. Es wird Zeit, unter Menschen zu kommen. Dabei fällt mir ein, dass du noch gar keinen Namen hast. Ich wusste ja nicht, dass wir uns auf längere Zeit zusammentun würden.« Nikolaus überlegte. »Donum sollst du heißen. Geschenk. Du bist ein Geschenk Gottes! So wie Eva.«

Er rief sich noch einmal ihr Gesicht ins Gedächtnis, doch Lias Gesicht schob sich davor. Er ließ die Zügel locker, Donum verstand und preschte im gestreckten Galopp auf die Stadt zu.

»Und schlag dir dieses Mädchen aus dem Kopf!«, rief Nikolaus in den Wind und trieb Donum zur Eile an. Er hatte für die Reise länger gebraucht als gedacht, denn die Nacht war mondlos gewesen und er hatte einige Stunden rasten müssen.

Nach einem kurzen Ritt kam eine Palisade in Sicht, die das Lager der Ritter und den Zugang zur Brücke in die Stadt umschloss. Nikolaus hielt an, übergab den Geleitbrief von Albrecht und wurde durchgewinkt. Er ritt durch die Reihen der Zelte, hier und da nickte er einem der Edlen zu, hielt sich aber nicht mit einem Plausch auf, sondern steuerte das Schelftor an. Noch einmal musste er das Pergament vorzeigen, dann wurde er in die Stadt gelassen.

Es ging am Dom vorbei und über den Marktplatz. Die Stadt war viel kleiner als Rostock, es gab mehr Äcker als Häuser, allerdings herrschte wegen der Gäste vor den Toren lebhaftes Treiben, sodass Nikolaus zwischenzeitlich absitzen musste. Am anderen Ende der Stadt passierte er ein Kloster, bevor es über einen Bohlenpfad durchs Glaisiner Moor ging. Auf dem Weg drängten sich Karren und Berittene, Nikolaus ließ sich vom Strom mitspülen. Auf dem letzten Stück wurde aus dem Pfad eine Brücke, denn die Burg lag auf einer Insel im See. Der Pfad durchs Moor konnte bei Gefahr abgebaut werden. Damit war die Schweriner Burg uneinnehmbar.

Nikolaus hob den Blick. Die vier mächtigen roten Türme aus Backstein erhoben sich vor ihm. Er schluckte, zwang sich, nicht darüber nachzudenken, warum Herzog Albrecht ihn so eilig zu sich gerufen hatte.

Die Wachen kannten ihn, sie grüßten ehrerbietig und machten ihm sofort Platz. Der Burghof war voll mit Menschen und Material. Gerade so, als wollte Albrecht für seinen Feldzug nicht das Frühjahr abwarten. Wenn das stimmte, stand Nikolaus eine ungemütliche Reise bevor.

Vor dem Palas nahm ein Knappe sein Pferd. Nikolaus eilte zum Rittersaal, der brummte wie ein Bienenstock. Tische waren aufgestellt worden, die mit Pergamenten bedeckt waren. Hier wurde ein Feldzug geplant, kein Zweifel. Nikolaus drückte sich durch das Gewirr hindurch, umarmte alte Freunde, die ihn freudig begrüßten.

Plötzlich stand der Herzog vor ihm, Nikolaus kniete sich hin, Albrecht legte ihm eine Hand auf die Schulter. »Ich bitte Euch, mein lieber von Brunn.«

Nikolaus erhob sich. »Herr, das Buch konnte ich noch nicht finden, aber –«

»Schon gut«, unterbrach Albrecht. »Wir werden es vorerst nicht brauchen. Auch wenn mein Neffe Johann es gerne hätte und mich bedrängt hat, Euch weitersuchen zu lassen. Aber ich kann nicht auf Euch verzichten. Wie Ihr vor den Toren gesehen habt, stehen meine Leute zu mir, alle sind gekommen. Wir werden Margrete mit einer unbesiegbaren Streitmacht in die Schranken weisen. Diese Thronräuberin wird bald hier in der Schweriner Burg im Verlies sitzen.«

Nikolaus' Befürchtungen bestätigten sich. »Ihr wollt noch in diesem Jahr aufbrechen?«

»Sobald die Truppen sich gesammelt haben.«

»Aber es wird ein strenger Winter erwartet, Herr.«

Albrecht nickte. »Das will ich hoffen! Am liebsten wäre es mir, die Ostsee wäre bedeckt von einem Meter Eis. Das würde eine Menge Geld sparen, wir wären nicht den Angriffen von Piraten ausgesetzt und viel schneller in Kalmar als mit Schiffen. Wird es frostig, setzen wir den Tross auf Kufen, die Pferde erhalten gezackte Eisen, damit sie auf dem Eis nicht straucheln. Ihr seht, nichts auf der Welt kann uns aufhalten.«

Nikolaus hegte Zweifel, ob Albrechts Plan so umzusetzen wäre. Das Eis musste dick genug sein, um ein Heer zu tragen. Dafür musste es mindestens zwei Monate strengen Frost geben. Und selbst dann war es riskant. Die Ostsee war tückisch. Es gab warme Strömungen. Dort war das Eis dünn, manchmal war die See an diesen Stellen auch offen. Wer ins Wasser fiel, war verloren. Und sollte das Eis unter dem Tross brechen, würden die Männer, die dem eisigen Wasser entkamen, an Hunger und Durst zugrunde gehen. Ein milder Winter im Norden wiederum hieß Regen und schlammige Wege. Niemand, der bei Verstand war, führte im Winter Krieg.

»Ich sehe Zweifel in Euren Augen, von Brunn. Aber ich kann Euch beruhigen. Wir haben alles bestens vorbereitet.« Er seufzte und senkte die Stimme. »Ein Wort noch zu Eurem Bruder. Ich musste ihm das Lehen nehmen, ich hoffe, Ihr habt Verständnis dafür.«

Nikolaus musste seinen Zorn auf Vico unterdrücken. Am liebsten hätte er Albrecht aufgefordert, seinen Bruder eine Zeit lang ins Verlies zu werfen, damit er zu sich kommen konnte.

»Herr, ich bin Euch dankbar, dass Ihr das Versagen meines Bruders nicht strenger bestraft.«

»Vico von Brunn hat das Glück, einen Bruder zu haben, der einer meiner besten Leute ist. Einer der wenigen, denen ich blind vertrauen kann, weil sie nicht katzbuckeln und schleimen, sondern offen sagen, was sie denken.«

»Herr, ich bin Euer Diener bis in den Tod.«

»So weit wird es so schnell nicht kommen. Folgt mir.«

Sie durchquerten den Rittersaal, die anderen Männer waren vertieft in ihre Aufgaben und nahmen keine Notiz von ihnen. Nur Albrechts Leibwächter begleiteten sie. Der Herzog führte Nikolaus in seine Gemächer. Im Kamin loderte ein Feuer. Nikolaus brach der Schweiß aus, doch aus einem anderen Grund. Hier hatte er schon oft gesessen, wenn Albrecht seinen Rat erbeten hatte. Heute allerdings wollte er nicht Nikolaus' Rat. Der Feldzug war beschlossene Sache, es gab nichts mehr zu sagen. Was also wollte der Herzog von ihm?

Albrecht bot Nikolaus keinen Platz an, sondern reichte ihm ein gefaltetes Pergament, das mit mehreren Siegeln verschlossen war. »Ich weiß, dass in jeder Schlacht gute Männer getötet werden. Deshalb will ich Margrete eine letzte Möglichkeit geben, den Kampf zu verhindern. Niemand soll sagen können, ich wäre ein Sturkopf. Ihr setzt von Wismar aus nach Sjælland über. Dort erwartet Euch eine dänische Eskorte. Sie wird Euch zur Vordingburg begleiten, wo Ihr Margrete mit meinen besten Grüßen dieses Friedensangebot überreichen werdet. Ich habe Euch für diesen Auftrag gewählt, weil ich weiß, dass Ihr ausgezeichnet die nordische Sprache beherrscht, auch die spezielle Variante, die man am dänischen Hof spricht.« Ein merkwürdiges Lächeln huschte über Albrechts Gesicht. »Außerdem seid Ihr ein Mann, der mit unerwarteten Komplikationen fertigwird. Ihr brecht sofort auf.«

Nikolaus betrachtete das Pergament in seiner Hand. Was für ein Friedensangebot machte Abrecht der Regentin? Und warum schickte er keine Verhandlungsführer mit? Mit einem dicken Kloß im Hals verneigte er sich vor Albrecht und hoffte, dass Gott ihm beistehen würde.

Henricus hielt die Nase in den Wind und atmete die salzige Seeluft. Wenn er die Augen schloss, war er wieder zu Hause, hörte die Schreie der Möwen, die Rufe der Fischer und die Stimme seiner geliebten Elisabeth.

Nur selten erlaubte er es sich, seine Gedanken in jene fernen Zeiten wandern zu lassen, als er ein vor Kraft strotzender, glücklicher junger Mann gewesen war, davon überzeugt, dass der Herrgott es gut mit ihm meinte. Er dachte an das Haus, das er mit eigenen Händen erbaut hatte, an die harte Arbeit, aber auch an die sorglosen Stunden am Herdfeuer. Und an Fenja, seinen kleinen Engel. Emilia erinnerte ihn ein bisschen an seine Tochter, und manchmal verschmolzen die verblassten Bilder in seinem Kopf mit dem Anblick der jungen Frau, die ihm das Schicksal vor die Füße geworfen hatte.

Ein Knarren riss Henricus aus den Gedanken. Auf einem Schiff ächzte und knarrte es ständig. Vor allem nachts, wenn die Seevögel und die Männer an Bord schwiegen. Aber dieses Knarren war anders.

Henricus rührte nicht einen Muskel. Angestrengt horchte er in die Nacht. Sie lagen bei Bornholm vor Anker, warteten darauf, dass der Wind am Morgen auffrischte. Wider Erwarten hatten sie doch zwei Tage bis zu der Insel gebraucht, da der Wind sich am Nachmittag ihres Abreisetags gedreht hatte und sie die Segel hatten einholen müssen.

Anders als die kleineren Schiffe konnten die Koggen nicht vor dem Wind kreuzen, und wenn er aus der falschen Richtung wehte, blieb den Kapitänen nichts anderes übrig, als den Anker werfen zu lassen und auf eine günstige Brise zu warten.

Da! Wieder das Knarren. Jemand lief über Deck. Auch das wäre eigentlich nichts Besonderes gewesen, hätte Henricus nicht den Eindruck gehabt, wer auch immer dort herumschlich, wollte auf keinen Fall bemerkt werden. Einer der Männer, der sich über die Reling erleichtern wollte, würde vor sich hin grummeln oder ein Liedchen pfeifen.

Vorsichtig drehte Henricus sich um. Er stand im Schatten des Hauptmastes, sodass er nicht gesehen werden konnte. Erst entdeckte er nichts, doch dann erblickte er eine Silhouette im Vorschiff bei der Tür zur Kombüse. Jemand von der Mannschaft hatte dort mitten in der Nacht nichts zu suchen, die Männer schliefen im hinteren Teil der Kogge unter Deck. Wollte sich jemand an den Vorräten bedienen?

Lautlos folgte Henricus der Gestalt in die Kombüse. Unterwegs ergriff er einen Hammer, den jemand an Deck hatte liegen lassen, und hielt ihn kampfbereit in der Rechten.

In der Kombüse war es stockfinster. Henricus blieb im Türrahmen stehen, wohl wissend, dass sich seine Statur für jemanden, der sich im Inneren aufhielt, deutlich gegen den Sternenhimmel abzeichnen musste.

Dann hörte er ein regelmäßiges Klacken. Jemand stieg die Leiter zum Proviantraum hinunter.

Emilia!

Henricus stürzte zur Luke. Während er so lautlos wie möglich hinunterkletterte, überschlugen sich seine Gedanken. Einige der Männer beäugten Emilia gierig, wann immer sie sich an Deck zeigte, doch bisher hatte niemand gewagt, sich ihr zu nähern. Henricus war überzeugt gewesen, dass er als ihr angeblicher Vater abschreckend genug wirkte.

Vielleicht hatte einer der Männer Henricus an Deck bemerkt und eine gute Gelegenheit gewittert, hatte sich ausgerechnet, dass er sich im Dunkeln an Emilia vergehen und ungesehen wieder verschwinden könnte, bevor jemand etwas merkte. Emilia würde sein Gesicht nicht beschreiben können, niemand würde ihn zur Rechenschaft ziehen.

Kaum war Henricus im Proviantraum angekommen, zog er die Decke zur Seite und stürzte sich mit einem Schrei auf die Gestalt, die sich über die Strohsäcke beugte.

»He, du Dreckskerl, nimm deine widerwärtigen Finger von ihr!«

»Was ...« Der Mann fuhr herum, seine Faust schoss auf Henricus' Gesicht zu.

Im letzten Augenblick bemerkte Henricus den dunklen Schatten vor seinen Augen und duckte sich. Die Faust streifte seine Schläfe, aber sie setzte ihn nicht außer Gefecht. Er schwang den Hammer.

»Keine Bewegung!«, knurrte er. »Oder ich schlage dir den Schädel zu Brei.«

Der Mann bückte sich und umklammerte Henricus' Beine, der Mühe hatte, nicht umzufallen.

Herr im Himmel, ich bin zu alt für Faustkämpfe, dachte er. Trotzdem warf er sich auf seinen Gegner, schlug mit dem Hammer zu, traf etwas Weiches.

Der Kerl jaulte auf, ließ von Henricus ab.

Schnaufend richtete sich Henricus auf.

In dem Moment flackerte ein Licht auf. Emilia war von dem Kampfgetümmel wach geworden und hatte die Talglampe angezündet.

Henricus vergewisserte sich mit einem Blick, dass die junge Frau unversehrt war, dann betrachtete er den Eindringling, der in die Ecke gekrochen war und wimmernd die Hände zwischen die Beine presste.

Henricus kannte den Burschen. Er war kaum vierzehn, dürr und pickelig, und half dem Koch in der Kombüse, schürte das Herdfeuer, schleppte Bierfässer und schnippelte Gemüse für die Suppe.

»Was wolltest du von meiner Tochter?«, herrschte Henricus ihn an.

»Von Eurer Tochter?« Erschrocken riss der Junge die Augen auf. »Nichts, Meister.«

»Ach ja? Und was machst du dann hier, mitten in der Nacht?«

»Ni... nichts«, stammelte er.

»Nichts?«, brüllte Henricus.

»Vater?«

Henricus blickte zu Emilia. Sie sah erst ihn an, dann zu Boden. Dorthin, wo seine Tasche stand. Sie war offen.

Henricus verstand. »Was wolltest du an meiner Tasche?«

Der Bursche antwortete nicht.

»Wenn du glaubst, ich trage Reichtümer mit mir herum, täuschst du dich.«

»Keine Reichtümer, nein! Ich wollte Euch nicht bestehlen, ich schwöre es, bei der Heiligen Jungfrau!«

Allmählich verflog Henricus' Zorn. Er beugte sich über den Jungen, fasste ihn am Kinn. »Was hast du in der Tasche gesucht, Bürschchen?« Und einer plötzlichen Eingebung folgend fügte er hinzu: »Und wer hat dich damit beauftragt?«

»Ein fremder Herr, Meister. Ein Kaufmann aus Italien. Das heißt, ich weiß nicht, ob er ein Kaufmann ist. Und seinen Namen kenne ich auch nicht. Aber er sprach wie ein Italiener, und er trug teure Kleider.«

»Und dieser Italiener hat dir gesagt, du sollst meine Tasche durchwühlen?« Henricus schüttelte ärgerlich den Kopf. »Das ist doch Unfug!«

»Nein, es ist die Wahrheit! Ich soll nachsehen, ob Ihr das Buch habt!«

»Das Buch? Welches Buch?«, fragte Henricus. Doch dann beschlich ihn eine Ahnung, von welchem Buch die Rede war. Meinte der Bursche etwa diese medizinische Schrift, von der er schon munkeln gehört hatte und die angeblich die Heilung unheilbarer Krankheiten beschrieb? Rezepturen von Medikamenten, von weisen Männern verfasst und längst vergessen. Henricus glaubte nicht an ein solches Buch, aber er wusste, dass viele andere es taten. Und er hatte schon häufiger darüber nachgedacht, wie er aus diesem Wissen Nutzen ziehen könnte. Er betrachtete Emilia, und ein Gedanke nahm allmählich Form an.

»Wer auch immer diesem Italiener erzählt hat, dass ich ein besonderes Buch besitze, hat gelogen. Dein Auftraggeber hat sich einen Bären aufbinden lassen.« Er betrachtete den Jungen. Er könnte ihn vom Kapitän bestrafen lassen. Aber wozu sollte das gut sein? Zu Dankbarkeit verpflichtet war ihm der Bursche viel nützlicher.

»Verschwinde!«, sagte er. »Ich werde dich verschonen, weil ich glaube, dass du im Grunde deines Herzens ein anständiger Kerl bist. Aber sollte ich dich je wieder auch nur in der Nähe meiner Tasche – oder meiner Tochter – erwischen, dann gnade dir Gott!«

»Alle Mann an Deck!«

Vico fuhr aus tiefem Schlaf hoch. Ein heißer Schmerz peitschte ihm durch den Kopf. An die niedrige Decke würde er sich nie gewöhnen. Sobald es ging, würde er sich noch ein Schiff besorgen, eine fette Kogge, mit Kajüte für Eigner und Kapitän.

Bis spät in die Nacht hatten sie gestern über Plänen gebrütet und beschlossen, die Gewässer um Stockholm unsicher zu machen. Dort wurden immer wieder allein segelnde Schiffe gesichtet. Meistens waren es Hansekoggen. Sie waren übereingekommen, nur Mecklenburger Schiffe zu verschonen. Alle anderen würden sie das Fürchten lehren.

Zu Vicos Freude hatte Tiberius seine Gaststätte verpachtet und bei ihm als Hauptmann angeheuert. Marcellus hatte die Seeleute ausgesucht, Tiberius und Vico die Kämpfer, mehr als fünfzig an der Zahl. Die Ausbeute war nicht schlecht. Es waren keine ausgebildeten Ritter, aber Vico hatte jeden Einzelnen im Schwertkampf geprüft, Tiberius sie zudem im Nahkampf mit Messer und Knüppel. Die Männer hatten sich gut gehalten. Um eine Kogge aufzubringen, reichte es allemal.

Zuletzt hatten sie noch einen Koch und einen Schiffsjungen verpflichtet. Denn gutes Essen war immer wichtig für die Moral.

Vico wühlte sich aus seiner Decke, Tiberius war bereits zur Luke hinaus. Mit ungelenken Bewegungen stieg Vico die fünf Stufen zum Deck hinauf. Eine kühle Brise schlug ihm entgegen, der Wind hatte aufgefrischt.

Marcellus stand hinten, hielt die Ruderpinne und rief: »Leinen los.«

Sofort lösten zwei Mann alle Taue, die das Schiff mit dem Kai verbunden hatten.

»Setzt das Großsegel«, brüllte Marcellus als Nächstes.

Einen Moment später fiel das große dreieckige Segel herab und blähte sich auf. Ein Ruck ging durch das Schiff, Vico hätte es fast von den Beinen gerissen.

Die Seeleute schrien »Hurra!«, es ging los. Marcellus war wie ausgewechselt. Er strahlte Kraft und Entschlossenheit aus. Vico stellte sich zu ihm, der Wind schlug ihm ins Gesicht und roch würzig nach Salz und Gischt.

»Na, Landratte?«, sagte Marcellus. »Wie schmeckt die See?«

»Nicht schlecht, alter Fischkopp!«

Marcellus schlug Vico mit der Hand auf die Schulter. »Ihr seid aus dem richtigen Holz geschnitzt. So wie ich das sehe, werdet Ihr noch ein echter Seemann.«

Vico zog sein Schwert und reckte es in die Luft. »Und ein gefürchteter Pirat!«

Schon vom Meer aus konnte Nikolaus den Turm der Vordingburg ausmachen, der sich über die See erhob wie ein mahnender Finger und davor warnte anzugreifen. Der Turm war auf einem Felsen über dem Hafen erbaut worden und maß wohl an die hundert Fuß Höhe. Umgeben war er von dicken Mauern und sechs Wehrtürmen. Ein Fjord schnitt sich dort in die Insel Sjælland und bot besten Schutz für Burg und Hafen.

Nikolaus betrachtete die Festung, und eine dumpfe Angst breitete sich in seinem Magen aus. In diesem Gemäuer sollte er das Schreiben an Margrete übergeben. Albrecht hatte ihm eingeschärft, das Pergament nur ihr selbst oder ihrem Kanzler zu überreichen. Wenn er wenigstens wüsste, was in dem Schreiben stand, welches Angebot der Herzog seiner Widersacherin unterbreitete!

Der günstige Wind hatte sie in kürzerer Zeit als erwartet nach Sjælland gebracht. So hatte Nikolaus nur wenig Muße gehabt, über seinen merkwürdigen Auftrag nachzudenken. Und auch jetzt ging alles schneller, als ihm lieb war.

Das Schiff legte an, am Kai warteten bereits Wachen, die auf ihren Schilden, Wimpeln und Wämsern das Wappen Margretes trugen. Es zeigte drei blaue gekrönte Löwen auf gelbem, mit Herzen geschmücktem Untergrund. Jeder wusste, dass die drei Löwen und die drei Kronen Margretes Anspruch auf die Herrschaft über Dänemark, Norwegen und Schweden deutlich machen sollten. Und tatsächlich sah es so aus, als hätte Margrete ihr Ziel erreicht. Sie herrschte bereits über Dänemark und Norwegen. Und im Sommer hatten Schwedens Adlige sie zur bevollmächtigten Frau ernannt, was der Ernennung zur Herrscherin gleichkam.

Königin von Schweden würde sie aber niemals sein.

Schwedens Krone durften nur Männer tragen. Und der rechtmäßige König von Schweden war Albrecht III. von Mecklenburg. Das ergab sich ohne jeden Zweifel aus der Erbfolge. Deshalb war Albrecht auch zu Recht gekrönt worden, und Gott würde ihm auf dem Schlachtfeld beistehen.

Doch einen Fehler durfte man nicht machen: Margrete war zwar eine Frau, aber sie war gescheit und kannte sich mit den Schlichen der Machtpolitik aus. Ihr Vater hatte sie alles gelehrt, was ein Herrscher wissen musste. Sie konnte Menschen überzeugen und war äußerst geschickt darin, die Interessen aller Parteien zu berücksichtigen. Die Männer, die ihr dienten, standen treu zu ihr bis in den Tod. Es würde nicht leicht werden, sie zu besiegen. Albrecht müsste das eigentlich auch wissen, aber er schien Margrete nicht wirklich ernst zu nehmen.

Nikolaus wartete an Bord, bis die dänische Eskorte ihm gestattete, an Land zu gehen. Ein groß gewachsener kräftiger Mann, den Nikolaus auf vierzig Jahre schätzte, kam die Planke herauf direkt auf ihn zu. Er trug eine schimmernde Paraderüstung, ein Zeichen der Ehrerbietung, die Margrete Nikolaus als Boten entgegenbrachte.

Der Mann verbeugte sich vor Nikolaus. »Ich bin Harald Haraldson, Hauptmann der Leibwache meiner Königin Margrete von Dänemark.«

Nikolaus verbeugte sich ebenfalls. »Ich bin Nikolaus von Brunn, Gesandter des Königs von Schweden und Herzogs von Mecklenburg.«

Haraldson zuckte nicht mit der Wimper, obwohl Nikolaus Albrecht als König von Schweden bezeichnet hatte. Nikolaus stellte seine Begleiter vor, Haraldson die seinen.

Haraldson ging vor, dann kam Nikolaus mit Gefolge, den Schluss bildeten die dänischen Wachen. Die Waffen würde

Nikolaus erst abgeben müssen, wenn er Margrete gegenübertrat.

Schnell wurden auch die Pferde an Land gebracht, denn obwohl es nicht weit war bis zur Burg, ziemte es sich für einen Ritter nicht, zu Fuß zu gehen. Sie saßen auf und ritten los. Die Tore der Burg waren weit geöffnet, aber schwer bewacht. Hier kam niemand herein, der nicht willkommen war, und niemand hinaus, der bleiben sollte. Nikolaus war dem Wohlwollen Margretes und ihrer Männer auf Gedeih und Verderb ausgeliefert.

Auf dem Burghof stiegen sie ab, Haraldson führte sie in den Kronsaal, der einer Königin wahrhaft würdig war. Teppiche verbargen das Mauerwerk, zwei Kamine sorgten für angenehme Wärme. Margretes Thron war aus grünem Granit geschlagen und fein poliert. Eine dicke Schicht Felle sorgte dafür, dass sie sich nicht verkühlte, wenn sie bei Audienzen oder Ratsversammlungen stundenlang dort sitzen musste. Auf dem Holzboden spiegelte sich das Licht der Sonne. Sie stand bereits tief im Westen, der Abend würde bald anbrechen.

Nikolaus betrachtete die Wand, an der die Wappen vieler wichtiger Adliger des dänischen, norwegischen und schwedischen Reiches aufgehängt waren. Eines jedoch fehlte: das der drei gekrönten Löwen.

Fragend blickte Nikolaus zu Haraldson.

»Margrete ist nach Roskilde aufgebrochen, bereits vor zwei Tagen. Ihr könnt Euch vorstellen, warum.«

Das konnte Nikolaus allerdings. Margrete rüstete ebenso wie Albrecht zum Krieg. Er legte eine Hand auf seine Tasche, in der er das Schreiben verwahrte. »König Albrecht sagte mir, er wolle Königin Margrete ein Friedensangebot unterbreiten.«

»Wir werden morgen nach Roskilde aufbrechen. Dort wird meine Königin über das entscheiden, was Albrecht ihr anbietet. Heute Abend geben wir Euch zu Ehren ein Fest.«

Roskilde, dachte Nikolaus. Das lag im Norden von Sjælland. Hoffentlich war die Königin wirklich dort. Gut möglich, dass sie ihn absichtlich hinter sich herreisen ließ, um ihre Macht zu demonstrieren. Er überlegte. Wenn Margrete zum Krieg rüstete, würde sie ihr Heer mit Sicherheit nicht in Roskilde zusammenziehen, sondern in Bohus oder Lödöse. Und dann war da noch die Festung Varberg. Dort saß Henrik Parow, ein brillanter General und feiger Verräter, der sich gegen Albrecht und Mecklenburg gewandt hatte. Albrecht schäumte noch immer vor Wut und hatte geschworen, Parow höchstselbst niederzumetzeln, wenn der es wagen sollte, ihm auf dem Schlachtfeld gegenüberzutreten.

Hatte Margrete erst ihre Streitmacht beisammen, würde sie losziehen und alle Festungen angreifen, die Albrecht treu ergeben waren. Beginnen würde sie mit Axevalla, dann würde sie versuchen, die Rumlaburg zu nehmen, schließlich Kalmar und zuletzt Stockholm.

Doch Nikolaus war sich sicher, dass sie Stockholm nicht erreichen würde. Und wenn, dann würde sie sich, wie jeder andere vor ihr, an der Stadt die Zähne ausbeißen. Die Dänen und Norweger hatten schon ein halbes Dutzend Mal versucht, Stockholm zu erobern.

Nikolaus lächelte Haraldson an und bedankte sich für die Gastfreundschaft. Doch in seinem Kopf überschlugen sich die Gedanken. Mit jeder Verzögerung stieg die Gefahr, dass der Krieg ausbrach, bevor er Margrete das Friedensangebot aushändigen konnte. Und dann wäre er ihr Gefangener.

Nie zuvor hatte Emilia sich so gefreut, die Konturen einer Stadt vor sich auftauchen zu sehen. Als sich die Häuser der Hafenstadt Visby auf der Insel Gotland allmählich aus dem Dunst schälten, hätte sie am liebsten geweint vor Freude, auch wenn sie wusste, dass es nach einer kurzen Rast wieder losgehen würde.

Fünf Tage waren sie nun auf See, und Emilia war es leid, nichts als schiefergraues Wasser unter bleigrauem Himmel zu sehen. Sie sehnte sich nach dem Anblick von Häusern, Bäumen, Blumen und Feldern.

Wenigstens machte ihr der Seegang nichts aus. Gestern waren sie in ein Unwetter geraten, und die Kogge war ordentlich hin und her geworfen worden. Einige Seeleute waren mit grünlichen Gesichtern herumgelaufen, und der Küchenjunge, den Henricus dabei erwischt hatte, wie er seine Tasche durchsuchte, hatte stundenlang über der Reling gehangen. Emilia hatte zu den wenigen gehört, deren Magen sich nicht von dem Schaukeln irritieren ließ, und in der Not sogar mitgeholfen, das Segel einzuholen.

Im Verband mit den anderen Koggen liefen sie in den Hafen von Visby ein. Voller Erwartung stand Emilia an Deck und sah zu, wie der Kapitän das Schiff bis an die Kaimauer manövrierte, wie die Segel eingeholt und die Taue geworfen wurden.

Vertraute Laute drangen an ihr Ohr. An Margretes Hof hatte sie die nordische Sprache gelernt, wie man sie in Dänemark sprach. Aber sie hatte auch viele Gesandte und Adlige aus anderen Teilen Skandinaviens getroffen. Sie alle redeten in unterschiedlichen Dialekten, die Emilia jedoch zumeist gut verstand.

Die Rufe der Hafenarbeiter von Visby, die zum größten Teil aus Flüchen und groben Scherzen bestanden, gaben Emilia das Gefühl, dass die vergangenen Wochen nur ein schlimmer Albtraum gewesen waren. Für einen glücklichen Moment war sie wieder am Hof der Königin, und ihre größte Sorge war, beim Empfang im Thronsaal das schönste Kleid zu tragen und von den jungen Grafen und Herzögen bewundernde Blicke einzufangen.

»Na, Mädchen, wo seid Ihr mit Euren Gedanken?« Henricus war neben sie getreten.

Emilia seufzte. »In einer vergangenen Zeit.«

Henricus hob die Brauen. »Es tut nicht gut, zu lange bei dem zu verharren, was für immer verloren ist. Glaubt einem alten Mann, der das am eigenen Leib erfahren hat.«

Wieder so eine Andeutung. Emilia hätte gern mehr gewusst, doch ihr war klar, dass Henricus das Gespräch sofort abbrechen würde, wenn sie weiter in ihn drang.

»Wie lange werden wir in Visby liegen?«, fragte sie stattdessen.

»Einen Tag, wenn alles glattgeht. Wir müssen auf eine Handelsflotte aus Lübeck warten. Die Koggen, mit denen wir bisher gesegelt sind, kehren von hier aus nach Rostock zurück.«

»Können wir nicht allein weitersegeln?«

»Das wäre sehr gefährlich. Auf der Ostsee wimmelt es von Piraten, die nur darauf warten, einer einsamen Handelskogge zu begegnen, die sie überfallen können. An einen Verband von mehreren Schiffen trauen sie sich normalerweise nicht heran.« Henricus klatschte in die Hände. »Kommt, lasst uns die Zeit nutzen und über den Markt schlendern. Vielleicht finde ich ein paar Dinge, die ich für meine Salben gebrauchen kann. Und Ihr benötigt noch Fellhandschuhe und eine warme Mütze.«

»Eine gute Idee! Ich hole meinen neuen Mantel.« Emilia,

die schon befürchtet hatte, während des Aufenthalts an Bord bleiben zu müssen, eilte unter Deck.

Wenig später liefen sie durch die Gassen von Visby. Die Luft war so kalt, dass ihnen der Atem wie eine Wolke vor dem Gesicht stand. Es roch nach Fisch und Holzfeuer. Der Weg zum Marktplatz war nicht schwer zu finden. Die ganze Stadt schien dorthin unterwegs zu sein.

Gemächlich schlenderten sie zwischen den Ständen umher. Henricus erstand Späne vom Horn eines Tieres, das sich Walross nannte, außerdem getrocknetes Pulver aus Schlangenhaut. Emilia war erstaunt, wie gut er die nordische Sprache beherrschte und wie geschickt er mit den Händlern feilschte.

Schließlich erreichten sie einen Stand, an dem Pelze aus dem fernen Nowgorod angeboten wurden. Ehrfürchtig strich Emilia über das weiche Haar.

»Wir brauchen ein schönes weiches Stück Fell für eine Mütze und ein Paar Handschuhe«, sagte Henricus zu dem Händler.

Der Mann blickte den Heiler abschätzend an. Vermutlich überlegte er, wie viel der Kunde in der Lage war zu zahlen.

»Für ein gutes Stück Rentierfell heile ich den Abszess an Eurer Nase, sodass Ihr wieder richtig Luft holen könnt.«

Erst jetzt bemerkte Emilia, dass der Händler eine große eitrige Geschwulst neben der Nase hatte.

»Was versteht Ihr denn davon?«, erwiderte der Mann argwöhnisch.

»Ich bin Henricus van der Wee, Medicus aus Konstantinopel, auf dem Weg nach Stockholm, wo die reichen mecklenburgischen Adligen auf meine Dienste warten. Die vornehmen Herrschaften vertrauen mir ihre Gesundheit an, es liegt an Euch zu entscheiden, ob Ihr ihrem Urteil folgt.«

Noch immer nicht ganz überzeugt betrachtete der Händler Henricus von oben bis unten. Emilia hielt vor Anspannung die Luft an.

»Nun gut«, sagte der Mann schließlich. »Aber wehe, Ihr pfuscht herum. Das haben schon andere Quacksalber vor Euch getan.«

Erstaunt sah Emilia zu, wie Henricus ohne jeglichen Firlefanz den Abszess aufschnitt, ein Röhrchen aus Schilf in den Schnitt schob und den Eiter abfließen ließ. Dann strich er eine Salbe auf die Wunde, presste ein sauberes Stück Leinen darauf und schlang das Ende um den Kopf des Mannes, um es zu fixieren. Zum Schluss reichte er dem Händler den Tiegel mit der Salbe. »Wechselt den Verband regelmäßig, und streicht jedes Mal etwas von der Salbe auf die Wunde. Aber achtet darauf, dass das Leinen sauber ist, dann geht es Euch bald besser.«

Der Händler brummte etwas Unverständliches, dann suchte er ein großes Stück weichen, warmen Fells heraus, rollte es ein und reichte es Henricus. »Habt Dank, Heiler aus Konstantinopel«, sagte er zum Abschied. »Möge Gott mit Euch sein.«

»Und mit Euch.« Henricus wandte sich ab.

Kaum waren sie ein paar Schritte von dem Stand entfernt, hielt Emilia es nicht länger aus. »Wo habt Ihr das gelernt, Henricus?«, fragte sie und suchte seinen Blick. »Und erzählt mir nicht, dass Ihr in Konstantinopel studiert habt. Eure Patienten mögen das glauben, aber mich könnt Ihr nicht täuschen.«

Henricus lachte auf. »Ist das so?«, fragte er, ohne seine Schritte zu verlangsamen.

»Also?«, beharrte sie.

Sie waren auf dem Weg zurück zum Hafen, hatten die

Stände bereits hinter sich gelassen, befanden sich in einer Gasse mit sandigem Boden, der von den Spuren unzähliger Räder zerfurcht war.

Henricus blieb stehen. »Meine Vergangenheit geht Euch nichts an, Emilia von Hobe. Ich frage Euch auch nicht, wie es kommt, dass es auf der Burg, auf der Ihr angeblich aufgewachsen seid, keinen einzigen Menschen gibt, der Euch kennt und für Euch bürgt.«

»Aber ich würde es Euch erzählen, wenn Ihr es hören wolltet!«

»Ihr habt Eure Geheimnisse und ich meine. Aber damit Ihr mir nicht länger auf die Nerven fallt, sollt Ihr eins wissen: Ja, es ist wahr, ich bin nie in Konstantinopel gewesen. Der weise Medicus jedoch, der mich die Kunst des Heilens lehrte, kam von dort und hat all sein Wissen mit mir geteilt.« Er wedelte mit seiner Tasche. »Und jetzt marsch, zurück aufs Schiff. Ich habe Hunger, und der Koch hat heute Morgen einen deftigen Eintopf aufs Feuer gestellt.«

Nikolaus erhob sich und lockerte die von der Nacht steifen Glieder. Seine Befürchtung hatte sich bestätigt: Margrete war nur einen halben Tag in Roskilde geblieben, dann war sie weitergereist nach Gurre. Von dort war sie nach Schonen übergesetzt, um nach Norden zur norwegischen Königsburg Bohus zu ziehen.

Mehrfach hatte Haraldson ihm nahegelegt, Albrechts Brief einem Boten der Königin oder ihm selbst anzuvertrauen, doch Nikolaus hatte dem Herzog versprochen, das Dokument eigenhändig der Königin oder ihrem Kanzler zu überreichen, und daran würde er sich halten, komme, was wolle. Hauptsache, Haraldson scheuchte ihn nicht absichtlich in der Gegend herum und sorgte im Auftrag seiner Herrin dafür, dass das Schreiben zu spät sein Ziel erreichte.

Nikolaus hoffte inständig, dass Albrechts Friedensangebot den Krieg noch verhindern konnte. Zu sehr stand die Unternehmung auf der Kippe. Albrechts Heer war nicht groß genug, um Margretes Truppen einfach so hinwegzufegen. Nikolaus schätzte, dass beide Seiten in etwa gleich stark waren. Besonders bedenklich war, dass die meisten schwedischen Adligen sich auf Margretes Seite geschlagen hatten. Albrecht kämpfte also im Feindesland.

Immerhin waren sie Margrete dicht auf den Fersen. Die gestrige Überfahrt nach Schonen war ruhig verlaufen, und sie waren vor Einbruch der Dämmerung noch ein gutes Stück zu Pferd an der Küste vorangekommen, sodass es nur an die fünfzehn Meilen bis Bohus waren, nicht mehr also, als ein entspannter Tagesritt. Denn die Wege waren in gutem Zustand, und das Wetter meinte es gut mit ihnen. Es war zwar kalt, aber trocken. Nicht eine Schneeflocke war gefallen. Leider hatten sie die Burg Varberg nicht mehr bei Tageslicht erreicht; deshalb hatten sie an einem Waldrand ihr Lager aufgeschlagen. Feuer konnten sie allerdings keins machen, damit hätten sie alle Räuber im Umkreis einer halben Meile angelockt.

Nikolaus schaute zu Haraldson, mit dem er die letzte Nachtwache gehalten hatte. Das Gesicht des Hauptmanns wurde bereits von der aufgehenden Sonne angestrahlt. Er ließ den Blick schweifen. Zwar hatte er schon davon gehört, dass Schonen flach sei wie ein Brett, aber jetzt, im Morgenlicht, wurde er sich der endlosen Weite bewusst. So weit das Auge reichte, erhoben sich niedrige bewaldete Hügel, die kaum Schatten warfen.

Haraldson zeigte nach Westen. »Dort liegt das Kattegat.

Meine Vorfahren kommen von dort. Sie waren, was Ihr Wikinger nennt. Große Seefahrer. Sie haben reiche Länder im Westen entdeckt, die noch nie einer vor ihnen betreten hat.«

»Wenn das wahr ist, warum versucht niemand, dort hinzusegeln?«

»Viele haben es versucht – nicht ein Einziger ist zurückgekehrt.« Haraldson senkte die Stimme. »Ich glaube, dass Odin das Land im Westen zerschlagen und über den Rand der Welt ins Nichts geschleudert hat.«

Nikolaus hob die Augenbrauen. »Odin? Ihr glaubt an die alten Götter? Ist Euch das nicht verboten, als Christ und treuer Diener Margretes? Steht nicht der Tod auf die Anbetung von Odin, Balder, Bör und Bragi?«

Haraldson räusperte sich verlegen. »Gott bewahre, ich bete sie nicht an. Ich bin ein guter Christ, aber ich habe auch Ehrfurcht vor dem Wissen der Alten.«

Ob Haraldson an die alten Götter glaubte oder nicht, war Nikolaus gleichgültig. Es war nicht seine Aufgabe, die Menschen zu richten. Für Nikolaus zählte nur, dass Haraldson sich bisher als anständiger Ritter erwiesen hatte. Er behandelte seine Männer wie seinesgleichen und ließ sie nicht ständig spüren, dass er ein enger Vertrauter der Königin war. Auch mit Nikolaus sprach er wie mit einem Gleichgestellten, obwohl er im Rang über ihm stand.

»Gott wird in Euer Herz sehen, wenn Ihr ihm einst gegenübersteht«, sagte Nikolaus.

Haraldson schwieg. Ihm war wohl klar geworden, dass er etwas zu redselig gewesen war. Sein Gesichtsausdruck war konzentriert. Als wäre er mit seinen Gedanken woanders. Oder als würde er auf etwas lauschen.

Nikolaus spitzte die Ohren. Nichts. Er wandte seinen Blick nach Osten. Die Sonne, die über den Wipfeln aufging, blendete ihn. Er kniff die Augen zusammen, sah einen Schatten heranfliegen, stieß Haraldson zur Seite.

Wo noch eben die Kehle des Hauptmanns gewesen war, steckte jetzt ein Pfeil im Baum.

»Alarm!«, brüllten Haraldson und Nikolaus gleichzeitig.

Sie stürzten zu ihren Schilden, rechts und links prasselten Pfeile nieder.

Nikolaus riss seinen Schild hoch, um seine Männer zu schützen, die schlaftrunken nach ihren Waffen griffen. Ein Pfeil schlug mit solcher Macht ein, dass er durch das Leder und das Holz des Schildes fuhr. Nur wenige Fingerbreit vor seinem Gesicht blieb er stecken.

Nikolaus' Männer waren jetzt wach und feuerten mit Armbrüsten zurück. Grollen wie von einem wütenden Bär war zu hören. Hatten sie einen Feind mit den Bolzen getroffen? Aber welcher Mensch war zu solchen Lauten fähig?

Dann endlich hörte der Beschuss auf. Schwer keuchend schob Nikolaus seinen Kopf hinter dem Schild vor und erschrak zutiefst. Was da mit tierischem Gebrüll auf ihn zukam, war nicht von dieser Welt.

Es war bereits hell, als Emilia an Deck trat. Der Himmel leuchtete strahlend blau, die See war glatt wie ein polierter Messingteller. Gerade ging im Osten die Sonne auf, warf die ersten goldenen Strahlen über das Wasser.

Sie waren allein auf dem Meer, kein anderes Schiff weit und breit. Als sie am Vortag aufgebrochen waren, hatte es deshalb zwischen dem Kapitän und dem Schiffseigner Streit gegeben. Der Verband aus Lübeck, mit dem sie nach Stockholm hatten fahren wollen, war nicht eingetroffen. Der Kaufmann hatte daraufhin gefordert, sofort die Segel zu setzen. Aber der Kapitän hatte sich geweigert.

»Das ist viel zu gefährlich«, hatte er gesagt. »Eine einzelne Kogge ist eine leichte Beute für Piraten.«

»Unsinn. Ich schiffe seit Jahren Waren über die Ostsee, und ich bin nie irgendwelchen Piraten begegnet«, hatte der Kaufmann dagegengehalten. »Außerdem haben wir Waffen an Bord, und die Männer sind tapfer.«

»Dann habt Ihr großes Glück gehabt. Ich habe da schon ganz anderes erlebt«, hatte der Kapitän erwidert.

Eine Weile war es so hin- und hergegangen, bis der Kaufmann gedroht hatte, sich einen neuen Kapitän zu suchen und den alten in Visby dem Rat zu übergeben, der mit vertragsbrüchigen Kapitänen nicht zimperlich umging. Da hatte der rothaarige Riese zähneknirschend eingelenkt.

Gestern waren sie den ganzen Tag keinem anderen Schiff begegnet. Ihr Ziel war nicht mehr weit. Schon am Nachmittag würden sie Stockholm erreichen, wenn der Kaufmann recht behielt und niemand sie an der Weiterfahrt hinderte.

Emilia konnte es kaum erwarten, in der Stadt anzulegen. Viele Adlige aus Mecklenburg lebten dort, die meisten kannten ihre Familie. Vielleicht war jemand darunter, der sich an die junge Emilia erinnerte. Als sie Gott um Hilfe bat, war sie plötzlich sicher, dass sich in dieser Stadt ihr Schicksal entscheiden würde.

Ihre Gedanken wanderten zu Nikolaus. Wo er wohl sein mochte? Er gehörte zu Albrechts Gefolge, also würde er mit dem Herzog in den Krieg ziehen. Bei dem Gedanken krampfte sich Emilias Herz zusammen. Rasch wandte sie ihr Gesicht der wärmenden Sonne zu.

Plötzlich erblickte sie einen Schatten am Horizont. Erst glaubte sie, dass es ein Schwarm Vögel war, doch der Schatten bewegte sich nicht, schien auf dem Meeresspiegel festgewachsen.

Emilia kniff die Augen zusammen. Als sie sie wieder öffnete, war die Sonne so weit gestiegen, dass ihr Licht grell blendete. Emilia musste sich abwenden.

Sie lief auf die andere Schiffsseite. Hier irgendwo im Nordwesten musste sehr bald das schwedische Festland auftauchen. Der Kapitän hatte ihr erzählt, dass sie schräg in Richtung Land und dann in Sichtweite der Küste bis Stockholm segeln würden. Die Stadt, so hatte er weiter berichtet, lag nicht direkt am Meer, sondern auf einer Insel in einem Gewirr von unzähligen Felseilanden, zwischen denen man hindurchmanövrieren musste, um den Koggbron zu erreichen, den Seehafen von Stockholm.

Ein Ruf riss Emilia aus ihren Gedanken. »Schiff von Steuerbord!«

Emilia fuhr herum. Tatsächlich. Von da, wo sie eben noch gemeint hatte, den Vogelschwarm zu sehen, näherte sich in halsbrecherischem Tempo ein kleines, wendiges Schiff. Es schien direkt Kurs auf die Kogge zu nehmen.

Unruhe kam auf.

»Piraten!«, brüllte der Kapitän. »Schafft Waffen her!«

Die Männer rannten hin und her, schleppten Schwerter und Speere und einige Bögen heran. Doch was wollten die wenigen Männer, die zudem in ihrem Leben noch nie eine Schlacht geschlagen hatten, gegen kampferprobte, blutdurstige Piraten ausrichten?

Angst umklammerte Emilias Herz. Sie bekreuzigte sich hastig, schickte ein Stoßgebet zum Himmel. »Herr, wenn ich sterben muss, lass es schnell geschehen, lass mich nicht lebend in die Hände dieser gottlosen Verbrecher fallen!«

Nikolaus' Nackenhaare stellten sich auf. Ein Dutzend Wesen aus der Unterwelt stürmte auf ihn zu. Ihre Gesichter waren weiße Totenschädel, das Haar zottelig, Fell hing ihnen von den Schultern, und trotz der Kälte waren sie von der Hüfte abwärts nackt. Der Wind trieb bestialischen Gestank von ihnen herüber.

Haraldson trat an seine Seite und flüsterte: »Trolle! Gegen Trolle helfen weder Eisen noch Feuer. Kein Nordmann hat je davon berichtet, sie besiegt zu haben. Wen immer die Trolle heimsuchten, der ging ein in die Große Halle.«

Nikolaus schüttelte unwillig den Kopf. Haraldson, dieser furchtlose Krieger, ließ sich tatsächlich von einem Ammenmärchen einschüchtern. Die Angreifer sahen furchterregend aus, keine Frage. Aber sie besaßen keine übernatürlichen Kräfte. Es gab keine Trolle, keine Kobolde, keine magischen Wesen.

Rasch warf Nikolaus einen Blick auf Haraldsons Männer. Sie wichen bereits zurück. Flohen sie, waren alle verloren. Er musste schnell handeln.

Mit einem Schrei sprang Nikolaus auf, zog sein Schwert und stürzte dem ersten Fellträger entgegen, der allen anderen vorauslief. Der Kerl mochte stinken, er mochte brüllen, aber er war nur mit einer Keule bewaffnet. Egal wie groß sie sein mochte, ohne Rüstung hatte er einem Ritter mit einem rasierklingenscharfen Schwert nichts entgegenzusetzen.

Der Fellmensch schwang die Keule. Nikolaus blieb stehen und nahm die Wacht des Falken ein: das Schwert hoch erhoben über dem Kopf.

Der Troll blieb ebenfalls stehen, brüllte, schüttelte die Keule. Er glaubte wohl, sein Auftreten würde Nikolaus so in Panik versetzen, dass er Hals über Kopf die Flucht ergriff.

Noch mal stieß der Fellmann einen tierischen Laut aus. Hinter ihm näherten sich seine Kumpane. Nikolaus musste handeln, bevor sie ihn erreicht hatten. Er machte einen Ausfallschritt nach vorne, seine Klinge fuhr durch die Luft. Eine Totenschädelmaske landete auf dem Boden, der Kopf des vermeintlichen Trolls daneben, Blut spritzte.

Der Körper des Keulenschwingers sackte in sich zusammen. Die anderen Angreifer wurden langsamer. Sie hatten begriffen, dass sie es nicht mit hasenfüßigen Händlern zu tun hatten, die auf ihre Maskerade hereinfielen. Die Ersten kehrten um. Doch Nikolaus' Männer waren bereits heran, und auch Haraldson warf sich den vermeintlichen Trollen entgegen. Mit Gebrüll stürzten sich jetzt auch seine Männer in den Kampf, der nicht lange währte. Diese wilden Kerle waren nichts als armselige Räuber, die sich verkleidet hatten, um ihren Opfern Angst einzujagen. Zwei Angreifer konnten fliehen, zehn blieben erschlagen zurück.

Haraldson reinigte sein Schwert, steckte es in die Scheide und legte Nikolaus eine Hand auf die Schulter. »Ich stehe in Eurer Schuld, Nikolaus von Brunn. Ihr habt mich und meine Männer gerettet. Fast wären wir auf die Verkleidung hereingefallen und auf die Geschichten, die an den Lagerfeuern seit Generationen erzählt werden. Ich hatte noch nie zuvor solche Fellmenschen gesehen.«

Haraldsons Miene war hart. Es musste ihn unglaubliche Kraft kosten, einen Fehler einzugestehen, den man leicht als Feigheit hätte deuten können.

Nikolaus legte seinerseits die Hand auf Haraldsons Schulter. »Ihr habt es allein mit den Trollen aufnehmen wollen. Ich habe nur eingegriffen, damit man mir nicht nachsagen kann, ich hätte mich gedrückt. Denn Ihr hättet sie sicherlich auch ohne Hilfe besiegt. Habt Dank, dass Ihr uns Mecklenburgern ein paar übrig gelassen habt, um unsere Ehre zu retten. Euer Mut ist untadelig. Das kann ich beschwören. Und wer immer das infrage stellen sollte, wird meine Klinge zu spüren bekommen.«

»Habt Dank, von Brunn.« Haraldson nahm seine Hand von Nikolaus' Schulter und zeigte nach Norden. »Lasst uns aufbrechen. Der Weg ist noch weit.«

Sie packten ihre Sachen und stiegen auf ihre Pferde. Haraldson reckte die Faust in die Luft, galoppierte an. Nikolaus warf einen letzten Blick auf das Schlachtfeld. Sein Weg war mit Blut getränkt. Kein gutes Omen.

Besser hatte es nicht kommen können. »Segel in Sicht! Ein einzelnes Schiff!«, hatte der Ausguck gerufen.

Vico hatte an Deck gestanden, hinter ihm hatte sich die Sonne über den Horizont erhoben. Nicht ein Wölkchen verdeckte die rotgoldene Scheibe. Da war Vico der Name für sein Schiff eingefallen: *Helios*. Marcellus hatte darauf gedrängt, dem Schiff einen neuen Namen zu geben. Es sei bekannt, hatte er gesagt, dass namenlose Schiffe gerne von Meerungeheuern angegriffen und verschlungen wurden.

Vico hatte sich Marcellus zugewandt, der an der Ruderpinne stand wie ein Fels. »Du kannst beruhigt sein, Kapitän. Ab sofort segeln wir auf der *Helios*, was so viel wie Sonne heißt. Und wie es aussieht, wird die *Helios* bald ihren ersten Einsatz haben.«

Am ersten Abend auf See hatte Vico mit Marcellus und Tiberius Brüderschaft geschlossen. Die beiden waren gute Männer, ohne sie wäre er auf See verloren. Also wollte er ihnen das Gefühl geben, mit ihm auf einer Stufe zu stehen, auch wenn er der Schiffseigner war und letztlich bestimmte, was geschah.

Inzwischen waren sie näher an die Kogge herangefahren, und sie war das einzige Schiff weit und breit geblieben.

Manchmal verdeckte der Horizont weitere Schiffe, aber nun war der Abstand so gering, dass klar war, dass die Kogge allein unterwegs war.

»Halt drauf zu, Marcellus!«, brüllte Vico. Blut rauschte durch seine Adern wie Wein. »Sie können nicht entkommen.«

Während die Schnigge durchs Wasser glitt, schaute Vico wieder nach Westen. Die *Helios* schien in einem Strom aus Gold zu segeln. Gold, das war es, worauf Vico aus war. Oder das Silber des Meeres, gesalzener Hering, der ohne Mühe in Gold zu verwandeln war. Oder Felle, Bernstein und Seide – es gab so vieles, das die Koggen in ihren Bäuchen transportierten und das nur auf Vico von Brunn wartete.

Marcellus, Tiberius und Vico waren übereingekommen, keine Gefangenen zu machen. Die brachten nur Ärger, denn wenn man sie verkaufen wollte, musste man sie durchfüttern, damit sie in einem halbwegs guten Zustand blieben. Zu viel Aufwand für zu wenig Gewinn.

Die Männer hatten gemurrt, als Vico ihnen verkündet hatte, dass auch Frauen nicht verschont würden. Grundsätzlich gönnte Vico seinen Männern eine kleine Abwechslung, aber Frauen auf einem Schiff brachten nichts als Verdruss. Wenn es so weit war, sie über Bord zu werfen, nachdem die Männer ihren Spaß mit ihnen gehabt hatten, waren da immer irgendwelche Holzköpfe, die eine der Metzen freikaufen wollten. Und dann gab es richtig Ärger, bis hin zur Meuterei. Marcellus hatte ihm das einheitliche Vorgehen empfohlen und Vico würde dem Rat des erfahrenen Seemanns folgen. In Stockholm würden die Männer Gelegenheit haben, mit ihrem Gold von morgens bis abends die Huren zu beglücken.

Die *Helios* war um ein gutes Drittel schneller als eine Kogge, es war also nur eine Frage der Zeit, bis sie die Beute fassen konnten. Vico drehte das Stundenglas um, das der frühere Eigner auf dem Schiff zurückgelassen hatte. Noch ehe die Stunde abgelaufen war, würden die Kogge und alles, was darauf war, ihm gehören.

Den Männern befahl er, sich unter dem Ersatzsegel zu verstecken und Armbrüste, Schwerter, Äxte, Enterhaken und Strickleitern bereitzuhalten. Die Reling der Kogge lag, wenn sie voll beladen war, immer noch fast vier Fuß über dem Schanzkleid der Schnigge. Ohne Strickleitern war es so gut wie unmöglich, auf das feindliche Deck zu gelangen.

Stetig blies der Wind, die Sonne stieg, der Mast der Kogge war schon deutlich zu erkennen. Vico spürte, wie die Kampfeslust in ihm aufstieg. Er küsste sein Kruzifix und bat Gott um die Vergebung seiner Sünden.

Schon waren sie auf Rufweite heran, auf der Kogge herrschte hektisches Treiben. Wie die Hasen rannten die Männer vom Achter- zum Vorderkastell und wieder zurück und verschanzten sich dort hinter allerlei Ballen. Tiberius hatte vorausgesagt, dass sie keinen erfahrenen Offizier an Bord haben würden, denn die waren teuer. Nur Schiffe im Verbund verfügten gelegentlich über Soldaten. Wären sie erfahrene Kämpfer, würden sie die Reling verteidigen, statt sich auf die Kastelle zurückzuziehen, denn nur dort konnten Feinde schnell eindringen. Sobald die Feinde auf dem Deck der Kogge standen, wurden die Kastelle zur Falle.

Tiberius ließ seine Stimme übers Wasser dröhnen. »Ergebt euch, liefert eure Waren aus, dann soll euch nichts geschehen.«

Das war eine glatte Lüge, aber vielleicht gingen sie ihnen ja auf den Leim, dann konnten sie vermeiden, eigene Männern zu verlieren. Vico setzte ein Lächeln auf.

Doch der Kapitän der Kogge, ein rothaariger Hüne, so groß wie Tiberius, schwang sein Schwert und brüllte: »Ihr seid Lügner und Mörder. Niemanden verschont ihr, verfluchtes Piratenpack. Wir werden euch in die Hölle schicken!«

Neben dem Kapitän stand ein dürrer Mann, gekleidet in teure Pelze. Das musste der Eigner sein. Er redete auf den Kapitän ein, doch der schüttelte den Kopf. Von der Kogge her erscholl siegessicheres Geschrei. Die Männer, vielleicht zwei Dutzend an der Zahl, wussten nicht, was unter dem Ersatzsegel auf sie wartete.

Einer der Verteidiger hob einen Bogen und legte auf Vico an. Selbst von der *Helios* aus konnte Vico die Pfeilspitze zittern sehen. Der Pfeil löste sich und schlug gut zwei Handbreit neben ihm in den Hauptmast der Schnigge ein. In aller Ruhe hob Vico seinen Schild. Er wollte die Vorfreude genießen. Ein zweiter Pfeil surrte heran, blieb im Schild stecken. Vico schüttelte den Kopf und stieß einen schrillen Pfiff aus.

Das Ersatzsegel flog zur Seite, kampflustige Freibeuter sprangen auf, zwanzig von ihnen schossen ihre Armbrüste ab, vom Vorderkastell der Kogge fielen drei Männer getroffen ins Wasser, vom Achterkastell vier. Die anderen waren starr vor Schreck. Marcellus steuerte die *Helios* längsseits, Enterhaken flogen, zehn Männer zogen die Schnigge und die Kogge aufeinander zu, Strickleitern wurden angelegt.

Vico stürmte seinen Männern voran auf die Kogge. Die Verteidiger hatten sich auf die beiden Kastelle zurückgezogen, hier und da flog ein Pfeil durch die Luft. Vico hätte nicht gedacht, dass es so einfach sein würde, ein Schiff in seinen Besitz zu bringen. Oder war er gerade einer unglaublichen List aufgesessen? Warteten unter Deck bis an die Zähne bewaffnete Soldaten? Die Männer schwärmten aus, Kampflärm hob an, Schmerzens- und Todesschreie hallten über das Deck.

Tiberius trat an Vicos Seite. »Das war nicht gerade schwer. Wie Schafe lassen sie sich abschlachten. Alle bis auf den Kapitän und den Kaufmann. Aber fünf Mann Übermacht sind selbst für diese tapferen Kämpfer zu viel.«

Vico blickte zum Schiffseigner. Unter den Hieben der Freibeuter sank der zähe, dürre Mann in die Knie. Von hinten versetzte ihm ein Mann den tödlichen Stoß.

Vico deutete mit der Schwertspitze auf die Decksplanken, sah Tiberius fragend an.

Tiberius verstand sofort. »Ich schaue mir die Unterwelt mal an.« Er winkte einigen Männern, die sich ihm anschlossen.

Der Kampf auf den Kastellen war fast entschieden, die Übermacht der Piraten und die Angst der Verteidiger hatten ein Übriges getan.

Vico folgte Tiberius, um schon mal die Beute zu inspizieren. Er stieg hinab in den vorderen Laderaum. Fässer türmten sich übereinander, festgezurrt mit dicken Seilen. Dem Geruch nach zu urteilen, handelte es sich um gesalzenen Hering, grob geschätzt vierzig Lasten. Allein der Fisch würde in Stockholm ein kleines Vermögen einbringen.

Aus dem hinteren Laderaum hörte Vico Tiberius' Stimme. »Bei allen Ungeheuern der Ostsee!«, rief er, und es klang nicht ängstlich, sondern freudig. »Vico! Komm her und schau dir das an!«

Vico wechselte in den hinteren Laderaum, der zur Hälfte vollgestopft war mit Ballen. Tiberius hatte einen der Ballen aufgeschnitten. Bester englischer Wollstoff quoll hervor. Tiberius hielt ihm eine Hand hin, Vico schlug ein.

»Bei allen Huren von Visby!«, rief Tiberius. »Das ist ein seltener Fang.« Er zeigte auf eine Reihe anderer Fässer. »Und das ist noch nicht alles. Schaut her, großer Anführer. Pech! Das kannst du fast mit Gold aufwiegen.«

Pech half beim Abdichten von Schiffen, diente den Schustern zum Versteifen der Nähfäden aus Hanf, und vor allem war es als Waffe gefürchtet: Jede Burg wehrte mit brennendem Pech Angreifer ab. Goss man eine bestimmte Sorte in Krüge, konnte man es verwenden, um Feuer in eine belagerte Stadt zu werfen. Es war schwer herzustellen und daher teuer.

Vico und Tiberius kehrten zurück an Deck. Vico verkündete, was sie entdeckt hatten. Die Männer grölten und jubelten. Praktisch ohne große Gefahr hatten sie so viel erbeutet, dass sie nicht einmal ermessen konnten, was es wert war. Jeder der Männer würde einen Anteil an der Prise erhalten, der größer war als alles, was sie in den letzten Jahren verdient hatten.

Mitten in den Jubel gellte ein scharfer Pfiff aus der Kombüse. Vico rannte los, Tiberius hinterher. Hastig stiegen sie die Leiter von der Kombüse hinunter in den Proviantraum. Zwei Männer zerrten gerade zwei Menschen durch die Luke, die zum Kabelgatt führte.

»Zur Seite«, rief Vico und zog sein Schwert, das an diesem Tag noch kein Blut geschmeckt hatte.

Er holte zum tödlichen Hieb aus, aber Tiberius fiel ihm in den Arm. »Halt ein, Vico! Sieh doch, wen wir da gefunden haben.«

Vico schaute genau hin, und jetzt erkannte er die beiden: Henricus der Heiler und seine hübsche kleine Helferin.

»Schafft sie nach oben!«, befahl Vico. Er würde aus ihrer Hinrichtung ein unterhaltsames Schauspiel für seine Männer machen.

Die Kleine murmelte etwas vor sich hin, als einer der Männer sie nach oben stieß; Vico erkannte, dass sie betete.

»Gott hat dich verlassen, Täubchen, das wirst du gleich merken«, flüsterte er ihr in den Nacken.

Sie zuckte zusammen, aber sie weinte nicht. Mutig war sie,

das musste Vico ihr lassen. Der Heiler umklammerte seine Ledertasche. Vico ließ sie ihm, sollte er doch damit zur Hölle fahren und den Teufel mit seinen Künsten beeindrucken.

»Lasst meine Tochter am Leben«, rief der Heiler.

Ein Hieb in den Magen brachte ihn zum Schweigen.

Die junge Frau wollte sich freimachen, aber die Arme der Männer waren wie Taue.

Sie stiegen aufs Deck, wo die Männer die überlebenden Verteidiger zusammengetrieben hatten. Es waren sechs Mann, darunter der Kapitän, der sich vor seine Leute stellte und, ohne zu fragen, das Wort ergriff. »Ich bin Konrad Gutson, der Kapitän der *Santa Eulalia*. Wo ist euer Anführer? Ich poche auf das Recht der Verhandlung!«

Vico baute sich vor dem Rothaarigen auf, deutete eine Verneigung an. »Das Recht der Verhandlung wollt Ihr einfordern? Ihr seid ein mutiges Männchen.«

Die Freibeuter lachten.

Gutson zeigte auf Vico, wollte etwas sagen, doch der schwang sein Schwert. Der Kapitän schrie auf und seine Hand fiel auf die Planken. Stöhnend versuchte er, die pumpende Blutung mit der anderen Hand zu stoppen. Seine Männer ruckten zurück, doch die Reling hielt sie auf. Der Kapitän ging auf die Knie, heulte vor Schmerz und Verzweiflung.

»Niemand bedroht mich ungestraft, und sei es mit seinem Finger«, rief Vico übers Deck. Seine Leute applaudierten. Vico musste ihnen etwas bieten. »Werft ihn über Bord.«

Sofort griffen ihn vier Männer, und Gutson flog unter furchtbarem Geschrei in hohem Bogen in die Ostsee. Zuerst hörte man noch Schreie, dann Gurgeln, dann wurde es still.

Vico hörte Schluchzen und drehte sich um. Die Kleine. Jetzt flennte sie auch noch. Herrgott, was stellte sie sich so an? Sie konnte froh sein, dass er ihr einen schnellen Tod bereiten würde und sie nicht seinen Männern zum Fraß vorwarf. Aber zuerst die anderen fünf von der Mannschaft der *Santa Eulalia*. Er nickte seinen Männern zu, die ihnen die Kehlen durchschnitten und sie ins Wasser warfen.

Tiberius legte Vico einen Arm um die Schulter. »Auf ein Wort, Vico.«

Widerwillig ließ Vico sich mit aufs Vorderkastell ziehen, wo die Männer, die dumm glotzend auf neue Befehle warteten, sie nicht hören konnten.

Einige rieben sich den Schritt, musterten die Kleine, wurden unruhig. Vico wollte es hinter sich bringen, aber wenn Tiberius etwas zu sagen hatte, dann hörte er zu.

»Wir haben jetzt zwei Schiffe, Vico, aber leider nur einen Kapitän. Wir hätten den Mann gut brauchen können.«

Verdammt, damit hatte Tiberius natürlich recht. »Was ist mit dir, Tiberius? Du kannst doch bestimmt eine Schnigge segeln?«

»Nein, das kann ich nicht. Das ist nicht so einfach. Ein falscher Befehl, und das Schiff legt sich auf die Seite, kentert und sinkt. Marcellus wird von der *Santa Eulalia* aus beide Schiffe befehligen müssen. Das macht uns langsam.«

Vico ließ die Schultern hängen. »Warum hast du nicht eingegriffen?«

Tiberius grinste schelmisch. »Weil du mit dem Schwert eindeutig schneller bist als mit deinem Kopf.«

Vico verzog den Mund. Tiberius war der einzige Mensch, der ungestraft so etwas zu ihm sagen durfte. »Das nächste Mal wirst du mich daran hindern, eine Dummheit zu begehen. Das ist ein Befehl.«

»Ich werde es versuchen. Und ich fange gleich damit an: der Heiler und seine Tochter. Du musst sie verschonen.«

Vico schüttelte den Kopf. »Bist du übergeschnappt? Keine

Weiber an Bord! Das hast du selbst gesagt. Den Heiler könnten wir brauchen, aber keine Röcke. Und wenn wir die Kleine abmurksen, wird der Heiler zur Gefahr.«

»Die beiden waren dir zu Diensten, und du hast sie nicht entlohnt. Wenn du sie tötest, könntest du Unheil für uns alle heraufbeschwören. Gott könnte uns zürnen. Gott wird uns zürnen. Lassen wir sie nicht am Leben, wird großes Unglück über uns hereinbrechen. Es kann unseren Tod bedeuten.«

Vico stieß Tiberius zur Seite. Was dachte sich der Holzkopf? Er selbst hatte auf diesem Schiff über Leben und Tod zu bestimmen, niemand sonst. Er sprang vom Vorderkastell aufs Hauptdeck, setzte dem Heiler das Schwert an die Kehle. »Du wirst genauso von den Fischen gefressen werden wie alle anderen auch.«

Henricus legte sich in die Riemen, ohne die beiden Schiffe aus den Augen zu lassen. Noch immer war er nicht überzeugt, dass sie wirklich mit dem Leben davongekommen waren. Jeden Augenblick rechnete er damit, dass der Anführer der Piraten das Kommando gab, das kleine Ruderboot unter Beschuss zu nehmen.

Nachdem Vico von Brunn befohlen hatte, Emilia und Henricus über Bord zu werfen wie den Rest der Mannschaft, war er unvermittelt in schallendes Gelächter ausgebrochen. Er hatte sich gekrümmt, auf die Schenkel geschlagen und erst zu lachen aufgehört, als sein Gesicht puterrot angelaufen war.

»Ihr habt Glück«, hatte er dann großspurig verkündet. »Denn ich bin Euch noch einen Gefallen schuldig. Deshalb lege ich Euer Leben in Gottes Hand.« Er hatte auf die Reling gedeutet. »Runter da!«

Erst hatte Henricus nicht begriffen, und auch Emilia hatte angsterfüllt auf die eiskalte See geblickt. Einer der Piraten hatte Henricus in Richtung Reling gestoßen, und da hatte er das Beiboot entdeckt, das neben dem Schiff festgemacht war. Nicht das große Beiboot der Kogge, sondern ein winziges Ruderboot, das wohl zu der Schnigge gehörte.

Henricus hatte Emilia ein Zeichen gegeben, zuerst hinunterzuklettern. Keinesfalls wollte er sie allein in der Gewalt dieser Verbrecher zurücklassen, auch nicht für eine Minute. Ihr ganzer Körper hatte gezittert, als sie über Bord geklettert war und mit den Füßen nach der Strickleiter getastet hatte. Henricus hatte seine Glieder kaum besser unter Kontrolle gehabt als sie, und ihm wurde der Abstieg zusätzlich erschwert, weil er die klobige Tasche unter den linken Arm geklemmt hatte.

Unendlich lange brauchten sie für das Hinunterklettern, ständig rechnete Henricus damit, dass Vico das Seil der Strickleiter kappte oder sich eine andere Grausamkeit einfallen ließ, um sie zu quälen. Doch nichts geschah.

Dann endlich saßen sie im Beiboot. Emilia löste mit vor Angst steifen Fingern das Tau, während Henricus nach den Rudern griff. Mit jedem Stoß, den sie sich von der Kogge entfernten, stieg die Hoffnung, doch noch waren sie in Reichweite der Armbrüste.

Henricus versuchte, das kleine Boot in die Richtung zu steuern, in der er die schwedische Küste vermutete. Also weg von der aufsteigenden Sonne.

Allmählich fand er seinen Rhythmus, und auch wenn seine Arme schon nach wenigen Zügen angefangen hatten zu schmerzen, wurde er nicht langsamer. Zum Glück war die See ruhig, und die Wellen, die die Oberfläche kräuselten, waren nicht höher als eine Elle. Bei stärkerem Seegang hätte Henricus das kleine Boot nicht manövrieren können, und jede Woge hätte gedroht, es zum Kentern zu bringen.

Langsam wurden die beiden Schiffe am Horizont kleiner. Die Sonne stand schon ein ganzes Stück höher, Mittag konnte nicht mehr weit sein. Aber Henricus gönnte sich keine Pause. Solange er die Kogge und die Schnigge sah, hatte Vico von Brunn auch das kleine Ruderboot im Blick.

Emilia sprach die ganze Zeit kein Wort. Sie presste ihr Bündel an sich und starrte mit weit aufgerissenen Augen auf ihre Füße. Nicht ein Mal drehte sie sich zu den Schiffen um. Sie war gelähmt vor Angst.

Endlich verschwanden die Schiffe aus Henricus' Blickfeld. Er holte die Ruder ein und rieb sich die schmerzenden Arme.

»Sind sie fort?«, fragte Emilia leise.

»Ja.« Henricus setzte ein zuversichtliches Lächeln auf. »Und bis zur Küste kann es nicht weit sein. Wenn wir erst einmal an Land sind, schlagen wir uns zu Fuß bis Stockholm durch.«

»Und wenn wir die Küste nicht finden? Wenn wir immer nur im Kreis fahren?«

Henricus konnte sie kaum verstehen, sie starrte auf die Planken der Nussschale unter ihren Füßen, die sie vom kalten Meer trennten.

»Das wird nicht geschehen.« Er deutete in den Himmel. »Wir müssen nur den Stand der Sonne im Auge behalten, sie zeigt uns …« Er stockte, kniff die Augen zusammen.

Innerhalb weniger Augenblicke hatte sich ein Schleier aus Dunst vor die Sonne gelegt. Entsetzt sah Henricus sich um. Dampf schien aus dem Wasser aufzusteigen wie aus einem Suppenkessel.

»Was ist?«, fragte Emilia besorgt.

»Nebel zieht auf«, erwiderte Henricus mit belegter Stimme. »Wenn er dichter wird, können wir nicht mehr feststellen, in welche Richtung wir fahren. Dann sind wir verloren.«

Emilia schlug die Hände vors Gesicht. Ihre Schultern bebten. »Ich dachte, im Verlies meines Vaters eingesperrt zu sein, wäre das Furchtbarste gewesen, was mir je widerfahren ist. Ich dachte, schlimmer könnte es nicht kommen. Aber jetzt ...«

Henricus beugte sich vor und berührte ihre eiskalten Finger. »Ihr dürft nicht verzweifeln, Emilia. Wir werden nicht aufgeben, und wir werden es irgendwie an die Küste schaffen.«

Emilia nahm die Hände vom Gesicht. »Denkt Ihr das wirklich?«

»Ich habe schon viel Schrecklicheres durchgestanden, das dürft Ihr mir glauben.« Er zwang sich zu einem Lächeln und hoffte, dass es echt aussah. In Wahrheit hatte er erst einmal in seinem Leben eine solche Todesangst ausgestanden wie in diesem Augenblick. Wenn sie die Küste nicht fanden, würden sie einen qualvoll langsamen Tod auf dem Meer sterben, sie würden verdursten inmitten einer unendlichen Masse Wasser.

Henricus blickte zum Horizont, wo die Sonne nun ganz hinter den Nebelschwaden verschwunden war, und für einen winzigen Moment wünschte er sich, die Piraten hätten sie ebenfalls über Bord geworfen. Dann wären sie wenigstens schnell gestorben.

Vico streckte die Beine aus. Dieser Havelmann hatte es verstanden zu leben. Seine Kajüte auf der *Santa Eulalia* war mit allem ausgestattet, was müde Knochen zum Erholen brauchten: einem weichen Bett, einem Scherensessel, gepolstert mit Fellen, und vor allem mit einer Auswahl ausgezeichneter Weine.

In einer Truhe hatte Vico Listen gefunden über die Waren, die die *Santa Eulalia* transportierte, und über den Gewinn, den Havelmann gemacht hätte. Seine Seeleute verdienten lediglich einen Bruchteil von seinem Anteil, nicht mehr als ein gewöhnlicher Büttenträger. Nur der Kapitän bekam die stattliche Summe von dreihundert Mark.

Vico betrachtete die Frachtliste. Der Hering war zweihundertvierzig Mark wert, der Teer fünfzig. Das war schon eine ganze Menge. Aber das Tuch schlug so richtig zu Buche: tausend Ellen zu je zweieinhalb Mark! Summa summarum zweitausendsiebenhundertneunzig Mark.

Vico würde seine Männer besser entlohnen als dieser Kaufmann. Sie hatten todesmutig gekämpft, und das musste gewürdigt werden. Außerdem war er auf die unbedingte Treue seiner Leute angewiesen. Wer konnte schon wissen, mit wem sie es noch zu tun bekamen.

Außerdem konnte Vico es sich erlauben, großzügig zu sein, denn die *Santa Eulalia* war nur der Anfang. Er würde weitere Schiffe plündern, mehr Männer anheuern, seine Flotte mit schnellen Seglern erweitern. Die Ostsee würde sein Reich werden, er würde so mächtig sein, dass selbst Albrecht sich vor ihm würde verneigen müssen.

Er trat aufs Deck. Das Licht hatte sich verändert. Die Sonne schien nicht mehr hell und strahlend. Milchige Wolken nahmen die Sicht. Vico warf einen Blick auf Marcellus, der auf dem Vorderkastell der Kogge stand und misstrauisch aufs Meer blickte. Hoffentlich kam kein Sturm auf!

Vico trat an die Reling und blickte hinüber zur Schnigge, die das Meer mit halbem Segel durchschnitt, in Rufweite und parallel zur *Santa Eulalia*. Wenn es ohne Komplikationen so weiterging, wären sie morgen samt ihrer Beute in Stockholm. Vico fühlte sich so gut wie lange nicht mehr. Er war frei, reich, und die Zukunft lag golden vor ihm. Und wenn er erst einmal genug Geld verdient hatte und ein mächtiger Mann war, würde er auch das bekommen, was ihm bisher verwehrt geblieben war. Das Gesicht einer Frau tauchte vor seinem inneren Auge auf, und ein Lächeln zuckte in seinen Mundwinkeln. Ja, dann würde er alles bekommen, was er begehrte.

Vico schlug mit der Faust auf die Reling. »Männer!«, rief er, so laut, dass ihn alle auf der *Santa Eulalia* und der *Helios* hören konnten. »Ihr habt wie wahre freie Krieger des Meeres gekämpft!«

Die Männer grölten zustimmend.

»Ihr fürchtet nicht den Tod und nicht den Teufel!«

»So ist es!«, brüllten die Männer. »Wir sind unbezwingbar!«

»Dafür steht euch ein gerechter Lohn zu. Jeder von euch hat das Anrecht auf vierzehn Mark Silber.«

Die Männer brummten zustimmend. Der Lohn machte sie nicht reich, doch er war mehr als großzügig.

»Aber weil ihr die Besten seid und treu bis in den Tod, habe ich meinen Anteil halbiert, sodass ihr das Doppelte bekommt! Achtundzwanzig Mark Silber für jeden!«

Jetzt waren die Männer aus dem Häuschen. Es war nicht allein die Summe, die sie in Begeisterungsstürme verfallen ließ, sondern vor allem der Umstand, dass Vico auf die Hälfte seines Anteils verzichtete, damit sie gerecht entlohnt wurden.

»Sobald wir in Stockholm alles verkauft haben, verteile ich das Prisengeld. Und jetzt zurück an die Arbeit!«

Laut schwärmend von den besten Huren und dem süßesten Wein, wandten sich die Männer wieder ihren Aufgaben zu. Waffen mussten geschärft und geölt, Segeltuch geflickt, das Deck beider Schiffe von Blut gereinigt werden.

Vico stieg zum Achterkastell hoch und blickte in die Ferne. Der Wind hatte sich gelegt, der Horizont war in einer Suppe aus weißem Dunst verschwunden. Nebel! Da wäre ihm

Sturm fast lieber gewesen. Im Nebel waren sie orientierungslos den Strömungen ausgeliefert. Und ohne Wind konnten sie nicht manövrieren, die wenigen Ruder, die die Schnigge mit sich führte, reichten nicht, um die Kogge zu schleppen. Selbst mit dem Beiboot der Kogge brachten sie nicht genug Kraft auf. Und wohin hätten sie auch rudern sollen, wenn sie nichts mehr sahen?

Der Nebel wurde von Minute zu Minute dichter. Auch die Männer hatten längst gemerkt, was los war, wurden stiller und stiller. Und die Schiffe kamen kaum noch vom Fleck.

Schließlich zeigte das Knotenseil, dass sie keine Fahrt mehr machten. Die Segel schlugen schlaff an die Masten. Es waren nur wenige Momente vergangen seit Vicos Ansprache, wie ein Heuschreckenschwarm war der Wetterumschwung über sie gekommen.

Marcellus befahl die Schnigge längsseits. Er ließ sie mit zwei Tauen festmachen, mit Knoten, die man mit einem Ruck lösen konnte. Der Nebel war jetzt so dicht, dass man keine fünf Fuß weit sah. Und alle Geräusche schienen verstummt, selbst das Knarzen der Takelage war nicht mehr zu hören.

Marcellus wischte mit der Hand durch den Nebel. »Wie Milchsuppe. Wir sind nah am Festland. Küstennebel. Der kann sich Tage halten. Nur gut, dass wir ausreichend Vorräte haben. Und Männer.«

»Männer?«, fragte Vico.

Tiberius schnalzte mit der Zunge. »Wir sind nicht allein auf der Ostsee. Der Nebel ist so dicht, dass wir ein anderes Schiff erst sehen, wenn es zu spät ist.«

Er schien sich mit diesen Bedingungen auszukennen. »Alle Männer an die Waffen«, hieß sein Befehl. »Besetzt alle Positionen. Stellt Pech bereit. Zündet Fackeln an! Richtet die Schilde aus. Besetzt die Kastelle der *Santa Eulalia*!«

Eiliges Getrappel durchdrang den zähen Nebel, es klang, als würden die Männer in dicken Socken über die Planken laufen. Vico kam es vor, als habe er Pfropfen in den Ohren. Er schaute nach oben. Der Mast verlor sich im Nebel, das Krähennest war nicht zu sehen, der Ausguck würde wenig hilfreich sein. So schnell änderte sich alles. Eben noch waren sie die strahlenden Sieger, jetzt saßen sie ängstlich hinter ihren Schilden und Verschanzungen und versuchten zu ergründen, welche Gefahren der Nebel für sie bereithielt.

Vico schloss die Augen, konzentrierte seine gesamte Aufmerksamkeit auf seine Ohren. Außer dem Plätschern des Wassers am Rumpf konnte er nichts hören.

Sie waren sogar noch schneller durchgekommen, als sie erwartet hatten, und es war erst Nachmittag, als in der Ferne das Sumpfgelände auftauchte, das Burg Bohus umgab. Seit dem Überfall der Fellmenschen am Morgen hatte sich die Stimmung zwischen den Dänen und den Mecklenburgern erheblich gebessert. Sie ritten jetzt Seite an Seite wie Kameraden, rasteten gemeinsam, aßen vom selben Brett und teilten, was sie mit sich führten.

Nikolaus schätzte Haraldson sehr, der Mann hatte alles, was er sich bei einem guten Freund wünschte. Doch sie waren verfeindeten Herren verpflichtet, eine Freundschaft würde es nicht geben.

Warum erkannte Margrete Albrechts Erbfolgerecht nicht an? Täte sie es, würden auch die abtrünnigen Adligen Schwedens wieder zur Vernunft kommen und sich der gottgewollten Ordnung fügen. Aber so, wie die Dinge standen, schien ein Krieg unvermeidlich. Es sei denn, Albrecht machte Margrete ein so gutes Angebot, dass sie es nicht ablehnen konnte.

Nikolaus legte seine Hand auf die Tasche, in der er das

Schreiben verwahrte, und hoffte das Beste. Er bedauerte es, dass die Reise bald zu Ende gehen würde. Die endlosen Weiten des Landes gefielen ihm, sie beruhigten sein aufgewühltes Gemüt. Und sie boten die Grundlage für ein gutes, einfaches Leben. Wild gab es im Überfluss, bestes Wasser aus Seen und Flüssen, Holz zum Heizen und Bauen. Beim Anblick der unendlichen Wälder spürte Nikolaus etwas, das ihn zugleich beglückte und verunsicherte: Sehnsucht nach einer Bleibe, nach Frieden und einer Familie.

Die ganze Zeit über hatte er es verdrängt, aber während des langen Ritts nach Bohus hatte er immer wieder an Lia denken müssen. Unwillig schüttelte er den Kopf. Die Troubadoure hatten recht: Die Liebe war eine ungnädige Macht, sie tat nie, was man sich wünschte. Einerlei. Lia und er hatten keine gemeinsame Zukunft, selbst wenn er sie eines Tages wiederfinden sollte. Zudem hatte Albrecht angedeutet, dass er ihm bald eine Braut aussuchen würde, eine gute Partie von seinem Stand, so wie es sich gehörte.

»Stimmt etwas nicht?«, fragte Haraldson, der neben ihm hertrabte.

»Alles bestens.«

»Sorge wegen Eures Auftrags?«

»Nein.«

»Dann kann es nur ein Weib sein.«

Nikolaus senkte den Blick.

»Ihr habt Liebeskummer! Seid meines Mitgefühls versichert. Ist sie verheiratet? Oder ist sie des falschen Glaubens?« Haraldson hob einen Finger. »Nein, das passt nicht zu Euch! Ich wette, sie ist eine wunderschöne Magd, und Ihr dürft sie nicht ehelichen, selbst wenn Ihr es wolltet.«

Haraldson verfügte über gute Menschenkenntnis, das musste Nikolaus zugeben. »Ihr habt richtig gefolgert. Sie ist die Tochter eines Heilers, sie zieht mit ihm umher. Dieser Heiler scheint sein Handwerk zu verstehen, aber mancherorts gelten alle Fahrenden als unehrlich.«

»Ja, diese freien Frauen haben etwas ganz Besonderes, das kann ich gut verstehen. Ich war auch einmal in ein ganz besonderes Wesen vernarrt, fast hätte ich für die Frau meine Stellung aufgegeben. Sie war Sängerin und zog mit Spielleuten umher. Dass sie auch Männern zu Diensten war, habe ich gerade noch rechtzeitig erfahren. Hätten meine Freunde mich nicht zurückgehalten, ich hätte ihre Kunden erschlagen und sie entführt. Aber das ist lange her. Da war ich keine achtzehn Jahre alt und wusste nicht viel von der Liebe.« Er straffte die Schultern und deutete nach vorn. »Hinter diesem Moor liegt Bohus, mein Freund.« Ohne ein weiteres Wort preschte Haraldson an die Spitze des Zuges.

Der Trupp galoppierte an, der Weg führte zwischen Tümpeln und Feuchtwiesen einen sanften Hügel hinauf, der frei von Bäumen war. Haraldson ließ auf der Kuppe halten, Nikolaus ritt neben ihn und schaute auf die dahinterliegende Ebene.

Wasser, Wälder und Sumpf, so weit das Auge reichte, dazwischen die breiten Arme eines Flusses, die sich immer weiter verzweigten. Der Göta, dessen südlichen Arm sie am Vormittag überquert hatten. Genau dort, wo der Fluss sich teilte, lagen einige Felseninseln im Wasser. Auf der größten erhob sich die Burg, ein imposanter Bau mit unzähligen Türmen und Zinnen. Die Flagge mit den drei Löwen wehte im Wind. Unterhalb der Burg schmiegte sich eine kleine Siedlung an den Fels, der steil ins Wasser abfiel.

Ein Schauder lief Nikolaus den Rücken hinunter. Diese Burg war nicht nur uneinnehmbar, sie war auch ein sicheres Gefängnis für den, der sie nicht verlassen durfte.

Haraldson nickte Nikolaus zu und galoppierte los, seine Männer taten es ihm gleich. Nikolaus ließ die Zügel locker und folgte ihnen. Donum überholte ohne Mühe die schweren Pferde der Eskorte. Am Saum des Sumpfes hielt Nikolaus an.

»Ich wusste, dass Euer Pferd ein besonderes ist«, brummte Haraldson halb bewundernd, halb verärgert, als er ihn eingeholt hatte. »Dass es so schnell ist, hätte ich nicht gedacht. Nun weiß ich, dass ich Euren Hengst außerhalb Eurer Reichweite unterbringen muss, sonst seid Ihr plötzlich über alle Berge.«

»Verzeiht, mein Freund, aber Donum musste sich ein wenig die Beine vertreten.«

Haraldson verzichtete auf eine Entgegnung und schlug den Sumpfpfad ein. »Bleibt genau hinter mir«, warnte er Nikolaus. »Sonst werdet Ihr vom Moor verschluckt, und zwar schneller, als Euer Pferd rennen kann.«

Wenig später erreichten sie die Stelle, wo der Göta sich teilte. Eine hölzerne Brücke führte hinüber zur Burginsel. Die Wachen hatten Haraldson bereits erkannt, das Tor stand offen, ein Spalier von vierzig Soldaten begrüßte die Eskorte.

Am Ende des Spaliers erwartete sie ein in einen Fellmantel gehüllter Mann. Seine Haare waren lang und grau, seine Augen unergründlich, an seiner Seite trug er ein prächtiges Schwert. Die Andeutung eines Lächelns lag auf seinem Gesicht.

Haraldson winkte Nikolaus neben sich, sie stiegen ab, Haraldson verneigte sich, Nikolaus deutete eine Verbeugung an.

Der Grauhaarige ergriff das Wort. »Seid gegrüßt, Nikolaus von Brunn und Harald Haraldson.« Er wandte sich an Nikolaus. »Ich bin Birger Lotehus, Kanzler von Margrete, der Herrscherin über Dänemark, Norwegen und Schweden. Ich habe gehört, Ihr bringt Botschaft von Herzog Albrecht von Mecklenburg?«

Haraldson holte tief Luft. »Ihr habt richtig gehört, Kanzler, und ich bin mir sicher, dass Nikolaus von Brunn Euch das Schreiben übergeben wird, sobald wir eine kleine Erfrischung zu uns genommen und unsere Königin begrüßt haben.«

Lotehus hielt seinen Blick starr auf Nikolaus geheftet. Er schien nur eins zu sagen: »Gebt mir die Botschaft, oder ich hole sie mir.« Das Treffen begann nicht günstig. Der Kanzler schien erfüllt von unterdrückter Wut. Sein schmales Lächeln war nichts als Schauspielerei. Und Haraldson musste ein mächtiger Mann sein, wenn er den Kanzler offen an die Regeln der Höflichkeit erinnern durfte.

»Harald Haraldson hat wohl gesprochen, Birger Lotehus, Kanzler von Margrete, Königin von Dänemark und Norwegen«, erwiderte Nikolaus mit fester Stimme. »Die Männer sind erschöpft, einige sogar verletzt, wir mussten einen Überfall abwehren, den wir ohne Harald Haraldson nicht lebend überstanden hätten.«

In Lotehus' Augen loderte nun blanker Hass. Eine Weile taxierte er Nikolaus wortlos, dann drehte er sich um und eilte in Richtung Palas. Haraldson, Nikolaus und ihre Männer folgten ihm, ebenso ein Dutzend Wachleute. Der Kanzler verschwand durch das Portal, doch Nikolaus und seine Getreuen mussten erst ihre Waffen ablegen, bevor die Wachen sie durchließen.

Der Palas war ebenso prächtig wie jener auf der Vordingburg. Hier hing zwar Margretes Banner hinter dem Thron, doch die Königin war nirgendwo zu sehen. Im vorderen Teil des Saals wurde hastig eine Tafel aufgebaut und mit allerlei Köstlichkeiten gefüllt. Der Kanzler zeigte darauf und rief nach dem Medicus, der sich die Verletzungen der Männer anschauen sollte.

Nikolaus ließ sich nicht lange bitten, nahm sich ein gebratenes Hühnchen und ein Stück Brot. Ein Diener schenkte ihm Wein in einen silbernen Pokal. Nikolaus hob den Pokal und prostete den Gefährten zu, mit denen er diese Reise überstanden hatte. »Männer! Wir mögen unterschiedlichen Herren dienen. Dennoch haben wir im Kampf zueinandergestanden wie ein Mann. Ich danke Euch dafür. Möge Gott Euch auf allen Wegen schützen!«

Jegliches Geräusch im Palas verstummte. Der Kanzler kniff die Augen zusammen. Nikolaus hielt seinen Pokal weiter in die Höhe. Seine Männer folgten seinem Beispiel und riefen: »Ein Hoch auf unsere Gefährten! Gott schütze sie.«

Haraldsons Arm schoss in die Höhe, Wein schwappte aus seinem Pokal. »Und er schütze Euch und Eure Männer, denn sie standen treu und mutig an unserer Seite.«

Bis auf den Kanzler applaudierten alle. »Das reicht!«, donnerte seine Stimme. Sofort kehrte wieder Ruhe ein.

Nikolaus biss in das Hühnchen, es schmeckte ausgezeichnet. Nach den Gepflogenheiten bei Hofe musste sich der Kanzler gedulden, bis Nikolaus Hunger und Durst gestillt hatte. Einzig Margretes Auftauchen hätte daran etwas ändern können.

Nikolaus wollte es nicht übertreiben. Er hatte den Kanzler in seine Schranken gewiesen, er durfte ihn nicht demütigen. Rasch legte er das angebissene Hähnchen zurück, wusch sich die Hände in einer Bronzeschüssel und signalisierte, dass er nun bereit sei, die Botschaft zu übergeben. Alle Männer unterbrachen ihr Mahl und nahmen vor dem Kanzler Aufstellung. Haraldson auf Nikolaus' rechter Seite, eine Wache auf seiner linken.

Nikolaus nahm die Tasche von seiner Schulter, die bereits am Eingang auf Waffen untersucht worden war, öffnete den Verschluss und zog das zusammengefaltete Pergament heraus. Es war ungewöhnlich dick, vermutlich bestand es aus mehreren Seiten. »Edler Herr Birger Lotehus, Kanzler der Königin Margrete, nehmt dieses Schreiben von meinem Herrn, dem König von Schweden, Albrecht III. von Mecklenburg entgegen und bedenkt, dass ich nur der Bote bin.«

Dies war der übliche Wortlaut. Allerdings war Nikolaus gespannt, wie der Kanzler darauf regieren würde, dass er Albrecht als König von Schweden bezeichnet hatte. Mit gesenktem Kopf hielt er Lotehus das Pergament auf beiden Handflächen hin.

Der Kanzler machte keine Anstalten, das Dokument zu ergreifen. »Hört alle! Wenn ich dieses Pergament entgegennehme, dann nicht vom König von Schweden, sondern von Herzog Albrecht von Mecklenburg.«

Das war eine elegante Replik. Nikolaus hatte nichts dazu zu sagen. Der Kanzler konnte Albrecht nennen, wie er wollte, Nikolaus' Aufgabe war es, das Friedensangebot zu überbringen. Er hielt dem Kanzler weiterhin das Schriftstück hin. Würde der Kanzler das Dokument auf seinen Händen ruhen lassen, käme das einer Kriegserklärung gleich. Doch Lotehus griff zu.

Nikolaus atmete erleichtert aus, hob den Kopf.

Der Kanzler begutachtete das Siegel und erbrach es. Als er das Schreiben entfaltete, plumpste ein Gegenstand heraus und klackte auf den Holzboden. Niemand zuckte mit der Wimper, doch Nikolaus erschrak, als er den Gegenstand erkannte. Es war ein Wetzstein. Was zum Teufel hatte das zu bedeuten?

Der Kanzler beugte sich über das Pergament und las. Mit

jeder Zeile versteinerte seine Miene mehr. Als er geendet hatte, war sein Kopf knallrot.

Nikolaus schluckte. Albrecht hatte ihn kein Friedensangebot übergeben lassen. Es musste Ungeheuerliches darin stehen, wenn der Kanzler so reagierte.

»Wisst Ihr, was in diesem *Friedensangebot*«, er spuckte das Wort regelrecht aus, »steht?«

»Nein, Kanzler. Wie gesagt, ich bin nur der Bote.«

Der Kanzler knirschte mit den Zähnen, er schien nicht zu wissen, was er jetzt tun sollte.

Nikolaus fasste sich ein Herz. »Was steht denn drin?«

»Was da drinsteht«, brüllte der Kanzler und zeigte auf den Wetzstein. »Darin steht, Margrete, die Königin Ohnehose, solle mit diesem Wetzstein ihre Nadeln und Scheren schleifen, damit sie das tun könne, wozu Gott sie geschaffen habe: sich Kleider nähen. Und dass sie sich ergeben und Schonen und Gotland an ihn zurückgeben solle, denn er werde mit einem Heer von zehntausend Mann kommen und sie besiegen und dem erstbesten Mecklenburger zur Frau geben, damit sie lerne, dass die göttliche Ordnung nicht verletzt werden dürfe.«

Nikolaus schluckte. Dieser Dummkopf Albrecht! Er hatte vielleicht zweitausend Mann, und er hatte eine stattliche Anzahl neuester Pfeilbüchsen. Aber das war es auch schon. Es würde ein mühsamer Kampf gegen Margretes Heer werden, dessen Ausgang mehr als ungewiss war. Noch dazu im tiefsten Winter, auf feindlichem Gebiet.

Nikolaus verneigte sich. »Verzeiht, Kanzler, ich wusste nicht …«

Lotehus ließ das Pergament fallen, riss sein Schwert aus der Scheide und holte aus. Es geschah zu schnell, als dass Nikolaus hätte reagieren können.

Vico konnte nicht sagen, wie viel Zeit vergangen war, als das eintönige Klatschen des Wassers an den Rumpf plötzlich seinen Rhythmus veränderte. Es wurde langsamer, dann hörte es ganz auf. So als läge ein Hindernis zwischen der Kogge und dem Wasser, das die Wellen abfing. Liefen sie auf Grund?

Vico wollte eine Warnung rufen, doch noch bevor er den Mund öffnete, fiel ein Schatten auf ihn. Keine Steilküste jedoch und auch kein Riff – sondern eine andere Kogge.

Ein Ruck ging durch die *Santa Eulalia*, sogleich hob lautes Geschrei an. Befehle wurden gebrüllt. »Nicht schießen«, gellte es durch den Nebel, dann war es schlagartig still.

Vico versuchte, etwas zu erkennen, aber er konnte nur Schemen sehen, die allerdings zweifellos menschliche Formen hatten.

Tiberius sprang zu Vico aufs Vorderkastell. »Wir wissen nicht, was für ein Schiff es ist. Wir wissen nicht, was uns erwartet. Sollen wir angreifen? Das Überraschungsmoment wäre auf unserer Seite.«

Vico starrte unschlüssig in den Nebel. Die *Santa Eulalia* und die fremde Kogge trieben nebeneinander, drifteten immer wieder ein kleines Stück auseinander, dann schoben sie sich wieder zusammen.

Der Kapitän des anderen Schiffs hatte dasselbe Problem wie er. Er wusste nicht, mit wem er es zu tun hatte. Vico stellte sich dicht an die Reling und rief: »Ich bin Vico von Brunn, Eigner dieses Schiffes. Wir sind friedliche Handelsfahrer auf dem Weg nach Stockholm. Wer seid Ihr?«

Eine tiefe Stimme antwortete. »Ich bin Carolus von Brendow, Hauptmann im Dienst meines Herrn Albrecht III. von Mecklenburg, König von Schweden.«

Vico atmete auf. Er brauchte nur seinen Kaperbrief zu zeigen, dann konnte er unbehelligt weiterfahren. Andererseits hatte er das Schiff, auf dem er stand, gerade einem Mecklenburger Handelsmann abgenommen. Dazu befugte ihn der Kaperbrief eindeutig nicht. Ihm brach der Schweiß aus. Er würde den Brief nur ins Spiel bringen, wenn es nicht mehr anders ging.

Von Brendow sprach indessen weiter. »Wie heißt Euer Schiff, Graf von Brunn?«

Was sollte Vico sagen? Er konnte nicht den echten Namen nennen, denn es war möglich, dass jemand den wahren Eigner der *Santa Eulalia* kannte.

»Mein stolzes Schiff heißt *Seehengst*. Ich bin unterwegs nach Stockholm, liefere wichtige Güter an unsere Verbündeten.«

Vico sah einen Schatten, der sich zu von Brendow beugte, ihm etwas ins Ohr flüsterte und dann auf Vico zeigte. Von Brendow machte eine Geste, der Mann verschwand nach hinten im Nebel.

Das war nicht gut. Vico gab unauffällig ein Zeichen, dass sich die Männer kampfbereit machen sollten. Sie hatten den Vorteil, dass die Schnigge von der fremden Kogge aus nicht zu sehen war. Also dürfte Brendow die wahre Bemannung der *Santa Eulalia* unterschätzen.

Eine Brise wehte ein paar Nebelfetzen fort, sodass Vico mit einem Mal einen besseren Blick auf seinen Widersacher hatte. Der kräftige, hochgewachsene Mann mit den harten Gesichtszügen legte seine Hand an den Schwertknauf.

»Das ist seltsam, werter Graf von Brunn. Denn mein Freund sagte mir gerade, er kenne dieses Schiff und es fahre unter dem Namen *Santa Eulalia*. Der Eigner sei ein guter Freund von ihm und heiße Josephus Havelmann. Was sagt Ihr dazu?«

Vico leckte sich nervös über die Lippen. »Da liegt wohl ein Irrtum vor. Sehen nicht alle Schiffe gleich aus?«

Von Brendow zeigte auf den Bug der *Santa Eulalia*, der durch die Brise ebenfalls aus dem Nebel aufgetaucht war. »Weit gefehlt, von Brunn. Dieses Schiff hat ein unverwechselbares Kennzeichen. Am Bug wurden vor Kurzem Planken ausgewechselt. Sie sind viel heller als die alten. Es sind genau sieben an der Zahl.« Brendows Gesicht verfinsterte sich. »Ihr seid ein Pirat, eine Ratte des Meeres, ekliges Geschmeiß, das zertreten gehört! Ich werde Euch in Stücke hacken.« Er zögerte nicht, riss seinen Schild hoch und brüllte: »Angriff!«

Unsichtbar aus dem Nebel heraus schlugen Planken mit Widerhaken auf das Deck der *Santa Eulalia*. Vico nahm eine Armbrust auf und streckte den ersten Mann nieder, der über eine Planke gelaufen kam.

Einen Moment blieb es ruhig, dann stürmten zwölf Mann auf einen Schlag über die Planken. Über sich und vor sich hielten sie Schilde. Das waren bestens ausgebildete Krieger, aber Vico hatte noch einiges auf Lager.

Er gab Zeichen, und aus den Wanten regnete es Bolzen. Zwei Angreifer stürzten ins Meer, wurden aber rasch ersetzt.

Da ließ Vico alle Mann der Schnigge auf das Deck der *Santa Eulalia* stürmen. Sie droschen auf die Phalanx ein, drängten sie zurück. Doch von Brendow war kein Anfänger. Pfeile und Bolzen streckten mehrere von Vicos Männern nieder.

»Pech!«, brüllte Tiberius.

Auf dem Vorderkastell flammten Fackeln auf, entzündeten die mit Leinen umwickelten Tonkrüge. Schon flogen die Fackeln auf das andere Schiff, schlugen auf und entfachten sofort ein Feuer, das alles zerstörte, was ihm in die Nähe kam.

Zwei Feinde gingen in Flammen auf und stürzten sich von Bord.

Brendow antwortete auf dieselbe Art. Brandpfeile schlugen in einige Pechkrüge auf dem Vorderkastell der *Santa Eulalia* ein, sodass es sich augenblicklich in ein Inferno verwandelte. Die eigene Waffe hatte sich gegen Vico gekehrt. Jetzt half nur noch ein todesverachtender Sturmangriff.

Vico zog sein Schwert, sprang mitten unter seine Leute und feuerte sie an. »Frei leben! Frei sterben! Alles oder nichts!«

Seine Männer brüllten »Tod! Tod! Tod!« und warfen sich der Phalanx entgegen, die nach kurzem Ringen brach. Vico landete mit einem Satz auf dem Deck der Feinde, hinter ihm drängten seine Männer nach. Endlich kam auch Tiberius und schwang seinen Kriegshammer. Der Kampf verlagerte sich immer weiter zum Heck der gegnerischen Kogge, denn der Bug stand bereits lichterloh in Flammen. Dieses Schiff würde nirgendwo mehr hinsegeln. Es war verloren.

Vico erschlug drei Gegner, doch die Reihen seiner Männer lichteten sich schnell. Von Brendow befehligte Soldaten, die ihr Handwerk verstanden, schon rangen die Männer in Knäueln um Leben und Tod, das Deck war glitschig vom Blut, und bald waren nicht mehr als zehn Mann auf beiden Seiten übrig. Darunter auch von Brendow, der mindestens ein halbes Dutzend Männer getötet hatte. Was für ein Krieger! Vico hätte ihn am liebsten in seine Reihen aufgenommen. Aber so wie die Dinge standen, musste er ihn töten, wenn er selbst überleben wollte.

Vico drang auf Brendow ein, der offenbar keine Kraft mehr hatte und ins Unterdeck zurückwich. Vico drängte ihn zur Kapitänskajüte, die Tür stand offen, von Brendow stolperte über einen Leichnam, verlor das Gleichgewicht, Vico stieß ihm das Schwert in die Brust, sein Widersacher fiel rücklings auf die Tischplatte, wo er sein Leben aushauchte.

Atemlos blickte Vico sich um. Vielleicht konnte er etwas Nützliches erbeuten. Neben dem Leichnam entdeckte er eine Dokumententasche mit dem Wappen Herzog Albrechts und eine Schatulle mit Goldmünzen. Er klappte den Deckel zu und klemmte sich die Schatulle unter den Arm, die Tasche hängte er sich über die Schulter.

Als Vico sich abwandte, fiel ihm die Stille auf. An Deck war es ruhig geworden. Wer hatte gesiegt? Wer überlebt?

»Vico, zum Teufel, wo steckst du?«, hörte er Tiberius brüllen. »Wir müssen weg. Hier fliegt gleich alles in die Luft!«

Vico rannte los. Er schaffte es fast nicht, die steile Treppe zu erklimmen. Erst jetzt merkte er, dass auch er am Ende seiner Kräfte war. Gluthitze empfing ihn, als er das Deck erreichte. Beide Schiffe brannten. Verdammt! Das Pech. Die *Santa Eulalia* hatte den Bauch voll davon. Wenn es heiß wurde, konnte es explodieren wie eine Mühle, in der sich der Mehlstaub entzündet hatte.

Tiberius tauchte aus dem Qualm auf und zog ihn auf die *Santa Eulalia*, wo fünf seiner Männer auf dem Achterkastell standen, das noch nicht brannte. Unterhalb des Kastells dümpelte die Schnigge, zwei Ruder waren ins Wasser getaucht. Der Koch und der Küchenjunge hielten die Riemen.

Marcellus versuchte, eine Kletterleine stramm zu halten. »Los schon, ihr Schwachköpfe, beeilt euch!«

Vico warf die Schatulle hinunter, die zerbrach und ihren Inhalt auf der Schnigge verteilte. Dann packte er das Seil, ließ sich hinuntergleiten, seine Handflächen wurden heiß, aber er hatte es geschafft. Tiberius wartete nicht, sondern sprang. Wo nahm der Kerl die Kraft her? Er hatte gekämpft wie ein Löwe und schien frisch wie am frühen Morgen.

Im nächsten Moment gab die *Santa Eulalia* ein ächzendes Geräusch von sich, dann breitete sich der Gestank von Schwefel aus. Die Fässer waren geplatzt. Jetzt zählte jeder Wimpernschlag. Die fünf überlebenden Männer verschmähten ebenfalls das Seil und sprangen, blieben vollkommen erschöpft auf dem Deck der Schnigge liegen. Tiberius und Marcellus schnappten sich zwei weitere Riemen, tauchten die Blätter ins Wasser, zogen und stöhnten vor Anstrengung. Die Schnigge bewegte sich langsam vorwärts, immer mehr Wasser geriet zwischen die Koggen und das kleinere Boot.

Durch den dichten Nebel wirkten die beiden brennenden Schiffe wie ein Wesen aus der Unterwelt mit zwei glühenden Leibern. Ächzend sank auf der *Santa Eulalia* der Mast um. Funken stoben. Plötzlich stach ein Lichtblitz durch den Nebel, die Schnigge wurde hochgehoben und fiel wie ein Stein zurück aufs Wasser.

Danach wurde es dunkel.

Nikolaus machte sich bereit für einen schnellen Tod, doch die Klinge traf seinen Hals nicht. Ein anderes Schwert schlug dem Kanzler die Waffe aus der Hand. Haraldson! Damit riskierte er seine Stellung und vielleicht sogar seinen Kopf.

Sofort ging Geschrei los im Thronsaal, die Wachen umstellten Haraldson und seine Männer, die ihrerseits Schwerter zogen, um ihren Hauptmann zu verteidigen.

Nikolaus hob die Hände, die noch immer ein wenig zitterten. Er hatte schon viele Schlachten geschlagen, doch so nah war er dem Tod noch nie gewesen. Er fragte sich, wie er die Männer beruhigen konnte. Was für ein Wahnsinn! Der Kanzler war ebenso ein Heißsporn wie Albrecht. Einen Boten zu töten verstieß auch gegen dänisches und norwegisches Gesetz.

»Schluss jetzt!«

Eine Frauenstimme übertönte das Chaos. Es war nicht schwer zu erraten, dass es Margrete sein musste, die höchstselbst für Ordnung sorgte.

Die Männer hielten auf der Stelle inne, die Wachen wichen zurück, alle steckten ihre Schwerter in die Scheiden und sanken auf die Knie. Auch Haraldson und der Kanzler. Nur Nikolaus und seine Männer blieben stehen, neigten aber die Köpfe, um ihren Respekt zu zeigen. Sie mussten nur vor ihrem König knien.

»Erhebt Euch!«, befahl Margrete. Sie klang fast belustigt, so als hätte sie balgende Kinder zurechtgewiesen.

Nikolaus hob den Kopf. Die Frau, die am anderen Ende des Saals stand, war einen Kopf kleiner als er, zierlich und von großer Schönheit. Obwohl sie bereits fünfunddreißig Jahre zählte, hatte sie nichts von ihrer jugendlichen Ausstrahlung verloren. Das weiße Kleid und die goldene Krone verliehen ihr eine Reinheit und einen Glanz, als käme sie nicht von dieser Welt, als wäre sie geradewegs vom Himmel auf die Erde herabgeschwebt.

Nikolaus wusste, dass nicht alle das so sahen. Manche behaupteten, sie käme geradewegs aus der Hölle und habe die Männer mit Zauberkraft verhext. Er selbst sah das nüchterner. Margrete war weder ein Engel noch eine Hexe. Aber sie besaß zweifelsfrei die Würde einer Königin.

Sie schritt an ihrem Kanzler vorbei und hob den Wetzstein auf. »Mein lieber Birger, wer weiß, wofür wir diesen Stein noch brauchen können. Albrecht hat wohl vergessen, dass man damit auch einen Dolch schärfen kann.« Sie reichte dem Kanzler den Wetzstein, der ihn mit einer tiefen Verbeugung entgegennahm. »Verwahrt ihn gut.«

»Meine Königin«, murmelte der Kanzler.

Sie wandte sich an Nikolaus. »Verzeiht meinem treuen Freund, dass er ein wenig hitzig wurde. Ich bin ihm zutiefst dankbar dafür, dass er meine Ehre verteidigen wollte. Und wie Ihr seht, gibt es an meinem Hof Männer, die einen eigenen Kopf haben und richtige Entscheidungen zu treffen wissen, auch wenn sie dabei mit dem Feuer spielen.«

Nikolaus hörte, wie Haraldson sich räusperte.

Margrete musterte Nikolaus von oben bis unten, hielt ihm ihre Hand hin. Er nahm sie vorsichtig und hauchte einen Kuss auf ihren Siegelring. Er ahnte, wie es Margrete gelungen war, Königin zweier Reiche zu werden und jetzt den dritten Thron anzustreben. Sie konnte Menschen für sich einnehmen. Sie war geduldig und dennoch klar in ihren Entscheidungen. Und gleichzeitig unnachgiebig.

»Ich danke Euch, Königin Margrete.«

Margrete sah ihm tief in die Augen. »Richtet Albrecht Folgendes aus und merkt es Euch gut, denn ich werde keine Tinte verschwenden, um es aufzuschreiben: Zehntausend Mann werden nicht genug sein, um mich zu besiegen, denn Gott, das Volk und das Recht stehen auf meiner Seite.«

Nikolaus wiederholte den Satz. Margrete nickte. »Ihr seid ein aufrechter Ritter, nehme ich an, Eurem Herrn treu bis in den Tod?«

Nikolaus blickte ihr in die blauen Augen. Er war sich sicher, dass sie unerbittlich sein konnte und tun würde, was immer sie tun musste, um Königin von Schweden zu werden. »So ist es, Hoheit.«

»Obwohl ich Euch damit zum Gegner habe, vielleicht auch zum Feind, bin ich froh, dass Ihr aufrichtig seid. Von nun an herrscht Krieg zwischen Mecklenburg und den drei Reichen meiner Krone.«

Margretes Männer brachen in Hochrufe aus. Nur Haraldson schien nicht so begeistert, er jubelte deutlich leiser als alle anderen.

Nikolaus wurde das Herz schwer. Noch vor wenigen Wochen hätte er voller Grimm den Kampf gegen Margrete aufgenommen. Doch jetzt nagten Zweifel an ihm. Nicht, weil sie ihn mit ihrer Erscheinung beeindruckt hatte, sondern weil er Harald Haraldson auf dem Schlachtfeld begegnen konnte, und dann musste er ihn töten. Und weil er Lia kennengelernt hatte und plötzlich von einem anderen Leben träumte.

Margrete hob eine Hand, sofort verstummten die Männer. »Heute werden wir ein Fest feiern, morgen wird mein treuer Diener Harald Haraldson unseren Gast Nikolaus von Brunn nach Stockholm geleiten, damit er seinem Herrn meine Antwort überbringen kann. Und jeder, der ihn bis dahin nicht mit allen Ehren der Gastfreundschaft behandelt, wird meinen Zorn zu spüren bekommen.«

Die letzten Worte hatte Margrete leise gesprochen, aber so nachdrücklich, dass Nikolaus seine rechte Hand verwettet hätte, dass niemand ihrer Gefolgsleute ihn auch nur schräg ansehen würde. Selbst der Kanzler würde es nicht wagen, sich ihm gegenüber schlecht zu benehmen.

Nikolaus verneigte sich tief. Albrecht sollte sich vor dieser Frau hüten.

Als Emilia erwachte, fiel ihr als Erstes auf, dass das Schaukeln aufgehört hatte. Erschrocken setzte sie sich auf – und schlug sich den Kopf an etwas Hartem. »Au!«, rief sie erschrocken. Während sie die verletzte Stelle rieb, schaute sie sich um.

Das Boot saß auf einer Sandbank fest, rechts und links erhoben sich vom Meer glatt gescheuerte Felsblöcke, unmittelbar über ihr neigte ein krüppeliger Baum seine Krone über das Wasser. Nun wusste Emilia, woran sie sich gestoßen hatte.

Vorsichtig richtete sie sich auf und kletterte von Bord. Ihre Glieder waren kalt und steif. Ihr Magen knurrte, ihre Zunge lag schwer und trocken in ihrem Mund. Sie reckte sich, hielt jedoch plötzlich mitten in der Bewegung inne.

Erst jetzt fiel ihr auf, dass Henricus nicht im Boot war. Ein heißkalter Schreck durchfuhr sie. Hastig schoss ihr Blick hin und her. Nichts. Gütiger Himmel! War er etwa in der Nacht über Bord gegangen?

»Henricus!« Ihre Stimme klang schwach und piepsig. Sie räusperte sich. »Henricus!«

Aus einem Strauch ein paar Schritte von ihr entfernt flatterte ein großer schwarzer Vogel auf. Emilia erschrak und schlug dreimal das Kreuz. Sonst rührte sich nichts.

Beunruhigt fuhr Emilia sich über die durchgefrorenen Oberarme. Etwas stimmte nicht. Henricus würde sie nicht einfach so allein hier zurücklassen. War er wirklich ins Wasser gefallen und ertrunken, ohne dass sie es gemerkt hatte? Oder war er vor ihr aufgewacht, aus dem Boot gestiegen und von einem wilden Tier angefallen worden?

Noch einmal schaute Emilia sich gründlich um. Als ihr Blick auf den sandigen Boden unter ihr fiel, entdeckte sie Fußspuren, die sich in Richtung eines Gestrüpps entfernten, das zwischen ein paar Felsbrocken lag. Erleichtert stieß Emilia Luft aus.

In dem Moment knackte es in dem Gebüsch, und Henricus trat hervor. »Emilia! Ihr seid wach!« Er kam rasch näher.

»Wir haben es geschafft!«, sagte Emilia, als er vor ihr stand. »Wir sind an Land!«

»Habt Ihr etwa daran gezweifelt?« Henricus grinste verschmitzt, doch Emilia wusste, dass auch er unendlich erleichtert war. Sie hatte die Angst in seinen Augen gesehen, als der Nebel aufgezogen war.

»Natürlich nicht«, antwortete sie und grinste ebenfalls. »Und jetzt könnte ich ein deftiges Frühstück vertragen. Ihr habt nicht zufällig eine Herberge gesehen?«

»Leider nicht.« Henricus schnitt eine Grimasse. »Aber ein Stück weiter landeinwärts ist ein kleiner Bach, wo wir zumindest unseren Durst stillen können.«

»Das ist gut.« Allein der Gedanke an frisches, klares Wasser bewirkte, dass sich Emilias Zunge noch trockener anfühlte. »Lasst uns aufbrechen. Wisst Ihr, wie weit wir von Stockholm entfernt sind?«

»Leider nein. Aber zwanzig Meilen sind es bestimmt. Vorausgesetzt, wir müssen keine allzu großen Umwege machen, weil Flüsse oder Meeresbuchten uns den Weg abschneiden. Oder einer der tausend Seen.«

»Zwanzig Meilen!«, rief Emilia entsetzt. »Dann brauchen wir ja mindestens fünf Tage. Wie sollen wir das schaffen ohne Vorräte und ein Dach über dem Kopf für die Nacht?«

»Das lasst nur meine Sorge sein«, erwiderte Henricus und holte seine Tasche aus dem Boot. »Sobald wir auf eine Ortschaft oder einen Hof stoßen, treffen wir auch auf Menschen, die unsere Hilfe brauchen. Menschen, die bereit sind, für diese Hilfe zu bezahlen.«

Zweifelnd ließ Emilia den Blick schweifen. Die Gegend sah nicht so aus, als würden hier viele Menschen leben. Es gab nichts als Felsen, Moos und nackte Bäume, so weit das Auge reichte. Aber vielleicht sah das ein Stück landeinwärts ganz anders aus. Sie packte ihr Bündel. »Worauf warten wir noch? Zeigt mir diese Quelle, Henricus.«

Schweigend kletterten sie über Gestein und Treibholz, zwängten sich durch Gesträuch und Felsspalten. Irgendwann hörte Emilia Wasser rauschen. Kurz darauf erschien ein kleiner Bach in ihrem Blickfeld. Sie rannte los, fiel auf die Knie und tauchte die Hände ins Wasser. Es war eiskalt.

Gierig trank sie. Als ihr Durst gestillt war, richtete sie sich auf. Ein Stück hinter dem Bach begann ein Wald, tief und dunkel. Kein Weg führte hinein.

»Und nun?«, fragte sie.

»Wir müssen in der Nähe der Küste bleiben. Solange das Meer zu unserer Rechten liegt, laufen wir in die richtige Richtung.«

Sie gingen los, aber es gab keinen Weg. Sie mussten sich durchs Unterholz schlagen. Immer wieder stießen sie auf unpassierbare Stellen, mussten einen großen Bogen um allzu dichtes Gehölz oder dorniges Gestrüpp machen. Schon bald war Emilia am Ende ihrer Kräfte, und auch Henricus' Schritte wurden langsamer. Sie wunderte sich, wo der alte Mann die Kraft hernahm, immer noch einen weiteren Schritt zu tun, obwohl es eigentlich nicht mehr ging.

Gerade als Emilia glaubte, keine Elle mehr gehen zu können, wurde der Wald lichter. Voller Hoffnung beschleunigte sie ihre Schritte. Und tatsächlich tauchte nach einer Weile eine Ansammlung von Gebäuden vor ihnen auf, die inmitten abgeernteter Felder lagen.

Vor Erleichterung stiegen Emilia die Tränen in die Augen. Am liebsten wäre sie sofort losgerannt, aber Henricus hielt sie zurück.

»Langsam«, sagte er. »Lasst uns erst schauen, mit wem wir es zu tun haben.«

Vorsichtig schlichen sie näher. Aus einem der Gebäude stieg Rauch auf, es war wohl das Wohnhaus. Die anderen schienen ein Stall und eine Scheune zu sein. Irgendwo bellte ein Hund, Hühner liefen über den Hof.

»Also gut«, sagte Henricus. »Das sieht nach einem gewöhnlichen Bauernhof aus. Ich glaube, wir können es wagen.«

Sie traten auf den Hof.

Emilia roch frisch gebackenes Brot, und ihr wurde übel vor Hunger. Mit letzter Kraft schleppte sie sich zur Haustür.

Henricus klopfte. »Hallo, ist jemand zu Hause?«, rief er auf Nordisch.

Drinnen ertönte ein Poltern, dann wurde die Tür aufgerissen. Ein stämmiger Kerl mit hochgekrempelten Ärmeln baute sich vor ihnen auf.

»Was wollt ihr?«, schnauzte er. »Wenn ihr zum Betteln gekommen seid, könnt ihr gleich wieder verschwinden. Bei uns gibt es nichts!«

»Mein Herr.« Henricus verneigte sich. »Mein Name ist Henricus van der Wee. Ich bin ein berühmter Heiler aus dem fernen Konstantinopel und auf dem Weg nach Stockholm. Ich wollte fragen, ob irgendwen hier auf dem Hof ein Wehwehchen plagt, das ich lindern kann.«

»Ein Heiler? Du?« Der Kerl musterte Henricus abschätzig von oben bis unten. »Dass ich nicht lache.«

»Ein entzündeter Zahn vielleicht? Oder ein verletztes Bein?«, fragte Henricus unverzagt weiter. »Ich verstehe mich auch darauf, den Star zu stechen.«

»Hier ist niemand krank«, sagte der Mann. Sein Blick fiel auf Emilia, und in seinen Augen flackerte etwas auf. »Aber für die Kleine hätten wir Verwendung.«

Emilia zog erschrocken Luft ein.

»Meine Tochter versteht sich ebenfalls auf die Kunst des Heilens«, verkündete Henricus rasch. »Sie geht mir zur Hand.«

In dem Augenblick ertönte im Haus die Stimme einer

Frau, einen Wimpernschlag später fing ein Säugling an zu schreien. Wieder rief die Frau etwas. Emilia verstand nicht, was die Frau sagte, sie sprach einen Dialekt des Nordischen, der ihr fremd war.

Der Mann rief eine Antwort über die Schulter. Dann beugte er sich vor. »Verschwindet von meinem Hof, und zwar unverzüglich. Sonst hetze ich die Hunde auf euch!«

Emilia warf Henricus einen Blick zu. Der verneigte sich. »Nichts für ungut, mein Herr.« Er griff nach Emilias Hand und zog sie fort.

Kaum waren sie wieder am Waldrand, konnte Emilia die Tränen nicht länger zurückhalten. Ihr war schwindelig vor Hunger. Ihr Magen wand sich wie eine Schlange in ihrem Bauch. Und der Duft von frisch gebackenem Brot schien noch immer in der Luft zu hängen.

»Grämt Euch nicht, Mädchen«, sagte Henricus mit sanfter Stimme. »Wo ein Hof ist, ist der nächste nicht weit. Vermutlich gibt es sogar ein Dorf in der Nähe. Irgendwer wird unsere Hilfe brauchen. Oder ein gutes Herz haben und uns etwas zu essen geben.«

»Und wenn nicht?«, flüsterte Emilia.

»Dann laufen wir weiter.«

»Ich halte nicht mehr lange durch.«

Henricus strich ihr sanft über die Wange. »Ihr seid stärker, als Ihr glaubt, Emilia von Hobe. Glaubt mir, Ihr werdet noch Taten vollbringen, wie Ihr sie Euch heute nicht in Euren kühnsten Träumen ausmalen könnt. Ich glaube, es war Schicksal, dass wir uns begegnet sind.« Er machte einige Schritte auf den Wald zu. »Und jetzt kommt. Bald dämmert es, wir sollten versuchen, das nächste Dorf zu erreichen, bevor die Nacht anbricht.«

Die Stimme kam Vico irgendwie vertraut vor. Er tastete mit den Händen umher, denn er konnte nichts sehen. Was seine Finger spürten, war rau wie Holz, dann weich wie Wolle. Er versuchte, sich aufzurichten, aber eine unwiderstehliche Kraft drückte ihn nieder. War er tot? Lag er im Grab und Gott hinderte ihn daran, vor ihn zu treten? Erneut hörte er die Stimme. Da erkannte er sie. Es war Tiberius. Sein Freund war mit ihm gestorben.

»Faulpelz, wach auf!«

Das waren nicht die Worte, die Vico erwartet hatte, wenn er vor seinen Schöpfer trat. Dann fiel es ihm ein. Das Jüngste Gericht war noch lange nicht angebrochen. Er war in der Vorhölle.

Etwas Feuchtes klatschte in Vicos Gesicht. Er versuchte, es wegzuwischen, aber es ließ sich nicht vertreiben, kam immer wieder. Vico öffnete die schweren Lider. Sonnenlicht blendete ihn. Über ihm prangte Tiberius' massiger Kopf, dessen Lippen sich bewegten.

»Na endlich! Wir dachten schon, du würdest nie wieder wach. Endlich ein guter Kampf, und du fällst um wie ein Baum.«

Vico spürte seine Hände und Arme, dann seine Beine und Füße. Auch sein Bauch war noch da. Er lebte.

»Wie lange war ich weg?«, quetschte er hervor.

»Fast eineinhalb Tage. Wir haben schon um das Schiff gewürfelt.« Tiberius lachte und tupfte ihm den Kopf mit einem kühlen, feuchten Lappen ab. Dann legte er ihn beiseite und setzte Vico einen Becher an die Lippen. »Du musst trinken. Es ist Quellwasser, rein wie die Jungfrau Maria. Und besser als jeder Wein, den ich kenne«

Vico öffnete den Mund, Tiberius ließ vorsichtig etwas hineinlaufen. Vico schluckte und glaubte, nie etwas Köstlicheres getrunken zu haben. Er nahm den Becher in die Hand und leerte ihn.

»So ist es gut. Bald bist du wieder auf dem Damm.«

»Was ...« Das Sprechen fiel Vico schwer.

Tiberius setzte sich neben ihn. »Die *Santa Eulalia* ist zerplatzt wie ein Apfel unter einem Schmiedehammer, und die fremde Kogge ist völlig ausgebrannt. Beide Schiffe sind abgesoffen wie Steine. Du hast ein Stück Holz an den Kopf bekommen. Bis auf den Koch, den Schiffsjungen, fünf Männer und Marcellus sind alle tot. Die Schnigge ist immerhin unbeschädigt.« Er räusperte sich. »Wir haben dem Koch und dem Schiffsjungen unser Leben zu verdanken. Sie haben die Gefahr erkannt und Marcellus mit der Schnigge an die richtige Stelle gerudert, damit wir uns retten konnten.«

Vico richtete sich auf, obwohl ihm jeder Knochen im Leib wehtat. »Ich werde sie reichlich belohnen.« Ihm fiel etwas ein, die Schatulle mit den Goldmünzen. »Habt ihr die Münzen aufgesammelt?«

»Dreihundert Mark in Gold und Silber. Damit können wir eine neue Mannschaft anheuern.« Tiberius sah Vico ernst an. »Gott hat seine Hand über uns gehalten, weißt du? Er hat den Männern so viel Mut und Kraft verliehen, dass wir bestehen konnten. Unsere Feinde waren uns weit überlegen. Trotzdem haben wir überlebt.«

»Gottes Wege sind unergründlich«, murmelte Vico, der nicht ganz so überzeugt war vom himmlischen Beistand.

Fast alle Männer waren tot. Die Verdopplung des Lohnes alleine hätte sie nicht dazu gebracht, sich wie die Berserker in den ungleichen Kampf zu stürzen. Es war der Respekt vor ihm gewesen, der sie zu dieser übermenschlichen Leistung angespornt hatte. Schade um die Männer, aber es gab so viele andere. Und Vico hatte etwas gelernt. Nie wieder würde er ein fremdes Schiff einfach so übernehmen. Er würde eines kaufen und die Beuteschiffe versenken. Die See bewahrte alle Geheimnisse.

Doch zunächst mussten sie nach Stockholm. Dort waren sie vorerst sicher. In Stockholm wusste niemand, was auf dem Meer geschehen war, und sie würden mit dem Kaperbrief Zuflucht finden.

»Wo sind wir?«, fragte er.

»In einer versteckten Bucht. Sobald der Wind auffrischt, können wir weitersegeln.«

»Gut.«

Tiberius hielt ihm die Ledertasche hin. »Die hast du bei dir gehabt. Sie ist versiegelt.«

Vico nahm die Tasche, hielt Tiberius am Arm fest. »Danke, mein Freund. Du hast dich als treuer Gefährte erwiesen. Das werde ich nicht vergessen.«

Verlegen schaute Tiberius zur Seite. »Ich habe geschworen, dir zu dienen. Diesen Schwur werde ich niemals brechen.« Er klopfte Vico auf die Schultern, stand auf und stieg die Stufen hinauf an Deck.

Nachdem die Luke hinter ihm zugefallen war, musste Vico sich einige Augenblicke an das Dämmerlicht gewöhnen. Nur eine Talglampe spendete Licht. Er öffnete die Tasche und inspizierte den Inhalt. Sie enthielt einige Pergamentblätter. Er zog sie heraus und überflog die eleganten Buchstaben. Einiges war in Latein verfasst, doch ein Dokument war auf Deutsch, und es war von Albrecht unterzeichnet. Vico las und vergaß schlagartig alle Schmerzen. Tiberius hatte nur allzu recht. Gott hielt nicht nur die Hand über ihn, nein, er hatte ihn geführt und ihm dieses Dokument zu Füßen gelegt.

Vico rappelte sich auf und schaute sich um. So weit er es überblicken konnte, war alles heil. Die *Helios* war zwar durchgeschüttelt worden, aber zumindest hier unter Deck war nichts zu Bruch gegangen. Auch seine Feder und das Tintenfass nicht. Die kleinen Pergamentstreifen waren genau dort, wo er sie in weiser Voraussicht vor dem Auslaufen in Rostock versteckt hatte. Drei davon beschriftete er mit dem Wissen, das er dem Dokument Albrechts entnommen hatte. Wissen, das Albrecht vernichten und ihm, Vico von Brunn, große Macht verleihen würde. Die Gelegenheit, auf die er gewartet hatte, war mehr wert als Geld und Gold. Er rollte die Pergamentstreifen so zusammen, dass sie in winzige Bronzeröhrchen passten, an denen feine, aber sehr feste Lederbändchen hingen.

Nun wandte er sich den Mitreisenden zu, von deren Existenz niemand an Bord etwas wusste, nicht einmal Tiberius. Noch bevor er das Brett zur Seite geschoben hatte, hörte er sie gurren. Als Licht in den dunklen Verschlag der Tauben strömte, liefen sie aufgeregt durcheinander. Es waren sechs an der Zahl.

»Ganz ruhig, meine Kleinen«, flüsterte Vico. »Drei von euch dürfen gleich nach Hause fliegen.« Er suchte die kräftigsten aus, band ihnen die Röhrchen an einen Fuß und schlich an Deck.

Die Sonne stand tief, die Dämmerung würde bald hereinbrechen. Die Männer saßen am Ufer um ein Feuer und ließen den Weinschlauch kreisen. Niemand achtete auf die Schnigge.

Lautlos warf Vico die Tauben eine nach der anderen in die Luft. Schon nach wenigen Wimpernschlägen verschmolzen ihre Konturen mit dem Abendhimmel. »Bringt mir Glück, meine Kleinen«, flüstert er. »Bringt mir Glück.«

Das Fest, das Nikolaus zu Ehren gegeben worden war, wäre eines Königs würdig gewesen. Der Thronsaal war aus allen Nähten geplatzt, die Tafeln wären unter der Last aus erlesenen Köstlichkeiten fast zusammengebrochen, bester Wein war in Strömen geflossen. Feuerspucker und Tänzer waren aufgetreten, Troubadoure hatten das Leid der unerfüllten Liebe besungen.

Nikolaus hatte an Lia gedacht und mehrfach tief seufzen müssen, aber gleichzeitig hatten die Lieder seine Seele erleichtert, denn war nicht auch die unerfüllte Liebe ein wundervolles Geschenk? Ihn bedrückte mehr, dass er ihrem Vater das Buch wegnehmen musste, falls er sie je wiederfand. Und sie durften auf keinen Fall bemerken, dass er der Dieb war.

Der Höhepunkt des Abends war der Auftritt des Hofnarren gewesen. Alle schrien auf, als er in bunten Schellengewändern in den Saal kullerte, in der einen Hand den Wetzstein, den Albrecht Margrete geschenkt hatte, in der anderen eine lange Nadel. Er schärfte die Nadel und erzählte dabei von Margrete, die auszog, einen Meister zu finden, der ihr das Schneiderhandwerk beibringen sollte. Dabei stieß sie auf Albrecht, der aber versagte und sich ständig in den Finger stach, mit der Nadel, die Margrete geschärft hatte. Danach nahm sich der Hofnarr den Kanzler vor, den er als Kettenhund darstellte, den man nicht von der Leine lassen dürfe.

Zähneknirschend applaudierte der Kanzler. Auch Nikolaus blieb nicht verschont, er wurde zu Albrechts Schoßhündchen, das ihm blind hinterherlief, obwohl das Herrchen ständig in die falsche Richtung strebte. All das war gespickt mit deftigen Zoten und tiefsinnigen Witzen. Nikolaus hatte sich schon lange nicht mehr so amüsiert. An Albrechts Hof gab es auch einen Hofnarren, der allerdings angehalten war, seine Zunge im Zaum zu halten.

Am nächsten Morgen waren sie aufgebrochen, Nikolaus hatte Mühe gehabt, in den Sattel zu kommen, so sehr waren ihm die Glieder noch schwer gewesen vom Wein und vom guten Essen. Im Laufe des Tages waren sie nur langsam vorangekommen, das Wetter war umgeschlagen, die Temperaturen waren schlagartig gefallen, und Schneefall hatte eingesetzt. Die Wollumhänge schützten gut gegen die Kälte, aber sie mussten die Pferde Schritt gehen lassen und bei anbrechender Nacht eine feste Unterkunft suchen.

Drei Tage waren sie nun unterwegs und hatten erst vierzehn der knapp siebzig Meilen zurückgelegt. Zwar hatte der Schneefall aufgehört, dafür waren die Wege nun verschlammt und glitschig, und im nassen Schneematsch kamen die schweren Pferde nicht gut voran.

Wieder ging ein Tag zu Ende. In der Nacht zuvor hatten sie in einem einsam gelegenen Gasthaus Quartier genommen. Heute wollte Haraldson einen Gutshof in der Nähe von Falköping erreichen, der einem befreundeten Grafen gehörte, obwohl sie dafür einen Umweg machen mussten, um einen Sumpf zu umgehen.

Während des mühsamen Ritts durch den pappigen Schnee vertrieben sie sich die Zeit mit strategischen Gedankenspielen.

»Wo würdet Ihr Euer Heer positionieren, Haraldson?«, fragte Nikolaus.

»Albrecht wird im Januar kommen, nicht wahr?«, fragte Haraldson zurück.

Das war kein Geheimnis. »So ist es geplant, und ich kann es nicht gutheißen. Wird der Winter streng, wird es keine Schlacht geben. Dann wird unser Heer verhungern und verdursten, bevor es auch nur einen dänischen Soldaten zu Gesicht bekommt.«

»Wenn Albrecht klug ist, wird er Euch den Oberbefehl über seine Truppen anvertrauen.« Haraldson feixte. »Ich will hoffen, dass er nicht klug ist. Denn mit Euch an der Spitze seines Heeres würde mir angst und bange werden.«

»Ihr schmeichelt mir, Harald Haraldson«, erwiderte Nikolaus. »Bedenkt, dass Albrecht die Kriegsführung von seinem Vater lernte, der den Dänen so manche Niederlage beigebracht hat.«

»Hoffen wir, dass Gott uns beschützt«, erwiderte Haraldson diplomatisch.

»Ihr seid mir noch eine Antwort schuldig. Wo würdet Ihr Albrecht erwarten?«

»Dort, wo er am wenigsten damit rechnet.«

»Kalmar«, sagte Nikolaus sofort. »Ihr würdet die Stadt belagern. Denn dort muss Albrecht sein Heer an Land bringen.«

»Ich würde ein Steingeschütz aufbieten. Koste es, was es wolle. Der Schaden, den diese Waffe anrichtet, ist enorm. Es hat eine Reichweite von mehr als tausend Fuß und kann mit einem Schuss zwanzig Ritter zerschmettern und selbst starke Mauern einreißen. Allen Piraten der Ostsee würde ich reichlich Lohn anbieten, wenn sie Albrechts Flotte angreifen würden.«

»Bei allen Heiligen, Haraldson, Ihr seid ein gefährlicher Mann. Euer Plan ist sehr gut.«

»Wenn es zur Schlacht kommt, werde ich den linken Flügel der Reiter befehligen.«

Nikolaus war dankbar für diesen Satz. »Dann werde ich diesen Flügel meiden«, sage er leise.

War Nikolaus bisher guter Laune gewesen, änderte sich jetzt seine Stimmung. Ihm wurde bewusst, dass es keine Hoffnung mehr auf eine friedliche Einigung gab. Haraldson und er würden sich bald gegenüberstehen, aber nicht als Gefährten, sondern als Todfeinde.

Sie hatten die Kuppe eines Hügels erreicht. Haraldson zog die Zügel an. Er zeigte auf eine Ebene, an die sich ein Höhenzug anschloss, zwischen gelbem Gras, das aus dem Schnee ragte, lauerten dunklere Flächen, sumpfige Tümpel, trügerisch dünn von Eis bedeckt. »Das ist das Moor von Åsle. Es heißt, hier würde sich das Schicksal Schwedens entscheiden. Zwölf furchtlose Ritter schlafen in einem gewaltigen Saal im Inneren des Tafelbergs und warten darauf, der Königin in der Schlacht beizustehen. Die Ritter von Ålleberg sind unbesiegbar.« Er schlug Nikolaus auf die Schulter. »Keine Sorge, das ist nur eine Legende. Hier wird keine Schlacht stattfinden. Wer wäre so einfältig, dieses Moor zu durchqueren, um ein feindliches Heer anzugreifen?«

Die Sonne stieg golden am blassen Herbsthimmel auf, als sie die Kuppe des Hügels erreichten und sich die Dächer von Stockholm vor ihnen ausbreiteten, das inmitten eines riesigen Sees lag und nur über zwei Holzbrücken zu erreichen war, von denen eine zuerst zu einer großen vorgelagerten Insel mit einem Bollwerk führte.

Ein Kirchturm reckte sich auf dem höchsten Punkt der Insel in die Luft, zudem einige andere Zinnen und Türme, dazwischen schimmerten gelbes Herbstlaub und graues Wasser. Rauch stieg aus Kaminen auf, wurde vom Wind mitgenommen und in Richtung Landesinnere gezerrt. Gerade liefen drei Koggen von Osten her ein, sie steuerten auf den Hafen zu, der von Barrieren geschützt war.

Emilia und Henricus hatten sich schon beim ersten Morgengrauen von ihrem kargen Lager in einer einfachen Herberge erhoben, weil sie wussten, dass die Stadt nicht mehr fern war. Und tatsächlich waren sie kaum mehr als eine Stunde gelaufen.

Emilia hätte vor Freude am liebsten laut gejubelt. Henricus hatte versprochen, dass sie bei einem befreundeten Kaufmann unterkommen konnten, dessen Frau er das Leben gerettet hatte. Endlich ausruhen. Endlich ein gutes Mahl und ein weiches Bett. Wenn ihre Füße nicht so sehr geschmerzt hätten, wäre Emilia einfach losgerannt.

Immerhin war der Rest ihrer Reise nicht so qualvoll und bedrückend gewesen wie der erste Tag. Tatsächlich hatten sie noch an dem Abend ein Dorf gefunden, wo ein Bauer sie in seiner Scheune schlafen ließ, nachdem Henricus ihm als Gegenleistung einen faulen Zahn gezogen hatte. Er hatte ihnen Decken zur Verfügung gestellt und etwas Brot, Wein und Wurst gebracht, eine einfache Speise, die Emilia wie das köstlichste Festmahl ihres Lebens vorgekommen war.

Am nächsten Tag hatte Henricus noch einige kleinere Wehwehchen geheilt, für die er immerhin so viel eingenommen hatte, dass sie, nachdem sie das Dorf verlassen hatten, in einer Herberge an der Landstraße zu Abend essen und ihr Lager für die Nacht aufschlagen konnten. Zwar hatten sie auf dem Fußboden zwischen all den anderen Gästen liegen müssen, doch in ihren neuen Mantel eingehüllt hatte Emilia eine halbwegs erholsame Nacht verbracht.

Auf diese Weise waren sie langsam Richtung Norden gezogen. Es war eiskalt gewesen, einmal hatte es sogar ein wenig geschneit, doch zum Glück war der Schnee nicht liegen geblieben. Dafür hatten sie zwei Dutzend Wasserläufe umgehen müssen und zweimal einen Fährmann bezahlt, der sie übergesetzt hatte. Je näher sie der schwedischen Hauptstadt kamen, desto mehr Gesellschaft erhielten sie unterwegs und desto mehr Möglichkeiten hatte Henricus, etwas Geld zu verdienen.

Vor zwei Tagen allerdings waren sie ausgeraubt worden. Einer der Mitreisenden hatte nachts, als alle schliefen, die Taschen der übrigen Herbergsgäste durchwühlt und alles mitgenommen, was er für wertvoll hielt. Leider waren darunter nicht nur die Münzen, die Henricus und Emilia im Laufe der letzten Tage eingenommen hatten, sondern auch zwei der kostbaren chirurgischen Instrumente gewesen, die der Heiler für seine Arbeit brauchte: die Pelikan-Zange, die er für Zahnbehandlungen benötigte, und ein besonders fein gearbeitetes Messer.

Als Henricus den Diebstahl am nächsten Morgen bemerkt hatte, war er der Verzweiflung nahe gewesen. »Wie habe ich das nur zulassen können!«, hatte er gejammert. »Ohne meine Instrumente kann ich meine Arbeit nicht machen.«

»Sicherlich bekommen wir in Stockholm neue«, hatte Emilia versucht, ihn zu trösten.

»Ach ja? Glaubt Ihr das wirklich? Bildet Ihr Euch ein, solch feine Gerätschaften könnte jeder Hufschmied herstellen?«, hatte er sie angefahren. »So etwas kann nur so ein dummes, verwöhntes Ding wie Ihr glauben! Was wisst Ihr schon vom Leben!«

Erschrocken war Emilia zurückgewichen. »Ich wollte nur helfen«, hatte sie gemurmelt.

»Blödsinn! Geht mir aus den Augen!«

Emilia hatte daraufhin schweigend ihr Bündel geschnürt und den anderen Reisenden bei der Suche nach dem Dieb geholfen. Doch der war längst über alle Berge. Danach hatten sie gemeinsam ein karges Morgenmahl zu sich genommen. Emilia hatte sich ein wenig mit der Frau eines Kaufmanns unterhalten, die ihren Gemahl auf seinen Geschäftsreisen begleitete und schon allerhand erlebt hatte.

Später war Henricus zu ihnen gestoßen und hatte so getan, als wäre nichts geschehen. Emilia verdiente etwas Geld damit, dass sie für einige der bestohlenen Reisenden Briefe abfasste. Zum Glück hatten viele den Großteil ihres Vermögens in die Kleider eingenäht, sodass der Dieb bei den meisten nur einen geringen Schaden verursacht hatte.

Seit dem Vorfall war Henricus noch in sich gekehrter als sonst, und Emilia war sich nicht sicher, ob er den verlorenen Instrumenten nachtrauerte oder sich für seinen Ausbruch schämte und nicht wusste, wie er sich entschuldigen sollte.

Als sie endlich die Brücke erreichten, die zu der großen Insel führte, von der aus es nach Stockholm ging, stand die Sonne schon hoch am Himmel. Je näher sie der Stadtmauer gekommen waren, desto dichter war das Gedränge auf der Landstraße geworden.

Die Wachen, die am Zugang zur Brücke standen, kontrollierten jeden, der in die Stadt wollte, streng auf Waffen oder verbotene Waren. Henricus musste zähneknirschend zulassen, dass einer der Männer mit seinen groben Händen die Medizintasche durchwühlte. Erst als Henricus den Namen des mecklenburgischen Kaufmanns fallen ließ, bei dem sie wohnen würden, winkte der Wachmann sie durch.

»Krieg liegt in der Luft«, brummte er zu seiner Entschuldigung. »Da kann man nicht vorsichtig genug sein. Überall treiben sich Verbündete dieser dänischen Metze herum. Angeblich ist ein Anschlag auf Albrecht geplant.«

»Der König ist in Stockholm?«, fragte Henricus überrascht. »Ich dachte, er wäre in Mecklenburg, um ein Heer zusammenzustellen.«

»Das stimmt. Doch er wird in den nächsten Wochen in Schweden zurückerwartet.«

»Glaubt Ihr wirklich, dass es Krieg geben wird?«, fragte

Emilia, als sie Henricus durch eine enge Gasse folgte, die einen Hügel hinaufging. Da die Stadt auf einer Felseninsel lag, schienen alle Gassen entweder bergauf oder bergab zu führen. »Auch hier in Stockholm?«

»Das will ich nicht hoffen«, erwiderte Henricus. »Krieg bringt nichts als Elend und Not. Andererseits«, fügte er nach kurzem Zögern hinzu, »hätten wir dann reichlich zu tun.«

Wenig später standen sie vor einem prächtigen Wohnhaus auf einem leicht abschüssigen großen Platz. Henricus hämmerte gegen die Tür. Ein Diener öffnete.

»Ihr wünscht?« Argwöhnisch betrachtete er die beiden.

»Ich wünsche den Hausherrn zu sprechen. Sag ihm, Henricus van der Wee bittet um seine Gastfreundschaft.«

Noch bevor der Diener der Aufforderung Folge leisten konnte, polterte von drinnen eine Stimme: »Henricus!«

Der Diener wurde beiseitegeschoben, und ein hochgewachsener, an den Schläfen ergrauter Mann in wertvollen bunten Gewändern trat vor die Tür und breitete die Arme aus. »Henricus!«, wiederholte er. »Teufel noch eins, warum hast du nicht geschrieben, dass du kommst! Ich hätte ein Festmahl für dich bereiten lassen!« Der Mann schloss Henricus in die Arme, dann hielt er ihn von sich weg. »Du bist ja ganz abgemagert.«

»Die Reise war … nun ja, etwas beschwerlich.«

»Dann komm herein, und lass dich verwöhnen, Freund.« Erst jetzt fiel der Blick des Kaufmanns auf Emilia. »Nanu, wen haben wir denn da?«

Henricus räusperte sich. »Meine Tochter Lia. Lia, das ist mein guter Freund Wilhelm Seibold.«

Der Kaufmann zog die Brauen hoch. »Deine Tochter, soso.« Er deutete eine Verneigung an. »Seid willkommen in meinem Haus, Verehrteste. Henricus' Freunde sind meine

Freunde. Und das gilt natürlich ganz besonders für seine … Tochter.« Er zwinkerte Henricus zu, dann klatschte er in die Hände und rief nach einer Magd.

Während sie ins Haus traten, raunte Henricus ihr zu: »Ich fürchte, er hält Euch für eine Hübschlerin, Kind. Unter den gegebenen Umständen ist das allemal besser, als wenn sich herumspräche, dass Ihr in Mecklenburg der Spionage für Herzog Albrechts Erzfeindin Margrete beschuldigt werdet. Also nehmt es ihm nicht allzu sehr übel.«

Der Rest der Reise war ohne besondere Ereignisse vergangen. Die Wege waren etwas abgetrocknet, sie konnten ein höheres Tempo anschlagen, kamen schneller voran, als es Nikolaus lieb war.

Haraldson hatte prophezeit, dass dieser Winter milder werden würde als der letzte. Doch was spielte das für eine Rolle? Albrecht würde angreifen, selbst wenn die Berge einstürzen und die Meere sich erheben würden.

Eine Meile vor Stockholm ließ Haraldson halten. Hier begann der Einflussbereich Albrechts. Sicherlich hatte man sie schon entdeckt, und es war nur eine Frage der Zeit, bis die Stadtwachen auftauchen würden.

Sie stiegen ab, Haraldson winkte Nikolaus zu sich und führte ihn außer Hörweite der Männer.

Er griff in sein Wams, zog einen Dolch in einer wunderbaren Scheide aus Leder, Holz und Silber heraus und reichte ihn Nikolaus.

»Das kann ich nicht …«

Haraldson unterbrach ihn. »Ich weiß, es ist zu wenig für das, was Ihr für mich getan habt. Entschuldigt.« Er grinste. »Nehmt schon!«

Nikolaus fehlten die Worte. Er griff zu, zog den Dolch heraus. Er war aus feinstem Damaszenerstahl gearbeitet, wie die Wellen des Meeres kräuselte sich das Muster in der Klinge, wechselte sich grauer und glänzender Stahl ab. »Ich danke Euch, Harald Haraldson, und nehme diese Kostbarkeit gern an. Möge Gott auf dem Schlachtfeld immer zwischen uns stehen.«

»Dafür werde ich beten, Nikolaus von Brunn. Wir gehen auseinander als Freunde.«

»Wir gehen auseinander als Freunde«, wiederholte Nikolaus.

»Mecklenburger Banner!«, rief einer von Haraldsons Männern.

Nikolaus pfiff auf die Gepflogenheiten, nahm Haraldson in den Arm und drückte ihn kräftig. »Eines Tages werden wir wieder gemeinsam unterwegs sein, mein Freund, dafür bete ich.«

Er ließ Haraldson los, der kurz nickte, auf sein Pferd sprang und in wenigen Augenblicken samt seinem Gefolge aus Nikolaus' Blickfeld verschwunden war.

Nikolaus ließ aufsitzen, und schon hinter dem nächsten Hügel trafen sie auf die Stockholmer Wache. Der Hauptmann kam auf ihn zu und rief schon von Weitem: »Seid Ihr Nikolaus von Brunn?«

»Der bin ich«, rief Nikolaus.

Der Hauptmann parierte durch, und als Nikolaus bei ihm war, reichte er ihm einen gefalteten Brief mit Albrechts Siegel.

»Ihr sollt ihn sofort lesen.«

Nikolaus erbrach das Siegel, faltete das Pergament auseinander.

Mein lieber Nikolaus von Brunn,
verzeiht, dass ich Euch über den Inhalt des Briefes im Unklaren ließ. Aber es war notwendig, dass Ihr ihn überzeugend als Friedensangebot überbrachtet. Das hat mir Zeit verschafft, Vorbereitungen zu treffen. Begebt Euch nach Eurer Ankunft in Stockholm sofort an Bord eines Schiffes, und kehrt nach Mecklenburg zurück. Ich erwarte Euch baldigst in Schwerin. Gott möge Euch beschützen!
Euer Herzog und König
Albrecht III.

Nikolaus ließ das Pergament sinken. Albrecht hatte keine Antwort von Margrete erwartet, sein Brief war nichts gewesen als eine gezielte Provokation. Er wollte diesen Krieg um jeden Preis. Und Nikolaus musste ihm dabei zur Seite stehen, sein Schwur, der ihm heilig war, band ihn an seinen Fürsten. Auch wenn es ihm diesmal schwerfiel.

Der Hauptmann wartete auf eine Reaktion von Nikolaus.

»Ich danke Euch«, sagte Nikolaus. »Welche Schiffe segeln demnächst gen Mecklenburg?«

»Ein Verband der Hanse bricht auf, sobald der Wind dreht. So wie es aussieht, kann es jedoch noch einige Tage dauern.«

»Bucht eine Passage für mich und meine Männer. Und findet heraus, ob ein Henricus van der Wee, ein wandernder Heiler, in Stockholm eingetroffen ist. Falls ja, will ich wissen, wo er nächtigt.«

Nikolaus' Herz zog sich schmerzhaft zusammen. Er würde Lia wiedersehen. Aber nur, um sie zu bestehlen und danach klammheimlich zu verschwinden. Es war ähnlich wie mit Haraldson. Seine Schwüre zwangen ihn, ausgerechnet die Menschen zu verraten, an denen ihm etwas lag.

Sechs Tage waren vergangen, und inzwischen fühlte sich Emilia in Stockholm halbwegs heimisch. Im Haushalt des Kaufmanns Wilhelm Seibold wurde sie mit Respekt behandelt, niemand außer dem Hausherrn bezweifelte, dass sie die Tochter des großen Heilers Henricus van der Wee war. Mit Seibold selbst hatte Henricus offenbar ein ernstes Wort gesprochen, denn auch der verkniff sich jegliche anzügliche Bemerkung.

Heute war Henricus mit einem geheimnisvollen Händler verabredet, den er bereits am Tag nach ihrer Ankunft aufgesucht hatte. Er brauchte Ersatz für die Instrumente, die ihm gestohlen worden waren. Der Händler, der sich Ingvar nannte, obwohl das bestimmt nicht sein richtiger Name war, hatte keinen Stand auf dem Markt und verkaufte auch keine Waren im Untergeschoss seines Hauses. Wer Geschäfte mit ihm machen wollte, musste in einer heruntergekommenen Gastwirtschaft nach ihm fragen und bekam dann einen Treffpunkt genannt.

Ursprünglich hatte Henricus Emilia auch zu diesem zweiten Treffen nicht mitnehmen wollen, aber da der Treffpunkt bei einem Waschhaus lag, hatte er sie gebeten, zur Tarnung mitzukommen. Nun trug er einen Korb schmutziger Laken aus dem Hause Seibold, Emilia hatte eine Schürze und ein Kopftuch umgebunden, sodass sie als sein Weib durchging, das er zum Wäschewaschen begleitete.

Der Händler, ein dünner, aber muskulöser Kerl mit dunklen Augen, die ständig die Umgebung absuchten, wartete hinter dem Waschhaus.

Während Emilia so tat, als würde sie die Laken sortieren, stellte Henricus sich neben den Mann. »Habt Ihr gefunden, was ich suche?«

Der Mann öffnete einen Lederbeutel und ließ Henricus hineinschauen.

»Teufel!«, stieß Henricus hervor. »Das sind meine Geräte! Mein Messer und mein Pelikan! Woher habt Ihr sie?«

»Das kann ich Euch nicht sagen.«

»Kennt Ihr den Dieb?«

»Ich kenne eine Menge Leute.«

»Ich brauche die Instrumente für meine Arbeit!«

»Dann werde ich Euch einen guten Preis machen.«

»Ich soll für meine eigene Zange und mein eigenes Messer zahlen?«, zischte Henricus verärgert.

»Ihr könnt es auch lassen.« Der Händler zog den Beutel zu und wandte sich ab.

»Halt, nicht so eilig!«, rief Henricus und packte den Mann am Ärmel.

Ein paar Frauen, die bisher ihre Wäsche gewaschen hatten, ohne die Männer zu beachten, hielten in ihrer Arbeit inne und hoben neugierig die Köpfe.

Emilia nahm ein Laken, tat so, als würde sie es falten, und stellte sich dabei so hin, dass sie den Blick auf Henricus und Ingvar verdeckte. Hoffentlich machten die beiden schnell! Wenn sie dabei erwischt wurden, wie sie mit Diebesgut handelten, würden sie beide vor den Richter gezerrt werden. Da würde es Henricus nicht helfen, wenn er beteuerte, dass er seine eigenen Instrumente zurückkaufte, die ihm gestohlen worden waren. Das würde ihm ohnehin niemand glauben.

Schließlich einigten sich die Männer auf einen Preis. Geld wechselte den Besitzer, und die Instrumente verschwanden im Korb unter den Laken. Ingvar duckte sich und tauchte in eine Gasse ein.

Emilia und Henricus machten sich schweigend auf den Rückweg.

»Ich könnte wetten, dass der Dieb und dieser Ingvar unter einer Decke stecken«, stieß Henricus halblaut hervor, als sie außer Sichtweite des Waschhauses waren. Obwohl seine Stimme ärgerlich klang, sah Emilia, dass er äußerst zufrieden war.

»Ihr seid dennoch froh, dass Ihr Eure Instrumente zurückhabt«, sagte sie.

»Zum Glück hatte dieser Hornochse keine Ahnung, wie wertvoll sie wirklich sind.«

»Dann habt Ihr nicht zu viel bezahlt?«

»Ganz im Gegenteil. Der Mann hätte auch das Zehnfache verlangen können. Andererseits gibt es für solche Gerätschaften nicht gerade viele Abnehmer. Wahrscheinlich war er genauso froh, mich getroffen zu haben, wie ich ihn.«

Inzwischen standen sie wieder vor dem Haus des Kaufmanns. Emilia gab der Magd den Wäschekorb zurück, Henricus verschwand in seiner Kammer, um seine Schätze gründlich zu reinigen.

Emilia zog Kopftuch und Schürze aus, setzte sich an den Esstisch in der Stube und machte sich daran, Etiketten zu schreiben. Henricus hatte bereits die ersten Patienten in Stockholm behandelt und frische Salben und Tinkturen hergestellt, die reißenden Absatz fanden.

Ein Klopfen an der Haustür riss sie aus ihrer Arbeit. Obwohl der Kaufmann viel Besuch erhielt und auch so mancher Angehörige eines Kranken anklopfte, um Henricus um seine Dienste zu bitten, erschrak sie jedes Mal. Immer rechnete sie damit, dass jemand sie auf der Straße erkannt und bei den Stadtoberen angeschwärzt hatte. Schließlich lebten in Stockholm viele Mecklenburger, das Gildenhaus der Hanse war eins der größten Gebäude Stockholms, und überall hörte man die Leute Deutsch sprechen.

Ängstlich horchte sie.

Die Tür wurde aufgezogen. »Sie wünschen?«, fragte der Diener.

»Ich habe gehört, dass der Heiler Henricus van der Wee und seine Tochter hier wohnen.«

Als Emilia die Stimme erkannte, sprang ihr beinahe das Herz aus der Brust.

Nikolaus!

Ihre Finger zitterten, als sie die Feder weglegte. Gleichzeitig schoss ihr die Erinnerung an Vico durch den Kopf. Die Grausamkeit, mit der er die Männer umgebracht hatte, die Todesangst, die sie in seiner Gewalt ausgestanden hatte.

Konnten zwei Brüder so unterschiedlich sein?

Oder war Nikolaus nicht der, für den sie ihn hielt?

»Fräulein Lia?« Der Diener stand im Türrahmen. »Hier ist ein Mann, der zu Eurem Vater will.«

Emilia räusperte sich. »Dann gebt Meister Henricus Bescheid.« Sie erhob sich und machte einige unsichere Schritte auf die Tür zu.

Der Diener wandte sich ab – und vor ihr stand Nikolaus. Sein Haar war länger geworden in den vergangenen Wochen, und um seine leuchtend grünen Augen lagen dunkle Schatten. Sein Blick hatte etwas Gehetztes, doch jetzt breitete sich ein Lächeln auf seinem Gesicht aus.

»Wie schön, Euch wiederzusehen.« Er verneigte sich.

Emilia schluckte. Sie wollte etwas erwidern, doch die Worte schienen ihr im Hals festzustecken. Also knickste sie höflich und senkte den Blick.

»Ich hoffe, Euer Vater kann mir helfen. Ein guter Freund ist erkrankt.«

»Er wird alles versuchen, was in seiner Macht steht«, krächzte Emilia.

»Und Ihr? Was …?« Nikolaus brach ab und begann, unruhig im Raum hin und her zulaufen.

Ein Gedanke schoss Emilia durch den Kopf. In Rostock

hatte Nikolaus sie in dem Wirtshaus aufgesucht, weil er irgendetwas von Henricus wollte. Medizinische Hilfe konnte es nicht gewesen sein. Er selbst hatte keinen kranken Eindruck gemacht, und wenn er für jemand anderen nach dem Heiler gesucht hätte, wäre er bestimmt nicht abgereist, ohne sicherzustellen, dass Henricus sich um ihn kümmerte.

Aber was hatte Nikolaus von Henricus gewollt? Und was wollte er jetzt?

Wieder musste Emilia an Vico denken. Steckten die Brüder am Ende unter einer Decke?

Sie rieb sich die Stirn. Ihre Finger zitterten noch immer.

Plötzlich blieb Nikolaus abrupt stehen. »Jungfrau Lia, ich wollte …«

In dem Moment ertönten Schritte auf der Stiege, wenig später trat Henricus in die Stube, den Mantel über den Arm gelegt, die Ledertasche in der Hand. »Ich höre, meine Hilfe wird gebraucht.« Er trat in die Stube. Als er Nikolaus entdeckte, verzog er überrascht das Gesicht. »Kennen wir uns nicht aus Rostock?«

Nikolaus warf Emilia einen unergründlichen Blick zu, dann deutete er eine Verneigung an. »In der Tat, Meister Henricus.«

»Wie kann ich Euch zu Diensten sein?«

»Ein Freund ist erkrankt.«

»Führt mich zu ihm.« Henricus wandte sich zur Tür.

Emilia erwachte aus ihrer Erstarrung. »Ich begleite Euch.«

Henricus drehte sich zu ihr um. »Das wird nicht nötig sein, Kind.«

Emilia sah ihn eindringlich an. »Doch, Vater, das ist es.«

Ein Schatten huschte über Henricus' Gesicht. Für einen winzigen Augenblick runzelte er die Stirn, dann glätteten sich seine Züge und er nickte kaum merklich. »Wie du meinst, Lia. Hol deinen Mantel, wir warten vor der Tür auf dich.«

Nikolaus hatte den richtigen Moment verpasst. Zu groß war seine Verwirrung gewesen, zu rasend der Tumult in seinem Herzen.

»Jungfrau Lia«, hatte er sagen wollen. »Ich sehe es in Euren Augen. Ihr fühlt dasselbe wie ich. Und es ist mir egal, von welchem Stand Ihr seid. Albrecht wird unserem Glück nicht im Wege stehen, denn ich bin zwar von hoher Geburt, jedoch ohne Titel. Zudem ist Albrecht mir einiges schuldig.«

Doch dann war der Heiler aufgetaucht – und die Gelegenheit vertan gewesen. Vielleicht ein Glück, denn mit Sicherheit hätte er die vorschnellen Worte irgendwann bereut, auch wenn sie aufrichtig gemeint gewesen wären. Er brauchte das Buch, er musste Lia hintergehen. Wie hätte er das noch tun können, nachdem er ihr seine Liebe geschworen hatte?

Zudem war da auch etwas in Lias Augen gewesen. Argwohn, sogar Angst. Sie hatte plötzlich angespannt gewirkt, so als hätte sie ihn durchschaut.

Winzige Schneeflocken rieselten vom Himmel, während sie durch die Gassen liefen, Nikolaus voran, Lia und Henricus hinter ihm. Nach kurzer Zeit erreichten sie das Haus von Lothar Greiner, einem guten Bekannten und treuen Untertan Albrechts. Er hatte sofort eingewilligt, bei der Posse mitzumachen, und Nikolaus von jetzt auf gleich vorgespielt, wie krank er sei. Er hatte sich den Bauch gehalten und gestöhnt vor Schmerzen. Es war so echt gewesen, dass Nikolaus einen Moment geglaubt hatte, der Freund hätte sich tatsächlich den Magen verdorben.

Ein Knecht öffnete. Er war nicht eingeweiht, glaubte wirklich, sein Herr sei krank. Er hatte lediglich die Anweisung, Nikolaus nach kurzer Zeit zu rufen, weil ein Bote des Herzogs gekommen sei. Mit düsterer Miene führte er Henricus, Lia und Nikolaus in den ersten Stock, wo Lothar in seiner Schlafkammer lag. Schon von draußen hörte man ihn stöhnen.

Henricus reichte Nikolaus die Tasche, um seinen Mantel auszuziehen. In dem Augenblick ertönte aus der Kammer ein gellender Schrei.

Henricus stieß die Tür auf und stürzte hinein.

Das lief ja noch besser als geplant! So musste Nikolaus die Tasche nicht heimlich aus dem Krankenzimmer entwenden. Obwohl er sie am liebsten sofort durchsucht hätte, stellte er sie zunächst auf der Truhe neben der Tür ab und folgte dem Heiler und Lia in die Kammer, nicht ohne den Knecht zuvor an seine Aufgabe zu erinnern.

Henricus hatte sich bereits über Lothar gebeugt und tastete seinen Bauch ab. Lothar stöhnte immer wieder, es wirkte erschreckend echt. Lia trat ans Bett und fühlte Lothar den Puls, hielt die Augen geschlossen und zählte stumm.

Nikolaus hatte sich noch nie in seinem Leben so geschämt. Selbst die Schmach, als er Margrete den Wetzstein übergeben hatte, war nichts gegen das hier. Er nutzte die Gutmütigkeit und Hilfsbereitschaft zweier ehrlicher Menschen aus, um sie zu bestehlen. Auch wenn er es tat, weil er es einem geliebten Menschen an seinem Totenbett geschworen hatte, verringerte das die Schändlichkeit seines Tuns nicht. Wie tief war er nur gesunken!

Gerade als Nikolaus der Gedanke kam, den Plan zu verwerfen, klopfte es an der Tür. Der Knecht steckte den Kopf herein.

»Ein Bote des Herzogs erwartet Euch. Er ist ungehalten, weil er Euch nicht in der Schänke angetroffen hat. Beeilt Euch, Herr, sonst will er Euch mit Gewalt holen lassen.« Der Knecht übertrieb ein wenig, aber er machte seine Sache gut.

Schweren Herzens trat Nikolaus vor die Tür und scheuchte

ihn weg. Dann schnappte er sich die Tasche und verschwand in das Zimmer gegenüber, offenbar eine Art Schreibkammer.

Hastig stellte Nikolaus die Tasche auf dem Pult ab und öffnete sie. Jede Menge feine Werkzeuge waren darin, Messer, Scheren, Zangen sowie einige Tiegel, ein Mörser und Phiolen mit Flüssigkeiten unterschiedlicher Farbe. Darunter lag ein Buch, das in altes, abgewetztes Leder gebunden war.

Sein Herz schlug schneller. Das musste der Codex sein!

Mit zitternden Fingern zog er das Buch hervor und schlug es auf. Es war eine Sammlung von Psalmen.

Enttäuscht ließ er das Buch zurück in die Tasche fallen. Er beugte sich über die Öffnung, in der Hoffnung, doch noch etwas zu finden.

In dem Augenblick wurde die Tür aufgestoßen. Erschrocken blickte Nikolaus auf. Sein Herzschlag setzte aus.

»Kann ich Euch behilflich sein?« Emilia verschränkte die Arme, um das Zittern zu unterdrücken. Diesmal war es keine Verlegenheit, und auch keine Angst, sondern heiße Wut.

Noch immer konnte sie nicht fassen, was da gerade vor ihren Augen geschah. Als Nikolaus erst die Tasche nicht in die Kammer mitgebracht und dann unter einem Vorwand den Raum verlassen hatte, war ihr das sogleich merkwürdig vorgekommen. Dennoch hatte sie sich gewünscht, ihre Befürchtungen würden sich als falsch erweisen.

Vergeblich.

Allerdings hatte sie nicht erwartet, dass es so wehtun würde. Was war nur aus dem Nikolaus geworden, den sie als Kind gekannt hatte, dem aufrechten, tapferen Jungen, der sich immer für die Schwachen eingesetzt hatte? Hatte er sich so sehr verändert? Oder hatte es den Nikolaus in ihrer Erinnerung in Wahrheit nie gegeben, hatte sie ihn in ihrer Fantasie in schillernden Farben gemalt, weil er ihr Herz schneller schlagen ließ?

Nikolaus zog die Hand aus der Tasche und richtete sich auf. »Was macht Ihr hier?«, fragte er mit scharfer Stimme, ganz so, als wäre er im Recht und sie im Unrecht.

»Das frage ich Euch«, gab sie zurück.

»Das geht Euch überhaupt nichts ...« Er brach ab, fuhr sich durch das Haar. »Ich ... ich weiß, wie es aussehen muss. Aber es ist nicht so, wie Ihr denkt.«

Emilia straffte die Schultern. Sie würde sich nicht von ihm einwickeln lassen. »Woher wollt Ihr wissen, was ich denke?«

»Ich sehe es in Euren Augen. Ihr haltet mich für einen Dieb.«

»Und? Seid Ihr das nicht?«

»Natürlich nicht. Ich bin ein Mann von Ehre, ein Ritter im Dienste Albrechts, des Herzogs von Mecklenburg und Königs von Schweden.«

»Und was sucht ein Ritter des Königs in der Tasche eines Heilers?«

»Ein kostbares Buch«, erwiderte Nikolaus nach kurzem Zögern. »Aber es ist nicht hier. Euer Vater muss es an einem anderen Ort aufbewahren. Oder mein Informant hat mich belogen.«

»Ein Buch?«

»Es enthält geheimes Wissen. Herzog Albrecht braucht es. Es könnte über den Ausgang des Krieges entscheiden.«

»Ein Buch, das mächtig ist wie eine Waffe? Ich glaube Euch kein Wort.«

»Aber es ist wahr!« Er sah sie beschwörend an.

Plötzlich kam Emilia ein Gedanke. »In Rostock habt Ihr uns auch schon wegen dieses, hm, Buches aufgesucht, ist es nicht so?«

»Das stimmt.« Nikolaus sah mit einem Mal zerknirscht aus. »Ich bedauere sehr, dass ich versucht habe, Euch zu hintergehen. Aber die Zeit drängt. Albrecht wartet auf mich. Margrete zieht mit einem großen Heer gegen die mecklenburgischen Festungen im Süden des Landes. Ich will meinem Herrn nicht ohne das Buch unter die Augen treten, ich habe versprochen, es für ihn ausfindig zu machen.«

»Der Räuber in dem Gasthaus, den habt Ihr geschickt.«

»Ein Räuber? Damit habe ich nichts zu tun.«

Emilia glaubte ihm kein Wort. »Dieser Verbrecher hat unschuldige Menschen ihrer Habe beraubt. Wie passt das zum Ehrenkodex eines Ritters?«

»Ich sagte doch, ich weiß von keinem Räuber.« Er trat zu ihr. »Ich würde Euch niemals in Gefahr bringen. Ich bitte Euch, Lia, vertraut mir.«

»Wie könnte ich?«

Er nahm ihre Hände. »Weil ich Euch ... seit ich Euch in dem Gasthaus zum ersten Mal erblickt habe ... Ich meine, ich kann nicht ...« Er brach ab.

Unvermittelt wallte der Zorn noch heftiger als zuvor in Emilia auf. Dieser Mann schreckte vor nichts zurück, um zu bekommen, was er wollte. Schwor sogar falsche Liebesschwüre in dem Versuch, der armen Tochter eines Wanderheilers den Kopf zu verdrehen. Dabei bestand kein Zweifel, dass ein Ritter von seinem Stand niemals eine Fahrende wie sie begehren, geschweige denn heiraten würde. Und dass sie in Wahrheit eine Grafentochter war, konnte er ja nicht ahnen. Jedes seiner Worte war kalte Berechnung.

Sie machte ihre Hände los und wich zurück. »Schert Euch fort!«, fuhr sie ihn an. »Lasst Euch nie wieder in meiner Nähe blicken, sonst rufe ich die Büttel!«

»Aber Lia ...«

»Es ist mein Ernst.«

Nikolaus senkte den Blick. »Wie Ihr meint.« Er wandte sich zur Tür, drehte sich noch einmal um und deutete eine Verneigung an. »Dann auf Nimmerwiedersehen, Lia van der Wee. Ich ziehe in den Krieg. Wenn Ihr ein Herz habt, betet für mich.«

Als die Tür hinter ihm zugefallen war, schlug Emilia die Hände vors Gesicht und brach in Tränen aus. Was hatte sie bloß Schreckliches getan, dass der Herr im Himmel sie so grausam bestrafte?

Buch III

Januar 1389

Stockholm, Schweden

Emilia folgte Henricus, der mit leicht gebeugten Schultern kräftig ausschritt. Ein kalter Wind fegte durch die Gassen von Stockholm. Obwohl alle davon sprachen, dass es ein milder Winter sei, fror Emilia ständig. Inzwischen war es Januar. Die Tage waren kurz und düster, die Nächte lang und stockfinster. Die Welt schien nur noch aus Schattierungen von Grau zu bestehen.

Mit steif gefrorenen Fingern zog Emilia ihren Mantel fester um den Leib und drückte sich ein Tuch vors Gesicht, damit ihr der kalte Wind nicht so in die Haut schnitt. Wenn das in Stockholm ein milder Winter war, wollte sie keinen strengen erleben. In den vergangenen beiden Wochen war selbst tagsüber das Wasser in den Bottichen nicht mehr aufgetaut, und wenn man sich waschen wollte, musste man zuvor das Eis zerschlagen.

Und jetzt kam auch noch der Krieg. Erste Kämpfe um einzelne Burgen wurden seit Wochen ausgefochten, zudem war Albrecht kurz vor Weihnachten mit seinem Heer in Kalmar gelandet und marschierte durch Südschweden auf Margretes Truppen zu. Angeblich war es nur noch eine Frage der Zeit, bis die Königin besiegt wäre.

Emilia glaubte nicht, dass es so schnell gehen würde. Sie kannte Margrete und wusste, was für eine kluge Herrscherin sie war. Emilia vermochte nicht einmal zu entscheiden, wem sie den Sieg wünschen sollte. Auch wenn sie aufseiten Mecklenburgs stand, wollte sie keinesfalls, dass Margrete etwas zustieß. Wenn sie starb, gab es niemanden mehr von Einfluss, der bezeugen konnte, wer sie war.

Emilia war froh, dass sie so viel zu tun hatte und kaum dazu kam, sich Sorgen zu machen. Doch wenn sie Muße hatte, kehrten ihre Gedanken immer wieder zu dem furchtbaren Tag vor zwei Monaten zurück, an dem Nikolaus sie so schändlich hintergangen hatte.

Noch immer schmerzte es sie, wie kaltschnäuzig er gehandelt hatte. Selbst die Krankheit seines Freundes war nur vorgetäuscht gewesen, denn Henricus hatte nichts finden können, und als er Lothar am folgenden Tag voller Sorge noch einmal aufgesucht hatte, war dieser putzmunter gewesen.

Emilia hatte Henricus nichts von Nikolaus' Heimtücke erzählt. Sie wollte ihn nicht unnötig aufregen, zumal er schon damals etwas kränklich war. In letzter Zeit war es sogar noch schlimmer geworden. Er schlief viel, war oft schlecht gelaunt, klagte über Kopfschmerzen und schwitzte in der Nacht so sehr, dass er jeden Tag frische Kleider brauchte.

Deshalb musste Emilia immer wieder alleine Patienten aufsuchen. Das ging jedoch nur bei einfachen Leuten, die kleine Wehwehchen hatten. Handelte es sich um die reichen Kaufleute oder um schwere Krankheiten, übernahm Henricus die Behandlung, obwohl er eigentlich zu schwach dazu war.

Emilia wischte die düsteren Gedanken fort und konzentrierte sich auf die vor ihnen liegende Aufgabe. Es ging um die Frau eines reichen Händlers, der zurzeit auf der Ostsee unterwegs war. Henricus hatte gesagt, sie habe ein Problem im Unterleib und es würde nicht ganz einfach werden.

Die Patientin lebte in einem Patrizierhaus zwischen der Marienkirche und dem Rathaus. Henricus blieb vor einer massiven Eichentür stehen. Sie war mit verschnörkelten Schnitzereien verziert. Emilia prägte sich das Muster ein, sie würde versuchen, es heute Abend zu zeichnen, vorausgesetzt, ihre Finger wären nicht allzu steif von der Kälte.

Sie warf einen Blick über die Schulter. Von hier aus konnte man bis zum Markt schauen, der sich um das deutsche Gildenhaus herum erstreckte. Es waren nicht viele Menschen unterwegs, aber eine Gestalt fiel ihr auf. Mit aufrechtem Gang lief die Frau über den Markt, die Kälte schien ihr nichts auszumachen, denn ihr Gesicht war nicht verhüllt, die langen blonden Locken kräuselten sich unter ihrem Kopftuch hervor.

»Constanze!«, rief Emilia überrascht.

Sie überlegte nicht, rannte los. Doch nach zwei Schritten spürte sie eine Hand auf der Schulter, die sie sanft, aber bestimmt festhielt.

»Immer mit der Ruhe«, sagte Henricus. »Ihr solltet nichts überstürzen, mein Kind. Hast ist die Mutter des Unglücks.«

»Aber es ist meine Freundin Constanze! Sie hat mir geholfen, aus dem Kerker zu fliehen. Sie wird wissen wollen, dass es mir gut geht. Und sie kann mir helfen.«

»Sie hat Euch einem Mann übergeben, der den Auftrag hatte, Euch zu töten.«

»Aber das kann sie nicht gewusst haben!«

Henricus stellte sich vor sie, sodass sie Constanze nicht mehr sehen konnte. »Eine kranke Frau wartet auf uns. Danach werden wir Erkundigungen einziehen, bevor Ihr Euch zu erkennen gebt. Glaubt einem Mann, der schon viel erlebt hat.« Er hob einen Zeigefinger. »Und jetzt kein Wort mehr. Ich bin Euer Vater, habt Ihr das vergessen? Ich sage Euch, was Ihr zu tun habt.«

Henricus nahm sie am Arm und zog sie sanft zum Haus ihrer Patientin zurück. Sie wehrte sich nicht. Doch ihre Gedanken rasten wild durcheinander.

Was machte Constanze in Stockholm? Was würde sie

wohl sagen, wenn Emilia plötzlich vor ihr stünde? Wähnte die Freundin sie tot?

Als Henricus an die verschnörkelte Haustür klopfte, warf sie einen letzten Blick über die Schulter. Doch Constanze war fort. Sie sah gerade noch, wie die Tür eines prächtigen Patrizierhauses zuschlug, und eine dumpfe Angst überkam sie. Was, wenn sie gerade die letzte Gelegenheit verpasst hatte, ihr altes Leben zurückzubekommen?

Die Nacht war klar und kalt gewesen, der Mond hatte die glatte Oberfläche des Sees versilbert. Das erste Eis bildete sich, und es wurde schnell dicker. Nikolaus nahm die Gegend in Augenschein. In zehn Bogenschuss Entfernung am anderen Ufer des Huskvarnaån, eines Flusses, der in den Vätternsee mündete, erhob sich eine trutzige Burg.

Bei ihrer Ankunft in Kalmar vor gut zwei Wochen hatte Nikolaus von Albrecht den heiklen Auftrag erhalten, die Burg Axevalla zu schützen, während der Herzog selbst der Besatzung der Rumlaburg zu Hilfe kommen wollte. Beide Festungen sollten unter allen Umständen gehalten werden. Albrecht brauchte sie als Stützpunkte und Rückzugsburgen für den unwahrscheinlichen Fall, dass er vor Margretes Truppen fliehen musste.

Mit dreißig Rittern und einigen Fässern Pech hatte Nikolaus sich auf den Weg gemacht. Axevalla lag in der Nähe von Falköping, wo er noch vor wenigen Wochen mit Haraldson genächtigt hatte. Seit Ende November wurde die Burg Axevalla belagert und hielt dem schwedisch-dänischen Heer unter der Führung von Nils Svarte Skåning stand. Der hatte sich beim Versuch, die Festung im Sturm zu nehmen, eine blutige Nase geholt. Skåning hatte dreißig Mann verloren, die Verteidiger nicht einen.

Beim zweiten Versuch hatten die Feinde noch mehr Einbußen hinnehmen müssen: Ihr Belagerungsturm war in Flammen aufgegangen, die Besatzung – fünfzig Mann – war qualvoll verbrannt. Jetzt war die Lage unentschieden. Die Dänen hatten einen lockeren Belagerungsring um die Burg gelegt, außerhalb der Reichweite der Langbogenschützen. Vorerst war Axevalla sicher.

So hatte Nikolaus gar nichts mehr tun müssen. Doch immerhin hatte er andere wertvolle Erkenntnisse gewonnen. Nachdem er die Truppen der Königin im Feld vor Axevalla gesehen hatte, war er davon überzeugt, dass sie dem mecklenburgischen Heer nichts entgegenzusetzen hatten. Die Nordmänner kämpften anders, ihre Formationen waren nicht fest, und sie neigten dazu, das Schlachtfeld zu verlassen, bevor eine Entscheidung gefallen war.

So oder so war Nikolaus froh, dass Lia in Stockholm geblieben war. Auch wenn sie ihm zürnte und es ihn schmerzte, an ihre Abschiedsworte zu denken, wollte er nichts mehr, als dass sie in Sicherheit war. Stockholm war die stärkste Feste in Schweden, es gab kein Heer, das die Stadt hätte einnehmen können.

Gestern Nacht hatte sich ein Bote durch die Reihen der Gegner um Axevalla geschlichen und Nachricht von Albrecht gebracht. Wenn Nikolaus in der Festung nicht dringend benötigt wurde, sollte er mit jedem verfügbaren Mann der Rumlaburg zu Hilfe eilen.

Bei den Belagerern dieser Burg führte Erik Kettilsson Puke das Kommando, ein erfahrener und geschickter Soldat. Albrechts Heer war langsam, es konnte noch Tage dauern, bis er selbst vor Ort war, und es bestand die Gefahr, dass die Rumlaburg fiel, bevor die Verstärkung zur Stelle war.

Nikolaus hatte seine dreißig Männer genommen, zwanzig weitere Ritter ausgewählt und einen Scheinangriff, einen Ausfall auf breiter Front, befohlen, um aus der belagerten Burg Axevalla herauszukommen. Die List hatte funktioniert. Alle Soldaten des Feindes hatten Hals über Kopf ihre Stellungen aufgegeben und waren zu dem vermeintlichen Großangriff geeilt. Bis sie begriffen hatten, was wirklich los war, war Nikolaus mit den fünfzig Männern bereits über alle Berge gewesen.

Ohne Unterbrechung waren sie geritten und hatten den riesigen Vätternsee, an dessen Südspitze die Rumlaburg lag, im Morgengrauen erreicht.

Gerade kam ein Späher zurück.

Er sprang vom Pferd und berichtete Nikolaus. »Es steht nicht gut. Pukes Männer haben die Vorburg eingenommen und sich dort verschanzt.«

»Wie viele sind es?«

»Achtzig Ritter, hundert Fußsoldaten und vierzig Armbrustschützen.«

»Zu viele«, sagte Nikolaus. »Sie würden uns schlachten wie Vieh. Mit den Rittern könnten wir es noch aufnehmen, das wäre ein gerechter Kampf. Aber die Schützen würden uns von den Pferden schießen wie Fasane.«

»Wo steckt Albrecht nur?«, fragte der Späher.

Nikolaus schüttelte den Kopf. »Ich weiß es nicht. Ich weiß nur, dass wir Puke irgendwie aufhalten müssen.« Er trat einen Kiesel beiseite. »Wir müssten mehr Männer haben, das würde die Feinde vertreiben. Puke wird sich aus dem Staub machen, sobald Albrecht mit dem Hauptheer anrückt.«

Nikolaus überlegte. Puke war nicht dumm. Auf einen einfachen Trick würde er nicht hereinfallen. Er hatte die Rumlaburg fast in seiner Hand, ohne Weiteres würde er sie nicht mehr hergeben.

Nikolaus hatte fünfzig Mann sowie dreißig Armbrüste mit je fünfzig Bolzen. Die Vorburg war nur durch eine schmale Brücke mit dem Festland verbunden. Pukes einziger Ausweg, sollte er einer Übermacht gegenüberstehen und fliehen müssen. Die Brücke oder die Burg selbst, die jedoch noch von Albrechts Verbündeten gehalten wurde.

Nikolaus überlegte nicht länger. Was Puke konnte, konnte er schon lang. Es war riskant, aber er hatte keine Wahl.

Eine alte Magd führte Henricus und Emilia in eine Kammer, in der ein großes Bett stand. Im Kamin prasselte ein Feuer, Emilia legte ihren Umhang ab und genoss die Wärme. Hinter ihr räusperte sich jemand. Sie fuhr herum. In der Tür stand eine Frau, nicht viel älter als sie selbst. Sie trug die Haube einer Verheirateten und ein wunderschönes Kleid, das so glitzerte, dass es aus Seide sein musste.

»Ich bin Hodierna«, sagte sie zu Emilia. »Ihr seid die Gehilfin des Meisters?

Ihre Stimme verlor sich im Raum, sie war kaum mehr als ein Wispern. Unter Hodiernas Augen lagen dunkle Schatten, auf der sonst makellosen Stirn grub sich über der Nase eine steile Falte in die Haut. Hodierna litt, das stand außer Frage. Doch woran?

Henricus verbeugte sich. »So ist es. Sie wird Euch zur Hand gehen und die Dinge tun, die Ihr nicht von der Hand eines Mannes getan haben wollt. Habt Ihr besorgt, was ich Euch auftrug?«

Mit einem mulmigen Gefühl im Bauch blickte Emilia zwischen den beiden hin und her. Henricus hatte sie nicht eingeweiht, um was es ging, nur erklärt, dass er ihre Hilfe bei einer Patientin brauche. Es war nicht das erste Mal, dass sie Frauen behandeln musste, weil sie nicht von Henricus berührt werden wollten. Aber diesmal schien es sich um etwas ganz Spezielles zu handeln.

Während Emilia noch rätselte, welches geheimnisvolle Leiden Hodierna quälen mochte, klatschte diese in die Hände. Knechte kamen herein und stellten einen Badezuber vor den Kamin. Dann kamen Mägde mit Kübeln voll heißem Wasser.

Henricus öffnete seine Tasche, zog einen Beutel hervor und schüttete Blätter in den Badezuber.

»Malve«, raunte er. »Hodierna, würdet Ihr jetzt bitte in den Zuber steigen?«

Hodierna nickte und ließ sich im heißen Wasser nieder. Das Kleid behielt sie an, sie raffte es lediglich, damit es nicht zu nass wurde.

Henricus stellte ein Stundenglas auf den Boden. Wenn es abgelaufen war, wäre eine Stunde vergangen. Emilia fiel auf, dass der Heiler diesmal auf jegliche Beschwörungsformel verzichtete, er las nicht aus dem Psalmenbuch und er machte auch keinen anderen Hokuspokus. Er war ernst und still. Hodierna hatte die Augen geschlossen und schien in sich versunken.

»Lia«, sagte Henricus leise. »Bitte hilf mir. Meine Hände schmerzen, und ich muss ein Mutterzäpfchen kneten, einen Meißel von ganz besonderer Art. Er soll am Ende so groß sein wie deine Faust.« Er reichte Emilia einen Klumpen Wachs. »Vorne muss er dünn sein wie drei deiner Finger. Und lang muss die Spitze sein wie dein längster Finger.«

Emilia nahm den Klumpen aus bestem Bienenwachs und begann ihn zu walken, bis er etwas weicher wurde. Dann presste sie das Wachs in die richtige Form. Schweiß stand ihr auf der Stirn, Henricus tupfte ihn ab, bevor er auf das Zäpfchen tropfen konnte.

»Die Säfte dürfen sich nicht mischen«, sagte er. »Das musst du dir gut merken. Es könnte unübersehbare Folgen haben. Die Säfte der Menschen vertragen sich oft nicht miteinander.«

Der Sand im Stundenglas war inzwischen zur Hälfte nach unten gerieselt.

Henricus tauchte eine Hand in den Badezuber, öffnete die Tür und befahl, mehr heißes Wasser zu bringen. Die Mägde kamen, schöpften lauwarmes Wasser ab, gossen heißes nach und verschwanden.

»Hodierna, Ihr müsst nun mit der Massage beginnen, so wie ich es Euch gesagt habe.«

Emilia sah aus dem Augenwinkel, wie sie eine Hand ins Wasser gleiten ließ. Der Arm bewegte sich vor und zurück. Das wurde oft gemacht, um eine Geburt zu erleichtern, aber Hodierna stand sicherlich nicht kurz vor der Entbindung.

»Lia!«

Emilia schreckte aus ihren Gedanken auf.

»Bitte wickle die Leinenstreifen ganz fest um das Zäpfchen, sie sollen sich in das Wachs pressen.«

Emilia bot ihre ganze Kraft auf.

Henricus betrachtete das Ergebnis. »Ausgezeichnet, Lia.«

In seinen Augen schimmerte eine Traurigkeit, wie sie sie noch nie bei ihm gesehen hatte.

Er griff erneut in die Tasche und zog eine Phiole heraus, zeigte sie Hodierna. »Seid Ihr absolut sicher?«

Hodierna presste die Zähne aufeinander und nickte steif.

Er zog den Pfropfen ab. »Das ist eine Mischung aus Mutterkorn, Efeu, Gartenraute, Haselwurz, Sadebaum, Wermut und Malve«, sagte er zu Emilia.

»Aber das ist Gift«, flüsterte sie entsetzt.

»Oh ja!«, erwiderte Henricus. »Und zwar ein sehr starkes.

Würde Hodierna es schlucken, würde sie daran sterben.« Er träufelte von der streng riechenden Flüssigkeit auf das Mutterzäpfchen. »Aber wir werden es in ihre Vagina einbringen.«

Emilia erschrak zu Tode. »Sie ist schwanger und will das Kind töten!«, flüsterte sie in plötzlichem Begreifen. »Wir machen uns mitschuldig, wenn wir helfen. Wie könnt Ihr nur …«

»Schsch! Nicht so laut, Lia.« Er beugte sich zu ihr hin. »Noch ist das Kind nicht beseelt. Es sind noch keine vierzig Tage vergangen, es ist nicht mehr als eine Pflanze. Es ist, als rissen wir Unkraut aus.«

Emilia drückte Henricus das Mutterzäpfchen in die Hand. »Ich töte keine Kinder. Außerdem könnte auch Hodierna daran sterben. Was ist nur los mit Euch, Henricus?«

»Wir tun nichts Unrechtes, Kind. Bedenke ihre missliche Lage: Man hat sie geschändet … und was da in ihrem Leib heranwächst, ist kein Mensch, sondern das Unkraut eines verfluchten Schänders. Wolltest du solch eine Frucht in dir tragen und dann jeden Tag deines Lebens daran erinnert werden, was man dir angetan hat?«

»Man hat sie geschändet? Aber …«

»Sie hatte sich nach der Abendmesse verspätet, weil sie eine alte Freundin getroffen hatte. Als sie eine Abkürzung nahm, ist jemand über sie hergefallen. Sie kann froh sein, dass er sie nicht umgebracht hat. Ihr Mann darf es nicht wissen, er würde sie verstoßen, egal, ob ihr Gewalt angetan wurde oder nicht.«

Emilia presste die Lippen zusammen. In diesem Augenblick wusste sie nicht, wer die größeren Verbrecher waren. Der Schänder, Hodiernas selbstgerechter Ehemann oder Henricus und sie. Würde sie dieses Kind austragen wollen? Immerhin war es unschuldig, hatte niemandem etwas getan, und Gott hatte beschlossen, ihm das Leben zu schenken. Aber konnte sie sich auch nur annähernd in Hodiernas Lage versetzen? Durfte sie sich anmaßen, ein Urteil zu fällen?

Zudem hatte Henricus recht. Noch war das Ungeborene kein Mensch. Das sah auch die Kirche so, und deshalb wurden Frauen von weltlichen Gerichten milde behandelt, solange die Frist eingehalten wurde, und nur mit einer Geldbuße oder mildtätigen Taten bestraft.

Dennoch. Emilia war nicht wohl dabei. Andererseits konnte sie Henricus nicht im Stich lassen – und auch Hodierna nicht, der furchtbares Unrecht angetan worden war.

Emilia nahm den Wachsklumpen. Henricus lächelte erleichtert und träufelte den Rest der Tinktur auf das Leinen. »Weißt du noch, wie die Vagina aussieht? Wie lang der Geburtskanal ist? Und wo die Gebärmutter beginnt?«

Emilia nickte. Henricus hatte es ihr oft genug erklärt. Die Gebärmutter sah aus wie eine umgekehrte Birne, die Vagina war nichts als ein länglicher Muskel, der dazu diente, das männliche Glied zu lenken.

»Du musst den Kranz mit dem dünnen Ende voran einführen. Wenn die dicke Seite fast ganz verschwunden ist, ist es gut. Dann muss er so lange drinbleiben, bis Hodierna starke Unterleibskrämpfe und Blutungen bekommt. Damit wäre die unrechte Frucht abgegangen. Möge Gott uns beistehen und uns vergeben!«

Henricus wandte sich ab und Emilia half Hodierna aus dem Badezuber, reichte ihr ein Laken zum Abtrocknen. Ein trockenes Gewand aus feinstem Leinen lag bereit. Was es wohl gekostet haben mochte? Hodierna war reich und dennoch todunglücklich und so verzweifelt, dass sie Gott auf die Probe stellte und ihr Leben aufs Spiel setzte.

Hodierna legte sich auf das Bett und zog sich die Decke

bis zum Kinn hoch. Sie nahm einen Rosenkranz, schloss erneut die Augen und murmelte Gebete.

Emilia starrte auf das Mutterzäpfchen in ihrer Hand. Durfte sie das wirklich tun? Und wenn Hodierna an der Behandlung starb? War sie dann nicht eine Mörderin?

Sicherlich ließ Henricus sich diesen Dienst teuer bezahlen. Aber war es das wert?

»Lia, mein Kind. Ich sehe, dass du mit dir ringst«, hörte sie Henricus' sanfte Stimme hinter sich. »So geht es mir auch. Jedes Mal. Wenn du dir Sorgen um die Gesundheit der Patientin machst, das brauchst du nicht. Bisher haben alle Frauen überlebt, die ich auf diese Weise behandelt habe. Ich habe das Gift genau bemessen. Hodierna wird es eine Weile schlecht gehen, das Schlimmste, was passieren kann, ist, dass die Frucht weiterwächst. Aber ich kann dich nicht zwingen, es zu tun. Es ist deine Entscheidung.«

»Wie viel nehmt Ihr dafür?«, murmelte Emilia kaum hörbar.

Henricus lächelte warm. »Du bist ein gutes Mädchen, Lia. Ich nehme nichts. Und ich tue es auch nur, wenn ich davon überzeugt bin, dass es rechtmäßig ist. Wenn ich sicher sein kann, dass ich der Frau damit aus einer großen Not helfe.«

Wie hatte sie nur an Henricus zweifeln können? »Dann sagt mir, wie ich es am besten mache.«

Henricus strich Emilia über das Haar. Er hatte Tränen in den Augen. »Zuerst musst du schauen, ob die Vagina geschmeidig und entspannt ist. Ich habe Hodierna bereits genau erklärt, worum es geht. Sie wird alles tun, um zu helfen. Dann führst du das Zäpfchen vorsichtig ein.«

Emilia nahm das Zäpfchen in die Rechte. Mit der Linken tastete sie nach Hodiernas Vulva. Als sie sie berührte, zuckte Hodierna zusammen. Emilia hielt still.

»Verzeiht«, sagte Hodierna und atmete tief aus.

Emilia legte ihre Hand auf Hodiernas Bauch. Er war flach, weich und bewegte sich langsam auf und ab. Hodierna wusste, wie sie atmen musste.

Emilia wartete einen Moment, bis die Bewegungen ganz gleichmäßig waren. Jetzt war Hodierna so weit. Emilia führte das Zäpfchen ein, schob es immer tiefer, bis sie spürte, dass die Spitze am Muttermund angekommen war. Hodierna lag inzwischen mit offenen Augen da, Tränen rannen ihr über die Wangen. Sie musste furchtbare Schmerzen haben am Körper und an der Seele.

Emilia richtete sich auf und sah zu Henricus. Jetzt mussten sie warten, bis die Krämpfe begannen. Endlose Minuten vergingen. Emilia träumte sich an einen fernen Ort, wo Frieden herrschte und sie glücklich war mit ihrem Gemahl und ihrem Kind. Der Gemahl hatte das Gesicht von Nikolaus. Sosehr er sie auch verraten hatte, es gelang ihr nicht, ihn zu hassen.

Ein Schrei riss sie aus ihrem Tagtraum. Hodierna bäumte sich auf, fiel zurück. Sie war schweißgebadet, Henricus hielt ihre Hand. Noch gab er nicht das Zeichen, das Zäpfchen zu entfernen. Erst nach dem dritten Krampf durfte Emilia es herausziehen. Sie starrte auf ihre Hand. Sie war blutverschmiert. Emilia wusch sich und presste sauberes Leinen auf die Vulva, um das Blut aufzufangen.

Aber nicht nur Blut fing sich in den Tüchern. Gewebefetzen wurden nach außen gespült. Es hatte funktioniert.

Emilia war einerseits erleichtert, andererseits fühlte sie sich grauenvoll. Was auch immer die Kirche sagen mochte, sie hatte eine Leibesfrucht getötet, und sie schwor sich, es nie wieder zu tun.

Henricus rief die Magd, erklärte ihr, wie sie die Blutung ihrer Herrin versorgen musste. Dann packte er seine Utensilien zusammen. Schweigend verließen sie das Haus. Eisige Kälte schlug Emilia entgegen.

Sie waren erst wenige Schritte gegangen, als Henricus plötzlich einknickte.

Emilia erschrak. Sie griff zu, versuchte, ihn zu halten, doch er war zu schwer. Immerhin konnte sie verhindern, dass er ungebremst auf dem Pflaster aufschlug. Schwer atmend blieb er im Schnee sitzen. Emilia hockte sich neben ihn, sah ihn besorgt an.

»Arme Emilia«, sagte er. »Ich werde Euch immer mehr zur Last.«

»Es ist die Last, die auf Eurer Seele liegt, Meister Henricus. Ist es nicht so?«

Henricus rappelte sich hoch. »Mir geht es schon besser. Ich danke Euch. Lasst uns ins Warme gehen, sonst unterkühlen wir uns und werden krank.«

Emilia seufzte tonlos. Henricus wollte nicht über das reden, was ihn bedrückte. Er wollte sein Geheimnis für sich behalten. Das war sein gutes Recht. Aber er musste ihr anvertrauen, wie es um seine Gesundheit stand. Das durfte er nicht vor ihr verbergen. Was würde nur aus ihr werden, wenn Henricus starb?

Nikolaus betrachtete seine Männer. Sie lagen in einer Bodenwelle, keine zweihundert Schritte von der Vorburg entfernt. Die Rüstungen hatten sie abgelegt, sie mussten beweglich sein, und mit einem Zentner rasselnden Eisens am Leib konnte man sich schlecht anschleichen. Wer von ihnen würde den Tag überleben?

»Männer«, flüsterte Nikolaus. »Wir alle sind aus freien Stücken hier, weil wir für eine gerechte Sache kämpfen, weil wir für Gott und Albrecht fechten, weil wir Ritter sind.«

Die Männer nickten grimmig.

»Dann los!« Nikolaus hob die Hand und ballte die Faust.

Die erste Reihe bildeten zwanzig Mann mit Schilden, welche die Armbrustschützen decken sollten. Kaum waren alle aufgesprungen und losgerannt, hörten sie den Alarm von der Vorburg.

Sofort begann der Beschuss. Bolzen schlugen in die Schilde ein, aber niemand wurde verletzt. Nach sechzig Schritten rammten die Krieger die Schilde in den weichen Untergrund. Die Armbrustschützen gingen dahinter in Deckung und vertrieben die wenigen Wachen von der Brücke. Nikolaus und seine Männer rückten nach, ständig unter Beschuss, die Verteidiger feuerten mit allem, was sie hatten. Aber sie richteten keinen ernsthaften Schaden an.

Die Brücke war nun leer, Pukes Männer in der Vorburg eingeschlossen. Sie konnten sie nicht verlassen, ohne von Nikolaus' Männern niedergemäht zu werden. Puke saß in der Falle. Vorerst zumindest.

Doch Nikolaus wusste, dass sein Feind bald feststellen würde, dass er nur von einer kleinen Einheit angegriffen wurde. Dann würde Puke einen Ausfall machen und die Angreifer hinwegfegen. Ohne Pferde und Rüstung waren sie leichte Beute. Puke würde allerdings warten müssen, bis den Angreifern die Bolzen ausgingen, wenn er nicht zu viele Männer auf der Brücke verlieren wollte.

Nikolaus musste die Stellung also so lange wie möglich halten. Früher oder später würde Albrecht auftauchen, darauf zumindest spekulierte er. Wenn Puke das Heer nahen sah, würde er so oder so durchzubrechen versuchen, koste es, was es wolle, und Nikolaus würde sich ihm nicht in den Weg stellen.

Nach einiger Zeit hörte der Beschuss von der Vorburg

auf. Offenbar hatte Puke eingesehen, dass er die Angreifer so nicht vertreiben konnte. Nikolaus überlegte. Was würde er an Pukes Stelle machen? Er würde versuchen, so schnell wie möglich die Burg einzunehmen, um sich dort zu verschanzen. Nikolaus hatte noch nicht zu Ende gedacht, da setzte dumpfes Dröhnen ein. Puke rammte einen mächtigen Sporn gegen das Tor der Rumlaburg.

Nikolaus musste die Verteidiger entlasten. Jetzt kam der zweite Teil seines Plans zum Einsatz. Er ließ zehn Männer hinter den Schilden zurück, die sich hin und wieder rühren mussten, um Pukes Leuten den Eindruck zu vermitteln, dass hier noch immer eine große Zahl Angreifer die Brücke bewachte.

Nikolaus selbst zog sich mit den restlichen vierzig Mann zurück. Sie legten ihre Rüstungen an, stiegen auf die Pferde und entrollten die Banner Mecklenburgs. Dann ritten sie in einem Bogen durch eine Furt auf die andere Seite des Flusses und galoppierten einen Hügel hinauf, der von der Burg aus gut einsehbar war.

Oben angekommen ließ Nikolaus das Horn erklingen. Die dumpfen Stöße, die sie bis hierher hatten hören können, verstummten. Würde Puke auf die plumpe List hereinfallen? Wenn es funktionierte, glaubte er, dass die Brücke noch immer von vielen Schützen gehalten wurde, während von der anderen Seite die Vorhut von Albrechts Heer nahte.

Puke hatte eine schwere Entscheidung zu treffen. Wenn es tatsächlich Albrecht war, wären seine Ritter und er verloren, wenn sie nicht sofort die Flucht ergriffen. In diesem Fall wäre Margretes Heer entscheidend geschwächt. Im anderen Fall gäbe er ohne Not die so wichtige Burg auf.

Allerdings war die Burg für Puke nicht so wichtig wie für Albrecht. Gewann Margrete die große Schlacht, wäre der Fall der Rumlaburg nur eine Frage der Zeit.

In der Vorburg kam Bewegung auf. Von seiner erhöhten Position aus konnte Nikolaus sehen, wie die Ritter aufsaßen und die Fußsoldaten in Formation gingen. Puke würde fliehen!

Nikolaus schlug die Faust in die Handfläche. Jetzt musste er den richtigen Moment abpassen, um Puke nachzusetzen. Es musste echt wirken.

Nikolaus' Männer an der Brücke wichen in den Wald zurück, als Pukes Ritter in wilder Hatz hinüberdonnerten. Im Laufschritt folgten die Fußsoldaten. Puke wandte sich nach Westen, um die Spitze des Vätternsees zu umrunden. Vermutlich hatte er vor, nach Norden abzudrehen, sich mit dem Heer von Skåning zu vereinen und weiter Axevalla zu belagern.

Puke war so in Eile, dass er die zurückweichenden Angreifer nicht beachtete. Nikolaus hob die Faust, sprengte los und hörte im gleichen Augenblick ein Donnern wie von Gewitter. Das Unwetter musste sich weit weg von hier austoben, denn der Himmel war zwar bedeckt, aber Gewitterwolken konnte er nicht ausmachen.

Schon hatte Nikolaus mit seinen Männern den Fluss erreicht. Ohne das Tempo zu verringern, sprengten sie durchs eisige, aber flache Wasser. Sie waren den Fußsoldaten dicht auf den Fersen. Puke selbst und seine Ritter mussten bereits einen riesigen Vorsprung haben. Einerlei, Nikolaus wollte sie nicht schlagen, nur vertreiben.

Plötzlich hielten Pukes Fußsoldaten an, drehten sich um und bildeten eine Speerphalanx. Verflucht, was sollte das? Puke wurde leichtsinnig. Oder er war ein Feigling, opferte seine Männer, damit er sicher entkam?

Selbst mit nur vierzig Rittern würde Nikolaus die Phalanx mühelos durchbrechen und alles niedermachen. Er gab seinem Pferd die Sporen, doch als sie auf Schussweite heran waren, öffnete sich die Phalanx, Pukes Ritter strömten hindurch und nahmen Aufstellung.

Hölle und Teufel! Er hatte Puke unterschätzt. Der Kerl hatte seine List durchschaut und seinerseits eine Falle gestellt, in die Nikolaus auch brav hineingetappt war.

Hastig gruppierte Nikolaus seine Männer im Dreieck. Er selbst bildete die Spitze. Sie mussten Pukes Reihe durchbrechen, dann konnten sie zumindest viele Feinde erschlagen, bevor sie selbst getötet wurden. Mehr durften sie nicht erhoffen. Gegen diese Übermacht konnten sie nur verlieren.

Nikolaus bat Gott um die Vergebung seiner Sünden und warf einen Blick zurück auf die Burg. Hoffentlich durchblickte der Hauptmann Pukes Plan. Dieser wollte die Besatzung der Rumlaburg zu einem Ausfall verleiten, um Nikolaus beizustehen. Wenn das gelang, wären Nikolaus' Ritter *und* die Burg verloren. Doch das Tor blieb geschlossen.

Ruhe kehrte ein. Nur das Schnauben der Pferde war zu hören und der schwere Atem der Männer. Die Ruhe vor der Schlacht. Und das Donnern in der Ferne, das mit jedem Schlag lauter wurde. Das Unwetter kam näher.

»Für Gott und Vaterland«, brüllte Nikolaus.

Er legte die Lanze ein und galoppierte los. Wenn er Glück hatte, erwischte er Puke, das würde dessen Männer verunsichern, vielleicht sogar demoralisieren. Doch Puke rührte sich nicht vom Fleck, zeigte stattdessen über Nikolaus' Kopf hinweg auf den Hügel, auf dem Nikolaus eben noch mit seinen Männern gestanden hatte.

Der Donner, schoss es Nikolaus durch den Kopf. Er parierte sein Pferd durch und wandte sich um. Mecklenburgs Banner wehte über der Kuppe. Die echte Vorhut war eingetroffen, und Hunderte Ritter stürzten sich den Hügel hinab, um Nikolaus zu Hilfe zu eilen.

Puke wendete sein Pferd und stob mit seinen Rittern davon. Zugleich warfen die Fußsoldaten die Lanzen weg und rannten los. Von ihnen würde keiner den Abend erleben.

Der Kampf dauerte nicht lange. Wie die Schafe wurden die Fußsoldaten abgeschlachtet, Gefangene konnte sich ein Heer im Feld nicht leisten. Nur wenn es Adlige waren, die gutes Lösegeld brachten, wurden sie verschont.

Albrecht zog als Sieger in die Rumlaburg ein, Nikolaus an seiner Seite. »Meinen Glückwunsch, Nikolaus von Brunn. Das war ein wahrhaft meisterlicher Streich.«

»Mein Herr, es war Glück. Ich hatte die Lage falsch eingeschätzt und bin in Pukes Falle gelaufen. Ohne Euch wäre ich jetzt tot.«

Albrecht verzog das Gesicht. »Ohne Euch wäre die Burg gefallen, und wir hätten Monate gebraucht, sie zurückzuerobern. Das ganze Unternehmen wäre ins Wanken geraten. Als Euer Herr befehle ich Euch, stolz zu sein auf Eure Heldentat.«

Nikolaus wusste, dass es nicht stimmte, doch er widersprach nicht. »Wie Ihr wünscht, Herr. Wir sollten dennoch auf Puke achten.«

»Puke ist ein großer Feldherr, aber Margrete hat den Fehler begangen, dem Verräter Parow ihr Schicksal anzuvertrauen. Er wird ihr Heer in den Untergang führen, das ist sicher.« Albrecht wischte mit der Hand durch die Luft. »Heute Nacht rasten wir, und morgen marschieren wir in aller Frühe weiter. Wir befreien Axevalla, und dann geht es Margrete und Parow an den Kragen.«

Noch bevor Vico mit der *Helios* in den Schärengarten einlaufen konnte, die Ansammlung von Inseln, die Stockholm vorgelagert waren, wurde er von drei Kriegsschiffen aufgehalten, die gespickt waren mit Armbrustschützen, Speerträgern und Schwertkämpfern. Seine Kehle wurde trocken, er musste sich beherrschen, um nicht wieder umzukehren. Die Erinnerung an die Schlacht mit dem Mecklenburger Kriegsschiff war ihm noch in allzu guter Erinnerung. Doch der Beamte, dem er seinen Kaperbrief überreichte, studierte diesen nur kurz. Dann war er zufrieden und ließ ihn passieren.

Sie segelten vorbei an unzähligen kleinen Inseln und durch Untiefen, die so seicht waren, dass sie die Ruderpinne einziehen mussten, damit diese nicht am Grund zerbrach. Dann endlich erhob sich die Stadt aus dem Wasser.

Stockholm war größer als Schwerin und duckte sich hinter eine zehn Fuß dicke und dreißig Fuß hohe Mauer, die zwar einige Lücken hatte, doch nur an Stellen, wo die Felsen so steil waren, dass niemand sie erklimmen konnte.

Vico stellte sich an die Reling, während Marcellus die Schnigge an die Anlegestelle manövrierte. Fast eine Woche hatten sie in der Bucht gelegen und die Wunden geleckt, bis sie beschlossen hatten, nach Stockholm weiterzusegeln und dort eine neue Mannschaft anzuheuern.

Doch daraus war nichts geworden. Kaum hatten sie die Segel gesetzt, war der Ruf ertönt: »Leck an Backbord!«

Fieberhaft hatten sie das Loch mit Lumpen gestopft und waren umgedreht. Offenbar war die *Helios* beim Anlegen in der Bucht auf einen Felsen gelaufen. Der vordere Laderaum hatte sich bis zur Hälfte mit Wasser gefüllt, ohne dass die Männer es bemerkt hatten.

Das Schiff im Wasser ohne die richtigen Werkzeuge und Materialien zu reparieren, hatte sich als gewaltige Aufgabe herausgestellt, die mehr als zwei Monate in Anspruch genommen hatte. Immerhin hatten sie genug Vorräte an Bord gehabt, die nicht in dem gefluteten Laderaum gelagert waren. Vor drei Tagen hatte Marcellus endlich die reparierte Stelle für ausreichend dicht befunden.

Vico hatte die ganze Zeit wie auf heißen Kohlen gesessen. Was war aus den Tauben geworden? Hatten sie ihren Bestimmungsort erreicht? Würde ihn in Stockholm Antwort erwarten? Oder gar die Person selbst, für die die Nachricht bestimmt gewesen war? Sie wusste immerhin, dass er dorthin unterwegs war. Und es gab ein Haus, einen geheimen Treffpunkt, für den Fall, dass sie miteinander reden mussten.

Marcellus lenkte die *Helios* geschickt an die Kaimauer. Fast zwei Dutzend Koggen lagen im Hafen, wurden be- und entladen.

Die Seeleute und Händler musterten die *Helios* misstrauisch. Nicht nur das ausgebesserte Leck, auch die Kampfspuren waren deutlich zu sehen. Man musste kein Hellseher sein, um zu erkennen, dass die Schnigge ein Freibeuterschiff war.

Vico verteilte die Aufgaben. »Tiberius, du kümmerst dich um neue Männer.« Er winkte Marcellus zu sich. »Wie lange dauert es, die *Helios* mit Kastellen zu versehen wie eine Kogge und Vorrichtungen für mehr Ruder einzubauen?«

Marcellus kratzte sich das Kinn. »Zwei Wochen. Ungefähr.«

»Gut. Gib es in Auftrag. Und lass das Leck ordentlich ausbessern.«

»Wird erledigt.«

»Und noch etwas: Unser Schiff hat jetzt einen Namen. Ich will, dass er in großen Lettern am Bug prangt, wenn wir wieder auslaufen.«

Marcellus nickte, wollte gehen, aber Vico hatte noch ein Anliegen. »Wo kann man Schwarzpulver bekommen?«

Marcellus schaute Vico erstaunt an. »Hier in Stockholm? Keine Ahnung.«

»Gut. Ich werde mich umhören. Ich werde wahrscheinlich über Nacht wegbleiben. Macht euch keine Sorgen.«

Marcellus grinste anzüglich.

»Schön wäre es, Marcellus, und ich werde in den nächsten Tagen sicherlich das eine oder andere Badehaus aufsuchen. Aber nicht heute.«

Marcellus tippte zum Gruß an die Stirn, Vico machte sich auf den Weg in die Gassen der Stadt. Schon bald fand er das Haus, das er suchte. Es bestand aus rotem Fachwerk, und sein Giebel war mit einer geschnitzten Rune verziert, deren Bedeutung Vico nicht kannte.

Er klopfte dreimal kurz und dreimal lang. Es dauerte, bis die Tür geöffnet wurde. Vor ihm stand ein fremder junger Mann in vornehmen Gewändern und sah ihn fragend an.

»Ich bin Vico von Brunn.«

»Wie lautet die Losung?«

»Der Löwe frisst den Bären.«

»Und die drei Reiche sind eins«, erwiderte der Mann.

Vico entspannte sich. Das war die korrekte Antwort auf die Losung. Die Wahrscheinlichkeit, dass Albrecht sie in Erfahrung gebracht hatte, war gering.

Der junge Mann trat zur Seite. »Mein Name ist Balder Sigurdsson.« Er deutete den Korridor hinunter. »Die erste Tür rechts. Wartet dort. Es kann etwas dauern. Zu Eurer Erbauung liegt ein Psalter bereit. Falls Ihr noch das eine oder andere aufgeschnappt habt, könnt Ihr es niederschreiben, Pergament und Tinte findet Ihr auf dem Tisch. Ebenso Wein, Brot und Käse, solltet Ihr hungrig sein. Seid Ihr müde, könnt

Ihr Euch gerne auf das Bett legen. Es ist sauber. Der Kamin ist angeheizt. Verlasst diesen Raum auf keinen Fall, bis man Euch Bescheid gibt.« Sigurdsson neigte den Kopf.

Vico nickte ihm zu, ging den Flur entlang, öffnete die erste Tür rechts und fand alles so vor, wie Sigurdsson es beschrieben hatte. Nach Erbauung stand ihm nicht der Sinn, Neuigkeiten hatte er ebenfalls keine. Dafür knurrte sein Magen. So tat er sich an Brot, Käse und Wein gütlich.

Nach dem Mahl überkam ihn große Müdigkeit. Sigurdsson hatte das offenbar vorausgesehen – oder war in dem Wein ein Betäubungsmittel gewesen? War er doch in eine Falle getappt?

Hastig stand er auf und ging ein wenig umher. Die Müdigkeit blieb, aber sie war nicht übermächtig. Falscher Alarm, hoffte er zumindest. Mit einem Gähnen ließ Vico sich auf das Bett fallen. Es war weich, die Kissen mit Daunen gefüllt. Er schloss die Augen und malte sich die Burg aus, die Margrete ihm für seine treuen Dienste schenken würde. Noch bevor er beim Bergfried angekommen war, war er eingeschlafen.

»Ihr seid erledigt, Vico von Brunn!«

Vico schreckte hoch und blinzelte. Der Ausruf hatte sich in seinen Traum geschlichen. Er war gerade dabei gewesen, das Gold in seiner Schatztruhe zu zählen. Männer waren eingedrungen, und dann hatte jemand diesen Satz gerufen.

»Ergebt Euch, oder Ihr seid des Todes«, fuhr die Stimme drohend fort.

Vico überlegte nicht lange. Gegen diese Macht hatte er nicht die geringste Abwehrmöglichkeit. »Ich ergebe mich, Ihr könnt mit mir machen, was Ihr wollt.«

»Das ist klug von Euch, Vico von Brunn.« Aus dem Schatten löste sich eine Person, warf sich auf Vico und nahm seinen Kopf in ihre Hände.

»Du bist in den letzten Monaten noch schöner geworden, Constanze«, flüsterte Vico.

»Du bist und bleibst ein Schmeichler, Vico von Brunn. Aber wehe, du hättest etwas anderes gesagt. Und jetzt schweig!«

Vico ließ sich in die Kissen zurückfallen und schloss die Augen. Alles, was er sich in den letzten Tagen ausgemalt hatte, ging in Erfüllung. Constanze belohnte ihn sogar noch mehr, als er zu hoffen gewagt hatte. Sie gaben sich ihrer Leidenschaft hin, in einem Wechsel von Zärtlichkeit und Wildheit, bis sie erschöpft und zufrieden nebeneinanderlagen.

Vico fuhr sich über die roten Striemen auf seiner Brust. »Selbst die Mecklenburger Soldaten waren nicht so blutdürstig wie du und bei Weitem nicht so gefährlich.«

»Das solltest du auch nie vergessen, Vico.« Constanze biss ihn ins Ohrläppchen. »Also enttäusche mich nie. Du hast gute Arbeit geleistet. Margrete war hocherfreut. Stell dir vor, Albrecht hat ihr einen Wetzstein für Nadeln und Scheren geschickt und ihr gedroht, sie dem erstbesten Mecklenburger zur Frau zu geben, wenn er sie besiegt hat. Von zehntausend Mann hat er gesprochen. Durch dich wissen wir, dass er nicht mehr als zweitausend aufbieten kann. Margrete befehligt etwa genauso viele. Das weiß Albrecht allerdings nicht. Er geht davon aus, dass wir nicht mehr als tausend Mann haben. Die Täuschung ist perfekt.«

Vico rollte sich auf die Seite, stützte den Kopf auf die Hand und sah sie an. »Wo ist Albrecht jetzt? Schon in Schweden?«

»Er ist noch im Dezember in Kalmar gelandet und marschiert mit seinem Tross auf die Rumlaburg. Er wird sie in den Händen von Puke vorfinden. Wenn er klug ist, bricht er dann sein Vorhaben ab. Ohne die Burg hat er keinen Rückhalt.«

Vico stellte sich die Soldaten in Schnee und Eis vor. Wo Nikolaus sich wohl herumtrieb? Lief er Albrecht im Heerestross hinterher? Wollte er in erster Reihe für seinen Herrn kämpfen? Der dumme Junge war Albrecht treu ergeben und würde sein Leben opfern für diesen Popanz von einem König. Sollte er doch zur Hölle fahren, er war selbst schuld daran. Vico seufzte. Er hätte Nikolaus gut an seiner Seite gebrauchen können. Sein Bruder war ein hervorragender Kämpfer, und er war klug. Aber das Schicksal hatte sie zu Gegnern gemacht.

Vico schüttelte die düsteren Gedanken ab. »Jetzt, wo wir wieder zusammen sind, könnten wir doch endlich heiraten. Margrete wird mir zur Belohnung sicherlich Land und Titel zugestehen.«

Constanze küsste ihn auf den Mund. »Das wird sie tun. Allerdings können wir nicht heiraten.«

»Warum? Weil du aus niederem Adel stammst? Das ist für mich kein Problem. Wir lieben uns, nur das zählt.«

Constanze umschlang ihn und kuschelte sich an seine Brust. »Es ist wahr, dass ich dich liebe und niemanden sonst. Warum das so ist, weiß ich selbst nicht.« Sie kicherte. »Vielleicht, weil du der einzige Mann bist, der meine Liebesflamme zum Lodern bringen kann. Vielleicht, weil du mir verfallen bist und alles tust, was ich dir auftrage.«

Damit hatte Constanze recht. Er würde alles tun für sie und alles ertragen.

»Nur heiraten kann ich dich nicht. Denn ich bin bereits verheiratet. Die Gelegenheit war zu günstig.«

Vico spürte einen Stich in der Magengegend, obwohl sie eine klare Absprache hatten. Constanze stand es frei zu tun, was immer sie tun wollte und musste, um den Auftrag zu erfüllen, den sie von Margrete erhalten hatte, nämlich Albrecht und seine Pläne auszuspionieren. Und wenn sie dafür heiraten musste, musste sie eben heiraten. Wenn er ihr deswegen Vorwürfe machte, würde sie ihn verlassen. Das hatte sie gleich zu Anfang klargestellt, und Vico zweifelte nicht daran, dass sie es ernst gemeint hatte.

»Und wer ist der Glückliche?«, fragte er mit belegter Stimme. »Oder sollte ich besser sagen, der Unglückliche?«

»Es ist ein Mann, der dir ein wenig ähnlich ist. Er ist mir hörig, und er stammt aus höherem Adel. Da hört die Ähnlichkeit aber auch schon auf. Im Bett ist er eine Niete. Ich komme mir vor wie eine Kuh, die von einem Stier bestiegen wird. Immerhin beschränkt sich seine Lust auf wenige Tage im Monat. Leider ist er misstrauisch. Selbst mir gegenüber spricht er nicht über Dinge, die den Krieg zwischen Margrete und Albrecht betreffen. Ich muss jede Kleinigkeit mühsam und unter ständiger Gefahr, erwischt zu werden, erlauschen.« Sie zupfte an Vicos Haaren. »Es ist Sergius von Crivitz.«

Sie schwieg auf eine Weise, die Vico sagte, dass sie auf eine Entgegnung wartete. »Crivitz? Dieser Holzkopf?«, sagte Vico pflichtschuldig.

»Bist du jetzt eifersüchtig?«

Was wollte Constanze hören? Verneinte er die Frage, würde sie ihm vorwerfen, er liebe sie nicht; bejahte er sie, würde er einen Rüffel von ihr erhalten, weil er sich nicht an ihre Absprache hielt und sie einzuengen versuchte.

»Habe ich denn einen Grund dazu?«

Constanze gluckste. »Du Schlitzohr, du weißt wirklich, wie Frauen denken.«

»Ich weiß, wie *du* denkst, Liebste. Andere Frauen gibt es für mich nicht.«

Sie zwickte ihn in die Wange. »Du sollst nicht lügen!«

Vico verkniff es sich zu erwidern, dass er keine Wahl hatte, sie belügen musste: Denn er *war* eifersüchtig, so sehr, dass er sich mit Vergnügen ausmalte, wie er Sergius entmannte und ihm sein Gemächt ins Maul stopfte. »Du siehst mir doch an, wenn ich lüge, oder?«

Constanze stützte sich mit den Händen auf und musterte ihn. »Manchmal bin ich mir da nicht so sicher.«

Sie sprang aus dem Bett, drehte sich hin und her, bewunderte ihren makellosen Körper, strich sich über den Bauch. »Bis jetzt ist alles gutgegangen. Ich habe Sergius immer abwehren können, wenn ich in Hitze war.« Sie verschränkte die Arme vor der Brust. »Ich will keine Kinder. Das macht alt und hässlich.«

»Was passiert als Nächstes?«, fragte Vico und spürte erneut Verlangen.

Constanze warf einen Blick zwischen seine Schenkel. »So wie es aussieht, sind wir noch nicht fertig für heute.«

Henricus schnarchte so laut, dass Emilia fürchtete, das Haus würde über ihnen zusammenbrechen. Sicherlich hörten ihn auch Wilhelm Seibold, seine Frau und sein Gesinde durch die dünnen Wände des Kaufmannshauses. Seit mehr als zwei Monaten nahmen sie jetzt schon die Gastfreundschaft des herzlichen Mannes in Anspruch, doch weder Henricus noch Seibold schien das zu stören.

Seufzend schlug Emilia die Decke zurück. Noch war es draußen dunkel, doch an den Geräuschen, dem Klappern von Töpfen, Schlagen von Türen und Poltern von Schritten erkannte sie, dass es bereits Morgen sein musste. Sie lag ohnehin seit Stunden wach, war nach einem kurzen, unruhigen Schlaf hochgeschreckt und hatte nicht mehr einschlafen können.

Wie auch? Immer wieder sah sie ihre blutigen Hände und die Gewebefetzen, die vielleicht ein Kind hätten werden können. Und sie sah ihre Freundin Constanze, wie sie in den Kerker kam und beim Abschied die Tür offen ließ, damit Emilia fliehen konnte.

Emilia erinnerte sich an die Reisen mit dem dänischen Hof, an die gemeinsamen Lehrstunden mit Constanze, wie sie sich gegenseitig geholfen hatten, wenn es mit der Stickerei und den Französischvokabeln nicht richtig klappte. Constanze war von niederem Adel, war nur durch die Fürsprache des alten Sewolt von Brunn an den dänischen Hof gekommen, auf dessen Burg sie die ersten Jahre ihrer Erziehung verbracht hatte. Auf Burg Weitin hatte Constanze Vico kennengelernt, wie sie Emilia erzählt hatte, der schon fertig ausgebildeter Ritter war, als sie mit vierzehn nach Dänemark ging. Seinem Bruder Nikolaus war sie aber, soweit Emilia wusste, nie begegnet. Emilia fragte sich, was Constanze wohl sagen würde, wenn sie wüsste, dass der junge Ritter, den sie damals so bewundert hatte, inzwischen als Seeräuber die Ostsee unsicher machte.

Nun, sie würde es bald erfahren. Denn sie hatte vor, Constanze zu treffen. Allerdings würde sie vorsichtig sein. Henricus sorgte sich zu Recht. Wer konnte schon sagen, was inzwischen geschehen war, was Constanze in Stockholm machte und mit wem sie verkehrte.

Es gab nur einen Weg, das herauszufinden. Emilia nahm Feder und Tinte und schrieb:

Liebste Freundin,
sicherlich glaubt Ihr, ich sei tot, von Wölfen gerissen, von Räubern erschlagen. Weit gefehlt. Ich lebe, und ich bin ganz in Eurer Nähe – in Stockholm! Ich glaube, wir

haben uns viel zu erzählen. Leider sucht man mich noch immer als dänische Spionin. Deswegen muss ich vorsichtig sein. Ich werde ab morgen fünf Tage lang zur Mittagsstunde am Kornhafen auf Euch warten. Ihr werdet mich nicht sehen, aber ich werde Euch sehen, und wenn ich sicher bin, dass Euch und mir keine Gefahr droht, werde ich mich zu erkennen geben. Bitte verzeiht mir meine Vorsicht, ich misstraue nicht Euch. Ich möchte nicht, dass Euch meinetwegen Ungemach geschieht.
Emilia

Emilia faltete das Pergament und siegelte es. Henricus schlief noch immer tief und fest. Emilia hüllte sich in ihren Lodenmantel, zog sich die Kapuze tief ins Gesicht und verließ das Haus.

Der Wind war noch kälter geworden, Eisschollen trieben im Wasser, das Stockholm umgab. Auf der westlichen Seite lag der Mälarensee, auf der östlichen der Saltsjön. Wenn man den Einheimischen Glauben schenken konnte, waren die Inseln Munckholmen, wo das Kloster der grauen Mönche stand, und Wangsö bald zu Fuß erreichbar.

Eifrig schlugen Männer von Schiffen aus die Schollen in Stücke, damit die Wassersstraße frei blieb und die Koggen passieren konnten.

Die Kälte sickerte durch den Mantel, Emilia beschleunigte ihre Schritte. Den Brief bewahrte sie in ihrem Beutel auf, den sie an den Gürtel gebunden hatte. Da war er sicher. Jetzt musste sie nur noch das Haus wiederfinden.

Bald erreichte sie den Platz. Inzwischen war es hell, und es herrschte reges Treiben. Ohne auch nur einen Blick auf das Haus zu werfen, in dem sie gestern mit Henricus gewesen war, schritt Emilia auf das Gebäude zu, in dem sie Constanze vermutete. Es hatte vier Stockwerke, war aus Ziegeln gebaut und trug eine wunderbare Giebelfassade, in die Bögen eingemauert waren, beinahe wie bei einer Kirche. Zur Tür, die fast im ersten Stock lag, führte eine breite, sich verjüngende Treppe. Die Tür selbst war zweiflügelig und wirkte stabiler als ein Burgtor.

Emilia schaute hinauf zu den Fenstern, von denen einige mit runden grünen Butzen verglast waren. Das war der letzte Beweis, dass hier reiche Leute wohnen mussten, denn Glas in den Fenstern war für normale Menschen unbezahlbar.

Emilia trat auf die erste Stufe. Das ganze Haus wirkte einschüchternd. Wer hier wohnte, hatte Macht. Vielleicht war es genau diese Macht, die ihr helfen konnte – oder sie vernichten.

Sollte sie wirklich nach Constanze fragen?

Sie gab sich einen Ruck, stieg die Stufen hinauf und ließ den Klopfer auf das Holz des Portals fallen. Ihr Herz schlug hart. Was, wenn Constanze selbst aufmachte? An diese Möglichkeit hatte sie gar nicht gedacht. Emilia erkannte, dass sie vorschnell und unklug gehandelt hatte. Doch ihr blieb keine Zeit, es sich anders zu überlegen. Denn schon öffnete sich das Portal.

»Ihr wünscht?«, fragte eine junge Magd.

»Ich, hm, ich bin eine Freundin von Constanze von Gnoien, und ich habe eine Botschaft für sie. Sie wohnt doch hier?«

»Die Herrin ist noch nicht zu sprechen. Aber ihr Gemahl ist bereits auf. Soll ich ihm die Nachricht übergeben?«

Constanze hatte also geheiratet. Das war nicht wirklich verwunderlich. Sie hatte schon immer ein Dutzend Verehrer an jeder Hand gehabt. Sie konnte sich aussuchen, wen immer sie haben wollte. Sollte sie sie wirklich mit ihren Problemen belästigen, vielleicht sogar ihr Glück zerstören?

Fieberhaft überlegte Emilia, während sie den Beutel aufknotete, um den Brief herauszuholen.

Die Magd streckte ihr die Hand entgegen. »Was soll ich Graf von Crivitz sagen, von wem die Nachricht ist?«

Entsetzt hob Emilia den Blick. Der Brief in ihrer Hand brannte mit einem Mal wie Feuer. »Graf von Crivitz? Sprichst du von Sergius von Crivitz?«

»Ja, Sergius von Crivitz ist mein Herr. Stimmt etwas nicht?« Die Magd runzelte die Stirn. »Vielleicht sollte ich ihn rufen.« Sie wandte sich ab.

Emilia zögerte nicht. Sie sprang die Treppe hinunter, warf sich die Kapuze über den Kopf und rannte, als wäre ihr der Leibhaftige auf den Fersen. Erst als sie unten am Hafen stand, blieb sie keuchend stehen. Die kalte Luft brannte in ihren Lungen, in der rechten Seite stach es, und der Schweiß lief ihr am ganzen Körper hinunter.

Keuchend lehnte sie sich an eine Hauswand. Constanze und Sergius hatten geheiratet. Wie konnte das sein? Was ging hier vor? Sie rieb sich den Schweiß von der Stirn. Erst dabei fiel ihr auf, dass sie das Schreiben noch immer in der Hand hielt. Wie knapp sie davongekommen war!

Doch die Gefahr war noch nicht gebannt. Sie musste aus Stockholm verschwinden, und zwar so schnell es ging.

Vico zog sein Schwert und schlug auf den Mann ein. Sein Gegner hatte nichts als einen Eichenstock, um sich zur Wehr zu setzen, den er allerdings schwang, als wäre er leicht wie ein Strohhalm.

Nach vier Schlägen, die sein Gegner sämtlich parierte, hielt Vico inne und nickte. »Du bist in die Mannschaft aufgenommen.«

Er zeigte auf Marcellus, der auf einer Kiste saß, vor sich

ein Brett über zwei Fässern. Darauf lag die Heuerliste, in die sich jeder eintragen und in der er mit seiner Unterschrift oder einem Kreuz bezeugen musste, dass er über die Bedingungen der Heuer in Kenntnis gesetzt worden war und dass er sie akzeptierte.

Tiberius hatte wie immer gute Arbeit geleistet. Bereits dreißig Mann hatte er ausfindig gemacht, die allesamt echte Schlagetots waren. Zwar war niemand dabei, der gut ausgebildet war, aber das bedeutete auch, dass niemand aus der Mannschaft Vico gefährlich werden konnte, sollte sich das Blatt gegen ihn wenden. Abgesehen von Tiberius.

Für heute war die Musterung beendet, der Zimmermann, der die Kastelle bauen und das Leck ausbessern sollte, würde bald kommen, um Vico ein Angebot zu unterbreiten. Die Geschäftigkeit tat ihm gut, lenkte ihn davon ab, ständig an Sergius zu denken und sich vorzustellen, dass dieser Bauer seine Constanze bestieg wie ein Gaul eine Stute. Vielleicht gönnte ihm das Schicksal eine Begegnung mit dem Geck auf dem Meer. Vico würde ihn mit Freuden den Fischen zum Fraß vorwerfen.

Ein spitzer Schrei drang an Vicos Ohr. Er fuhr herum und erblickte eine junge Magd, die mit vor Schreck aufgerissenen Augen dastand.

Tiberius hielt sie am Arm fest. »Du kannst nicht einfach hier herumlaufen, dummes Ding. Das ist gefährlich.«

»Deswegen müsst Ihr mir nicht gleich den Arm ausreißen. Ihr tut mir weh. Lasst mich los. Ich komme mit dringender Botschaft für Vico von Brunn.«

Vico schmunzelte, so verschreckt schien die Kleine nicht zu sein. »Lass sie durch, Tiberius. Ich glaube, es wird Zeit, dass wir wieder in See stechen. Du hast zu viel Kraft, mit der du nicht weißt, wohin.«

Tiberius brummte und ließ die Magd gehen.

Vico winkte sie zu sich. »Wer schickt dich, mein Kind?«

Die Magd flüsterte. »Meine Herrin, Constanze von Gnoien. Sie muss Euch sofort sehen.« Sie zeigte ihm einen Ring, der bewies, dass Constanze sie wirklich geschickt hatte. »Folgt mir.«

Schon der Gedanke, Constanze zu sehen, brachte seine Lenden zum Lodern. *Bei allen Heiligen,* dachte Vico, *diese Frau wird mich noch den Kopf kosten.* Aber es gab keine andere für ihn.

Vico rief Tiberius zu, dass er dringend etwas erledigen müsse, und eilte der Magd hinterher, durch Gassen, die er noch nie zuvor gesehen hatte. Schließlich erreichten sie die andere Seite der Insel und standen am Ufer des Mälarensees, wo es ebenfalls Anlegestellen für Boote gab, die andere Inseln oder das Landesinnere mit Waren belieferten. Vor einer heruntergekommenen Spelunke blieb die Magd stehen.

»Da drin?«, fragte Vico.

»Sie wartet auf Euch«, erwiderte die Magd und machte sich aus dem Staub.

Vico öffnete die Tür, die schief in den Angeln hing. Beißender Geruch von geräuchertem Fisch, schalem Bier und Erbrochenem schlug ihm entgegen. Was zum Teufel wollte Constanze hier?

Er trat in den verqualmten Gastraum. Der Kamin schien das letzte Mal vor hundert Jahren gereinigt worden zu sein. In der hintersten Ecke sah er eine einsame Gestalt an einem Tisch sitzen, die die Gugel tief ins Gesicht gezogen hatte.

Vico setzte sich zu ihr.

Statt einer Begrüßung zeigte Constanze auf den Becher auf dem Tisch. »Wenn du das trinkst und nicht daran stirbst, bist du von Gott auserwählt.«

Immerhin hatte sie ihren Humor nicht verloren. »Worum

geht es? Wo brennt es? Warum bin ich hier in diesem Drecksloch?«, fragte er. »Abgesehen von der Tatsache, dass du ohne mich nicht leben kannst.«

»Du überschätzt dich.« Sie wuschelte ihm durch das Haar. »Erinnerst du dich an das, was ich dir über Emilia von Hobe erzählt habe?«

Vico schmunzelte. »Die Kleine, die sich als Tochter des alten Hobe ausgeben sollte, um Albrecht auszuspionieren?«

»Genau die. Wir mussten sie loswerden, weil sie uns verraten wollte. Das Miststück. Jedenfalls hat der Kerl, den ich auf sie angesetzt habe, versagt, keine Ahnung, warum. Sollte ich je nach Mecklenburg zurückkehren, ist er ein toter Mann. Er sollte sie verschwinden lassen. Hat er aber nicht. Ich schätze, sie hatte Geld dabei und er hat doppelt kassiert.«

»Wie dumm von ihm.«

»Jedenfalls ist das Luder hier in Stockholm. Sie war heute an meinem Haus, wollte etwas für mich abgeben. Die Magd hat sie mir beschrieben, und es besteht kein Zweifel: Sie ist es und sie ist gefährlich. Sie muss sterben.«

»Und ich soll das übernehmen?

»Ist das ein Problem für dich?«, zischte Constanze.

Vico spürte die Angst in ihrer Stimme und den Zorn. Er wusste, was sie von ihm erwartete, und er hatte kein Problem damit. Wer immer Constanze in Gefahr brachte, bekäme seine Klinge zu kosten. »Wie sieht sie aus?«

»Lange braune Locken, hohe Wangen, eine schmale Nase, die einer Königin angemessen wäre. Sie ist eine Schönheit.« Sie schnaubte. »Aber lass die Finger von ihr!«

»Wo denkst du hin?«

»Offenbar zieht sie mit einem Quacksalber umher, der die reichen Bürger von Stockholm von ihren Zipperlein heilt. Leider weiß ich nicht, wo sie untergeschlüpft sind.«

Vico schoss eine Erinnerung durch den Kopf. Ein Quacksalber? Lange braune Locken? Eine Schönheit? Die Frau, die Constanze beschrieb, hatte er schon gesehen. Schon zwei Mal, um genau zu sein. Es musste Lia van der Wee sein. Emilia – Lia. Vico schluckte. Dann hatten die beiden das Abenteuer auf See tatsächlich überlebt. Kaum zu glauben. Er rieb sich nervös die Hände. Constanze durfte nicht wissen, dass er die Verräterin bereits in seiner Gewalt gehabt und wieder laufen gelassen hatte.

»Was soll ich tun?«, fragte er heiser.

Sie schaute ihm in die Augen. »Du musst sie finden und unauffällig beseitigen. Und beeil dich! Dieses Weib kann uns gefährlich werden.«

Henricus wandte all seine Kraft auf, um den Pfeffer zu zerstoßen. Es musste schnell gehen, schneller als sonst. Aber seine Hände wollten nicht mehr so wie früher. Sie waren steif und schmerzten.

Emilia stand neben ihm und trat ungeduldig von einem Fuß auf den anderen. »Es wird Zeit, Henricus. Wir dürfen nicht länger zögern. Jeden Augenblick kann Sergius uns finden, und dann gnade uns Gott.«

Henricus legte noch mehr Kraft in den Stößel, aber der Pfeffer war hart, und er musste ihn zu feinem Pulver zerreiben. Er konnte Stockholm nicht verlassen, ohne die Behandlung seines Patienten zu beenden. Sein Ruf hätte darunter gelitten, und es wäre auch gegen seine Ehre gewesen. Der arme Mann hatte eine eitrige Geschwulst gehabt, die ihn über kurz oder lang umgebracht hätte. Henricus hatte sie aufgestochen, jetzt musste die Wunde mit einer Salbe aus Pfeffer, Bockshornklee und Dost eingeschmiert werden, und zwar zweimal täglich.

»Ich mache, so schnell es eben geht, Emilia, aber Ihr müsst verstehen, dass ich nicht einfach weglaufen kann«, sagte er, ohne die Arbeit zu unterbrechen. »Zum Glück ist es die letzte Behandlung, alles Weitere kann die Magd übernehmen. Aber sie braucht die Salbe. Dem Pfuscher, der vor mir den Mann behandelt hat, fiel nichts anderes ein, als Blut abzuzapfen und Dreck auf die Beule zu schmieren. Dadurch hat er alles noch schlimmer gemacht. Die Entzündung hat sich ausgebreitet.«

»Ich weiß«, sagte Emilia. Sie klang ungeduldig. »Kann ich helfen?«

»Im Moment nicht. Ihr habt ja schon alles gepackt. Wenn ich mit der Salbe fertig bin, könnt Ihr den Rest zusammenräumen und reisefertig machen.«

Endlich war der Pfeffer fein genug. Henricus gab die anderen Zutaten dazu und mischte sie sorgfältig. Damit die Salbe gut wirkte, mussten die Kräuter fein wie Staub sein. Mit den Fingerspitzen prüfte Henricus die Mischung. Sie schmeckte scharf und hatte einen bitteren Nachgeschmack. Sehr gut. Jetzt noch das Schweineschmalz, dann konnte er endlich zu seinem Patienten.

Henricus warf seinen Surcot über und packte den Tiegel mit der Salbe. »Ihr wartet hier, Emilia.«

Doch anstatt zu gehorchen, stellte sie sich ihm in den Weg. »Das könnte Euch so passen.« Sie zeigte auf seinen Kopf. »Ihr habt noch nicht begriffen, welche Gefahr uns droht. Sergius wird Erkundigungen einziehen und sehr schnell herausfinden, dass ich in Begleitung eines Heilers unterwegs bin, der mit seiner weißen Haarpracht nicht zu übersehen ist. Ihr müsst Euch verhüllen, sonst werdet Ihr niemanden mehr heilen. Am besten wäre, ich würde gleich mitkommen. Dann könnten wir von Eurem Patienten aus direkt zum Hafen laufen und uns nach Mecklenburg einschiffen.«

Henricus musste Emilia recht geben. Wenn Sergius sie erwischte, dann war ihr Leben verwirkt. Sie mussten die Stadt so schnell wie möglich verlassen. »Also gut. So machen wir es. Bringt die Sachen runter, ich rede mit der Magd und schreibe Wilhelm einen kurzen Abschiedsbrief.«

Hastig kritzelte Henricus einige Zeilen aufs Pergament, übergab das Schreiben der Magd und bedeutete ihr zu vergessen, dass er und Lia je hier gewesen waren. Die Magd blickte ihn erschrocken an, aber Henricus hob nur einen Zeigefinger und wiederholte seine Anweisung. Dann folgte er Emilia, die bereits aus der Tür hinaus war, ihr großes Bündel auf dem Rücken, das fast alles enthielt, was sie besaßen. Henricus nahm das kleinere Bündel und seine Tasche, warf einen letzten sehnsüchtigen Blick auf das Haus seines Freundes und setzte sich in Bewegung.

Es fiel ihm schwer, die Stadt zu verlassen. Hier hätte er es noch den ganzen Winter aushalten können. Vielleicht sogar länger. Stockholm hätte seine zweite Heimat werden können, er war des Reisens müde, wollte endlich sesshaft werden, doch jetzt rächte sich sein weiches Herz.

Bereute er, dass er Emilia aus den Fängen des Wildhüters befreit hatte? Er musste nicht lange nachdenken. Nein, er würde es jederzeit wieder tun. Was war ein warmer Herd wert, wenn man dafür sein Gewissen verraten musste? Zudem war Emilia das Beste, was ihm seit Jahren passiert war. Sie war fleißig, begriff sehr schnell und war, was er nie von einer verwöhnten Grafentochter erwartet hätte, ebenso mutig wie leidensfähig.

Und doch konnte er nicht für allezeit mit ihr durch die Lande ziehen. Sie gehörte in ein anderes Leben, und er war längst zu alt für die Mühen der Wanderschaft.

Als dieser Nikolaus von Brunn im Herbst plötzlich wieder vor der Tür gestanden hatte, war Henricus der Gedanke gekommen, dass der junge Mann sie nicht allein wegen seines kranken Freundes aufgesucht hatte. Da war etwas in der Art gewesen, wie er Emilia ansah, das Henricus hatte hoffen lassen, er könne ihre Rettung sein. Aber dann schienen sich die beiden wegen irgendetwas überworfen zu haben. Emilia hatte es nicht erwähnt, und Henricus hatte sie nicht bedrängen wollen, allerdings war ihm aufgefallen, dass jemand die Dinge in seiner Tasche durcheinandergebracht hatte.

Am Abend hatte Emilia ihn gefragt, ob er denn kein einziges Buch über die Kunst des Heilens besäße. Und da war ihm der Schiffsjunge wieder eingefallen, der seine Tasche durchwühlt hatte, weil er das Buch darin vermutete, das man den *Codex der Macht* nannte. War es möglich, dass Nikolaus von Brunn ebenfalls danach suchte? Vielleicht im Auftrag seines Herrn? Angeblich standen nicht nur medizinische Rezepturen in dem Buch, sondern auch eine Anleitung zur Herstellung von Gold. Es würde Henricus nicht wundern, wenn der Herzog danach strebte, es zu besitzen.

Schon einmal hatte Henricus darüber nachgedacht, dass man ein bisschen nachhelfen könnte, damit das Buch, das alle so verzweifelt suchten, endlich gefunden wurde. Man müsste es nur geschickt anstellen, und man bräuchte jemanden, der geübt war im Schreiben und Zeichnen …

Henricus war so in Gedanken versunken, dass er kaum mit Emilia mithalten konnte, die durch die Gassen hastete, als wäre der Teufel hinter ihr her. Er beschleunigte seine Schritte, achtete gleichzeitig darauf, dass seine Haare und sein Bart unter einer Gugel verborgen blieben. Es war noch immer bitterkalt, der Schlamm war steinhart gefroren, und da es nicht an Nachschub fehlte, bildeten sich Hügel aus harten Fäkalien und Abwässern. Wagenräder knirschten über den holprigen

Untergrund, gruben Rinnen in den Weg. Henricus und Emilia mussten immer wieder zur Seite springen, wenn ein Karren an ihnen vorbeischlingerte, weil er nicht genau in die Spur passte und an den steilen Kanten abrutschte.

Henricus hielt den Kopf gesenkt und musterte argwöhnisch jeden, der ihnen begegnete. Emilia hatte ihm Constanze beschrieben; wie Sergius aussah, wusste er ja. Sie liefen zum Stortorget, dem zentralen Platz, tauchten in die Menge ein und eilten dann die Köpmangatan hinab zum Saltsjön. Henricus' Patient wohnte in der Nähe des Hafens. Emilia dachte wirklich schnell und folgerichtig. Sie sparten eine Menge Zeit, wenn sie von dort direkt das nächste Schiff bestiegen. Nur gut, dass die Reisekasse bestens gefüllt war. Die Stockholmer waren wohlhabend, und sie zahlten sofort und bereitwillig den Preis, den Henricus für seine Dienste verlangte.

Henricus klopfte, die Tür schwang auf, die Magd öffnete und führte sie zu ihrem Hausherrn. Henricus begutachtete die Wunde. Sie entwickelte sich prächtig, und der Patient war so dankbar, dass er sogar das Doppelte von dem zahlte, was Henricus forderte. Auch solche Menschen gab es. Nachdem die Magd dreimal wiederholt hatte, was sie tun musste, verabschiedeten sich Henricus und Emilia. Die Magd ließ es sich nicht nehmen, ihnen noch einen Leinenbeutel mit Wegzehrung mitzugeben, den sie dankend annahmen.

Im Hafen ging es lebhaft zu wie immer. Vielleicht sogar noch etwas hektischer als sonst, weil alle fürchteten, dass die Fahrrinne nicht mehr lange offen bleiben würde.

Henricus deutete auf einen dürren Mann, der eine Fellkappe trug. »Das ist der Hafenmeister. Ich werde ihn fragen, wann das nächste Schiff nach Mecklenburg geht.«

»Und wenn Sergius ihn schon in Kenntnis gesetzt hat,

dass eine dänische Spionin und ihr Komplize aus der Stadt fliehen wollen?«

»Dann sitzen wir so oder so in der Falle. Denn dann werden auch die Stadttore überwacht. Das Beste, was Ihr jetzt tun könnt, ist, den Herrgott um Beistand anzuflehen.«

Emilia nickte kaum merklich.

Henricus trat zu dem Mann mit der Fellkappe. »Werter Hafenmeister, habt Ihr einen Moment für mich?«

Der Mann wandte sich Henricus zu. »Sieh an, Henricus, der Heiler. Man hört so einiges über Euch.«

Henricus brach trotz der Kälte der Schweiß aus. »Ich hoffe, nur Gutes.« Die Worte gingen ihm nur schwer über die Lippen.

»Man sucht Euch überall, heißt es.«

Henricus musste sich zusammenreißen, um nicht sofort die Flucht zu ergreifen.

»Jeder hat bei dem Wetter irgendein Wehwehchen.« Der Hafenmeister lachte. »Ich bin froh, dass ich Euch nicht konsultieren muss.«

Eine Zentnerlast fiel Henricus von den Schultern. »Wie wahr! Gesundheit ist noch immer unser höchstes Gut.«

Der Hafenmeister nickte. »Wie kann ich Euch helfen?«

»Dringende Geschäfte rufen mich nach Mecklenburg. Wann geht das nächste Schiff?«

Der Hafenmeister blies die Backen auf und ließ die Luft mit einem zischenden Geräusch wieder entweichen. Er zeigte auf die Fahnen an den Schiffen. »Nach Süden wollt Ihr? Da müsst Ihr rudern. Der Wind steht schlecht. Er bläst von Süden. Kein Schiff wird heute nach Mecklenburg auslaufen. Und wohl auch morgen und übermorgen nicht. Und ob in ein paar Tagen die Fahrrinne noch eisfrei ist …« Er ließ den Satz unbeendet. »Tut mir leid.«

»Und was ist mit kleineren Schiffen, die gegen den Wind kreuzen können?«

»Wenn Ihr nicht mit Freibeutern segeln wollt ...«

Henricus riss die Augen auf.

Der Hafenmeister winkte ab. »Versucht es doch über den Landweg. Obwohl ...« Er deutete in den Himmel. »Schnee liegt in der Luft. Wer weiß; ob da ein Handelszug nach Süden geht, kann ich nicht sagen.«

»Ich danke Euch für den guten Rat, ich werde ihn beherzigen.« Henricus verneigte sich. »Nichts ist so eilig, als dass man sein Leben dafür riskieren müsste.« *Es sei denn, es geht um genau jenes Leben.*

Er hielt nach Emilia Ausschau, konnte sie jedoch nicht entdecken. Beunruhigt lief er auf und ab. Endlich erblickte er sie versteckt hinter einem Stapel Fässer. Sie war weiß wie ein Leichentuch.

Hastig stürzte er zu ihr. »Was ist los?«

»Da seid Ihr ja endlich, Henricus. Ich dachte schon, er hätte Euch gesehen!«

»Wer, Kind?« Erschrocken blickte Henricus in alle Richtungen. »Sergius? Ist er hier am Hafen?«

»Nicht Sergius«, erwiderte Emilia mit zitternder Stimme. »Vico von Brunn. Sein Schiff liegt nur wenige Schritte von hier vor Anker.«

Es dämmerte bereits, als Nikolaus das Zelt betrat, in dem der Kriegsrat seine Sitzungen abhielt. Mal wieder hatten sie kaum mehr als eine Meile geschafft. Die Tage waren viel zu kurz, und auch das Wetter spielte nicht mit.

Als sie von der Rumlaburg aufgebrochen waren, hatte leichter Schneefall eingesetzt. Zwar war es dadurch etwas wärmer geworden, aber der Schnee blieb liegen und schmolz auch am Tag nicht, selbst wenn sich die Sonne blicken ließ. Der Tross quälte sich durch die Landschaft. Wären sie in bergigem Gebiet unterwegs gewesen, sie hätten umkehren müssen.

Fast tausend Berittene, fünfhundert Armbrustschützen und fünfhundert Speerträger umfasste das Heer. Dazu Hunderte Knappen, Karren sowie Lastesel mit Vorräten und Waffen. Auch unzählige Zeugmacher, Hufschmiede, Wagner, Zimmerleute, Bäcker und andere Handwerker begleiteten die Krieger. Der Tross war eine reisende Stadt. Apotheker fehlten ebenso wenig wie ein Dutzend Feldärzte. Und selbstverständlich wurde jeden Tag am Morgen und am Abend eine Messe gelesen. Dafür reisten zwei Dutzend Priester mit, samt ihren Altären, die allerdings klein und daher gut zu transportieren waren.

Nikolaus ritt neben Albrecht, der einen rechten Narren an ihm gefressen hatte. So mancher hohe Edle aus Albrechts Rat rümpfte die Nase, brachte Nikolaus doch keine eigenen Männer, Waffen und Vorräte mit. Er besaß ja nicht einmal einen Titel. Dass er entscheidend dazu beigetragen hatte, die Rumlaburg zu befreien, war ihnen vollkommen egal. Nikolaus kannte zwar die meisten, aber nur mit wenigen verband ihn so etwas wie Freundschaft. Die Mehrheit verachtete nicht nur ihn, sondern den gesamten niederen Adel, die kleinen Burggrafen, die das Letzte aus ihrem Land herausholen mussten, um ihrem Lehnsherrn die geforderten Krieger stellen zu können. Viele von denen brachten nicht mehr als sich selbst, ihre Rüstung zuzüglich eines Knappens und Verpflegung auf. Und das oft um den Preis, dass ihre Bauern hungern mussten.

Stargard, ein Vetter Albrechts, wurde nicht müde, Nikolaus wegen Vico zu piesacken. Auch jetzt fletschte er die Zähne, als Nikolaus sich auf einen Hocker setzte und die Beine ausstreckte.

»Sieh an, der Bruder von Graf Habenichts beehrt uns mit seiner Anwesenheit«, näselte er. »Solltet Ihr dem Herzog nicht ein Buch besorgen? Wo ist es denn? Habt Ihr es etwa nicht gefunden? Wenn Ihr bereits an einer solch einfachen Aufgabe scheitert, wie werdet Ihr Euch dann wohl erst auf dem Schlachtfeld blamieren?«

Albrecht war noch nicht da, sonst hätte Stargard nicht so mit ihm zu reden gewagt. Der Herzog hatte Nikolaus kurzerhand zu seinem Amicus und persönlichen Berater ernannt, als er die Sticheleien der anderen bemerkt hatte, sodass Nikolaus berechtigt war, an jeder Besprechung des Rates teilzunehmen. Das hatte die Missgunst der anderen allerdings noch weiter geschürt.

»Wie groß sind denn die Ländereien eines Amicus?« Stargard lachte spöttisch, der Herzog von Holstein und der Graf von Ruppin fielen grölend ein.

»Treibt es nicht zu weit, Stargard«, zischte Nikolaus. »In der Schlacht wird Euch das Lachen noch früh genug vergehen. Wenn Ihr dann um Hilfe wimmert, weil Euch ein feindlicher Bolzen im Auge steckt oder weil Euch ein feindliches Schwert den Leib aufgeschlitzt hat, sodass die Gedärme herausquellen, jammert mich nicht um Hilfe an.«

Stargard war blass geworden. Der junge Ritter war gerade achtzehn und hatte noch keinen Krieg erlebt. Stille breitete sich im Zelt aus, die Männer schwiegen betreten.

Erst als Albrecht eintrat, löste sich die Erstarrung. Bei der Besprechung ging es um Axevalla. Heftige Wortgefechte wurden ausgetragen, dabei waren sich im Grunde alle einig: Die Burg, die nach wie vor von Nils Svarte Skåning belagert wurde, sollte befreit werden. Mit Albrechts Heer war das ein Kinderspiel. Es würde Skånings Männer aufreiben.

Genau das war Albrechts Taktik: Margretes Heer war in

drei Teile gespalten: Puke, Parow und Skåning. Wenn es Albrecht gelang, die drei Heere getrennt zu halten, könnte er sie sich nacheinander vornehmen und dann die Königsburgen knacken, bis Margrete in seinen Händen war.

Nikolaus musste zugeben, dass dieser Plan Aussichten auf Erfolg hatte – vorausgesetzt, die Heere des Feindes konnten sich nicht vereinen.

Nach der Besprechung, bei der Nikolaus fast nichts gesagt hatte, befahl Albrecht Nachtruhe für alle. Die nächsten Tage würden anstrengend werden, jeder brauchte seine Kräfte.

Nikolaus zog sich in das Zelt der Offiziere zurück, in dem er einen trockenen und warmen Schlafplatz hatte. Er legte sich auf sein Lager, schloss die Augen und sah Lia vor sich. Würde er sie je wiedersehen?

Henricus stöhnte.

»Henricus!«, rief Emilia, beugte sich über ihn und fühlte seine Stirn. Sie glühte. Aber immerhin atmete er gleichmäßig. Sie tastete seine Hände und Füße ab, so gut es im Dunkeln ging. Keine Erfrierungen, trotz der eisigen Kälte. Erleichtert lehnte sie sich zurück.

Kein Händlerzug hatte Stockholm an jenem Tag verlassen, und auch für die Tage danach war keiner angesetzt gewesen. Also war ihnen nichts anderes übrig geblieben, als sich allein auf den Weg zu machen. Keinesfalls wollte Emilia noch eine Nacht in der Stadt bleiben, wo ihre beiden ärgsten Feinde ihr jederzeit über den Weg laufen konnten.

Sie hatten einen Esel gekauft und waren losmarschiert, auf der Landstraße nach Süden, auf der sie über Linköping nach Kalmar reisen wollten, von wo hoffentlich ein Schiff nach Rostock oder Wismar abging.

Eine Woche waren sie inzwischen unterwegs. Am ersten

Tag waren sie ganz gut vorangekommen, doch dann hatte Schneefall eingesetzt und nicht mehr aufgehört. Sie hatten keine Unterkunft gefunden und im Freien übernachten müssen. Am nächsten Morgen hatte das Elend begonnen: Henricus hatte angefangen zu husten, doch er hatte sich tapfer weitergequält. Allerdings war er von Tag zu Tag langsamer geworden, bis er am vierten Tag mit hohem Fieber zusammengebrochen war.

Eigentlich hätten sie zu dem Zeitpunkt in der Nähe der Stadt Norrköping sein müssen, doch Emilia befürchtete, dass sie von der Straße abgekommen waren. Jedenfalls war weit und breit kein Haus zu sehen gewesen.

Es war Emilia nicht gelungen, Feuer zu machen. Zwar hatte der Feuerstein Funken gesprüht, aber der Schnee hatte alles durchnässt, auch den Zunder. Also hatte sie mit ihrem Körper Schnee geschmolzen, um einen Trank anzurühren, der Henricus Kraft geben sollte.

Henricus hatte ihr von einem Fieber berichtet, das Menschen über Wochen oder sogar Monate heimsuchte und sie zwischen Leben und Tod pendeln ließ. Sie betete, dass ihn nicht ein solches Fieber befallen hatte.

Vorsichtig schob Emilia ihre Hand unter dem notdürftigen Unterstand hervor, den sie mit Ästen, Reisig und der Eselsdecke errichtet hatte. Sie formte einen kleinen Schneeball und kühlte damit Henricus' Stirn. Er stöhnte erneut, wachte aber nicht auf. Wie gut, dass der Esel nicht so störrisch war, wie man es diesen Tieren nachsagte. Er hatte sich bereitwillig hingelegt und wärmte Henricus und sie, sonst wären sie sicher beide längst erfroren.

Noch nie war Emilia so schwach gewesen. Am liebsten hätte sie sich neben Henricus gelegt und die Augen für immer geschlossen. Durst brannte in ihrer Kehle. Sie hatte versucht,

Schnee zu schmelzen, doch ihr Mund war taub geworden vor Kälte, bevor sie auch nur ein paar Schlucke hatte trinken können. Auch essen konnte sie so gut wie nichts, weil das Brot, das Räucherfleisch und selbst der Käse so trocken und hart waren, dass sie nicht vermochte, etwas davon hinunterzuwürgen.

Immerhin hatte sie ein paar Stunden geschlafen und sich dazu gezwungen, einen Kanten Brot zu lutschen, sodass ihr Magen zumindest ein wenig zu verdauen bekam. Sie war erstaunt, wie viel Kraft ihr das bisschen Brot gab. Während sie weiter Henricus' Stirn kühlte, fällte sie eine Entscheidung. Blieben sie hier, wären sie des Todes. Wenn sie überleben wollten, mussten sie weiterziehen.

Sie wartete die Morgendämmerung ab. Gott war ihnen gnädig, in der Nacht hatte es aufgehört zu schneien. Emilia krabbelte aus dem Verschlag. Aus der ganzen Welt schien die Farbe entwichen zu sein. Alles war grau in grau. Die Steine, die Bäume, die Wolken, der Schnee, den kein Sonnenlicht zum Glitzern brachte. Nirgendwo war ein Tier zu sehen, von Menschen ganz zu schweigen. Es war, als wären Henricus, Emilia und der Esel die letzten Lebewesen auf der Welt.

Emilia brach den Verschlag ab, packte alles zusammen, gab dem Esel ein Stück Brot, das er gierig mit seinen starken Zähnen zermalmte und hinunterschluckte. Sie schnürte zwei Bündel, ein großes, das sie tragen würde, ein kleineres, das der Esel schleppen musste, zusätzlich zu der großen Last: Henricus.

Ihn auf den Esel zu hieven war der schwierigste Teil des Plans. Sie rüttelte ihn an der Schulter. Er murrte, seine Lider öffneten sich halb, und er murmelte etwas vor sich hin, das wie »Erbarmen« klang. Plötzlich öffnete er die Augen ganz und rief laut und deutlich: »Fenja!« Dann sank er wieder zurück ins Fieberdelirium.

Emilia blieb nichts anderes übrig, als ihn hochzuzerren. Er schien so schwer wie ein ganzer Berg; aber trotz des Fieberwahns versuchte er mitzuhelfen, ganz so, als bekäme er doch mit, wie wichtig es war.

Mit letzter Kraft hob Emilia ihn auf den Esel, band seine Füße unter dem Bauch, seine Hände um den Hals des Tieres zusammen, damit er nicht herunterfiel. Als sie endlich losgehen konnten, war sie schweißgebadet.

Schritt für Schritt kämpfte sich Emilia durch den Schnee. Unter dem bleigrauen unendlich weiten Himmel kam sie sich wie ein Käfer vor, der unrettbar in der Einöde verloren war. Aber sie hatte sich geschworen durchzuhalten, bis sie nicht mehr konnte. Wenn Gott sie dann zu sich nehmen wollte, war es sein Wille.

Stunde um Stunde mühte sich Emilia mit dem Esel im Schlepptau voran. Ihre Füße schmerzten, ihre Lunge brannte, in ihrem Kopf war nichts als Nebel. Dem Esel schienen die Strapazen nichts auszumachen, er trat sicher auf, strauchelte nicht ein einziges Mal. Was für ein wunderbares Geschöpf! Emilia nahm sich vor, den Esel freizulassen, falls sie sich entkräftet in ihr Schicksal fügen musste.

Vier Mal musste sie Henricus neu festbinden. In seinen Fieberträumen versuchte er, sich zu befreien, schlug um sich, manchmal greinte er wie ein Kind. In diesen Momenten überkam sie die Angst, ihn zu verlieren. Ohne ihn würde der Kampf ums Überleben vollends seinen Sinn verlieren.

Noch hatte sie jedoch nicht aufgegeben, noch schleppte sie sich weiter, obwohl ihre Kräfte längst erschöpft waren. Bilder flimmerten vor ihren Augen, sie sah ihre Schwester im Schnee tanzen, dann Burg Wasdow und ihren Vater. Plötzlich erhob sich Sergius drohend über ihr, und der Wildhüter stieß ihr das Messer in den Leib. Sie schrie auf, die Bilder verflogen, sie fand sich auf den Knien wieder, unterhalb eines Hügelkamms.

Sie versuchte, Kräfte zu sammeln, um wieder aufzustehen. Aber es gelang ihr nicht. Plötzlich nahm sie etwas wahr. Etwas Ungewöhnliches, das nicht in diese leere Einöde gehörte. Den Geruch von brennendem Holz. Sie hielt die Nase in den Wind. Unter den Brandgeruch mischte sich der Duft von Pferden. Sah sie nun nicht mehr nur Trugbilder, sondern roch auch schon Dinge, die gar nicht da waren?

Auf allen vieren kroch sie den Hang hinauf, sie spürte ihren Körper kaum noch, der Esel mit seiner kostbaren Fracht trottete hinterher. Oben angekommen lugte sie ins Tal hinab und begann vor Freude zu weinen. Rauchfahnen stiegen aus Kaminen in den wolkenverhangenen Himmel. Eine Glocke schlug die Mittagsstunde, und Reiter stoben aus einem Tor.

Emilia zog sich am Esel hoch und horchte auf Henricus' Atem. Schwach, aber gleichmäßig. Dann schrie sie all ihre Not und ihre Verzweiflung heraus und brach ohnmächtig zusammen.

Vico zügelte das Pferd und blickte den Hügel hinunter, den er gerade erklommen hatte. Henricus van der Wee und seine falsche Tochter hatten eine Woche Vorsprung. Es war gewesen, als hätte sich die ganze Stadt gegen ihn gestellt.

Zunächst hatte er sich unauffällig nach dem Heiler umgehört und jede Menge fantastische Geschichten über dessen Künste erzählt bekommen. Auf die Frage nach dessen Unterkunft hatte jedoch niemand eine Antwort gehabt. Erst als er mit Geld nachgeholfen hatte, waren einige Leute gesprächiger geworden. Man hatte ihm das Haus eines Kaufmanns genannt, doch dort hatte man angeblich noch nie von dem Heiler gehört.

Vico hatte zuerst vermutet, der Kaufmann hätte ihn belogen. Also hatte er das Haus observiert. Doch als nach zwei Tagen noch immer kein Heiler und keine junge Frau aufgetaucht waren, hatte er seinen Posten aufgegeben.

Irgendwann hatte er schließlich herausgefunden, dass die beiden einen Esel gekauft hatten. Und da hatte er gewusst, dass seine Beute ihm entwischt war. Vorerst.

Zwei weitere Tage hatte er gebraucht, um einen vernünftigen Gaul zu bekommen. Seit dem Krieg herrschte Pferdemangel. Zu viele Ritter, Knappen und Fuhrwerke mit Verpflegung waren an die Front unterwegs. Die Tiere, die man ihm angeboten hatte, waren alt und lahm gewesen. Damit durch die einsame Schneelandschaft zu reisen wäre einem Selbstmord gleichgekommen.

Endlich hatte er bei einer Witwe ein anständiges Reitpferd zu einem völlig überhöhten Preis erstehen können. Das war gestern Abend gewesen. Heute Morgen war er aufgebrochen, sobald die Stadttore öffneten. Zum Glück gab es nur eine große Straße nach Süden, die über Linköping nach Jönköping führte, wo sie sich teilte. Nach Westen ging es Richtung Göteborg, nach Südosten Richtung Kalmar. Das war die Route, die die beiden nehmen würden. Da war er sicher.

Immerhin hatte es aufgehört zu schneien. Die Sicht war klar, die Landstraße trotz des tiefen Schnees gut zu erkennen. Vico hatte vor, es in drei Tagen bis Norrköping zu schaffen. Allerdings durfte er sich dennoch nicht zu sehr beeilen. Er musste Ausschau halten nach seiner Beute, es war gut möglich, dass sie gar nicht weit gekommen und irgendwo im Schnee verendet war.

In der Stadt nächtigen wollte er sowieso nicht. Sie stand aufseiten Margretes, und er wäre trotz der Dokumente, die er mit sich führte, als Mecklenburger kein willkommener Gast. Er würde sein Lager vor den Toren aufschlagen, das wäre sicherer. Und er würde sich unauffällig umhören, ob ein Heiler mit seiner Tochter vorbeigekommen war, bevor er weiterritt, denn er wollte keinesfalls durchs halbe Land jagen, während seine Beute gemütlich am Herdfeuer irgendwelcher Schweden ausharrte.

In Stockholm wartete sein Schiff auf ihn. Er brannte darauf, wieder in See zu stechen.

Emilia öffnete die Augen. Wo war sie? War sie tot? War der Tag des Jüngsten Gerichts gekommen, und Gott hatte sie auferweckt, um über sie zu richten?

Wenn das zutraf, sah der Himmel wie eine Schlafkammer aus. Nein, sie war nicht im Himmel, sie lebte! Nach und nach fiel ihr wieder ein, wie sie den Hügel erklommen und die Stadt gesehen hatte, wie sie schreiend im Schnee zusammengebrochen war.

Emilia schaute sich um. Ein Bett, ein Schemel, eine Truhe. Ihr Blick wanderte nach oben und fiel auf Stroh, das zwischen Dachbalken gepresst war, damit die Kälte nicht durch die Schindeln eindringen konnte. In einer Ecke hatte eine Spinne ihr Netz gebaut und wartete auf Beute. In dieser Jahreszeit brauchte sie Geduld, denn Fliegen gab es keine. Sie wartete auf Ungeziefer, das sich in ihrem Netz verfangen würde.

Für Sergius war Emilia noch weniger als Ungeziefer, und sicher würde er ein Netz von Spionen über das Land werfen, um sie zu fangen. Emilia erschrak. Wo war Henricus? Wie kam sie hierher? Wo war sie überhaupt?

Licht sickerte durch eine kleine Öffnung in der Wand, die mit Rinderhaut bespannt war. Mit einem Ruck setzte sich Emilia auf und ließ sich sofort wieder zurücksinken. Ihr Kopf drohte zu explodieren, Schmerzen schossen ihr durch den ganzen Körper, sie stöhnte.

Ein Klopfen. Quietschend öffnete sich die Tür. Mit Mühe drehte Emilia den Kopf. Herein kam eine kugelrunde Frau in der einfachen Kleidung einer Magd, die über das ganze Gesicht strahlte.

»Ihr seid wach, mein Täubchen«, rief sie in der nordischen Sprache aus und klatschte in die Hände.

Emilia zuckte zusammen. Das Klatschen war wie ein Peitschenknall und jagte Schmerzwellen durch ihren Kopf.

Die Magd wurde ernst und flüsterte: »Verzeiht, mein Schätzchen.« Sie trat an Emilias Lager, und schon spannte sich wieder ein strahlendes Lächeln über ihr Gesicht. »Hauptsache, Ihr seid wach. Zwei Tage wart Ihr besinnungslos. Wir dachten schon, Ihr überlebt nicht.«

»Wo ist mein Vater?«, fragt Emilia und befürchtete das Schlimmste.

»Es geht ihm nicht gut, mein Täubchen. Aber er lebt. Er ist heiß wie ein Backofen, das Fieber kommt in Schüben. Ich habe ihn mit Wickeln gekühlt.«

Gute Frau, dachte Emilia. Damit hatte sie ihm wahrscheinlich das Leben gerettet. Aber er brauchte Stärkung und Medizin. »Habt ihr einen Medicus gerufen? Sind wir in einer Stadt? Gibt es hier einen Medicus?«

Die Magd schüttelte den Kopf. »Ihr seid in Linköping, liebes Kind. Hier gibt es sehr wohl Ärzte. Aber meine Herrin ist auf diese Quacksalber nicht gut zu sprechen. Als ihr Gatte im vergangenen Jahr mit Fieber daniederlag, kam einer und hat ihm so lange Blut abgezapft, bis er tot war. Wie soll einer zu Kräften kommen, wenn man ihm den Lebenssaft aus den Adern laufen lässt?«

Die einfache Frau hatte recht. Aderlass half in vielen Fällen, das hatte ihr Henricus erklärt, aber nicht bei Fieber. Der Körper brauchte seine guten Säfte, um mit den verunreinigten fertigzuwerden.

Trotz der Schmerzen richtete sich Emilia auf. »Ich muss nach meinem Vater sehen. Er braucht Medizin, er braucht meine Pflege.«

»Ach, mein Täubchen, du bist doch noch viel zu schwach. Du hast zwei Tage geschlafen! Und du hast Frostbeulen an den Füßen, Händen und Ohren.«

»Das ist mir egal. Bring mich zu meinem Vater.« Emilia schwang die Beine aus dem Bett und setzte ihre Füße auf den Boden, die sich augenblicklich anfühlten, als stünden sie in Flammen.

»Herr, gib mir Kraft«, betete Emilia stumm. Sie machte zwei Schritte, der Schmerz ließ etwas nach. Mit jedem Schritt wurde es besser, aber sie würde nicht viel laufen können. An Flucht war nicht zu denken. Entdeckte Sergius sie hier, waren sie verloren, zumal eine weitere Reise durch die Kälte Henricus' sicherer Tod wäre.

Ein Gedanke schoss ihr durch den Kopf. Diese Stadt war Margrete treu. Sergius würde gar nicht herkommen können. Natürlich gab es auch gedungene Mörder, aber vorerst waren sie in der Stadt sicherer als in der Wildnis, in der sie fast erfroren wären.

Die Magd reichte Emilia einen Umhang. »Ich heiße übrigens Freya.«

»Danke, Freya. Ich bin Lia van der Wee. Mein Vater heißt Henricus. Bringst du mich zu ihm?«

Freya öffnete die Tür. »Aber ja.«

»Wo sind unsere Sachen?«

»Wir haben alles zu Eurem Vater in die Kammer gelegt. Es war ja nicht viel. Der Esel steht bei uns im Stall.«

Jetzt erst wurde Emilia bewusst, dass Freya sie freundlich, ja, liebevoll behandelte. »Verzeih, Freya, dass ich so unhöflich bin. Ich danke dir. Du bist so gut zu mir und meinem Vater. Du hast ihm das Leben gerettet und mir auch.«

Freya strahlte. »Das ist doch unsere Christenpflicht, nicht wahr? Und gerettet haben Euch Ritter aus Margretes Heer. Sie wollten gerade nach Axevalla aufbrechen, als sie einen Schrei hörten und Euch und Euren Vater im Schnee fanden. Sie haben Euch zurück in die Stadt gebracht. Meine Herrin Adalberga hat Euch aufgenommen, denn wir haben Platz genug, und für sie ist es eine willkommene Ablenkung von der Trauer um ihren Gemahl.«

Emilia presste die Lippen zusammen. Die Witwe hatte ihren Mann verloren, weil der Medicus versagt hatte. Wie würde sie reagieren, wenn sie erfuhr, dass Henricus ein Heiler war? Emilia würde es so lange wie möglich für sich behalten. Sie würde nicht lügen, das wäre Unrecht gewesen ihrer Wohltäterin gegenüber. Aber sie musste ja nichts erzählen, wenn sie nicht gefragt wurde.

Freya klopfte an die Tür der Kammer, die neben der von Emilia lag.

»Kommt nur herein«, rief eine warme Frauenstimme.

Emilia und Freya betraten den Raum. Henricus lag auf dem Rücken im Bett, seine Stirn war schweißnass, sein Atem ging unruhig, aber er lebte. Gleichwohl befand er sich in der Zwischenwelt, und welchen Weg er nehmen würde, den zurück ins Leben oder den in den Tod, war nicht vorauszusehen.

Neben dem Bett saß die Hausherrin. Sie trug ein einfaches weißes Kleid aus grobem Leinen, die Haare verhüllte eine weiße Gebende, Zeichen ihrer anhaltenden Trauer um ihren Ehemann. Um den rechten Arm war ein Verband gewickelt, der an einer Stelle rotbraun war von geronnenem Blut. Sie musste sich verletzt haben.

Freya knickste. »Sie heißt Lia van der Wee, und er ist ihr Vater, Henricus van der Wee.«

Adalberga wandte sich Emilia zu und lächelte schwach. »Ihr seid wieder auf den Beinen. Wie schön. Eurem Vater geht es etwas besser, aber sein Leben liegt in Gottes Hand.«

Nicht allein, wollte Emilia sagen, aber sie verbiss sich die Worte. »Gott hat uns in Euer Haus geführt, er wird mir nicht meinen Vater nehmen, das hätte er auf unserem beschwerlichen Weg hierher hundertmal tun können. Wir kommen von Stockholm, von dort habe ich gute Medizin für ihn mitgebracht.«

»Medizin«, sagte Adalberga tonlos. »Wollt Ihr nicht lieber Gebete sprechen? Nur Gott kann Euren Vater heilen.«

»Zweifellos. Und Gott war es, der mir die Medizin gesandt hat.« Das entsprach der Wahrheit, denn die Pflanzen und Stoffe, die Emilia verwendete, hatte Gott geschaffen, damit die Menschen sie nutzen konnten.

Adalberga kniff die Lippen zusammen. »Tut, was Ihr nicht lassen könnt. Es ist Euer Vater. Doch beschwert Euch nicht, wenn Gott Euch für Eure Vermessenheit straft.« Sie stand auf und verließ den Raum.

Emilia seufzte. Die arme Frau machte jede Form der Heilkunde für den Tod ihres Mannes verantwortlich. Ihr Schmerz schlug sie mit Blindheit, sie konnte den Willen und die Größe Gottes nicht mehr erkennen. Gott gab Emilia die Möglichkeit, Henricus' Körper zu heilen, wenn sie das Richtige tat.

»Meine Herrin ist manchmal abweisend, Lia. Sie meint es nicht böse, der Schmerz ist einfach zu groß. Macht Euch nichts draus, das geht schnell wieder vorüber, Ihr werdet sehen.«

»Ich kann sie ja verstehen. Es gibt so viele Quacksalber, die mehr Menschen auf dem Gewissen haben als alle Straßenräuber zusammen.«

Freya lachte. »Aber es gibt auch Gelehrte, die geradezu Wunder vollbringen. Letztes Jahr war ein Arzt in der Stadt, der konnte den Menschen die Schmerzen nehmen und sie dann aufschneiden, um schlechte Dinge aus ihnen herauszuholen, die sie von innen auffraßen. Die meisten, die er behandelt hat, haben überlebt.«

Emilia war sich sicher, dass Freya übertrieb, aber Henricus hatte erzählt, dass er diese Kunst auch beherrschte. Bisher hatte er sie allerdings noch nicht angewendet. »Freya, du hast doch sicher einen Stößel und einen Mörser in der Küche? Und heißes Wasser?«

Freya klatschte wieder in die Hände und stob davon.

Emilia setzte sich neben Henricus und nahm seine Hand. »Vielleicht wäre es am besten für Euch, wenn sich unsere Wege trennten«, sagte sie leise. »Ihr habt mich vor meinem Mörder gerettet, und seitdem seid Ihr meinetwegen großen Gefahren ausgesetzt. Ein schöner Lohn für Eure Hilfsbereitschaft.«

Schon polterte Freya die Treppe herauf und brachte alles, was Emilia gewünscht hatte. Schnell bereitete Emilia den Trank, ließ ihn etwas abkühlen und flößte Henricus Tropfen für Tropfen ein. Zuerst wehrte er sich, doch dann ging es besser. Sie schaffte es, ihm fast einen ganzen Humpen Kräutersud einzuflößen. Dann wartete sie, bis der Trunk wirkte. Schließlich ging Henricus' Atem gleichmäßiger, sein Schlaf wurde ruhiger.

Freya, die zwischenzeitlich fortgegangen war, um ihre

häuslichen Pflichten zu erledigen, schaute zur Tür herein und blinzelte überrascht, als sie Henricus schlafen sah.

»Wie habt Ihr das gemacht, Lia? Seid Ihr eine Heilerin? Eine Hexe gar?« Sie kicherte. »Glaubt Ihr, es gibt Hexen? Ich würde gern mal eine sehen.« Sie blickte über die Schulter. »Aber verratet es nicht der Herrin, die würde mich glatt rausschmeißen.«

»Ich werde schweigen, Ehrenwort«, sagte Emilia und tupfte Henricus' Stirn mit einem kühlen Tuch ab.

»Die Herrin lässt fragen, ob Ihr mit uns speisen möchtet.«

»Es wäre mir eine Ehre.«

Emilia lächelte die Magd an. Ein warmes Bett, eine sichere Bleibe, das war zu schön, um wahr zu sein. Aber Sergius würde nichts unversucht lassen, um sie zu finden, auch hier in Linköping. Und dann würden ihr keine großzügige Herrin und keine freundliche Magd helfen.

Vico klopfte den Schnee von seinem Umhang. Er hatte auf einem Baumstumpf gerastet, etwas Wurst gegessen und Wein aus seinem Schlauch getrunken. Seit Tagen irrte er durch die einsamen Weiten, bis der Schnee vor seinen Augen flirrte. Kaum einer Menschenseele war er begegnet, keiner wusste etwas von dem Heiler und seiner Tochter.

Vor den Toren von Norrköping hatte er sich besonders gründlich umgehört, weil er sicher war, dass die beiden dort übernachtet haben mussten. Doch angeblich hatte sie niemand gesehen. Schließlich waren die Wachen auf ihn aufmerksam geworden, und er hatte Hals über Kopf das Weite suchen müssen, um nicht in den Kerker geworfen zu werden.

Dabei war er überzeugt, dass die beiden in der Stadt gerastet hatten. Alles andere wäre Wahnsinn gewesen. Die Herbergen entlang der Route waren dünn gesät, eine Übernachtung im Freien lebensgefährlich, vor allem für einen alten Mann und eine junge Frau.

Waren Henricus und die falsche Emilia schon vorher am Wegesrand krepiert, und er hatte sie nicht gesehen? Er hatte aufmerksam Ausschau gehalten, ständig rechts und links ins Unterholz gespäht. Aber das bedeutete nicht, dass er sie nicht übersehen haben konnte. Der Schnee brannte in den Augen, und irgendwann sah man vor lauter Weiß gar nichts mehr.

Wegen der Suche nach seiner Beute war er nur langsam vorangekommen. Sein einziger Trost war, dass die beiden zu Fuß noch viel langsamer waren. Früher oder später würde er sie einholen. So viel stand fest.

Vico beschirmte seine Augen. Sein nächstes Ziel war Linköping. Diesmal würde er in der Stadt Nachforschungen anstellen, auch wenn es gefährlich war. Er rief sich ins Gedächtnis, was er über Linköping wusste: Ungefähr achthundert Menschen lebten dort, es gab eine Burg und eine steinerne Stadtmauer zum Schutz. Strategisch war die Stadt nicht von Bedeutung, aber sie war ein religiöser Mittelpunkt. Seit einhundertfünfzig Jahren baute man bereits am Dom, der einmal der prächtigste des Nordens werden sollte. Vicos Beichtvater hatte davon erzählt und geschwärmt, dass der dortige Bischof ein Freund von ihm sei.

Außerhalb der Mauern lag das Kloster Vreta. Dorthin würde sich Vico zuerst wenden und versuchen, Hilfe zu bekommen, denn einem christlichen Ritter auf Pilgerfahrt wurde die Einkehr nicht verweigert, egal, woher er kam und auf welcher Seite er kämpfte. Trotzdem musste niemand wissen, dass er aus Mecklenburg stammte. Er würde sich als Böhme ausgeben, die Böhmen hatten keinen Streit mit Dänemark oder Schweden.

Gegen Abend kam das Kloster in Sicht. Eine hohe Mauer

umgab es. Vico klopfte ans Hauptportal. Das kleine Sichtfenster öffnete sich, das Gesicht eines jungen Mönchs erschien.

»Ich bin Bruder Heimar«, sagte er freundlich. »Was ist Euer Begehr?«

»Ich bin Vico von Brunn aus Böhmen, auf Pilgerfahrt von Stockholm nach Rom und bitte um ein Nachtlager. Ich wäre erfreut, dem Kloster als Gegenleistung eine kleine Spende zukommen lassen zu dürfen.«

Bruder Heimar schloss das Sichtfenster, die Portaltür schwang auf. »Bitte, tretet ein und seid gewiss, dass wir Euch auch ohne Bezahlung ein Essen und ein Lager für die Nacht gewähren würden. Denn wer Gott ehrt, indem er auf Pilgerreise geht, soll nicht darben.«

Vico ließ sich nicht zweimal bitten. Der Innenhof des Klosters war vom Schnee freigefegt, zwei Dutzend Mönche waren damit beschäftigt, Holz zu sägen, zu spalten und fein säuberlich aufzustapeln. Vico fiel auf, dass eine provisorische Mauer das Kloster in zwei eigenständige Bereiche teilte. Er fragte Heimar danach.

»Nun, das liegt daran, dass nebenan Schwestern des Zisterzienserordens wohnen. Wir sind Benediktiner. Die Schwestern haben das Kloster gegründet. Wir sind zurzeit hier, weil unser Kloster einer Feuersbrunst zum Opfer gefallen ist. Unsere Schwestern sind wahrhaft barmherzig und haben uns Unterschlupf gewährt. Sobald unser Kloster wieder aufgebaut ist, kehren wir zurück.«

Heimar wies ihm eine Zelle zu, die zwar kalt war, aber über ein Bett mit einer Strohmatratze und einer dicken Decke verfügte. Er stellte einen Krug mit frischem Wasser auf die Truhe, legte ein Leinentuch daneben und einen Reibstein. »Wenn Ihr Euch gereinigt habt, würden wir uns freuen, wenn

Ihr an der Komplet teilnehmen würdet. Danach reiche ich Euch gerne eine Mahlzeit.«

Vico verbeugte sich. »Es ist mir eine Freude. Ich danke Euch für Eure Großzügigkeit.«

Vico legte seine Kleidung ab, wusch sich so gut es ging, nutzte ausgiebig den Reibstein und trocknete sich mit dem Leinentuch ab. Dann machte er sich bereit für die Messe. Seine Waffen ließ er in der Zelle. Es wäre unschicklich gewesen, sie mit zum Gottesdienst zu nehmen. Und selbst Vico, dem ein Leben nicht viel galt, hatte Ehrfurcht vor den Dienern Gottes und wusste es zu schätzen, dass die Brüder ihn, ohne zu fragen, aufnahmen. Schade, dass Emilia und Henricus nicht auf diese Idee gekommen waren. Hier wären sie ihm wie auf dem Präsentierteller serviert worden.

Die Kirche des Klosters fasste ohne Probleme zweihundert Menschen, aber es waren nur die Brüder und Schwestern anwesend, insgesamt etwa vier Dutzend an der Zahl. Heimar begrüßte Vico wie einen Bruder und wies ihm einen Gaststuhl im Chor zu. Vico lauschte den Worten des Abtes, der ihn kurz begrüßte und dann die Messe zelebrierte.

Fast wäre Vico eingeschlafen, so erschöpft war er, doch immer wieder wurden die Worte des Abtes durch Gesang und Gebet unterbrochen. Das hielt Vico wach, und es tat seiner Seele gut, denn die lange Einsamkeit hatte ihn beinahe vergessen lassen, dass es noch eine Welt gab, die nicht aus menschenleerer Einöde bestand, und einen Gott, der auch über ihn wachte.

Nachdem die Messe beendet war, begaben sich die Brüder zu Bett. Heimar hatte die Erlaubnis des Abtes, mit Vico zu speisen. Sie gingen in die Küche, und obwohl das Feuer bereits erloschen war, war es wohlig warm. Aus einem Wandschrank nahm Heimar Brot und Wein, aus dem Rauch einen duftenden Schinken. Vico lief das Wasser im Mund zusammen. Wissend lächelte Heimar und schnitt eine dicke Scheibe ab.

»Bruder Heimar, ich weiß nicht, wie ich Euch danken soll. Ihr nehmt mich auf wie einen Freund, obwohl Ihr mich nicht kennt.«

»Das ist das Gebot der Nächstenliebe, mein Freund. Unser Herrgott ist voll der Gnade gegen uns, also sind wir voll der Gnade unserem Nächsten gegenüber.«

»Kommen oft Reisende hierher?«

Heimar lachte. »Oh ja. Allerdings hängt es von der Jahreszeit ab. Im Winter sind es nur wenige, in den anderen Jahreszeiten müssen wir die Reisenden oft im Hof unterbringen, unter einem gewachsten Tuch, das den Regen fernhält. Manchmal werden uns Leute gebracht, die vom Weg abgekommen sind, und ich meine nicht den Weg Gottes.« Heimar schmunzelte.

»Kürzlich traf ich auf meiner Reise einen Vater mit seiner Tochter. Die beiden waren mit einem Esel unterwegs, der Alte wirkte sehr schwach. Und das bei dieser Kälte …« Forschend sah Vico den Bruder an.

Doch der reagierte nicht. »Tja, manch einer kann sich die Reisezeit nicht aussuchen.«

»Sie sind also nicht hier vorbeigekommen?«

Kurz huschte ein argwöhnischer Schatten über Heimars Gesicht. »Nicht dass ich wüsste.«

Vico wechselte rasch das Thema, sprach von der schönen Kirche und davon, wie erbaulich die Messe gewesen war nach der langen Reise. Keinesfalls wollte er bei den Brüdern Misstrauen wecken. Er brauchte sie noch. Wenn er es geschickt anstellte, würden sie ihm die Tore von Linköping öffnen. Und dort würde er Emilias Spur aufnehmen, da war er sicher.

Adalberga saß am Kopfende, Freya rechts, Emilia links. Die Magd hatte aufgetischt, was Küche und Vorratsraum hergaben: einen Braten in dicker Soße, frisches weißes Brot, Rüben und Kraut und Hirsebrei, der so stark nach Zimt roch, dass Emilia schwindelig davon wurde.

Seit einer Woche lebten Emilia und Henricus im Haushalt der Witwe. Henricus war noch immer bettlägerig, doch es ging ihm besser. Und Emilia versuchte, sich nützlich zu machen, wo es ging, um ihre Dankbarkeit zu zeigen. Sie wusste, dass sie bald weiterziehen mussten, jeder Tag, den sie länger in Linköping verbrachten, stellte ein Risiko dar. Doch Henricus war noch längst nicht gesund, und Emilia fühlte sich so wohl, dass sie am liebsten gar nicht mehr wegwollte.

Adalberga legte ihr einen riesigen Batzen Fleisch aufs Brett. »Na los, mein Kind. Esst, damit Ihr wieder zu Kräften kommt.«

Emilia ließ sich nicht zweimal bitten. Sie schnitt ein dickes Stück ab, nahm es und tunkte es in die Soße. Sie biss hinein und wähnte sich im Paradies. »Bei allen Heiligen«, sagte sie mit vollem Mund. »So etwas Köstliches habe ich noch nie gegessen.« Ein wenig Bratensoße lief ihr aus dem Mundwinkel. Sie griff nach dem Brot, tupfte die Soße damit ab und verschlang es.

»So ist es recht!«, sagte Freya und schnitt für ihre Herrin ein Stück ab.

Adalberga wollte das Fleisch nehmen, doch sie zuckte zusammen. Es war ihr rechter Arm, der mit dem Verband. Sie versuchte es mit der linken Hand, die nicht gut geübt war, und warf fast ihr Brett auf den Boden.

Emilia hatte schon mehrfach zaghaft versucht, Adalberga zu überreden, sich von ihr behandeln zu lassen. Die Witwe hatte jedes Mal sofort barsch abgelehnt, sodass Emilia es schließlich aufgegeben hatte.

Schweigend nahmen sie ihr Mahl ein. Emilia beobachtete Adalberga verstohlen und sah, welch starke Schmerzen ihr jede Bewegung bereitete. Appetit schien sie auch keinen zu haben, obwohl der Braten köstlich schmeckte.

Als sie aufgegessen hatte, fasste Emilia sich ein Herz. »Ihr müsst Euch endlich behandeln lassen, Adalberga. Sonst wird die Wunde brandig. Dann hilft nur noch eine Amputation, um den sicheren Tod abzuwenden.«

»Was wisst Ihr schon von der Heilkunst«, gab Adalberga zurück. »Redet keinen Unsinn.«

Aber Emilia ließ sich nicht so leicht entmutigen. Die Witwe hatte ihnen Zuflucht gewährt, sie teilte ihre Vorräte und ihr Haus mit ihnen. Sie konnte ihre Wohltäterin nicht einfach dem Tod überlassen.

Sie versuchte es mit einem Angriff. »Wenn Ihr glaubt, so Euren Gatten vor der Zeit wiederzusehen, bedenkt eines: Vor dem Herrn seid Ihr auch dann eine Selbstmörderin, wenn Ihr Euren Tod durch Unterlassen herbeiführt. Ihr werdet in der Hölle enden.«

Freya fiel das Brot aus der Hand. Entsetzt starrte sie Emilia an.

Adalberga federte hoch. »Was erlaubt Ihr Euch …«

»Ich kann Euch nicht einfach so in Euren Untergang gehen lassen. Es wäre eine Sünde. Ich kann Euch helfen. Ich *muss* Euch helfen.«

Adalberga war starr vor Wut, ihre Augen sprühten lodernden Hass.

»Ihr habt mich und meinen Vater gerettet. Ich stehe in Eurer Schuld und werde nicht eher diesen Raum verlassen, bis Ihr mir erlaubt, Euch zu behandeln.«

Adalberga blinzelte mehrmals, dann sank sie zurück auf ihren Schemel. Tränen glänzten in ihren Augen. »Ihr habt ja keine Ahnung, wie das ist. Es vergeht keine Sekunde, in der ich nicht an Ole denke. Ich leide jeden Tag unter unerträglichen Schmerzen. Ich bin am Ende. Lasst mich sterben, bitte!«

Emilia musste an Nikolaus denken. Auch sie litt, doch ihre Liebe war nicht durch den Tod zerstört worden, sondern durch Verrat.

Freya sah ihre Herrin mit Tränen in den Augen an. »Und was ist mit mir? Wen soll ich umsorgen? Wohin soll ich gehen? Ich war allein auf dieser Welt, bis Ihr mich in Euer Haus eingelassen habt. Wenn Ihr sterbt, dann werde ich Euch ins Grab folgen und auch in die Hölle, wenn es sein muss.« Freya schniefte und zog die Nase hoch.

Adalberga starrte Freya an, dann schloss sie die Augen und hielt Emilia wortlos ihren Arm hin.

Emilia glaubte nicht, dass die Witwe so abrupt ihre Meinung geändert hatte, doch sie nutzte die Gelegenheit. Vorsichtig wickelte sie den Verband ab. Zum Vorschein kam ein Schnitt, dessen Wundränder grün und gelb vom Eiter waren. Dazwischen färbte sich die Wunde bereits schwarz, und sie stank faulig – ein sicheres Zeichen, dass der feuchte Brand schon schwelte.

»Freya, ich brauche Wein, unverdünnt. Saubere Leintücher und die Tasche, die neben dem Bett meines Vaters steht.« Sie wandte sich an Adalberga. »Es wird sehr wehtun, aber im Vergleich zu Euren Seelenqualen wird es ein Klacks sein.«

Adalberga erwiderte nichts, saß nur mit zusammengepressten Lippen da.

Freya brachte die Tasche und räumte rasch die Essensreste weg, Emilia schob Adalberga das Beißholz zwischen die Lippen, breitete das chirurgische Besteck auf dem Tisch aus und wählte das Skalpell. Es war frisch geschärft. Sie setzte es an, zog einen Schnitt über den rechten Wundrand, dann über den linken.

Adalberga zuckte, aber das war nur der Anfang. Die bereits zerstörte Haut verursachte kaum Schmerzen. Das würde sich gleich ändern, wenn sie die Wunde ausschnitt. Emilia senkte das Skalpell in das entzündete Fleisch, Adalberga riss die Augen auf, das Beißholz knackte, Schmerzensschreie kamen dumpf aus ihrer Kehle.

Emilia arbeitete, so schnell es ging. Sie wünschte, sie hätte mehr Erfahrung gehabt. Henricus brauchte für eine solche Behandlung nur wenige Momente. Er wusste genau, wo und wie er schneiden musste, doch er war noch nicht wieder in der Lage, die Behandlung selbst durchzuführen. Emilia kam sich vor wie eine Metzgerin, aber es gelang ihr, das tote Fleisch herauszulösen. Die Wunde blutete, ein gutes Zeichen. Adalberga war nass geschwitzt, ertrug die Schmerzen jedoch tapfer.

Emilia tupfte das Blut ab, spülte die Wunde mit Wein aus, wusch sie mit heißem Wasser und verteilte dick eine Salbe gegen Brand darauf. Zuletzt wickelte sie saubere Leinenstreifen darum.

Adalberga entspannte sich; sie nahm das Beißholz aus dem Mund, holte tief Luft. »Ihr seid geschickt, mein Kind«, sagte sie zwischen zwei tiefen Atemzügen.

Emilia schaute ihr in die grauen Augen. »Warum habt Ihr auf einmal in die Behandlung eingewilligt?«

Adalberga zögerte und betastete den Verband. »Das Beste, das mir hätte geschehen können, wäre gewesen, dass Ihr genauso eine Pfuscherin wärt wie die anderen Quacksalber. Dann hättet Ihr meinen Tod zu verantworten gehabt, und das Himmelreich wäre mir sicher gewesen.« Sie warf einen Blick auf ihren Arm. »Aber ich habe mich wohl geirrt. Die Schmerzen sind fast verschwunden, nur ein dumpfes Pochen ist übrig geblieben. Ich fühle, dass die Wunde heilen wird. Aber es macht mich nicht glücklich. Warum bürdet mir Gott diese Last auf?«

»Die Wege des Herrn …«

»Ich weiß, mein Kind«, sagte Adalberga matt. »Jedenfalls danke ich Euch. Ihr habt Euer Bestes getan. Und jetzt, bitte, lasst mich allein.«

Emilia packte die Sachen zurück in die Tasche und stieg hinauf zu Henricus. Der lag in tiefem Schlaf. Sie setzte sich auf die Truhe, lehnte den Kopf gegen die Wand, dachte an die seltsamen Wege des Schicksals und war im selben Augenblick eingeschlafen.

Vico saß auf, nickte Bruder Heimar zum Abschied zu und sprengte aus dem Klostertor. Wieder hatte er viele Tage verloren, doch ihm war keine andere Wahl geblieben.

Am Tag nach seiner Ankunft hätte er sich um ein Haar verraten. Noch vor dem Morgengrauen war er von seltsamen Geräuschen wach geworden. Es hatte eine Weile gedauert, bis er begriff, dass die Mönche zur Prim aufstanden. Schnell hatte er sich auf die andere Seite gedreht und war wieder eingeschlafen. Als er das nächste Mal aufgewacht war, hatte Bruder Heimar vor ihm gestanden und ihn zum Frühstück eingeladen.

Kein Wort wurde während der Mahlzeit gewechselt, ein Grund mehr für Vico, niemals in ein Kloster einzutreten. Er wäre innerhalb kürzester Zeit vor Langeweile gestorben. Nach dem Frühstück hatte Heimar ihn zur Seite genommen und zu einem Mitbruder geführt, der ihn in einer ihm unbekannten Sprache ansprach. Vico hatte kein Wort verstanden, Heimar hatte wissend genickt und den Bruder weggeschickt.

»Vico von Brunn aus Böhmen«, hatte er langsam gesagt. »Ich gebe Euch einen guten Rat: Bedenkt, dass es nicht nur in einem Kloster Menschen gibt, die aus aller Herren Länder stammen. Auch in einer Stadt wie Linköping leben vielleicht Landsleute aus Böhmen, die sich freuen würden, ihre Muttersprache mit Euch zu teilen. Es würde sich schnell herumsprechen, dass Ihr in Wahrheit aus Mecklenburg stammt.«

Vico war heiß geworden. So leicht war seine Tarnung zu durchschauen? Wusste Heimar noch mehr? Was sollte er machen? Ihn beseitigen? Nein, in einem Kloster ein Blutbad anzurichten, wäre keine gute Idee. Außerdem hatte Heimar sich sicherlich längst mit seinem Abt beraten.

»Mein lieber Heimar«, hatte Vico erwidert. »Was kann es Besseres geben als einen Freund mit gutem Rat in der Stunde der Not. Ich bin Euch sehr dankbar für Eure Warnung. Wie also soll ich in Linköping auftreten?«

»Die Stadt steht treu zu Margrete. Ich persönlich halte diese Frau für anmaßend. Kein Weib sollte auf einem Thron sitzen, das verstößt gegen die heilige göttliche Ordnung, erst recht, wenn es einen rechtmäßigen König gibt.«

Vico atmete auf. Deswegen also hatte der Mönch ihn nicht verraten. Und der Abt teilte offenbar seine Meinung. »Das ist eine weise Sicht der Dinge.«

Heimar ging nicht auf die Schmeichelei ein. »An Eurer Stelle würde ich die Stadt meiden.«

»Das ist mir leider nicht möglich.«

Bruder Heimar hob eine Braue.

»Ein Glaubensbruder, der mit mir pilgern will, erwartet mich dort.«

An Heimars Gesicht war nicht zu erkennen, ob er Vico

glaubte. »Als Mecklenburger werdet Ihr in Linköping erhebliche Schwierigkeiten haben.«

Vico zog das Dokument hervor, das ihm Constanze besorgt hatte, und reichte es Heimar. »Würde das hier helfen?«

Heimar las den Brief sorgfältig und gab ihn Vico zurück. »Dieses Schreiben wird Euch vermutlich vor sofortiger Verhaftung und Hinrichtung schützen. Man wird Euch dulden, aber rechnet nicht mit Entgegenkommen. Jeder Eurer Schritte wird überwacht werden. Und wenn auch nur ein Zweifler den Verdacht äußert, es könnte sich um eine Fälschung handeln, wärt Ihr geliefert. In Zeiten wie diesen misstraut der Bruder dem Bruder und der Vater dem Sohn. Dieses gottlose Weib spaltet das Land.« Er seufzte.

»Ich muss es wagen«, sagte Vico. »Ich habe keine andere Wahl. Habt Dank für Eure Gastfreundschaft.«

»Nicht so hastig, mein Freund. Wenn Ihr ein wenig Geduld aufbringt, kann ich vielleicht helfen.«

»Wie das?«, fragte Vico argwöhnisch. Noch immer war er nicht sicher, ob er dem Mönch trauen konnte, auch wenn dessen Hass auf Margrete aufrichtig wirkte. Doch vielleicht wollte er nur Zeit schinden, bis die Büttel aus Linköping eintrafen, um ihn in Ketten zu legen.

»Ylvi, die Äbtissin von Vreta, wird von den Menschen in Linköping wie eine Heilige verehrt. Sie ist fromm und weise, ihr Wort hat Gewicht. Sie hält sich aus der Politik heraus, das Klügste, was sie als Frau tun kann. Wenn der Abt sie bäte, einen Geleitbrief für Euch aufzusetzen, würde sie ihm das sicherlich nicht abschlagen. Allerdings müsstet Ihr Euch einige Tage gedulden. Sie verrichtet gerade ihre Bettage, an denen nimmt sie weder Speis noch Trank zu sich und ist für niemanden zu sprechen.«

Vico zögerte. Er hatte schon so viel Zeit verloren. Wenn er

nur wüsste, ob Henricus und Emilia sich noch in Linköping aufhielten! Oder ob sie überhaupt jemals dort gewesen waren.

»Ach, übrigens«, sagte Heimar, als hätte er seine Gedanken gelesen. »Heute Morgen brachte ein Fuhrknecht Waren aus der Stadt und erzählte, dass er auf dem Markt eine merkwürdige Geschichte gehört habe. Soldaten hätten zwei halb tote Menschen im Schnee vor den Toren der Stadt gefunden, einen Vater und seine Tochter. Angeblich hatten sie auch einen Esel dabei. Das sind bestimmt die beiden, von denen Ihr erzählt habt.«

Vicos Herz schlug schneller. »Das müssen sie sein! Wusste der Knecht mehr? Haben sie überlebt, sind sie noch in der Stadt?«

»Angeblich hat eine wohlhabende Witwe sich ihrer angenommen.«

Vico schlug das Kreuz. »Dem Himmel sei Dank!«

»Amen.«

Vierzehn Tage hatte es gedauert, bis Bruder Heimar ihn endlich zu sich rief und ihm ein kleines Pergament überreichte, das mit dem Siegel des Klosters versehen war. Vico hatte einen Knecht bezahlt, der jeden Tag in die Stadt lief und das Haus der Witwe ausspähte. Offenbar war Henricus schwer krank, und auch seine falsche Tochter verließ das Haus fast nie. So hatte Vico geduldig ausgeharrt, denn in der Stadt hätte er ohnehin nichts ausrichten können.

Vico hatte die Zeilen überflogen, die Ylvi verfasst hatte, aber kein Wort verstanden.

Heimar hatte übersetzt. »Dort steht geschrieben: ›Hiermit bestätigt Ylvi, Äbtissin von Vreta, dass der Besitzer dieses Dokumentes, Vico von Brunn, ein Freund ist, obwohl er aus Mecklenburg stammt, und überall in den Ländern der Königin willkommen ist. Er ist unserer schönen Sprache nicht mächtig. Behandelt ihn gut.‹«

»Ich danke Euch, Heimar. Wieder hat der Herr mir auf wundersame Weise gezeigt, dass ich auf dem rechten Pfad bin.«

»Gelobt sei Gott«, hatte Heimar entgegnet.

»In Ewigkeit Amen«, hatte Vico ergänzt.

Nun war er also endlich auf dem Weg in die Stadt, in der seine Beute auf ihn wartete. So richtig schlau war er bis zum Schluss nicht aus Heimar geworden. Halb rechnete er damit, dass der Brief eine verschlüsselte Nachricht enthielt und die Aufforderung, ihn als Spion festzunehmen. Bald würde er es wissen. Der Himmel war noch immer steingrau, aber es war milder geworden. Hoffentlich setzte kein Tauwetter ein, denn dann würden sich die Wege in Schlammgruben verwandeln, die so gut wie unpassierbar waren.

Schon bald kam Linköping in Sicht. Die Landstraße führte geradewegs zum größten der zwölf Tore. Vico musste nicht lange warten, bis er an der Reihe war. Vier Wachen stellten sich ihm in den Weg, die Lanzen auf ihn gerichtet. Ein Fünfter ohne Lanze sagte ein paar Sätze, die vollgestopft waren mit seltsamen Lauten. Er verstand kein Wort, aber er wusste, was der Wachmann wollte. Vico reichte ihm seinen Geleitbrief. Der Wachmann las, verschwand in einer Holzhütte und kam mit einem großen Kerl wieder, der anscheinend der Hauptmann war.

»Ihr seid Mecklenburger?«

Vico verstand ihn trotz seines harten Akzents. »So ist es.«

»Und was wollt Ihr in Linköping, Freund unserer Königin?«

»Ich hörte, dass Ritter von hier Margrete zu Hilfe eilen wollen gegen den falschen König Albrecht.«

Der Hauptmann musterte ihn, las erneut den Brief. »Die sind bereits vor zwei Tagen aufgebrochen.«

Vico setzte ein enttäuschtes Gesicht auf.

»Aber einige Ritter aus dem Norden, die auf der Durchreise hier rasten, sind in der Stadt. Sie sind auf dem Weg nach Axevalla, um dem Mecklenburger dort eine Lektion zu erteilen. Vielleicht könnt Ihr Euch ihnen anschließen.«

»Wo finde ich diese Ritter?«, fragte Vico und freute sich über den Geistesblitz, sich als Streiter für Margrete auszugeben – der er ja auch war, wenn auch nicht im Feld.

»Sie sammeln sich am Rathaus. Immer der Gasse nach, Ihr könnt es nicht verfehlen. Meldet Euch beim Quartiermeister. Er wird Euch in die Liste eintragen und eine Unterkunft zuweisen.« Er musterte Vicos Waffen. »Wie ich sehe, seid Ihr gut gerüstet. Seid willkommen.«

Vico nickte dem Hauptmann zu und ritt durch das Tor. Kurz überlegte er, sich direkt zum Haus der Witwe zu begeben, aber dann erschien ihm das Risiko zu groß. Einer der Wachmänner könnte auf die Idee kommen nachzufragen, ob der Mecklenburger sich wirklich beim Quartiermeister gemeldet hatte.

Vor dem Rathaus saß Vico ab, fand den Quartiermeister und wurde zum Ritter von Königin Margrete. Der Schwur, den er leisten musste, ging ihm leicht über die Lippen. Er musste sich nur vorstellen, wie ihn Constanze belohnen würde, wenn er ihr den Kopf dieser Metze brachte. Den Heiler würde er an die Schweine verfüttern.

Die Unterkunft befand sich in einer Scheune, Söldner standen davor und beäugten ihn misstrauisch. Im Inneren lag frisches Stroh aus, für die Pferde waren Verschläge eingebaut. Vico sattelte ab, suchte sich einen Platz in der Nähe des Tores. Er gab den Wachen ein paar kleine Münzen, damit sie auf seine Sachen achteten, und schlenderte zurück zum Markt, um sich zum Haus der Witwe durchzufragen.

Emilia öffnete die Augen, streckte sich. Sie hatte so gut wie schon lange nicht mehr geschlafen. Fast drei Wochen waren vergangen, seit sie und Henricus bei Adalberga aufgenommen worden waren. Die Tage kamen ihr vor wie Monate. Sie fühlte sich wie zu Hause. Freya war eine Seele von Mensch, Emilia hatte sich schnell mit ihr angefreundet. Und Adalbergas Arm war schon fast wieder verheilt. Zwar trauerte sie noch immer, aber sie hatte Emilia in ihr Herz geschlossen und behandelte sie fast wie eine Tochter.

Henricus war ebenfalls auf dem Weg der Besserung. Das Fieber war gesunken, und er hatte längere Wachphasen, in denen er beinahe wieder der Alte war.

Da Emilia nicht aus dem Haus gehen wollte und die Hausarbeit Freyas Revier war, in dem sie keine Eindringlinge duldete, hatte Emilia viel Zeit, weitere Rezepte aufzuschreiben und die Pflanzen aufzumalen, die man dazu benötigte. Nicht immer gelang ihr das zu ihrer Zufriedenheit, aber sie wurde von Tag zu Tag besser.

Emilia erhob sich aus dem Bett, tupfte sich die Haut mit einem feuchten Leintuch ab, zog ihr Kleid über und schaute nach Henricus. Der lag friedlich unter der Decke, atmete gleichmäßig und schnarchte leise.

Sie stieg die Treppe hinunter, der Duft von Zimt und Anis umschmeichelte ihre Nase. Sie hatte lange geschlafen, es war bereits hell, eine fahle Sonne verbarg sich hinter hohen Wolken. Im Lauf der letzten Woche war es immer milder geworden, nachts fror es, tagsüber taute die Schneedecke an.

Adalberga saß am Ofen und hatte Stickzeug auf dem Schoß. »Guten Morgen, Lia, mein Kind.«

»Guten Morgen, Adalberga, habt Ihr wohl geruht?«

Ein leises Lächeln umspielte Adalbergas Lippen. »Ja. Ausgezeichnet. Ich träumte davon, dass der Frühling ins Land gezogen wäre und wir auf dem Roxen segelten, um zu fischen. Ole, Ihr, Euer Vater und ich. Wir haben Lieder gesungen. Dann bin ich aufgewacht, aber bald wieder eingeschlafen.« Ein Schatten huschte über ihr Gesicht. »Als ich erneut in den Traum eintauchte, war Ole verschwunden, wir waren nur noch zu dritt. Aber es tat nicht so weh wie sonst. Ihr wart ja da.«

Emilia schluckte. Adalberga wusste nichts über sie und Henricus, sie waren Fremde für sie. Doch ihre Einsamkeit war so groß, dass sie sich an ihnen festklammerte wie eine Ertrinkende an einem Stück Holz. Schlagartig wurde Emilia klar, dass sie nicht für immer würden hierbleiben können und dass der Abschied umso schwerer sein würde, je länger sie ihn hinauszögerte.

»Was für ein interessanter Traum!«, sagte Emilia. »Was, glaubt Ihr, bedeutet er?«

Adalberga senkte den Kopf. »Ich weiß es nicht.«

Emilia wollte nicht weiter in sie dringen. »Das macht nichts, Hauptsache, er hat Eure Stimmung aufgehellt.«

»Das hat er in der Tat.« Adalberga nickte zum Tisch. »Jetzt greift aber zu, damit ein bisschen Fleisch an Euch kommt. Ihr seid noch immer viel zu dürr.«

Emilia schaufelte sich den duftenden Hirsebrei in eine Schale und löffelte. Tatsächlich hatte sie in den vergangenen Wochen ein wenig zugelegt. Ihre Rippen stachen nicht mehr durch die Haut wie bei einem halb verhungerten Gaul. Trotzdem war ihr das Kleid noch immer zu weit.

Als sie aufgegessen hatte, stand sie auf, streckte sich und warf einen Blick zum Fenster hinaus. Die Läden standen einen Spalt offen, kühle Luft zog herein. Plötzlich fuhr sie wie von einer Faust getroffen zurück. Ihr Herz raste, ihr wurde schlecht, fast hätte sie den Brei wieder herausgewürgt.

Vico seufzte. Es war doch nicht so leicht gewesen, das Haus zu finden. Denn anders als in Stockholm gab es in Linköping offenbar niemanden, der seine Sprache sprach. Und auch mit seinen spärlichen Kenntnissen in Latein und Französisch war er nicht weitergekommen.

Auf dem Markt hatten ihn alle misstrauisch beäugt, bis ihm schließlich unwohl geworden war und er sich verzogen hatte. Hätte ihm gerade noch gefehlt, dass sich eine Meute patriotischer Schweden auf ihn stürzte und ihn totschlug, weil sie ihn für einen Anhänger Albrechts hielten.

In seiner Not war Vico schließlich zurück zum Stadttor gelaufen und hatte den Hauptmann um Hilfe gebeten. Der Kerl hatte erst nichts verraten wollen, doch als Vico ihm erzählt hatte, dass er den Heiler und seine Tochter aus seiner Heimat kannte und ihnen Nachricht von ihrer Familie brachte, hatte er eingelenkt. Er hatte einen Bettler losgeschickt, ihn zu der Adresse zu führen. Der zerlumpte Kerl hatte ärgerlich vor sich hin gebrummt, aber gern Vicos Geld genommen.

Überraschend behände war er durch die Gassen gelaufen, bis sie vor einem großen Kaufmannshaus standen. Der Bettler hatte stumm darauf gezeigt und noch einmal die Hand aufgehalten.

»Ich habe dich schon bezahlt, Bursche«, knurrte Vico.

»Nehmt es als Anzahlung auf weitere Dienste«, sagte der Mann in gebrochenem Deutsch und nickte vielsagend zu dem Haus.

»Du sprichst ja doch meine Sprache.«

»Es ist besser, wenn das nicht herumgeht.« Er hielt Vico die Hand entgegen.

Der überlegte kurz, dann ließ er eine Münze hineinfallen. Einen Verbündeten, der seine Sprache sprach, konnte er in dieser Stadt wahrhaft gebrauchen, auch wenn es nur ein Bettler war.

Der Bettler verneigte sich umständlich und verdrückte sich in eine Gasse.

Vico hoffte, dass er ihn wirklich zum richtigen Haus geführt hatte. Es gab nur einen Weg, das herauszufinden: Er musste davor Wache halten, bis er einen Blick auf Emilia oder den Alten werfen konnte. Würde er die Sprache beherrschen, hätte er unter einem Vorwand anklopfen können, doch so war ihm diese Möglichkeit verwehrt.

Er machte es sich in einer Toreinfahrt bequem, die dem Haus gegenüberlag. Von hier aus hatte er die Tür und sämtliche Fenster im Blick. Sobald er sicher war, dass seine Beute im Inneren war, würde er zuschlagen. Er war das Warten leid. Außerdem konnten die Soldaten jederzeit aufbrechen. Wenn er sie nicht begleitete, flog seine Tarnung auf.

Immerhin hatte er inzwischen einen Plan. Er würde Feuer legen und so die Bewohner nach draußen treiben. In dem allgemeinen Durcheinander, das eine solche Katastrophe auslöste, wäre es ein Leichtes, Emilia zu schnappen und umzubringen. Mit etwas Glück konnte er sie sogar so erledigen, dass es aussah, als wäre sie ein Opfer der Flammen geworden.

Gerade als Vico sich gegen das Tor lehnte und auf eine längere Wartezeit einstellte, nahm er eine Bewegung hinter einem der halb geöffneten Fensterläden wahr.

Ein Grinsen zuckte um seine Mundwinkel. *Hab ich dich!*

Adalberga sprang auf. »Kind, um Himmels willen, was ist los? Ihr seid bleich wie der Tod. Was habt Ihr da draußen gesehen?«

Sie ging auf das Fenster zu. Emilia fiel ihr in den Arm und verhinderte, dass sie hinausblicken konnte.

»Nicht!«, zischte sie. »Da draußen, da …« Emilia versagte die Stimme. Hatte sie ihn wirklich gesehen? War das möglich? Und warum er? Warum Vico von Brunn?

Sie hatte mit Sergius gerechnet oder einem von ihrem Vetter gedungenen Mörder. Aber nicht mit Vico. Was wollte er von ihr? Hatte Sergius ihn auf sie angesetzt? Kannten die beiden sich überhaupt? Wusste Nikolaus davon? Wer hatte sich noch auf ihre Spur gesetzt?

Herr im Himmel! Sie war nirgends sicher.

Adalberga drückte Emilia auf den Schemel, ließ sich ihr gegenüber nieder und nahm ihre Hand. »Lia, was bedrückt Euch? Ihr müsst mir alles erzählen. Wenn Euch jemand bedroht, dann werde ich dafür sorgen, dass er unschädlich gemacht wird. Ich habe noch immer großen Einfluss in Linköping.«

Das klang verlockend, und Emilia zweifelte nicht daran, dass Adalberga es schaffen würde, Vico von Brunn für eine gewisse Zeit von ihr abzuziehen. Aber das wäre nur ein Aufschub.

Emilia nahm ihren ganzen Mut zusammen und erzählte alles, was geschehen war, von Anfang an. Es tat gut, bei jemandem das Herz auszuschütten. Je mehr sie erzählte, desto fester hielt Adalberga ihre Hand.

Als sie geendet hatte, nahm Adalberga sie in den Arm. »Ihr müsst sofort die Stadt verlassen, auch wenn es mir das Herz zerreißt, Euch ziehen zu lassen. Doch ich sehe ein, dass es keine andere Lösung gibt. Ihr habt Glück. Noch heute geht ein Handelszug nach Falköping. Auf einem Weg, den nur Ortskundige nehmen können, nämlich quer über den zugefrorenen Vätternsee.« Sie ließ Emilia los. »Wir machen es so: Ihr kümmert Euch um Euren Vater, macht ihn reisefertig und helft ihm auf den Esel. Freya packt derweil Eure Sachen.«

»Aber was ist mit Vico? Euer Haus hat keinen Hinterausgang. Es grenzt mit der Rückseite an die Stadtmauer.«

»Den überlasst mir. Glaubt mir, er wird sich noch lange an mich erinnern. Sobald ich ihn aus dem Weg geschafft habe, eilt Ihr los. Geht zum Westtor. Dort versammeln sich die Wagen. Haltet Euch immer an der Stadtmauer.« Sie zog einen Ring vom Finger. »Gebt Arvid, dem Wagenführer, diesen Ring und sagt ihm, ich wünsche, dass er Euch sicher nach Falköping bringt. Er wird Euch einen guten Platz zuweisen. Und er wird nichts für die Beförderung und Verpflegung verlangen.«

Tränen schimmerten in Adalbergas Augen. Emilia fühlte sich furchtbar, so, als würde sie diese gütige Frau verraten, sie im Stich lassen, ihr erneut großes Leid zufügen. »Ich weiß nicht, wie ich …«

Adalberga legte ihr den Zeigefinger auf die Lippen. »Ihr habt mir etwas gegeben, von dem ich nicht geglaubt habe, dass es das für mich noch gibt. Liebe, Zuneigung, Wärme. Ich habe wieder Freude am Leben. Ich werde für immer in Eurer Schuld stehen.«

Emilia war zum Heulen zumute, aber sie beherrschte sich. Sie musste sich um Henricus kümmern. Noch einmal umarmte sie die Freundin, dann rief Adalberga Freya und einen Knecht. Freya sollte mit Emilia gehen, der Knecht mit ihr.

Emilia rannte die Treppe hinauf. Henricus schlief, ließ sich aber wecken. Er begriff trotz seines geschwächten Zustands sofort, wie dringlich die Lage war. Emilia half ihm beim Anziehen, während Freya ihre Sachen packte. Gemeinsam stützten sie Henricus, der so schwach war, dass sie fürchteten, ihn nicht die Treppe hinunterzubekommen. Sie setzten ihn in der Küche auf einen Schemel, er lehnte sich mit dem Rücken an die Wand und stöhnte vor Anstrengung. Von draußen hörte Emilia Adalbergas zornige Stimme.

»Was fällt Euch ein, Ihr Rüpel!«

»Ich weiß nicht, was Ihr wollt, werte Dame«, antwortete Vico in seiner Muttersprache. Er hörte sich ehrlich verwirrt an. »Was habe ich denn getan?«

Adalberga kreischte wie am Spieß. »Zu Hilfe! Der Unhold hat mich unsittlich berührt.«

Emilia musste grinsen. Vico verstand kein Wort, bald würde er merken, dass es hilfreich war, die Landessprache zu beherrschen, wenn man keine bösen Überraschungen erleben wollte. Schon kamen andere Stimmen hinzu, die fragten, was denn los sei. Adalberga wiederholte ihre Anschuldigungen, ihr Knecht bestätigte ihre Aussage. Es dauerte nicht lange, bis zwei Büttel eingriffen. Einer von ihnen sagte, man müsse den Übeltäter zum Rathaus führen, damit ein Richter über die Sache entscheiden könne.

Eine schwache Stimme mischte sich ein, in gebrochenem Deutsch. Zuerst sprach sie zu Vico, erklärte ihm, was man ihm vorwarf, dann richtete er das Wort an die Büttel. Dieser Mann sei Vico von Brunn, er sei von edler Herkunft und wolle für Margrete kämpfen. Er habe ein Schreiben der Äbtissin von Vetra, das dies bestätige.

Emilia hörte lautes Lachen. Dann sprach wieder der Büttel. »So edel, dass er einen Bettler als Knappen mit sich führt? Dann sag deinem hohen Herrn, dass er die Wahl hat: Entweder kommt er mit uns, damit wir prüfen können, ob er der ist, für den er sich ausgibt, oder wir legen ihn sogleich in Eisen und lassen ihn erst mal im Kerker über seine Sünden nachdenken.«

Es folgte leises Gemurmel.

Dann sagte der Büttel: »Gut, dass Ihr Vernunft annehmt, Vico von Brunn. Wenn Ihr mir bitte Euer Schwert aushändigen würdet?«

Ein Schwert fuhr hörbar aus der Scheide.

»Ich danke Euch. Ich bürge mit meiner Ehre dafür, dass Ihr es zurückbekommt, sobald die Sache geklärt ist. Und jetzt geht bitte vor. Dasselbe gilt für Euren edlen Knappen.« Die Stimme des Büttels troff vor Hohn und Spott. »Und Ihr, werte Adalberga, kommt ebenfalls mit, damit Ihr Eure Anschuldigung vor dem Richter wiederholen könnt.«

Die Schritte mehrerer Menschen entfernten sich, danach waren noch eine Weile leise Stimmen zu hören, bis endlich Ruhe einkehrte. Emilia holte den Esel aus dem Stall und führte ihn durch das Tor, das neben der Haustür lag. Mit Freyas Hilfe gelang es ihr, Henricus auf dem Rücken des Tieres festzubinden.

Freya zerdrückte Emilia fast, so fest umarmte sie sie, dann übergab sie ihr ein Leinensäckchen. »Zimtgebäck. Das mögt Ihr doch so gern.«

Emilia nahm es lächelnd entgegen. »Du bist so gut zu mir, Freya. Wie eine Schwester. Ich hoffe, wir sehen uns eines Tages wieder.«

»Das hoffe ich auch, Lia. Und jetzt hurtig. Wer weiß, wie lange meine Herrin den Unhold aufhalten kann.«

Emilia drückte Freya rechts und links einen Kuss auf die Wangen, packte das Bündel, nahm den Esel am Strick und eilte los. An der Ecke drehte sie sich noch einmal um und winkte Freya zu, die sich gerade schnäuzte.

Die Wagenkolonne war nicht zu übersehen. Es waren fast

drei Dutzend Wagen und ein Dutzend Berittene in leichter Rüstung sowie eine Menge Leute, die Gepäckstücke verluden oder sich tränenreich von ihren Angehörigen verabschiedeten.

Emilia drängte sich durch die Leute an die Spitze des Zuges und fragte nach Arvid.

Ein Mann, der aussah wie ein verwitterter Felsen, wandte sich Emilia zu, musterte erst sie und dann Henricus mit gerunzelter Stirn. »Vergiss es, Mädchen«, sagte er mit dröhnendem Bass. »Wir haben keinen Platz für Ärger.«

Er wandte sich ab, aber Emilia rief ihm hinterher: »Ich habe eine Botschaft für Euch von Adalberga Viklund.«

Er fuhr herum, baute sich vor Emilia auf. »Ach ja?«

Emilia streckte ihm den Ring entgegen. Er nahm ihn, drehte ihn in seinen Pranken. Diesen Mann wollte sie nicht zum Feind haben.

»Verzeiht, mein Kind, ich konnte ja nicht wissen, dass Ihr der edlen Adalberga so nahesteht. Wer ist der Mann auf dem Esel? Euer Vater?«

»Ganz recht, er heißt Henricus van der Wee, ich bin seine Tochter Lia. Es geht ihm nicht besonders gut, wie Ihr sehen könnt.«

Arvid bellte ein paar Befehle, einige Männer kamen und verfrachteten Henricus in einen Wagen, der nicht voll beladen war, und betteten ihn auf ein mit Fellen ausgelegtes Lager. Er schlief sofort ein. Adalberga musste wirklich eine bedeutende Frau sein, denn solch einen Platz in einem Wagenzug konnten sich nur hochgestellte Persönlichkeiten leisten. Dennoch war die Reise Gift für Henricus. Aber hatten sie denn eine Wahl?

Den Esel banden sie hinten an, Emilia erhielt zwei Decken und eine dicke Strohmatte und machte es sich neben Henricus bequem. Kaum hatte sie sich gesetzt, wurde die Plane beiseitegeschoben, und Arvids Gesicht tauchte auf. Er lächelte Emilia an.

»Wir nehmen den Weg über den vereisten Vättern und werden nur rasten, wenn es nicht anders geht. Damit sparen wir die Hälfte der üblichen Reisezeit ein. Wenn alles gut geht, sind wir in einer Woche in Falköping. Mit etwas Glück sogar schon in vier Tagen. Allerdings müssen wir uns sputen. Tauwetter hat eingesetzt. Das Eis wird nicht mehr lange tragen. Ein Bad im Vättern zu dieser Zeit wäre unserer Gesundheit nicht gerade zuträglich.« Er lachte, ließ die Plane fallen und stieß gellende Rufe aus.

Ruckelnd setzte sich der Wagen in Bewegung. Am Tor hielten sie noch einmal an, doch niemand behelligte Emilia und Henricus auf ihrem Lager. Dann ging es endlich aus der Stadt hinaus.

Noch eine ganze Weile fürchtete Emilia, Vico könnte plötzlich auftauchen und vollenden, was er auf dem Meer begonnen hatte. Wieder fragte sie sich, was er in Linköping wollte. Er war hinter ihr her, sonst hätte er nicht vor Adalbergas Haus auf der Lauer gelegen. Doch in wessen Auftrag handelte er?

Erst als sie spät in der Nacht rasteten, verflog Emilias Angst allmählich. Sie lugte unter der Plane hervor. Der Mond stand am Himmel und brachte die verschneite Landschaft zum Leuchten. Der Schnee glitzerte, doch hier und da sah Emilia dunkle Flecken, wo sich bereits Pfützen gebildet hatten.

Was sie sonst begrüßt hätte, jagte ihr jetzt Schauder über den Rücken. Wie Arvid gesagt hatte: Es taute.

Würde das Eis auf dem Vättern die Last des Wagenzuges tragen? Die schweren Pferde, die Wagen und Hunderte von

Lasten? Oder würde der See zu ihrer aller nassem Grab werden?

Sehnsucht nach Adalbergas warmer Küche überkam Emilia, und für einen Moment glaubte sie, ihr Elend würde nie enden. Doch ein Blick auf Henricus gab ihr wieder Kraft. Er hatte sie vor einem furchtbaren Schicksal bewahrt, und sie würde ihn niemals im Stich lassen. Er war jetzt ihre Familie.

Sie nahm ein Tuch und tupfte ihm den Schweiß von der Stirn. »Ihr seid nicht allein, Meister Henricus. Und ich schwöre bei Gott, ich werde alles tun, damit Ihr nicht sterbt.«

Vico schäumte noch immer vor Wut. Auf das Weib, aber auch auf sich selbst. Wie hatte er sich nur so hereinlegen lassen können? Immerhin hatte man ihm im Kerker des Rathauses eine eigene Zelle gegeben, mit einem angemessenen Lager, und ihm ein anständiges Mahl und ausreichend Wein hingestellt.

Zu allem Überfluss war ihm auch noch die Beute vor seiner Nase entwischt. Diese Hexe hatte ihn zu Unrecht beschuldigt, aber ihr Wort galt in Linköping mehr als das seine. Unfassbar! Eine Frau, deren Glaubwürdigkeit über die eines Mannes, eines Ritters gar, gestellt wurde! Er verfluchte dieses öde dünn besiedelte Land und alle, die darin lebten.

Der Bürgermeister, Falk Fransson, der zum Glück Vicos Sprache mächtig war, hatte sich die Vorwürfe angehört und entschieden, zuerst einen Boten zur Äbtissin zu schicken und dann eine Sitzung anzuberaumen. Er hatte betont, die Beschuldigungen seien schwerwiegend, denn nicht nur das weibliche Opfer, eine Frau von unbeflecktem Ruf, sondern auch ein ehrbarer Mann seien Zeugen gewesen.

Als die Glocken zum Mittagsgebet läuteten, klirrten Schlüssel, die Tür wurde geöffnet. Zwei Büttel nahmen Vico in die Mitte und führten ihn in den Ratssaal. Anscheinend hatte sich herumgesprochen, dass ein Spektakel anstand, denn der Raum war voller Menschen, die auf ihn zeigten und in ihrer seltsamen Sprache wild durcheinanderredeten.

Vico wurde nach vorn geführt. Auf einem Podest saßen die Ratsherren und der Bürgermeister an einem mit Schnitzereien verzierten Tisch. Vico wandte seinen Blick nach rechts und erstarrte. Dort stand Bruder Heimar, die Hände in Fesseln, den Blick gesenkt.

Vico sank der Mut. Jetzt würde sein Betrug ans Tageslicht kommen, und man würde ihn kurzerhand als Spion aufhängen. Auf der linken Seite stand die Hexe Viklund und schaute starr geradeaus.

Vico musste in der Mitte stehen bleiben, die Büttel wichen ihm nicht von der Seite.

»Was geht hier vor?«, rief er, nicht gewillt, irgendetwas einzugestehen. »Warum hält man mich rechtswidrig fest? Ich habe kein Verbrechen begangen.«

Der Bürgermeister schlug mit einem Hammer auf den Tisch. »Ich bin Falk Fransson, Bürgermeister von Linköping. Wer seid Ihr, dass Ihr ungefragt mir und meinem Rat Rechtsbruch vorwerft?«

Vico knirschte mit den Zähnen. Irgendwann würde er mit seinen Piraten einen Landgang nach Linköping unternehmen, die Stadt niederbrennen und den anmaßenden Bürgermeister häuten lassen. »Ich bin Vico von Brunn, treuer Diener unserer geliebten Königin Margrete. Ich bin auf dem Weg, das Heer gegen Albrecht zu verstärken.«

»Ohne Knappen? Ganz allein?« Fransson sprach Deutsch, ein Diener übersetzte seine Worte für das Publikum.

Vico verschränkte die Arme. »Wird nicht jeder Mann gebraucht? Jedes Schwert?«

»Ohne Frage«, antwortete Fransson. »Aber warum lungert Ihr dann vor dem Haus der Witwe Viklund herum, statt bei Euren Waffenbrüdern? Und warum reist Ihr mit einem gefälschten Syngraphus?«

Heimar schluchzte auf. »Verzeiht, Herr von Brunn, aber ich habe die Äbtissin doch nicht fragen können, und ich wollte Euch nicht enttäuschen. Deshalb habe ich –«

»Schweig!«, donnerte der Bürgermeister.

Vico starrte den Mönch ungläubig an. Der Passierschein war gefälscht!

»Antwortet, Vico von Brunn«, donnerte der Bürgermeister.

Vico knetete die Finger. Dieser Tölpel von einem Mönch! Zwar hatte er in bester Absicht gehandelt, aber seine Dummheit kam einem Verrat gleich. Seinetwegen steckte Vico jetzt bis zum Hals in Schwierigkeiten. Was sollte er nur sagen? Was konnte ihm helfen? Vico atmete tief durch. »Ehrenwerter Bürgermeister Fransson. Dass der Syngraphus eine Fälschung ist, war mir nicht bekannt. Ich habe Bruder Heimar vertraut. Wie konnte ich ahnen, dass er eine solche Torheit begeht? Ich führe nichts Böses im Schilde. Ich habe meinen Adelsbrief im Gepäck. Möchtet Ihr ihn sehen?«

»Wir bezweifeln nicht, dass Ihr Vico von Brunn seid. Nur deshalb werdet Ihr überhaupt hier gehört.«

Vico wurde klar, dass die Büttel seine Sachen durchwühlt hatten, bevor man sie ihm in die Zelle gebracht hatte. Natürlich. Wie gut, dass der Kaperbrief auf der *Helios* in einer Truhe auf ihn wartete. Hätten sie ihn gefunden, wäre er längst tot. Immerhin hatten sie Respekt vor einem Ritter. Vielleicht half ihm das, seinen Kopf aus der Schlinge zu ziehen.

»Der Syngraphus mag gefälscht sein, aber nicht von mir«, beteuerte er. »Also trifft mich daran keine Schuld, und

Ihr könnt mich dafür nicht bestrafen. Hätte Bruder Heimar ihn mir nicht ausgestellt, so hätte ich selbstverständlich wegen meines Anliegens beim Rat vorgesprochen. Bleibt noch die Frage, warum ich mich vor dem Haus der Witwe Viklund aufgehalten habe. Die Antwort ist ebenso leicht wie naheliegend: Ich sah sie auf dem Marktplatz und sogleich entflammte mein Herz in Liebe zu ihr.« Er warf der Hexe einen schmachtenden Blick zu. Ihre Augen funkelten vor Hass. »Ich wartete vor ihrem Haus auf eine Gelegenheit, ihr meine Liebe zu erklären. Und als sie aus der Tür trat, raubte mir ihr Anblick den Verstand. Sie kam auf mich zu, und ich war so vermessen zu glauben, sie wolle mich etwas fragen. Ich berührte sie ganz leicht am Arm. Da wo ich herkomme, ist das nicht unschicklich. Doch sie hat diese Geste falsch gedeutet, weil sie wohl glaubte, ich wolle ihr Gewalt antun.« Er wandte sich der Hexe zu und fiel auf die Knie. »Ich bitte Euch um Verzeihung, Verehrteste, und ich werde mit Freuden jede Strafe annehmen, die Ihr über mich verhängt.«

Ein Raunen ging durch den Saal, nachdem der Diener übersetzt hatte.

Fransson schlug mit dem Hammer auf den Tisch und brüllte: »Ruhe! Wir sind hier nicht auf dem Jahrmarkt.« Er wiederholte seine Worte auf Nordisch, bevor der Diener dies tun konnte.

Dann wandte sich der Bürgermeister Vico zu. »Die Aussagen der Dame Viklund und ihres Knechtes bestätigen die Eure. Allerdings behauptet die Dame Viklund, Ihr hättet sehr fest zugepackt.«

»Müsste man nicht einen blauen Fleck sehen, wenn dem so wäre?« Jetzt hatte er die Hexe in der Falle. Er hatte sie nicht angefasst, also gab es keinen blauen Fleck.

Der Bürgermeister sah die Hexe an. »Nun?«

»Ich werde mich vor niemandem entblößen, aber ich werde das Angebot dieses Unholdes annehmen. Ich wünsche, dass er die Stadt verlässt und nie mehr wiederkommt.«

Der Bürgermeister nickte. »Vico von Brunn. Seid Ihr mit dem Urteil einverstanden? Es würde uns allen viel Mühe ersparen. Wir müssten Euch nicht länger festhalten, müssten keine Boten nach Stockholm schicken und auch keine weitere Beratung ansetzen, die vielleicht Dinge zutage fördern könnte, die wir alle gar nicht wissen möchten.« Er warf einen Blick auf die Hexe.

Vico musste nicht lange nachdenken. »Werte Dame Viklund, ich bedaure zutiefst, dass Euch mein Verhalten so in Angst versetzt hat. Auch wenn mein Herz blutet, nehme ich Euer Urteil an.«

»Wunderbar«, sagte Fransson aufgeräumt. »Vico von Brunn, hiermit verkünde ich über Euch den Bann der Stadt Linköping. Noch heute müsst Ihr die Stadt verlassen, und Ihr dürft sie nie wieder betreten. Solltet Ihr es dennoch wagen, so ist Euch der Tod gewiss.«

Vico nickte. Er warf einen Blick auf Bruder Heimar. Einerseits tat ihm der Mönch leid, andererseits geschah ihm jede Strafe recht, die ihn jetzt erwartete. Was hatte der Kerl sich dabei gedacht? War sein Hass auf Margrete so groß, dass er heimlich Menschen unterstützte, die er für ihre Gegner hielt? Er würde es nie erfahren, und letztlich interessierte es Vico auch nicht. Er würde nur die Lehre daraus ziehen, Menschen, die er nicht kannte, noch weniger zu vertrauen. Und zwar auch und gerade, wenn es Diener Gottes waren.

Vico verbeugte sich vor Bürgermeister und Rat, die Büttel geleiteten ihn durch die schweigende Menge. Anscheinend waren die Leute von seinem Liebesgeständnis beeindruckt, sahen in ihm einen Ritter, der auf tragische Weise seine Minne verloren hatte, bevor sie richtig begann.

Sein Pferd und sein Gepäck standen bereit, das Schwert hing am Sattel. Er schwang sich hinauf und blickte nicht zurück. Erst als er zum Südtor hinaus war, drehte er sich um, warf einen letzten Blick auf Linköping, verfluchte die Stadt im Allgemeinen und die Hexe im Besonderen.

Jetzt konnte er von vorn anfangen, denn er hatte keine Ahnung, in welche Richtung die Metze verschwunden war. Nur eins wusste er: Constanze konnte er ohne Beute nicht unter die Augen treten. Ihr Gesicht tauchte vor ihm auf. Er spürte ihre seidenweiche warme Haut unter seinen Fingern, dachte an ihre Wildheit beim Liebesspiel. Er würde alles tun, was sie verlangte. Und wenn es ihn das Leben kostete.

Buch IV

Februar 1389

Vätternsee, Südschweden

Henricus schreckte hoch. Sein Herz schlug hart in seiner Brust, er schnappte nach Luft wie ein Ertrinkender, vor seinen Augen flirrte roter Nebel. Er musste kurz und hart husten, sein Brustkorb fühlte sich an, als habe ihn jemand mit einem Stock verprügelt.

Eine Hand legte sich auf seine Stirn, und eine Stimme sagte etwas, das er nicht verstand, denn in seinen Ohren rauschte es, als ginge er durch einen tosenden Sturm. Plötzlich verschwand der Nebel vor seinen Augen, sein Blick wurde klar, der Sturm in seinen Ohren legte sich.

Emilia tauchte über ihm auf. »Ihr seid wach, Henricus, endlich, ich dachte schon …« Sie brach ab.

»Wo sind wir?«, stammelte Henricus. Für jedes Wort musste er ungeheure Kraft aufwenden. »Was ist geschehen?« Er erinnerte sich vage, auf einem Esel geritten zu sein, aber das war vielleicht auch nur ein Fiebertraum gewesen.

»Wir sind in Sicherheit. Ein Handelszug bringt uns nach Falköping.«

»Falköping?« Die Stadt lag jenseits des großen Vätternsees, das war nicht der Weg nach Süden.

»Wir machen Rast und überqueren dann den See. Er ist zugefroren.«

»Aber es ist so heiß, wie kann der Vättern da zugefroren sein?«

Emilia legte ein kühles Tuch auf seine Stirn. »Ihr habt Fieber. Seit Wochen. In Linköping konnte ich es eindämmen, aber jetzt bricht es wieder aus. Ich bin froh, dass Ihr überhaupt wach geworden seid.«

Fieber! Henricus erschrak. Seit Wochen! Er erinnerte sich daran, immer wieder wach gewesen zu sein, schemenhaft schossen Bilder durch seinen Kopf, eine Kammer, das Gesicht einer unbekannten Magd, aber er konnte sie nicht in Zusammenhang bringen. In all seinen Gliedern brannte es, sie waren steif und geschwollen.

Er schloss die Augen. Fieber, das über Wochen anhielt, die Schmerzen in seiner Brust, der Husten. Er hatte die Lungenkrankheit, die Weiße Pest. Selbst sein Lehrmeister hatte dagegen kein Mittel gekannt. Er würde noch eine Woche leben, wenn überhaupt. Wer die Lungenkrankheit hatte, ließ sich leicht täuschen, weil sich sein Zustand kurz vor dem Tod noch einmal besserte. Doch danach ging es schnell und unter furchtbaren Qualen auf den unabwendbaren Tod zu.

Der Wagen setzte sich in Bewegung.

Henricus bereitete sich auf das Ruckeln und Schlagen der Räder vor, aber er spürte nichts.

»Wir fahren weiter, Henricus. Die Männer haben Kufen unter den Rädern befestigt, wir reisen jetzt auf einem Schlitten.«

Die Bretter glitten sanft über das Eis. Henricus spürte nicht die kleinste Erschütterung. Er hatte den Vättern noch nie zugefroren gesehen. Wie gerne wäre er nebenhergegangen oder, noch besser, hätte er sich ebenfalls Kufen unter die Füße geschnallt und wäre über das Eis geglitten. Eis war etwas Gutes, denn dann war das Wasser durch die Kälte gezähmt. Kein Sturm konnte es so aufwühlen, dass es die Welt in Trümmer schlug.

»Emilia«, brachte Henricus mit Mühe heraus. Er ergriff ihre Hand. »Ihr müsst jetzt stark sein.«

Emilia riss die Augen auf. »Stark sein? Was meint Ihr damit?«

»Es ist die Lungenkrankheit. Ich werde nicht mehr lange leben. Ich habe noch ein paar Tage. Vielleicht sterbe ich auch schon heute Nacht. Diese Krankheit ist unberechenbar. Wenn es so weit ist, müsst Ihr mir helfen, mich zu rasieren. Der Bart muss weg, und auch der Kopf muss kahl sein.«

»Ihr wollt Euch rasieren? Wozu?«

»Ein Ritual aus meiner Heimat. Wir treten bloß vor unseren Herrn.«

Henricus musste husten, Emilia hielt ihm ein Tuch an den Mund. Der Schleim war durchzogen von Blut.

»Seht Ihr. Frisches Blut. Mein Ende naht.«

Emilias Augen standen voller Tränen. »Ihr dürft mich nicht verlassen. Ich bin allein auf dieser Welt. Was soll ich tun? Wohin soll ich gehen?«

Henricus zerriss es fast das Herz. Noch vor Kurzem hatte er sterben *wollen*, doch jetzt hätte er einen hohen Preis dafür gezahlt, noch ein paar Jahre leben zu dürfen. Emilia brauchte ihn. Er wollte sie nicht schutzlos zurücklassen. Aber Gott hatte andere Pläne mit ihm, er musste ihm vertrauen. »Seid nicht traurig, Emilia. Wir werden uns wiedersehen. Und dann werdet Ihr meine Familie kennenlernen, die mir vor Jahren vorausgegangen ist.«

»Eure Familie?«, schluchzte Emilia mit tränenerstickter Stimme.

»Ja, Emilia, meine Familie.« Henricus musste einen Moment ausruhen. Sprechen war schmerzhaft und kostete ihn Kraft. Aber er wollte Emilia erzählen, wer er war, bevor er von ihr ging. Er bedeutete ihr, sich ganz tief zu ihm hinunterzubeugen, sodass er seine Lippen an ihr Ohr legen konnte.

»Habt Ihr schon mal von Rungholt gehört?«

»Aber ja«, erwiderte Emilia. »Wer kennt sie nicht, die Legende von Rungholt, der unermesslich reichen Stadt im Meer, die Gott vom Antlitz der Erde getilgt hat, weil ihre Bewohner von ihm abgefallen waren.«

»Es ist keine Legende. Ich bin in Rungholt geboren und habe dort gelebt, zweiunddreißig Jahre lang. Oh ja, wir waren reich, aber nicht an Gold oder Silber. Fisch und Salz, das war unser Reichtum.« Henricus' Atem ging rasselnd, er musste eine Pause einlegen und befürchtete zu sterben, bevor er seine Geschichte erzählt hatte. Hastig sprach er weiter. »Wir Bürger von Rungholt bewirtschafteten die Uthlande, eine Gegend so wunderbar wie das Paradies. Wir trieben Handel mit Menschen aus aller Herren Länder. Aus China kamen sie, aus dem Morgenland und aus den Ländern des südlichen Mittelmeeres. Von meinem Vater übernahm ich den Salzhandel, und es gab Jahre, da hätten wir das Zehnfache verkaufen können von dem, was wir der Nordsee abgerungen hatten, so begehrt waren unsere Waren. Und noch etwas hat uns reich gemacht: Wir Rungholter waren gute Christen, und aus diesem Grund hießen wir jeden willkommen, der in Frieden kam, egal, welchem Glauben er anhing. Aus diesem Grund besuchten uns viele Händler und Reisende aus dem Morgenland. Das hat nicht allen gefallen, deshalb gab es später die Legende von der Gottlosigkeit der Rungholter. Unter den Besuchern war auch ein gewisser Hassan al Safah ibn Rashid.«

Henricus musste erneut Kraft schöpfen, doch jetzt war es nicht nur die Krankheit, die ihn schwächte, sondern auch die Trauer, die in seiner Kehle brannte.

Emilia wusch das Tuch aus und legte es Henricus auf die Stirn. Dann wechselte sie die Wadenwickel, und schlagartig fror Henricus, als stünde er nackt in einem Schneesturm. Er zitterte, seine Zähne schlugen aufeinander. Emilia deckte ihn mit noch mehr Decken und Fellen zu und rieb seine Hände. Langsam ebbte der Anfall ab. Henricus fürchtete, Gevatter Tod könnte ihn nun in jedem Augenblick holen. Stumm sprach er ein Gebet, bat den Herrn um die Vergebung seiner Sünden.

»Emilia«, flüsterte er. »Hört mir zu.«

»Das tue ich, Henricus. Ich wünsche mir nichts sehnlicher, als Euch noch jahrelang zuhören zu können.«

»Habe ich Euch von Hassan erzählt?«

»Ihr habt ihn gerade erwähnt. Er war ein Freund von Euch?«

»Ja, das war er.« Henricus versagte die Stimme.

Emilia hielt ihm den Weinschlauch an die Lippen.

Gierig schluckte er, dann räusperte er sich, unterdrückte einen Hustenanfall. »Hassan hat mir alles beigebracht. In Rungholt konnten viele Leute lesen und schreiben, denn nur wenn man die Bücher ordentlich führen kann, kann man gut Handel treiben. Wir schrieben bereits alles nieder, als die meisten Menschen noch mit Kerbholz und Steinsäckchen herumliefen, um Dinge zu zählen. Niemand konnte uns mit schlechten Verträgen über den Tisch ziehen. Was für mich aber das Wichtigste war: Ich konnte Bücher lesen, die in Latein geschrieben waren, und Hassan brachte mir so viel von seiner eigenen Sprache bei, dass ich auch die Werke der arabischen Gelehrten lesen konnte. Er lehrte mich auch das Griechische, das er in Konstantinopel gelernt hatte. Mein Vater war mit meinen Studien einverstanden, solange ich das Geschäft nicht vernachlässigte. Nach und nach legte ich eine kleine Bibliothek an. Die Bücher, das war mein wahrer Reichtum. Viele waren darunter, die die Kirche verboten hatte. Werke von großer Weitsicht über die Natur des Menschen und die Heilkunst. Nicht nur über den Körper, sondern auch über die Seele. Bücher, in denen beschrieben wurde, wie die Säfte und die Seele zusammenhingen und dass viele Menschen, die krank am Körper waren, eigentlich krank waren an der Seele. Bücher, in denen jeder Teil des Körpers aufgezeichnet und beschrieben war. Bücher über Geburt und Schwangerschaft, über die Leiden, die nur Frauen heimsuchen können.«

Henricus drohten die Augen zuzufallen. Er riss sie auf. »Allah, der Gott der Moslems, hat seinen Anhängern den Auftrag gegeben, seine Schöpfung zu erforschen. Hassan kannte keine Verbote und war entsetzt, als er erfuhr, dass die Kirche es verteufelt, den menschlichen Körper durch Sektion zu erforschen, da sie es für eine frevlerische Entweihung des Verstorbenen hält.«

Henricus sah, dass Emilia etwas sagen wollte, doch er gab ihr zu verstehen, dass er erst seine Geschichte beenden wollte. »Hassan brachte mir immer ein Buch mit, wenn er uns besuchte. Zuerst zahlte ich dafür, doch als wir Freunde wurden, waren die Bücher sein Gastgeschenk. Wir verbrachten viele Stunden mit Gesprächen über die Welt und den Himmel.«

Henricus schloss die Augen. Das Licht war grell, es schmerzte.

»Ich hätte Euch gern alles beigebracht, Emilia. Denn Ihr seid wie ich: neugierig und mutig.« Er schloss die Augen, wunderbare Stille hüllte ihn ein.

»Henricus!« Emilias Stimme, sie kam von weit her, klang besorgt.

»Schon gut, ich musste nur kurz innehalten.« Henricus öffnete die Augen. Das Licht war schwächer geworden. Er musste eingeschlafen sein, ohne dass er es bemerkt hatte. »Wie lange habe ich geschlafen?«

»Einige Stunden. Ich dachte schon …« Emilia sah ihn traurig an.

»Nicht, bevor ich fertig erzählt habe.« Er versuchte sich an einem Lächeln.

»Was ist mit Rungholt geschehen? Kam der Herr über die Stadt, um sie zu vernichten, so wie die Legende es sagt?«

»Was geschehen ist? Mein Hochmut wurde bestraft. Gott kann wahrhaft grausam sein. Ich hatte zweiunddreißig Sommer gesehen, hatte Elisabeth, die wunderbarste Frau der Welt, geheiratet, die mir Fenja schenkte, unsere Tochter, mein Ein und Alles. Nachdem Hassan mir so viel beigebracht hatte, wollte ich mein Wissen und meine Fähigkeiten ausprobieren. Schon bald hielt ich mich mehr bei Patienten auf als bei meiner Familie, und mein Ruf als begnadeter Heiler eilte mir voraus. Elisabeth kümmerte sich um das Geschäft, Fenja half, so gut sie konnte, und ich heilte Menschen, die sehr gut dafür bezahlten. Aber Geld war nicht wichtig für mich. Ich war davon überzeugt, dass Gott mich zu einem großen Heiler erkoren hatte, dass ich bald Grafen und Fürsten behandeln und letztlich Leibarzt des Königs werden und dass mein Name in einem Atemzug mit Galen genannt werden würde. Hassan warnte mich davor, aus Eitelkeit zu heilen, aber ich schlug seinen Rat in den Wind und träumte davon, wie Hassan die Welt zu bereisen und mit Gelehrten und Königen zu verkehren.« Tränen brannten in Henricus' Augen.

»Und dann erfuhr ich Gottes Strafe«, flüsterte er. »Es begann drei Tage vor dem, an dem sich meine Geburt zum zweiunddreißigsten Mal jährte, drei Tage vor Marcellus. Ich hatte erfahren, dass der Kaiser, der in der Nähe von Mildstedt lagerte, erkrankt war. Das war nur eine halbe Tagesreise von Rungholt entfernt. Seine Leibärzte, so hieß es, standen vor einem Rätsel, versuchten dieses und jenes, aber nichts half. Ich war überzeugt, dass ich Karl heilen und er mich zum Leibarzt ernennen würde. Elisabeth bat mich zu bleiben, weil die Alten einen Sturm vorausgesagt hatten, aber diese Gelegenheit wollte ich mir nicht entgehen lassen. Ich versprach, so schnell wie möglich zurückzukehren, und setzte von der Insel, auf der Rungholt lag, aufs Festland über.«

Ein Ruck ging durch den Karren. Waren sie schon wieder auf festem Boden?

»Wir müssen den Abstand zwischen den Wagen vergrößern und das Gewicht gleichmäßiger verteilen«, rief eine Stimme von draußen. »Es geht bald weiter.«

»Das war Arvid, der Wagenführer«, sagte Emilia und schwieg erwartungsvoll.

Ihre Tränen waren getrocknet, aber ihr Gesicht war grau. Warum hatte ihm Gott nicht mehr Zeit gewährt, sie zu beschützen? Es war, als würde sich das Schicksal wiederholen. Wen immer er in sein Leben einließ, der musste dafür büßen.

Henricus fuhr fort, er wollte seine Geschichte zu Ende bringen, bevor er dazu nicht mehr in der Lage war. »Als ich bei Karl eintraf, hatten die Ärzte ihn bereits geheilt, meine Dienste waren nicht mehr vonnöten. Ich bekam ihn nicht einmal zu Gesicht. Ich war zutiefst enttäuscht, verkroch mich in einer Schänke und gab mich dem Wein hin, betrank mich so sehr, dass ich einen ganzen Tag verschlief. Als ich endlich wieder bei Sinnen war, war bereits keine Überfahrt mehr möglich. Inzwischen war der Tag vor Marcellus, und im Laufe des Vormittags hob ein solcher Sturm an, dass kein Schiff auslaufen konnte. Zu dieser Jahreszeit war ein Sturm mit hoch auflaufender Flut nicht ungewöhnlich, und Rungholt war gut geschützt. Ich bildete mir ein, dass der Sturm in der Nacht abflauen würde und ich gegen Mittag übersetzen könnte. Doch der Sturm flaute nicht ab. Er wurde stärker.

Mit jeder Minute stieg die Flut höher. Selbst als die Ebbe hätte einsetzen sollen, sank das Wasser nicht. Wellen, höher als zwei Häuser übereinander, rissen die Küste auf. Ich musste mich eine Viertelmeile ins Landesinnere zurückziehen, um nicht ins Meer gespült zu werden. Ich fand Unterschlupf bei einem Bauern, dem der Sturm das Dach wegriss. Gott sei Dank hatte er einen aus Steinen gemauerten Keller, der uns Schutz bot. Doch ich fand nicht einen Moment Ruhe. Einen Sturm dieser Stärke hatte ich noch nie erlebt. Kein Zweifel, hier hatte Gott seine Hand im Spiel. Er hatte die Naturgewalten entfesselt. Am Morgen des Marcellus-Tages war der Wind so mächtig, dass wir den Keller nicht verlassen konnten. Der Sturm hätte uns weggetragen wie Laub. Mein Gemüt verfinsterte sich. Wie musste der Sturm erst in Rungholt wüten, auf der schutzlosen Insel, die dem Sturm unmittelbar ausgesetzt war, der von Westen über die Uthlande herfiel? So also verbrachte ich meinen zweiunddreißigsten Geburtstag: eingegraben in die Erde, aus der mich Gott erschaffen hatte, die Seele verdunkelt und voller Angst. Ich machte mir selbst Mut, indem ich mich daran erinnerte, dass Stürme oft wählerisch waren und nicht alles zerstörten, was ihnen im Weg stand. So hatte Hoye, das nordwestlich von Rungholt lag, einem Sturm getrotzt, bei dem andere Orte, die nur eine halbe Meile entfernt lagen, in den Fluten versunken waren. Stand Rungholt nicht unter Gottes Schutz? Es musste einfach so sein. Warum sollte Gott andere strafen, wenn er doch mich strafen wollte? Ich verdrängte die Antwort darauf aus meinen Gedanken. Erst am nächsten Tag legte sich der Sturm, die Flut zog sich langsam zurück. Ich eilte los, doch ich brauchte drei Tage, bis ich überhaupt das Stück Küste fand, vor dem die Insel mit der Stadt Rungholt gelegen hatte. Nichts war mehr wie vor meiner Abreise. Die alte Küstenlinie war verschwunden. Die Anlegestelle vom Meer verschluckt. Und da, wo vorher Rungholt und seine Marschen gewesen waren, dehnte sich die graue gefräßige Nordsee. Niemand auf der Insel hatte überlebt. Meine Elisabeth, meine Fenja, ertrunken in den Fluten, und ich war nicht bei ihnen gewesen.«

Henricus liefen die Tränen übers Gesicht. Noch immer brannte der Verlust in seiner Seele. Die Hölle konnte nicht schlimmer sein.

»Das war der Moment, in dem ich mir schwor, nie wieder einen Menschen zu lieben. Gott hatte mir meine Liebsten genommen und mit ihnen die Freude am Leben. So lehrte er mich Demut. Ich nahm meine Strafe an, zog ohne Rast und Ruhe durch die Lande, um Menschen zu heilen. Nicht Könige und Fürsten, sondern die einfachen Leute, denen sonst niemand half. Und dann traf ich Euch, Emilia …«

Henricus war am Ende seiner Kräfte. Er schloss die Augen, spürte kaum, wie Emilia die Tränen von seinen Wangen tupfte.

»Herr, erlöse mich, habe ich nicht genug gebüßt?«, flüsterte er.

Ein weißes Licht tauchte vor seinem Gesicht auf, so grell, dass es ihn durch die geschlossenen Augenlider blendete. Es bewegte sich im Kreis, wurde immer schneller. Dann erlosch es. Die Finsternis, die folgte, war allumfassend.

Henricus' Kopf sackte mit einem Seufzer nach hinten. Seine Züge entspannten sich.

Emilias Herz setzte für einen Schlag aus, dann raste es los. »Nein«, flüsterte sie. »Geht nicht fort! Lasst mich nicht allein!«

Sie hielt ihr Ohr ganz dicht an Henricus' Mund. Kein Atem. Sie nahm seine Hand, fühlte den Puls. Nichts. Sie riss die Decken weg, öffnete sein Hemd und presste ihre Hand auf sein Brustbein. Sein Brustkorb hob und senkte sich kaum spürbar.

Er lebte! Emilia zitterte vor Erleichterung.

Behutsam deckte sie ihn wieder zu. Das lange Sprechen hatte ihn vollkommen erschöpft. Auch schien sein Lebenswille gebrochen. Wie ähnlich sich Adalberga und Henricus waren! Adalberga hatte ihre Lebensfreude vielleicht wiedergefunden. Henricus jedoch stand an der Schwelle zum Tod. Emilia war davon überzeugt, dass er die Krankheit nur besiegen konnte, wenn er überleben wollte. Er selbst hatte sie gelehrt, dass die Menschen Krankheiten allein mit ihrem Willen besiegen konnten. Aber wollte er leben?

Emilia würde jedenfalls alles tun, um ihm zu helfen. Sie wechselte die Wadenwickel, kühlte seine Stirn und wickelte mehrere Tücher um seine Brust, damit sie warm blieb. Wenn es wirklich die Lungenkrankheit war, konnte sie wenig ausrichten. Aber es gab noch andere Krankheiten mit ähnlichen Anzeichen, die heilbar waren.

Emilia dachte an das, was Henricus ihr erzählt hatte. Wie schrecklich musste es sein, seine Familie auf diese Art zu verlieren. Ohne Totengebet, ohne Grab, ja, ohne den Ort, an dem sie gestorben war. Alles einfach vom Erdboden gelöscht.

Ein dumpfes Knacken riss Emilia aus ihren Gedanken. Sie blickte sich im Wagen um. War etwas kaputt? Brach die Achse?

Wieder der dumpfe Laut. Der Wagen ruckte.

Draußen ertönte ein markerschütternder Schrei. Ein Pferd wieherte in Todesangst.

Dann Arvids panische Stimme. »Das Eis bricht! Rette sich, wer kann. Verlasst die Wagen. Lauft um euer Leben!«

Einen Herzschlag lang war Emilia wie gelähmt. Dann

sprang sie vom Wagen, wurde fast von einem fliehenden Händler umgerissen, der an ihr vorbeirannte, seine Geldschatulle an sich gepresst.

Um sie herum war Chaos ausgebrochen. Geschrei, das furchtbare Krachen des berstenden Eises. Keine hundert Fuß hinter ihr steckte ein Wagen halb im Wasser. Der Kutscher war abgesprungen und drosch auf die Pferde ein, damit sie den Wagen herauszogen. Plötzlich schlug eine Wand aus Eis hoch, mit einem Schlag verschluckte das Wasser den Wagen samt Pferden und Kutscher, die Eisscholle sackte wieder herunter und trieb eine Welle vor sich her.

Unter Emilia knackte es. Sie blickte zu Boden. Ein Riss raste auf sie zu und unter ihren Beinen hindurch. Sie sprang auf die Seite. Wieder knackte es.

Arvid rannte an ihr vorbei. »Renn, Kind, renn um dein Leben! Du kannst deinen Vater nicht retten. Du kannst nur dich selbst in Sicherheit bringen.«

Emilia schüttelte unwillig den Kopf. Niemals würde sie Henricus im Stich lassen. Er hatte sie gerettet, hatte sich in Lebensgefahr gebracht, um ihr beizustehen. Sie würde ihn retten – oder gemeinsam mit ihm sterben.

Ein weiterer Wagen versank im Eis, für einen Moment schaute noch ein Pferdekopf heraus, die Augen rollten vor Panik.

Emilia legte die Hand an die Stirn und blickte zum Ufer. Es war nicht mehr weit. Die vorderen Wagen hatten rechtzeitig fliehen können, waren schon fast an Land.

Etwa sechzig Fuß rechts von Emilia schoss ein Wagen vorbei. Vor ihm erhob sich wieder die tödliche Eiswand, er versank wie der andere. Das Pferd vor Emilias Wagen schnaubte unruhig. Es spürte die Gefahr. Der Fuhrknecht hatte längst das Weite gesucht.

Emilia warf einen Blick nach links, wo Schnee auf dem Eis lag. Das konnte die Rettung sein. Sie hechtete auf den Kutschbock, nahm die Zügel in die eine, die Peitsche in die andere, hieb auf das Pferd ein und schrie aus Leibeskräften. Das Pferd sprang sofort in den Trab, der Ruck hätte Emilia fast vom Kutschbock geworfen. Sie lenkte den Wagen auf die Schneefläche zu. Dort musste das Eis noch fest sein. Das zumindest hoffte sie. Wenn nicht, waren sie verloren.

Der Schlitten nahm Fahrt auf, das Eis knackte und knirschte, eine Kufe sackte ab, aber die Eisdecke gab nur ein wenig nach, und im nächsten Moment hatten sie knirschenden Schnee unter sich. Emilias Plan schien aufzugehen. Unter dem Schnee hielt das Eis noch.

In Ufernähe allerdings glitzerte Wasser. Stand es auf dem Eis, oder war der See dort bereits offen?

Emilia sandte ein Stoßgebet gen Himmel und schwang die Peitsche. Je schneller sie war, desto eher würde das Eis halten. Der Schnee verschwand, die Hufe des Pferdes patschten ins Wasser, darunter sah Emilia das Eis. Es war nicht sehr dick, aber es brach nicht. Mit einem mächtigen Schlag krachten die Kufen auf die Böschung, doch sie hielten dem Aufprall stand. Der Wagen wurde durchgeschüttelt, das Pferd rannte panisch weiter. Erst als sie den Waldsaum erreicht hatten, kam der Wagen zum Stehen.

Emilia lehnte sich zitternd zurück. Sie war nass geschwitzt, ihre Finger waren so verkrampft, dass sie sie kaum von den Zügeln lösen konnte.

Hinter sich hörte sie Hochrufe. Die Überlebenden jubelten, nahmen sich gegenseitig in den Arm, fielen auf die Knie und dankten Gott für ihre Rettung.

Arvid kam und klopfte ihr auf die Schulter. »Ihr seid eine mutige Frau. Alle Achtung.«

Emilia taumelte vom Bock. »Entschuldigt mich bitte, ich muss nach meinem kranken Vater sehen.«

Sie kletterte auf den Wagen. Eine Truhe lag auf der Seite, ein paar Sachen waren durcheinandergeraten, die Decken verrutscht, aber es war nichts beschädigt und Henricus war nicht verletzt. Er lag nach wie vor in tiefer Ohnmacht. Erleichtert sprach sie ein Dankgebet. Mit knapper Not waren sie mit dem Leben davongekommen.

Emilia wollte das Lager wiederherrichten, doch ihre Finger gehorchten ihr nicht. Sie sank in sich zusammen. Sie hatte ihre letzte Kraft verbraucht. Wenn Vico oder Sergius jetzt kämen, würde sie sich widerstandslos von ihnen totschlagen lassen.

Langsam wurde es hell. Sie lagerten etwa eine Meile südlich der Burg Axevalla am Ufer eines Sees, versteckt im Wald. Eine Vorhut unter Nikolaus' Kommando, fünfzig Ritter, deren Knappen und Packpferde mit Verpflegung, ein Feldscher und ein Priester sowie ein Dutzend erfahrene Späher. In der vergangenen Nacht waren sie angekommen, als der Mond die Wege in fahles Licht getaucht und den Schnee zum Leuchten gebracht hatte.

Nikolaus war alles zu langsam gegangen, das Wetter wurde immer milder, der Schnee taute, die Eisflächen wurden dünn. Die Wege wurden immer schlammiger, schon jetzt mussten die Wagenräder ständig gesäubert werden, an einigen Stellen mussten sie gar Bretter unterlegen, damit sie überhaupt weiterkonnten. Bald gäbe es kein Vorankommen mehr für den schweren Tross des Hauptheeres.

Deshalb hatte Nikolaus Albrecht gebeten, ihn der Vorhut zuzuteilen. Der Herzog war seinem Wunsch nachgekommen und hatte ihm sogar den Oberbefehl gegeben. Dieser Umstand sorgte zusätzlich für Unmut bei vielen Edlen. Denn sie mussten ihre Männer bezahlen und ausrüsten, damit sie das Kommando über sie ausüben konnten.

Albrecht hatte sich nicht um ihren Protest geschert und Nikolaus eingeschärft, sich auf keinen Fall in Kampfhandlungen verwickeln zu lassen. Auch sollte er keinesfalls auf Axevalla Quartier beziehen, selbst wenn Skåning mit seinen Leuten abgezogen war, wie er vermutete, um das dänische Hauptheer zu verstärken. Sie sollten mobil bleiben und Margretes Truppenbewegungen ausspähen.

Gerade kehrten zwei Späher zurück und erstatteten Nikolaus Bericht. Axevalla wurde nur noch von zwei Dutzend Rittern belagert, vermutlich ein Täuschungsmanöver, damit die Besatzung nicht merkte, dass Skåning längst abgezogen war. Oder ein Falle für Nikolaus' Vorhut. Vielleicht lauerte Skåning mit dem Rest seiner Leute im Wald und wartete darauf, dass Nikolaus zur Burg marschierte.

Nikolaus schickte einen Boten zurück zum Haupttross und teilte den Wachdienst ein. Zwei Männer würden sich immer in Sichtweite der Burg aufhalten.

Den ganzen Tag über tat sich nichts. Am Nachmittag kam ein Späher. Nikolaus empfing ihn umgehend.

Der Mann war außer Atem, er musste geritten sein wie der Teufel.

Nikolaus reichte ihm einen Becher Wein. »Trinkt, schnauft durch, und dann berichtet.«

Der Späher kippte den Wein in sich hinein. »Herr, ich habe einen Tross ausgemacht, gute zwei Meilen nordöstlich von hier.«

Nikolaus erschrak. »Ein Tross? Von Norden?« Hatten Margretes Truppen vor, sie in die Zange zu nehmen? War Skåning gar nicht nach Süden abgezogen, um sich mit den anderen beiden Heeren zu vereinen, sondern nach Norden?

»Schweden oder Mecklenburger?«, fragte er knapp.

»Kein Banner. Insgesamt vielleicht zweihundert Personen.«

Das konnten nicht Skånings Männer sein. Aber wer war es dann? Nikolaus überschlug, wie viele Ritter sich bei dem Tross befinden konnten. Höchstens fünfzig. Sollte er angreifen? Oder erst Albrecht benachrichtigen?

»Mir ist etwas aufgefallen, Herr«, sagte der Späher. »Der Tross führt auffällige Wagen mit sich. Solche, in denen normalerweise hochgestellte Persönlichkeiten reisen.«

Nikolaus horchte auf. »Seid Ihr Euch sicher? Wie viele?«

»Bestimmt ein Dutzend.«

Nikolaus dankte dem Späher und schickte ihn mit der Anweisung weg, sich auszuruhen. War es denkbar, dass der schwedische Hof nur einen Katzensprung von hier lagerte? Dass Margrete keine Ahnung hatte, dass der Feind schon tief im Reich stand? Reiste die Regentin tatsächlich mit ihren Truppen? Nein! Nikolaus rief sich zur Ordnung. Er hatte Margrete erlebt. Niemals würde sie ein solches Risiko eingehen. Sie würde auf einer ihrer unbezwingbaren Burgen sitzen, die Fäden ziehen und Parow, der ihr Heer gegen Albrecht führte, die Arbeit machen lassen.

Aber es konnte durchaus sein, dass schwedische Adlige ihre Familien in Sicherheit bringen wollten und versuchten, sich als Handelszug zu tarnen. Nikolaus traf eine Entscheidung. Albrecht hatte ihm nur untersagt, Axevalla zurückzuerobern, er hatte ihm nicht verboten, eine derart fette Beute zu machen.

Er rief seine Offiziere zusammen. Sie beschlossen, dem Tross entgegenzureiten. Sollten es schwedische Adlige sein, würden sie angreifen. Damit hätten sie ein unbezahlbares Unterpfand, und vielleicht konnten sie damit sogar die

Schlacht im letzten Augenblick verhindern und Margrete zu Verhandlungen zwingen.

Sie ließen die Knappen zum Schutz des Lagers zurück und pirschten sich im Wald an den Tross heran. Der Späher hatte recht gehabt: Es waren Reisewagen für wohlhabende Leute. Auf den ersten Blick sahen sie aus wie ein Handelszug, doch auf den zweiten war unschwer zu erkennen, dass die Reiter keine Händler waren. Die Männer saßen nicht auf schnellen Reitpferden, sondern auf Schlachtrössern mit breiter Brust und starken Beinen. Nikolaus zählte sechsundvierzig. Und keiner der Ritter hatte eine Lanze eingelegt. Damit hätten sie ihre Tarnung, die sowieso nicht besonders gut war, sofort gelüftet.

Nikolaus hatte genug gesehen. Er gab seinen Leuten Befehle, dann reckte er die Faust in die Luft und ließ seine Ritter auf den Tross los. Sobald sie den Wald verließen, legten sie ihre Lanzen ein. Vier Ritter, die vorwegritten, trugen gut sichtbar das Mecklenburger Banner. Wie eine Wand stoben Nikolaus' Männer auf die ersten Wagen zu. Sofort bildeten die Verteidiger einen Schutzwall aus Pferden. Sie warfen ihre Umhänge ab und zogen die Schwerter, einige hoben Armbrüste, ließen sie jedoch wieder sinken. Stattdessen flogen Banner in die Höhe.

Nikolaus hob die Hand, der Angriff kam zum Erliegen. Er galoppierte heran und ließ sein Pferd nur eine Lanzenlänge vor dem ersten Ritter anhalten. Der Mann hatte ein langes schmales Gesicht und war nicht älter als fünfundzwanzig Jahre.

Langsam ritt Nikolaus auf ihn zu und öffnete sein Visier. »Seid gegrüßt. Ich bin Nikolaus von Brunn, Hauptmann der Vorhut des königlichen Heeres von Albrecht III. von Mecklenburg, König von Schweden. Wir kämpfen dafür, Schweden seinem rechtmäßigen Herrscher zurückzugeben.«

»Das trifft sich gut. Zum selben Zweck sind wir unterwegs. Ich bin Sergius von Crivitz, ebenfalls im Dienst des Königs von Schweden. Ich hoffe, Albrecht im befreiten Axevalla zu treffen. Denn ich habe wichtige Nachrichten. Von Süden nähern sich zwei Heere der Schweden. Eines unter der Führung von Erik Kettilsson Puke und das andere unter der Führung des Verräters Henrik Parow. Und auch Nils Svarte Skåning wird mit seinen Männern bald dazustoßen, jetzt wo er die Belagerung von Axevalla aufgegeben hat. Es heißt, dass sie sich bei Falköping treffen wollen. Wir müssen sie so schnell wie möglich stellen. Die drei Heere dürfen sich nicht vereinen.«

Nikolaus zeigte auf die Reisewagen. »Damit werden wir nicht sehr schnell vorankommen.«

»Das ist wohl richtig, aber wir konnten unsere Frauen nicht in Stockholm zurücklassen.«

Nikolaus beherrschte sich, um nicht aufzubrausen. Was für ein Unsinn! Stockholm war sicher, selbst wenn Albrecht die Schlacht verlieren sollte. Diese eitlen Gecken! Frauen auf das Schlachtfeld mitzunehmen! Man brauchte viel zu viele Ritter, um sie zu bewachen. Wenn der Feind das herausfand, würde er sich auf die Wagen stürzen und damit die Schlachtordnung durcheinanderbringen.

»Wie stellt Ihr Euch das vor? Der Feind ist in der Nähe, und mit dem Tross kommen wir kaum vorwärts«, knurrte Nikolaus.

»Wer seid Ihr, dass Ihr mir solche Widerworte gebt? Seid Ihr der Heerführer?«, giftete von Crivitz.

Nikolaus rammte seinen Speer in den Boden, der fast einen Fuß tief ohne Widerstand eindrang, bevor er auf gefrorene Erde traf.

»Ich bin der Anführer der Vorhut und ein Ritter, der im Begriff ist, sich einer mächtigen Streitmacht entgegenzustellen unter der Führung von Henrik Parow, der zwar ein Verräter ist, aber einer der besten Heerführer, die es gibt. Er kennt alle Schliche, er gibt niemals auf, er ist ein Meister der Täuschung. Wagen voller Frauen sind für uns ein Klotz am Bein und für ihn ein Leckerbissen. Hier und jetzt untersteht Ihr meinem Befehl, denn Ihr gehört nun zur Vorhut. Oder seht Ihr das anders?«

Von Crivitz bebte vor Wut, aber er konnte nichts machen. Nikolaus hatte recht.

Nikolaus nahm sein Schweigen als Bestätigung seiner Worte. Er erhob die Stimme. »Wir müssen so schnell es geht zum Hauptheer stoßen! Alle Ritter, die mit zwei Knappen reisen, lassen einen zurück, um den Tross zu führen und die Frauen zu bewachen. Der Rest kommt mit mir.«

Nikolaus wendete sein Pferd und sprengte zurück zu seinen Leuten. Ungeduldig sah er zu, wie die Männer sich fertig machten. Crivitz bellte Befehle. Packpferde mit Rüstungen wurden gebracht, aus den Wagen kam aufgeregtes Geplapper, Ritter beugten sich ins Innere und nahmen hastig Abschied. Nikolaus hatte das Gefühl, es dauere ewig; dann konnten sie endlich aufbrechen.

»Ich würde sagen, Ihr habt Euch getäuscht, Meister Henricus.« Emilia nahm das Tuch von Henricus' Stirn und rührte in dem Topf, in dem sie einen Trunk für ihn zubereitet hatte.

Sie waren in einem Gasthaus in Hjo untergekommen, einem kleinen Städtchen am Westufer des Vättern. Der Wirt hatte Emilia erlaubt, die Küche zu benutzen. Gerade hatte sie den Topf in die winzige Kammer im zweiten Stock hinaufgeschleppt. Hier oben war es kalt und zugig und das einzige Bett klein und hart, aber es war allemal besser, als in der Gaststube zwischen all den anderen Reisenden auf dem Boden zu schlafen.

Henricus wedelte mit der Hand. »Das kann gar nicht sein. Ich bin unfehlbar, wusstet Ihr das nicht?«

Emilia grinste. »Ich vergaß, verzeiht. Aber lasst das nicht den Priester hören. Der ist sowieso verärgert, weil Ihr nicht gestorben seid, nachdem er Euch die Letzte Ölung verabreicht hatte. Er hat gesagt, Ihr wäret ungehorsam.«

»Ich denke eher, Gott ist nachtragend.«

Emilia erschrak. »Psst! Ihr lästert den Herrn. Bedenkt, es gibt ein Leben nach dem Tod.«

»Ohne Frage. Und es kann nicht viel schlimmer sein als das Leben davor.«

»Aber es währt ewig. Still jetzt. Ihr seid undankbar.« Emilia goss den Trunk in einen Becher. Sie setzte ihn Henricus an die Lippen, der gierig schluckte und wohlig seufzte.

»Wenn ich mich geirrt haben sollte, warum habe ich mich dann so schnell wieder erholt?«

Emilia tippte Henricus mit dem Zeigefinger sanft auf die Stirn. »Von Erholung kann keine Rede sein. Ihr seid nicht gestorben, das ist alles.«

Henricus lächelte gequält. »Ihr habt recht. Mein Körper ist überall wund. Innen und außen. Jeder Atemzug schmerzt. Ohne Euch wäre ich jetzt wirklich tot. Aber ich bin so weit bei Kräften, dass wir morgen aufbrechen können. Wir müssen weg hier.«

»Wünscht Ihr Euch noch immer, tot zu sein?«

»Nicht mehr. Gott lässt mich so hartnäckig am Leben, dass ich annehme, er hat noch eine Aufgabe für mich.« Henricus griff nach Emilias Hand. »Vielleicht will er, dass ich Euch alles beibringe, was ich weiß, damit das Wissen nicht verloren geht.«

Emilia drückte seine Hand. »Ich wünsche mir nichts sehnlicher.«

»Dann bleibt mir nichts anderes übrig, als schnell ganz gesund zu werden.«

»So ist es. Und jetzt solltet Ihr schlafen.« Emilia stand auf, wechselte noch einmal die Wadenwickel.

»Bereitet Ihr alles vor? Für unsere Weiterreise?«, fragte Henricus.

»Ich werde mich darum kümmern«, sagte Emilia. »Und jetzt schlaft endlich.«

Es klopfte. Emilia ging zur Tür, warf noch einen Blick auf Henricus, bevor sie öffnete. Er hatte die Augen geschlossen und schnarchte leise.

Draußen stand Arvid, der Wagenführer. Er hatte ihnen das Quartier besorgt und für zwei Wochen im Voraus bezahlt. Adalbergas Ring wirkte offenbar Wunder.

Er verbeugte sich. »Lia van der Wee, ich grüße Euch. Wie geht es Eurem Vater?«

»Besser.« Emilia sah ihn forschend an. »Was gibt es?«

»Schlechte Nachrichten. Zwei Heere marschieren aufeinander zu, Albrechts Ritter gegen die vereinigten Truppen der Königin. Man sagt, Margretes Heerführer wolle es bei Falköping zur Schlacht kommen lassen. Das ist nur knapp zwei Tagesreisen entfernt. Je nachdem, wie die Schlacht ausgeht, seid Ihr hier nicht mehr lange sicher. Ihr solltet so bald wie möglich weiterreisen.«

»Gütiger Himmel!« Emilias Gedanken schossen zu Nikolaus. Im Krieg gab es nichts als Zerstörung und Tod. Und er steckte mittendrin.

»Wir ziehen morgen weiter«, sagte Arvid. »Am Seeufer entlang Richtung Jönköping und dann weiter nach Süden. Immerhin haben mehr als die Hälfte der Wagen den Eisbruch überstanden. Wollt Ihr uns begleiten? Euer Vater und Ihr seid herzlich willkommen.«

Emilia traf eine Entscheidung. »Ich danke Euch, Arvid, für das großzügige Angebot. Aber ich muss hierbleiben.«

»Wie Ihr wünscht, Lia. Möge der Herr Euch auf all Euren Wegen beschützen.« Arvid verbeugte sich tief und stieg die Treppe hinunter.

»Den Schutz des Herrn werde ich brauchen«, murmelte Emilia. »Denn ich werde tun, was er mir aufgegeben hat.«

Nikolaus ritt mit der Vorhut nach Süden, am Hornborgasjön entlang, dem See, an dessen Nordspitze sie gerastet hatten. Schon nach einer guten Meile stießen sie auf Albrechts Heer. Nikolaus erstattete Bericht, und Albrecht gab sofort den Befehl umzukehren, denn Falköping lag zwei Meilen südlich von ihnen, sie hatten die Stadt bereits am Tag zuvor passiert.

Doch der Tross konnte nicht einfach so wenden. Er war eine Viertelmeile lang, irgendwie mussten die hinteren Wagen nach vorn geschafft werden und die vorderen nach hinten. Es dämmerte bereits wieder, und selbst mit Mondlicht wäre es töricht gewesen, das Manöver sofort durchzuführen; es hätte im heillosen Durcheinander geendet.

Also ließ Albrecht das Lager aufschlagen und rief den Kriegsrat zusammen. Nikolaus vergewisserte sich, dass sein Pferd gut versorgt war, dann machte er sich auf den Weg zu Albrechts Zelt, das von dreißig Rittern umstellt war.

Die Wachen ließen ihn sofort durch, das Zelt war von Kerzen erleuchtet, ein Kohlenfeuer spendete Wärme. In der Mitte war ein Tisch aufgebaut, darauf lagen Karten. Nikolaus nahm seinen Platz an der Seite Albrechts ein, Sergius von Crivitz, der am unteren Tischende saß, blickte demonstrativ in die andere Richtung.

Albrecht ergriff das Wort. »Meine Herren, Ihr alle habt vernommen, dass der Feind sich uns bald stellen wird. Er ist schwach, wir werden leichtes Spiel haben.« Er zeigte auf eine Karte. »Späher haben Parows Heer vier Meilen südlich von Falköping gesichtet. Ob Pukes Truppen inzwischen dazugestoßen sind, ist nicht klar. Doch wir müssen damit rechnen. Auch Skåning ist auf dem Weg nach Falköping. Leider ist es zu spät, die Heere an der Vereinigung zu hindern. Aber das macht nichts. Wir sind dem Feind zwei zu eins überlegen, und Gott steht auf unserer Seite.«

Zustimmendes Gemurmel erhob sich.

Albrecht wedelte ungeduldig mit der Hand. »Dank der Übervorsicht des Grafen von Crivitz und seiner Männer, denen die Mauern von Stockholm nicht sicher genug erschienen für ihre Frauen, müssen wir den ganzen Tross mitnehmen.«

Keiner wagte, etwas zu sagen.

Nikolaus warf Crivitz einen Blick zu. Der hielt die Augen starr geradeaus gerichtet. Nikolaus war sich sicher, dass der Graf ihn von diesem Tag an bis in alle Ewigkeit hassen würde, weil der ihm die Schuld daran gab, dass Albrecht ihn vor allen Männern zurechtwies.

»Fest steht, dass wir Margrete vom Thron fegen werden«, ergänzte Albrecht. »Insofern sind die Frauen hier ebenso sicher wie in Stockholm. Je nachdem, wie schnell wir vorankommen, werden wir in ein oder zwei Tagen auf das feindliche Heer treffen. Wir werden ein befestigtes Lager aufschlagen, uns vorbereiten und morgens angreifen. Zur Mittagsstunde desselben Tages können wir Parow für seinen Verrat zur Rechenschaft ziehen.«

Alle Anwesenden grölten zustimmend und klopften mit den Fäusten auf den Tisch. Weinbecher hüpften, eine Karte glitt auf den Boden.

Als wieder Ruhe eingekehrt war, räusperte sich Nikolaus.

»Habt Ihr etwas zu sagen, von Brunn? Immer frei heraus damit. Ich schätze Euren Rat, das wisst Ihr«, sagte Albrecht.

»Mein König«, begann Nikolaus. »Ihr wisst, dass Margretes Männer mich zur Burg Bohus geleitet haben, wo ich ihr Eure Botschaft übergeben habe.«

»Sicher, von Brunn. Kommt zur Sache.«

»Wir sind von Räubern überfallen worden. Ich habe sie kämpfen sehen. Sie sind gut. Sehr gut. Und sie fürchten den Tod nicht. Das meine ich wörtlich. Es mag sein, dass wir zwei zu eins überlegen sind. Aber diese Männer kämpfen aus Überzeugung. Bedenkt zudem das Gelände. Tauwetter hat eingesetzt. Der Boden wird immer sumpfiger, ein Kavallerieangriff könnte schwierig werden. Zumal Parow bestimmen kann, wo die Schlacht stattfindet. Er kann uns so lange ausweichen, bis er uns an der Stelle hat, die ihm passt. Und wenn er sich auf einem Hügel verschanzt, wird es heikel.«

»Das habt Ihr richtig erkannt, von Brunn. Deswegen werden wir Parow herauslocken, wo immer er sich versteckt. Wenn er auf einem Hügel sitzt, nehmen wir ihn von den Flanken her in die Zange. Versucht er, uns in einen Hohlweg zu locken, umgehen wir ihn und fallen ihm in den Rücken, sodass er nur noch selber in den Hohlweg fliehen kann. Ihr seht, ich habe an alles gedacht.«

Nikolaus deutete eine Verbeugung an. »Dennoch rate ich, mit äußerster Vorsicht vorzugehen. Margrete ist –«

Albrecht fiel ihm ins Wort. »Margrete ist eine Thronräuberin. Sie wird ihren gerechten Lohn erhalten. Und jetzt ist es gut. Ich will, dass alle ihre Abteilungen inspizieren und auf Vordermann bringen. Prüft die Lanzen, stellt sicher, dass die Schäfte fest und die Spitzen scharf sind. Reißt an den Steigbügeln, damit Ihr sicher sein könnt, dass sie jedem Gewicht standhalten. Gebt den Pferden nicht zu viel zu fressen, damit sie nicht träge sind. Schwört die Knappen auf Euch ein, und fettet die Sehnen der Armbrüste, damit sie nicht feucht und schlaff werden.«

Albrecht nickte den Männern zu. Alle verließen das Zelt, Crivitz grinste abschätzig in Nikolaus' Richtung, bevor er die Plane zur Seite schlug und verschwand.

Nikolaus wollte noch nicht aufgeben, auch wenn er riskierte, Albrechts Zorn auf sich zu ziehen. »Mein König, ich bitte Euch, mir noch einen Moment Eure Aufmerksamkeit zu schenken.«

Albrecht blitzte ihn an. »Habt Ihr meine Befehle nicht gehört?«

Das war deutlich. »Verzeiht, Herr, mein König, natürlich.«

»Dann fort mit Euch!«

Nikolaus biss die Zähne zusammen und verließ das Zelt. Albrecht war versessen darauf, Margrete zu vernichten. Er hasste sie. Hass war ein schlechter Ratgeber auf dem Schlachtfeld. Wenn Albrecht einen Fehler machte, nur einen winzig kleinen, konnte die Schlacht ganz anders ausgehen, als er erwartete, und sie alle würden als Rabenfutter enden.

Mit einem Mal musste Nikolaus an Lia denken. Wo auch immer sie sein mochte, sie war hoffentlich weit weg und in Sicherheit.

Henricus hörte die Tür und drehte den Kopf. Emilia war zurückgekehrt, sie sah aufgewühlt aus. Und erschöpft. Die Flucht, seine wochenlange Krankheit, das alles hatte ihr viel abverlangt. Aber jetzt würde alles besser werden. Denn er hatte einen Plan. Noch ein paar Tage, dann wäre er genug bei Kräften, um eine Reise anzutreten. Eine lange Reise würde es werden, denn Henricus hatte beschlossen, die zusätzliche Zeit, die Gott ihm geschenkt hatte, gut zu nutzen. Er würde mit Emilia nach Konstantinopel gehen.

In der Stadt am Bosporus würden sie endlich zur Ruhe kommen. Henricus hatte keine Lust und keine Kraft mehr, das aufreibende Leben als wandernder Wunderheiler zu bewältigen. Noch dazu ständig auf der Flucht. Nach Konstantinopel würde ihnen so schnell niemand folgen. Dort konnten sie gemeinsam ein neues Leben beginnen. Henricus sprach ganz gut Griechisch, und er verstand genug von der Heilkunst, um in einem Spital oder an der Universität eine Anstellung zu erhalten. Dann konnte er Emilia ausbilden und gleichzeitig ausreichend Geld verdienen, um ihr ein anständiges Vermögen zu hinterlassen. Zumal sie nicht nur mit seiner Heilkunst Geld einnehmen würden. In Konstantinopel würde Henricus endlich den Plan in die Tat umsetzen, der ihm schon so lange im Kopf herumspukte: Er würde den Menschen das Buch schenken, das sie so begehrten, den Codex mit Formeln und Rezepturen, die so geheim waren, dass Generationen von klugen Leuten sich die Zähne daran ausbeißen würden. Er konnte es gar nicht erwarten, Emilia von seinen Plänen zu erzählen.

»Emilia«, sagte er und streckte die Hand nach ihr aus. »Sobald ich gesund bin, reisen wir nach Konstantinopel! Da zählt nur, was du kannst, nicht, wer du bist oder woher du stammst. Ich kann dort viel Geld verdienen, um uns beiden ein gutes Leben zu ermöglichen.«

»Viel Geld? Wozu?« Ungläubig sah Emilia ihn an. »Habt Ihr denn noch immer nicht begriffen? Gott hat Euch Euer Wissen geschenkt, damit Ihr Menschen helft, und nicht, um Reichtümer anzuhäufen.«

»So habe ich es doch nicht gemeint, Emilia. Ich will Euch

versorgt sehen, wenn ich nicht mehr bin. Versorgt und in Sicherheit.«

Unwillig schüttelte sie den Kopf. »Es gibt keinen sicheren Ort für mich, egal wie weit ich reise. Ich will nicht fortgehen. Ich will meinen Namen reinwaschen und das zurück, was mir zusteht. Außerdem will ich mich nicht drücken, wenn andere meine Hilfe brauchen. Bald werden hier ganz in der Nähe Heere aufeinanderprallen. Das können wir nicht verhindern, aber wir können den Verletzten helfen.«

Henricus zweifelte an seinem Hörvermögen. Emilia wollte ins Feld ziehen? Was stellte sie sich vor? Dass es das Gleiche war, wie auf dem Marktplatz faule Zähne zu ziehen?

»Emilia«, sagte er in besänftigendem Ton. »Wir können in Konstantinopel ein Hospital errichten, wenn Ihr mögt, und alle armen Leute kostenlos behandeln. Ich habe meine Lektion gelernt, glaubt mir. Reichtum bedeutet mir nichts.«

»Wenn dem so ist, dann geht mit mir auf das Schlachtfeld und helft mir, die Verwundeten zu versorgen.«

Henricus schüttelte den Kopf. Ächzend setzte er sich im Bett auf, stemmte sich auf die Ellenbogen und sah Emilia ernst an. Sie war einfach noch zu jung, um zu wissen, worauf sie sich da einlassen wollte.

»Habt Ihr auch nur ein Jota Ahnung davon, was Euch dort erwartet?«, fragte er. »Wenn Ihr Glück habt, werdet Ihr nur ein Mal geschändet, bevor man Euch die Kehle durchschneidet. Sobald sie auf den Schlachtfeldern sind, werden aus edlen Rittern von hoher Moral und festem Glauben blutrünstige Untiere. Und die Söldner sind noch schlimmer. Sie sind der widerwärtigste Abschaum, den Ihr Euch vorstellen könnt. Habt Ihr jemals eine Stadt gesehen, die erobert, geplündert und gebrandschatzt wurde? Das Blut steht knöcheltief in den Gassen. Die Frauen sind entehrt und ermordet, ebenso ihre Kinder. Die Männer sind, wenn sie Glück hatten, im Kampf umgekommen. Wer überlebt hat, wird in die Sklaverei verkauft oder muss als Krüppel den Rest seines Lebens betteln gehen. Für den Krieg tragen wir beide nicht die Verantwortung. Es sind die Mächtigen, die ihn vom Zaun brechen, weil ihre Gier sie zu gottlosen Bestien werden lässt. Ich würde alles für Euch tun, Emilia, aber ich ziehe nicht mit Euch in den Krieg.« Henricus trat der Schweiß auf die Stirn, weil die Rede ihn so angestrengt hatte. Erschöpft ließ er sich aufs Kissen zurückfallen.

Emilia schaute ihn traurig an. »Alles, was Ihr sagt, mag richtig sein. Und es mag sein, dass mich das Grauen packen und nie wieder loslassen wird. Aber mein Gewissen gebietet mir, die Menschen nicht im Stich zu lassen. Seid Ihr sicher, dass Ihr nicht denselben Fehler ein zweites Mal begeht?«

Emilias Worte trafen Henricus wie ein Keulenschlag. Zuerst war er benommen, dann überkam ihn unbändiger Zorn. Noch einmal rappelte er sich auf.

»Mein Fehler war es, Euch Eurem Schicksal zu entreißen!«, fuhr er sie an. »Gott hatte einen Plan mit Euch, den ich vereitelt habe. Vielleicht zürnt er mir deshalb noch immer. Und wer weiß, wer Ihr wirklich seid? Ich habe außer Euren Beteuerungen keinen Beweis, dass tatsächlich Emilia von Hobe vor mir steht.«

Emilia schossen Tränen in die Augen. »Nun, wenn Ihr das so seht, bin ich hier ja nicht mehr vonnöten. Ich werde dafür sorgen, dass man Euch pflegt, bis Ihr gesund seid. Lebt wohl, Meister Henricus.« Sie starrte ihn an, als würde sie darauf hoffen, dass er seine Worte zurücknahm.

Aber er vermochte es nicht. Wut und Schmerz lähmten seine Zunge. Er konnte nur daran denken, dass er in der Tat einen Fehler zwei Mal gemacht hatte. Er hatte Emilia ebenso tief in sein Herz eingelassen wie Fenja und Elisabeth. Sie zu verlieren würde ebenso heftig schmerzen.

Emilia öffnete den Mund, schloss ihn wieder. Ohne ein weiteres Wort packte sie ihr Bündel, trat aus der Kammer und schloss die Tür so leise hinter sich, dass Henricus es kaum hörte.

Er ließ den Kopf aufs Kissen sinken und wünschte sich, das Fieber hätte ihn umgebracht.

Das Åsle Mosse war ein Hochmoor östlich von Falköping. Margretes Heerführer Henrik Parow lagerte auf einem Hochplateau am Rande des Moores, von wo er einen weiten Blick über die Landschaft hatte. In seinem Rücken lag Falköping, in der anderen Richtung, hinter einem Waldstück verborgen, das Dorf Åsle. Am Fuß des Hochplateaus breitete sich eine Feuchtwiese aus, auf der Reste von Schnee lagen. Hinter der Wiese begann die Moorlandschaft mit Riedgras und dürren Birken, die sich fast bis zum eine Achtelmeile entfernten Waldrand erstreckte, wo Parows Gegner Albrecht auf einer anderen Wiese seine Zelte aufgeschlagen hatte. Albrechts Lager war von zwei Seiten durch Wald und von einer durch Moor begrenzt. Nur nach Westen hin schloss sich eine weitgehend offene Landschaft aus Gras und Heide an.

Emilia blickte zu den Zelten der Mecklenburger, die kaum mehr als winzige helle Punkte vor dem Schwarz des Waldes waren. Irgendwo dort war Nikolaus. Sie kniff die Augen zusammen, bis sie brannten, dann wandte sie sich hastig ab. Ohne sich noch einmal umzudrehen, kehrte sie zum Zelt der Wundärzte zurück.

Es war einfach gewesen, von Hjo nach Falköping zu gelangen. Emilia hatte sich ein paar Bauern und deren Frauen angeschlossen, die dorthin zum Markt unterwegs waren, und war schon am Tag nach ihrer Abreise eingetroffen. Immer wieder hatte etwas in ihr geschrien, sie solle umkehren und mit Henricus fortgehen, aber ihre Füße waren wie von selbst weitergelaufen.

Schwierig war es dann nach ihrer Ankunft in Falköping geworden, denn als sie sich endlich bis zu den Wundärzten durchgefragt hatte, hatten diese sie wieder fortgeschickt.

Also hatte sie damit begonnen, Menschen aus der Stadt zu verarzten. Schnell hatte sich herumgesprochen, wie geschickt sie war, und nach zwei Tagen hatten die Ärzte sie ins Lager kommen lassen. Dort hatte sie einem Knappen, der sich den Daumen gequetscht hatte und furchtbare Schmerzen litt, helfen müssen, um zu demonstrieren, was sie konnte. Emilia hatte eine Nadel genommen, die Spitze über dem Feuer zur Rotglut gebracht und in den Fingernagel gestochen. In einer kleinen Fontäne war das Blut herausgespritzt. Das schmerverzerrte Gesicht des Knappen hatte sich augenblicklich entspannt, dann war Ungläubigkeit in seine Augen getreten und zuletzt Ehrfurcht.

»Es stimmt also, was man über Euch erzählt. Ihr könnt Wunder wirken«, hatte er gesagt.

Emilia seufzte. »Das war kein Wunder. Das Blut hat sich unter dem Fingernagel gesammelt und immer fester gedrückt. Wie ein Bach, der gestaut wird. Ich habe den Staudamm eingerissen, das ist alles.«

Die Ärzte hatten den Knappen fortgeschickt und anerkennend genickt. Dann hatten sie feierlich erklärt, dass Emilia nun eine von ihnen sei, dem Dienst an Königin und Vaterland verpflichtet.

Der Älteste, der auf den Namen Armandus hörte, hatte die Stimme erhoben. »Bald werden die Heere aufeinandertreffen. Bedenkt: Wir stehen in Margretes Diensten. Zuerst versorgen wir die Edlen der Königin. Dann die Edlen des Feindes, damit Margrete sie gegen Lösegeld austauschen kann. Sollten wir keine Arbeit mehr haben, dürfen wir das Fußvolk der Königin behandeln. Das Fußvolk des Feindes bleibt auf dem Schlachtfeld. Wer gegen diese Regeln verstößt, ist des Todes. Vergesst nicht, Eure Tunika anzulegen, die Euch als Ärzte ausweist. Lia van der Wee bleibt an meiner Seite. Und nun lasst uns beten, dass Gott uns die Kraft gibt, die zu retten, die er dazu auserwählt hat.«

Alle waren auf die Knie gesunken und hatten sieben Vaterunser gesprochen. Das gemeinsame Gebet hatte Emilia neue Zuversicht gegeben. Sie wusste, dass sie nicht alle retten konnte. Wenn sie nur einen rettete, den einen vielleicht, den sie nicht vergessen konnte, auch wenn er sie so schändlich hintergangen hatte, so hatte sie sich nicht umsonst mit Henricus überworfen.

Nikolaus schlenderte an den Verkaufsständen vorbei, die am Waldrand aufgebaut waren. Bauern aus Åsle und den benachbarten Dörfern hatten einen provisorischen Markt errichtet und boten ihre Waren feil. Sie waren nicht unbedingt Anhänger Albrechts, aber sie hatten auch nichts gegen ein gutes Geschäft einzuwenden. Zumal es hundertmal besser war, die Produkte zu verkaufen, als sie von den Soldaten geraubt zu bekommen. Albrecht hatte Plündern bei Todesstrafe verboten. Er wollte als Befreier gefeiert werden, nicht als Schlächter.

Nikolaus' Blick glitt über die Waren. Er wollte nichts kaufen, sich lediglich ablenken vom ständigen Grübeln. Die Ruhe vor der Schlacht machte ihn wahnsinnig. Noch waren nicht alle üblichen Formalitäten ausgetauscht, die Heere beäugten sich abschätzend. Noch wäre die Schlacht sogar abwendbar, doch Nikolaus glaubte nicht mehr an eine friedliche Lösung. Albrecht wollte das Kräftemessen auf dem Feld, das würde er sich nicht ausreden lassen, egal wie gut die Argumente sein mochten.

Nikolaus lief an den Tischen mit Waren vorbei. Stockfisch gab es, geräuchertes Fleisch, ganze Schweinehälften und Stücke von einem Tier, das man nur in Schweden bekam: Elch. Ein Bauer bot ihm einen Streifen gerauchten Elchschinken an. Nikolaus kaute und war überrascht vom feinen Geschmack. Er kaufte einen Batzen, ging weiter. An den Obstständen bildeten sich Schlangen. Alle wollten etwas Frisches und Süßes.

Nikolaus reihte sich ein und hörte mit halbem Ohr, wie eine Bäuerin eine Geschichte von einer heiligen Wunderheilerin erzählte. Auf dem Markt in Falköping habe die Heilige, die auf den Namen Fee oder Wee höre, an einer Magd ein Wunder gewirkt, sie von einer unheilbaren Krankheit befreit. Ein Söldner spuckte auf den Boden und meinte, das sei doch alles Unsinn. Ein anderer lachte wiehernd. Die Bäuerin schwieg beleidigt.

Endlich war Nikolaus an der Reihe. »Ich habe gehört, was du über die Heilige erzählt hast.«

Die Bäuerin schaute ihn misstrauisch an. »Ihr könnt es glauben, Herr, oder nicht. Aber ich habe es mit eigenen Augen gesehen.«

»Und sie hieß Fee?«

»So habe ich es verstanden.«

Nikolaus' Herz schlug schneller. *Unmöglich,* sagte er sich. Dennoch fragte er: »Könnte es auch Wee gewesen sein? Lia van der Wee vielleicht?«

»Lia van der Wee. Genau so hat sie geheißen.«

»Gute Frau«, sagte Nikolaus. Nur mühsam gelang es ihm, das Zittern in seiner Stimme zu verbergen. Was in aller

Welt machte Lia in dieser Gegend? Egal! Sie war hier, und er musste sie sehen. »Gib mir vier Äpfel, und sag mir, wo ich sie finden kann.«

Die Frau reichte ihm das Gewünschte und senkte die Stimme. »Sie ist bei den Wundärzten im Lager der Königin. Als Margrete von der Wunderheilerin hörte, wollte sie unbedingt, dass sie ihrem Heer beisteht. Auch dort vollbringt sie Wunder. So habe ich es gehört, und warum auch nicht, wo sie doch ständig Wunder wirkt, nicht wahr?«

»Danke, Weib. Hier, nimm.« Er bezahlte für die Äpfel das Doppelte. Die Bäuerin verneigte sich mehrmals und bedankte sich wortreich.

Auf dem Weg zurück zu seinem Zelt zerbrach sich Nikolaus den Kopf darüber, wie er ins Lager der Feinde kommen konnte. Warum war Lia ausgerechnet dort? Stand sie aufseiten Margretes? War sie vielleicht sogar Dänin? Ihm fiel auf, dass er nichts über sie wusste. Aber das hielt ihn nicht ab. Als er am Zelt des Königs vorbeieilte, kam ihm eine Idee. Er drückte die Äpfel und den Schinken einem Knappen in die Hand und bat die Leibwache, ihn bei Albrecht vorsprechen zu lassen.

»Also, von Brunn, was gibt es? Wollt Ihr schon wieder eine Warnung loswerden?«, fragte Albrecht, als sie allein waren.

»Nichts dergleichen, mein König, seid versichert. Gewiss werdet Ihr, wie es Brauch ist, vor der Schlacht einen Parlamentär zu Parow schicken.«

»Das habe ich vor, in der Tat.«

»Bestimmt mich zum Parlamentär.«

»Ihr legt Euch anständig ins Zeug, von Brunn. Rechnet Ihr etwa damit, dass Margrete sich ergibt? Oder dass Ihr Parow bezirzen könnt?«

»Parow könnte ein Einsehen haben, wenn ich ihm klarmache, dass er hoffnungslos unterlegen ist.«

»Das müsste er schon längst erkannt haben, es sei denn, Blindheit hätte ihn geschlagen.«

Was konnte Nikolaus noch anführen, damit Albrecht ihn entsandte? »Ich kenne Harald Haraldson, er ist ein wichtiger Mann in Margretes Heer. Er vertraut mir. Vielleicht kann ich das eine oder andere herausfinden.«

Albrecht überlegte. »Gut. Ihr seid mit dem Schwert ebenso geschickt wie mit der Zunge. Ihr sollt Euer Glück versuchen. Ich gebe Euch Sergius von Crivitz mit. Wenn Margrete öffentlich auf die Krone verzichtet und mir der schwedische Adel die Treue schwört, so will ich den Krieg beenden. Und ich würde Margrete freies Geleit nach Norwegen oder Dänemark gewähren.«

Nikolaus verbeugte sich. Er musste sich bemühen, seine Enttäuschung darüber zu verbergen, dass er ausgerechnet Crivitz im Pelz sitzen haben würde wie einen Floh. »Ich danke Euch, mein König.«

»Ihr brecht sogleich auf. Es ist zwar Zeitverschwendung, aber niemand soll sagen können, Albrecht sei ein blindwütiger Schlagetot.«

Während Albrecht die entsprechenden Befehle gab, nahm Nikolaus ein Stück Pergament und schrieb hastig einige Zeilen nieder. Kurz darauf brachen sie auf. Crivitz hielt das weiße Banner, fünf Mann von Albrechts Leibgarde eskortierten sie.

Ohne Behinderung wurden sie vorgelassen. Nikolaus betrachtete die Zelte, die Banner, den Tross. Er schätzte, dass hier tatsächlich nicht mehr als tausend Mann lagerten.

Parow musste einen Grund haben, seinem Feind einen so großzügigen Blick auf seine Streitmacht zu gewähren. Nikolaus wurde das Gefühl nicht los, dass Albrechts Heer in eine Falle lief, dass sich irgendwo weitere Männer versteckt hielten. Aber wo?

Ein kleiner schmaler Mann stellte sich als Henrik Parow, Heerführer der Königin, vor. Nikolaus' Plan schien aufzugehen: Neben Parow stand Harald Haraldson und lächelte Nikolaus an.

Dann ergriff er das Wort. »Ich bin Harald Haraldson, Hauptmann der Leibgarde der Königin und stellvertretender Heerführer. Seid gegrüßt Nikolaus von Brunn.«

»Ich grüße Euch ebenfalls, Harald Haraldson. An meiner Seite seht Ihr Graf Sergius von Crivitz, der wie ich bevollmächtigt ist, Verhandlungen zu führen.«

Parow verzog keine Miene. »Ist Albrecht bereit, bedingungslos zu kapitulieren?«

Von Crivitz schnaubte. »Warum sollte er das tun? Unser Heer ist dem Euren weit überlegen. Wir bieten Euch freies Geleit, wenn Ihr die Banner senkt und uns Königin Margrete ausliefert.«

Nikolaus holte tief Luft. »Henrik Parow, verzeiht das ungestüme Temperament meines Freundes. Es gäbe eine Möglichkeit, den Zwist beizulegen, ohne dass Margrete uns ausgeliefert wird. Albrecht wäre einverstanden, wenn sie Schweden verlässt und ihre Ansprüche auf die schwedische Krone aufgibt. Albrecht wiederum wird ihre Ansprüche auf die norwegische Krone anerkennen. Ich denke, das ist angesichts der Rechtslage ein gutes Angebot.«

Parow wandte sich Nikolaus zu. »Ich danke Euch für diesen Vorschlag, er ist verlockend. Doch wir stehen treu zu unserer Königin, so wie Ihr zu Eurem Herzog. Euer Heer mag zahlenmäßig überlegen sein, doch die Kampfkraft unserer Edlen ist weit größer als die der Euren, da wir für unsere

Heimat streiten. Wir werden frei sein von der Herrschaft der Mecklenburger oder sterben. Richtet Herzog Albrecht Folgendes aus: Sollte er uns angreifen, werden wir ihn gefangen nehmen.«

Crivitz konnte nicht an sich halten. »Dann werdet Ihr alle sterben. Albrecht wird keine Gnade walten lassen.«

Parow hob eine Augenbraue, spannte seinen Körper an. Nikolaus hatte keine Wahl, er musste Crivitz zurechtweisen.

»Verzeiht abermals, Henrik Parow. Mein Freund verwechselt wohl gerade seine eigene Auffassung von Ritterlichkeit mit der Haltung meines Königs. Albrecht wird selbstverständlich die Regeln der Ritterschaft einhalten, gefangene Edle versorgen und gegen ein entsprechendes Lösegeld freigeben oder sie als Lehnsmänner aufnehmen, sollten sie ihm den Treueschwur leisten.«

»Das ist auch Margretes Wille. Es soll keine unnötige Grausamkeit auf dem Schlachtfeld herrschen. Jeder Mann von Rang und Adel, der seine Waffen streckt, soll verschont werden.«

»Dann sind wir uns einig: Der Zwist wird auf dem Felde ausgetragen, nach alter Väter Sitte.«

Parow nickte. »Ihr seid ein aufrechter Mann, von Brunn. Sollten wir uns auf dem Feld begegnen, rechne ich mit einem guten Kampf.«

»Ich danke Euch, wünsche mir aber kein Treffen mit Euch. Auch nicht mit Harald Haraldson.«

Haraldson nickte.

Nikolaus sah Parow an. »Darf ich mich von ihm verabschieden?«

»Nur zu.«

Nikolaus ging auf Haraldson zu und ließ das vorbereitete Stückchen Pergament aus dem Ärmel in seine Hand gleiten.

Er reichte Haraldson die Hand, drückte ihm das Pergament gegen die Handfläche und flüsterte: »Es ist persönlich.«

Haraldson stutzte, griff aber zu und nickte.

Nikolaus trat zurück, verneigte sich vor Parow. »Möge Gott die Gerechten schützen.«

Parow nickte. »Gehabt Euch wohl. Wer weiß, vielleicht treffen wir uns eines Tages bei einem Turnier.«

Nikolaus wandte sich um, nahm Crivitz am Arm und zog ihn mit sich. Sie ritten zurück ins Lager, ohne ein Wort zu wechseln. Crivitz verzog sich zu seiner Abteilung, Nikolaus erstattete Albrecht Bericht, der nicht begeistert war über Crivitz' unangemessenes Verhalten.

Danach setzte sich Nikolaus vor sein Zelt und wartete. Der Tag war noch nicht weit fortgeschritten, dennoch fühlte es sich an, als sei er bereits zweifach vergangen. Die Zeit dehnte sich wie eine feuchte Bogensehne. Ob Haraldson seine Bitte erfüllte? Ob Lia auf seine Nachricht antwortete?

Constanze sprang vom Pferd, warf sich Vico in die Arme und küsste ihn. »Du stinkst wie ein Schwein«, flüsterte sie, als sie sich von ihm löste. »Wo ist Emilias Kopf?«

Vico hob die Schultern. »Noch auf ihrem Hals, soweit ich weiß.«

Sie hatten sich am Rande des Sumpfes verabredet, ganz in der Nähe des Mecklenburger Trosses.

»Suche Sergius, dann findest du mich«, hatte Constanze ihm vor seiner Abreise aus Stockholm gesagt. Er hatte nicht ganz begriffen, wie sie das gemeint hatte, sich aber zunächst auch keine weiteren Gedanken darüber gemacht.

Nach seiner Vertreibung aus Linköping hatte er sich umgehört und erfahren, dass der Heiler und seine Tochter sich einem Kaufmannszug angeschlossen hatten, der über den vereisten Vättern nach Falköping fuhr. Als Vico den See erreicht hatte, war das Eis schon fast weggetaut, also hatte er den Umweg am Ufer entlang nehmen müssen. Überall sprach man von nichts anderem als von den Heeren, die aufeinander zumarschierten. Vico hatte daran gedacht, dass Sergius sicherlich unter den Rittern in Albrechts Heer war, und sich vorgestellt, wie er in der Schlacht fallen würde. Und dabei waren ihm Constanzes Worte wieder eingefallen.

Suche Sergius, dann findest du mich.

Er musste sie sehen, auch wenn sie sicherlich zornig sein würde, weil er ihren Auftrag noch nicht erfüllt hatte, auch wenn es gefährlich war, sich mit dem Dokument, das er bei sich führte, in die Nähe des Mecklenburger Lagers zu begeben. Er musste eben vorsichtig sein. Vorsichtiger als in Linköping, wo er wie ein dummer Bauer in die Falle der hinterhältigen Witwe getappt war.

Vico hatte sich als Händler ausgegeben und war schnell mit einigen mecklenburgischen Händlern in Hjo ins Gespräch gekommen. Sie hatten ihm erzählt, wo Albrechts Tross lagerte. Es herrschte allgemeine Belustigung darüber, dass ein Dutzend Ehefrauen mitgereist war. Da hatte Vico begriffen. Constanze hatte sich wie immer durchgesetzt und Crivitz dazu gebracht, sie mitzunehmen.

Er hatte einen Boten zu ihr ins Lager geschickt, und jetzt stand sie vor ihm, wunderschön wie immer und mit vor Zorn geröteten Wangen.

»Sie ist dir entwischt.« Constanze stemmte ihre Hände in die Hüften. »Oder hast du sie entwischen lassen?«

»Unsinn! Du kannst von Glück reden, dass ich vor dir stehe. Ich wäre beinahe von einem aufgebrachten Pöbel aufgeknüpft worden.«

Sie hob eine Augenbraue. »Ich weiß, wo sie ist.«

Er starrte sie an. »Wo?«

»In Margretes Lager. Bei den Wundärzten.«

»Aber wie …«

»Wie das möglich ist? Das solltest du eigentlich wissen. Aber du bist ein grober Klotz.« Sie tippte ihm an die Stirn. »Ich weiß wirklich nicht, was da drin ist außer Stroh. Viel kann es nicht sein.«

Vico wollte sich verteidigen, aber Constanze kam ihm zuvor.

»Kein Wort! Emilia darf auf keinen Fall überleben. Egal wie die Schlacht ausgeht, sie kann uns so oder so zum Verhängnis werden.«

Vico runzelte die Stirn. »Was genau weiß sie eigentlich über dich, das so gefährlich ist?«

»Das geht dich nichts an!«

Vico legte den Kopf schief. »Und wie soll ich ins Lager der Dänenkönigin kommen? Glaubst du, die lassen mich da so einfach reinspazieren? Ich bin der Bruder von Nikolaus von Brunn. Kein Passierschein der Welt wird mir in Margretes Lager etwas nützen.«

»Aber mir. Meiner ist auf den Namen Constanze von Gnoien ausgestellt. Ich bin Margretes Spionin. Niemand weiß, dass ich inzwischen Sergius geheiratet habe.«

»Und wenn einer der Mecklenburger merkt, wie du dich aus dem Lager schleichst? Wenn sie den Passierschein der Dänenkönigin bei dir finden?«

»Keine Sorge, mir fällt schon etwas ein. Heute hat es ja auch funktioniert.«

Vico packte ihre Arme. Die Vorstellung, Constanze könnte geschnappt und als Spionin hingerichtet werden, war mehr, als er ertragen konnte. »Ich sollte es allein versuchen.«

»Zu gefährlich. Ich kann mich als Bäuerin verkleiden,

dann schöpft niemand Verdacht. Aber ein Mann, noch dazu einer, der eindeutig wie ein Krieger gebaut ist und der im Lager herumläuft und dumme Fragen auf Deutsch stellt, weil er die Landessprache nicht beherrscht, würde sich sofort verdächtig machen.«

»Aber …«

»Kein Aber. Ich kundschafte die Lage aus, du wartest in der Nähe und schlägst zu, sobald ich herausgefunden habe, wo das Miststück sich versteckt.«

»Es ist dennoch gefährlich«, wandte Vico ein.

»Gefährlich?« Constanze verzog das Gesicht. »Lia van der Wee ist gefährlich. Erst wenn sie tot ist, kann uns niemand mehr aufhalten.«

Nervös blickte Emilia sich um. Noch immer war sie nicht sicher, ob sie nicht geradewegs in eine Falle tappte. Nikolaus war ein Ritter Albrechts, genau wie Sergius. Es wäre nicht verwunderlich, wenn die beiden unter einer Decke steckten, um sie zur Strecke zu bringen. Trotzdem hatte sie nur kurz mit sich gerungen, nachdem Harald Haraldson ihr das Stück Pergament zugesteckt hatte.

Verehrte Lia,
ich bin im Lager der Mecklenburger, und ich muss mit Euch sprechen. Bitte gewährt mir eine Unterredung, Ihr bestimmt Ort und Zeit. Lasst Haraldson der Übermittler sein, er ist ein Freund, Ihr könnt ihm vertrauen.
Nikolaus

Emilia kannte Haraldson vom Hof der Königin, sie hatte ihn oft an Margretes Seite gesehen. Doch sie war ihm nie offiziell vorgestellt worden, und als er ihr die Nachricht überbracht hatte, hatte kein Wiedererkennen in seinen Augen aufgeleuchtet.

Wieder schaute sie nervös in die Richtung, aus der Nikolaus kommen musste. Sie hatte eine markante Stelle am östlichen Rand des Åsle Mosse ausgesucht, wo drei riesige alte Eichen ihre kahlen, knorrigen Arme in den grauen Februarhimmel emporstreckten.

Plötzlich näherte sich Hufschlag. Mit klopfendem Herzen lauschte Emilia. Nur ein Pferd, nur ein Reiter. Emilia wartete hinter einem Baumstamm, bis sich die Konturen von Pferd und Reiter aus der Dämmerung schälten.

Der Reiter saß ab und nahm die Gugel vom Kopf. Es war Nikolaus.

Da trat auch sie aus ihrem Versteck hervor und zog die Kapuze herunter.

»Was habt Ihr mir zu sagen, Nikolaus von Brunn?«, fragte sie und hoffte, dass er das Zittern in ihrer Stimme nicht hörte. »Es scheint wichtig zu sein, wenn Ihr dafür das Risiko eingeht, Euch heimlich mit jemandem aus dem feindlichen Lager zu treffen.«

Nikolaus trat vor sie hin. »Ich ziehe bald in die Schlacht, ich weiß nicht, ob ich morgen noch lebe. Deshalb wollte ich Euch vorher um Vergebung bitten. Und Euch erklären, warum ich getan habe, was …« Er brach ab.

Lia sah in seinen Augen, dass er es aufrichtig meinte. »Ihr habt mein Vertrauen missbraucht.«

»Das war dumm von mir. Ich hätte Euch reinen Wein einschenken sollen.«

»Ist es wahr, dass Ihr für Albrecht ein Buch aufspüren solltet?«

»Ja. Es wird *Der Codex der Macht* genannt, und es soll eine geheime Anleitung zur Herstellung von Gold enthalten.«

Emilia schüttelte ungläubig den Kopf. »Und das glaubt Ihr?«

»Gold interessiert mich nicht. Ich habe Albrecht aus einem anderen Grund überredet, mich das Buch besorgen zu lassen. Angeblich befinden sich darin Rezepturen für Medikamente gegen Krankheiten, die man für unheilbar hält.«

»Und weil Henricus ein Heiler ist …«

»Als ich hörte, dass er ein geheimnisvolles Buch für seine Behandlungen verwendet, war ich sicher, es müsse der Codex sein.«

»Aber warum sucht Ihr nach medizinischen Rezepturen?«

Nikolaus senkte den Blick.

Emilia trat näher.

Er nahm ihre Hände.

Erst wollte sie zurückweichen, doch dann ließ sie es zu.

»Ich war verheiratet. Meine Frau hieß Eva, ich habe sie sehr geliebt. Sie starb am Schwarzen Tod.«

»Das tut mir sehr leid«, flüsterte Emilia. Sie sah den Schmerz in seinem Gesicht, aber auch etwas anderes.

»Auf dem Totenbett hat Eva mir das Versprechen abgenommen, nach einem Heilmittel gegen diese schreckliche Krankheit zu suchen. Deshalb habe ich Himmel und Erde in Bewegung gesetzt, um das Buch zu finden.«

Ein Kloß saß in Emilias Hals fest. Einerseits schloss sie Nikolaus nur noch mehr ins Herz, weil er seine Frau über den Tod hinaus liebte. Andererseits …

»Ich habe Eva lange Zeit nicht gehen lassen können«, sprach Nikolaus weiter. »Ich habe nur in der Vergangenheit gelebt. Und für den Schwur, den ich geleistet hatte. Aber das hat sich geändert. Ihr habt das geändert, Lia.« Er führte ihre Hände, die er noch immer in den seinen hielt, an seine Lippen, küsste ihre Finger.

Emilia wurde schwindelig, die ganze Welt drehte sich, und plötzlich war sie überall zugleich. In der Waffenkammer ihres Vaters, in der Schänke in Rostock, in der Stube in Stockholm und hier, im Niemandsland zwischen zwei verfeindeten Heeren, in den Armen des Mannes, den sie, wie ihr schlagartig klar wurde, schon ihr ganzes Leben liebte.

»Nikolaus«, murmelte sie, und es kostete sie ihre ganze Kraft, nicht auf der Stelle damit herauszuplatzen, wer sie wirklich war.

»Lia, ich liebe Euch seit dem Augenblick, als ich Euch zum ersten Mal sah. In dem Gasthaus in Rostock, erinnert Ihr Euch?«

Sie nickte stumm, unfähig, auch nur ein Wort zu sagen.

»Sagt, dass Ihr mich auch liebt«, bat Nikolaus. »Und ich ziehe morgen ohne Furcht in die Schlacht. Wenn ich sterbe, dann mit Eurem Namen auf den Lippen.«

»Sag so etwas nicht, Nikolaus. Du wirst leben, und wir werden uns wiedersehen. Ich liebe dich.«

Statt einer Antwort küsste er sie, und die Welt um sie herum versank im Nichts.

Endlich löste sie sich aus seiner Umarmung. »Es ist schon fast dunkel, ich muss los.«

»Pass auf dich auf, Liebste.« Er küsste sie noch einmal, dann ließ er sie gehen. Mit rasendem Herzen stolperte sie zurück zum Waldsaum, wo das Pferd wartete, das sie sich geliehen hatte. Bevor sie aufsaß, blickte sie noch einmal zurück.

Nikolaus stand an derselben Stelle und sah ihr hinterher. Schwere Zeiten lagen vor ihr, eine blutige Schlacht mit ungewissem Ausgang und die ständige Gefahr, enttarnt zu werden. Doch nichts davon war noch wichtig. Nikolaus liebte sie. Nur das zählte.

Nikolaus blickte über den Sumpf und den Hügel hinauf zu den Reihen der gegnerischen Ritter. Hunderte Wimpel und Banner flatterten im kalten Wind. Seit drei Tagen belauerten sich die beiden Heere. Margretes Truppen hatten mehrfach ihre Position verändert und Albrecht damit fast zur Verzweiflung gebracht. Die Mecklenburger hatten den wechselnden feindlichen Linien folgen und sich immer wieder neu aufstellen müssen. Und wenn sie dann endlich bereit gewesen waren zum Angriff, waren die Dänen wieder abgezogen, um sich woanders neu zu positionieren.

Henrik Parow war wirklich ein brillanter Stratege. Mit seinen ständigen Stellungswechseln machte er den Plan Albrechts zunichte, den Hügel mit seiner Übermacht zu überrollen. Außerdem war die Anhöhe, auf der die Feinde saßen, wie eine Festung. Sie fiel zu allen Seiten hin steil ab, war lang gestreckt, aber schmal. Deshalb war es unmöglich, Margretes Truppen zu überraschen. Nikolaus war davon überzeugt, dass Parow mit seinen Stellungswechseln Zeit schinden wollte, weil er auf Verstärkung wartete.

Die meisten Kämpfer trugen zudem keine schweren Rüstungen, in diesem Gelände das Beste, was sie tun konnten. So blieben sie beweglich. Nikolaus hatte den Tross gesehen und sich zunächst gewundert, warum er so klein war, dann aber doch den Grund geahnt. Jetzt wusste er es mit Sicherheit. Parow konnte seine Streitmacht in kürzester Zeit umgruppieren und aus verschiedenen Richtungen zuschlagen. Nikolaus hatte seine Überlegungen im Kriegsrat vorgestellt, aber auch diesmal hatte Albrecht seine Warnung in den Wind geschlagen.

Es war früher Morgen, die Dämmerung war noch fahl, und die ersten Ritter waren gerade dabei, ihre Rüstungen anzulegen und ihre Schlachtrösser mit Hilfe ihrer Knappen zu erklimmen. Viele schliefen noch, denn bevor es nicht richtig hell war, war nicht mit einem Angriff zu rechnen.

Albrecht saß jedoch bereits im Sattel, hinter ihm standen zwei Abteilungen mit zweihundert gefechtsbereiten Rittern. Er schien ungeduldig darauf zu warten, dass es endlich losging, und er hatte die Speerträger bereits vorausgeschickt. Sie waren auf dem Weg durch das Moor, um auf der Wiese unterhalb des feindlichen Lagers Stellung zu beziehen.

Nikolaus spähte ins Zwielicht und entdeckte Bewegungen jenseits des Moores, westlich des feindlichen Lagers. Löwenbanner flatterten in der Dämmerung. Etwa hundert Reiter bewegten sich auf sie zu. Keine Schützen.

»Sie kommen von der Seite!«, rief er und deutete auf die Stelle.

Albrecht gab sofort den Befehl zum Angriff, die Ritter formierten eine Phalanx und stürmten los, dem Treffen mit den Feinden entgegen. Nikolaus hielt sich rechts von Albrecht, der die Spitze übernahm. Er wusste nicht, was er gegen das ungestüme Wesen seines Herrn ausrichten sollte, also versuchte er wenigstens, in dessen Nähe zu bleiben und ihn gemeinsam mit seiner Leibgarde zu beschützen.

Die Dänen hielten auf die Mecklenburger zu, doch im letzten Moment drehten sie unvermittelt ab. Albrecht trieb seine Männer an, ihnen auf den Fersen zu bleiben. Der Abstand zwischen ihnen verringerte sich. Als die Feinde merkten, dass sie nicht mehr fliehen konnten, hielten sie an und bildeten eine Kampfreihe. Dreißig Ritter breit, drei tief.

Nikolaus schüttelte den Kopf. Wer zum Teufel führte die Männer an? Sie waren hoffnungslos unterlegen und wählten auch noch die falsche Formation. Sie hätten einen Kreis bilden, den Feind mit ihren Lanzen auf Abstand halten und auf Verstärkung warten müssen. Vielleicht hatte er die Dänen doch überschätzt.

Albrechts Leibgarde bildete die Spitze eines Keils, mit dem sie die Gegner zersprengen würden, um dann zuerst ihren rechten und dann ihren linken Flügel zu umfassen und zu vernichten. Albrecht hob die Faust, senkte sie, die Ritter sprengten los, prallten auf den Feind. Augenblicklich brach die Hölle los. Blut spritzte, Männer schrien im Todeskampf, Knochen brachen, Pferden wurde der Bauch aufgeschlitzt.

Die Gegner kämpften gut, doch sie hatten keine Chance. Die rechte Flanke war bereits besiegt, da ertönten Hörner auf der Anhöhe. Sofort machten alle dänischen Ritter, die noch dazu in der Lage waren, kehrt und flohen den Hügel hinauf.

Albrechts Männer zögerten nicht und traten ebenfalls den Rückzug ins Lager an. Auch Nikolaus gab seinem Pferd die Sporen. Er hatte beinahe die halbe Strecke zurückgelegt, als er etwas erblickte, das sein Blut zu Eis erstarren ließ.

Emilia hielt den blutüberströmten Ritter, der sich mit letzter Kraft ins Lager gerettet hatte, auf dem Pferd fest und rief um Hilfe. Ein Knappe eilte herbei und packte mit an. Gemeinsam hievten sie den Mann vorsichtig aus dem Sattel. Sein rechtes Auge war dick geschwollen, aus seiner Seite ragte eine abgebrochene Lanzenspitze. Sie legten ihn auf eine Decke, die Emilia hastig auf dem Boden vor dem Zelt ausgebreitet hatte, der Knappe eilte sofort weiter. Immer mehr Verletzte trafen ein. Es mussten inzwischen mindestens drei Dutzend sein.

Emilia wandte sich ihrem Patienten zu, der sie mit seinem verbleibenden Auge panisch ansah. Er schien keine Schmerzen zu haben, aber zu wissen, dass es nicht gut um ihn stand. Mit einer Hand versuchte er, die Lanzenspitze herauszuziehen, doch sie saß viel zu tief und zu fest.

Armandus, der oberste Wundarzt, eilte herbei. »Wir werden sie rausziehen.«

»Aber dann …«

»Wir ziehen sie raus!«, brüllte der Arzt unvermittelt. »Mach, was ich sage, Weib, oder verschwinde.«

Emilia biss sich auf die Lippe, um nicht lautstark zu protestieren. Zog man die Spitze heraus, würde der Mann verbluten. Das musste der Arzt doch wissen!

»Knie dich auf seine Beine, und halt ihm die Arme fest.«

Emilia gehorchte wortlos.

Armandus packte das abgebrochene Ende der Lanze und zog es mit einem Ruck heraus. Der Ritter bäumte sich auf, hätte Emilia fast abgeworfen, dann sackte er in sich zusammen. Er röchelte, aus der Wunde spritzte Blut im Rhythmus des Herzschlages, der bald erlahmte. Der Ritter erschlaffte, seine Lider schlossen sich. Er war tot.

Emilia standen die Tränen in den Augen.

Eine Hand legte sich auf ihre Schulter. »Ich wusste, dass er verbluten würde, wenn wir die Spitze herausziehen«, sagte der Arzt. »Er war so gut wie tot. Wir haben ihm stundenlange Qualen erspart. Auch das gehört zu unserem Beruf.« Armandus sprach mit sanfter Stimme. »Und jetzt lass uns aufs Schlachtfeld gehen. Wir werden gebraucht.«

Emilia richtete sich zitternd auf und schaute an sich herunter. Ihre Tunika war blutbesudelt, ihre Hände ebenfalls. Ein gellender Schrei ließ sie zusammenfahren. Sie drehte sich um. Zwei Knappen hielten einen Ritter fest, ein dritter sägte unterhalb des Knies dessen zerfetztes Bein ab.

Übelkeit stieg in Emilia auf. Sie schaffte es kaum, sich auf den Beinen zu halten. Ein Bild erschien vor ihrem inneren Auge, wie Nikolaus im Lager der Mecklenburger gerade der gleichen Prozedur unterzogen wurde und furchtbare Qualen ausstand. Oder schlimmer noch – nein, diesen Gedanken erlaubte sie sich nicht.

Der Arzt zog sie mit sich. »Der wird wieder. Wenn er Glück hat, kann er in ein paar Monaten mit einem Holzbein wieder laufen und reiten.«

Schweigend lief Emilia neben Armandus her. Mit ihnen gingen Knappen, Knechte mit Bahren und andere Wundheiler. An den furchtbaren Lauten konnte Emilia erkennen, dass sie dem Schlachtfeld näher kamen. Henricus hatte recht gehabt. Das Grauen war so groß, dass sie unfähig war, etwas zu empfinden. Ihre Seele war taub, die Tränen saßen fest, sie wollten nicht fließen. Es hätte ja auch nichts genutzt. Sie musste bei klarem Verstand bleiben, um helfen zu können. Ihre Hand musste ruhig sein, wenn sie eine Wunde nähte.

Das Geschrei wurde immer lauter. Emilia erkannte, dass nicht nur die Menschen ihr Leid herausschrien. Dutzende Pferde waren auf grausamste Weise verletzt. Ihnen konnte man nur helfen, indem man dasselbe mit ihnen machte wie mit dem Ritter, der die Lanze abbekommen hatte. Man tötete sie, um ihr Leiden zu verkürzen.

Emilia spürte, wie sie innerlich ruhiger wurde, wie sich das Grauen in eine dunkle Ecke verzog. Tote und Lebende, Mecklenburger und Dänen, Holsteiner und Norweger, Schweden und Friesen lagen übereinander. Es stank nach Fäkalien und dem Blut, das den Boden rot gefärbt hatte.

Der Arzt zeigte auf einen nordischen Ritter, der so mit Schlamm bedeckt war, dass man nur noch seine Augen sehen konnte. Er starrte einfach in die Gegend, schien Emilia und Armandus nicht wahrzunehmen. »Kannst du einen Bruch richten?«

Emilia nickte. »Es ist der linke Arm.«

»Das hast du gut erkannt.« Aus seinem Sack zog er zwei

Hölzer, beide gut eine Elle lang, und Leinenstreifen. Emilia nahm ein Holz und hielt es unter den Arm des Verletzten. Der Arzt legte das andere auf die Oberseite des Arms. Sie wickelte einen Leinenstreifen um beide Hölzer und gab dem Arzt ein Zeichen. Mit einem Ruck zog er das Band stramm. Der Ritter riss die Augen auf, verdrehte sie und wurde ohnmächtig.

»Wenn er aufwacht, wird er Schmerzen haben, aber er wird überleben, falls das Mark nicht ins Blut eingetreten ist.«

Davon hatte Emilia noch nichts gehört. Henricus hatte nicht darüber gesprochen. Schnell verdrängte sie die Gedanken an ihn. Er fehlte ihr. Mit ihm an ihrer Seite würde sie den Schrecken dieses Ortes besser aushalten.

Sie riefen zwei Knechte, die den Ritter in Sicherheit bringen sollten. Einer der beiden zeigte auf das Lager der Mecklenburger und jubelte lautstark. Emilia beschattete die Augen und begriff, warum das Jammern und Schreien, das auf dem Schlachtfeld herrschte, ihr vorgekommen war, als würde es von einem Echo hin- und hergeworfen.

Ungläubig hielt Nikolaus seinen Blick auf das Lager gerichtet, während er in halsbrecherischem Tempo darauf zupreschte. Kaum nahm er wahr, wie unter ihm das Eis über den zugefrorenen Tümpeln des Moores knackte. Seine ganze Aufmerksamkeit galt dem, was vor ihm geschah.

Brandpfeile regneten auf die Zelte nieder, Planen fingen Feuer, Menschen rannten in blinder Panik umher. Die Pfeile kamen aus dem Wald östlich des Lagers, und für einen Augenblick dachte Nikolaus an die Legende, die Haraldson ihm erzählt hatte. An die Ritter, die angeblich im Inneren des Berges darauf gewartet hatten, ihrer Königin in der Schlacht beizustehen.

Parows Schützen mussten sich im Dunkel der Nacht angeschlichen haben. Und sie waren nicht allein. Hunderte Mann Fußvolk strömten in das Lager und mähten alles nieder, was ihnen in den Weg kam.

Der Teil der Ritter, der bereits Rüstung trug, aber noch nicht auf dem Pferd saß, war den Angreifern hilflos ausgeliefert, denn in dem schweren Körperschutz konnten die Männer sich kaum bewegen. Wie Käfer in einem harten Panzer waren sie träge und leichte Beute für die wendigen Angreifer.

Albrechts Fußsoldaten reagierten panisch. Einige verteidigten sich zwar tapfer, doch der weitaus größere Teil suchte sein Heil in der Flucht. Nikolaus erkannte, dass sogar einige Ritter unter den Flüchtigen waren.

Die Lage wurde von Minute zu Minute hoffnungsloser. Das Lager brannte lichterloh. Die wenigen Ritter, die im Sattel saßen, versuchten, die Frauen zu schützen, die Fußsoldaten des Feindes zurückzudrängen und sich zu formieren. Es gelang ihnen auch, doch viel zu langsam. Ein Albtraum. Parow hatte sie getäuscht.

Plötzlich nahm Nikolaus ein anderes Geräusch wahr. Lautes Kampfgeschrei kam von schräg hinter ihnen. Auch Albrecht schien es gehört zu haben, denn er gebot seinen Rittern innezuhalten, obwohl sie nur noch zwei Bogenschuss vom Lager entfernt waren. Sie wendeten die Pferde.

Margretes Ritter sprengten den Hügel hinunter, ein Angriff auf breiter Front. Albrechts Speerträger, die am Fuß der Anhöhe Stellung bezogen hatten, würden überrannt werden, wenn niemand ihnen zu Hilfe kam.

Albrecht blickte zwischen den Speerträgern und dem Lager hin und her. Nikolaus ahnte, was er dachte. Ohne Verstärkung aus dem Lager wäre ein Kampf gegen die feindlichen Ritter aussichtslos.

Jenseits des Moores war die Schlacht nun in vollem Gange. Ohne Mühe fuhren Parows Ritter durch die Speerträger wie der Schnitter durchs Gras. Es dauerte nicht lange, bis der spärliche Rest der Männer die Speere wegwarf und um sein Leben rannte. Am Moor hielten Parows Reiter an. Die Wiese hinter ihnen war übersät mit Toten und Verletzten.

Im Mecklenburger Lager hatten die Ritter, die dem Angriff aus dem Wald entgangen waren, ebenfalls bemerkt, was am Fuß des Hügels los war. Immerhin hatten sie die Angreifer inzwischen weitgehend zurückgedrängt, allerdings nur unter furchtbaren Verlusten. Von den über tausend Rittern war höchstens die Hälfte übrig.

Diese stießen jetzt zu Albrechts Männern. Am Rand des Moores brachten sie sich in Formation.

Albrecht ritt vor den Männern auf und ab. »Der Herr hat entschieden, uns alles abzuverlangen, um meinen rechtmäßigen Anspruch auf die schwedische Krone durchzusetzen. Wer bin ich, dass ich Gottes Urteil nicht annähme? Wer seid Ihr, nicht dem Herrn zu folgen? Gott will es!«

»Gott will es«, brüllten sechshundert Kehlen.

Albrecht zog das Schwert, hielt es hoch, ließ es zweimal kreisen und versetzte sein Schlachtross in Galopp.

Sie würden auf breiter Front anreiten, dann einen Keil bilden, durch die Phalanx der Feinde stoßen und sie von hinten packen. So weit, so gut. Parows Leute schien das nicht zu beeindrucken. Sie rührten sich nicht von der Stelle.

Das wunderte Nikolaus nicht. Denn jetzt machte Albrecht den entscheidenden Fehler: Er trieb sechshundert gepanzerte Ritter in vollem Galopp durch ein Moor, das nicht fest zugefroren war. Sie hätten im Schritt anreiten und erst dann Geschwindigkeit aufnehmen dürfen.

Nikolaus gab seinem Ross die Sporen, achtete darauf, dass

es immer Gras unter den Hufen hatte, und hielt sich bereit, seinem König zu Hilfe zu kommen.

Hinter Nikolaus schrien Männer auf. Die ersten brachen durch das Eis, stürzten. Wenn sie nicht von den nachrückenden Pferden zermalmt wurden, ersoffen sie, denn sie konnten sich in der schweren Rüstung nicht allein aufrichten.

Nikolaus wandte sich um. Mit jedem Herzschlag verschwand einer der Ritter im Moor. Auf der rechten Flanke machte er eine Bewegung aus, die in die falsche Richtung ging. Gut und gerne achtzig Ritter unter dem Banner von Sergius von Crivitz verlangsamten das Tempo und drehten ab. Sie flohen vom Schlachtfeld! Nikolaus glaubte, auch das Schlachtross von Stargard unter den Flüchtenden zu erkennen, und er wunderte sich nicht.

Nikolaus konnte sich nicht weiter mit den Feiglingen befassen. Nur noch wenige Ellen, dann würden sie auf den Feind krachen. Doch als die verbliebenen Ritter des Königs den Keil neu bildeten, wichen Parows Männer zurück und öffneten ihre Phalanx. Albrechts schwer gerüstete Ritter konnten nicht so schnell die Richtung ändern. Sie stürzten hindurch, und schon schloss sich der Kreis der Feinde um sie.

Fast die Hälfte von Albrechts Rittern war geflohen oder im Moor geblieben. Dreihundert waren übrig. Wie von selbst formierten sie sich zu einem Kreis und senkten die Lanzen.

Doch schon sirrten Pfeile und Bolzen vom Hügel herab. Sie mussten sofort angreifen, sonst würden sie wehrlos von den Pferden geschossen.

Der Kreis sprengte auseinander, Reiter prallten zusammen. Es klang wie das Donnern von hundert Gewittern. Albrecht focht tapfer ganz vorne mit und holte bereits den zweiten Feind vom Pferd. Etliche Ritter kämpften zu Fuß und droschen sich gegenseitig die Schwerter auf die Rüstung. In der Hölle konnte es nicht schauriger zugehen.

Nikolaus stieß einen Feind vom Pferd, einem weiteren schlug er die Hand ab. Dann entdeckte er das Banner von Henrik Parow. Der Heerführer versuchte, an den König heranzukommen. Nikolaus warf sich ihm entgegen. Parow rammte Nikolaus' Pferd und schwang sein Schwert gegen dessen Kehle. Die war zwar von Eisen geschützt, aber ein harter Schlag konnte einen Mann vom Pferd werfen.

Nikolaus ließ sich nach rechts fallen, um dem Hieb auszuweichen, und musste alle seine Kräfte aufbieten, um wieder in den Sattel zu kommen. Parows Streich hatte ihn verfehlt. Nun versetzte Nikolaus seinem Gegner einen Hieb, der diesen aus dem Sattel warf. Die Hufe der Pferde zermalmten den genialen Feldherrn. Nikolaus hatte keine Zeit, ihn zu bedauern.

Albrechts Reihen wurden immer mehr ausgedünnt. Der rechte Flügel existierte nicht mehr, da Crivitz ihn durch seine Flucht entblößt hatte. Immer weiter wurden sie den Hügel hinaufgedrängt und gerieten so in die Reichweite der Armbrüste. Nikolaus versuchte, wieder hinunterzukommen, aber von unten drängten Ritter nach, die verzweifelt um ihr Leben kämpften. Die Schlacht war verloren. Daran konnte es keinen Zweifel geben. Noch lebte der König, aber er trug seinen Helm nicht mehr.

Nikolaus musste ihn schützen. Er versuchte, an Albrecht heranzukommen, allerdings drängte sich immer wieder jemand dazwischen. Aus den Augenwinkeln sah Nikolaus Armbrustschützen, die auf den König anlegten. Nikolaus schlug seinem Ross das Schwert in die Flanke, Blut spritzte, es stieg und machte einen Satz nach vorne.

Die Bolzen, die für den König bestimmt gewesen waren,

schlugen in Nikolaus' Rüstung ein und brachten ihn aus dem Gleichgewicht. Er versuchte, sich festzuhalten, doch sein Pferd stieg erneut, kippte nach hinten. Ein Bolzen steckte in seiner Brust.

Nikolaus rutschten die Zügel aus den Händen, er griff nach der Mähne, doch schon wurde er wie von einer gigantischen Faust nach unten gerissen. Schwer prallte er auf den Boden, der glitschig war von Schlamm und Blut.

Durch den Schlitz seines Helmes konnte er die Überreste von Parow sehen, und er wusste, dass ihn das gleiche Schicksal erwartete. Er dachte an Lia.

Da flogen Hufe auf ihn zu.

Emilia schloss dem Ritter die Augen. Sie hatte ihn nicht retten können. Wie so viele.

Die heilkundigen Mönche, die zu ihnen gestoßen waren, und die Wundärzte waren mit der Versorgung der Verletzten der ersten kleinen Schlacht fertig, hatten getan, was möglich gewesen war. Die große Schlacht am Fuß des Hügels tobte noch, dort konnten sie erst helfen, wenn die Kampfhandlungen beendet waren.

Viele Männer hatte Gott zu sich gerufen, aber einige hatten sie retten können. Einem Ritter hatte ein Mönch eine Münze in ein Loch im Kopf gelegt, die Kopfhaut darübergezogen und vernäht. Wenn er den nächsten Tag überlebte, standen die Chancen gut für ihn. Einem anderen hatten sie den Armstumpf abgebunden und mit einer Schweinsblase verschlossen.

Emilias Tunika war von oben bis unten voller Blut, mehr als einmal hatte sie aufgeben wollen. Doch der Gedanke an Nikolaus, daran, dass auch er irgendwo verletzt liegen könnte und dringend ihre Hilfe brauchte, spornte sie immer wieder an. Obwohl sie wusste, wie unwahrscheinlich es war, dass sie ihn inmitten der Hunderten von Toten und Verwundeten finden würde, selbst wenn sie noch so gründlich suchte.

Von der Anhöhe aus hatte Emilia den Verlauf der Schlacht verfolgen können. Sie war sich vorgekommen wie eine Zuschauerin bei einem Theaterstück, wie sie manchmal von Gauklern auf ihren Wagen vorgeführt wurden. Nur dass dies hier bitterer Ernst war.

Endlich erscholl das Siegesgeschrei der dänischen Truppen. König Albrecht hatte die Waffen gestreckt. Immerhin hatte er damit weiteres sinnloses Blutvergießen verhindert.

»Die eine Hälfte kümmert sich um die Verletzten auf der Wiese«, befahl Armandus. »Die andere sucht den Hang nach Überlebenden ab.« Er sah Emilia an. »Bleib dicht bei mir.«

Sie machten sich an den Abstieg durch platt getretenes braunes Gras, das so rutschig war, dass Emilia jeden Schritt mit Bedacht setzen musste. Die wenigen Schneereste waren rot gefärbt. Überall lagen Waffen, Tierkadaver und tote Leiber.

Armandus sah jedem Mann ins Gesicht, klappte Visiere hoch, um sicherzustellen, dass da kein Leben mehr war.

Vielen Kriegern waren die Augen ausgestochen worden, mit spitzen Dornen durch die Sehschlitze hindurch. Abgetrennte Gliedmaßen lagen herum, aus geöffneten Pferdebäuchen quollen Gedärme. Der Gestank war höllisch. Emilia musste hart schlucken, um den Brechreiz zu unterdrücken.

Während sie dem Arzt folgte, hielt sie nach Albrechts Banner Ausschau. Bestimmt war Nikolaus in seiner Nähe gewesen. Aber sie entdeckte es nicht.

Von unten rief ein Knecht nach dem Wundarzt.

»Du bleibst hier«, befahl Armandus Emilia. »Ich bin

gleich zurück.« Halb rutschend, halb laufend eilte er den Hügel hinunter, wo sich zwei Feldscher und drei Knechte um einen Toten versammelt hatten, offenbar ein hoher Adliger. Vielleicht war es Parow selbst, Emilia hatte aufgeschnappt, dass er noch vermisst wurde.

»Heda!«, rief eine Stimme von der Seite.

Emilia blickte sich um. Harald Haraldson stand mitten in einem Haufen Leichname etwas weiter links hügelabwärts und winkte sie zu sich. »Hierher, du musst helfen!«

Emilia spähte nach unten. Armandus war noch immer mit dem toten Edlen beschäftigt, der offenbar auf eine Trage gehievt werden sollte.

Kurz entschlossen krabbelte sie zu Haraldson, der auf einen Ritter zeigte, in dessen Brust mehrere Bolzen steckten.

»Er atmet noch«, sagte er. »Kümmert Euch um ihn.«

Emilia kniete nieder, schob einen Toten zur Seite, der halb auf dem Verletzten lag, und nahm ihm behutsam den Helm ab.

Ein Schrei entfuhr ihr. Nikolaus! Hastig tastete sie nach seinem Puls. Er lebte! Genau wie Haraldson gesagt hatte. Sie wollte sein Gesicht küssen, ihn umarmen, aber sie beherrschte sich.

»Ich gehe davon aus, dass Ihr ihm die beste Versorgung zukommen lasst, die möglich ist«, sagte Haraldson über ihr.

Emilia blickte zu ihm hoch. Eine Weile sahen sie sich schweigend an, Haraldsons Gesicht verriet nicht, was er dachte.

Dann nickte Emilia. »Ich werde mich um ihn kümmern, aber er muss so schnell wie möglich ins Zelt der Wundärzte gebracht werden.« Die Freude darüber, dass Nikolaus lebte, wich der Angst, sie könnte ihn wieder verlieren, wenn er zu schwer verletzt war.

Haraldson stieß einen Pfiff aus. Knechte mit einer Trage eilten herbei.

»Dies ist ein wertvoller Fang«, sagte Haraldson. »Bringt ihn ins Lager. Er kriegt ein eigenes Zelt. Niemand darf zu ihm. Wenn jemand fragt: Er heißt Nikolaus von Brunn, und er ist die Beute von Harald Haraldson. Der Feldscher soll nach ihm sehen, dieses Weib wird ihn pflegen.« Noch einmal schaute er Emilia an.

»Ich werde ihn hüten wie meinen Augapfel«, sagte sie.

Haraldson kniff die Augen zusammen. »Das werdet Ihr, Lia van der Wee.«

Emilia folgte den Knechten den Hang hinauf ins dänische Lager. Die Stimmung war gedrückt, ganz anders als Emilia erwartet hatte. Sie fragte einen der Knechte, warum nicht mehr Freude über den Sieg herrschte.

»Wir haben Henrik Parow, unseren Anführer, verloren. Und es gab viele Tote und Verletzte. Die Mecklenburger haben gekämpft wie die Löwen, selbst als die Schlacht schon längst verloren war. Nur wenige sind geflohen. Albrecht hat erst aufgegeben, als er fast allein dastand. Margrete wollte ihn um jeden Preis lebend, es war nicht einfach, ihn nicht zu töten. Ein tapferer Mann, das muss man ihm lassen.«

Die Knechte brachten Nikolaus in ein kleines Zelt und legten ihn auf einen Tisch, der rasch aufgebaut worden war. Ein Feldscher, den Emilia kaum kannte, trat ein, ignorierte sie und begutachtete Nikolaus. »Der ist so gut wie tot. Da lohnt sich die Mühe nicht.«

Emilia hielt ihn am Ärmel fest. »Dieser Mann ist ein hoher Adliger aus Mecklenburg. Und Haraldsons Beute.«

Der Feldscher schob Emilias Hand zur Seite. »Haraldson, soso. Bist du auch seine Beute?« Er lachte dreckig. »Zieh ihm die Rüstung aus, dann sehen wir weiter.«

»Ausziehen?«, fragte Emilia entsetzt. »Der Panzer ist überall verbeult. Was, wenn er Rippenbrüche hat?«

»Oho. Das Weib glaubt, etwas von der Heilkunst zu verstehen. Bitte schön.« Er senkte die Stimme. »Stündest du nicht unter dem Schutz von Haraldson und dem obersten Wundarzt, würde ich dich an die Söldner verfüttern. Weiber haben auf dem Schlachtfeld nichts verloren. Mach doch, was du willst. Ich habe meine Pflicht getan. Von mir aus kann der dreckige Mecklenburger an seinem eigenen Blut ersaufen.«

Der Arzt verließ fluchend das Zelt. Emilia war nicht böse darüber. Lieber versorgte sie Nikolaus selbst, als ihn einem solchen Grobian zu überlassen. Sie trat vor das Zelt. Wie Haraldson versprochen hatte, stand eine Wache davor.

»Ich brauche ein paar Dinge«, sagte sie zu dem Mann.

»Ich darf hier nicht weg.«

»Was, glaubst du, passiert, wenn Haraldsons Beute stirbt und dadurch wertlos wird, weil du mir nicht gebracht hast, was ich benötige? Der Verletzte wird wohl kaum weglaufen. Was soll also passieren?«

Der Wachmann zögerte, aber dann ging er los und kehrte wenig später mit allem zurück, was Emilia ihm genannt hatte: Blechschere, Nietensprenger und Zange.

Bevor sie Nikolaus behandeln konnte, musste sie die Bolzen aus dem Metall ziehen und ihn aus der Rüstung schälen. Sie strich ihm übers Gesicht, sein Atem ging flach und stoßweise. Seine Lider flatterten, er öffnete für einen Moment die Augen, flüsterte: »Lia?«

»Ja, ich bin es. Bleib ganz ruhig.«

Er schloss die Augen. »Ich bin tot. Und das ist das Himmelreich.«

»So weit sind wir noch nicht.« Emilia beugte sich über ihn. »Wo hast du Schmerzen?«

»Mein Brustkorb. Er … fühlt sich an, als würde mir jemand ständig ein Messer in die Seite rammen. Das … Atmen fällt mir schwer. Und … das rechte Bein. Der … linke Arm. Ich … Ich bin unter die Hufe geraten, hatte Glück. Ich werde …«

Emilia legte ihm einen Finger auf die Lippen. »Nicht mehr sprechen. Das ist zu anstrengend. Ich fange jetzt an. Es kann sehr wehtun.«

»Nichts, was du … tust, könnte … mir Schmerzen bereiten.«

»Ruhig jetzt!«

Emilia betrachtete die Rüstung. Sie war an einer Seite mit Riemen und Schnallen festgebunden, an der anderen hielten Scharniere den Panzer zusammen. Mit der Zange drehte sie die Geschosse heraus, es kam kaum Blut, die meisten waren nicht durch das dicke Wams gedrungen, das Nikolaus unter der Rüstung trug.

Als Nächstes öffnete sie die Riemen des Brustpanzers, aber die Platten und die Scharniere waren so verbogen, dass sie die Brustplatte nicht abheben konnte. Sie nahm die Blechschere und setzte sie an der Hüfte an. Sie war scharf, schnitt leicht durch das Metall. Es knackte, die Spannung löste sich, Emilia konnte den vorderen Teil des Harnischs in zwei Teilen abnehmen.

Ängstlich begutachtete sie die Verletzungen. Keine war unmittelbar lebensgefährlich. Hätte Nikolaus innere Blutungen gehabt, wäre er schon tot. Gott hatte seine schützende Hand über ihn gehalten.

Behutsam schnitt Emilia das Wams auf, tastete vorsichtig den Brustkorb ab, der übersät war mit Blutergüssen. An einigen Stellen zuckte Nikolaus zusammen. Mehrere Rippen waren gebrochen. Mit der richtigen Behandlung würden sie wieder zusammenwachsen.

Vor dem Zelt wurde es unruhig.

»Wohin wollt Ihr?«, hörte Emilia die Wache mit harscher Stimme fragen.

»Ich muss die Heilerin sprechen«, kam die Antwort. »Auf der Stelle! Die Sache duldet keinen Aufschub.«

Emilia erstarrte. Ihr Herz raste wie ein durchgegangenes Pferd. Diese Stimme kannte sie. Doch was in aller Welt machte sie hier?

Nikolaus traute seinen Ohren nicht. Vico! Was machte sein Bruder hier, und warum ritt er an der Seite des Teufels in die Schlacht?

Verwirrt hob Nikolaus seinen Arm, doch statt eines Schwertes hielt er eine Schlange, die sich wand und zischte und ihr Maul in seine Richtung aufsperrte.

Verflucht, was war hier los?

Er schleuderte die Schlange von sich, hielt nach Albrecht Ausschau. Er musste seinen König warnen. Wenn der Teufel höchstselbst gegen ihn in die Schlacht zog, war jede Gegenwehr vergebens.

Doch Albrecht war nirgendwo zu sehen. Auch keiner der Gegner, nur Vico, der noch immer in halsbrecherischem Tempo auf Nikolaus zuhielt. Allerdings war der Teufel nicht mehr an seiner Seite, dafür trug Vico selbst jetzt Hörner, und seine Augen glühten feuerrot.

Entsetzt stöhnte Nikolaus auf. Und im gleichen Augenblick erwachte er. Über ihm flatterte die Zeltplane im Wind. Unter ihm drückte eine harte Unterlage, seine Brust fühlte sich an wie eingeschnürt, sein ganzer Körper schmerzte.

Lia? War sie nicht eben noch hier gewesen?

Nein, das musste auch nur ein Traum gewesen sein. Das Fieber machte ihn irre. Er würde jämmerlich daran zugrunde gehen. Immer noch besser, als jahrelang in Gefangenschaft dahinzuvegetieren.

Sie hatten die Schlacht verloren. Alles, was schiefgehen konnte, war schiefgegangen. Hunderte Männer hatten ihr Leben gelassen. Albrecht war gefangen – oder war auch er tot? Und Margrete würde den schwedischen Thron besteigen.

Nikolaus drehte den Kopf. Wieso war er allein in einem Zelt? Er war kein hoher Fürst, nicht einmal ein Graf, den Titel trug sein Bruder.

Wieder flatterte über ihm die Plane. Er glaubte, Schritte zu hören, doch er war sich nicht sicher. Sein Blick verschwamm bereits wieder, die Falten in der Plane verwandelten sich in hässliche Fratzen, die ihn auslachten.

Ein stechend scharfer Schmerz fuhr durch seinen Brustkorb, als er abwehrend die Hände zu heben versuchte. Dann sank er zurück in die Dunkelheit.

Emilia bewegte sich zwischen den Zelten, den Kopf gesenkt, doch den Blick unverwandt auf die Frau gerichtet, die nur wenige Schritte vor ihr herlief. Constanze ging gerade so schnell, dass sie keine Aufmerksamkeit erregte. Sie hatte die Kapuze tief ins Gesicht gezogen und war offenbar darauf bedacht, nicht bemerkt zu werden.

Während Emilia ihr folgte, gingen ihr tausend Fragen durch den Kopf. Wieso war Constanze hier? Warum konnte sie sich im Lager der Feinde frei bewegen? Was war mit Sergius? War er auch hier? Warum hatte sie ihn geheiratet?

Als Emilia die Stimme der Freundin erkannte hatte, hätte sie am liebsten die Plane zurückgeschlagen und Constanze umarmt, so froh war sie gewesen. Doch gleichzeitig hatten sie Zweifel beschlichen.

Deshalb hatte sie sich rasch versichert, dass Nikolaus

keine unmittelbare Gefahr drohte, und dann die Plane an der Rückseite des Zeltes angehoben. Unbemerkt war sie nach draußen gelangt. Im Lager herrschte noch immer Durcheinander. Verletzte wurden auf Tragen herangebracht, gefangene Ritter in Eisen gelegt, Waffen und Beute wurden gesichtet.

Am Ausgang des Lagers standen Wachen, doch sie beachteten die Frauen nicht.

Constanze verschwand im Wald, Emilia folgte ihr, doch diesmal mit mehr Abstand. Hier waren sie allein, jedes Knacken würde sie verraten.

Andererseits wäre jetzt die beste Gelegenheit, Constanze anzusprechen. Emilia zögerte kurz, dann beschleunigte sie ihre Schritte. Sie öffnete den Mund, um die Freundin zu rufen, als ein Schatten zwischen den Stämmen hervortrat.

Sofort sprang Emilia hinter einen Baum. Von ihrem Versteck aus beobachtete sie, wie Constanze den Fremden umarmte und küsste. Erst als sie sich losmachte, konnte Emilia sein Gesicht erkennen.

Vico! Was machte er hier? Und was hatte Constanze mit ihm zu schaffen?

»Hast du sie gefunden?«, fragte er.

»Ja, sie ist in einem Zelt gefangen. Haraldson wird sie wohl als Hure haben wollen. Eine Wache steht davor und lässt niemanden hinein.«

»Eine Wache nur? Wunderbar. Dann schleiche ich mich heute Nacht von hinten ins Zelt und mache die Metze kalt.«

Emilia erstarrte. Die beiden mussten von ihr sprechen, sie wollten ihren Tod. Doch warum? Und welche Rolle spielte Sergius dabei? Dann dämmerte es ihr: Constanze war die Spionin, und sie hatte Emilia als Sündenbock benutzt. Constanze musste die Tauben in ihre Kammer geschmuggelt haben, und sie musste auch den Jagdhüter dafür bezahlt haben, dass er sie umbrachte.

Emilia begann zu zittern.

»Du musst dich auf den Weg machen, sobald es dämmert. Du musst etwas Licht haben, damit du das richtige Zelt findest. Und mach es diesmal richtig. Ich muss jetzt fort. Sergius rastet mit den anderen Männern, die mit ihm geflohen sind, eine Meile östlich von hier. Ich muss zurück zu ihm.« Sie küsste Vico. »Zieh nicht so ein Gesicht. Mir wäre es auch lieber gewesen, er wäre auf dem Schlachtfeld krepiert. Aber so kann ich Margrete besser dienen. Wenn wir ihn nicht mehr brauchen, finden wir einen Weg, ihn loszuwerden.«

Emilia hatte genug gehört. Als die beiden sich erneut leidenschaftlich küssten, nutzte sie die Gelegenheit, sich fortzuschleichen. Sobald sie außer Hörweite war, rannte sie los. Ohne Schwierigkeiten gelangte sie zurück ins Lager. Am liebsten hätte sie sich Haraldson anvertraut, doch sie wagte es nicht. Wer wusste schon, welche Gerüchte Constanze über Emilia von Hobe gestreut hatte oder welche Verbündeten sie noch besaß. Es gab nur einen Menschen, der Emilia helfen konnte: Margrete.

Doch die war nicht hier, also blieb Emilia nur eines: Sie musste fliehen. Aber erst, wenn sie sicher war, dass Nikolaus gut versorgt wurde. Sie kehrte zurück ins Zelt und fand alles unverändert vor. Nikolaus war ohne Bewusstsein, doch sein Atem ging ruhig.

»Wache!«, rief sie.

Der Wächter stürzte ins Zelt, das Schwert in der Hand.

Emilia hob die Hände. »Keine Sorge. Niemand ist eingedrungen. Aber der Ritter braucht Hilfe. Seine Rippen sind gebrochen. Ohne die Behandlung eines Arztes wird er sterben, das wäre Haraldson sicherlich nicht recht.« Sie trat einen

Schritt vor. »Lass Armandus holen. Er weiß, was zu tun ist. Mach schon. Beeil dich!«

Gott sei Dank gehorchte der Mann. Er rannte, als ginge es um sein Leben. Emilia küsste Nikolaus auf den Mund. Dann nahm sie ihr Medaillon ab und legte es ihm vorsichtig um den Hals. Es war ein Versprechen.

»Wir werden uns wiedersehen«, flüsterte sie. »Warte auf mich.«

Sie nahm ihr Bündel, schlüpfte unter der Plane hindurch, blieb einen Augenblick stehen und horchte. Auf der Vorderseite des Zeltes ertönten Stimmen.

»Wo ist der Verletzte?«, fragte Armandus.

»Drinnen. Das Weib ist bei ihm.«

Die Plane wurde zurückgeschlagen, ein erstaunter Ausruf folgte, dann gemurmelte Worte und schließlich das Klacken von chirurgischen Instrumenten.

Genau wie Emilia gehofft hatte. Armandus hielt sich nicht lange damit auf, sich zu wundern, wo sie geblieben war. Ihm ging es nur um den Verletzten.

So unauffällig wie möglich bewegte sie sich auf den Ausgang des Lagers zu. Die Dämmerung senkte sich bereits über das Land, und hinter jedem Zelt, hinter jedem Strauch erwartete sie, Vico zu entdecken. Endlich hatte sie die Zeltstadt hinter sich gebracht. Kaum war sie auf freiem Feld, ging sie in die Knie und kroch in der Deckung von Sträuchern und Gestrüpp auf den Wald zu.

Schließlich erreichte sie die ersten Bäume. Einen Moment wähnte sie sich in Sicherheit, doch als sie sich aufrichtete, legte sich ein Arm um ihren Körper und eine Hand presste sich auf ihren Mund.

Vico bewegte sich so unauffällig wie möglich durch das Lager. Er hatte seine Cotte zerrissen und sich mit Schweineblut beschmiert. Außerdem zog er ein Bein nach. So sah er aus wie ein verletzter Fußsoldat, keiner, den man eines zweiten Blickes würdigte. Die Wachen am Eingang hatten ihn kaum angesehen, nur kurz genickt, als er ins Lager gehumpelt war. Es herrschte ein ständiges Kommen und Gehen, da fiel er nicht weiter auf.

Jetzt musste er nur noch das richtige Zelt finden. Vico hielt sich an der Hangseite und zählte die Reihen, genau wie Constanze es ihm erklärt hatte.

Eine Gruppe angetrunkener Kämpfer torkelte auf ihn zu. Hastig wich er aus. Das Schlimmste, was passieren könnte, wäre, dass sie ihn ansprachen und er nichts erwiderte. Wenn irgendwer hier bemerkte, dass er kein einziges Wort der nordischen Sprache beherrschte, würde es ihm an den Kragen gehen.

Wobei das nicht ganz stimmte. Ein Wort kannte er nämlich doch. *Undskyld.* Constanze hatte es ihm eingeschärft. Es bedeutete »Verzeihung«, und er sollte es murmeln, wenn er irgendwie in Bedrängnis geriet – und dann schnell das Weite suchen.

Tatsächlich war sein Ausweichmanöver nicht schnell genug gewesen, und die Soldaten blieben vor ihm stehen. Einer lallte etwas und tippte ihm mit dem Finger auf die Brust.

Vico brach der Schweiß aus.

Wieder sagte der Kerl etwas, schüttelte dabei den Weinschlauch. Vermutlich sollte Vico mit ihnen den Sieg feiern, vielleicht wollten die Saufbolde aber auch wissen, wo es Nachschub gab. Jedenfalls durfte er nicht länger wortlos herumstehen und sie anglotzen, die Stimmung konnte zu leicht umschlagen.

»Undskyld«, murmelte er durch die Zähne, hoffte, dass er es richtig ausgesprochen hatte, und humpelte weiter, nicht zu schnell, nicht zu langsam, den Schwertgriff fest umklammert.

Er hörte die Männer hinter sich durcheinanderreden. Offenbar versuchte jeder, den anderen zu übertönen. Doch es folgten keine lauten Rufe, niemand rannte ihm hinterher, niemand packte ihn an der Schulter.

Sein Herzschlag beruhigte sich erst, als er ein Dutzend Zelte zwischen sich und die Kerle gebracht hatte. Er hob den Kopf und blickte sich um. Verflucht! Wegen der versoffenen Holzköpfe war er mit dem Zählen der Reihen durcheinandergeraten. Die Dämmerung wurde immer undurchdringlicher, bald würden nur noch die Lagerfeuer für Licht sorgen, dann würde er in dem riesigen Gewirr von Zelten und Wagen völlig die Orientierung verlieren.

Doch im selben Moment entdeckte er es. Genau vor ihm stand ein kleines Zelt mit einem Wimpel auf dem Dach, der das bunte Wappen der Haraldsons zeigte. Rechts und links befanden sich große, gut bewachte Zelte mit Proviant, genau wie Constanze gesagt hatte.

Er hatte die Metze gefunden!

Unauffällig hinkte Vico an dem Wachmann vorbei, der den Eingang bewachte, und bog zweimal um die Ecke, bis er an der Rückseite stand. Er legte sein Ohr an die Zeltwand und horchte. Drinnen war alles still. Wenn Haraldson bei seiner Hure wäre, würde das sicherlich anders klingen. Dennoch musste Vico vorsichtig sein. Möglich, dass die beiden nach dem Liebesspiel eingeschlafen waren.

Er schaute sich in alle Richtungen um, bevor er die Zeltwand anhob und ins Innere krabbelte. Als er sich drinnen aufrichtete, verschlug es ihm den Atem. Er hatte mit vielem gerechnet, mit der Metze in einem Bett mit Dutzenden Kissen, auch mit einer Falle, mit einer Übermacht von Gegnern, die sich auf ihn stürzten. Aber nicht mit Nikolaus.

Ungläubig trat Vico an den Tisch, der als provisorisches Bett diente. Ein einzelnes Talglicht, das vom Dach baumelte, verbreitete ein wenig Helligkeit und verriet ihm, dass das Zelt ansonsten leer war.

Nikolaus war mit einer Decke aus Rosshaar zugedeckt, ein Arm, seine Stirn und, so weit das unter der Decke erkennbar war, auch seine Brust waren bandagiert. Er schlief, doch offenbar unruhig. Unter den geschlossenen Lidern schossen die Augäpfel hin und her, sein Atem ging schwer und viel zu schnell. Bestimmt träumte Nikolaus von der schmachvollen Niederlage seines Herrn.

Vico schlug das Kreuz. »Herr im Himmel, ich danke dir«, murmelte er.

Gott bot ihm seinen Bruder auf einem Silbertablett dar. Nikolaus war ihm ausgeliefert, sein Leben lag allein in Vicos Hand.

Vorsichtig tastete Vico nach dem Schwertknauf, entschied sich dagegen und zückte stattdessen den Dolch. Genussvoll strich er damit über Nikolaus' Kehle.

»Was sagst du nun, Bruderherz«, flüsterte er. »Ich hatte dir doch versprochen, dass ich es zu Ende bringe, wenn wir uns noch einmal begegnen.«

Er ritzte Nikolaus' Hals. Ganz leicht nur, sodass ein schmales Rinnsal Blut hervorsickerte.

Nikolaus stöhnte leise, doch er wachte nicht auf. Er musste ziemlich schwer verletzt sein. Oder der Arzt hatte ihm etwas gegeben, damit er schlief.

Plötzlich packte Nikolaus Vicos Handgelenk. Vico erschrak, als wäre sein Bruder von den Toten auferstanden. Er wollte zurückspringen, doch Nikolaus war schneller.

»Was willst du hier?«, zischte er mit überraschend kräftiger Stimme und sah Vico mit zusammengekniffenen Augen an.

»Dich besuchen«, flüsterte Vico zurück. »Macht man das nicht so mit Kranken?« Er verlieh seiner Stimme einen möglichst gelassenen Klang, doch sein Herz schlug heftig. Ein Schrei aus Nikolaus' Mund, und von allen Seiten würden Wachen heranstürmen.

Er könnte seinem Bruder den Mund zuhalten oder ihn gleich endgültig zum Schweigen bringen. Doch die Finger, die noch immer sein Handgelenk umklammert hielten, fühlten sich stark an. Wenn Nikolaus doch nicht so schwer verletzt war, konnte es zum Kampf kommen, und der Lärm würde ebenfalls die Wache vor dem Zelt alarmieren.

»Was machst du im Lager von Margrete?«, fragte Nikolaus. »Ein Gefangener bist du jedenfalls nicht. Hast du Albrecht etwa verraten? Hast du aufseiten der Dänen gekämpft?«

»Wäre es ein Wunder?«, fragte Vico zurück. »Was hat Albrecht je für mich getan?«

Nikolaus blitzte ihn wütend an. Vico schluckte. Er sollte den Bogen nicht überspannen. Besser, er versuchte es mit einer anderen Strategie.

»Ich suche nach der Metze«, sagte er. »Du weißt nicht zufällig, wo sie steckt?«

»Von wem redest du?«

»Lia van der Wee.«

Nikolaus ließ Vicos Handgelenk los und starrte ihn an. »Was hast du mit Lia zu schaffen?«

Treffer! Vico jubilierte innerlich. Nicht Harald Haraldsons Hure war sie, sondern die seines Bruders, wenn er den Blick richtig deutete. Heute war wirklich sein Glückstag.

»Du bist doch nicht etwa auf sie hereingefallen, Bruderherz?«, säuselte er mit gespieltem Mitgefühl. »Sag bloß, du weißt nicht, wer sie in Wirklichkeit ist? Was für ein Spiel sie treibt? Wer ihr wahrer Herr ist?«

»Wovon redest du, Vico?« Nikolaus sah ihn beschwörend an. Er versuchte, sich aufzurichten, sank aber sofort wieder zurück auf das Lager, das Gesicht schmerzverzerrt, die Stirn glänzend von Schweiß.

Vico grinste. Nikolaus schien tatsächlich verrückt nach diesem Weib zu sein. Das war noch viel besser, als ihm die Kehle aufzuschlitzen.

Nikolaus war ein Gefangener, er würde die nächsten Jahre im Kerker schmoren. Auf der Dalaborg. Oder auf Bohus. Er würde ihm nicht in die Quere kommen. Warum also die Hände unnötig mit Blut besudeln, wo es doch viel schöner sein würde, sich auszumalen, welche Qualen Nikolaus in Gefangenschaft litt? Und dem Leid noch eine kleine Prise hinzuzufügen?

»Was glaubst du wohl, warum die kleine Hure im Lager der Dänin frei herumläuft, wie es ihr beliebt? Bildest du dir wirklich ein, sie hat dich bezirzt, weil du so schöne Augen hast, liebster Bruder?«

Buch V

März 1389

Nahe Göteborg, Südschweden

Es war fast wie vor fünf Monaten, als sie durch die Wälder von Wasdow nach Rostock geflohen waren. Nur dass sie diesmal weder Karren noch Esel hatten und dass der Feind, der sie verfolgte, nicht derselbe war. Nicht der als Mörder gedungene Wildhüter, sondern Vico von Brunn trachtete ihnen nach dem Leben. Allerdings schienen beide im Auftrag der gleichen Person zu handeln, der Frau, die Emilia für ihre Freundin gehalten hatte.

Und noch etwas war anders: Damals hatte Emilia nicht jede Nacht von grauenvoll entstellten Leichen, blutigen Gedärmen, die aus Leibern quollen, und abgehackten Gliedmaßen geträumt. Damals hatte sie gedacht, dass es schlimmer nicht kommen könne.

Henricus warf ein paar Stöcke ins Feuer. Sie hatten das Lager ein gutes Stück abseits der Straße auf einer Lichtung aufgeschlagen, irgendwo tief im Wald in der Nähe der Hafenstadt Göteborg. Es bestand aus nicht mehr als einer Plane, die sie zwischen drei Baumstämmen aufgespannt hatten, und einer darunter ausgebreiteten Decke.

»Mir kommt es immer noch wie ein Wunder vor, wieder bei Euch zu sein, Henricus«, sagte Emilia und hielt die steif gefrorenen Finger über die heißen Flammen.

»Und mir erst«, brummte Henricus. »Dabei wolltet Ihr gar nicht mitkommen, habt Euch gewehrt wie eine Wildkatze.«

»Warum habt Ihr Euch auch nicht gleich zu erkennen

gegeben? Als mir jemand die Hand auf den Mund presste, dachte ich, es wäre Vico von Brunn und mein letztes Stündlein hätte geschlagen.«

»Er hätte es nicht leicht mit Euch gehabt.« Henricus grinste.

Emilia sah ihn an. Er war noch magerer geworden, doch er schien sich gut vom Fieber erholt zu haben. Auch wenn er ganz offensichtlich Schmerzen litt, die er vor ihr zu verbergen suchte.

»Ich bin froh, dass Ihr mir nachgereist seid«, sagte sie.

»Das bin ich ebenfalls. Auch wenn Ihr mich sofort wieder ins nächste Abenteuer stürzt. Haltet Ihr es wirklich für eine gute Idee, bei Margrete vorzusprechen?« Er stocherte mit einem Stock im Feuer.

»Ich kenne sie. Wir haben nichts zu befürchten. Sie ist streng, aber gerecht. Sie wird bestätigen, wer ich bin, und dann kann ich endlich nach Mecklenburg zurückkehren, einfordern, was mein Recht ist, und die wahre Spionin entlarven.«

»Und wer soll darüber entscheiden? Albrecht ist in Gefangenschaft.«

»Irgendwer wird an seiner Stelle in Schwerin regieren.«

»Hoffentlich nicht Sergius.«

»Unsinn. Sergius ist dafür viel zu unbedeutend. Es wird ein Vetter oder Neffe Albrechts sein, jemand aus der herzoglichen Familie, der schon vorher mit ihm zusammen regiert hat.«

Henricus brummte etwas.

»Sprecht es ruhig laut aus, Meister!«

»Ich möchte meinen Lebensabend nicht in einem verfluchten dänischen Verlies verbringen.«

»Das wird nicht geschehen, Henricus.« Emilia senkte den

Blick. Sie musste an Nikolaus denken, ein dänischer Kerker war genau das, was ihn erwartete. Wie mochte es ihm wohl ergehen? Hoffentlich hatte Armandus sich wenigstens um seine Verletzungen gekümmert! Hoffentlich behandelte man ihn anständig!

Die Gefangenen würden so bald wie möglich auf eine Burg gebracht werden, auf welche, wusste Emilia nicht. Sie wollte bei Margrete nicht nur für sich vorsprechen, sondern auch für Nikolaus. Selbst wenn sie wusste, dass die Königin wohl kaum einen wertvollen Häftling freilassen würde, nur weil eine ihrer ehemaligen Hofdamen sie darum bat. Nikolaus war, wie allgemein bekannt war, ein enger Vertrauter Albrechts. Jemand wie er war als Gefangener von großem Nutzen. Doch vielleicht ließ sich Margrete wenigstens dazu erweichen, Nikolaus gut versorgen zu lassen. Sie seufzte.

»Ihr denkt an ihn.« Henricus sah sie scharf an.

Sie starrte in die Flammen. Sie hatte ihm von Nikolaus erzählt, davon, wie sie sich vor der Schlacht ewige Liebe geschworen hatten, und auch, dass sie ihn schon von Kindesbeinen an kannte. Auch wenn er sich nicht an sie erinnerte.

»Man wird ihn gut behandeln«, sagte Henricus und tätschelte ihre Hand. »Hohe Herren werden in Gefangenschaft immer gut behandelt, denn man hofft, dass ihre Familien ein gesalzenes Lösegeld für sie herausrücken.«

»Und Ihr glaubt, Vico wird Lösegeld für Nikolaus zahlen?«

Henricus starrte sie an. »Teufel und Höllenbrut, daran habe ich nicht gedacht.« Er rückte näher, legte den Arm um ihre Schultern. »Gott hat in der Schlacht seine Hand über Nikolaus gehalten, also wird er ihn auch weiter beschützen. Darauf müsst Ihr vertrauen, mein Kind.«

Das würde sie gern, doch nach allem, was sie auf dem Schlachtfeld gesehen hatte, wusste sie nicht mehr, was sie noch glauben konnte.

Breitbeinig stand Vico am Kai und betrachtete seine *Helios*. Es hatte Tage gegeben, an denen er nicht mehr zu hoffen gewagt hatte, das Schiff je wiederzusehen. Doch jetzt war er hier, im Hafen von Stockholm, und sein ganzer Stolz lag frisch gewienert und mit funkelnagelneuen Kastellen und schwungvoll gemaltem Namenszug vor Anker.

Nur vier Tage hatte er vom Schlachtfeld bis nach Stockholm gebraucht. Die Stadt war in Aufruhr, niemand wusste, wie es nach dem Sieg Margretes weitergehen würde. Viele mecklenburgische Kaufmannsfamilien waren dabei, ihr Hab und Gut zusammenzuraffen und in die Heimat zurückzukehren. Andere wollten erst abwarten, sich notfalls mit der neuen Herrscherin arrangieren. Wieder andere wollten den Sieg Margretes nicht akzeptieren und weiter für Albrecht kämpfen. Der Krieg mochte vorbei sein, doch Frieden war noch nicht in Sicht.

Vico sah zu, wie seine neue Mannschaft letzte Vorräte an Bord schaffte. Marcellus überprüfte jeden Sack und jedes Fass. Er hatte freudig aufgelacht, als Vico gestern Abend am Kai aufgetaucht war. Tiberius, der bärenstarke Riese, hatte sogar Tränen in den Augen gehabt.

Vicos Gedanken wanderten zu Constanze. Er hatte ihr noch nicht von der abermaligen Flucht des Miststücks berichten können. Aber er hatte vorhin erfahren, dass Sergius und einige andere Grafen seit zwei Tagen ebenfalls zurück in Stockholm waren. Offenbar waren Constanze und die einzige andere überlebende Frau mit den Männern nach Norden geritten.

Vico trat zu Marcellus. »Der Wind steht gut, das Eis ist weg. Wir laufen morgen früh aus, sobald es hell ist.«

»Nichts lieber als das«, erwiderte der Kapitän. »Ich bin schon viel zu lange an Land für meinen Geschmack. Ich brauche Seeluft um die Nase.«

»Ich muss noch etwas erledigen. Aber ich bin vor Anbruch der Nacht zurück.« Er klopfte dem Kapitän auf die Schulter und wandte sich ab.

Im Laufschritt eilte Vico durch die Gassen, bis er das verlassene Lagerhaus fand, das sie als Treffpunkt ausgemacht hatten. Vorsichtig trat er ein. Die Tür quietschte, ein paar Möwen flatterten auf. Vico blickte nach oben. Ein großes Stück Dach fehlte. Immerhin gab es deshalb genug Licht, sodass er sehen konnte, dass das Gebäude leer war, bis auf ein paar verfaulte Holzfässer und einen Haufen Lumpen in der Ecke, wo das Dach noch intakt war.

Von Constanze keine Spur. War er zu früh? Oder ließ sie ihn absichtlich warten?

Unruhig lief er auf und ab.

»Sag nicht, das Luder ist dir schon wieder entwischt.«

Vico fuhr herum.

Constanze stand im Halbschatten. Er hatte sie nicht kommen hören, kein Quietschen der Tür hatte sie verraten.

»Teufel! Musst du dich so anschleichen!«

Sie lachte. »Ich wusste nicht, dass du schreckhaft bist wie ein altes Weib.« Sie trat näher. »Und unvorsichtig. Was, wenn an meiner Stelle Sergius aufgetaucht wäre, um seinen Nebenbuhler aus dem Verkehr zu ziehen?«

»Sergius weiß von uns?«

»Noch nicht.«

Vico schnaubte. Dann packte er sie, zog sie zu sich heran und küsste sie leidenschaftlich. »Du hast mir gefehlt.«

»Du mir auch.« Sie strich über seine Brust, ließ ihre Hand abwärts wandern, griff in seinen Schritt.

Er stöhnte laut, nestelte ungeduldig seine Beinkleider auf. Dann warf er Constanze auf den Haufen Lumpen und schob ihr Gewand hoch. Für einige wenige kostbare Augenblicke verschwand alles andere aus seinen Gedanken, es gab nur Constanze und ihn und eine Welt, die um ihn herum in schillernden Farben explodierte.

»Du bist wahrlich ein Teufelsweib«, sagte er, als er sich keuchend neben sie rollte.

Sie stützte den Kopf auf eine Hand und kniff ihn in die Wange. »Was ist mit Emilia?«

»Sie war fort, als ich ins Zelt kam.«

»Hölle und Teufel, wie ist das möglich?«

»Jemand muss sie gewarnt haben.« Vico dachte an seinen Bruder. Er überlegte, Constanze davon zu erzählen, doch er tat es nicht. Es konnte nicht schaden, einen kleinen Wissensvorsprung zu haben.

»Konntest du in Erfahrung bringen, wohin sie gegangen ist?«

»Leider nicht. Mein Nordisch ist etwas, hm, eingerostet.« Er grinste schief.

»Verflucht, verflucht.« Constanze runzelte die Stirn. »Ich ahne, was sie vorhat. Sie wird versuchen, sich zu Margrete durchzuschlagen. Das ist zumindest das, was ich an ihrer Stelle tun würde.«

»Zu Margrete? Aber sie ist ihr doch in den Rücken gefallen, wollte dich verraten. Die Königin würde sie sofort als Verräterin hinrichten lassen.«

»Unsinn! Hast du das wirklich geglaubt? Dieses Weibsstück ist die echte Emilia von Hobe, das ist das Problem.«

Vico starrte Constanze an.

»Ich sollte sie als Zofe begleiten, als sie nach Mecklenburg zurückkehrte, um ihren Vetter Sergius zu heiraten, sollte als beste Freundin nie von ihrer Seite weichen und möglichst viel in Erfahrung bringen über Albrechts Pläne, so lautete mein Auftrag.« Constanze spielte mit den Schnüren herum, die ihr Gewand über der Brust zusammenhielten und die Vico eben im Eifer des Liebesspiels aufgezogen hatte. »Aber ich dachte mir, dass ich noch viel mehr herausfinden könnte, wenn ich nicht am Rockzipfel der Gemahlin hinge, sondern im Bett des Gemahls läge.«

»Also hast du sie der Spionage bezichtigt und dir Sergius geschnappt.« Vico tätschelte ihren nackten Schenkel, halb bewundernd, halb schockiert.

»Ich habe einen Boten bezahlt, der eine gefälschte Nachricht überbracht hat, ein paar Brieftauben in ihrer Kammer versteckt und dann einen Mann gedungen, der dafür sorgen sollte, dass sie auf der Flucht tödlich verunglückt. Den Rest kennst du.«

Vico kam ein Gedanke: Wenn Lia van der Wee in Wahrheit Emilia von Hobe war, musste sein Bruder sie kennen. Nikolaus war von Graf Hobe zum Ritter ausgebildet worden. Er hatte viele Jahre auf Burg Wasdow gelebt. Dann hatte sein Bruder ihn hereingelegt. Sein Entsetzen angesichts Vicos Andeutungen, was die wahre Herkunft Lia van der Wees anging, war gespielt gewesen. Teufel! Er hätte Nikolaus kaltmachen sollen, als er die Gelegenheit dazu hatte!

»Was hast du?« Constanze sah ihn stirnrunzelnd an.

»Nichts.« Er schob seine Hand in ihren Ausschnitt, spürte, wie ihn schon wieder die Lust überkam. »Du glaubst, Margrete wird Emilia bescheinigen, dass sie die ist, für die sie sich ausgibt?«

»Ich halte es für möglich.«

»Aber damit würde sie dich, ihre Spionin, in Gefahr bringen.«

»Ich habe gegen ihren Befehl gehandelt, als ich Sergius geheiratet habe. Margrete sieht es nicht gern, wenn man derart eigenmächtig handelt. Andererseits habe ich bisher gute Dienste geleistet. Ich weiß nicht, wie sie entscheiden wird. Jedenfalls solltest du schnellstmöglich nach Schwerin aufbrechen. Wenn Emilia von Margrete bekommt, was sie will, wird sie damit an den Mecklenburger Hof gehen und ihre Rehabilitation einfordern. Und dann wird es gefährlich für mich. Sergius ist zwar nicht der hellste Stern am Nachthimmel, aber auch er kann eins und eins zusammenzählen.«

Vico nahm seine Hand aus ihrem Ausschnitt und schob sie stattdessen zwischen ihre Beine. »Keine Sorge, das werde ich zu verhindern wissen.«

»Das hoffe ich doch sehr«, stöhnte sie.

Als er erneut in sie eindrang, stellte er sich vor, wie er erst Emilia, dann Sergius und schließlich seinem Bruder die Kehle aufschlitzte und zusah, wie sie langsam verbluteten.

Als sich die mächtige Burg Bohus vor ihnen am Horizont erhob, stand die Sonne hoch am Himmel und tauchte die steinernen Mauern in warmes Licht. Das Wasser des Göta glitzerte wie ein Seidenschal, und Henricus glaubte sogar, einen Hauch Grün an den kahlen Bäumen unterhalb der Burgmauern zu erkennen, obwohl es dafür eigentlich noch zu früh war. Das Banner mit den drei Löwen wehte auf dem Bergfried, also musste Margrete auf der Burg sein.

Henricus war noch immer nicht wohl dabei, einfach so bei der Königin vorzusprechen. Zu viel konnte schiefgehen. Emilia mochte als Lia van der Wee Dutzenden von dänischen Rittern das Leben gerettet haben, das garantierte ihr leider nicht, dass sie damit ihr eigenes schützen konnte. Herrscher waren launisch und unberechenbar.

Am liebsten wäre er einfach mit ihr weitergezogen. Er träumte noch immer von Konstantinopel, von goldenen Zinnen im Sonnenlicht, von unzähligen gelehrten Büchern, die darauf warteten, studiert zu werden. Und von Männern wie seinem Freund Hassan, mit denen er bei einem Glas Tee Gedanken und Wissen austauschen konnte.

Doch er wusste, dass er Konstantinopel nie zu Gesicht bekommen würde. Emilia würde ihre Heimat nicht verlassen, sie wollte ihren Namen reingewaschen sehen, und das verstand er gut. Und dann war da noch Nikolaus von Brunn.

Doch selbst wenn Emilia einwilligen würde, mit ihm nach Süden zu reisen, würde er die Stadt wahrscheinlich nicht lebend erreichen. Er hatte zwar das Fieber überstanden, aber er war noch immer krank. Zu krank für eine derart weite Reise. Es waren nicht nur die Schmerzen in den Gelenken, die in Schüben kamen und sich anfühlten, als würde ihm ein Nadelkissen in die Knochen gedrückt, und die vom kalten Schleim herrührten, der vom Gehirn hinunter in die Arme und Beine schoss. Das Atmen fiel ihm schwer, in manchen Augenblicken war es, als würde ein Sack Mehl auf seiner Brust liegen und ihm die Luft abpressen. Und der Husten wollte einfach nicht aufhören.

Es war die Weiße Pest, da war Henricus sicher. Und dass er noch nicht daran zugrunde gegangen war, lag einzig und allein daran, dass er seine Aufgabe noch nicht beendet und Gott ihm deshalb etwas Aufschub gewährt hatte.

Henricus blickte zu Emilia und sah sie erleichtert lächeln.

»Wir sind da«, sagte sie. »Mit etwas Glück werde ich noch heute bei Margrete vorsprechen.«

»Der Herr möge uns beistehen.« Er schlug das Kreuz.

»Habt ein bisschen mehr Vertrauen, Meister Henricus.«

»Ich vertraue Euch, Emilia. Aber da drinnen«, er deutete auf die wuchtigen Mauern, »traue ich niemandem.«

Sie wurde ernst. »Ihr müsst nicht mitkommen, Henricus. Ihr könntet an einem sicheren Ort warten, bis ich zurückkehre. Sollte etwas schiefgehen, seid Ihr frei zu gehen, wohin Ihr wollt.«

»Ich habe Euch einmal verlassen, Emilia. Ich habe geschworen, es nie wieder zu tun. In der Nacht, als ich Euch beim Lager aufgegriffen habe, bin ich auf die Knie gefallen und habe Gott gedankt, dass er Euch mir unversehrt zurückgegeben hat, und ich habe ihm versprochen, Euch nie wieder im Stich zu lassen.«

Sie nahm seine Hände. »Ich werde Euch auch nie verlassen, Henricus.«

Er küsste sie auf die Stirn, und es war, als würde er Fenja küssen, sein über alles geliebtes Kind. »Auf, Tochter, lass uns nicht länger tatenlos hier herumstehen.«

Das Pferd rutschte mit einem Huf auf einer vereisten Pfütze aus, Nikolaus unterdrückte einen Schmerzensschrei und klammerte sich an die Zügel. Sein Brustkorb stach bei jedem Atemzug, und auch das verletzte Bein verzieh keine falsche Bewegung.

Trotzdem hatte Nikolaus darauf bestanden, mit der berittenen Vorhut zur Burg Bohus zu reiten, so wie alle Gefangenen, die nicht allzu schwer verletzt waren. Die Übrigen würden auf Wagen mit dem Tross folgen und voraussichtlich erst in ein oder zwei Wochen am Ziel sein. Nicht alle Kämpfer reisten Richtung Bohus, viele dänische und schwedische Grafen kehrten mit ihren Leuten auf ihre eigenen Burgen zurück. Aber ein Großteil der Ritter geleitete den Gefangenenzug, um sicherzustellen, dass die wertvolle Fracht sicher am Ziel ankam.

Auch Harald Haraldson war unter den Bewachern, allerdings ritt er nicht in Nikolaus' Nähe, sondern ganz vorn im Zug, wo Albrecht von einem Dutzend schwer bewaffneter Krieger eskortiert wurde.

Alle Mecklenburger Ritter waren entwaffnet worden, jeweils rechts und links von ihnen ritt ein Mann aus Margretes Heer. Immerhin hatte man sie nicht in Ketten gelegt. Albrecht selbst hatte sich für seine Leute verbürgt.

Die langen Stunden im Sattel ließen Nikolaus viel Muße, über Lia nachzudenken und über das, was Vico angedeutet hatte. War es möglich, dass sie sich nur mit ihm abgegeben hatte, weil sie ihn für Margrete aushorchen wollte? War sie eine dänische Spionin? Und, die wichtigste Frage von allen: Was wollte sein Bruder von ihr?

Er tastete nach dem Medaillon an seinem Hals. Sie musste es ihm umgelegt haben, bevor sie weggelaufen war. Im Inneren war das Porträt zweier Mädchen. Eines davon sah aus wie eine jüngere Lia. Und es kam ihm sehr vertraut vor. Fast so, als hätte er es immer schon gekannt.

Er konnte nicht glauben, dass Lia eine Spionin war, die ihn nur benutzt hatte. Schließlich war er es gewesen, der ihre Nähe gesucht hatte. Er war dem Heiler und seiner Tochter gefolgt, weil er an den Codex heranwollte, er hatte Lia die Nachricht geschickt, weil er sie unbedingt vor der Schlacht hatte sehen wollen. Zudem hatten sie kein einziges Mal über die Kampfstrategie, Anzahl von Rittern oder Schützen oder anderen Dinge gesprochen, die die feindliche Seite hätten interessieren können.

Eine Frage blieb jedoch: Wer war Lia van der Wee?

Ihr Vater Henricus war jedenfalls kein dahergelaufener

Quacksalber, kein Zahnbrecher oder Theriak-Krämer, wie sie zu Dutzenden durch die Lande zogen. Er war gebildet und verstand viel von Medizin. Und seine Tochter sprach und gebärdete sich, als wäre sie irgendwo bei Hof erzogen worden, nicht auf der Wanderschaft.

Ein Schrei riss Nikolaus aus seinen Gedanken. »Für unseren König!«, brüllte eine Stimme vor ihm.

Im selben Moment kam weiter vorn im Zug plötzlich Unruhe auf, Pferde wieherten, Befehle ertönten, Klingen wurden aus den Scheiden gezogen.

Nikolaus stellte sich in den Sattel, um besser zu sehen. Sofort hatte er zwei Schwerter an der Kehle. Vorsichtig ließ er sich zurückfallen und hob die Hände, um zu zeigen, dass er nichts Böses vorhatte.

Er sah, wie zwei Gefangene aus dem Zug ausbrachen. Es waren der Herzog von Holstein und der Graf von Ruppin, denen es offenbar gelungen war, ihren Bewachern die Schwerter zu entreißen. Weitere Gefangene versuchten, sich ihnen anzuschließen.

Anmaßende Hornochsen, dachte Nikolaus wütend. Was glaubten sie, ausrichten zu können? Gut drei Dutzend mecklenburgische Grafen ritten im Zug mit. Selbst wenn es noch einigen weiteren gelänge, an Waffen zu kommen, wäre die Übermacht der Dänen unbezwingbar, denn mehr als dreihundert Ritter bewachten sie.

Der Fluchtversuch war schnell beendet. Holstein und Ruppin sowie drei andere Ritter wurden mit Bolzen niedergestreckt, fünf weiteren Männern, die lebend eingefangen wurden, hieb man kurzerhand die Köpfe ab und steckte sie zur Abschreckung auf Spieße.

Albrecht war kreideweiß geworden. Offenbar war der Aufruhr ohne sein Wissen geplant und durchgeführt worden.

Der Herzog mochte gelegentlich allzu überzeugt von sich selbst sein, aber er war nicht dumm.

Nikolaus wusste, dass Albrecht sich trotz der verlorenen Schlacht nicht so rasch ergeben würde und dass er seinem Stellvertreter Johann in Schwerin Anweisungen hinterlassen hatte, wie nach einer, wenn auch unwahrscheinlichen, Niederlage im Feld zu verfahren war. Ein solch törichtes Manöver gehörte sicherlich nicht dazu.

Die dänischen Anführer debattierten kurz, was mit den restlichen Gefangenen geschehen sollte. Einige wollten sie mit Händen und Füßen an die Pferde fesseln, um weitere Zwischenfälle zu verhindern.

Harald Haraldson protestierte dagegen. »Wenn ein Pferd durchgeht oder stürzt, wäre das das Todesurteil für seinen Reiter«, wandte er ein.

»Na und?«, fragte Nils Svarte Skåning zurück, der den Gefangenenzug befehligte. »Wir haben genug Mecklenburger Geiseln. Wenn ein paar davon krepieren, sollte uns das nicht scheren.«

»Es ist gegen die Anweisung der Königin.«

»Margrete ist nicht hier, und sie muss diese Kerle nicht bewachen. Ich habe keine Lust, plötzlich ein Messer im Rücken zu haben.« Skåning spuckte auf den Boden. Er war ein dürrer, drahtiger Mann mit Hakennase und pockennarbigem Gesicht.

»Das will ich auch nicht«, räumte Haraldson ein. »Aber –«

»Ich befehlige den Zug, ich entscheide«, unterbrach ihn Skåning.

»Und ich bin der Hauptmann von Margretes Leibwache. Ich habe eindeutige Befehle, die Gefangenen sind mit Respekt zu behandeln, unnötige Härten sind zu vermeiden.«

Noch eine Weile ging es hin und her, dann einigten sich

die Männer darauf, dass man den Gefangenen die Hände auf dem Rücken zusammenband, ihre Beine jedoch nicht fesselte. Zudem bekam jeder einen Sack über den Kopf gestülpt.

Harald selbst fesselte Nikolaus. »Verzeiht, mein Freund, aber ich kann Euch keine Sonderbehandlung gewähren.«

»Tut, was Ihr tun müsst, Haraldson. Ich schäme mich für meine Landsleute und ihre unermessliche Dummheit.«

Endlich ging es weiter. Nikolaus verlor schon bald die Orientierung. Man hätte ihn auch stundenlang im Kreis führen können, er hätte es nicht gemerkt. Es blieb ihm ohnehin nichts anderes übrig, als sich in sein Schicksal zu fügen. Und darauf zu hoffen, Lia eines Tages wiederzusehen.

Emilia schlug das Herz bis in den Hals, als Henricus und sie in den Thronsaal geführt wurden. Sie war schon einmal hier gewesen, vor vielen Jahren, doch sie war viel zu aufgeregt, um auch nur ein Detail wiederzuerkennen.

Immerhin hatte man sie am Tor sofort willkommen geheißen, sobald sie sich als Lia van der Wee vorgestellt hatte. Die Kunde von der Heilerin auf dem Schlachtfeld hatte Bohus also schon erreicht. Wachen hatten Henricus und sie in eine Kammer geführt, wo eine Waschschüssel, frische Kleider und Essen bereitstanden. Obwohl sie ausgehungert war, hatte Emilia kaum einen Bissen herunterbekommen. Dafür tat es gut, in saubere Gewänder zu schlüpfen, an denen kein Blut klebte.

Schließlich war die Königin bereit, sie zu empfangen. Die Wache geleitete sie in den Thronsaal, wo einige Hofdamen und Ritter um den Thron herumstanden.

Margrete saß da, ein kaum merkliches Lächeln auf den Lippen, und bedeutete Emilia, näher zu treten, nachdem sie niedergekniet hatte.

Sie trat bis wenige Schritte vor den Thron.

Margrete betrachtete sie eine Weile schweigend. Kein Blinzeln, kein Zucken um den Mund verriet, ob sie Emilia erkannte.

»Lia van der Wee«, sagte sie schließlich. »Die Geschichten, die man über Euer Geschick und Eure Tapferkeit erzählt, sind wahrlich beeindruckend.« Sie blickte zu Henricus, der ein Stück weiter weg stehen geblieben war. »Das ist Euer Vater, nehme ich an?«

»Henricus van der Wee, Heiler aus dem fernen Morgenland.« Henricus verneigte sich.

»Ihr habt mir auf dem Schlachtfeld treu gedient«, fuhr Margrete an Emilia gewandt fort. »Dafür steht Euch Lohn zu.« Sie schnippte mit den Fingern. Ein Diener brachte einen Lederbeutel und überreichte ihn Emilia. »Das sollte angemessen sein.« Margrete nickte ihr zu.

»Habt Dank, Hoheit.« Wieder verbeugte sich Emilia. »Doch ich habe die Verwundeten nicht versorgt, weil ich mir weltlichen Lohn davon erhofft habe.«

»Ihr seid zu bescheiden, mein Kind. Wenn ich Euch noch einen Wunsch erfüllen kann …?« Margrete hob eine Braue.

Jetzt oder nie. »In der Tat gäbe es da etwas.« Emilia sammelte ihre Gedanken, sie hatte sich jedes Wort genau zurechtgelegt, doch jetzt wusste sie nicht, wie sie am besten beginnen sollte. Sie konnte nicht offen sprechen, zu viele Zeugen hörten mit. »Ich bin in meiner Heimat verleumdet worden«, begann sie vorsichtig und hob den Blick, sah der Königin direkt in die Augen.

Und tatsächlich deutete Margrete so etwas wie ein Nicken an. »Fahrt fort.«

Das genügte Emilia als Bestätigung, die Königin hatte sie erkannt. »Wenn Ihr mir bescheinigen könntet, wer ich bin, wenn Ihr mir ein Dokument ausstellen könntet, das kraft Eures Siegels über jeden Zweifel erhaben ist …« Emilia führte den Satz nicht zu Ende, ihr Blick glitt kurz über die Hofdamen und Ritter, die sich kein Wort der Unterredung entgehen ließen.

»Euer Wunsch ist mehr als verständlich, Lia van der Wee«, erwiderte die Königin. »Doch leider sehe ich mich außerstande, ihn Euch zu erfüllen. Manchmal ist dem einen etwas von Nutzen, was anderen schadet.«

Emilia ließ den Kopf hängen. Natürlich. Constanze war Margretes Spionin, die Königin musste sie schützen.

»Ich sorge dafür, dass Ihr freies Geleit erhaltet bis zum nächsten Hafen und ein Schiff besteigen könnt, das Euch bringt, wohin auch immer Ihr reisen wollt. Außerdem steht Ihr in meinem Reich unter meinem Schutz.« Bedeutungsvoll sah Margrete sie an. »Wenn das alles ist?«

Emilia verneigte sich.

Margrete winkte der Wache.

»Eins noch.« Mit klopfendem Herzen trat Emilia noch einen Schritt näher an den Thron heran.

Zwei Wachen sprangen vor, Margrete scheuchte sie fort.

»Unter den Gefangenen ist ein Ritter«, sagte Emilia so leise, dass niemand mithören konnte.

Margrete hob eine Braue.

»Sein Name ist Nikolaus von Brunn.«

»Von Brunn, soso.« Etwas zuckte um Margretes Mundwinkel. Dann wurde sie ernst. »Gefangene werden nur gegen Lösegeld freigelassen.«

Emilia blickte auf den Beutel in ihrer Hand.

»Denkt nicht einmal daran!«

Emilia öffnete den Mund, doch die Königin schnitt ihr mit einer Handbewegung das Wort ab. »Ich habe Euren

Wunsch vernommen, Lia van der Wee«, sagte sie mit erhobener Stimme. »Ihr seid entlassen.«

Emilia wollte noch nicht aufgeben, sie hatte es so weit geschafft, stand endlich vor der Königin. Sie durfte nicht unverrichteter Dinge wieder abziehen. Doch eine Hand legte sich auf ihre Schulter.

»Komm, Tochter, wir haben noch eine weite Reise vor uns.«

Benommen taumelte sie an Henricus' Seite aus dem Thronsaal. Margrete war ihre letzte Hoffnung gewesen. Ohne das Wort der Königin würde sie nie beweisen können, dass sie die echte Emilia von Hobe war. Und Nikolaus war unerreichbar. Manche Gefangenen verbrachten Jahre im Kerker, viele kehrten nie zurück. Und selbst wenn, wo und wie sollten sie sich wiedersehen?

Mit letzter Kraft schaffte Emilia es zurück in die Kammer, in der sie sich voller Hoffnung umgezogen hatte. Kaum war die Tür hinter ihnen zugeschlagen, brach sie auf dem Boden zusammen und weinte hemmungslos.

Seit Tagen kreuzte die *Helios* auf der Ostsee, ohne Beute zu machen. Allmählich wurde die Zeit knapp. Vico hatte sich und seinen Männern eine Woche gegeben, um auf Kaperfahrt zu gehen, danach musste er nach Mecklenburg segeln, um seinen Auftrag zu erfüllen.

Er hatte genug Vorsprung vor Emilia und ihrem falschen Vater, um sich das erlauben zu können. Und er wollte keinesfalls von den Männern verlangen, dass sie gleich wieder anlegten, nachdem sie so lange an Land ausgeharrt hatten. Sie wollten endlich einen ordentlichen Kampf und die vollen Laderäume einer Kogge, die sie zu Geld machen konnten.

Doch bisher war ihnen kein Schiff begegnet, das infrage

gekommen wäre. Jedes Mal waren es entweder Kriegsschiffe gewesen oder Handelskoggen, die im Verband unterwegs waren. Von beiden ließ Vico tunlichst die Finger.

Jetzt aber tauchte am Horizont eine einzelne Kogge auf.

»Alle Mann an die Waffen!«, brüllte Vico. »Beute in Sicht!«

Sofort kam an Deck hektische Bewegung auf. Vico musste Tiberius lassen, dass er die neue Mannschaft während seiner Abwesenheit gut trainiert hatte. Dafür, dass ein Großteil der besten Männer in den Krieg gezogen war, konnten sich seine Leute wirklich sehen lassen.

Als das fremde Schiff noch drei Bogenschuss entfernt war, war an Bord der *Helios* alles vorbereitet.

Tiberius stellte sich neben Vico und beschattete die Augen. Unglücklicherweise hatte die Kogge die Sonne hinter sich, sodass nicht viel zu erkennen war. Immerhin war es tatsächlich nur eine, sie würden also leichtes Spiel haben. Es sei denn, sie entpuppte sich in letzter Sekunde als Kriegsschiff.

»Verfluchte Sonne«, murmelte Tiberius.

»Wir warten, bis sie nah genug heran ist.«

»Dann könnte es zu spät sein.«

Vico sah Tiberius mit hochgezogenen Brauen an. So ängstlich kannte er seinen Hauptmann gar nicht. »Zu spät für die armen Seelen an Bord dieser Kogge, meinst du wohl.«

»Ich habe ein ungutes Gefühl.« Tiberius kratzte sich am Kopf. »Wenn es eine Handelskogge wäre, hätte sie nicht längst versucht abzudrehen?«

»Vielleicht hält man uns für harmlose Fischer.«

Endlich kam die Kogge in Rufweite. Vico hielt den Arm gesenkt. Sobald er ihn hob, würden seine Männer sie unter Beschuss nehmen.

In dem Augenblick erhob sich an Bord der Kogge eine Stimme. »Wer seid Ihr? Unter welcher Flagge segelt Ihr? Gebt Euch zu erkennen!«

Immerhin sprach der Kapitän kein Nordisch. Also waren es keine dänischen Soldaten. Erleichtert stieß Vico die Luft aus, die er unwillkürlich angehalten hatte. Auch Tiberius neben ihm entspannte sich.

»Wer seid Ihr?«, brüllte Vico zurück. »Wollt Ihr Euch nicht zuerst vorstellen?«

Er kniff die Augen zusammen. Fünf Männer standen an der Reling. Der in der Mitte war jung und schmal und offenbar der Anführer.

Drüben ertönte ein Lachen. »Ich bin Kapitän Stargard und mache Beute für meinen König!«

Der junge Bursche gab ein Handzeichen. Im gleichen Augenblick tauchten rechts und links der Kogge kleinere Schiffe auf, Schniggen wie die *Helios*, die sich zuvor hinter dem größeren Schiff verborgen hatten.

Vico fluchte. Seeräuber wie sie. Und offenbar wollten sie ihnen die Beute abjagen. Nur dass sie noch gar keine Beute gemacht hatten.

»Dann sind wir Waffenbrüder«, rief er. »Auch wir kämpfen auf See für den König. Mein Name ist Vico von Brunn, und ich bin im Besitz eines Kaperbriefs, den Albrecht mir ausgestellt hat.«

»Vico von Brunn? Ich habe Euch auf dem Schlachtfeld vermisst. Dort war nur Euer schleimleckender Bruder, der seine fehlende gesellschaftliche Stellung damit wettmacht, dass er Albrecht in den Hintern kriecht.«

Vico ballte die Faust. Was bildete dieser Schnösel Stargard sich ein! Niemand hatte das Recht, seine Familie zu beleidigen. Auch wenn er bei Nikolaus noch so richtig liegen mochte. Er setzte zu einer Antwort an, spürte im letzten Moment jedoch Tiberius' Hand auf seiner Schulter.

»Wähl deine Worte mit Bedacht, Vico. Sie sind in der Überzahl.«

Vico presste die Lippen zusammen.

»Was ist los, Vico von Brunn?«, höhnte Stargard. »Hat es Euch die Sprache verschlagen?«

»Was wollt Ihr von uns?«

»Ah, jetzt kommen wir ins Gespräch.« Stargard stemmte die Hände in die Hüften. »Ich soll im Auftrag des Königs dänische Schiffe abfangen und versenken. Ich werde eine Piratenflotte gründen, wie sie die Welt noch nicht gesehen hat. Schließt Euch uns an!«

Vico ballte die Fäuste. Das hätte ihm gerade noch gefehlt, unter dem Befehl eines arroganten Grünschnabels zu segeln. Außerdem musste er in wenigen Tagen nach Schwerin, die Metze davon abhalten, Unheil anzurichten.

»Ich bedauere, Kapitän Stargard, doch ich habe andere Pläne.«

»Das ist in der Tat bedauerlich, denn dann muss ich Euch dieser Gewässer verweisen. Alles östlich von Bornholm gehört mir und meinen Männern. Ihr könnt Euer Glück westlich der Insel versuchen, wenn Ihr unbedingt auf eigene Faust segeln wollt.«

Vico rammte die Faust gegen die Reling. Damit beanspruchte dieses Bürschchen mehr als drei Viertel der Ostsee für sich. Vico blieb nur der Teil unmittelbar vor der dänischen Küste, wo mit Sicherheit Kriegsschiffe der Königin patrouillierten.

»Ein ganz schön großes Gebiet, das Ihr da für Euch reklamiert. So macht ihr euch viele Feinde«, rief er. »Übernehmt Ihr Euch damit nicht?«

»Das lasst ruhig meine Sorge sein, Vico von Brunn. Wollt Ihr nicht doch unter meinem Kommando segeln?«

»Niemals!«

»Dann lebt wohl! Ich gebe Euch einen Tag, um aus meinen Gewässern zu verschwinden.«

»Mitkommen!«

Nikolaus schreckte hoch. Einen Moment blickte er sich orientierungslos um, dann erinnerte er sich. Er war in einer Zelle auf Burg Bohus, die irgendwo tief im Berg lag. Durch das kleine vergitterte Fenster konnte er den Göta plätschern hören, durch die Felswände dumpf das Murmeln von Stimmen, vielleicht von Wachen, vielleicht auch von Mitgefangenen.

Einige Ritter waren offenbar zu mehreren in eine Zelle gesperrt worden, doch er hatte einen Kerker für sich. Ob dies eine besondere Ehre oder eine Strafe sein sollte oder einfach nur der Tatsache geschuldet war, dass er noch immer unter seinen Verletzungen litt, vermochte er nicht zu sagen.

Langsam setzte er sich auf und richtete seinen Blick auf die Tür, die geöffnet war, jedoch von einer bulligen Gestalt ausgefüllt wurde. Das Gesicht konnte Nikolaus nicht erkennen, da der Mann die Fackel, die im Gang brannte, im Rücken hatte. Und das Licht, das durch das vergitterte Fenster eindrang, war zu schwach.

»Macht schon, kommt mit!«

Nikolaus erhob sich und humpelte zur Tür. Sein Bein heilte zwar gut, doch es schmerzte noch immer bei jedem Schritt.

»Umdrehen!«, befahl der Wachmann, als Nikolaus vor ihm stand.

Wortlos gehorchte er, ließ sich die Hände fesseln und

folgte dem Mann auf den Gang. Draußen warteten zwei weitere Wachen. Sie führten ihn durch ein Gewirr von Felsengängen und Treppen, bis sie endlich in einer großen Halle standen.

Nun sah Nikolaus, dass es draußen dämmerte. Also war es entweder Morgen oder Abend. Er versuchte, sich zu erinnern, wann man ihm die letzte Mahlzeit gebracht und die Verbände gewechselt hatte, doch in seinem Kopf ging alles durcheinander. Die Monotonie der Kerkerhaft hatte ihm jegliches Zeitgefühl geraubt. Er hätte nicht einmal mehr sagen können, ob er seit drei Tagen oder drei Wochen im Verlies saß.

In der Halle übernahmen ihn zwei Wachmänner, auf deren Wämsern das Wappen der Königin aufgestickt war. Nikolaus vermutete, dass sie zu Margretes Leibgarde gehörten. Wieder wurde er durch eine Reihe Korridore gebracht, bis sie vor einer Tür standen. Wie von Geisterhand öffnete sie sich, die Wachen eskortierten Nikolaus in den Raum und lösten seine Fesseln.

Staunend blieb er stehen. Teppiche an den Wänden, mit Fell bedeckte Stühle um einen Tisch, auf dem eine Karaffe und Silberbecher bereitstanden. Am anderen Ende des Raums verdeckte ein seidener Vorhang den Zugang zu einem zweiten Zimmer. Durch diesen trat nun Margrete und lächelte ihn an.

»So sieht man sich wieder.«

»Hoheit.« Nikolaus verneigte sich.

Die Königin winkte, ein Diener schenkte Wein ein, reichte erst ihr, dann Nikolaus einen Becher.

»Trinkt mit mir auf den Sieg der rechtmäßigen Königin.« Sie hob ihren Becher.

Nikolaus schluckte. »Ich gratuliere Euch zum Sieg«, sagte

er vorsichtig. »Ob er rechtmäßig war, mögen andere Mächte entscheiden.«

»Eine kluge Antwort.« Die Königin prostete ihm zu und trank.

Nikolaus tat es ihr gleich. Seine Gedanken überschlugen sich. Was wollte sie von ihm? Unter den Gefangenen waren weitaus bedeutendere mecklenburgische Adlige. Wenn es darum gehen sollte, irgendetwas auszuhandeln, wäre er mit Sicherheit der falsche Mann.

»Ich habe eine Aufgabe für Euch, Nikolaus von Brunn.«

Er deutete eine Verneigung an. »Wie kann ich Euch zu Diensten sein, Hoheit?«

»Ihr seid ganz offenbar prädestiniert dazu, delikate Botengänge auszuführen.«

Nikolaus senkte den Blick. Der Wetzstein. Sollte er nun im Gegenzug Albrecht etwas überbringen? Aber der Herzog wurde doch ebenfalls in diesen Mauern gefangen gehalten, was also sollte Margrete damit bezwecken?

»Kennt Ihr den Mann, der Euren Herrn in Schwerin vertritt? Es ist ein gewisser Johann, Albrechts Neffe, wenn ich richtig informiert bin.«

»Ja, er ist mir bekannt.«

»Ist er klüger als sein Onkel?«

»Er ist Albrecht treu ergeben.«

»Das dachte ich mir.« Margrete drückte dem Diener ihren Weinbecher in die Hand. »Zu schade.«

Es war, wie Nikolaus angenommen hatte. Albrecht weigerte sich, Margrete als Königin anzuerkennen und seine Ansprüche abzutreten. Warum sollte er auch? Er war eindeutig im Recht. Zudem sah das schwedische Gesetz keine Frau auf dem Thron vor. Margrete würde nie Königin von Schweden sein. Nicht umsonst hatten die Edlen, die sie zur Herrscherin erhoben hatten, sich den Titel »bevollmächtigte Frau« ausgedacht. Solange ihr Neffe Erik, den sie nach dem Tod ihres Sohnes in Windeseile zu ihrem Erben erklärt hatte, um ihre Ansprüche auf die Krone aufrechtzuerhalten, ein Kind war, konnte sie als dessen Vormund regieren. Aber nur in Dänemark und Norwegen. Niemals in Schweden.

»Würdet Ihr nach einer verlorenen Schlacht kampflos aufgeben, Hoheit?«, fragte Nikolaus.

»Ihr nehmt kein Blatt vor den Mund, Nikolaus von Brunn. Deshalb habe ich Euch als Boten ausgewählt. Ihr werdet Albrechts Neffen eine Botschaft von mir überbringen.«

Nikolaus sah sie überrascht an.

»Keine Sorge. Es ist tatsächlich ein Friedensangebot. Ohne Fallstricke und alberne Scherze.«

Nikolaus konnte es nicht fassen. Margrete schickte ihn nach Mecklenburg!

»Sobald Ihr Euren Auftrag ausgeführt habt, seid Ihr frei. Ich schulde Euch noch ein Leben, damit sind wir quitt.«

Sprach Margrete von Harald Haraldson? Hatte sie erfahren, was beim Kampf gegen die Waldmenschen wirklich geschehen war?

Er verneigte sich. »Ich danke Euch.«

Margrete schnippte mit den Fingern, ein Diener brachte eine Pergamentrolle auf einem Silbertablett. Nikolaus nahm sie und schob sie in den Ärmel, ohne sie genauer anzusehen.

»Ihr werdet von meinen Leuten eskortiert, bis Ihr auf einem Hanseschiff seid, das Euch nach Mecklenburg bringt«, sagte Margrete. »Ihr brecht morgen in aller Frühe auf.« Mit einer Handbewegung entließ sie ihn.

Nikolaus ging zurück zur Tür, die sich wieder wie von allein öffnete. Gerade als er die königlichen Gemächer verlassen wollte, rief Margrete ihm noch etwas hinterher. »Ach ja, von Brunn, solltet Ihr in Eurer Heimat die Heilerin und ihren Vater treffen, grüßt sie von mir.«

Emilia saß in der winzigen Kammer über dem Schankraum, die der Wirt ihnen zur Verfügung gestellt hatte, und nähte. Sie waren wieder im Schwarzen Bären abgestiegen. Nichts hatte sich verändert, alles sah fast genauso aus wie im Oktober vor ihrer Abreise nach Schweden, doch Emilia selbst war nicht mehr dieselbe. Nach allem, was sie in der Zwischenzeit erlebt hatte, kam ihr Rostock eng und unbedeutend vor.

Gestern Abend waren sie mit einer Hanseflotte aus Kopenhagen in den Hafen von Rostock eingelaufen. Da sie unter dem Schutz der Königin standen, hatte man sie an Bord gut behandelt, ihnen sogar die Kajüte des Schiffseigners zur Verfügung gestellt. Doch das hatte Emilia nicht darüber hinweggetröstet, dass sie mit leeren Händen nach Mecklenburg zurückkehrte – und dass sie Nikolaus mit einer ungewissen Zukunft zurückließ.

Bei ihrer Ankunft hatten sie erfahren, dass eine Gruppe Mecklenburger Adliger nur zwei Tage vor ihnen aus Stockholm eingetroffen und sofort nach Schwerin weitergereist war. Sergius von Crivitz und seine Gemahlin Constanze waren darunter gewesen.

Mit dem Geld, das Margrete ihr gegeben hatte, waren Henricus und sie am Morgen gleich als Erstes auf dem Markt gewesen und hatten Kräuter und Fett als Grundlage für Salben gekauft sowie mehrere Ellen Stoffe, damit Emilia sich neue Kleider nähen konnte. Im Augenblick besaß sie nur das Kleid, das man ihr auf Bohus zur Verfügung gestellt hatte. Das blutbesudelte Hochzeitskleid, das sie den ganzen Winter lang getragen hatte, war im Feuer gelandet.

Emilia hatte die Rinderhaut vom Fenster genommen, damit sie gut sehen konnte, auch wenn die Brise, die von draußen hereinwehte, sehr frisch war. Gegen die Winterkälte in Schweden war sie allemal angenehm.

Henricus war noch einmal fortgegangen, irgendwelche geheimen Besorgungen erledigen. Er hatte sie nicht gebeten mitzukommen. Seit sie wieder in Mecklenburg waren, ging es ihm besser, der Husten hatte nachgelassen, und auch die anderen Schmerzen schienen abgeklungen zu sein. Trotzdem machte Emilia sich Sorgen um seine Gesundheit. Seit dem Fieber war er nicht mehr der Alte.

Schritte polterten auf der Treppe, und wenig später kam Henricus zur Tür herein, schwer beladen mit verschiedenen Päckchen, die er auf dem Bett ablud.

»Ich sehe, Ihr habt gefunden, was Ihr gesucht habt, Meister«, sagte Emilia mit einem Lächeln.

»In der Tat«, erwiderte Henricus schnaufend. »Unterbrecht Eure Nadelarbeit für eine Weile, ich möchte Euch in meinen Plan einweihen.«

»Ihr habt einen Plan?« Stirnrunzelnd legte Emilia Stoff, Nadel und Faden zur Seite. »Wovon sprecht Ihr?«

»Von Eurer Zukunft, Emilia. Ich kann nicht abtreten, bevor ich Euch nicht abgesichert weiß.«

»Was soll denn –«

»Bitte lasst mich ausreden.«

Resigniert legte Emilia die Hände in den Schoß. »Also gut. Was habt Ihr ausgeheckt?«

Henricus beugte sich über die Päckchen und begann, sie auszupacken. »Das hier ist ein alter, in Leder gebundener Foliant. Die meisten Seiten sind verblichen, die übrigen kann man mit einem Löschstein säubern. Jedenfalls sieht er wunderbar abgenutzt aus. Genau richtig für unsere Zwecke.«

»Welche Zwecke?«

»Erinnert Ihr Euch an das, was Ihr mir über Nikolaus von Brunn erzählt habt, über das Buch, das er sucht? Ich habe auch schon davon gehört. Viele haben das, aber gesehen hat es noch nie jemand.«

Bei der Erwähnung von Nikolaus' Namen war Emilia zusammengezuckt. »Ich verstehe nicht …«, murmelte sie, obwohl sie eine Ahnung hatte, worauf Henricus hinauswollte.

»Wir werden den *Codex der Macht* verfassen, Emilia! Oder, besser gesagt, Ihr werdet es tun. Ihr habt Talent fürs Schreiben und Zeichnen, Ihr werdet das wunderbar hinbekommen. Und dann werden wir das Buch für viel Geld verkaufen.«

»Aber wir wissen doch gar nicht, was darin stehen soll.«

»Niemand weiß das. Außerdem werdet Ihr den Codex in einer Geheimschrift abfassen, die niemand entschlüsseln kann. Weil sie nicht zu entschlüsseln ist, denn es wird nichts als Unsinn darin stehen. Erfundene Wörter mit rätselhaften Formeln und Zeichnungen von Pflanzen, Sternbildern und Himmelskörpern. Noch in Jahrhunderten wird man sich den Kopf darüber zerbrechen.«

»Ihr wollt meine Zukunft mit einem Betrug absichern?«

»Wir geben den Leuten, was sie sich wünschen.«

»Trotzdem ist es Betrug. Wenn wir wirklich helfen wollen, sollten wir das Buch mit echten Rezepturen und Behandlungsmethoden füllen, nicht mit Unsinn.«

»Aber ein echtes Heilbuch wird uns nicht viel einbringen. Niemand zahlt gutes Geld für ein gelehrtes Werk, das von einem wandernden Quacksalber und seiner Tochter verfasst wurde.«

Emilia schüttelte den Kopf. »Es ist nicht richtig.«

Henricus trat zu ihr und nahm ihre Hände. »Der Herr wird mich bald abberufen, mein Kind. Ich spüre es mit jeder Faser meines Körpers. Ich weiß nicht, ob es wirklich die Weiße Pest ist, mit der mein Leib ringt, oder einfach nur der vergangene Winter, der sich in meinen alten Knochen festgesetzt hat. Aber eins weiß ich: Es war mein letzter Winter.«

»Ach, Henricus, so alt seid Ihr doch noch gar nicht.«

»Ich habe fast sechzig Sommer gesehen, das ist mehr, als den meisten vergönnt ist.«

Emilia blickte auf das Bett, wo Henricus nicht nur das abgegriffene Buch, sondern auch Tiegel mit Farbpulver, Pinsel, Federn, Tintenfass und Löschstein ausgebreitet hatte. Eine Idee formte sich in ihrem Kopf, eine Idee, wie sie das Buch so schreiben konnte, wie sie es wollte, ohne dass Henricus es merkte, und wie sie es nutzen konnte, um doch noch ihren Namen reinzuwaschen.

»Die Männer werden allmählich unruhig.« Tiberius setzte sich neben Vico auf eine Kiste unter Deck.

Draußen dämmerte es, Marcellus hatte den Befehl gegeben, alles fürs nächtliche Ankern vorzubereiten. Wieder ging ein Tag zu Ende, ohne dass sie auf ein Schiff gestoßen waren, das sich für einen Überfall eignete.

»Ich weiß. Dieser verfluchte Stargard!« Vico war drauf und dran, sich über die Drohung des jungen Kapitäns hinwegzusetzen und Richtung Gotland zu segeln.

Fast alle Koggen, die von der deutschen Küste Richtung Norden fuhren, machten dort halt. Und auch Schiffe, die Waren von Riga und Nowgorod brachten, legten häufig einen Zwischenstopp auf der Insel ein. Wenn sie in der Nähe von Visby auf Beute warten könnten, wäre das sicherlich schnell von Erfolg gekrönt.

Ihm blieb nicht mehr viel Zeit. Emilia war vielleicht schon in Mecklenburg. Er musste die Männer vertrösten, ein oder zwei Wochen an Land, und danach konnten sie den ganzen Sommer lang auf Kaperfahrt gehen.

»Vielleicht sollten wir uns morgen näher an die Küste heranwagen«, schlug Tiberius vor.

Vico kam nicht dazu, etwas zu erwidern.

Ein Ruf drang zu ihnen herunter. »Kogge voraus!«

Vico hastete die Leiter hinauf, Tiberius war dicht hinter ihm. Sie stürzten an die Reling.

Tatsächlich, eine einzelne Kogge steuerte vom Öresund her genau auf sie zu. Sie sah nicht aus wie ein Kriegsschiff. Und sie war definitiv unbegleitet.

»Bereit machen!«, befahl Vico.

Während die Männer die Waffen hervorholten, die Bögen spannten und die Pechfässer heranrollten, kreuzte die *Helios* der Kogge entgegen.

Diese wich nicht eine Elle von ihrem Kurs ab. Entweder erkannte der Kapitän die Gefahr nicht, oder die Besatzung an Bord hielt sich für überlegen, weil sie auf dem größeren Schiff war. Ein tödlicher Fehler.

Als sie näher kamen, erkannte Vico das Wappen der Hansestadt Wismar am Hauptmast. Er stockte. Sein Kaperbrief bezog sich ausdrücklich nicht auf mecklenburgische Schiffe. Auf gar keine Hanseschiffe, um genau zu sein, sondern ausschließlich auf norwegische, dänische und schwedische Frachter.

Aber er konnte die Männer nicht wieder vertrösten. Außerdem würden keine Zeugen zurückbleiben. Er würde jeden an Bord töten lassen und die Kogge versenken.

Kaum war an Bord alles vorbereitet, da erreichten sie ihre Beute. Beide Schiffe wurden langsamer, glitten sacht nebeneinander.

Ein mulmiges Gefühl breitete sich in Vicos Magen aus.

Spätestens jetzt müsste der Mannschaft der Kogge doch klar sein, womit sie es zu tun hatten. Warum versuchten sie nicht zu fliehen?

Er konnte nur wenige Männer an Bord des größeren Schiffs ausmachen. Es schien sehr voll beladen zu sein, denn sogar an Deck türmten sich Ballen und Fässer.

»Ergebt Euch freiwillig, oder es gibt ein Blutbad!«, brüllte Vico.

Ein Mann trat an die Reling. »Das könnte Euch so passen.«

Vico hob die Faust.

Ein Bolzenhagel ergoss sich über das andere Schiff. Die Männer gingen schnell in Deckung. Ein einzelner Schrei ertönte, ansonsten blieb alles still.

»Enterhaken und Leitern!« Vico konnte sein Glück nicht fassen. Wie dumm waren diese Leute? Warum wehrten sie den Angriff nicht ab? Wenn die Piraten erst an Bord waren, wäre ein Blutvergießen nicht zu vermeiden.

Enterhaken flogen, Leitern wurden angestellt, noch immer tat sich an Bord der Kogge nichts.

Die Schwerter in der Faust, stürmten die Männer die Leitern hinauf. Die Kogge war so schwer beladen, dass sie nur gut vier Fuß höher lag als die Schnigge, sodass Vico von der *Helios* aus fast das gesamte Deck im Blick hatte. Niemand war zu sehen, die Besatzung hatte sich hinter der Ladung verkrochen. Das würde ihnen nichts nützen.

Als die ersten Piraten auf die Planken sprangen, brach die Hölle los. Soldaten in leichter Rüstung und mit Armbrüsten im Anschlag sprangen hinter Ballen und Fässern hervor, Bolzen regneten auf Vicos Männer.

Die erste Reihe Piraten wurde komplett niedergemäht, die zweite, die gerade über die Reling klettern wollte, stark ausgedünnt. Nur wenigen Überlebenden gelang der Sprung an Deck.

Sofort drangen die Soldaten mit gezückten Schwertern auf sie ein. Es waren geübte Kämpfer, die Vicos zusammengewürfelten Haufen schnell in die Enge trieben. Schon sprangen die ersten Verteidiger an Bord der Schnigge.

Vico hob sein Schwert und versetzte dem vordersten einen Hieb in den Hals. Der hielt sich die Hand auf die blutende Wunde, als Tiberius ihm von hinten die Klinge in den Schädel rammte. Wie ein Sack Mehl sank er in sich zusammen. Zum Glück waren die Soldaten nur leicht gerüstet, sonst hätten sie ihnen kaum Angriffsfläche geboten.

Aber auch das half ihnen nicht viel. Die Gegner waren in der Überzahl, und sie wussten genau, was sie taten. Ein Pirat nach dem anderen ging zu Boden.

Vico und Tiberius kämpften erbittert, eine Weile gelang es ihnen, den Gegenangriff der Soldaten abzuwehren. Auch Marcellus kämpfte wie ein Löwe. Doch es war aussichtslos. Irgendwann war Vico von Feinden umzingelt. Von hinten schlug ihm einer das Schwert aus der Hand. Das war das Ende.

Vico senkte den Kopf, bereit für den tödlichen Hieb. Immerhin würde es schnell gehen. Er dachte an Constanze, an ihre weiche duftende Haut.

Einer der Gegner holte aus.

»Halt!«, brüllte jemand vom Deck der Kogge.

Vico erstarrte, als hätte der Teufel selbst die Stimme erhoben.

Ungläubig betrachtete Nikolaus seinen Bruder, der gefesselt vor ihm stand. Außer ihm hatten nur fünf der Piraten überlebt. Einer davon war der Kapitän, zudem ein Hüne, der so etwas wie Vicos rechte Hand zu sein schien.

Als Nikolaus Vico unter den Kämpfenden erkannt hatte, war er zunächst sicher gewesen, einer Täuschung zu unterliegen. Vico als Eigner eines Schiffes? Sein Bruder konnte nicht einmal schwimmen, geschweige denn Heck von Bug unterscheiden. Und dann auch noch ausgerechnet ein Kaperschiff. Nikolaus konnte nicht fassen, dass Vico so tief gesunken war. Ein Seeräuber! Wie war das möglich? Er hatte ein Lehen geerbt, eine Burg, Ländereien und einen Grafentitel. Und was hatte er daraus gemacht?

Nichts Besseres als ein Straßenräuber mit einem Schiff war er, ein Mann, der anderen ihr Hab und Gut stahl, statt sich seinen Lebensunterhalt auf ehrliche Weise zu verdienen.

Aber diesmal hatte Vico sich verschätzt. Die Kogge, mit der Nikolaus von Göteborg nach Wismar unterwegs war, führte neben Waren einen Trupp Soldaten mit sich, die bisher den Handelshof in Kopenhagen bewacht hatten und durch neue Männer abgelöst worden waren.

Diesen gut ausgebildeten Kämpfern hatten die Piraten nichts entgegenzusetzen gehabt. Im letzten Augenblick hatte Nikolaus verhindert, dass die Soldaten alle Angreifer bis zum letzten Mann niedermetzelten.

Vico war sein Bruder; trotz allem, was zwischen ihnen stand, wollte Nikolaus ihm helfen, falls es irgendwie möglich war. Auch wenn sich wohl kaum vermeiden ließ, dass Vico wegen Piraterie vor Gericht gestellt wurde, galt es jetzt erst einmal zu verhindern, dass der Kapitän der Kogge die Überlebenden kurzerhand hinrichten ließ.

Noch war der Kapitän, ein kräftig gebauter, trinkfester Rotschopf, der auf den Namen Tankred Dunker hörte, anderweitig beschäftigt. Er ließ die Leichen über Bord werfen und die Schnigge durchsuchen. Offenbar befand sich nicht viel von Wert an Bord, eine einzige kleine Geldtruhe wurde an Deck der Kogge gehievt. Also hatten die Männer in den letzten Tagen keine Beute gemacht. Viel länger konnten sie noch nicht auf See sein, denn erst vor drei Wochen hatte Vico an Nikolaus' Krankenbett im Lager des dänischen Heeres bei Falköping gestanden. Er musste unmittelbar darauf an die Küste aufgebrochen und in See gestochen sein.

Hatte er nicht nach Lia gesucht? Warum war er von seinem Plan abgewichen? Oder hatte er sie längst gefunden?

Ein heißer Schreck fuhr Nikolaus durch die Glieder. Obwohl er nicht wusste, was Vico von Lia wollte, konnte er sich nicht vorstellen, dass es etwas Gutes war. Er hätte ihn gern gefragt, unter vier Augen. Vielleicht ergab sich später die Gelegenheit, vorausgesetzt, Nikolaus konnte Dunker davon abhalten, die sechs Überlebenden ebenfalls über Bord zu werfen.

Ein Heulen ertönte und riss Nikolaus aus seinen Überlegungen. Gleichzeitig schossen Flammen in den Himmel. Die Soldaten hatten die Schnigge in Brand gesteckt. Jetzt sprangen sie zurück an Bord der Kogge und lösten die Enterhaken. Dunker befahl, den Anker zu lichten; rasch entfernte sich die Kogge von dem brennenden Schiff.

Nikolaus suchte Vicos Blick. Doch der sah unentwegt zu der Schnigge, eine Mischung aus Wut und Verzweiflung zeichnete sich auf seinem Gesicht ab. Er schien mehr um das Schiff zu trauern als um die Männer, die seinetwegen gestorben waren.

Dunker trat vor die Piraten. »Jetzt zu euch!«, rief er. »Wir sind voll besetzt, haben keinen Platz für Gefangene. Schlagt ihnen die Köpfe ab, und werft sie über Bord!«

»Nicht so schnell! Haltet ein!« Nikolaus trat vor. Er musste sich gut überlegen, was er sagte. Hier an Bord war er ein einfacher Passagier, auch wenn er im Auftrag der Königin von Dänemark unterwegs war. Der Kapitän hatte das Sagen, Nikolaus durfte seine Autorität nicht untergraben.

»Mischt Euch nicht ein!«, fuhr Dunker ihn an.

»Nur ein Vorschlag«, sagte Nikolaus. »Wenn er Euch nicht gefällt, verfahrt nach Belieben.«

Der rothaarige Bär verschränkte die Arme. »Sprecht, Ritter.«

»Diese drei da«, Nikolaus deutete erst auf den Kapitän der Schnigge, dann auf Vico und zum Schluss auf dessen rechte Hand, »halte ich für die Anführer der Piraten. Ich vermute, dass sie eine Menge verraten könnten über geheime Verstecke, wo sie die Beute lagern, und über andere Kaperschiffe. Man müsste sie nur zum Plaudern bringen.«

»Für so etwas haben wir keine Zeit.«

»Nicht hier an Bord. In Wismar, vor einem Gericht der Hanse.«

Der Kapitän sah Nikolaus mit neuem Interesse an. »Keine schlechte Idee.« Er überlegte kurz. Dann erhob er die Stimme. »Die drei kommen ins Kabelgatt. Legt ihnen Fesseln an, und stellt vier Männer zu ihrer Bewachung ab! Die anderen beiden gehen über Bord.«

Die zwei zum Tode Verurteilten wehrten sich nur kurz, bevor ihre Körper ins Wasser platschten. Nikolaus war nicht sicher, ob sie nicht besser dran waren als die anderen drei. Sicherlich würde man sie in Wismar der peinlichen Befragung unterziehen. Selbst wenn Vico einen Kaperbrief vorzeigen konnte, womöglich ausgestellt von Margrete, auf deren Seite er sich offenbar geschlagen hatte, würde ihm das vor dem Hansegericht nicht viel nützen.

Die drei Männer wurden an Nikolaus vorbeigeführt. Als Vico direkt vor ihm stand, verzog er das Gesicht zu einem hässlichen Grinsen.

»Danke, Bruderherz, das werde ich dir nicht so schnell vergessen.« Er spuckte Nikolaus vor die Füße.

Abrupt wandte Nikolaus sich ab. Fast wünschte er, sein Bruder wäre im Kampf niedergestreckt worden.

Emilia nahm die Wurzel, schnitt ein Stück ab und griff zur Reibe. Das Pulver musste möglichst fein sein, damit es sich gut mit dem Mehl vermischte und nicht auffiel. Das größte Problem war, die richtige Dosis zu bestimmen. Da sie sich in dieser Sache nicht mit Henricus beraten wollte, blieb ihr nichts anderes übrig, als zu experimentieren und das Beste zu hoffen.

Vor über einer Woche waren Emilia und Henricus in Schwerin eingetroffen. Sie waren bei einer Kaufmannswitwe untergekommen, die in einem kleinen Häuschen an der Stadtmauer wohnte und die Henricus von früher kannte. Er hatte ihr einmal vor Jahren einen faulen Zahn gezogen und sie damit von furchtbaren Qualen befreit. Seither behandelte sie ihn wie einen nahestehenden Verwandten.

Die Witwe hatte ihnen eine Kammer im ersten Stock überlassen, in der zwei schmale Betten und ein Tisch mit zwei Hockern standen. Gegen ein kleines Extrageld kochte die Köchin für die beiden Gäste mit.

Wenn Emilia aus dem winzigen Fenster der Kammer schaute, konnte sie einen Teil der Burg sehen, die auf einer Insel im See lag. Der mächtige Bergfried, der von dicken, zinnenbewehrten Mauern umgeben war, ragte höher als alle anderen Türme in den Himmel. An den Ecken der Mauer erhoben sich weitere Türme, und ein zusätzlicher, der, anders als die übrigen, viereckig und nicht rund war, stand abseits im Wasser und war nur durch eine schmale Brücke mit dem Rest der Burg verbunden. Emilia stellte sich vor, dass in diesem Turm das Verlies mit den Kerkern lag.

Jedes Mal, wenn sie den Turm sah, überlief sie ein Schauder. Sein Anblick war wie eine Warnung. Falls auch nur die geringste Kleinigkeit ihres Plans schiefging, würde sie genau dort auf ihre Hinrichtung warten.

Und an noch etwas anderes dachte sie, wenn sie die Burg sah: Irgendwo hinter den mächtigen Mauern lebte Constanze. Seit ihrer Rückkehr aus Schweden hielten sie und Sergius sich in Schwerin auf.

Um nicht Constanze, Sergius oder jemand anderem, der sich von der fehlgeschlagenen Hochzeit an sie erinnerte, über den Weg zu laufen, hielt sich Emilia fast nur in der Kammer auf. Jede Stunde Tageslicht verbrachte sie damit, an dem Buch zu arbeiten. Sie machte Skizzen und Entwürfe auf eine Wachstafel, bevor sie die Bilder auf das Pergament übertrug. Sie ging so gewissenhaft vor wie möglich, wählte jede Farbe und jede Form mit größter Sorgfalt aus. Manchmal brauchte sie für eine einzige Zeichnung einer Pflanze einen ganzen Tag.

Heute jedoch hatte sie keine Pflanze gemalt und auch kein Tier, sondern neun Kreise mit unterschiedlichen Mustern, die alle miteinander verbunden waren. In einige Kreise hatte sie Fantasiewörter geschrieben, in andere Türme und zwiebelförmige Kuppeln gemalt. In den oben in der rechten Ecke sogar eine winzige Burg.

Henricus hatte ihr erzählt, dass der Codex angeblich aus Italien stammte, und sie hatte einmal in einem Buch aus Verona eine Zeichnung von einer Burg gesehen, die ganz besondere Zinnen hatte, die aussahen wie Schwalbenschwänze. Jemand hatte ihr erzählt, dass in Italien viele Festungen so gebaut seien. Also hatte sie ihrer Burg genau solche Zinnen gemalt. Nun sah es so aus, als wäre das Buch in Italien entstanden. Allmählich nahm der falsche Codex Gestalt an.

Henricus ließ sich jeden Abend ihre Fortschritte präsentieren, begutachtete jede Zeichnung genau und klopfte ihr dann auf die Schulter. »Hervorragende Arbeit, Emilia. An Euch ist eine Buchmalerin verloren gegangen.«

»Ihr wollt mich doch nur bei Laune halten.«

»Unsinn! Für solche Zeichnungen muss mancher Mönch im Kloster jahrelang üben.«

Henricus' Lob spornte sie zusätzlich an. Er wollte den falschen Codex an Johann von Mecklenburg verkaufen. Der junge Herrscher galt als abergläubisch, er hatte, wie man sich erzählte, sogar vor dem Krieg in den Sternen lesen lassen und Albrecht davon abgeraten, gegen die Dänenkönigin in die Schlacht zu ziehen. Ein Buch, das angeblich magische Kräfte besaß, würde er um jeden Preis haben wollen.

Allerdings wusste Henricus nicht, dass sich Emilia nicht an seine Anweisung hielt, die Bilder mit sinnlosem Text zu beschriften. Im Gegenteil, sie hatte alle Rezepte und Behandlungsmethoden, die sie bei Henricus gelernt hatte, niedergeschrieben und kopierte sie jetzt in das Buch. In einer Sprache jedoch, die niemand auf der Welt außer ihr kannte: in derjenigen, in der sie sich am dänischen Hof mit ihrer kleinen Schwester verständigt hatte. Zwar musste sie manche Namen dazuerfinden und hier und da etwas sehr einfach ausdrücken, aber es ging besser, als sie zu Anfang angenommen hatte. Als zusätzliche Erschwernis hatte sie sich für jeden Buchstaben des Alphabets ein geheimnisvolles Zeichen ausgedacht.

Den Schlüssel zur Geheimschrift würde sie niederschreiben, wenn sie fertig war. Was sie damit tun würde, hatte sie noch nicht entschieden. Einerseits wollte sie, dass Henricus' großer Wissensschatz nicht verloren ging, andererseits durfte sie sich nicht in Gefahr bringen, indem sie selbst das Buch als Fälschung entlarvte.

Emilia rieb sich die Hände an ihrem Kleid ab und horchte. Henricus würde bald zurück sein, bis dahin musste sie die Spuren ihrer heimlichen Tätigkeit verwischt haben.

Vor drei Tagen war sie auf dem Markt gewesen, hatte sich unauffällig umgehört über die Herrschaften auf der Burg. Die Marktleute plauderten gern, und so hatte sie allerlei Gerüchte aufgeschnappt. Eins davon war ihr vorgekommen wie ein Geschenk des Himmels.

Eine Bäckersfrau hatte es ihr erzählt. »Wisst Ihr«, hatte sie gesagt, »dass die Constanze, die Gemahlin des Sergius von Crivitz, eine große Vorliebe für Süßes hat? Und meine Zuckerküchlein sagen ihr besonders zu.«

Emilia hatte sofort aufgehorcht. »Ist das so?«

»Das könnt Ihr mir glauben. Sie lässt sich extra welche backen, die ihr jeden Tag frisch auf die Burg gebracht werden.«

»Und da müsst Ihr täglich zur Burg laufen und sie ihr bringen?«

»Ach, woher denn! So weit käme es noch, ich muss doch auf dem Markt stehen. Nein, ich stelle sie morgens in aller Frühe in einem Körbchen nach draußen, versteckt unter einem umgedrehten Fass, damit sich nicht irgendein Strolch daran vergreift. Und dann nimmt der Knecht, der für die Küche der Burg die Milch beim Bauern holt, den Korb mit.«

»Und sie isst jeden Tag davon?«

»Bei Gott, so ist es.«

Das war die Gelegenheit, auf die Emilia gewartet hatte.

Bei einem Gewürzhändler hatte sie noch am selben Tag Alraunewurzeln erstanden. In ihrer Kindheit hatte die Küchenmagd auf Burg Wasdow die Pflanze als Satansapfel oder Zauberwurzel bezeichnet und geschworen, dass sie magische Kräfte besaß.

An magische Kräfte glaubte Emilia nicht, wohl aber an

das Gift, das in der Wurzel saß und das Atemnot, Verwirrung und Halluzinationen auslösen konnte. Wenn man es zu hoch dosierte, konnte einem sogar das Herz stehen bleiben. Das jedoch wollte Emilia nicht. Constanze sollte nicht sterben, jedenfalls nicht von ihrer Hand. Sie sollte sich elend fühlen, so elend, dass sie die Hilfe eines Heilers benötigte.

Aber so weit war es noch nicht. Erst einmal musste Emilia einen Weg finden, Constanzes Küchlein mit dem Alraunepulver zu versetzen. Und zwar ganz langsam, mit einer Dosis, die sie von Tag zu Tag ein wenig steigerte, sodass die Verräterin glaubte, allmählich den Verstand zu verlieren.

Wenn Constanze richtig verzweifelt war und sich dem Tode nahe fühlte, wäre für Emilia der Moment gekommen, den zweiten Teil des Plans in die Tat umzusetzen.

Dann würde Emilia Henricus einweihen müssen, denn dann würde das Buch zum Einsatz kommen.

Nikolaus konnte froh sein, dass man ihn nicht in Ketten gelegt hatte wie einen Verbrecher. Man hatte ihm sogar eine ordentliche kleine Kammer im Rathaus zugewiesen, vor der lediglich eine einzelne Wache stand. Dennoch war der Ausgang des Prozesses ungewiss. Er war kein Graf, der nur von seinesgleichen verurteilt werden durfte. Wie weit würden die Richter gehen? Würde er den Tag unter dem Richtschwert beenden?

Merkwürdigerweise erfüllte ihn der Gedanke an die Nähe des Todes mit völliger Gelassenheit. Vielleicht hatten ihn die Schlachten abgestumpft, die er im Winter in Schweden ausgefochten hatte. Er hatte so viele Male dem Tod ins Auge geblickt, dass dieser seinen Schrecken verloren hatte.

Leid tat es ihm um all das, was er unerledigt zurücklassen würde. Sein Auftrag von Margrete, das Friedensangebot, vielleicht hätte Johann es ja angenommen. Seinen Schwur gegenüber Eva würde er nicht mehr erfüllen. Und dann war da noch Lia. Er hätte sie gern noch einmal wiedergesehen, egal, wer sie war und welch dunkles Geheimnis sie mit sich herumtrug. Er war sich sicher, dass ihre Gefühle ihm gegenüber nicht gespielt gewesen waren.

Er dachte an Vico. Würde er sie aufspüren? Plötzlich war seine Ruhe verflogen, Wut und Verzweiflung stiegen in ihm auf. Wie hatte er nur so dumm sein können?

Nikolaus trat an das winzige Fenster und blickte auf den Marktplatz, auf das Menschengewimmel zwischen den Ständen. Trieb sein Bruder sich irgendwo dort herum? Wollte er mit eigenen Augen sehen, was mit Nikolaus geschah? Oder scherte ihn das gar nicht, hatte er das Weite gesucht, war mit einem neuen Schiff gen Norden gesegelt?

In der Nacht, nachdem sie die Piratenschnigge versenkt hatten, war Nikolaus hinuntergestiegen zum Kabelgatt, wo die drei Gefangenen eingesperrt worden waren. Die Wachen hatten in einer Nische des kleinen Lagerraums über dem Kabelgatt gesessen, mehr auf Würfelbecher und Wein konzentriert als auf die Luke im Boden, die sie sichern sollten.

Aber was sollte auch passieren, auf einem Schiff mitten auf dem Meer? Die Gefangenen konnten nirgendwohin. Zudem waren sie in Ketten gelegt.

Nikolaus erkundigte sich bei den Wachmännern, ob es Neuigkeiten gab, ob einer der drei vielleicht die Absicht geäußert hätte, sein Gewissen zu erleichtern.

Die Männer hatten gelacht.

»Bis auf ein paar saftige Flüche hat keiner von denen ein Wort gesagt«, erklärte ein Wachmann.

»War jemand unten bei ihnen?«

»Der Kapitän hat sich versichert, dass alle drei ordentlich in Ketten gelegt sind, und der Schiffsjunge hat ihnen was zu essen gebracht.«

»Gut.«

Eine Weile hatte Nikolaus nachdenklich auf die Luke geschaut. Er hätte gern mit Vico unter vier Augen gesprochen, aber wie hätte er dem Kapitän diesen Wunsch erklären sollen? Zu diesem Zeitpunkt hatte noch niemand an Bord gewusst, dass einer der Piraten Nikolaus' Bruder war. Zumindest war Nikolaus davon ausgegangen.

Und dann hatte er einen fatalen Fehler begangen. Er hatte sich von den Wachleuten verabschiedet und war über die Leiter zurück an Deck geklettert. Er hatte eine Weile an der Reling gewartet, inzwischen war es Nacht. Dann war er lautlos wieder hinabgestiegen. Die Männer waren völlig ins Spiel vertieft gewesen, niemand hatte ihn bemerkt. Nikolaus wusste gar nicht mehr, was genau sein Plan gewesen war und warum er nicht einfach gesagt hatte, dass er sich die Seeräuber vorknöpfen wolle. Jedenfalls hatte er nichts dergleichen getan, sondern lautlos die Luke geöffnet.

Nur wenig Licht fiel von der Laterne, die über den würfelspielenden Männern hing, bis hinunter ins Kabelgatt. Trotzdem erkannte Nikolaus sofort, dass etwas nicht stimmte. Er sah einen Haufen aufgerollte Taue, einige Ersatzsegel, aber keine Männer. Hastig stieg er nach unten, vielleicht war es den dreien gelungen, sich trotz der Ketten in eine Ecke zu verkriechen. Die Ketten fand er, nicht jedoch seinen Bruder und dessen beide Kumpane.

Erst da alarmierte er die anderen.

Sofort wurde das ganze Schiff abgesucht, bis einer der Seemänner schließlich bemerkte, dass eins der Rettungsboote fehlte. Die Wachleute wurden vor den Kapitän zitiert. Sie wirkten sehr zerknirscht, bis einem plötzlich wieder einfiel, wie merkwürdig Nikolaus sich verhalten hatte.

»Er hat seltsame Fragen gestellt, dann hat er sich verabschiedet. Doch eine Weile später hat er aus dem Kabelgatt um Hilfe gerufen«, sagte der Wachmann.

»Wie lange später?«, fragte Tankred Dunker.

»Lange genug, um drei Männer zu befreien und ihnen etwas Vorsprung zu geben.«

»Und ihr Hornochsen habt nichts bemerkt?«, fuhr Dunker ihn an, doch seine Aufmerksamkeit galt bereits Nikolaus. »Wolltet Ihr deshalb unbedingt, dass ich sie am Leben lasse?« Er gab Nikolaus keine Gelegenheit, sich zu verteidigen, sondern setzte hinzu. »Wolltet Ihr Eurem Bruder die Flucht ermöglichen?« Der Kapitän schnippte mit den Fingern. »Legt ihn in Ketten, er wird in Wismar vor Gericht gestellt!«

Männer hatten sich auf Nikolaus gestürzt, er hatte sich nicht gewehrt. Augenblicke später hatte er im Kabelgatt gelegen, und erst gestern Nachmittag war er wieder herausgeholt worden, nachdem die Kogge in den Hafen von Wismar eingelaufen war.

Die Kammertür wurde aufgestoßen, Nikolaus fuhr herum. Zwei Wachleute standen da.

»Mitkommen!«

Er gehorchte wortlos, ein Wachmann ging vor, der andere hinter ihm. Nikolaus hätte dem vorderen die Waffe entreißen und beide kaltmachen können, bevor sie Zeit gehabt hätten zu reagieren, aber er wollte keine unschuldigen Männer töten. Er wäre ohnehin nicht weit gekommen. Ihm blieb nur die Hoffnung, dass man ihm vor Gericht glaubte.

Der Gerichtssaal war zum Bersten voll. An einem langen Tisch saßen die Ratsherren, der Richter in der Mitte. Seitlich davon standen der Kapitän der Kogge sowie die Wachleute, die die Gefangenen hatten entkommen lassen. Viele andere Männer der Besatzung waren unter den Zuschauern.

Der Richter schlug mit dem Stab auf den Tisch, um für Ruhe zu sorgen, und wiederholte die Anschuldigungen, die gegen Nikolaus vorgebracht worden waren.

»Gebt Ihr zu, dass der Hauptmann der Seeräuber Euer Bruder ist?«, fragte er dann.

»Ja, das ist wahr. Aber ich habe ihm nicht zur Flucht verholfen.«

Unter den Zuschauern erhob sich Gemurmel.

»Ruhe!«, brüllte der Richter. Er wandte sich an Nikolaus. »Warum seid Ihr heimlich noch einmal zum Kabelgatt zurückgekehrt?«

»Ich wollte meinem Bruder ins Gewissen reden, ich wollte ihn davon überzeugen, dass es das Beste für ihn wäre zu gestehen.«

»Aber Ihr wolltet nicht, dass irgendwer an Bord erfährt, dass er Euer Bruder ist.«

»Ich dachte, man würde meine Absichten falsch auslegen.«

Der Richter nickte. »Einige Männer haben gehört, wie Euer Bruder sich bei Euch bedankt hat, nachdem Ihr ihm das Leben gerettet hattet.«

Nikolaus senkte den Kopf. Was sollte er noch sagen? Was konnte er noch sagen? Wenn er erzählte, dass er im Auftrag Margretes eine Botschaft an den Hof in Schwerin bringen sollte, würde das das Misstrauen des Richters noch schüren. Er war nicht nur der Bruder eines Verbrechers, sondern auch der Bote des Feindes.

Er wollte sich verteidigen, er hatte nichts Böses getan oder auch nur im Sinn gehabt. Andererseits erschien es ihm, als hätte er sein Schicksal verdient, so dumm, wie er sich verhalten hatte.

»Habt Ihr noch etwas zu Eurer Verteidigung vorzubringen, Nikolaus von Brunn?«, fragte der Richter.

Nikolaus wollte etwas erwidern, doch bevor er dazu kam, erhob sich hinter ihm eine helle, zitternde Stimme.

»Ich war's.«

Nikolaus fuhr herum.

Der Schiffsjunge war vorgetreten. Er schlotterte am ganzen Körper, und sein Gesicht war kalkweiß.

»Sprich, Junge!«, fuhr der Richter ihn an.

»Ich ... ich sollte den Männern Essen bringen. Brot und etwas verdünnten Wein. Als ich mit dem Korb unten war und die Brotstücke verteilte, fragte einer der Gefangenen, ob ich ein Messer hätte, das Brot sei so hart, sie müssten es in kleinere Stücke zerschneiden. Erst wollte ich es ihnen nicht geben, doch dann zeigte einer der drei auf den Beutel an seinem Gürtel und sagte: ›Da ist Lohn für dich drin.‹ Ich beugte mich vor, um nach dem Beutel zu greifen, da packte der Kerl mich und entriss mir das Messer. Er hielt es mir an die Kehle, drohte, sie mir aufzuschlitzen, wenn ich nur einen Mucks von mir gäbe. Dann sollte ich versprechen, niemandem etwas zu sagen, falls doch, würden sie mich abmurksen. Ich hatte solche Angst! Ich versprach es, da ließen sie mich gehen.« Dem Jungen liefen die Tränen über das Gesicht.

»Was geschah dann?«, fragte der Richter.

»Ich weiß es nicht. Das Messer war klein, mit einer scharfen Spitze, ich nehme an, damit haben sie die Schlösser an den Ketten geöffnet ...«

»Ich verstehe.« Nachdenklich strich sich der Richter über den Bart. Dann klopfte er mit dem Stab auf den Tisch. »Werft den Burschen in den Kerker. Wir werden später über ihn zu

Gericht sitzen. Der Beschuldigte Nikolaus von Brunn ist sofort freizulassen!«

Das Stimmengewirr im Saal schwoll an. Nikolaus bekam kaum mit, wie jemand ihm seinen Beutel, sein Schwert und seinen Dolch aushändigte und ihm auf die Schulter klopfte. Benommen trat er nach draußen auf den Marktplatz.

Es roch nach Frühling, der Duft von tausend Blüten lag in der Luft. Nikolaus atmete tief ein. Dann machte er sich auf den Weg zu einem Stall, der Pferde verlieh. Sein Araberhengst stand in Schwerin im Stall, wo er ihn gegen ein Schlachtross getauscht hatte, bevor er sich im letzten Winter mit Albrecht nach Kalmar eingeschifft hatte. Er würde auf dem schnellsten Weg nach Schwerin reiten, seinen Auftrag erledigen. Und dann würde er Lia suchen.

Emilia blickte nach draußen. Die Dämmerung nahte, und Henricus war noch nicht zurück. Dabei mussten Stunden vergangen sein, seit er zur Burg gegangen war. Hoffentlich war ihm nichts passiert!

Vor drei Tagen hatte Emilia ihn endlich in ihren Plan eingeweiht. Sie hatte ihm erzählt, wie sie jeden Morgen, wenn es noch dunkel war, nach draußen zum Haus des Bäckers schlich und in einem Versteck darauf wartete, dass die Bäckersfrau den Korb mit den Küchlein ins Versteck stellte. Dann nahm sie ein Küchlein heraus und tauschte es gegen eins, das sie am Vortag mit dem Alraunepulver versetzt hatte.

Vor einigen Tagen hatte Henricus auf dem Markt aufgeschnappt, dass man sich bei Hof Sorgen um die Gesundheit von Sergius' Gemahlin machte. Angeblich litt sie unter Schwindelanfällen und Sehstörungen. Erst habe man gedacht, sie sei guter Hoffnung, doch dann habe sie auch noch angefangen, nachts durch die Korridore der Burg zu wandeln und wirr zu reden.

Deshalb war Henricus heute zur Burginsel aufgebrochen, um bei Johann vorzusprechen. Er wollte dem jungen Herrscher anbieten, Constanze zu heilen. Dabei würde er das geheimnisvolle Buch benutzen. Wenn stimmte, was man über Johanns Glauben an Magie und Sterndeuterei erzählte, würde er das Buch danach um jeden Preis haben wollen. Und das war nur die eine Hälfte des Plans …

Allerdings musste Emilia nun schnell mit dem Buch fertig werden. Zum Glück fehlte nicht mehr viel. Vier Wochen waren vergangen, seit Henricus seine Einkäufe auf dem Bett in Rostock ausgebreitet und verkündet hatte, dass er den Codex fälschen wolle. Vier Wochen, in denen Emilia gezeichnet und geschrieben hatte, bis ihre Finger so steif und kraftlos waren, dass sie den Pinsel kaum noch halten konnte.

Dafür konnte sich das Werk sehen lassen. Henricus war begeistert von den Kreisen mit astrologischen Symbolen, den Fantasietieren und geheimnisvollen Zeichen. Über die Frauen im Badehaus hatte er laut gelacht.

»Welche Rezeptur soll sich denn dahinter verbergen?«, hatte er gefragt. »Etwa die für den Jungbrunnen, für das ewige Leben?«

Emilia hatte nicht geantwortet. Der Text, den sie in ihrer Geheimschrift an den Rand geschrieben hatte, erzählte von Reinlichkeit, die Krankheiten fernhielt, wie Henricus ihr immer wieder eingeschärft hatte.

»Wascht Eure Hände«, hatte er gesagt. »Wascht Eure Instrumente, wascht die Wunde Eures Patienten mit klarem Wasser und Wein. Wenn Ihr eins davon vergesst, ist er des Todes. So hat mein Meister es mich gelehrt und seine Meister ihn.«

Emilia wusch die Pinsel aus und rollte sie in ein Leinentuch. Dann legte sie sie zusammen mit den anderen Malutensilien in die kleine Kiste, in der sie alles aufbewahrte, was sie für das Buch brauchte, und schob sie unter das Bett. Bald würde die Köchin unten ein leichtes Abendessen servieren. Hoffentlich wäre Henricus bis dahin zurück!

Als hätte er ihre Gedanken gehört, ertönten Schritte auf der Treppe. Es klopfte.

Emilia runzelte die Stirn. Henricus würde nicht anklopfen.

»Wer ist da?«, fragte sie.

»Fräulein van der Wee«, erklang die Stimme der Hausherrin. »Unten wartet ein Mann, der Euch zu sprechen wünscht.«

Mit einem dicken Kloß im Hals öffnete Emilia die Tür. »Hat er seinen Namen genannt?«

Die Witwe schüttelte den Kopf. »Nein, aber ich soll Euch das hier geben.«

Sie streckte die Hand aus. Beim Anblick des Medaillons begann Emilias Herz wild zu schlagen. Am liebsten wäre sie sofort die Stiege hinuntergestürzt, doch im letzten Moment fiel ihr ein, dass ein Wiedersehen ohne Zeugen besser wäre.

»Bitte schickt ihn herauf«, sagte sie mit mühsam beherrschter Stimme.

Und als die Witwe erstaunt die Braue hob, fügte sie hinzu: »Es ist mein Vetter aus Stockholm. Vater wird sich freuen, ihn zu sehen.«

Mit dieser Erklärung gab sich die Witwe zufrieden. Sie übergab Emilia das Medaillon und ging hinunter.

Emilia stolperte zurück in die Kammer, lief hin und her wie ein aufgescheuchtes Huhn. Himmel, wie mochte sie bloß aussehen? Sicherlich waren ihre Hände und ihr Kleid voller

Farbkleckse. Und eine Haarsträhne hatte sich aus ihrem Zopf gelöst.

Hastig tauchte sie ihre Finger in die Waschschüssel, fuhr sich mit einem feuchten Lappen über die Wangen und richtete ihr Haar vor dem Messingtopf, in dem Henricus am Morgen einen Kräutersud bereitet hatte und der ihr Gesicht verschwommen widerspiegelte.

Erneut hörte sie Schritte, gefolgt von einem zaghaften Klopfen. Und im nächsten Moment stand Nikolaus vor ihr.

Wortlos fielen sie sich in die Arme und hielten sich fest. Dann löste Nikolaus sich aus ihrer Umarmung, betrachtete ihr Gesicht, bedeckte es mit Küssen. »Oh, Lia, ich hatte nicht mehr zu hoffen gewagt, dass wir uns je wiedersehen.« Wieder küsste er sie.

»Wieso bist du frei?«, fragte sie, als er seine Lippen von den ihren löste. »Und wie hast du mich gefunden?«

»Margrete hat mich mit einer Botschaft an Johann nach Schwerin geschickt. Ach ja, ich soll dich von ihr grüßen.«

Emilia konnte sich ein Lächeln nicht verkneifen. Immerhin diesen Wunsch hatte die Königin ihr erfüllt.

»Als ich vor zwei Tagen in Schwerin ankam, hörte ich Geschichten von einem Heiler mit magischen Händen, der seit einiger Zeit mit seiner Tochter in der Stadt lebe. Ich wusste sofort, dass das nur ihr sein konntet. Vorhin habe ich dann endlich herausgefunden, wo ihr untergekommen seid.«

Emilia schmiegte sich an ihn. »Ich kann nicht glauben, dass du wirklich hier bist!« Sie blickte zu ihm hoch. »Wie geht es dir? Was machen die Rippen?«

»Sie tun noch etwas weh, vor allem, wenn ich sie zu sehr belaste. Oder wenn sie zusammengedrückt werden wie jetzt.« Er lächelte.

»Oh, verzeih.« Sie ließ ihn los.

»Nicht doch.« Er zog sie wieder an sich. »Es ist ein süßer Schmerz.«

Emilia sah ihm in die Augen. Sie musste ihm endlich reinen Wein einschenken, und sie würde es nicht einen Moment länger hinauszögern. »Vertraust du mir, Nikolaus?«

Er erwiderte ihren Blick, plötzlich todernst. »Ich weiß, dass du ein Geheimnis hast. Aber ich vertraue dir.«

»Ich vertraue dir ebenfalls, deswegen erzähle ich dir jetzt die Wahrheit über mich, wie ich es längst hätte tun sollen.«

»Du musst das nicht tun, Lia. Wenn du eine dunkle Vergangenheit hast, musst du sie mir nicht offenbaren. Für mich zählt nur unsere gemeinsame Zukunft.«

Emilia nahm seine Hände. »Doch, ich muss es dir erzählen, denn es ist auch deine Vergangenheit.«

Nikolaus runzelte die Stirn.

»Erinnerst du dich an die kleine Tochter des Grafen, bei dem du erzogen wurdest, Emilia von Hobe?«

»Sie war ein ziemlich wildes kleines Ding.« Nikolaus lächelte. Dann wurde er plötzlich ernst. »Du bist …«

»Erinnerst du dich an den Unfall in der Waffenkammer? Du hast ordentlich Prügel bezogen, weil man dich verantwortlich machte.«

»Ich erinnere mich, ja.« Noch immer war sein Blick ungläubig.

»Dann weißt du auch, wo die Lanze Emilia verletzt hat.«

»An der rechten Schulter.«

Statt einer Antwort löste Emilia die Schnüre an ihrem Mieder und zog das Kleid so über ihre Schulter, dass Nikolaus die Narbe sehen konnte.

»Oh, mein Gott«, flüsterte er.

Sie schnürte das Kleid wieder zu und führte ihn zu ihrem Bett. Nebeneinander ließen sie sich nieder, und sie erzählte ihm alles, von ihren Jahren am Hof Margretes, von ihrer Schwester Brunhild, von der geplanten Hochzeit mit Sergius, von Constanzes Verrat und ihrer Flucht mit Henricus über die Ostsee. Als sie schilderte, wie Vico sie auf See überfallen und beinahe getötet hätte, wurde Nikolaus kreidebleich. Und als sie später berichtete, dass Vico Constanzes Liebhaber war, ballte er die Fäuste. Am Ende erzählte Emilia auch von dem Buch und ihrem Plan, Constanze zu entlarven.

Als Emilia geendet hatte, nahm Nikolaus sie in die Arme und bedeckte ihr Haar mit Küssen. »Meine arme Emilia«, flüsterte er immer wieder. »Meine arme Emilia.«

In dem Augenblick flog die Kammertür auf.

Voller Wut stürzte Henricus sich auf den Fremden, der es wagte, seine geliebte Emilia zu bedrängen. Die Witwe hatte ihm von dem Unbekannten erzählt, der sich als sein Neffe ausgegeben hatte. Doch er hatte keinen Neffen, und erst recht keinen, der etwas über seine angebliche Tochter Lia wusste.

»Dir werde ich's zeigen, Bürschchen«, brüllte er, ignorierte den Schmerz, der ihm die Brust einschnürte, und holte mit seiner Tasche aus, um den Eindringling niederzuschlagen. Erst da erkannte er Nikolaus und hielt mitten in der Bewegung inne. »Ihr?«

»Euch möchte ich nicht zum Feind haben, Henricus van der Wee«, sagte Nikolaus mit einem Lächeln und erhob sich, um ihn zu begrüßen.

Henricus ließ die Tasche sinken. »Teufel und Höllenbrut, wie seid Ihr so schnell freigekommen?«

»Das kann er Euch später erzählen, Henricus«, ging Emilia dazwischen. »Jetzt seid Ihr dran: Wie ist es bei Herzog Johann gelaufen?«

Henricus warf einen Blick auf Nikolaus und sah dann fragend zu Emilia.

»Er weiß Bescheid. Über alles. Und er hat mich wiedererkannt. Oder besser gesagt, die Narbe, die ich dem Spiel mit ihm verdanke.«

»Wenn das so ist.« Henricus ließ sich auf den Schemel sinken. »Auf den Schreck brauche ich einen Schluck Wein. Dann erzähle ich gern, wie es mir auf der Burg ergangen ist.«

»Eine gute Idee«, sagte Nikolaus. »Soll ich Eure Wirtin rufen?« Er war bereits bei der Tür, öffnete sie und spähte nach draußen. »Oh, Ihr kommt wie gerufen.«

Offenbar hatte die Witwe auf der Treppe gestanden und gelauscht. Kein Wunder. Erst brachte Henricus eine Tochter mit, die er vorher nie erwähnt hatte. Und nun tauchte auch noch aus dem Nichts ein Neffe auf.

»Wir bräuchten drei Becher und einen Krug Wein«, bat Nikolaus. »Wenn es keine Umstände macht.«

Kurz darauf brachte eine Magd das Gewünschte. Emilia schenkte ein, Nikolaus vergewisserte sich, dass niemand an der Tür lauschte, Henricus nahm einen großen Schluck und räusperte sich.

»Erst wollte Johann mich gar nicht empfangen«, begann er. »Ich wollte nicht verraten, worum es ging, denn ich wollte keinesfalls statt zu ihm zu Constanze geführt werden. Ich bin mir nicht sicher, ob sie weiß, wie ich aussehe, aber sie weiß bestimmt, dass ihre Erzfeindin mit einem Heiler durch die Lande zieht. Freiwillig würde sie mir ihre Gesundheit bestimmt nicht anvertrauen. Mal abgesehen davon, dass sie dann wüsste, dass Ihr ebenfalls in der Stadt seid, Emilia.«

»Daran hatte ich gar nicht gedacht!«, rief Emilia. »Aber wie soll unser Plan dann funktionieren?«

»Das lasst mal meine Sorge sein«, erwiderte Henricus lächelnd. »Jedenfalls deutete ich an, dass ich ein Heiler und Magier sei, und daraufhin wurde ich endlich vorgelassen. Ich stellte mich Johann vor und erklärte, dass ich zufällig in der Stadt sei und erfahren habe, dass eine der Hofdamen an unerklärlichen Symptomen leide. Ich hätte derartige Fälle auf meinen Reisen schon öfter gesehen und ich wisse ein Mittel dagegen. Allerdings sei die Behandlung ein wenig ungewöhnlich und die Patientin müsse mir blind vertrauen.«

»Und?«, fragte Emilia. »Hat er angebissen?«

»Ich bin nicht sicher. Er hat erklärt, dass er sich mit seinem Leibmedicus beraten müsse. Das ist ein furchtbarer Quacksalber, der seine Unfähigkeit mit Zauberformeln und Sterndeuterei überspielt. Sicherlich wird er Johann abraten, weil er die Konkurrenz fürchtet. Aber genau das könnte den Herzog reizen, es doch zu probieren.«

Emilia stand auf und starrte aus dem Fenster in die Dunkelheit. »Wir haben nicht mehr viel Zeit. Ich weiß nicht, welche Auswirkungen das Pulver hat, wenn Constanze es noch länger nimmt. Am Ende verliert sie völlig den Verstand.«

Nikolaus trat hinter sie und legte ihr die Hände auf die Schultern. »Wäre das so schlimm, nach allem, was sie dir angetan hat?«

Emilia fuhr herum. »Sie soll gestehen und damit meine Unschuld beweisen.«

Henricus schoss ein Gedanke durch den Kopf. Er erhob sich. »Könntet Ihr das nicht tun, Nikolaus?«

»Was meint Ihr?« Nikolaus drehte sich zu ihm um und sah ihn mit gerunzelter Stirn an.

»Ihr könntet für Emilia sprechen. Dann müssten wir nicht riskieren, dass Constanze mich bei der Behandlung erkennt und der Plan auffliegt.« Henricus legte dem jungen Mann die

Hand auf den Arm. »Ihr geht bei Hof ein und aus, Ihr seid ein angesehener Ritter, ein Vertrauter Albrechts. Wenn Ihr schwören würdet, dass Ihr Emilia von früher wiedererkennt, würde der Herzog das bestimmt nicht anzweifeln.«

»Da wäre ich nicht so sicher.« Nikolaus sah mit einem Mal betrübt aus. »Ich bin bei vielen Adligen nicht gut gelitten, denn ich trage ja als Zweitgeborener nicht einmal einen Titel. Für sie bin ich ein erbärmlicher Emporkömmling. Sie rümpfen die Nase, wenn sie mich sehen, weil sie mir nicht gönnen, dass ich mich so weit in der Gunst Albrechts hochgearbeitet habe. Außerdem habe ich Johann ein Schreiben Margretes überbracht, das bei ihm nicht gut ankam. Ein Friedensangebot, doch wohl zu inakzeptablen Bedingungen. Er war außer sich, hat das Pergament ins Feuer geworfen.« Nikolaus nahm Emilia in den Arm und küsste sie auf die Stirn. »Ich befürchte, dass meine Fürsprache Emilia eher schaden als nützen würde, leider.«

Henricus seufzte. »Dann bleibt uns also nur der ursprüngliche Plan.« Er setzte sich wieder, als er plötzlich ein Stechen in der Brust spürte. Sein Herz ließ ihn im Stich, ausgerechnet jetzt, wo der Husten, ja sogar das Reißen in den Gliedern ein wenig besser geworden war.

Hastig griff er nach dem Weinbecher und trank, damit die beiden anderen sein schmerzverzerrtes Gesicht nicht sahen. Dann sprach er ein stummes Gebet und bat Gott um ein paar Tage Aufschub.

Emilia schreckte hoch. Ein Geräusch hatte sie geweckt. Mit klopfendem Herzen setzte sie sich auf. Der Mond warf fahles Licht durchs Fenster, in seinem Schein sah sie eine Gestalt, die sich geschmeidig durch den Raum bewegte. Sie war groß, und ihr kahler Schädel glänzte im milchweißen Licht.

Entsetzt starrte Emilia den Fremden an. Todesangst legte sich um ihre Brust wie eine Klammer aus Eisen. Sie wünschte, Nikolaus wäre dageblieben, an seiner Seite hätte sie keinen Eindringling gefürchtet, selbst wenn es der Teufel persönlich gewesen wäre. Aber das war natürlich nicht möglich gewesen.

Die Witwe hatte so schon große Augen gemacht, vom Gesinde ganz zu schweigen. Sie mussten auf jeden Fall vermeiden, dass Gerüchte in der Stadt die Runde machten. Nikolaus verbrachte die Nächte auf der Burg, wo er bei den Rittern der Leibwache einquartiert war. Immerhin würde er so erfahren, wie die Stimmung bei Hof war, konnte ihnen berichten, wie es um die Gesundheit Constanzes stand und welche Pläne Johann bezüglich des Heilers hatte, der ihm seine Dienste angeboten hatte.

Der Eindringling machte sich am Tisch zu schaffen. Metall klirrte leise, dann raschelte Pergament. Emilias Herzschlag beruhigte sich ein wenig. Offenbar trachtete der Fremde ihr nicht nach dem Leben, sonst wäre er ohne Umweg an ihr Bett getreten. Wie es aussah, wollte er etwas entwenden. Ging es um das Buch? Hatte Henricus mit dem Herzog über den Codex gesprochen? Wollte Johann ihn stehlen lassen?

Vorsichtig tastete Emilia unter das Bett, irgendwo dort war die Kiste mit ihren Malutensilien und darin das Messer, mit dem sie die Federkiele schärfte.

In dem Moment drehte sich der Unbekannte zu ihr um, und sein Gesicht wurde vom Mond angestrahlt.

»Henricus!«

»Ich wollte Euch nicht wecken, Emilia«, flüsterte er. »Schlaft nur weiter.«

»Was in aller Welt habt Ihr getan?« Emilia wickelte sich in ihre Decke, stand auf und betrachtete ihn.

Henricus hatte nicht nur seinen Schädel kahl rasiert, sondern auch den langen Bart abgenommen. Ohne das weiße Haar wirkte er noch magerer, und seine Gesichtszüge waren ihr fremd.

Emilia musste an die Fahrt über den zugefrorenen Vätternsee denken, an Henricus' Bitte, ihm beim Rasieren zu helfen, wenn der Tod nahe war. »Ihr bereitet Euch aufs Sterben vor«, sagte sie mit belegter Stimme.

»Unsinn.«

»In Schweden habt Ihr mir erzählt, dass man in Eurer Heimat rasiert in den Tod geht.«

Henricus seufzte. »Das ist wahr. Aber heute habe ich dafür einen ganz anderen Grund. Ich möchte verhindern, dass Constanze mich erkennt, wenn ich sie behandle. Vielleicht hat ihr jemand den weißhaarigen Heiler beschrieben, vielleicht hat sie mich selbst zuvor schon gesehen. So wird sie mich jedenfalls nicht erkennen, vor allem wenn die Verkleidung hinzukommt.«

»Was für eine Verkleidung?«, fragte Emilia, noch immer nicht ganz überzeugt. Wenn das Rasieren allein praktische Gründe hatte, warum machte Henricus es dann heimlich mitten in der Nacht?

»Ein Umhang, eine Gugel, ein bisschen Farbe, Ihr werdet schon sehen.« Henricus zwinkerte geheimnisvoll. »Und jetzt legt Euch wieder hin, wir müssen beide ausgeruht sein für das große Spektakel.«

Emilia zuckte mit den Schultern und kehrte ins Bett zurück, doch ihre Gedanken kreisten um den kahlen Henricus, um Constanze, die dem Irrsinn verfallen durch die Korridore der Burg streifte, und um Nikolaus, sein Gesicht ganz dicht an ihrem, seine Hände auf ihrem Körper, seine Lippen auf ihrem Mund.

Als der Himmel draußen anfing, grau zu werden, erhob sie sich, um wie jeden Morgen das präparierte Küchlein vor dem Haus des Bäckers auszutauschen. Henricus lag in seinem Bett und schlief tief und fest. Emilia wusch sich und zog ihr Kleid an.

Gerade als sie das Gebäck in ihren Beutel packen wollte, hörte sie, wie unten jemand mit der Faust gegen die Haustür hämmerte.

Erschrocken hielt sie inne. Besuch um diese Zeit verhieß nichts Gutes. Sie blickte zu Henricus, der noch immer friedlich schnarchte. Dann schlug sie das Kreuz und weckte ihn, damit er sich bereit machen konnte.

Henricus hastete hinter dem Knappen durch die stillen Gassen von Schwerin. Noch lagen die meisten Menschen in ihren Betten, nur hier und da war schon Klappern hinter den Fensterläden zu hören. Aber draußen begegneten ihnen nur ein paar Hühner und ein streunender Hund.

Der Knappe lief so schnell, dass Henricus kaum mitkam. Er hatte wieder dieses Engegefühl in der Brust, außerdem fühlte sich sein Arm etwas taub an. Trotzdem versuchte er, mit seinem Begleiter Schritt zu halten. Ein Heiler, der selbst krank war, würde wenig überzeugend wirken.

Sergius von Crivitz hatte den Knappen geschickt, weil sich der Zustand seiner Frau offenbar über Nacht dramatisch verschlechtert hatte. Johann musste mit ihm über das Angebot des Heilers gesprochen haben.

In aller Eile hatte Henricus seinen Umhang übergestreift und nach seiner Tasche gegriffen. Wie gut, dass er in der Nacht bereits alle Vorbereitungen getroffen hatte. Er war von einem Albtraum aufgewacht, in dem er vom Herrn abberufen wurde, gerade als er erneut bei Johann vorsprechen wollte.

In dem Traum hatte er Gott um Aufschub gebeten, doch der war hart geblieben.

»Ich habe dir mehr als genug Zeit geschenkt, Henricus van der Wee«, hatte er gesagt. »Es ist allein deine Schuld, dass du sie nicht genutzt hast.«

Dann hatte er Henricus mitgenommen, der hilflos hatte mitansehen müssen, wie Constanze mit einer riesigen Schüssel voller Küchlein zu Emilia trat und sie zwang, alle aufzuessen, bis sie tot umfiel.

Schweißgebadet war Henricus aufgewacht. Und er hatte beschlossen, die Warnung ernst zu nehmen.

Sie erreichten die Brücke zur Burginsel, die Wachen ließen sie ohne Verzögerung durch. Als sie im inneren Burghof ankamen, wurden sie von Sergius empfangen. Der Graf sah blass und übernächtigt aus, offenbar lag ihm viel am Wohlergehen seiner Gemahlin. Henricus bat ihn, ihm eine Kammer zur Verfügung zu stellen, in der er sich auf die Behandlung vorbereiten könne.

Henricus wurde in eine Kemenate geführt, in der nichts weiter als ein Tisch und ein Schemel standen. Sergius ließ Wasser und Wein und etwas Gebäck bringen, von dem Henricus dankbar probierte.

Dann nahm er einige Farbtiegel aus der Tasche und begann, Linien und Muster auf sein Gesicht und seinen kahlen Schädel zu malen, bis kein bisschen nackte Haut mehr zu sehen war. Als er geendet hatte, klemmte er sich den fast fertigen Codex unter den Arm, nahm die Tasche in die Hand und sagte dem Wachmann vor der Tür, dass er bereit sei.

Der musterte Henricus skeptisch, führte ihn aber kommentarlos durch die Gänge der Burg, bis sie vor der großen Flügeltür standen, die in den Rittersaal führte. Henricus schluckte. Er hatte eigentlich erwartet, dass man ihn in Constanzes Gemächer führen würde.

Immerhin bedeutete der große Saal auch, dass es jede Menge Zeugen geben würde, wofür auch immer das gut sein mochte. Als Henricus in den Saal schritt, wurde es augenblicklich still. Etwa zwei Dutzend Ritter und ebenso viele Hofdamen sahen ihn erwartungsvoll an. Alle waren trotz der frühen Stunde offenbar schon länger auf den Beinen.

Henricus ließ den Blick schweifen und entdeckte zu seiner Erleichterung Nikolaus unter den Rittern. Er hatte eine ausdruckslose Miene aufgesetzt, ließ in keiner Weise erkennen, dass er Henricus schon einmal begegnet war.

Genau gegenüber von Henricus unter dem Wappen der Herzöge von Mecklenburg saß Johann auf einem mit rotem Samt gepolsterten Stuhl. An seiner Seite stand Sergius.

Der Herzog winkte ihm. »Tretet näher, Heiler.«

Henricus durchmaß den Saal, bis er nur noch wenige Schritte von Johann entfernt war. Dann verneigte er sich. »Mein Herr.«

»Wo habt Ihr Euer Haar gelassen?«

»Der Heilung der Patientin geopfert.«

»Ihr habt ja angekündigt, dass Eure Methoden ungewöhnlich seien. Eine Bemalung wie bei den ungläubigen Barbaren hatte ich mir darunter nicht vorgestellt.«

»Die Bemalung ist zu Ehren der Geister der Heiligen, die ich zur Unterstützung herbeirufen werde. Sie haben das Angesicht des Herrn bereits geschaut und sind deshalb voller Weisheit.« Henricus blickte verstohlen zu Sergius hinüber, der beunruhigt die Finger knetete.

»Wie Ihr meint.« Der Herzog klatschte in die Hände.

Zwei Wachleute brachten Constanze und platzierten sie vor Henricus. Obwohl sie blass und hohlwangig aussah, erkannte er, dass sie eine Schönheit war. Nicht zart und brünett wie Emilia, sondern hochgewachsen und blond, mit hohen Wangenknochen und großen blauen Augen. Von deren Farbe war allerdings im Augenblick kaum etwas zu sehen, so sehr waren die Pupillen geweitet.

Constanzes Blick huschte wachsam hin und her.

»Schaut mich an!«, forderte Henricus sie auf.

Sie musterte ihn mit zusammengekniffenen Augen. Henricus erkannte, dass sie zwar unter dem Gift litt, aber ihre Sinne noch halbwegs beisammen hatte. Er musste aufpassen, was er sagte.

Er stellte die Tasche auf dem Boden ab und schlug das Buch auf. Kurz tat er so, als würde er eine bestimmte Seite suchen, dann sah er Constanze tief in die Augen und rezitierte Lieder im Dialekt seiner Heimat Rungholt.

Constanze verzog verächtlich den Mund. »Was soll das, Alter«, zischte sie. »Das ist doch nichts als Hokuspokus. Ich spüre keinerlei Wirkung.«

»Gebt den Geistern Zeit, Gräfin. Sie haben sich schon zu uns gesellt, bald werden sie zu mir sprechen.« Wieder murmelte er, doch nur noch kurz.

Dann riss er erschrocken die Augen auf und starrte Constanze entsetzt an. »Nein«, rief er. »Wagt es nicht! Sie ist eine Gräfin, eine edle Dame von bester Herkunft.«

Er schüttelte sich, schlug mit den Armen um sich.

Schließlich sah er Constanze wieder an. Im Saal herrschte absolute Stille. Henricus spürte die gebannten Blicke seiner Zuschauer. »Verzeiht, Gräfin, ich wage es kaum auszusprechen. Die Geister reden von einer großen Schuld, die Euch den Verstand raubt.«

»Blödsinn«, zischte Constanze ihn an, doch ihr linkes Auge zuckte nervös.

»Sie sagen, Ihr hättet Eure beste Freundin, Euren Herrn und Euer Vaterland verraten, und der Fluch würde sich erst von Euch heben, wenn Ihr Eure Schuld öffentlich gesteht.«

»Verfluchter Quacksalber!«, brüllte jemand.

Henricus blickte auf und sah direkt in Sergius' wutverzerrtes Gesicht. Der Graf stürzte auf ihn zu. »Hör sofort mit dem Unsinn auf! Was fällt dir ein, meine Gemahlin so zu beleidigen! Dafür wirst du am höchsten Turm der Burg aufgeknüpft!«

Sergius wollte Henricus packen, doch in dem Moment gab Johann ein Zeichen, und zwei Wachen hielten ihn zurück. Aus den Augenwinkeln sah Henricus, wie Nikolaus die Hand vom Schwertknauf löste.

»Du Bastard, du Betrüger!« Sergius spuckte Henricus ins Gesicht. Er drehte sich zu Johann um. »Ich verlange, dass er bestraft wird!«

»Gemach, gemach, mein Freund«, sagte der Herzog und erhob sich. Er schritt auf Henricus zu, betrachtete ihn nachdenklich, dann sah er Constanze an. »Ich würde gern hören, was Eure Gemahlin zu den Vorwürfen zu sagen hat.«

Constanze riss die Augen auf, ihre Pupillen schossen hin und her, dann sank sie ohnmächtig zu Boden. Starke Hände griffen nach ihr, Johann befahl, sie in ihre Gemächer zu bringen.

Als sie fort war, kratzte er sich am Kinn. »Haben die Geister noch mehr gesagt, Meister?«, fragte er Henricus.

»Ich bin nicht sicher«, erwiderte der. »Als der Graf auf mich zustürzte, verstummten ihre Stimmen.«

Johann blickte auf das Buch in Henricus' Händen. »Und was ist das?«

»Ein altes Werk der Heilkunde, verfasst in einer Schrift, die niemand lesen kann.«

Argwöhnisch zog Johann die Brauen zusammen. »Und was habt Ihr eben getan?«

»Eine Beschwörungsformel gesungen, die mein Lehrer in Konstantinopel mich gelehrt hat. Ich kenne die Bedeutung der Worte nicht, nur ihre Wirkung.«

Johann nickte nachdenklich. »Ihr dürft gehen. Vorerst. Doch verlasst die Stadt nicht, ich gebe den Wachen Anweisung, die Tore vor Euch zu verschließen.«

Nikolaus trat hinzu. »Wenn Ihr erlaubt, mein Herr, geleite ich den Heiler in seine Unterkunft und achte darauf, dass er keine unerlaubten Umwege macht.«

»Tut das, Nikolaus.« Johann warf einen letzten Blick auf das Buch, dann winkte er Henricus hinaus.

Noch als sie über die Brücke zurück in die Stadt liefen, zitterten Henricus' Beine so sehr, dass sie ihn kaum trugen. Und sein Arm war inzwischen so taub, dass er ihn fast nicht mehr spürte. Das Stechen in seinem Brustkorb machte jeden Schritt zur Qual.

War dies das Ende? Falls ja, würde er ihm nun freudig entgegenschreiten. Er hatte getan, was er konnte, um Emilia zu helfen. Das Gift des Zweifels war in Johann gesät. Der Rest lag nicht in seiner Hand.

Er warf einen raschen Seitenblick auf Nikolaus. Ein anderer Mann würde nun für seine Ziehtochter sorgen. Ein anständiger Mann, dem er sie guten Gewissens anvertrauen konnte. Er selbst wurde nicht mehr gebraucht.

Emilia tauchte den Lappen in die Schüssel, wusch ihn aus und legte ihn wieder auf Henricus' Stirn. Kalter Schweiß sammelte sich darauf, obwohl er kein Fieber hatte.

Todesschweiß, wie er ihr gesagt hatte.

Seit er gestern von der Burg zurückgekehrt war, wurde

er stündlich schwächer. Als würde ein Licht allmählich erlöschen. Am Abend hatte Emilia einen Medicus rufen wollen, doch Henricus hatte sie zurückgehalten.

»Für mich kann kein Arzt mehr etwas tun, mein Kind. Es geht zu Ende. Auf dem See hat der Herr mir Aufschub gewährt, doch jetzt fordert er ein, was rechtmäßig sein ist.«

»Ich brauche Euch, Henricus«, hatte Emilia gefleht. »Ihr dürft mich nicht verlassen.«

»Oh, doch, jetzt schon. Ihr habt Nikolaus, der auf Euch achtgibt. Er wird an Eurer Seite sein, wenn Ihr in Euer altes Leben zurückkehrt.«

Danach hatte er gar nicht mehr gesprochen, nur mit halb offenen Augen dagelegen und schwer geatmet. So war es die ganze Nacht gegangen. Verzweifelt hatte Emilia gehofft, dass sich sein Zustand besserte, hatte ihm die Stirn abgetupft und ihm Wein eingeflößt, doch sie spürte, dass es diesmal keine Genesung geben würde.

Am Morgen hatte sie der Witwe mitgeteilt, wie es um ihren Gast stand. Die freundliche Frau hatte traurig dreingeblickt und dann versprochen, sich um alles Nötige zu kümmern. Bald würde der Priester eintreffen, um Henricus die Letzte Ölung zu verabreichen.

Emilia mochte gar nicht daran denken, wie das Leben ohne ihn sein würde. Seit dem Tod ihrer Schwester war ihr kein Abschied mehr so schwergefallen. Henricus war ihr Ziehvater, ihr Lehrer, ihr Freund.

Die Kerze, die die Witwe am Morgen im Zimmer aufgestellt hatte, obwohl es draußen hell war, war bereits zur Hälfte heruntergebrannt. Henricus' Atem wurde flacher. Hin und wieder tastete er nach Emilias Hand, doch sie war nicht einmal mehr sicher, ob er die Berührung noch spürte.

Sie wünschte, Nikolaus wäre bei ihr. Sie hatte nicht gewagt, einen Knecht mit einer Nachricht auf die Burg zu schicken. Zu leicht hätte sie in falsche Hände geraten können. Vorläufig sollte niemand wissen, dass der Heiler im Sterben lag.

Schritte ertönten auf der Treppe, es klopfte, der Priester trat ein.

Emilia begrüßte ihn mit gesenktem Blick und räumte den Platz an Henricus' Bett. Etwas drückte ihr auf die Brust, so schwer, dass sie glaubte, ersticken zu müssen. Während der Geistliche seine Pflicht tat, stand sie wie betäubt dabei. Sie hätte schreien und weinen wollen, doch es war, als säße ein Pfropfen in ihrer Kehle.

Plötzlich stand der Priester vor ihr. »Mein Kind?«

Sie starrte ihn an.

»Habt Ihr gehört, was ich gesagt habe?«

»Nein … ich …«

»Es ist vollbracht, Euer Vater ist jetzt bei Gott.«

Emilia sackten die Beine unter dem Körper weg. Der Geistliche fing sie trotz seines fortgeschrittenen Alters geschickt auf, platzierte sie auf dem Schemel und flößte ihr etwas Wein ein. Dann rief er nach der Witwe.

Emilia sah zu, wie die Frau mit Hilfe der Magd Henricus' toten Körper wusch und in ein Leichenhemd kleidete. Sie wollte helfen, aber ihre Glieder waren taub und starr, als wäre sie ebenso tot wie Henricus.

Wieder ertönten Schritte auf der Treppe.

Als Nikolaus über die Schwelle trat, brach Emilia in Tränen aus und stürzte in seine Arme. Er hielt sie fest, strich über ihr Haar, tröstete sie.

Erst als sie endlich allein in der Kammer waren, löste sie sich aus seiner Umarmung und wischte die Tränen mit ihrem Ärmel trocken. »Woher wusstest du von Henricus?«

Nikolaus' Gesicht versteinerte. »Ich wusste es nicht. Im Gegenteil. Der Herzog hat mich geschickt. Der Heiler wird auf der Burg erwartet, er soll die Behandlung wiederholen. Johann wird nicht angetan sein, von Henricus' Tod zu erfahren.«

Emilias Blick wanderte zu dem Bett, wo die sterblichen Überreste des Meisters lagen. »Jetzt wird niemand mehr Constanze zu einem Geständnis bewegen. Und niemand sie für ihre Verbrechen zur Rechenschaft ziehen.«

Nikolaus folgte ihrem Blick. »Henricus hat getan, was in seiner Macht stand.«

»Aber es hat nicht gereicht. Und wir können nichts weiter tun.«

Noch immer betrachtete Nikolaus den toten Heiler. Seine Stirn war nachdenklich in Falten gelegt. Dann nahm er Emilias Hände. »Doch, das können wir.«

Nikolaus drehte sich zu Emilia um. »Wie sehe ich aus?«

Sie schlug die Hände vors Gesicht. »Um Himmels willen, willst du so vor den Herzog treten?«

»Genau wie Henricus es gestern getan hat.« Er deutete auf die Haare neben der Waschschüssel, die er sich gerade abgeschnitten hatte. »Die müssen verschwinden.«

»Ich kümmere mich darum.« Emilia zog ein Tuch hervor und fegte damit zusammen, was einmal Nikolaus' Kopfhaar und Bart gewesen war.

Nikolaus beobachtete sie. Sie wirkte bedrückt und zugleich konzentriert. Als er ihr vorgeschlagen hatte, die Rolle des Heilers zu spielen, hatte sie zuerst entsetzt den Kopf geschüttelt.

»Das klappt niemals. Man würde den Betrug bemerken und dich wegen Hochverrats hinrichten.«

Er hatte ihr erklärt, dass er Henricus gestern genau beobachtet hatte, dass er wisse, was zu tun sei, und dass man ihn mit kahlem Schädel und Gesichtsbemalung nicht erkennen würde. Sie hatte noch immer Zweifel gehabt, aber dem Plan schließlich zugestimmt.

Zuvor hatten sie jedoch irgendwie auf die Burg kommen müssen. Der Knecht der Witwe hatte sich für ein paar Groschen bereit erklärt, für die Torwachen die Rolle des Henricus zu spielen. Er besaß ungefähr die gleiche Größe und Statur, das dünne graue Haar hatte er unter der Gugel versteckt, sodass jemandem, der den Heiler bisher nur flüchtig gesehen hatte, kein Unterschied auffiel.

Emilia war ebenfalls mitgekommen, denn sie musste Nikolaus helfen, die Spuren seines Versteckspiels zu beseitigen. Er hatte kein gutes Gefühl dabei gehabt, sie in den Machtbereich ihrer größten Feindin mitzunehmen. Doch Emilia hatte sich geweigert, tatenlos in ihrer Kammer zu sitzen, während er für sie Kopf und Kragen riskierte.

»Niemand wird in der Tochter eines Wanderheilers eine Grafentochter vermuten«, hatte sie erklärt. »Wichtig ist nur, dass Constanze mich nicht zu Gesicht bekommt.«

Kaum waren sie in die Kammer geführt worden, in der Henricus sich am Vortag umgezogen hatte, warf der Knecht die Kleider des Heilers ab. Nikolaus lenkte die Wachen ab, sodass der Mann ungesehen aus dem Palas gelangen und sich im Burghof unter die Knechte des Herzogs mischen konnte, um bei nächster Gelegenheit in die Stadt zurückzukehren. Dann hatte Nikolaus sich wieder in die Kammer geschlichen und mit den Vorbereitungen begonnen.

Emilia entzündete ein kleines Feuer im Kamin und warf die Haare in die Flammen. Dann stopfte sie Nikolaus' Gewänder in den Korb, den sie mitgebracht hatte.

»Bereit?«, fragte Nikolaus.

»Ja.«

Am liebsten hätte er sie einfach bei der Hand genommen, wäre vor Johann getreten und hätte ihm die ganze Geschichte erzählt. Es erzürnte ihn, dass Emilia auf ein solch unwürdiges Spektakel zurückgreifen musste, um ihre Widersacherin zu entlarven.

Wäre Albrecht hier, würde er das Risiko eingehen. Aber den jungen Johann kannte Nikolaus kaum; er konnte nur schwer einschätzen, wie dieser auf eine derartige Enthüllung reagieren würde. Gestern hatte es immerhin so ausgesehen, als hätte Henricus' Darbietung sein Misstrauen gegenüber Constanze geweckt. In diese Kerbe wollte Nikolaus weiterschlagen.

Er trat vor die Tür, wo die Wachleute warteten. Sofort machten sie sich bereit, ihn zum Rittersaal zu eskortieren.

»Ich kenne den Weg, ihr könnt euch die Mühe sparen, Männer«, sagte er und versuchte, den fremden Singsang in Henricus' Stimme nachzuahmen.

»Anweisung vom Herzog«, erwiderte der eine. »Wir wollen doch nicht, dass Ihr Euch verlauft, Heiler.«

Nikolaus tauschte einen Blick mit Emilia. Sie deutete ein Nicken an, sie würde einen Weg finden, Constanzes Blickfeld zu meiden, bis sie sich aus dem Saal geschlichen hatte.

Nikolaus hatte ihr erklärt, hinter welchen Wandbehängen Türen verborgen waren. Die hinter dem Teppich mit orientalischen Stickereien führte zu einer Stiege, über die man direkt hinunter in den Gesindetrakt gelangte. Auf diesem Weg konnte man gut verschwinden. Hinter der Tür würde Emilia den Korb abstellen, damit Nikolaus sich rasch umziehen konnte, nachdem seine Vorführung beendet war. Wenn alles nach Plan lief, wäre in dem Augenblick die gesamte Aufmerksamkeit der Anwesenden auf Constanze gerichtet.

Nikolaus würde sich wenig später als er selbst unter die Ritter mischen, mit Gugel auf dem Kopf, damit man den rasierten Schädel nicht sah. Früher oder später würde der Herzog die Wahrheit herausfinden. Nikolaus hoffte jedoch, dass er ihm verzeihen würde, weil Johann die gute Absicht hinter dem Betrug erkannte.

Sie erreichten den Saal, der noch voller war als am Vortag. Der Herzog saß auf seinem Stuhl, Sergius stand wieder neben ihm, und auch Constanze war bereits da.

Mit einem raschen Seitenblick vergewisserte sich Nikolaus, dass Emilia den Kopf gesenkt hielt. Nach ein paar Schritten blieb sie zurück. Da auch die Wachen an der Tür stehen geblieben waren, nötigte niemand sie weiterzugehen. Erleichtert marschierte Nikolaus auf Constanze zu. Während er sich näherte, stiegen Bilder in ihm auf. Constanze, wie sie das Lager mit seinem Bruder teilte, wie sie Vico Geld dafür gab, dass er Emilia aus dem Weg räumte.

Er riss sich zusammen, blieb kurz vor ihr stehen und sah ihr in die Augen. Sie wirkte nicht so irrsinnig wie am Vortag, wohl weil sie heute nichts von dem Gift bekommen hatte. Dafür sah sie noch bleicher aus, und in ihrem Gesicht stand blanke Todesangst.

Sie blinzelte einige Male, als Nikolaus vor ihr stand und sie ansah. Erkannte sie, dass sie einen anderen Mann als gestern vor sich hatte? Schrieb sie es ihrer geistigen Verwirrung zu? Oder ahnte sie, was hier gespielt wurde?

Der Herzog erhob die Stimme. »Ihr könnt sofort beginnen, Heiler«, sagte er. »Ich garantiere, dass Euch heute niemand unterbrechen wird.« Er sah Sergius scharf an, der den Kopf senkte.

»Wie Ihr befehlt, Herr.« Nikolaus deutete eine Verbeugung an, nahm das Buch, schlug es auf und begann einen monotonen Singsang, so wie er es gestern bei Henricus beobachtet hatte. Langsam steigerte er das Tempo und die Lautstärke.

Gerade als er so tun wollte, als höre er die Geister sprechen, fing Constanze an zu schreien. »Nein! Nein!« Sie hielt sich die Ohren zu. »Hört auf damit!«

»Sie hört die Stimmen«, rief Nikolaus schnell, bevor jemand eingreifen konnte. »Sie hört die Geister nun auch in ihrem Kopf.« Er suchte ihren Blick. »Erzählt uns, was sie sagen, Constanze, erzählt es uns!«

»Nein, nein!« Sie warf den Oberkörper hin und her.

Fast tat sie Nikolaus leid, doch dann dachte er an das, was sie Emilia angetan hatte. »Werft die Schuld ab!«, rief er. »Dann werdet Ihr geheilt.«

»Nein.« Es klang schwächer, war fast nur noch ein Wimmern.

»Gott ist Zeuge Eurer Verleugnung. Wollt Ihr ihn weiter erzürnen?«

»Nein! Ich kann nicht mehr, ich kann nicht mehr!« Sie begann zu schluchzen.

Nikolaus nahm eine Bewegung wahr, sah, wie Sergius die Fäuste ballte. Nur mit äußerster Beherrschung hielt es ihn auf seinem Platz.

Der Herzog hob eine Hand. Dann stand er auf und stellte sich neben Nikolaus. »Erleichtert Euer Gewissen, Constanze, so wie der Heiler es Euch geboten hat«, forderte er sie auf.

Constanze fiel auf die Knie und griff nach dem Saum von Johanns Gewand. »Ich wollte das nicht, ich wurde gezwungen. Das müsst Ihr mir glauben!«

»Gezwungen? Wozu?«, fragte er kalt.

»Ich … ich … Oh, Herr, vergebt mir!« Sie wurde von Schluchzen geschüttelt.

Nikolaus glaubte nicht, dass es echte Reue war. Constanze war eine mindestens ebenso gute Schauspielerin wie er.

»Sprecht, Weib!«, fuhr der Herzog sie an.

»Ich wurde von der Dänenkönigin zur Spionage gezwungen. Ich habe Emilia von Hobe verleumdet, dafür gesorgt, dass sie für eine Betrügerin gehalten und in den Kerker geworfen wird. Dann habe ich ihren Bräutigam Sergius umgarnt und bin seine Gemahlin geworden.« Die Worte sprudelten nur so aus Constanze heraus.

Sergius' Gesichtsfarbe wechselte zwischen kreidebleich und feuerrot. Johann schoss eine Frage nach der anderen auf die Frau ab, die noch immer vor ihm kniete.

Nikolaus hatte genug gesehen, er wurde nicht mehr gebraucht. Schritt für Schritt zog er sich in Richtung Wandteppich zurück. Gerade als er ihn erreichte, trat jemand dahinter hervor.

Emilia lächelte ihn an. »Ich glaube, es wird Zeit, dass ich mich zu erkennen gebe«, flüsterte sie.

Er musste sich beherrschen, um sie nicht in den Arm zu nehmen und zu küssen. »Ich bin gleich wieder bei dir.«

Er schlug den Teppich zurück und schlüpfte durch die Tür. Wie er erwartet hatte, hielt niemand ihn auf. Durch das dicke Holz hörte er Gemurmel, dann plötzlich Emilias helle Stimme. Er musste sich beeilen, er wollte so wenig wie möglich von ihrem großen Triumph verpassen.

Als seine Augen sich an die Dunkelheit gewöhnt hatten, entdeckte er den Korb mit seinen Kleidern. Rasch griff er danach und machte sich daran, die steilen Stufen hinunterzusteigen. Jetzt brauchte er nur noch etwas Wasser, um seine Bemalung abzuwaschen, dann konnte er als Nikolaus von Brunn in den Rittersaal zurückkehren.

Emilia trat vor und erhob die Stimme. »Ich bin Emilia von Hobe, und ich verlange, dass die Verräterin ihrer gerechten Strafe zugeführt wird.«

Schlagartig war es totenstill im Saal.

Herzog Johann fuhr zu ihr herum. Dann sah er auf Constanze hinab, die Emilia wutentbrannt anstarrte. Verschwunden waren die Tränen der Reue. Offenbar wurde ihr nun klar, dass sie von ihrer Widersacherin hereingelegt worden war.

»Ist das Emilia von Hobe, Tochter der Grafen von Hobe, die Ihr fälschlicherweise als Spionin beschuldigt habt?«

Noch bevor Constanze antworten konnte, erhob Sergius die Stimme. »Ja, das ist sie. Das ist die Frau, die man als Braut zu mir führte.«

Er sah Emilia mit traurigen Augen an, sie konnte nur ahnen, was in ihm vorgehen mochte. Hereingefallen auf die Intrigen einer Frau, die ihn ins Bett gelockt hatte. Lächerlich gemacht vor dem gesamten Hofstaat.

»Du Miststück!« Wie eine Furie sprang Constanze auf und stürzte sich auf Emilia. Etwas blitzte in ihrer Hand.

Doch Emilia hatte damit gerechnet, dass Constanze sich nicht kampflos ergeben würde. Blitzschnell duckte sie sich, das Messer stach ins Leere.

Constanze fuhr herum und drang erneut auf sie ein. Emilia bekam den Arm mit dem Messer zu fassen, drehte ihn Constanze auf den Rücken. Ihre Gegnerin war durch das Gift geschwächt, sonst hätte Emilia es schwerer gehabt, sich zu verteidigen.

Endlich griffen Wachleute ein und zerrten Constanze von

Emilia weg. Augenblicke später hatten sie die wild um sich tretende Frau überwunden und ihr die Hände auf dem Rücken gefesselt.

»Bringt sie fort!«, befahl Johann. »Werft sie in den Kerker.«

Die Wachen setzten sich mit der Gefangenen in Bewegung, doch sie kamen nicht weit.

»Nicht so hastig«, rief jemand dicht neben Emilias Ohr.

Ein kalter Schauder lief ihr über den Rücken, als sie die Stimme erkannte. Sie wollte herumfahren, doch in dem Moment packte sie jemand von hinten und hielt ihr einen Dolch an die Kehle.

»Keiner rührt sich, oder sie ist tot«, sagte Vico mit gefährlich ruhiger Stimme. »Löst Constanze die Fesseln, und lasst sie zu mir kommen.«

Vico bewegte sich rückwärts in Richtung Seitentür, seine Geisel fest im Würgegriff. Er beobachtete, wie Johann seinen Männern befahl, Constanze loszubinden. Sehr klug von ihm, sonst hätte es ein Blutbad gegeben.

Constanze taumelte auf ihn zu. Es tat ihm weh, dass sie sich so hatte erniedrigen müssen, doch er hatte erst eingreifen können, nachdem Emilia den Saal betreten hatte. Er war sicher gewesen, dass sie irgendwo in der Nähe auf ihren großen Moment wartete. Und er hatte sich nicht getäuscht.

Als er nach Schwerin gekommen war und erfahren hatte, dass Constanze schwer krank und ihre letzte Hoffnung ein geheimnisvoller Wunderheiler war, hatte er nicht lange gebraucht, um eins und eins zusammenzuzählen. Er hatte am Burgtor Einlass begehrt, der ihm sofort gewährt worden war. Schließlich war er noch immer Graf von Brunn, Ritter in Diensten der Herzöge von Mecklenburg.

Als er den Saal betreten hatte, war die Vorführung des Heilers bereits in vollem Gange. Es hatte ein paar Herzschläge lang gedauert, bis er seinen Bruder unter der Gesichtsbemalung erkannt hatte. Vor Überraschung hätte er beinahe laut aufgeschrien.

Einen Moment lang hatte er überlegt, Nikolaus bloßzustellen. Doch dann hätte dieser dem Herzog gesteckt, dass Vico wegen Piraterie gesucht wurde. Er hatte keine Ahnung, ob Johann ebenso freigebig Kaperbriefe ausstellte wie Albrecht. Aber den Überfall auf ein Hanseschiff aus Mecklenburg würde auch er mit Sicherheit missbilligen.

Als Constanze bei ihm war, nickte er zur Tür. »Da durch! Mach schnell!«

Sie grinste ihn an, schon wieder fast die Alte, dann trat sie durch die Tür, nicht ohne erst Sergius und dann Emilia einen verächtlichen Blick zuzuwerfen.

Vico folgte ihr rasch, schleifte Emilia aus dem Saal, warf die Tür hinter sich zu und verkeilte sie mit dem Speer des verdatterten Wachmanns, dem er zuvor seinen Dolch in die Brust gerammt hatte. Lange würde das nicht halten, aber sie brauchten nur einen kleinen Vorsprung.

Sie hasteten durch einen Gang, dann durch eine weitere Tür, die Vico ebenfalls verbarrikadierte, und standen im Freien. Vor ihnen lag die Brücke, die die Burg mit dem eckigen Turm verband, der einsam im Wasser stand. Die Dämmerung war schon weit fortgeschritten, der Turm nur noch ein Schemen im Zwielicht.

»Das ist eine Sackgasse, du Hornochse«, stieß Constanze hervor. »Alle Teufel der Hölle! Wir sitzen in der Falle!«

Nikolaus kehrte vorsichtig zurück in den Saal. Wie erwartet herrschte helle Aufregung. Aber etwas stimmte nicht. Johann war nicht mehr da, auch Sergius war verschwunden. Vielleicht geleiteten sie Constanze ins Verlies. Aber Emilia musste doch irgendwo sein!

Von einer dunklen Vorahnung ergriffen, blickte er hin und her und bemerkte, dass fast nur noch Hofdamen herumstanden. Alle Ritter und Wachen waren fort, und eine Seitentür stand offen, die vorher verschlossen gewesen war. Sie führte zu dem Turm, in dem das Verlies war. Geleiteten Emilia und alle Ritter des Hofstaates Constanze in den Kerker?

»Er ist auf der Brücke zum Turm, jetzt sitzt er in der Falle!«, rief eine der Hofdamen, die am Fenster des Saals stand.

Nikolaus stürzte zu ihr und blickte ebenfalls hinaus. Was er sah, ließ sein Herz zu Eis erstarren.

Drei Gestalten waren auf der Brücke auszumachen: Emilia, Constanze und ein Mann, der seine Liebste fest umklammert hielt und ihr etwas an die Kehle drückte, das aussah wie ein Dolch. Fassungslos starrte er den Mann an. Dann erkannte er ihn.

Vico sah Constanze an. »Das ist keine Falle, mein Täubchen. Das ist die Rettung.«

Er umklammerte Emilia fester, die zappelte und strampelte, um von ihm loszukommen. Am liebsten hätte er sie an Ort und Stelle kaltgemacht, aber womöglich brauchte er sie noch, um Johanns Leibgarde fernzuhalten.

»Was hast du vor?« Constanze musterte ihn argwöhnisch.

»Vertraust du mir?«

Sie zögerte, dann nickte sie.

»Dann lauf!«

Sie liefen los. Vico musste Emilia schleifen, weil sie sich weigerte, die Beine voreinander zu setzen. Hinter sich hörte Vico Poltern, die Wachleute hatten die zweite Tür aufgebrochen.

Der Eingang zum Turm war ein schlichter gewölbter Bogen. Constanze stürzte hindurch und blieb stehen. »Wohin?«

»Nach oben!«, rief Vico atemlos und schrie im gleichen Augenblick vor Schmerz auf, weil die Metze ihm in die Hand gebissen hatte.

Wütend schleuderte er sie gegen die Wand, sodass ihr Kopf gegen das Mauerwerk prallte. Sie stöhnte auf, ihre Lider flatterten, sie taumelte hin und her, doch sie fiel nicht in Ohnmacht. Vico packte sie erneut und schleifte sie hinter sich her die gewundene Steintreppe hoch.

Endlich erreichten sie die letzte Tür und dahinter das Dach des Turms. Hier ging es nicht mehr weiter. Es sei denn, man riskierte einen gefährlichen Sprung.

Auf der Brücke schloss Nikolaus zu den übrigen Rittern und Wachleuten auf. Er stürzte an ihnen vorbei und erreichte den Durchgang als Erster, gerade als jemand rief:

»Sie sind auf dem Dach!«

Er nahm zwei Stufen auf einmal, glaubte sich fast am Ziel, als ihm etwas den Weg versperrte. Eine schwere Holztür verschloss den Zugang zum Dach. Nikolaus rüttelte daran, doch es tat sich nichts. Verflucht! Er hatte nicht einmal eine Waffe dabei, nur das Messer, das zur Sicherheit immer in seinem Stiefelschacht steckte.

Mit aller Kraft warf er sich gegen das Holz. »Emilia! Halte durch! Ich komme!«

Auf der anderen Seite war nichts zu hören. Keine Stimmen, keine Schreie. Nur unheimliche Stille.

Dafür war es auf der Treppe unter Nikolaus umso lauter. Die Männer hatten aufgeschlossen und drängten sich auf den Stufen.

»Wir brauchen eine Ramme!«, brüllte Nikolaus. »Etwas, womit wir die Tür aufbrechen können.«

Dann warf er sich wieder gegen das Holz, und wieder und wieder, obwohl jeder Stoß einen stechenden Schmerz durch seine Rippen jagte. Dabei dachte er an Emilia, an das, was die beiden hinter der Tür mit ihr anstellen mochten. Und jedes Szenario, das seine Fantasie produzierte, war schlimmer als das vorangegangene.

Emilia trat mit den Füßen nach Constanze, aber es nützte nichts. Vico hatte sie auf den Boden geworfen und kniete auf ihr, während Constanze Streifen von ihrem Kleid abriss, um sie damit zu fesseln.

Auch wenn Vico es nicht ausgesprochen hatte, wusste Emilia, was er vorhatte: Er wollte zu Ende bringen, was er auf der Ostsee begonnen hatte. Sie sollte ertrinken. Und damit sie sich auf keinen Fall ans Ufer retten konnte, würde er sie gefesselt vom Turm werfen. Wenn sie sich nicht schon beim Aufprall auf das eisige Wasser das Genick brach, würde sie jämmerlich ersaufen.

Sie hörte Nikolaus hinter der Tür rufen, und Tränen liefen ihr übers Gesicht. Sie hatten es fast geschafft, das Glück war zum Greifen nah gewesen. Doch es war ihnen nicht vergönnt. Der einzige Trost bestand darin zu wissen, dass Vico und Constanze es ebenfalls nicht schaffen würden. Von diesem Turm gab es kein Entrinnen.

Vico schlug ihr ins Gesicht, und der Schock und der

Schmerz ließen sie für einen Moment erschrocken innehalten. Lange genug, dass Constanze ihr endlich die Fesseln anlegen konnte.

»Beeil dich!«, forderte Vico sie auf. »Wir haben nicht mehr viel Zeit. Wenn mein Bruder durch diese Tür sprengt, ist es vorbei.«

»Ich mache, so schnell ich kann«, erwiderte Constanze. »Vielleicht solltest du dem Miststück einfach die Kehle durchschneiden, das würde schneller gehen.«

»Willst du das?«, hörte Emilia Vico fragen.

Emilia wagte kaum zu atmen, während sie auf Constanzes Antwort wartete. Sie sah, wie Vico den Dolch fester packte.

»Nein, sie soll langsam und qualvoll zugrunde gehen.«

»Dann spute dich!«

»Ich hab's gleich.«

Emilia zappelte mit den Beinen, um es Constanze nicht allzu leicht zu machen, doch sie wusste, dass sie verloren hatte. Vielleicht wäre es besser gewesen, wenn Vico sie mit einem schnellen Schnitt durch die Kehle von allen Qualen befreit hätte.

Sie starrte auf die Mauer dicht neben ihrem Gesicht, die Brüstung, über die Vico sie in den See werfen würde, und entdeckte einen dünnen Metallring. Da kam ihr eine Idee. Vorsichtig schob sie den linken Arm hindurch und brachte ihn zurück in die ursprüngliche Position. Der Ring saß nun an ihrem Oberarm, war im Dunkeln kaum zu erkennen. Zumindest solange niemand versuchte, sie wegzurollen.

»Jetzt die Hände«, sagte Vico. Er rutschte auf ihre Beine, um Constanze Platz zu machen.

Emilia schrie vor Schmerz auf.

Constanze packte ihre Handgelenke und legte die Streifen von ihrem Kleid darum. Zur Tarnung wehrte sich Emilia ein bisschen.

»Halt still, Miststück!«, fuhr Constanze sie an.

In dem Moment splitterte hinter ihnen Holz. Ein langer Spalt tat sich in der Tür auf, noch nicht breit genug, um einen Mann hindurchzulassen, aber für einen Bolzen reichte es allemal.

Allerdings war es inzwischen so dunkel, dass Emilia hoffte, niemand würde versuchen, auf ihre Entführer zu schießen. Zu leicht konnte ein Geschoss daneben gehen.

»Mach schon, beeil dich!«, zischte Vico.

»Fertig.« Constanze erhob sich und wischte sich die Hände an ihrem Kleid ab, als hätte die Berührung mit Emilia sie beschmutzt. »Sie ist bereit.«

Vico beugte sich über sie. »Leb wohl, Metze. Du bist mein letzter Liebesgruß an meinen Bruder.« Mit diesen Worten packte er sie.

Vico zerrte Emilia hoch, doch sie ließ sich kaum anheben. Verflucht, was war das? Konnte ein so zartes Weibsbild sich so schwer machen?

Wieder splitterte Holz. Vico fuhr herum, das Loch in der Tür war nun gefährlich groß. Er spähte über die Brüstung.

Ja, da war sie, seine Rettung. Der dunkle Schatten eines Ruderbootes zeichnete sich kaum erkennbar auf der Wasseroberfläche ab. Zwei Männer saßen an den Rudern. Seine Freunde bis in den Tod, seine wahren Brüder, Tiberius und Marcellus.

Wieder bückte er sich nach Emilia, doch es war, als wäre sie auf dem Boden festgeschmiedet. Dann entdeckte er den Metallring um ihren Arm.

»Verflucht! Constanze, du hast sie an einem Eisenring festgebunden.«

»Unsinn!« Sie bückte sich, sah den Ring, trat Emilia in die Hüfte. »Du dreckige kleine Missgeburt.« Sie wandte sich an Vico. »Schneid die Fessel durch!«

In dem Augenblick explodierte die Tür.

Vico brauchte weniger als einen Herzschlag, um zu reagieren. Er packte Constanze, zerrte sie auf die Mauer, nahm sie fest bei der Hand und sprang. Das alles geschah so schnell, dass Constanze nicht einmal Zeit hatte zu protestieren.

Einen Moment lang flogen sie schwerelos durch die Nacht. Dann folgte ein harter Aufprall, und eisiges Wasser schlug über ihnen zusammen.

Zwei Tage waren vergangen, seit das dunkle Wasser des Schweriner Sees Vico und Constanze verschlungen hatte. Ihre Leichen waren noch nicht aufgetaucht, obwohl der Herzog alles gründlich hatte absuchen lassen. Vielleicht würden sie das nie, vielleicht hatte der See sie als Beute behalten.

Nikolaus scherte das nicht. Er war nur froh, dass es vorbei war und Emilia überlebt hatte. Er blickte in die Waschschüssel, betrachtete sein Gesicht, das sich auf der Wasseroberfläche widerspiegelte. Ohne Haare war er sich selbst fremd.

Gestern war Henricus beigesetzt worden, und sogar Johann hatte den Feierlichkeiten beigewohnt. Der Heiler hatte ein Begräbnis erhalten wie ein Graf.

Emilia war eine Kammer auf der Burg zugewiesen worden sowie Kleider und all der Tand, den junge Hofdamen brauchten. Eine Zofe war eigens dafür abgestellt, ihr zu Diensten zu sein. Man hatte auch einen Boten nach Wasdow geschickt, um ihren Vater in Kenntnis zu setzen. Doch der alte Mann würde wohl gar nicht begreifen, worum es ging. Offenbar war sein Zustand in den letzten Monaten immer schlimmer geworden.

Sergius kroch wie ein geprügelter Hund durch die Korridore der Burg. Niemand hatte es bisher gewagt, ihn auf sein Versagen anzusprechen, auch wenn hinter seinem Rücken unaufhörlich getuschelt wurde. Alle warteten wohl darauf, wie der Herzog sich dazu stellen würde. Noch hatte er nicht durchblicken lassen, wie er verfahren wollte. Da er Sergius nicht in den Kerker hatte werfen lassen, gingen jedoch alle davon aus, dass Johann ihm glaubte, dass er nicht mit Constanze unter einer Decke steckte.

Nikolaus überprüfte noch einmal den Sitz seiner Gewänder, dann machte er sich auf den Weg. Johann wollte ihn in seinen Gemächern sprechen. Und er sollte das Buch mitbringen.

An der Tür wartete er, bis die Wache seine Ankunft gemeldet hatte, dann trat er ein.

Johann saß am gedeckten Tisch. Kalter Braten, eingelegter Hering, Brot und allerlei Knabbereien standen bereit.

»Lasst Euch nieder, und bedient Euch!«, forderte Johann ihn auf.

Nikolaus gehorchte, nahm von dem Braten und nippte an dem Wein, den der Herzog ihm hinstellte. Während sie aßen, sprachen sie nicht. Als Johann sich zurücklehnte, beendete auch Nikolaus das Mahl und sah den Herrscher erwartungsvoll an.

»Mein Onkel hat Euch immer bedingungslos vertraut«, begann er. »Trotz Eures, hm, wankelmütigen Bruders. Deshalb habe ich beschlossen, das auch zu tun. Doch seid versichert, dass ich nicht dumm bin. Den Hokuspokus mit dem Buch habe ich Euch keinen Moment abgekauft. Obwohl er durchaus beeindruckend war.«

Er machte eine Pause.

Da Johann nichts gefragt hatte, schwieg Nikolaus ebenfalls.

»Jedenfalls hat Eure Darbietung den gewünschten Zweck erreicht«, fuhr der Herzog fort. »Die Betrügerin ist entlarvt, auch wenn sie unglücklicherweise durch das Eingreifen Eures Bruders nicht öffentlich für ihr Vergehen gerichtet werden kann. Auf jeden Fall hat die dänische Usurpatorin nun keine Laus mehr in unserem Pelz sitzen, die unsere Pläne an sie verrät.«

»Darüber bin ich sehr erleichtert«, sagte Nikolaus.

»Nicht so sehr wie über die Rettung des Fräuleins von Hobe, nehme ich an?«

Nikolaus wollte zu einer Erwiderung ansetzen, doch Johann wedelte ungeduldig mit der Hand. »Nun zu dem Buch.« Er deutete darauf. »Darf ich es sehen?«

Nikolaus reichte es ihm.

Johann blätterte, betrachtete die Seiten, versuchte, Worte zu entziffern. »Ihr wisst nicht, um welche Sprache es sich handelt?«

»Ich schwöre beim Leben meiner seligen Mutter, dass ich kein einziges Wort verstehe, das darin geschrieben steht.«

Johann nickte nachdenklich. »Und das Buch gehörte dem Heiler?«

Auch diese Frage konnte Nikolaus, ohne zu lügen, bejahen.

»Wisst Ihr, woher er es hatte?«

»Vielleicht von seinem Meister, einem Heiler aus dem Orient. Aber ich bin nicht sicher.«

Johann durchbohrte Nikolaus fast mit seinem Blick. »Ich weiß, Ihr denkt, dass es der Codex ist. Ich habe mitbekommen, wie Ihr Albrecht überredet habt, Euch nach dem Buch suchen zu lassen. Ihr habt wie ich begriffen, welche Macht einem bestimmtes Wissen verleihen kann.«

»Nun ja, ich –«

»Henricus van der Wee hat seinen gesamten Besitz der jungen Emilia vermacht«, unterbrach Johann ihn. »Also gehört das Buch jetzt ihr.« Johann sah Nikolaus in die Augen. »Ich will es kaufen.«

Nikolaus schnappte überrascht nach Luft. »Ich bin sicher, dass Emilia Euch einen guten Preis machen wird.«

»Das bin ich auch, zumal ich gedenke, noch etwas auf die Kaufsumme zu legen, was sie bestimmt gerne annehmen wird.«

Nikolaus runzelte die Stirn.

Johann grinste. »Ich dachte an einen Ehemann. Offenbar braucht das Fräulein von Hobe dringend jemanden, der auf sie aufpasst.«

Nikolaus schluckte. Unwillkürlich fasste er sich an den Hals. Was sollte er sagen? Hatte der Herzog etwa schon einen Gemahl für Emilia ins Auge gefasst? Wollte er am Ende, dass sie Sergius ehelichte, nun, wo er Witwer war? Immerhin war die Ehe zwischen den beiden ja früher schon einmal beschlossen worden.

»Ihr seid mit einem Mal ganz blass, Nikolaus von Brunn.« Johann legte den Kopf schief. »Wollt Ihr sie am Ende gar nicht haben?«

Als Burg Wasdow vor ihnen am Horizont auftauchte, ließen Emilia und Nikolaus die Pferde in den Schritt zurückfallen. Sie waren am Morgen von Schwerin aufgebrochen, noch müde von den einwöchigen Hochzeitsfeierlichkeiten, die hinter ihnen lagen. Ein rauschendes Fest, das eines Herrschers würdig gewesen wäre.

»Es gab Tage, da hätte ich nicht mehr zu hoffen gewagt, meine Heimat je wiederzusehen«, sagte Emilia.

»Und jetzt sind wir zusammen hier.« Er streckte den Arm aus und nahm ihre Hand.

Sie waren dem Tross davongaloppiert, der etwa eine halbe Meile hinter ihnen her zockelte. Ritter, Hofdamen, Zofen, Mägde, Knechte und sogar ein Koch reisten mit ihnen. Nikolaus hatte darauf bestanden, dass bis auf einige alte Knechte, die schon seit Jahrzehnten auf Burg Wasdow dienten, alle Bediensteten ausgetauscht wurden. Denn es war nicht auszuschließen, dass einer darunter Constanze sogar über den Tod hinaus treu ergeben war.

Emilia hielt das für eine überzogene Vorsichtsmaßnahme, doch sie hatte eingewilligt. Ein Rest Ungewissheit nagte auch an ihr. Was, wenn Constanze und Vico es ans Ufer geschafft hatten und entkommen waren? Würden sie auf Rache sinnen?

»Woran denkst du?«, fragte Nikolaus. »Du machst plötzlich ein so ernstes Gesicht. Fürchtest du das ruhige, sesshafte Leben?«

Emilia lächelte. »Nein. Und du?«

Er fuhr sich durch das Haar. Es war schon fast wieder so lang wie zuvor, auch der Bart war in den vergangenen drei Monaten nachgewachsen. »Nicht an deiner Seite.«

Sie erreichten die Warbel und trieben die Pferde durch das seichte Wasser. Am anderen Ufer blieben sie stehen.

»Herzog Johann ist fest entschlossen, das Geheimnis des Buches zu lösen«, sagte Nikolaus. »Er will Gelehrte aus Konstantinopel kommen lassen, die die Schrift im Codex entschlüsseln sollen.«

»Ach ja?« Unwillkürlich griff Emilia an das Medaillon. Sie hatte den Schlüssel, mit dem man die Schrift entziffern konnte, auf ein dünnes Stück Pergament geschrieben, es winzig klein gefaltet und hinter das Bildnis von Brunhild und ihr geschoben. Niemand wusste davon, nicht einmal Nikolaus. Es war ihr Geheimnis.

»Und? Werden sie etwas herausfinden?« Nikolaus sah sie forschend an.

»Woher soll ich das wissen?«

»Du hast das Buch verfasst.«

»Aber ich weiß nicht, wie klug diese Gelehrten sind.«

Nikolaus' Augen blitzten triumphierend. »Also hast du nicht einfach nur Unsinn hineingeschrieben.«

»Nein, das habe ich nicht. Wenn Johann allerdings auf ein Rezept zur Herstellung von Gold hofft, mit dem er seinen Onkel aus der Gefangenschaft freikaufen kann, wird er sich auf eine Enttäuschung gefasst machen müssen.« Emilia sah Nikolaus an. Plötzlich musste sie daran denken, weshalb er den Codex so verzweifelt gesucht hatte. »Bedauerst du, dass du das Versprechen nicht einlösen konntest, das du Eva gegeben hast?«, fragte sie leise.

»Nicht mehr. Ich habe alles getan, was in meiner Macht steht. Aber gegen manche Krankheiten gibt es wohl kein Heilmittel.«

»Keines zumindest, von dem Henricus oder sein Lehrer gewusst hätten.«

»Und jetzt los, lass uns nach Hause reiten.« Nikolaus sah Emilia auffordernd an.

»Wer zuerst im Burghof ist«, rief Emilia.

»Du glaubst doch nicht ernsthaft, dass du mir davonreiten kannst?«

»Ich war schon als Kind schneller als du, du hast mich nie gekriegt.«

»Unsinn.« Nikolaus schüttelte den Kopf. »Ein oder zwei

Mal bist du mir vielleicht entwischt, aber nur, weil ich es zugelassen habe. Du warst ja noch so klein.«

»Dann solltest du ja kein Problem damit haben, mich einzuholen.« Emilia drückte den Rücken durch und machte sich bereit.

»Du kriegst mich nicht, du dummer Wicht!«, rief sie lachend und ließ ihre Stute lospreschen.

Fakten und Fiktion

Für Emilia und Nikolaus ging die Geschichte gut aus. Sie lebten lange glücklich auf Burg Wasdow, deren Ruine noch immer zu besichtigen ist.

Doch was wurde aus Albrecht? Der saß auf Burg Lindholmen im heutigen Südschweden fest, zwar nicht im Kerker, aber seiner Freiheit beraubt – und seiner Krone.

Sein Stellvertreter Johann IV. von Mecklenburg versuchte zwar, Margrete militärisch in die Knie zu zwingen, doch es misslang ihm. So war er gezwungen, mit der Herrscherin über die Freilassung Albrechts zu verhandeln, was sich über Jahre hinzog. Erst 1395 war es so weit: Albrecht durfte nach Mecklenburg zurückkehren.

Für Margrete hingegen lief es sehr gut. Ihr gelang es, Norwegen, Dänemark und Schweden zur Kalmarer Union zu vereinen. Damit hatte sie ihr Lebensziel erreicht, das weit über ihre Herrschaftszeit hinausreichte: Die Kalmarer Union hielt bis 1523. Keinem anderen nordischen Herrscher ist etwas Vergleichbares gelungen.

In der männlich dominierten Geschichtsschreibung ist Margrete dennoch meist nicht mehr als eine Fußnote. Sie teilt dieses Schicksal mit vielen bedeutenden Frauen, die maßgeblich die Geschichte beeinflusst haben.

Margrete war nicht unbedingt zimperlicher als ihre männlichen Kollegen, aber sie war klüger als ihr Konkurrent Albrecht und beherrschte die Kunst der Diplomatie perfekt. Sie bewahrte das Gleichgewicht zwischen Adel und Krone und versicherte sich damit der Unterstützung des schwedischen Adels, ohne die kein Herrscher regieren konnte.

Und sie bediente sich derselben Methode, die auch Albrecht angewendet hatte: den Feind schwächen, wo immer es ging, egal mit welchen Mitteln.

Margrete stellte ebenfalls Kaperbriefe aus und ließ die Höllenhunde der See auf jeden los, der zu Albrecht gehörte. Verarmte Adlige wurden zu Piraten, aber auch viele, die schnell zu Geld kommen wollten und keinerlei Skrupel kannten. Selbst Handelsleute wechselten den Beruf und gingen auf Kaperfahrt.

Weder Albrecht noch Margrete hatten damit gerechnet, dass sich die Piraten selbstständig machen würden und, Kaperbriefe hin oder her, enterten, was ihnen vor den Bug kam. Damit brachten die Freibeuter zeitweise den Handel auf der Ostsee zum Erliegen. Das führte zu großen Verlusten der Händler und sogar zu Hungersnöten.

Albrechts Vetter Johann von Stargard übrigens, der bei mir nach der Schlacht zum Pirat wird, soll tatsächlich später ein Anführer der sogenannten Vitalienbrüder geworden sein, jener Freibeuter, die im letzten Jahrzehnt des 14. Jahrhunderts die Ostsee unsicher machten. Die Vitalienbrüder hatten ihr Hauptquartier in Visby auf Gotland. Anfangs versorgten sie die belagerte Stadt Stockholm, die noch immer aufseiten Albrechts stand, mit Lebensmitteln. Doch nach dem Frieden von 1395 hatten sie keinen offiziellen Auftrag mehr und überfielen auf eigene Faust Hansekoggen. Das war der Anfang vom Ende, denn nun hatten sie alle gegen sich.

Gemeinsam mit dem Deutschen Orden machten die Hansestädte dem Spuk Anfang des 15. Jahrhunderts ein Ende. Sie vertrieben die Piraten von Gotland, wenig später wurden sie gefasst und hingerichtet.

Die »Likedeeler« – »Gleichteiler«, wie sie auch genannt wurden – waren allerdings entgegen mancher Darstellungen keine Freiheitskämpfer oder Basisdemokraten. Sie bekämpften sich untereinander und waren gefürchtet ob ihrer Grausamkeit. So schlugen sie zum Beispiel ihre Opfer in Fässer ein, wo sie erbärmlich verreckten. Oder sie verstümmelten sie und warfen sie einfach über Bord, unter Missachtung sämtlicher Regeln der Seekriegsführung, die es auch im Mittelalter bereits gab.

Und so endeten viele Piraten unter dem Richtschwert – wenn sie Glück hatten oder adlig waren. An vielen einfachen Piraten wurde grausame Rache geübt, sie wurden genauso verstümmelt oder in Fässer eingeschlagen wie ihre Opfer, sie wurden gerädert und einigen wurde tatsächlich bei lebendigem Leib die Haut abgezogen.

Da hätte auch der Wunderheiler Henricus van der Wee, der Mann aus Rungholt, nicht mehr helfen können.

Das sagenhafte Rungholt – wie viele Legenden ranken sich um diesen Ort! Untergegangen in einem Sturm, den, so hieß es, nur Gott hatte entfesseln können. Wie Atlantis soll Rungholt gewesen sein, mit goldenen Palästen, gepflasterten Straßen und einem Reichtum, der alles in den Schatten stellte. Überheblich und gottlos sollen sie gewesen sein, die Rungholter, und daher von Gott mit Vernichtung gestraft.

Heute wissen wir, dass Rungholt tatsächlich eine Sonderstellung innehatte in den Uthlanden, dem Gebiet der nordwestlichen deutschen Nordseeküste, von dem nur Nordstrand und Pellworm übrig sind. Die Menschen in Rungholt waren im Vergleich zu ihren Nachbarn sehr wohlhabend. Aber nicht, weil sie Gold besaßen oder magische Kräfte. Sie trieben Handel mit Orient und Okzident, verfügten über Hafenschleusen zum effektiven Be- und Entladen großer

Schiffe, lebten von intensiver Viehzucht und Ackerbau und gewannen aus Salztorf das begehrte Salz, legten Heringe darin ein und verkauften sie gewinnbringend. Soweit bekannt ist, waren die Bewohner von Rungholt fleißig, gottesfürchtig und weltoffen.

Was sie nicht bedachten und was ihren Untergang mitverursachte: Der massive Abbau des Salztorfes senkte die Uthlande, in denen Rungholt lag, weit unter den Meeresspiegel ab. Ein wichtiger Faktor dafür, dass die zweite Marcellusflut, die »Grote Mandränke« am 15. Januar 1362, ausgerechnet hier so enormen Schaden anrichten konnte. Als die Dämme brachen, liefen die Uthlande voll wie ein Topf, den man unter Wasser drückt. Dieser Katastrophe konnte niemand entkommen.

Das Buch, das Emilia für Henricus geschrieben hat und das alle haben wollen, ist allerdings, soweit wir wissen, nie in Rungholt gewesen. Heute wird dieses rätselhafte Buch *Voynich-Manuskript* genannt, nach dem Antiquar Wilfrid Michael Voynich, der es 1912 zusammen mit anderen Büchern in einer Truhe im Jesuitenkolleg *Nobile Collegio Mondragone* in der Villa Mondragone bei Frascati entdeckte. Bis zum heutigen Tag haben sich alle Wissenschaftler bei dem Versuch, die Herkunft zu klären oder den Inhalt zu entschlüsseln, die Zähne ausgebissen.

Als bewiesen gilt, dass das *Voynich-Manuskript* um die Wende vom 14. zum 15. Jahrhundert entstanden ist, laut Radiokarbonanalyse ungefähr zwischen 1404 und 1438. Wovon es handelt und wer es verfasst hat, ist ungeklärt.

Ich habe meine eigene Theorie dazu. Ich glaube, dass Emilia von Hobe, eine junge Frau mit eisernem Überlebenswillen und einem großen Talent zum Zeichnen, es angefertigt hat, um sich zu rehabilitieren. Die Lösung des Rätsels wurde vermutlich mit ihr begraben, denn sie trug das Medaillon mit der Verschlüsselung zeit ihres Lebens bei sich.

Wir müssen also nur Emilias Grab finden, und das *Voynich-Manuskript* gibt seine Geheimnisse preis.

Isabel Voss

Glossar

Amicus	Amicus war ein Titel bzw. Status und bezeichnete den Freund eines Herrschers. Damit hatte dieser Zugang zum inneren Kreis des Hofes und wurde vom Herrscher einfacher vorgelassen und angehört. Er speiste bei festlichen Anlässen an der Tafel des Herrschers.
Arbiter	Richter, Schiedsrichter
Cotte	Ein der Tunika ähnliches langärmeliges Schlupfkleid, das im Mittelalter von Männern und Frauen getragen wurde
Dost	Heilkraut, auch bekannt unter dem Namen Oregano
Elle	Eines der ältesten Naturmaße. Entspricht circa fünfzig bis sechzig Zentimetern
Fuß	Altes Längenmaß. Entspricht etwa dreißig Zentimetern
Gebende	Kopfbedeckung der verheirateten Frauen ab dem 12. Jahrhundert
Gugel	Kopfbedeckung, mit einem langen Zipfel und einem Schulterstück, das meist bis unter die Schulterblätter reichte
Kabelgatt	Lagerraum auf einem Schiff, in dem Kleinteile gelagert werden: Schäkel, Seile etc. Meist im Vorschiff
Karacke	Schiffstyp des ausgehenden Mittelalters, ähnlich einer Kogge

Kastell oder Schiffskastell	Wehrhafter Aufbau an Bug oder Heck eines Schiffes. Je nach Lage Vorderkastell oder Achterkastell genannt. Abgeleitet von dem lateinischen Begriff *castellum*
Kogge	Das Handelsschiff der Hanse bis zum Ende des 14. Jahrhunderts. In Kriegszeiten wurden die Koggen mit Vorder- und Achterkastell zu Kriegsschiffen umgebaut.
Komplet	Das letzte Stundengebet (Hore) im Tagesablauf eines christlichen Klosters. Gegen achtzehn Uhr abends
Last	Eine Last entspricht zwei Tonnen.
Medizin	Die Medizin im Europa des 14. Jahrhunderts ist nicht vergleichbar mit der heutigen. Auch wenn es gegen viele Leiden recht wirksame Behandlungen gab, blieb die vom christlichen Glauben geprägte Heilkunde oft in Aberglauben und vollkommen falschen Vorstellungen von der Funktionsweise des menschlichen Körpers stecken. Wunderheiler arbeiteten häufig aufgrund ihrer Menschenkenntnis unbewusst mit der Kraft der Psychosomatik und der Selbstheilungskräfte des Menschen. So auch Henricus van der Wee, der allerdings vom medizinischen Wissen der islamischen Welt profitierte. Die Medizin dort war wesentlich weiter entwickelt und kannte bereits Antibiotika.
Meile	Eine Dänische Meile entspricht 7524 Metern.
Palas	Repräsentativer Saalbau einer mittelalterlichen Burg oder Pfalz

Pelikan-Zange	Nicht mehr gebräuchliche Zange der Zahnmedizin, die wie ein Pelikanschnabel geformt ist und mittels einer Hebelkonstruktion zum Ziehen von Zähnen diente. Es gab mehrere Varianten dieser Zange. Der Erfolg der Behandlung hing von der Geschicklichkeit des Arztes ab.
Phalanx	Schlachtreihe, geschlossene Front
Prim	Das erste Stundengebet im Tagesablauf eines christlichen Klosters. Gegen sechs Uhr morgens
Rungholt	Sagenhafter Ort auf der Insel Strand, der bei der zweiten Marcellusflut (»Grote Mandränke«) am 16. Januar 1362 vollständig zerstört wurde. Bei dieser Sturmflut wurden die nordfriesischen Uthlande zerrissen.
Schnigge	Meist offenes, flaches Segelschiff, das schneller und wendiger war als Koggen
Surcot	Eine Ärmeltunika für beide Geschlechter. Sie wurde über der Cotte, einem Schlupfkleid, getragen. Die Menschen im Mittelalter trugen oft mehrere Kleidungsstücke ähnlicher Machart übereinander.
Syngraphus	Bezeichnung für einen Passierschein
Theriak	Universalheilmittel im späten und hohen Mittelalter, auch Himmelsarznei genannt
Tjost, Tjosten	Der Rittersport schlechthin. Das Kampfspiel zweier Ritter mit Pferd und Lanze. Wer den anderen vom Pferd stieß, gewann dessen Pferd und Ausrüstung und die Gunst der Damen. Nicht selten gab es dabei Verletzte und sogar Tote.

Wanten	Seilkonstruktion, um die Masten von Segelschiffen zu stabilisieren. Zwischen den vertikalen Wanten werden zusätzlich horizontal Seile gespannt, damit die Seeleute besser »in die Wanten aufentern«, also an den Wanten die Masten hinaufklettern können, um Segel zu setzen oder zu bergen.
Weiße Pest	Tuberkulose

Eine Winzerstochter kämpft um das Weingut ihrer Familie

Martina Walter
DIE WINZERSTOCHTER VOM RHEIN
Historischer Roman
336 Seiten
ISBN 978-3-404-18454-5

Rhöndorf, 1688: Die junge Winzerstochter Flora und ihr Vater bangen um ihre Zukunft. Der Besitzer des Zenningshofs, den sie am Fuße des Siebengebirges gepachtet haben, ist plötzlich gestorben, und sein Sohn und Erbe möchte den Hof verkaufen. Als er dort persönliche Erinnerungen an seine Kindheit findet, ändert er jedoch seine Pläne. Nicht ganz unschuldig daran mag auch seine Begegnung mit Flora sein. Doch Flora hat bereits einen Verehrer – und ganz eigene Pläne. Sie möchte Winzerin werden und den besten Wein des Rheinlandes anbauen. Als dann auch noch die Franzosen das Rheinland besetzen, muss Flora die wichtigste Entscheidung ihres Lebens treffen ...

Lübbe